D1331694

COLLECTION FOLIO

Mario Vargas Llosa

Le Paradis

— un peu plus loin

Traduit de l'espagnol (Pérou)
par Albert Bensoussan
avec la collaboration d'Anne-Marie Casès

Gallimard

Titre original .

EL PARAÍSO EN LA OTRA ESQUINA

© *Mario Vargas Llosa, 2003.*
© *Éditions Gallimard, 2003, pour la traduction française.*

Né en 1936 au Pérou, Mario Vargas passe une partie de son enfance en Bolivie. Dès l'âge de quatorze ans, il est placé à l'Académie militaire Leoncio Prado de Lima qui lui laisse un sinistre souvenir Parallèlement à ses études universitaires, il collabore à plusieurs revues littéraires et, lors d'un bref passage au Parti communiste, découvre l'autre visage du Pérou. Il se lance dans le journalisme comme critique de cinéma et chroniqueur. Il obtient une bourse et part poursuivre ses études à Madrid où il obtient son doctorat en 1958. L'année suivante, il publie un recueil de nouvelles très remarqué, *Les caïds*, et s'installe à Paris. Il écrit de nombreux romans, couronnés par des prix littéraires prestigieux. Devenu libéral après la révolution cubaine, il fonde un mouvement de droite démocratique et se présente aux élections présidentielles de 1990, mais il est battu au second tour. Romancier, essayiste, critique, Mario Vargas Llosa est considéré comme l'un des chefs de file de la littérature latino-américaine.

À Carmen Balcells
l'amie de toute ma vie

« Que serions-nous donc sans le secours de ce qui n'existe pas ? »

PAUL VALÉRY
Petite lettre sur les mythes

I

FLORA À AUXERRE

Avril 1844

Elle ouvrit l'œil à quatre heures du matin et pensa : « C'est aujourd'hui que tu commences à changer le monde, Florita. » Nullement inquiète à la perspective de mettre en marche le mécanisme qui, au bout de quelques années, devait transformer l'humanité en faisant disparaître l'injustice. Elle se sentait tranquille et avec assez de force pour affronter les obstacles qui surgiraient sur son passage. Comme ce soir-là à Saint-Germain, dix ans plus tôt, lors de sa première réunion avec des saint-simoniens, où, en entendant Prosper Enfantin décrire le couple-messie qui rachèterait le monde, elle s'était promis à elle-même : « La femme-messie, ce sera toi. » Pauvres saint-simoniens, avec leurs hiérarchies délirantes, leur amour fanatique de la science et leur idée qu'il suffisait de remettre le gouvernement entre les mains des industriels et d'administrer la société comme une entreprise pour atteindre le progrès ! Tu les avais laissés bien loin en arrière, Andalouse.

Elle se leva, fit sa toilette et s'habilla, sans hâte. La veille au soir, après la visite que lui avait rendue le peintre Jules Laure pour lui souhaiter bonne chance dans sa tournée, elle avait fini de boucler ses valises et, aidée de Marie-Madeleine, la domestique, et de Noël Taphanel, l'homme à tout faire, les avait descendues au pied de l'escalier. Elle se chargea personnellement du sac contenant les exemplaires nouvellement imprimés de *L'Union ouvrière* ; elle dut s'arrêter toutes les quelques marches pour reprendre son souffle, tant le poids était rude. Quand la voiture arriva devant son domicile de la rue du Bac pour la conduire à l'embarcadère, Flora était debout depuis des heures.

Il faisait encore nuit noire. On avait éteint les becs de gaz aux carrefours et le cocher, emmitouflé dans sa capote qui ne laissait que ses yeux à découvert, excitait les chevaux en faisant siffler son fouet. Elle entendit sonner les cloches de Saint-Sulpice. Les rues, sombres et solitaires, prenaient pour elle un air fantomatique. Mais sur les berges de la Seine l'embarcadère grouillait de passagers, de marins et de portefaix à l'heure du départ. Elle entendit des ordres et des exclamations. Quand le bateau leva l'ancre, en traçant un sillage d'écume dans les eaux grises du fleuve, le soleil brillait dans un ciel de printemps et Flora prenait un thé chaud dans sa cabine. Sans perdre de temps, elle nota dans son journal : 12 avril 1844. Et se mit aussitôt à étudier ses compagnons de voyage. Ils arriveraient à Auxerre à la nuit tombante. Douze heures pour enrichir tes connaissances sur les pauvres et les riches dans cet échantillonnage fluvial, Florita.

Peu de bourgeois étaient du voyage. Bon nombre de marins des bateaux qui apportaient à Paris des produits agricoles de Joigny et d'Auxerre retournaient à leur port d'attache. Ils entouraient leur patron, un quinquagénaire bourru, rouquin et poilu, avec qui Flora eut une amicale conversation. Assis sur le pont au milieu de ses hommes, à neuf heures du matin il donna à chacun du pain à volonté, sept ou huit radis, une pincée de sel et deux œufs durs; et dans un pot d'étain qui circula de main en main, du vin du pays. Ces mariniers gagnaient un franc et demi par journée de travail, et durant le long hiver ils avaient du mal à survivre; leur travail sur le pont était dur à l'époque des pluies. Mais, dans le rapport de ces hommes avec leur patron, Flora ne remarqua aucune servilité, à la différence de ces marins anglais qui osaient à peine regarder leur chef dans les yeux. À trois heures de l'après-midi, le patron leur servit le dernier repas du jour : jambon, fromage et pain, qu'assis en cercle ils mangèrent en silence.

Au port d'Auxerre, elle mit un temps infini à débarquer ses bagages. Le serrurier Pierre Moreau lui avait réservé un hôtel vétuste du centre-ville, où elle arriva au petit matin. Tandis qu'elle déballait ses affaires, le jour se levait. Elle se mit au lit, en sachant qu'elle ne fermerait pas l'œil. Mais, pour la première fois depuis longtemps, les quelques heures qu'elle passa étendue à regarder s'intensifier la clarté à travers ses rideaux de cretonne, elle interdit à son imagination de courir autour de sa mission, de l'humanité douloureuse ou des travailleurs qu'elle recruterait pour l'Union ouvrière. Elle songea à la maison où elle était née, à Vaugirard, à la périphérie de Paris, un quartier peuplé de ces bourgeois qu'elle détestait maintenant. Te rappelais-tu cette vaste maison confortable, aux jardins soignés, à la domesticité affairée, ou bien plutôt les descriptions que t'en faisait ta mère, quand vous n'étiez plus des riches, mais de pauvres gens, et que l'épouse abandonnée se berçait de souvenirs flatteurs pour se consoler des gouttières, de l'étroite promiscuité et de la laideur des deux petites pièces de la rue du Fouarre ? C'est là qu'elles avaient trouvé refuge, après que les autorités leur avaient ravi la maison de Vaugirard en alléguant que le mariage de tes parents, célébré à Bilbao par un curaillon français expatrié, n'avait aucune valeur, et que don Mariano Tristán, Espagnol du Pérou, était citoyen d'un pays avec lequel la France était en guerre.

Ta mémoire, Florita, n'avait probablement retenu de ces premières années que ce que ta mère t'avait raconté. Tu étais trop petite pour te souvenir des jardiniers, des bonnes, des fauteuils recouverts de soie et de velours, des lourdes tentures et de la vaisselle d'argent, d'or, de cristal et de faïence peinte à la main qui ornaient le salon et la salle à manger. Mme Tristan trouvait dans le passé glorieux de Vaugirard une évasion à la pénurie et aux misères de la malodorante place Maubert, grouillante de mendiants, de vagabonds et de gens de mauvaise vie, et à cette rue du Fouarre pleine de tavernes, où tu avais passé des

16

années d'enfance qu'assurément tu te rappelais fort bien. Monter et descendre les seaux d'eau, descendre et monter les sacs d'ordures. Craignant de croiser, dans le petit escalier raide au bois vermoulu et grinçant, ce vieil ivrogne au visage aviné et au nez en patate, le père Giuseppe, qui te salissait de son regard et, parfois, te pinçait. Années de disette et de peur, de faim et de tristesse, surtout quand ta mère sombrait dans une stupeur hébétée, incapable d'accepter son malheur, après avoir vécu comme une reine auprès de son mari — son mari légitime devant Dieu, quoi qu'on en eût pensé —, don Mariano Tristán y Moscoso, colonel des Armées du roi d'Espagne, mort prématurément d'une apoplexie foudroyante le 4 juin 1807, alors que tu n'avais que quatre ans et deux mois.

Il était également improbable que tu te souviennes de ton père. Le visage plein, les épais sourcils et la moustache retroussée, le teint légèrement rosé, les mains baguées, les longues rouflaquettes grises du don Mariano que tu revoyais n'étaient pas ceux du père en chair et en os qui te prenait dans ses bras pour aller voir les papillons butiner les fleurs du jardin de Vaugirard et, parfois, condescendait à te donner le biberon, ce monsieur qui passait des heures dans son bureau à lire les chroniques de voyageurs français au Pérou, ce don Mariano à qui venait rendre visite le jeune Simón Bolívar, futur Libérateur du Venezuela, de la Colombie, de l'Équateur, de la Bolivie et du Pérou. C'étaient ceux du portrait que ta mère avait sur sa table de chevet dans le petit appartement de la rue du Fouarre. C'étaient ceux des portraits à l'huile de don Mariano que possédait la famille Tristán dans sa maison de Santo Domingo, à Arequipa, et que tu avais passé des heures à contempler jusqu'à te convaincre que ce monsieur de belle allure, élégant et prospère, était ton géniteur.

Les premiers bruits du matin s'élevaient dans les rues d'Auxerre. Flora savait qu'elle ne dormirait plus. Ses rendez-vous commençaient à neuf heures. Elle en avait pris plusieurs, grâce au serrurier Moreau et aux lettres de recommandation du bon Agricol Perdiguier, à ses amis des sociétés ouvrières de secours mutuel de la région. Tu avais le temps. Encore un moment au lit te donnerait des forces pour être à la hauteur des circonstances, Andalouse.

Que se serait-il passé si le colonel don Mariano Tristán avait vécu encore de longues années ? Tu n'aurais pas connu la pauvreté, Florita. Grâce à une bonne dot, tu serais mariée à un bourgeois et tu vivrais peut-être dans une belle villa entourée de jardins, à Vaugirard. Tu ignorerais ce que c'est que d'aller au lit les boyaux tordus par la faim, tu ne connaîtrais pas le sens de concepts tels que discrimination et exploitation. L'injustice serait pour toi un mot abstrait. Mais peut-être tes parents t'auraient-ils donné de l'instruction : tu aurais fréquenté des collèges, tu aurais eu des professeurs, un précepteur. Encore que rien ne fût moins sûr : une jeune fille de bonne famille n'était éduquée que pour décrocher un mari, devenir une bonne mère et une maîtresse de maison accomplie. Tu ignorerais toutes ces choses que tu avais dû apprendre par nécessité. Bon, c'est vrai, tu ne ferais pas ces fautes d'orthographe qui t'ont fait honte toute ta vie, et sans doute aurais-tu lu plus de livres que tu n'en as lu. Tu aurais passé ces années-là occupée par ta toilette, à soigner tes mains, tes yeux, tes cheveux, ta taille, à mener une vie mondaine : fêtes, bals, théâtres, goûters, excursions et coquetteries. Tu serais un parasite enkysté dans ton beau mariage. Tu n'aurais jamais éprouvé la curiosité de savoir comment était le monde au-delà de cette enclave où tu vivais confinée, à l'ombre de tes parents, de ton époux, de tes enfants. Machine à enfanter, esclave heureuse, tu irais à la messe le dimanche, tu communierais les premiers vendredis du mois et serais, à ton âge de quarante et un ans, une matrone bien en chair avec une passion irrésistible pour le chocolat et les neuvaines. Tu ne serais pas allée au Pérou, tu n'aurais pas connu l'Angleterre, ni découvert le plaisir dans les bras d'Olympe, ni rédigé, malgré ton orthographe défaillante, les livres que tu as écrits. Et, bien entendu, tu n'aurais jamais pris conscience de l'esclavage des femmes ni n'aurais eu l'idée que, pour se libérer, il était indispensable qu'elles s'unissent aux autres damnés de la terre afin de mener à bien une révolution pacifique, aussi importante pour l'avenir de l'humanité que l'apparition du christianisme voici mille huit cent quarante-quatre ans. « Il vaut mieux que tu sois mort, mon cher papa », rit-elle en sautant du lit. Elle n'était pas fatiguée. Depuis vingt-quatre heures elle n'avait pas éprouvé de douleurs au dos ni à la matrice, ni senti l'hôte froid dans sa poitrine. Tu te sentais d'excellente humeur, Florita.

La première réunion, à neuf heures du matin, eut lieu dans un atelier. Le serrurier Moreau, qui devait l'accompagner, avait dû s'absenter précipitamment d'Auxerre à la suite d'un deuil dans sa famille. À toi de jouer, donc, Andalouse. Conformément à ce qui était convenu, elle était attendue par une trentaine de membres d'une des sociétés nées de l'éclatement des mutualistes d'Auxerre et qui portait le joli nom de « Devoir de Liberté ». Il n'y avait presque que des cordonniers. Regards méfiants, gênés, moqueurs pour certains, car c'était une femme qui leur rendait visite. Elle était habituée à ce genre d'accueil depuis que, quelques mois plus tôt, elle avait commencé d'exposer, à Paris et à Bordeaux, devant de petits groupes, ses idées sur l'Union ouvrière. Elle leur parla d'une voix qui ne tremblait pas, démontrant une plus grande assurance qu'elle n'en avait. La méfiance de son auditoire se dissipa au fur et à mesure qu'elle leur expliquait comment, en s'unissant, les ouvriers verraient satisfaites leurs revendications — droit au travail, éducation, santé, conditions décentes d'existence — tandis que, en ordre dispersé, ils seraient toujours maltraités par les riches et les puissants. Ils approuvèrent tous quand, à l'appui de ses idées, elle cita le livre controversé de Pierre Joseph Proudhon, *Qu'est-ce que la propriété ?* qui, depuis son apparition quatre ans plus tôt, avait tant fait parler de lui à Paris en raison de son affirmation catégorique : « La propriété c'est le vol ». Deux hommes dans l'assistance, qui lui semblèrent fouriéristes, étaient venus l'attaquer, avec des arguments que Flora avait déjà entendus de la bouche d'Agricol Perdiguier : si les ouvriers devaient déduire quelques francs de leur salaire misérable pour payer leur cotisation à l'Union ouvrière, comment rapporteraient-ils un croûton de pain à leurs enfants affamés ? Elle répondit à toutes leurs objections avec patience. Elle crut que, sur ce point des cotisations au moins, ils se laissaient convaincre. Mais leur résistance fut plus tenace sur le problème du mariage.

— Vous attaquez la famille et vous voulez qu'elle disparaisse. Ce n'est pas chrétien, madame.

— Ça l'est, ça l'est, répondit-elle, sur le point de se fâcher, mais elle se radoucit. Ce qui n'est pas chrétien, c'est qu'au nom de la sainteté de la famille un homme s'achète une femme, la transforme en pondeuse d'enfants, en bête de somme et, par-dessus le marché, la roue de coups chaque fois qu'il boit un coup de trop.

Comme elle les vit écarquiller les yeux, déconcertés de ce qu'ils entendaient, elle leur proposa d'abandonner ce sujet, et d'imaginer plutôt ensemble les bénéfices qu'apporterait l'Union ouvrière aux paysans, artisans et travailleurs comme eux. Ils pourraient, par exemple, fermer les yeux et contempler les Palais ouvriers. Dans ces bâtiments modernes, aérés, propres, leurs enfants recevraient de l'instruction, leur famille pourrait se soigner avec de bons médecins et de bonnes infirmières si besoin était, ou en cas d'accidents du travail. Et ils se retireraient dans ces résidences accueillantes pour se reposer quand ils auraient perdu leurs forces ou qu'ils seraient trop vieux pour l'atelier. Les regards opaques et fatigués qui se fixaient sur elle s'animèrent et se mirent à briller. Cela ne valait-il pas la peine, pour y parvenir, de sacrifier sur leur salaire une petite cotisation ? Quelques-uns acquiescèrent.

Combien parmi eux étaient ignorants, sots, égoïstes ! Elle le découvrit quand, après avoir répondu à leurs questions, elle se mit à les interroger. Ils ne savaient rien, manquaient de curiosité et se contentaient de leur vie animale. Consacrer une part de leur temps et de leur énergie à lutter pour leurs frères et sœurs leur passait au-dessus de la tête. L'exploitation et la misère les avaient rendus stupides. Ils donnaient parfois raison à Saint-Simon, Florita : le peuple était incapable de se sauver lui-même, seule une élite y parviendrait. Ils étaient même pétris de préjugés bourgeois ! car ils avaient du mal à accepter que ce soit une femme — une femme ! — qui les exhortât à l'action. Les plus éveillés et bavards étaient d'une arrogance insupportable — ils prenaient des airs d'aristocrates — et Flora dut faire un effort pour ne pas exploser. Elle s'était juré de ne pas prêter le flanc, pas une seule fois, toute l'année que durerait cette tournée en France, à ceux qui l'avaient surnommée « Madame-la-Colère », Jules Laure et ses amis, à cause de ces crises de rage qui la prenaient. Au bout du compte, les trente cordonniers promirent d'adhérer à l'Union ouvrière et de rapporter ce qu'ils avaient entendu ce matin à leurs compagnons charpentiers, serruriers et tailleurs de pierre de la société « Devoir de Liberté ».

Tandis qu'elle regagnait son auberge par les tortueuses ruelles pavées du vieil Auxerre, elle vit, sur une placette avec quatre peupliers aux toutes jeunes feuilles très blanches, un groupe de fillettes qui jouaient en composant des figures que leur course faisait et défaisait. Elle s'arrêta pour les observer. Elles jouaient au Paradis, ce jeu auquel, selon ta mère, tu avais joué dans les jardins de Vaugirard avec tes petites camarades du quartier, sous le regard amusé de don Mariano. Tu te rappelles, Florita ? « C'est ici le Paradis ? — Non, mademoiselle, c'est un peu plus loin. » Et tandis que la petite, toujours un peu plus loin, cherchait cet introuvable Paradis, les autres s'amusaient à changer de place dans son dos. Elle se souvint de ce jour de l'année 1833 à Arequipa, près de l'église de La Merced, où elle s'était soudain trouvée au milieu de garçons et de fillettes gambadant dans le vestibule d'une profonde maison. « C'est ici le Paradis ? — C'est un peu plus loin, monseigneur. » Ce jeu que tu croyais français était donc péruvien aussi. Bon, quoi d'étonnant ? N'était-ce pas une aspiration universelle que d'atteindre le Paradis ? Elle avait appris à y jouer à ses deux enfants, Aline et Ernest.

Elle s'était fixé, pour chaque bourg et chaque ville, un programme précis : des réunions avec les ouvriers, les journaux, les propriétaires les plus influents et, naturellement, les autorités ecclésiastiques. Pour expliquer aux bourgeois que, contrairement à ce qu'on disait d'elle, son projet n'augurait pas d'une guerre civile, mais annonçait une révolution non sanglante, de racine chrétienne, inspirée par l'amour et la fraternité. Et que, justement, l'Union ouvrière, en apportant la justice et la liberté aux pauvres et aux femmes, empêcherait les explosions de violence, inévitables en France si les choses demeuraient en l'état. Jusqu'à quand une petite poignée de privilégiés allait-elle brouter la laine sur le dos de l'immense majorité ? Jusqu'à quand l'esclavage, aboli pour les hommes, continuerait-il pour les femmes ? Elle savait être persuasive ; beaucoup de bourgeois et de curés se laisseraient convaincre par ses arguments.

Mais à Auxerre elle ne put se rendre dans aucune rédaction de journal, car il n'y en avait pas. Une ville de douze mille âmes et pas un seul quotidien. Les bourgeois d'ici étaient d'une ignorance crasse.

À la cathédrale, elle eut une discussion qui s'acheva en bagarre avec le curé, le père Fortin, un bonhomme grassouillet et à moitié chauve, petits yeux craintifs, haleine forte et soutane graisseuse, dont l'obstination réussit à la faire sortir de ses gonds. (« C'est plus fort que toi, Florita. »)

Elle s'était rendue chez le père Fortin, près de la cathédrale, et avait été impressionnée par sa vaste et confortable maison. La domestique, une vieille portant coiffe et tablier, l'avait menée en boitant au bureau du curé. Celui-ci avait mis un quart d'heure à la recevoir. Quand il était apparu, son physique rébarbatif, son regard évasif et sa tenue négligée l'avaient prédisposée contre lui. Le père Fortin l'avait écoutée en silence. En s'efforçant d'être aimable, Flora lui avait expliqué le motif de sa venue à Auxerre, en quoi consistait son projet d'Union ouvrière et comment cette alliance de toute la classe laborieuse, d'abord en France, puis en Europe et, plus tard, dans le monde entier, forgerait une humanité véritablement chrétienne, imprégnée d'amour du prochain. Il la regardait avec une incrédulité qui déboucha bientôt sur de la méfiance, et enfin sur de l'épouvante quand Flora affirma qu'une fois constituée l'Union ouvrière, les délégués iraient présenter aux autorités — y compris au roi Louis-Philippe en personne — leurs demandes de réforme sociale, à commencer par l'égalité absolue de droits entre hommes et femmes.

— Mais ça, ce serait une révolution, marmonna le prêtre en postillonnant.

— Au contraire, lui expliqua Flora. L'Union ouvrière est en train de naître pour l'éviter, pour que la justice triomphe sans la moindre effusion de sang.

Autrement, il y aurait peut-être encore plus de morts qu'en 1789. Le curé ne connaissait-il pas, depuis la grille de son confessionnal, le malheur des pauvres ? Ne voyait-il pas que des centaines de milliers, des millions d'êtres humains, travaillaient quinze, dix-huit heures par jour, comme des bêtes, et que leur salaire ne leur permettait même pas de donner à manger à leurs enfants ? Ne se rendait-il pas compte, lui qui les entendait et les voyait chaque jour à l'église, que les femmes étaient humiliées, maltraitées, exploitées par leurs parents, par leur mari, par leurs enfants ? Leur sort était encore pire que celui des ouvriers. Si cela ne changeait pas, la société connaîtrait une explosion de haine. L'Union ouvrière était en train de naître pour la prévenir. L'Église catholique devait l'aider dans sa croisade. Les catholiques ne prêchaient-ils pas la paix, la compassion, l'harmonie sociale ? En cela, l'Église et l'Union ouvrière étaient en parfait accord.

— Bien que je ne sois pas catholique, la philosophie et la morale chrétiennes guident toutes mes actions, mon père, lui assura-t-elle.

En l'entendant dire qu'elle n'était pas catholique, quoique chrétienne, le père Fortin sursauta et son petit visage rond pâlit. Il voulut savoir si cela signifiait qu'elle était protestante. Flora lui expliqua que non : elle croyait en Jésus mais pas en son Église, parce que, d'après elle, la religion catholique, en raison de son système vertical, entravait la liberté humaine. Et ses croyances dogmatiques étouffaient la vie intellectuelle, le libre arbitre, les initiatives scientifiques. En outre, ses enseignements sur la chasteté comme symbole de la pureté spirituelle attisaient les préjugés qui avaient fait de la femme, disons-le tout net, une esclave.

Le curé était passé de la lividité à une congestion pré-apoplectique. Il battait des paupières, troublé et inquiet. Flora se tut en le voyant s'appuyer à sa table de travail, en tremblant. Il semblait près de s'évanouir.

— Savez-vous ce que vous dites, madame ? balbutia-t-il. C'est pour de telles idées que vous venez demander l'aide de l'Église ?

Oui, pour de telles idées. L'Église catholique ne prétendait-elle pas être l'Église des pauvres ? N'était-elle pas contre les injustices, l'esprit de lucre, l'exploitation de l'être humain, la cupidité ? Si tout cela était vrai, l'Église avait l'obligation de soutenir un projet dont le dessein était d'apporter à ce monde la justice au nom de l'amour et de la fraternité.

Ce fut comme parler à un mur ou à un mulet. Flora tâcha encore un bon moment de se faire entendre. En vain. Le curé ne voulait même pas discuter ses raisons. Il la regardait avec crainte et dégoût, sans dissimuler son impatience. Il marmonna finalement qu'il ne pouvait promettre de l'aider, car cela dépendait de l'évêque du diocèse. Qu'elle aille lui expliquer sa proposition mais, l'avertissait-il, il était peu probable qu'aucun évêque patronnât une action sociale aussi ouvertement anti-catholique. Et si l'évêque l'interdisait, aucun fidèle ne l'aiderait, car les ouailles catholiques obéissaient à leurs bergers. « Et selon les saint-simoniens, il faut renforcer le principe d'autorité pour que la société fonctionne, pensait Flora en l'écoutant. Ce respect de l'autorité fait des catholiques des automates, comme ce malheureux. »

Elle s'efforça de prendre congé du père Fortin avec élégance, en lui offrant un exemplaire de *L'Union ouvrière*.

— Lisez-le au moins, mon père. Vous verrez

que mon projet est imprégné de sentiments chrétiens.

— Je ne le lirai pas, dit le père Fortin en secouant la tête avec énergie, sans prendre le livre. Il me suffit de vous entendre pour savoir que ce livre n'est pas sain. Qu'il a été inspiré, peut-être à votre insu, par Belzébuth.

Flora éclata de rire, tout en rangeant le petit livre dans son sac.

— Mon père, vous êtes de ces curés qui rallumeraient volontiers les bûchers sur la place publique pour y brûler tous les êtres libres et intelligents de ce monde, lança-t-elle en guise d'adieu.

Dans sa chambre d'auberge, après avoir avalé une soupe chaude, elle dressa le bilan de sa journée à Auxerre. Elle ne se sentit pas pessimiste. Contre mauvaise fortune, bon cœur, Florita. Les choses ne s'étaient pas très bien passées, mais elles n'avaient pas mal tourné non plus. Rude métier que de se mettre au service de l'humanité, Andalouse.

II

L'ESPRIT DES MORTS VEILLE

Mataiea, avril 1892

Le surnom de Koké il le devait à Teha'amana, sa
première femme sur l'île, parce que la précédente,
Titi P'tits-Seins [1], cette perruche néo-zélandaise-
maorie avec qui il avait vécu ses premiers mois
à Tahiti, à Papeete, puis à Paea, et finalement à
Mataiea, n'avait pas été, à proprement parler, sa
femme, mais seulement une maîtresse. À cette
époque tout le monde l'appelait Paul.

Parti de Marseille deux mois et demi plus tôt,
après avoir fait escale à Aden et à Nouméa où il
avait dû changer de bateau, il avait débarqué à
Papeete le 9 juin 1891 au matin. Quand il foula,
enfin, le sol de Tahiti, il avait tout juste quarante-
trois ans. Il avait emporté avec lui toutes ses
affaires, comme pour mieux signifier qu'il en avait
bien fini avec l'Europe et Paris : cent yards de toile
à peindre, des tubes de peinture, de l'huile et des
pinceaux, un cor de chasse, deux mandolines, une
guitare, plusieurs pipes bretonnes, un vieux pistolet et un petit tas de vêtements usagés. C'était un

---

1. Titi signifie le « sein » en maori. (*N.d.T.*)

homme qui semblait robuste — mais ta santé était déjà secrètement minée, Paul : yeux bleus saillants et mobiles, bouche aux lèvres droites généralement froncées en une moue dédaigneuse et nez brisé d'aigle prédateur. Il avait une barbe courte et bouclée et de longs cheveux châtain clair, tirant sur le roux, qu'il coupa peu après être arrivé dans cette ville d'à peine trois mille cinq cents âmes (dont cinq cents *popa'as* ou Européens), car le sous-lieutenant Jénot, de la Marine nationale, un de ses premiers amis à Papeete, lui avait dit qu'avec sa longue chevelure et son chapeau de Mohican à la Buffalo Bill, les Maoris le prenaient pour un *mahu*, un homme-femme.

Il était plein d'illusions. Dès qu'il respira l'air chaud de Papeete, que ses yeux furent éblouis par l'intense lumière tombée du plus bleu des ciels et qu'il sentit autour de lui la présence de la nature dans cette profusion d'arbres et de fruits parfumant les ruelles poussiéreuses de la ville — orangers, citronniers, pommiers, cocotiers, manguiers, exubérants goyaviers et prolixes arbres à pain —, une envie de se mettre au travail qu'il n'éprouvait plus depuis longtemps s'empara de lui. Mais il ne put le faire aussitôt, car il n'avait pas touché du bon pied cette terre tant désirée. Peu de jours après son arrivée, la capitale de la Polynésie française enterrait le dernier roi maori, Pomaré V, lors d'imposantes funérailles que Paul suivit, avec un crayon et un carnet qu'il barbouilla de croquis et de dessins. Peu après, il crut qu'il allait mourir lui aussi. Car les premiers jours d'août 1891, alors qu'il commençait à s'adapter à la chaleur et aux parfums pénétrants de Papeete, il eut une violente hémorragie, accompagnée de crises de tachycardie qui gonflaient et dégonflaient sa poitrine comme un soufflet et lui coupaient la respiration. Serviable, Jénot le conduisit à l'hôpital Vaiami, ainsi appelé en raison du fleuve qui coulait devant, en direction de la mer, un vaste ensemble composé de pavillons aux fenêtres protégées des insectes par des toiles métalliques et aux coquettes balustrades en bois, séparés par des jardins luxuriants de manguiers, d'arbres à pain et de palmiers géants dressant leurs crêtes où pullulaient les oiseaux babillards. Les médecins lui prescrivirent un médicament à base de digitaline pour combattre sa faiblesse cardiaque, des cataplasmes de moutarde aux jambes et des ventouses sur la poitrine. Et ils lui confirmèrent que cette crise était une nouvelle manifestation de la maladie imprononçable qu'on lui avait diagnostiquée, quelques mois plus tôt, à Paris. Les Sœurs de Saint-Joseph de Cluny, qui avaient la charge de l'hôpital Vaiami, lui reprochaient mi-rieuses, mi-sérieuses, de dire des gros mots de marin (« C'est ce que j'ai été de longues années, ma sœur ») et de fumer sans arrêt sa pipe, malgré sa maladie, en réclamant d'un geste arrogant qu'on baptise son café de rasades de cognac.

Dès qu'il quitta l'hôpital — les médecins voulaient le retenir mais il s'y refusa, parce que les douze francs qu'on lui prenait par jour déséquilibraient son budget —, il se transporta dans une des pensions les moins chères qu'il trouva à Papeete, en plein quartier chinois, derrière la cathédrale Notre-Dame de l'Immaculée-Conception, affreux édifice de pierre dressé à quelques mètres de la mer, dont il apercevait de sa chambre le clocher de bois à toiture rouge. Tout autour s'étaient concentrés, dans des baraques en planches décorées de lanternes rouges et d'inscriptions en mandarin, bon nombre des trois cents Chinois venus à Tahiti comme coolies pour travailler aux champs et qui, en raison des mauvaises récoltes et de la faillite de quelques colons, avaient émigré à Papeete où ils s'adonnaient au petit commerce. Le maire, François Cardella, avait autorisé dans le quartier l'ouverture de fumeries d'opium, auxquelles n'avaient accès que les Chinois, mais, peu après son installation, Paul se débrouilla pour se glisser dans l'une d'elles et fumer une pipe. L'expérience ne le séduisit pas ; le plaisir des stupéfiants était trop passif pour qui était possédé comme lui par le démon de l'action.

Dans cette pension du quartier chinois il vivait avec fort peu d'argent, mais dans une promiscuité et une pestilence — il y avait des porcheries tout autour et à deux pas se trouvait l'abattoir, où se pourléchaient quantité d'animaux — qui lui ôtaient l'envie de peindre et le poussaient à vivre dans la rue. Il allait s'asseoir dans un petit bar du port, face à la mer, et il y passait des heures, avec une absinthe et un carré de sucre, à jouer aux dominos. Le sous-lieutenant Jénot — mince, élégant, cultivé, raffiné — lui fit comprendre qu'habiter au milieu des Chinois de Papeete le déconsidérerait aux yeux des colons, ce qui ravit Paul. Quelle meilleure façon d'assumer sa condition rêvée de sauvage que d'être méprisé par les *popa'as*, les Européens de Tahiti ?

Il connut Titi P'tits-Seins non pas dans un des sept petits bars du port de Papeete, où les marins de passage venaient se soûler et chercher femme, mais sur la grande place du marché, l'esplanade qui entourait une fontaine carrée, avec une petite grille, d'où coulait un filet d'eau nonchalant. Bornée par la rue Bonnard et la rue des Beaux-Arts et jouxtant les jardins de l'hôtel de ville, la place du Marché, cœur du commerce des aliments, des articles domestiques et des colifichets de l'aube au crépuscule, devenait la nuit le marché de la Chair, aux dires des Européens de Papeete, qui fantasmaient sur ce lieu infernal, associé au dévergondage et au sexe. Grouillant de vendeurs ambulants d'oranges, de pastèques, de noix de coco, d'ananas, de châtaignes, de confiseries sirupeuses, de fleurs et de babioles, dans l'obscurité et à la faible clarté de lampes à huile, les tambours y résonnaient et l'on y organisait des fêtes et des bals qui s'achevaient en orgies. Les indigènes, certes, y participaient, mais aussi quelques Européens de piètre réputation : soldats, marins, négociants de passage, vagabonds et toute une adolescence nerveuse. La liberté avec laquelle s'y négociait et pratiquait l'amour, dans des scènes de véritable promiscuité collective, enthousiasma Paul. Quand on apprit que, non content de vivre chez les Chinois, il était aussi un visiteur assidu du marché de la Chair, l'image du peintre parisien récemment installé à Papeete s'effondra du tout au tout aux yeux de la société coloniale. Il ne fut plus jamais invité au Cercle militaire, où l'avait conduit Jénot peu après son arrivée, ni à aucune cérémonie présidée par le maire Cardella ou le gouverneur Lacascade, qui l'avaient reçu cordialement au début.

Titi Ptits-Seins se trouvait cette nuit-là sur le marché de la Chair, offrant ses services. C'était une métisse de Néo-Zélandais et de Maorie qui avait dû être belle dans une jeunesse bientôt consumée par la mauvaise vie, sympathique et loquace. Paul fit affaire avec elle pour une somme modique et la mena à sa pension. Mais la nuit qu'ils passèrent ensemble fut si agréable que Titi P'tits-Seins refusa de recevoir son dû. Éprise de lui, elle resta vivre avec Paul. Quoique prématurément vieillie, c'était une insatiable jouisseuse qui l'aida, durant ces premiers mois à Tahiti, à s'acclimater à sa nouvelle vie et à combattre la solitude.

Au bout de quelque temps, elle accepta de l'accompagner à l'intérieur de l'île, loin de Papeete. Paul lui expliqua qu'il était venu en Polynésie pour mener la vie des indigènes, non celle des Européens, et qu'il était indispensable pour cela de quitter la capitale occidentalisée. Ils passèrent quelques semaines à Paea, où Paul se ne sentit pas bien du tout, puis à Mataiea, à une quarantaine de kilomètres de Papeete ; là il put enfin louer un faré en face de la baie, d'où il pouvait plonger dans la mer. Il avait devant lui une petite île et, derrière, la haute palissade de montagnes aux pitons abrupts et à la lourde végétation. Sitôt installés à Mataiea, il se mit à peindre, avec une véritable fureur créatrice. Et au fur et à mesure qu'il passait des heures et des heures à tirer sur sa pipe et à ébaucher des esquisses ou à rester planté devant son chevalet, il se désintéressait de Titi P'tits-Seins, dont le bavardage l'importunait. Après ces séances de peinture, pour ne pas avoir à parler avec elle, il passait son temps à gratter sa guitare ou à pousser la chansonnette en s'accompagnant à la mandoline. « Quand partira-t-elle ? » se demandait-il, curieux, en observant l'ennui non déguisé de Titi P'tits-Seins. Elle ne tarda pas à le faire. Alors qu'il avait déjà achevé une trentaine de toiles et qu'il y avait exactement huit mois qu'il était à Tahiti, un matin, en se réveillant, il trouva un mot d'adieu, qui était un modèle de concision : « Au revoir et sans rancune, cher Paul. »

Il fut fort peu chagriné par son départ car, à dire le vrai, la Néo-Zélandaise maorie, maintenant qu'il était décidé à peindre, était moins une compagnie qu'une gêne. Son bavardage était incessant ; si elle n'était pas partie d'elle-même, il aurait probablement fini par la chasser. Il put enfin se concentrer et travailler en toute tranquillité. Après tant de difficultés, de maladies et de faux pas, il commençait à sentir que son voyage dans les mers du Sud, à la recherche du monde primitif, n'avait pas été inutile. Non, Paul. Depuis que tu t'étais enterré à Mataiea, tu avais peint une trentaine de toiles, et, bien qu'il n'y eût pas là un seul chef-d'œuvre, ta peinture, grâce au monde non domestiqué qui t'entourait, était plus libre, plus audacieuse. N'étais-tu pas content ? Non, tu ne l'étais pas.

Quelques semaines après le départ de Titi P'tits-Seins, il commença à avoir faim de femme. Les habitants de Mataiea, presque tous maoris, avec qui il s'entendait bien et qu'il invitait parfois dans son faré à boire un coup de rhum, lui conseillèrent de se chercher une compagne dans les villages de la côte orientale, où il y avait des jeunes filles à marier. Ce fut plus facile qu'il ne le pensait. Il se lança à cheval dans une expédition qu'il baptisa « quête de la Sabine », et au minuscule hameau de Faaone, dans une épicerie au bord du chemin où il avait fait halte pour se rafraîchir, la femme qui le servait lui demanda ce qu'il cherchait dans ce patelin.

— Une femme qui veuille vivre avec moi, fit-il en plaisantant.

La femme, large de hanches, encore gaillarde, le toisa un moment avant de reprendre la parole. Elle le scrutait comme si elle avait voulu lire dans son âme.

— Peut-être que ma fille vous conviendrait, lui proposa-t-elle enfin très sérieusement. Voulez-vous la voir ?

Déconcerté, Koké acquiesça. Au bout d'un moment, la femme revint avec Teha'amana. Elle dit qu'elle n'avait que treize ans, malgré son corps développé, ses seins et ses cuisses fermes, et des lèvres charnues qui s'ouvraient sur une dentition des plus blanches. Paul s'approcha d'elle, un peu troublé. Voulait-elle être sa femme ? La fillette fit oui, en riant.

— Tu n'as pas peur de moi ?

Teha'amana fit non de la tête

— Tu n'as jamais été malade ?

— Non.

— Tu sais faire la cuisine ?

Une demi-heure plus tard, il reprenait le chemin de retour à Mataiea, suivi à pied par sa nouvelle acquisition, une belle villageoise parlant un français doux et portant tout son avoir sur son dos. Il lui avait proposé de la hisser sur la croupe du cheval, mais la jeune fille avait refusé, comme s'il s'était agi d'un sacrilège. Elle l'avait dès ce premier jour appelé Koké, nom qui allait se répandre comme une traînée de poudre. Tous les habitants de Mataiea n'allaient pas tarder à l'appeler ainsi, comme plus tard tous les Tahitiens, et même quelques Européens.

Il se rappellerait bien des fois ces premiers mois de vie conjugale, fin 1892 et début 1893, avec Teha'amana, dans le faré de Mataiea, comme les meilleurs passés à Tahiti, et peut-être dans sa vie entière. Sa petite femme était une source inépuisable de plaisir. Prête à se donner à lui quand il la sollicitait, elle le faisait sans façon, jouissant elle aussi effrontément et avec une joie stimulante. C'était, de plus, une ménagère efficace — quelle différence avec Titi P'tits-Seins ! — qui lavait son linge, nettoyait le faré et cuisinait avec le même enthousiasme qu'elle mettait à faire l'amour. Quand elle se baignait dans la mer ou le lagon, sa peau bleue prenait des reflets qui l'attendrissaient. Sur son pied gauche, elle avait non pas cinq, mais sept petits orteils ; deux étaient des excroissances de chair qui faisaient honte à la jeune fille. Mais Koké s'en amusait et aimait les caresser

Ils se disputaient seulement quand il lui demandait de poser. Teha'amana s'ennuyait à rester longtemps immobile dans la même position et, parfois, avec une grimace excédée, elle partait sans explication. N'étaient ses chroniques problèmes d'argent qui n'arrivait jamais à temps ou qui, lorsque lui parvenaient les mandats-poste envoyés par son ami Daniel de Monfreid après la vente en Europe de quelque tableau, lui filait entre les doigts, Koké se serait dit, ces mois-là, qu'il touchait enfin au bonheur. Mais à quand le chef-d'œuvre, Koké?

Par la suite, avec sa propension à transformer en mythes les choses de la vie, il se dirait que les *tupapaus* avaient détruit cette illusion de toucher presque l'Éden, qu'il avait eue au début de sa relation avec Teha'amana. Mais ne te plains pas, Koké, c'est à eux, à ces démons du panthéon maori, que tu devais aussi ton premier chef-d'œuvre tahitien. Il y avait déjà presque un an qu'il était là et il ne s'était pas encore avisé de l'existence de ces esprits malins qui émanaient des cadavres pour empoisonner la vie des vivants. Un livre prêté par Auguste Goupil, le colon le plus riche de l'île, les lui fit connaître et, quelle coïncidence! il reçut presque en même temps une preuve de leur existence.

Il s'était rendu à Papeete pour voir, comme d'habitude, s'il avait reçu quelque mandat de Paris. C'étaient des déplacements qu'il tâchait d'éviter, car la patache lui coûtait neuf francs à l'aller et autant au retour, avec par-dessus le marché ce tapecul sur une route infâme, surtout s'il avait plu. Il partit à l'aube pour rentrer l'après-midi, mais un déluge coupa la route et la voiture ne le déposa à Mataiea qu'à minuit passé. Le faré était dans l'obscurité, ce qui était étrange. Teha'amana ne dormait jamais sans laisser une petite lampe allumée. Son cœur se serra : était-elle partie ? Ici, les femmes se mariaient et se démariaient comme on change de chemise. Dans ce domaine au moins, les efforts des missionnaires et des pasteurs pour pousser les Maoris à adopter le modèle de la stricte famille chrétienne étaient assez vains. En matière domestique les indigènes n'avaient pas tout à fait perdu l'esprit de leurs ancêtres. Un beau jour, le mari ou la femme décampait, et personne n'en était surpris. Les familles se faisaient et se défaisaient avec une facilité impensable en Europe. Si elle était partie, tu la regretterais. Tu regretterais Teha'amana, oui.

Il entra dans le faré et, passé la porte, chercha dans ses poches la boîte d'allumettes. Il en gratta une et, dans la petite flamme jaune bleuté qui crépitait entre ses doigts, il vit cette image qu'il n'oublierait jamais, qu'il chercherait à retrouver les jours et les semaines suivantes, en travaillant dans cet état fébrile, de transe, où il avait toujours peint ses meilleurs tableaux. Une image qui, malgré le temps passé, resterait vive dans sa mémoire comme un de ces moments privilégiés, visionnaires, de sa vie à Tahiti, quand il avait cru toucher, vivre, ne fût-ce que quelques instants, ce qu'il était venu chercher dans les mers du Sud, ce qu'en Europe il ne trouverait plus jamais parce que la civilisation l'avait anéanti. Sur le matelas, au ras du sol, nue, sur le ventre, ses fesses rondes dressées et le dos un peu courbe, tournant à moitié son visage vers lui, Teha'amana le regardait d'un air d'épouvante infinie, les yeux, la bouche et le nez froncés dans une grimace de terreur animale. Ses mains furent moites de peur. Son cœur battait, emballé. Il dut lâcher l'allumette qui lui brûlait les doigts. Quand il en gratta une autre, la jeune fille gardait la même position, la même expression, pétrifiée de terreur.

— C'est moi, c'est moi, Koké, la rassura-t-il en s'approchant d'elle. N'aie pas peur, Teha'amana.

Elle fondit en larmes, avec des sanglots hystériques et, dans ses propos incohérents, il distingua, plusieurs fois, le mot *tupapau, tupapau*. C'était la première fois qu'il l'entendait, mais il l'avait lu auparavant. Sa mémoire le renvoya aussitôt, tandis que, se pressant contre sa poitrine, assise sur ses genoux, Teha'amana recouvrait ses esprits, au livre *Voyages aux îles du Grand Océan* (Paris, 1837), écrit par un ancien consul français dans ces îles, Jacques-Antoine Moerenhout, où figurait ce curieux mot que Teha'amana répétait maintenant de façon entrecoupée, en lui reprochant de l'avoir laissée dans l'obscurité, sans huile dans la lampe, alors qu'il connaissait sa peur du noir, parce que les ténèbres suscitaient les *tupapaus*. C'était cela, Koké : quand tu étais entré dans la chambre obscure et que tu avais gratté l'allumette, Teha'amana t'avait pris pour un revenant.

Ainsi donc, ces esprits des morts existaient, démons griffus aux crocs de loup peuplant les trous, les cavernes, les creux de buissons, les troncs rongés, qui sortaient de leurs cachettes pour faire peur aux vivants et les tourmenter. Moerenhout le disait, dans ce livre que t'avait prêté Goupil le colon, qui parlait en détail des dieux disparus et des démons des Maoris, avant que les Européens ne viennent anéantir leurs croyances et leurs coutumes. Et peut-être que Loti en parlait lui aussi dans ce roman qui avait enthousiasmé Vincent et qui t'avait mis pour la première fois en tête l'idée de Tahiti. Ils n'avaient pas totalement disparu, après tout. Un peu de ce beau passé palpitait sous la bure chrétienne imposée par les missionnaires et les pasteurs. Les indigènes n'en parlaient jamais, et chaque fois que Koké tâchait de leur faire dire quelque chose sur leurs vieilles croyances, sur le temps où ils étaient libres comme seuls peuvent l'être les sauvages, ils le regardaient sans comprendre. Ils riaient de lui, de quoi parlait-il donc ? comme si ce que leurs ancêtres faisaient, adoraient et craignaient s'était éclipsé de leur vie. Pas sûr du tout ; ce mythe, du moins, était encore vivant ; à preuve, le murmure plaintif de la jeune fille que tu tenais entre tes bras : *Tupapau, tupapau !*

Il sentit sa verge se raidir. Il tremblait d'excitation. Le remarquant, la petite s'étira sur le matelas avec cette lenteur cadencée, un peu féline, qui le séduisait et l'intriguait tant chez les filles indigènes, attendant qu'il se déshabille. La fièvre au corps, il s'abattit à ses côtés, mais au lieu de se jucher sur elle, il la fit pivoter sur elle-même et se mettre sur le ventre, dans la position où il l'avait surprise. Il avait encore au fond des yeux le spectacle ineffaçable de ces fesses froncées et soulevées par la peur. Il peina à la pénétrer — il la sentait ronronner, se plaindre, s'étrécir, puis enfin crier — et, dès que sa verge fut en elle, pressée et douloureuse, il éjacula dans un hurlement. L'espace d'un instant, en sodomisant Teha'amana, il se sentit un sauvage.

Le lendemain matin, dès les premières lueurs, il se mit à travailler. Le jour était sec, avec de rares nuages au ciel; peu après, la fête des couleurs battrait son plein. Il piqua une tête dans la cascade, tout nu, en se rappelant que, peu après son arrivée ici, un gendarme antipathique nommé Claverie, le voyant barboter nu dans l'eau, lui avait flanqué une amende pour « offense à la morale publique ». Ta première rencontre avec une réalité qui contredisait tes rêves, Koké. Il revint et se prépara une tasse de thé avec des gestes maladroits. Il bouillait d'impatience. Quand Teha'amana se réveilla, une demi-heure plus tard, il était si absorbé dans ses esquisses et ses préparatifs qu'il ne l'entendit même pas lui souhaiter le bonjour.

Il resta toute une semaine à travailler sans relâche. Il n'abandonnait son atelier qu'à midi, pour manger quelques fruits à l'ombre du manguier touffu qui flanquait son faré, ou pour ouvrir une boîte de conserve, et il continuait jusqu'au crépuscule. Le second jour, il avait appelé Teha'amana, l'avait déshabillée et fait étendre sur le matelas, dans la position où il l'avait découverte quand elle l'avait pris pour un *tupapau*. Il avait aussitôt compris que c'était absurde. La jeune fille ne pourrait jamais représenter à nouveau ce qu'il voulait jeter sur la toile : cette terreur religieuse, venue du plus lointain passé, qui lui avait fait voir cet esprit, une peur si puissante qu'elle avait suscité le *tupapau*. Maintenant, elle riait ou étouffait son rire, en essayant de restituer à son visage une expression craintive, comme il la suppliait de le faire. Son corps ne reproduisait pas non plus cette tension, cet arc tendu du dos qui faisait saillir ses fesses avec une luxure telle que Koké n'en avait jamais vu. C'était stupide de lui demander de poser. Le matériau était dans sa mémoire, cette image qu'il revoyait chaque fois qu'il fermait les yeux et ce désir qui l'avait conduit, ces jours-là, tandis qu'il peignait et retouchait au chevalet *Manao Tupapau*, à posséder dans les reins chaque nuit, et même aussi chaque jour parfois, sa *vahiné*. En peignant ce tableau, il sentit, comme rarement auparavant, à quel point il était dans le vrai quand il affirmait à ses jeunes disciples de la pension Gloanec, qui l'écoutaient avec ferveur, là-bas en Bretagne : « Pour peindre vraiment il faut secouer l'homme civilisé que nous sommes en surface et faire sortir le sauvage que nous avons à l'intérieur. »

Oui, c'était là un véritable tableau de sauvage. Il le contempla avec satisfaction quand il lui sembla achevé. Là, comme dans l'esprit des sauvages, le réel et le fantastique se fondaient en une seule réalité. Sombre, un peu funèbre, imprégnée de religiosité et de désir, de vie et de mort. La moitié inférieure était objective, réaliste ; la supérieure, subjective et irréelle, mais non moins authentique que la première. La fille nue serait obscène sans la peur qui se lit dans son regard et cette bouche qui commence à se tordre en grimace. Mais la peur ne diminuait pas sa beauté, elle l'accroissait plutôt, lui faisant serrer les fesses de façon si suggestive. Un autel de chair humaine sur lequel célébrer une cérémonie barbare, en hommage à un cruel petit dieu païen. Et, dans la partie supérieure, le fantôme qui, en vérité, était plus tien que tahitien, Koké. Il ne ressemblait pas à ces démons griffus aux crocs de dragon décrits par Moerenhout. C'était une petite vieille à capuchon noir, comme celles de Bretagne, toujours vivantes dans ton souvenir, des femmes intemporelles que, lorsque tu vivais à Pont-Aven ou au Pouldu, tu rencontrais sur les chemins du Finistère. Elles donnaient l'impression d'être déjà à moitié mortes, en train de devenir des spectres vivants. Elles appartenaient au monde objectif, pour parler statistique, de même que le matelas d'un noir soutenu comme la chevelure de la fille, les fleurs jaunes, les draps verdâtres en fibre battue, l'oreiller vert pâle et l'oreiller rose dont la teinte semblait avoir contaminé sa lèvre supérieure. Cet ordre de la réalité avait sa contrepartie en haut : là les fleurs aériennes étaient étincelles, éclats, bolides phosphorescents et sans poids, flottant dans un ciel d'un mauve bleuté où les flots de couleur suggéraient une cascade lancéolée.

Le fantôme, de profil, très tranquille, s'appuyait de dos contre un poteau cylindrique, un totem aux formes abstraites finement colorées, dans des tons rougeâtres et un bleu vitreux. Cette moitié supérieure était une matière mobile, fuyante, insaisissable, qui, aurait-on dit, pouvait s'évanouir à tout moment. De près, le fantôme arborait un nez droit, des lèvres tuméfiées et le grand œil fixe des perroquets. Tu avais obtenu que l'ensemble eût une harmonie sans césures, Koké. Il en émanait un glas funèbre. La lumière sourdait du jaune verdâtre du drap et du jaune orangé des fleurs.

— Quel nom dois-je lui donner ? demanda-t-il à Teha'amana, après en avoir brassé un certain nombre en les écartant tous.

La jeune fille réfléchit, gravement. Puis elle acquiesça en s'approuvant elle-même : « Manao Tupapau. » Il eut du mal à comprendre, d'après les explications de Teha'amana, si la traduction correcte était : « Elle pense au revenant » ou « Le revenant pense à elle. » Cette ambiguïté fut de son goût.

Une semaine après avoir fini son chef-d'œuvre, il le retouchait encore, et passait des heures entières à contempler sa toile. Tu l'avais réussie, hein, Koké ? Le tableau ne révélait pas une main civilisée, européenne, chrétienne. Plutôt celle d'un ex-Européen, d'un ex-civilisé, d'un ex-chrétien qui, à force de volonté, d'aventures et de souffrance, avait expulsé de lui l'affectation frivole des décadents parisiens, et retrouvé ses origines, ce passé éclatant où religion et art, cette vie et l'autre, étaient une seule réalité. Les semaines qui suivirent *Manao Tupapau* furent d'une sérénité d'esprit que Paul n'avait pas connue depuis longtemps. De façon mystérieuse, ses plaies aux jambes qui allaient et venaient, et qui étaient apparues deux ans plus tôt, peu avant de quitter l'Europe, avaient disparu. Mais il continuait, par précaution, à se mettre des cataplasmes de moutarde et à bander ses mollets, comme le lui avait prescrit le Dr. Fernouil, à Paris, et le lui avaient conseillé les médecins de l'hôpital Vaiami. Cela faisait longtemps qu'il ne souffrait plus de ces hémorragies buccales qui étaient survenues peu après son arrivée à Tahiti. Il sculptait toujours de petits bouts de bois, en s'inventant des dieux polynésiens, à partir des dieux païens de sa collection de photos, assis à l'ombre du haut manguier, traçait des esquisses et commençait de nouveaux tableaux qu'il abandonnait dès leur ébauche. Comment peindre quelque chose après *Manao Tupapau* ? Tu avais raison, Koké, quand tu soutenais en pérorant là-bas, au Pouldu, à Pont-Aven, au café Voltaire à Paris, ou en discutant avec le Hollandais fou, à Arles, que peindre n'était pas une affaire de métier mais de circonstances, non d'adresse mais de fantaisie et d'élan vital. « Comme d'entrer à la Trappe et de vivre seulement pour Dieu, mes frères. » La nuit de la peur de Teha'amana, te disais-tu, le rideau du quotidien s'était déchiré et une réalité profonde avait surgi, où tu pouvais te transporter à l'aube de l'humanité et côtoyer les ancêtres qui faisaient leurs premiers pas dans l'histoire, dans un monde encore magique, de dieux et de démons entremêlés aux êtres humains.

Pouvait-on fabriquer artificiellement ces circonstances où se brisaient les barrières du temps, comme la nuit du *tupapau* ? Pour essayer de le vérifier, il avait préparé cette *tamara'a* où, dans un de ces actes irréfléchis qui jalonnaient sa vie, il avait gaspillé une bonne partie d'un important mandat-poste (800 francs) que lui avait fait parvenir Daniel de Monfreid, produit de la vente de deux de ses tableaux bretons à un armateur de Rotterdam. À peine eut-il en main cet argent qu'il informa de ses plans Teha'amana : ils inviteraient beaucoup d'amis, ils chanteraient, mangeraient, danseraient et se soûleraient toute une longue semaine.

Ils se rendirent à la boutique d'Aoni le Chinois, à Mataiea, pour régler les dettes accumulées. Aoni, un gros Oriental aux paupières tombantes de tortue, qui s'éventait avec un bout de carton, avait jeté un regard émerveillé sur l'argent qu'il n'espérait plus toucher. Koké, dans un geste munificent, avait fait une impressionnante provision de conserves, viande de bœuf, fromages, sucre, riz, haricots et boissons : fiasques de rosé, bouteilles d'absinthe, carafons de bière et de rhum distillé dans les sucreries de l'île.

Ils invitèrent une dizaine de couples indigènes des environs de Mataiea, et quelques amis de Papeete, comme le sous-lieutenant Jénot, les Drollet et les Suhas, fonctionnaires de l'administration coloniale. Discret et aimable, Jénot se présenta, comme toujours, chargé de victuailles et de boissons qu'il achetait à prix de gros à la cantine militaire. La *tamara'a*, repas à base de poissons, pommes de terre et légumes enfouis dans le sol, enveloppés dans des feuilles de bananier, et cuits à la pierre chaude, fut délicieuse. Quand ils eurent fini de manger, le soleil déclinant était un bolide de feu plongeant dans les récifs étincelants. Jénot et les deux couples de Français prirent congé, car ils voulaient retourner à Papeete le jour même. Koké descendit ses deux guitares et sa mandoline, et régala ses invités de chansons bretonnes et de quelques autres à la mode à Paris. Il valait mieux rester entouré d'indigènes. La présence des Européens était toujours un frein, empêchait les Tahitiens de donner libre cours à leurs instincts et de s'amuser vraiment. Il l'avait remarqué dès ses premiers jours à Tahiti, aux bals du vendredi sur la place du Marché. La fête ne commençait vraiment que lorsque les marins devaient retourner à leur bateau, les soldats à leur caserne, et qu'il restait sur place une foule presque dépeuplée de *popa'as*. Ses amis de Mataiea étaient assez ivres, hommes et femmes. Ils buvaient du rhum avec de la bière ou avec des jus de fruits. Certains dansaient, d'autres entonnaient des chansons aborigènes, en groupe et en mesure. Koké aida à allumer le feu de joie, non loin du haut manguier où, à travers les branches tentaculaires au lourd feuillage, scintillaient les étoiles dans un ciel indigo. Maintenant il comprenait assez bien le maori tahitien, mais pas quand ils chantaient. Tout près du feu, la peau enflammée par les reflets, dansaient sur place en remuant les hanches Tutsitil, le propriétaire du terrain où était construit son faré, et sa femme Maoriana, encore jeune et bien potelée, exhibant ses cuisses élastiques à travers le paréo à fleurs. Elle avait la typique jambe tahitienne, cylindrique, posée sur ces grands pieds plats qui se confondaient avec la terre. Paul la désira. Il alla leur chercher de la bière mélangée de rhum et leur offrit à boire ; il but et trinqua en les enlaçant et en fredonnant leur chanson. Les deux indigènes étaient ivres.

— On va se mettre tout nus, dit Koké. Est-ce qu'il y aurait des moustiques, par hasard ?

Il ôta le paréo qui recouvrait la partie inférieure de son corps, et resta nu, la verge à moitié en érection, bien visible dans la maigre clarté du feu de joie. Personne ne l'imita. Ils le regardaient avec indifférence ou curiosité, mais ne se sentaient pas concernés. Qu'est-ce qui vous fait peur, zombis ? Personne ne lui répondit. Ils continuaient à danser, à chanter et à boire, comme s'il n'avait pas été là. Il dansa avec ses voisins, en essayant d'imiter leurs mouvements — cet impossible roulis des hanches, ce petit saut rythmé des deux pieds les genoux se touchant — sans y parvenir, quoique plein d'euphorie et d'optimisme. Il s'était glissé entre Tutsitil et Maoriana comme une pièce rapportée, et maintenant se collait davantage à la femme en la touchant. Il la saisit à la taille et la poussa, lentement, de son corps, en l'éloignant du cercle éclairé par le feu. Elle n'opposa pas de résistance, ni ne changea d'expression. Elle ne semblait pas remarquer la présence de Koké, comme si elle avait dansé dans l'air ou avec une ombre. En la forçant un peu, il la fit glisser à terre, sans qu'aucun des deux ne prononçât un mot. Maoriana se laissa baiser la bouche, mais ne l'embrassa pas; elle fredonnait entre ses dents, tandis que de sa langue il lui écartait les lèvres. Il l'aima, tous les nerfs tendus par cette mélopée qu'entonnaient maintenant les invités encore debout, faisant une ronde autour du feu.

Quand il se réveilla un ou deux jours plus tard — impossible de s'en souvenir —, les dards du soleil dans les yeux, il avait des piqûres sur toute la peau et doutait d'être parvenu par ses propres moyens jusqu'à son lit. Teha'amana, à mi-corps hors du drap, ronflait. Il avait l'haleine chargée et piquante sous l'effet du mélange d'alcools, et éprouvait un malaise généralisé. « Dois-je rester ou rentrer en France ? » pensa-t-il. Il était à Tahiti depuis un an et avait près de soixante toiles peintes, plus d'innombrables esquisses et dessins, ainsi qu'une douzaine de sculptures sur bois. Et le plus important : un chef-d'œuvre, Koké. Rentrer à Paris et faire une exposition avec les meilleures œuvres de cette année de travail en Polynésie, n'était-ce pas tentant ? Les Parisiens resteraient bouche bée devant cette explosion de lumière, de paysages exotiques, ce monde d'hommes et de femmes au naturel, orgueilleux de leur corps et de leurs sens, ils en resteraient comme deux ronds de flan devant ces formes audacieuses et ces combinaisons risquées de couleurs qui reléguaient les jeux impressionnistes au rang d'enfantillages. Alors, tu te décides, Koké ?

Quand Teha'amana se réveilla et alla préparer une tasse de thé, il était plongé dans un rêve éveillé, les yeux grands ouverts, jouissant de son triomphe : les articles enthousiastes dans journaux et revues, les galeristes ne sachant où donner de la tête face au flux des amateurs se disputant ses tableaux, offrant des prix déments que ni Monet, ni Degas, ni Cézanne, ni même le Hollandais fou ou Puvis de Chavannes n'avaient jamais atteints. Paul savourait la gloire et la fortune que dispense la France aux célébrités, avec élégance, sans se hausser du col. Les collègues qui avaient douté de lui, il leur rafraîchissait la mémoire : « Je vous ai dit quelle était la méthode, vous ne vous en souvenez pas, mes amis ? » Les jeunes, il les aidait de ses recommandations et de ses conseils.

— Je suis enceinte, lui dit Teha'amana en revenant avec les tasses de thé fumant. Tutsitil et Maoriana sont venus demander si, maintenant que tu as reçu de l'argent, tu vas leur rendre ce qu'ils t'ont prêté.

Il les remboursa et paya aux autres voisins ce qu'il leur devait, mais il découvrit alors que tout ce qui lui restait du mandat de Daniel de Monfreid, c'étaient cent francs. Combien de temps cela lui permettrait-il de manger ? Il n'avait presque plus de toile ni de châssis, les cartons s'étaient épuisés et c'est à peine s'il lui restait quelques tubes de peinture. Rentrer en France, Paul ? Dans l'état où tu te trouvais, et avec ce sombre avenir, pouvais-tu encore tirer profit de Tahiti ? Par ailleurs, si tu voulais retourner en Europe, il fallait te secouer immédiatement. Car payer ton voyage, rien n'était moins sûr. La seule façon était de te faire rapatrier. Tu en avais le droit, au regard de la loi française. Mais il y avait loin de la coupe aux lèvres, aussi était-il urgent que Monfreid et Schuffenecker, là-bas à Paris, fassent des démarches auprès du ministère. Le temps qu'ils s'agitent pour toi et que la réponse officielle te parvienne, il fallait compter six à huit mois, au bas mot. Allez, au travail, sans perdre de temps.

Ce même jour, le corps encore meurtri de ce qu'il avait bu lors de la *tamara'a*, il écrivit à ses amis en les pressant de faire le nécessaire auprès du ministre, afin que le directeur des Beaux-Arts (était-ce toujours monsieur Henri Roujon, celui qui lui avait donné des lettres de recommandation quand il était venu à Tahiti?) consente à le rapatrier. Il écrivit aussi à ce dernier une longue lettre, en justifiant sa requête par des raisons de santé et de totale insolvabilité, et enfin une lettre à son épouse légitime, Mette, à Copenhague, pour lui annoncer qu'ils se verraient dans quelques mois, car il avait décidé de rentrer en France et de montrer le résultat de son travail dans les mers du Sud. Sans faire part de ses plans à Teha'amana, il s'habilla et partit à Papeete poster ses lettres. La poste, dans l'artère principale de la capitale, la rue de Rivoli, bordée de hauts arbres fruitiers et des grandes maisons des gens de la haute, était sur le point de fermer. Le plus vieux des employés (Foncheval ou Fonteval?) lui dit que son courrier partirait sous peu en empruntant la route de l'Australie, le *Kerrigan* s'apprêtait à appareiller. Quoique plus longue, elle était plus sûre que celle de San Francisco, car il n'y avait pas tant de transbordements susceptibles de faire s'égarer les envois.

Il alla boire un verre dans un bar du port. Il avait pris la décision de rentrer à Paris à peine une année après son arrivée ici et il n'allait pas faire marche arrière, bien qu'il se sentît gêné aux entournures par rapport à lui-même. Pour parler clair, il s'agissait d'une fuite, consécutive à une défaite. Avec le Hollandais fou, à Arles, et en Bretagne, et à Paris, avec Émile Bernard, avec Maurice Denis, avec le bon Schuff, dans toutes ses conversations et ses rêves sur la nécessité de partir à la recherche d'un monde encore vierge, non perverti par l'art européen, il y avait eu aussi, comme préoccupation centrale, l'idée de fuir cette maudite odyssée quotidienne pour se procurer de l'argent, cette constante angoisse de survivre. Vivre au naturel et de la terre, comme les primitifs — les peuples sains —, l'avait poussé à l'aventure à Panamá et en Martinique, puis l'avait amené à s'intéresser à Madagascar et au Tonkin, avant de se décider pour Tahiti. Mais, en contradiction avec tes rêves, ici non plus on ne pouvait pas vivre « au naturel », Koké. On ne pouvait vivre que de noix de coco, de mangues et de bananes, tout ce qu'offraient gracieusement les branches des arbres. Et encore, les rouges bananes ne poussaient que dans la montagne, et il fallait escalader des pitons abrupts pour pouvoir les cueillir. Tu n'apprendrais jamais à cultiver la terre, parce que ceux qui le faisaient y consacraient un temps qui t'aurait privé de peinture. De sorte qu'ici aussi, en dépit du paysage et de ses indigènes, pâle reflet de ce qui fut la féconde civilisation maorie, l'argent présidait à la vie et à la mort des personnes, et condamnait les artistes à se prostituer au dieu Mamon. Si tu ne voulais pas mourir de faim, tu devais acheter des boîtes de conserve au marchand chinois, dépenser, dépenser un argent que, incompris et rejeté par les méprisables snobs qui dominaient le marché de l'art, tu n'avais ni n'aurais jamais. Mais bon, tu avais survécu, Koké, tu avais peint, enrichi ta palette avec ces couleurs et, en accord avec ta devise — « le droit de tout oser » —, couru tous les risques, comme les grands créateurs.

Tu n'avouerais à Teha'amana tes plans de retour en France qu'au dernier moment. Cela aussi se terminait. Tu devais être reconnaissant envers cette petite. Son jeune corps langoureux et son esprit éveillé t'avaient fait jouir, rajeunir, et parfois te sentir primitif. Sa vivacité naturelle, sa diligence, sa docilité, sa compagnie t'avaient rendu la vie supportable. Mais l'amour était exclu de ta vie, obstacle infranchissable pour ta mission d'artiste, car il embourgeoisait les hommes. Maintenant, avec ta semence dans ses entrailles, la jeune femme se mettrait à enfler, deviendrait une de ces indigènes adipeuses, monstrueuses, pour qui, au lieu d'affection et de désir, tu éprouverais de la répulsion. Mieux valait couper cette relation avant qu'elle ne finît de vilaine façon. Et le fils ou la fille que tu aurais ? Eh bien ! ce serait un bâtard de plus dans ce monde de bâtards. Rationnellement, tu étais convaincu de bien agir en rentrant en France. Mais quelque chose en toi n'y croyait pas, car les huit mois suivants, jusqu'à ton embarquement en juin 1893 sur le *Duchaffault* pour Nouméa, première étape de ton retour en Europe, tu te sentis anxieux, amer, craignant de commettre une grave erreur.

Il fit bien des choses pendant ces huit mois, mais une des fois où il crut pouvoir se remettre à peindre un second chef-d'œuvre tahitien, il se trompa. Il s'était rendu de Mataiea à Papeete pour voir s'il avait du courrier et quelque mandat, et avait trouvé la ville en grande émotion : le fils de son ami Aristide Suhas, âgé d'un an et huit mois, se mourait d'une infection intestinale. Il arriva chez eux quand l'enfant venait effectivement de mourir. En voyant l'enfant mort, son petit visage aigu, son teint cendreux, il sentit l'excitant chatouillement. Sans hésiter, en feignant une tristesse qu'il n'éprouvait pas, il embrassa Aristide et Mme Suhas et leur proposa de faire le portrait de l'enfant défunt pour le leur offrir. Mari et femme se regardèrent les yeux en larmes, et y consentirent : ce serait une autre façon de le conserver auprès d'eux.

Il fit aussitôt quelques esquisses, qu'il poursuivit durant la veillée funèbre, puis il le peignit sur une de ses dernières toiles, avec précaution et minutie. Il examina longuement le visage de cet enfant aux yeux clos et aux petites mains jointes, serrant un chapelet, qui exprimait l'instant même du passage de vie à trépas. Mais quand il eut fini ce portrait et l'offrit aux parents, au lieu de l'en remercier, Mme Suhas ne put se contenir. Jamais elle n'admettrait chez elle ce portrait.

— Mais qu'est-ce qui vous choque en lui ? cherchа à savoir Koké, pas du tout mécontent de la réaction de l'épouse du colon.

— Il y a que ce n'est pas mon enfant. C'est un petit Chinois, un de ces Jaunes qui ont commencé à nous envahir. Que vous a-t-on fait pour que vous vous moquiez de notre douleur, en donnant à notre ange un visage de Chinois ?

Comme il ne pouvait contenir son rire, les Suhas le jetèrent hors de chez eux. De retour à Mataiea, il contempla le tableau avec un regard neuf. Oui, sans t'en rendre compte, tu l'avais orientalisé. Alors, il rebaptisa sa nouvelle création d'un nom mythique maori : *Portrait du prince Atiti.*

Quelque temps plus tard, en voyant que quatre mois après le jour où elle lui avait annoncé sa grossesse, le ventre de Teha'amana ne poussait pas, il lui en fit la remarque.

— J'ai eu une hémorragie et je l'ai perdu, fit-elle sans interrompre sa couture. J'ai oublié de te le dire.

III

BÂTARDE ET FUGITIVE
Dijon, avril 1844

Bien que cela ne figurât pas dans son plan de voyage, Flora, au lieu de se rendre directement d'Auxerre à Dijon, fit deux escales, chacune d'un jour, à Avallon et à Semur. Elle laissa aux libraires des deux villes des exemplaires de *L'Union ouvrière*, ainsi que des affiches. Et dans l'une et l'autre, comme elle manquait de lettres de recommandation et de références, elle alla chercher les ouvriers dans les estaminets.

Sur la petite place de l'église d'Avallon, à la Vierge et aux saints si peinturlurés qu'ils lui rappelèrent les chapelles indigènes du Pérou, il y avait deux cabarets. Elle entra à L'Étoile du Jour à la nuit tombante. Le feu de la cheminée rougissait le visage des habitués et enfumait la pièce pleine à craquer. Elle était la seule femme. Aux voix glapissantes succédèrent des murmures et des ricanements. Dans le nuage blanc des pipes, elle distingua des petits clins d'œil, des expressions salaces. Une rumeur serpentine l'escortait tandis qu'elle fendait la masse transpirante qui se refermait derrière elle.

Elle n'éprouvait aucune gêne. Comme le patron de l'établissement, un petit homme aux façons mielleuses, s'approchait pour lui demander qui elle cherchait, elle répondit d'un ton cassant : personne.

— Pourquoi me le demandez-vous ? interrogea-t-elle à son tour, de façon à être entendue de tous. N'admet-on pas les femmes ici ?

— Les femmes comme il faut, oui, s'écria depuis le zinc une voix avinée. Les hétaïres, non.

« C'est le poète du patelin », pensa Flora.

— Je ne suis pas une putain, messieurs, expliqua-t-elle sans se fâcher en imposant le silence. Je suis une amie des ouvriers. Je viens les aider à briser les chaînes de l'exploitation.

Elle comprit alors, à leur visage, qu'ils ne la prenaient plus pour une hétaïre mais pour une poivrote. Sans s'avouer vaincue, elle leur parla. Ils l'écoutèrent par curiosité, comme on écoute le chant d'un oiseau inconnu, sans prêter beaucoup d'attention à ce qu'elle disait, plus attentifs à ses jupes, à ses mains, sa bouche, sa taille et sa poitrine qu'à ses mots. C'étaient des hommes fatigués, à l'air vaincu, qui voulaient seulement oublier la vie qu'ils menaient. Au bout d'un moment, leur curiosité satisfaite, certains reprirent leurs conversations, en l'oubliant. Dans le second cabaret d'Avallon, La Joie, un petit réduit aux murs couverts de suie, avec une cheminée où agonisaient les dernières braises, les six ou sept clients étaient trop éméchés pour qu'elle perdît son temps à leur parler.

Elle regagna son auberge avec ce petit goût

acide sur les lèvres qui l'envahissait de temps en temps. Pourquoi, Flora? Pour avoir perdu ton temps dans ce bourg de paysans ignares qu'était Avallon? Non. Parce que ton passage dans ces deux tavernes t'avait rafraîchi la mémoire, et que tu avais maintenant dans les narines les exhalaisons vineuses des antres pleins d'ivrognes, de joueurs et de gens de mauvaise vie de la place Maubert et de ses abords, où tu avais passé ton enfance et ton adolescence. Et tes quatre années de mariage, Florita. L'ivrognerie te faisait si peur! Elle pullulait au voisinage de la rue du Fouarre, aux portes des tavernes et à chaque coin de rue, et tu tombais toujours, aux porches des maisons et sur la chaussée, sur ces hommes soûls, dormant, éructant, vomissant ou proférant des obscénités. Sa peau se hérissa au souvenir des moments où elle rentrait, dans l'obscurité, de l'Atelier de Gravure et de Lithographie du maître André Chazal où, alors qu'elle venait d'avoir seize ans, sa mère avait réussi à la faire engager comme apprentie coloriste. Tes dons pour le dessin t'avaient servi à cela. Dans d'autres circonstances, peut-être serais-tu arrivée à devenir peintre, Andalouse. Mais elle ne regrettait pas d'avoir été une ouvrière dans sa jeunesse. Au début, cela lui avait semblé magnifique, une libération, de ne plus avoir à rester enfermée dans le taudis sordide de la rue du Fouarre, de partir de chez elle très tôt le matin pour travailler douze heures durant à l'Atelier de Gravure et de Lithographie avec la vingtaine d'ouvrières du maître Chazal. L'atelier, une véritable université sur la condition ouvrière féminine en France. Ses compagnes lui avaient raconté que le maître avait un frère célèbre, Antoine, peintre animalier au jardin des Plantes. André Chazal aimait boire, jouer et perdre son temps dans les cabarets. Quand il était pris de boisson, et parfois même sans l'être, il avait volontiers la main baladeuse. Et le fait est que le jour même de ton entrevue pour t'engager comme apprentie, il t'avait examinée de la tête aux pieds, posant effrontément son regard vulgaire sur ta poitrine et tes hanches.

André Chazal ! Quel pauvre diable t'avait réservé le hasard, ou peut-être Dieu, pour lui faire don de ta virginité, Florita ! Un homme grand, un peu voûté, aux cheveux jaune paille, front très large, regard canaille et nez proéminent en permanente auscultation des odeurs alentour. Tu l'avais séduit au premier regard, avec tes grands yeux profonds et ta chevelure noire bouclée, Andalouse. (Était-ce André Chazal qui t'avait, le premier, surnommée ainsi ?) Il avait douze ans de plus que toi et nul doute qu'il avait dû saliver en rêvant au fruit défendu de cette petite demoiselle. Sous prétexte de t'apprendre le métier il s'approchait, te prenait la main, t'entourait la taille. Voilà comment on mêle les acides, comment on change les teintes, attention à ne pas mettre le doigt là, tu te brûlerais, et hop ! tu l'avais sur toi, te frottant la jambe, le bras, les épaules, le dos. Tes compagnes te mettaient en boîte : « Tu as fait la conquête du patron, Florita. » Amandine, ta meilleure amie, te l'avait bien dit : « Si tu ne cèdes pas, si tu lui résistes, il t'épousera. Car tu le rends fou, je te le jure. »

Oui, tu le rendais fou, André Chazal, graveur-lithographe, pilier de cabaret, joueur et buveur. Si fou qu'un beau jour, l'haleine avinée et le regard brillant, il s'était permis de te toucher les seins avec ses grandes paluches. Ta gifle l'avait fait tituber. Pâle, il te regardait hébété. Mais au lieu de la renvoyer, comme Flora le craignait, il était venu, l'air contrit, au taudis de la rue du Fouarre, un bouquet de lis à la main, présenter ses excuses à Mme Tristan : « Madame, mes intentions sont pures. » Mme Aline en avait éprouvé une telle joie qu'elle s'était mise à rire et à embrasser Flora. La seule fois que tu avais vu ta mère si expansive et si heureuse. « Quelle chance tu as, répétait-elle en te regardant avec tendresse. Tu peux remercier le bon Dieu, ma fille. »

— De la chance parce que M. Chazal veut se marier avec moi ?

— De la chance, oui, parce qu'il est prêt à t'épouser bien que tu sois une bâtarde, ma fille. Crois-tu qu'il y en aurait beaucoup à faire de même ? Remercie-le à deux genoux, Florita.

Ce mariage avait marqué le début de la fin de ses relations avec sa mère ; depuis lors, Flora avait cessé de l'aimer. Elle savait qu'elle était une enfant illégitime, parce que le mariage de ses parents, célébré par ce curaillon de Bilbao, ne valait pas un clou au regard de la loi civile, mais ce n'est que maintenant qu'elle avait pris conscience que sa *bâtardise* pesait sur sa naissance aussi épouvantablement que le péché originel. Qu'André Chazal, propriétaire presque bourgeois, fût disposé à lui donner son nom, c'était une bénédiction, une

une chance dont tu devais rendre grâce de toute ton âme. Mais tout cela, Florita, au lieu de te réjouir, t'avait laissé dans la bouche ce même vilain goût qu'à cette heure où tu te faisais des gargarismes avec de l'eau mentholée, avant de te coucher, à l'auberge d'Avallon.

Si ce que tu éprouvais pour M. Chazal était de l'amour, alors l'amour n'était qu'un mensonge. Rien à voir avec celui des romans, ce sentiment si délicat, cette exaltation poétique, ces désirs ardents. Qu'André Chazal, ton patron, pas encore ton mari, te fît l'amour sur cette chaise longue à ressorts qui grinçaient, dans son bureau de l'Atelier, après le départ de tes camarades, tu n'avais pas trouvé cela romantique, ni beau ni sentimental. Dégoûtant et douloureux, plutôt. Le corps puant la sueur qui l'écrasait, cette langue visqueuse à l'haleine de tabac et d'alcool, l'impression d'être taillée en pièces entre les cuisses et le ventre lui avaient donné des nausées. Et pourtant, stupide Florita, imprudente Andalouse, après ce viol répugnant — c'était bien cela, non? —, tu avais écrit à André Chazal cette lettre que le misérable rendrait publique dix-sept ans plus tard, devant un tribunal de Paris. Une missive mensongère et sotte, avec tous les poncifs qu'une jeune fille amoureuse devait dire à son amant après lui avoir offert sa virginité. Et avec tant de fautes d'orthographe et de syntaxe! Quelle honte ne devait pas être la tienne au moment de sa lecture, en entendant les petits rires des juges, des avocats et du public! Pourquoi lui avoir écrit cela alors que tu t'étais relevée de cette chaise longue morte de dégoût? Parce que c'est ce que faisaient dans les romans les héroïnes déflorées.

Ils s'étaient mariés un mois plus tard, le 3 février 1821, à la mairie du XIe arrondissement, et avaient habité dès lors un petit appartement rue des Fossés-Saint-Germain-des-Prés. Quand, recroquevillée dans son lit de l'auberge d'Avallon, elle se rendit compte qu'elle avait les yeux humides, Flora fit un effort pour chasser de son esprit ces souvenirs désagréables. L'important, c'était que ces revers et ces désillusions, au lieu de te détruire, t'avaient rendue plus forte, Andalouse.

Semur lui réussit mieux qu'Avallon. À quelques mètres des fameuses tours du Duc de Bourgogne, qui ne lui inspirèrent aucune admiration, il y avait une taverne qui, le jour, faisait restaurant. Une dizaine de paysans fêtaient un anniversaire, et il y avait aussi des tonneliers. Il ne lui fut guère difficile de lier conversation avec les deux groupes. Ils se joignirent et elle leur expliqua la raison de sa tournée à travers la France. Ils la regardaient aussi respectueux que déconcertés, quoique, pensait Flora, sans comprendre grand-chose à ce qu'elle leur disait.

— Mais nous sommes des paysans, pas des ouvriers, fit l'un d'eux, en guise d'excuse.

— Les paysans aussi sont des ouvriers, leur expliqua-t-elle. Ainsi que les artisans et les domestiques. Celui qui n'est pas propriétaire est ouvrier. Ils sont tous exploités par la bourgeoisie. Et parce que vous êtes les plus nombreux et ceux qui souffrent le plus, c'est vous qui sauverez l'humanité.

Ils se regardèrent, effrayés par semblable prophétie. S'enhardirent, enfin, à lui poser des questions. Deux d'entre eux lui promirent d'acheter *L'Union ouvrière* et d'adhérer à l'organisation dès qu'elle serait constituée. Pour ne pas les vexer, avant de partir elle dut tremper ses lèvres dans un verre de vin.

Elle arriva à Dijon le 18 avril 1844 au petit matin, avec des douleurs intenses à la matrice et à la vessie, qui avaient commencé dans la diligence, peut-être en raison des cahots et de l'irritation produite dans ses entrailles par la poussière qu'elle avalait. Elle passa toute la semaine dijonnaise dérangée par ces maux de ventre et de bas-ventre qui lui donnaient une soif brûlante — qu'elle combattait avec des gorgées d'eau sucrée —, mais sans perdre son entrain, parce que dans cette belle et accueillante ville de trente mille âmes elle ne cessa un seul moment de faire des choses. Les trois journaux de Dijon avaient annoncé sa visite, et elle avait de nombreux entretiens programmés grâce à ses amis saint-simoniens et fouriéristes de Paris.

Elle se réjouissait de connaître Mlle Antoinette Quarré, couturière et poétesse dijonnaise que Lamartine avait qualifiée dans un poème d'« exemple pour les femmes », en raison de son talent artistique, de sa capacité d'émulation et de son esprit justicier. Mais elle n'avait pas plus tôt commencé à s'entretenir avec elle à la rédaction du *Journal de la Côte d'Or* qu'elle se rendit compte de sa vanité et de sa stupidité. Bossue par-derrière et par-devant, elle était de surcroît extrêmement grosse et presque naine. Née dans une famille très humble, ses triomphes littéraires la faisaient maintenant se sentir bourgeoise.

— Je ne crois pas pouvoir vous aider, madame, lui dit sans ambages Mlle Quarré, après l'avoir écoutée avec impatience, en agitant une menotte de fillette. D'après ce que vous me dites, votre propos s'adresse aux ouvriers. Et moi je ne me commets pas avec les gens du peuple.

« Heureusement, parce que tu leur ferais peur », pensa Madame-la-Colère. Elle prit sèchement congé, sans lui remettre l'exemplaire de *L'Union ouvrière* qu'elle lui avait apporté en cadeau.

Les saint-simoniens étaient bien implantés à Dijon. Ils avaient leur propre siège. Prévenus par Prosper Enfantin, le soir de son arrivée ils la reçurent en séance plénière. Flora les vit, de la porte du local jouxtant le musée, les flaira et les catalogua en quelques secondes. C'étaient bien là ces typiques bourgeois socialistes, rêveurs impénitents, ces saint-simoniens aimables et compassés, adorateurs de l'élite et convaincus qu'en contrôlant le Budget ils révolutionneraient la société. Semblables à ceux de Paris, de Bordeaux et de n'importe quelle autre ville. Employés ou fonctionnaires, propriétaires ou rentiers, bien éduqués et bien habillés, adeptes de la science et du progrès, critiques envers la bourgeoisie mais bourgeois eux-mêmes, et se défiant des ouvriers.

Ici aussi, comme dans les réunions de Paris, on avait mis sur l'estrade une chaise vide, symbole de leur espérance en l'avènement de la Mère, la femme-messie, la femelle supérieure qui, en s'unissant en sainte copulation avec le Père (le Père Prosper Enfantin, car le fondateur, le Père Claude Henri de Rouvroy, comte de Saint-Simon, était mort depuis 1825), permettrait la constitution du Couple Suprême, qui conduirait la transformation de l'humanité, émancipant la femme et les ouvriers de leur asservissement actuel et inaugurant l'ère de la justice. Qu'attendais-tu, Florita, pour leur faire la surprise d'aller t'asseoir sur cette chaise vide et de leur annoncer, avec le dramatisme de l'actrice Rachel, que l'attente avait pris fin et qu'ils avaient sous les yeux la femme-messie? Elle avait éprouvé la tentation de le faire, à Paris, mais en avait été retenue par ses différends de plus en plus grands avec eux en raison de l'idolâtrie saint-simonienne envers la minorité choisie, à laquelle ils devraient remettre le pouvoir. Et puis, s'ils l'acceptaient comme Mère, elle devrait s'accoupler avec le Père Enfantin. Tu n'étais pas prête à le faire, même si c'était le prix à payer pour briser les chaînes de l'humanité, même si Prosper Enfantin jouissait d'une réputation de bel homme et que tant de femmes soupiraient pour lui.

Copuler, non faire l'amour mais copuler, comme les porcs ou les chevaux : c'est ce que faisaient les hommes avec les femmes. Se jeter sur elles, leur écarter les cuisses, y enfourner leur verge dégoulinante, les mettre enceintes et les abandonner à jamais avec leur matrice meurtrie, comme André Chazal l'avait fait avec toi. Car tes douleurs là en bas, tu les avais depuis ce mariage de malheur. « Faire l'amour », cette cérémonie délicate et douce où intervenaient le cœur et les sentiments, la sensibilité et les instincts, où les deux amants jouissaient à part égale, n'était qu'une invention de poètes et de romanciers, un fantasme que ne légitimait pas la prosaïque réalité. Pas entre femmes et hommes en tout cas. Toi, du moins, tu n'avais pas fait l'amour une seule fois durant ces quatre années épouvantables avec ton mari, dans ce petit appartement de la rue des Fossés-Saint-Germain-des-Prés. Tu avais copulé, ou plutôt tu avais été copulée toutes les nuits par cette bête lascive, puant l'alcool, qui t'asphyxiait sous son poids, te tripotait et te barbouillait de salive, pour finir par s'effondrer à ton flanc comme un animal rassasié. Ce que tu avais pu pleurer, Florita, de dégoût et de honte, après ces viols nocturnes auxquels te soumettait ce tyran de ta liberté. Sans jamais chercher à savoir si tu voulais faire l'amour, si tu prenais plaisir sous ses caresses — pouvait-on qualifier ainsi ces halètements répugnants, ces coups de langue et ces mordillements ? —, ou si elles te causaient douleur, tristesse, abattement, répugnance. N'avait été la tendre Olympe, quelle piètre idée tu aurais de l'amour physique, Andalouse !

Mais pire encore qu'être copulée, te voilà engrossée à la suite de ces assauts nocturnes. Oui, ce fut pire. Sentir que tu enflais, te déformais, que ton corps et ton esprit en étaient bouleversés, soif, nausées, lourdeur, le moindre mouvement te coûtait un effort double ou triple qu'en temps normal. Pouvait-on parler, vraiment, de la bénédiction de la maternité ? Était-ce cela que souhaitaient les femmes, était-ce leur vocation intime ? Gonfler, accoucher, être l'esclave de ses bébés comme si ce n'était pas assez de l'être de son mari ?

L'appartement de la rue des Fossés-Saint-Germain-des-Prés était petit, quoique plus propre et aéré que celui de la rue du Fouarre. Mais Flora l'avait détesté encore plus que celui-ci, s'y sentant prisonnière, dépouillée qu'elle était de ce qu'elle apprendrait dès lors à apprécier plus que tout au monde : la liberté. Tes quatre années d'esclavage conjugal t'avaient ouvert les yeux sur ce qu'il y avait de vrai et de faux dans les rapports entre hommes et femmes, sur ce que tu voulais et ne voulais pas dans la vie. Ce que tu étais, un ventre pour donner du plaisir et des enfants à M. André Chazal, tu ne le voulais évidemment pas.

Elle s'était mise à inventer des prétextes pour fuir les bras de son mari, après la naissance de leur premier fils, Alexandre, en 1822 : angines, fièvres, migraines, vomissements, malaises, sommeil anesthésique. Et quand cela ne suffisait pas, à refuser de se soumettre au devoir conjugal, malgré les rages et les insultes de son seigneur et maître. La première fois qu'il avait tenté de lever la main sur toi, tu avais sauté hors du lit en empoignant les ciseaux de la commode :

— Je te tuerai si tu me touches. Maintenant, demain, après-demain. J'attendrai que tu sois endormi ou distrait. Et je te tuerai. Tu ne porteras jamais la main sur moi. Ni toi ni personne. Jamais.

André Chazal l'avait vue si résolue, si hors d'elle, qu'il avait pris peur. Bon, Florita, évidemment, tu ne l'avais pas tué. C'est plutôt lui, ce pauvre idiot, qui avait failli te tuer. Et après avoir continué à te copuler et à t'engrosser, et te faire accoucher d'un second fils (Ernest-Camille, en juin 1824), il t'avait encore mise enceinte une troisième fois. Mais quand Aline était née, tu avais déjà brisé tes chaînes.

Les saint-simoniens de Dijon l'écoutèrent attentivement. Puis ils lui posèrent des questions, et l'un d'eux insinua que son idée des Palais ouvriers était fort redevable au modèle de société conçu par les disciples de Saint-Simon. Il n'avait pas tort, Florita. Tu avais été une élève attentive à ses enseignements et, à une époque, la folie de l'eau de Saint-Simon — qui croyait que, comme les fleuves et les cascades, les flux humains, le savoir, l'argent, la considération et le pouvoir, devaient circuler librement pour produire le progrès — t'avait fascinée, tout comme sa personnalité. Et sa magnifique biographie riche en gestes significatifs ; par exemple, de renoncer à être comte parce que, disait-il, « je considère ce titre très inférieur à celui de citoyen ». Mais les saint-simoniens étaient restés à mi-route car, tout en défendant la femme, ils ne rendaient pas justice à l'ouvrier. C'étaient des personnes bien élevées et sympathiques, assurément. Tous ceux qui assistaient à la réunion promirent d'adhérer à l'Union ouvrière et de lire son livre bien que, à l'évidence, ils ne fussent pas convaincus. L'idée que seule l'union de tous les travailleurs mènerait à l'émancipation féminine et à la justice les laissait sceptiques. Ils ne croyaient pas à une réforme venue d'en bas, des mains du vulgaire. Ils regardaient les ouvriers de très haut, avec une méfiance instinctive de propriétaires, de fonctionnaires et de rentiers. Ils étaient si naïfs qu'ils étaient persuadés qu'une poignée de banquiers et d'industriels, élaborant un Budget avec une sagesse scientifique, remédieraient à tous les maux de la société. Mais enfin, dans leur doctrine figurait au moins, à une place éminente, la libération de la femme de toutes les servitudes et le rétablissement du divorce. Ne fût-ce que pour cela, tu leur étais reconnaissante.

Les séances avec les charpentiers, les cordonniers et les tisserands de Dijon furent plus intéressantes que la rencontre avec les saint-simoniens. Elle se réunit avec eux par corps séparés, car les associations mutualistes du Compagnonnage étaient fort jalouses de leur autonomie, réticentes à se mêler à des travailleurs d'une autre spécialité, préjugé que Flora essaya de leur ôter de la tête sans grand succès. La meilleure réunion fut celle des tisserands, une douzaine d'hommes entassés dans un atelier des environs, avec qui elle passa plusieurs heures, de la tombée du jour à la pleine nuit. Négligés, vêtus de simples blouses d'étoffe grossière, les souliers usés, et certains pieds nus, ils l'écoutèrent avec intérêt, acquiesçant souvent, immobiles. Flora vit que ces visages fatigués se réjouissaient de l'entendre dire qu'une fois constituée l'Union ouvrière dans toute la France, et plus tard dans toute l'Europe, ils auraient tant de force que les gouvernements et les parlements transformeraient en loi le droit au travail. Une loi qui les défendrait contre le chômage, à tout jamais.

— Mais dans ce droit-là vous voulez inclure aussi les femmes, lui reprocha l'un d'eux, quand elle ouvrit le débat.

— Les femmes ne mangent-elles pas? Ne s'habillent-elles pas? N'ont-elles pas besoin de travailler pour vivre? martela Flora comme si elle récitait un poème.

Il n'était pas facile de les convaincre. Ils redoutaient, en étendant aux femmes le droit au travail, de voir le chômage augmenter, car il n'y aurait jamais d'emploi pour tant de gens. Elle ne put les persuader non plus qu'il fallait interdire dans les usines et les ateliers le travail des enfants de moins de dix ans, pour que ceux-ci puissent aller à l'école apprendre à lire et à écrire. Ils s'effrayaient, s'irritaient, disaient que sous prétexte d'éduquer les enfants on réduirait les maigres ressources des familles. Flora comprenait leurs craintes et faisait taire son impatience. Ils travaillaient quinze heures et plus sur vingt-quatre, sept jours par semaine, et on les voyait mal nourris, blêmes, maladifs, vieillis par cette vie animale. Que pouvais-tu leur demander de plus, Florita? Elle quitta l'usine avec la certitude que ce dialogue porterait ses fruits. Et malgré sa fatigue, le lendemain matin elle eut à cœur de faire du tourisme.

La célèbre Vierge Noire de Dijon, Notre-Dame de Bonne-Espérance, lui sembla un vilain crapaud, une sculpture indigne d'occuper ce lieu privilégié au maître-autel de la cathédrale. Et elle le dit à deux jeunes filles de la Confrérie de la Vierge qui ornaient le fétiche de tuniques et de voiles en soie, en gaze, en organdi, de bracelets et de diadèmes.

— Adorer la Vierge à travers ce totem c'est de la superstition. Vous me rappelez ces idolâtres que j'ai vus dans les églises du Pérou. Les curés permettent ça ? Si je vivais à Dijon, je ne mettrais pas trois mois pour en finir avec cette manifestation d'obscurantisme païen.

Les jeunes filles se signèrent. L'une d'elles balbutia que le duc de Bourgogne avait rapporté cette statue de son pèlerinage en Orient. Depuis des centaines d'années la Vierge Noire inspirait la dévotion la plus populaire de la région. Et la plus miraculeuse.

Flora dut partir en toute hâte — à regret, car elle aurait aimé continuer à discuter avec ces deux petites dévotes — pour ne pas arriver en retard à son rendez-vous avec quatre grandes dames, organisatrices de collectes de charité et bienfaitrices d'asiles de vieillards. Ces dames l'accueillirent avec curiosité. Elles l'examinaient de haut en bas, désireuses de voir en chair et en os cette extravagante Parisienne qui écrivait des livres, cette sainte laïque qui proclamait sans rougir son dessein de racheter l'humanité. Elles avaient dressé pour elle une petite table avec du thé, des rafraîchissements et des gâteaux auxquels Flora ne toucha pas.

— Je viens réclamer votre appui pour une action profondément chrétienne, mesdames.

— Mais que faisons-nous, d'après vous, madame? lui dit la plus âgée, une petite vieille aux yeux bleus et aux gestes énergiques. Nous vouons notre vie à l'exercice de la charité.

— Non, vous ne pratiquez pas la charité, la corrigea Flora. Vous distribuez des aumônes, ce qui est fort différent.

Elle profita de leur surprise pour essayer de se faire comprendre. Les aumônes ne servaient qu'à donner bonne conscience à ceux qui les faisaient, et le sentiment d'être justes. Mais cela n'aidait en rien les pauvres à sortir de leur misère. Au lieu d'aumônes, elles devaient utiliser leur argent et leur influence en faveur de l'Union ouvrière, financer son journal, ouvrir ses permanences. L'Union ouvrière rendrait justice à l'humanité souffrante. Une des dames, offusquée et battant l'air de son éventail, murmura que personne ne pouvait lui donner des leçons de charité, elle qui négligeait sa famille pour consacrer quatre après-midi par semaine aux œuvres pieuses, et encore moins une petite femme arrogante aux souliers crottés et troués. Et qui se permettait de les mépriser! Quelle erreur, madame! Flora croyait à ses bonnes intentions et prétendait seulement les canaliser vers l'efficacité. La tension se relâcha un peu, mais elle n'obtint pas la moindre promesse d'appui. Elle prit congé, amusée : ces quatre aveugles ne t'oublieraient jamais. Tu leur avais entrouvert les yeux, tu avais introduit dans le fruit le ver de la mauvaise conscience.

Maintenant tu te sentais sûre de toi, Andalouse, capable d'affronter toutes les bourgeoises, tous les bourgeois du monde, avec tes idées excellentes. Car tu avais une notion très claire du bien et du mal, des victimes et des bourreaux, et tu connaissais la recette pour les maux de la société. Combien avais-tu changé depuis cette époque terrible, quand, en découvrant qu'André Chazal t'avait engrossée pour la troisième fois, tu avais décidé, en secret, sans même prévenir ta mère, d'abandonner ton mari. « Jamais plus. » Et tu l'avais fait.

Elle avait vingt-deux ans, deux enfants et une petite qui poussait dans son ventre. Était dépourvue d'argent, d'amis ou de famille pour l'aider. Malgré cela, elle avait décidé d'accomplir ce qui aurait été un suicide pour toute femme soucieuse de sécurité et de bonne réputation. Toi, tu renonçais à tout, si le prix à payer en était de continuer à mener une vie d'esclave. Tu ne te souciais que d'échapper à cette cage grillagée qu'on appelait mariage. Savais-tu à quoi tu t'exposais ? Non, bien sûr. Elle n'avait jamais imaginé que la conséquence la plus dramatique de cette fugue serait cette balle incrustée dans sa poitrine dont elle sentait le froid métal dans ses accès de toux, ou quand elle était contrariée ou découragée. Tu ne le regrettais pas. Et tu le referais, exactement de la même façon, parce que même maintenant, vingt ans après, tu avais la chair de poule rien qu'à imaginer la vie que tu aurais menée en restant Mme André Chazal.

Un malheur facilita son départ : l'état chronique de faiblesse et les continuelles maladies de son aîné, Alexandre, qui allait mourir à l'âge de huit ans, en 1830. Le médecin avait insisté : il fallait l'emmener à la campagne respirer l'air pur, loin des miasmes de Paris. André Chazal y avait consenti. Il avait loué une petite pièce près de Versailles, chez la nourrice qui donnait le sein à Ernest-Camille, et permis que Flora y allât vivre jusqu'à son accouchement. Quel sentiment de libération le jour où André Chazal l'avait conduite au poste de diligence! Aline était née deux mois plus tard, le 16 octobre 1825, aux mains d'une sage-femme qui avait fait pousser et rugir Flora près de trois heures durant. Ainsi avait pris fin ton mariage. Bien des années passeraient avant que tu ne revoies ton mari.

Après avoir insisté à trois reprises, et lui avoir envoyé un exemplaire dédicacé de *L'Union ouvrière*, Sa Grandeur, l'évêque de Dijon, daigna satisfaire à sa requête. C'était un vieil homme à l'allure distinguée et au parler cultivé, avec qui Flora passa des instants polémiques très agréables. Il la reçut au palais épiscopal, fort aimablement. Il avait lu son petit livre et, avant que Flora n'ait ouvert la bouche, il la combla d'éloges. « Ma fille : vos intentions sont pures, nobles. » Il y avait en elle une claire intelligence de la douleur humaine et la volonté véhémente de la soulager. Mais, mais, il y avait toujours des mais dans cette vie imparfaite. Dans le cas de Flora, c'était de n'être pas catholique. Pouvait-on faire, en vérité, une grande œuvre morale, utile pour l'esprit, en marge du catholicisme? La droiture de ses intentions se trouverait gauchie, et au lieu du résultat escompté, son entreprise connaîtrait des corollaires nuisibles. Aussi — l'évêque le lui disait la mort dans l'âme — ne l'aiderait-il pas. Mieux encore. Il était de son devoir de la mettre en garde. Si l'Union ouvrière se constituait, et ce n'était pas impossible avec l'énergie et la volonté que déployait Flora, il la combattrait. Une organisation non catholique de cette envergure pouvait représenter un cataclysme pour la société. Ils avaient longuement discuté. Flora fut vite convaincue que ses arguments n'auraient jamais de prise sur monseigneur François-Victor Rivet. Mais elle fut enchantée de la finesse de l'évêque, qui lui parla aussi art, littérature, musique et histoire avec compétence et bon goût. Quand elle entendait quelqu'un de la sorte, elle ne pouvait éviter d'avoir un sentiment de nostalgie, tant elle mesurait ce qu'elle ne savait pas, tout ce qu'elle n'avait pas lu et ne lirait jamais désormais, car il était bien tard pour combler les lacunes de son éducation. C'est pour cela que George Sand te méprisait, Florita, et pour cela que tu éprouvais toujours, devant cette grande dame des lettres françaises, une paralysante infériorité. « Tu vaux mieux qu'elle, nigaude », l'encourageait Olympe.

Être inculte en plus d'être pauvre, c'était être doublement pauvre, Florita. Elle se le répéta plusieurs fois cette année de sa libération du joug d'André Chazal — 1825 — quand, avec son fils aîné malade, le cadet en nourrice à la campagne, et Aline qui venait de naître, elle dut affronter une circonstance qu'elle n'avait pas prévue, obsédée qu'elle était par la seule idée de se libérer du carcan familial. Ces enfants, il fallait leur donner à manger. Comment faire, en n'ayant pas un centime ? Elle était allée voir sa mère, qui vivait alors dans un quartier moins sordide, rue Neuve-de-Seine. Mme Tristan ne pouvait comprendre ta volonté de ne pas revenir au foyer, chez ton mari, le père de tes enfants, Flora ! Flora ! Quelle folie était-ce là ? Abandonner André Chazal ? Le pauvre homme se plaignait à juste titre de ne pas avoir de ses nouvelles. Il croyait sa petite femme à la campagne, s'occupant des enfants. Les dernières semaines André avait connu, soudain, des difficultés économiques : ses créanciers le harcelaient, au point qu'il avait dû abandonner son appartement de la rue des Fossés-Saint-Germain-des-Prés, et que son Atelier avait été saisi par la justice. Et c'était précisément maintenant, quand ton mari avait le plus besoin de toi, que tu l'abandonnais ? Sa mère en avait les yeux pleins de larmes et la bouche tremblante.

— Ce qui est fait est fait, avait dit Flora. Je ne reviendrai jamais plus auprès de lui. Je n'aliénerai jamais plus ma liberté.

— Une femme qui abandonne son foyer tombe plus bas qu'une prostituée, l'avait récriminée sa mère, épouvantée. C'est un délit, condamné par la loi. Si André te dénonce, la police te recherchera, tu iras en prison comme une criminelle. Tu ne peux faire une folie pareille.

Tu l'avais faite, Florita, sans te soucier des risques encourus. C'est vrai, le monde était devenu hostile, ta vie des plus difficiles. Comme de convaincre cette nourrice d'Arpajon de garder tes trois enfants, tandis que tu chercherais du travail afin de payer ses services et l'entretien des petits. Et à quoi pouvais-tu travailler, alors que tu étais incapable d'écrire une phrase correctement ?

Pour éviter qu'André Chazal ne la retrouvât, elle avait fui les ateliers de gravure où, peut-être, on l'aurait engagée. Et avait quitté Paris pour se cacher en province. Elle avait dû commencer par le plus bas. Vendeuse d'aiguilles, de bobines de fil et de matériel de broderie dans une petite boutique de Rouen où, en dehors des heures où elle servait la clientèle, elle devait faire le ménage pour un salaire indigne, intégralement reversé à la nourrice d'Arpajon. Puis elle avait été bonne d'enfants, s'occupant des jumeaux de l'épouse d'un colonel qui habitait à la campagne, près de Versailles, tandis que son mari faisait la guerre ou commandait une caserne. Ce n'était pas un travail mal payé — elle ne dépensait rien et disposait d'une chambre décente — et elle serait restée plus longtemps dans cette place si son caractère lui avait permis de supporter les jumeaux, pourceaux joufflus qui, lorsqu'ils ne criaient pas en lui trouant le tympan, vomissaient et pissaient sur le linge propre qu'elle venait de leur mettre, après avoir chié et vomi sur le précédent. La colonelle l'avait mise à la porte le jour où elle avait découvert Madame-la-Colère, hors d'elle sous les cris des enfants, en train de leur administrer des pinçons pour les obliger à se taire.

Bien que toute jeune, et par tous les moyens à sa portée, Flora eût essayé de combler les déficiences de sa formation, elle se sentait toujours accablée par son inculture, son ignorance, quand elle trouvait sur son chemin une personne aussi savante, et qui parlait si bien le français, que l'évêque de Dijon. Elle n'était pourtant pas sortie avec abattement du palais épiscopal. Elle s'était plutôt sentie stimulée. Elle ne pouvait s'empêcher d'imaginer, après avoir entendu cet homme, comme la vie serait agréable lorsque, grâce à la Grande Révolution pacifique qu'elle mettait en marche, tous les enfants du monde recevraient dans les Palais ouvriers une éducation aussi soignée que celle qu'avait dû avoir Monseigneur François-Victor Rivet.

Après une réunion avec un groupe de fouriéristes, Flora, la veille de son départ de Dijon, était allée à la campagne rendre visite à Gabriel Gabet, un vieillard philanthrope qui avait été un révolutionnaire actif — un jacobin — pendant la Grande Révolution et qui maintenant, riche et veuf, écrivait des ouvrages philosophiques sur la justice et le droit. On disait qu'il sympathisait avec les idées de Charles Fourier. Mais Flora avait été grandement déçue, n'ayant pas obtenu de M. Gabriel Gabet la moindre promesse d'aide pour l'Union ouvrière, projet que l'ex-partisan de Robespierre avait écarté comme « une fantaisie délirante ». Et Flora avait dû supporter près d'une heure un monologue du frileux octogénaire — outre une robe de chambre en laine et un châle, il portait un bonnet de nuit — sur ses recherches autour des traces romaines de la région. Car, non content de pratiquer le droit, l'éthique, la philosophie et la politique, dans ses moments de liberté il jouait les archéologues amateurs. Tandis que le petit vieux psalmodiait, Flora suivait les allées et venues de la

bonne de M. Gabet. Toute jeune, souple et souriante, elle ne restait pas en place une seconde :
elle passait la serpillière sur les tomettes rouges
de la galerie, secouait au plumeau la poussière de
la salle à manger, ou apportait les limonades que
l'humaniste lui commandait, en marquant une
brève parenthèse dans son assommante péroraison. Tu avais été comme elle, Florita, voici des
années. Comme elle, tu avais consacré tes jours et
tes nuits, pendant trois ans, à astiquer, nettoyer,
balayer, laver, repasser et servir. Jusqu'à obtenir
un meilleur emploi. Bonne, domestique, servante
de cette famille à cause de qui tu avais contracté,
comme on contracte la fièvre jaune ou le choléra,
ta haine incommensurable envers l'Angleterre.
Cependant, sans ces années au service de la
famille Spence, tu ne serais pas maintenant aussi
lucide sur ce qu'il fallait faire pour rendre digne et
humaine cette vallée de larmes.

En regagnant l'auberge, après ce déplacement
inutile à la maison de campagne de Gabriel
Gabet, Flora eut une agréable surprise. Une des
chambrières, adolescente et timide, vint frapper à
sa porte. Elle tenait un franc dans sa main et balbutiait :

— Est-ce que c'est suffisant, madame, pour
acheter votre livre ?

On lui avait parlé de *L'Union ouvrière* et elle
avait envie de le lire. Parce qu'elle savait lire et
aimait le faire, à ses moments perdus.

Flora l'embrassa, lui dédicaça un exemplaire et
n'accepta pas son argent.

IV

EAUX MYSTÉRIEUSES

Mataiea, février 1893

Durant les onze mois que mit à se concrétiser sa décision de rentrer en France, depuis cette *tamara'a* où il avait fini par batifoler avec Maoriana, la femme de Tutsitil, jusqu'au moment où, grâce aux démarches de Monfreid et de Schuffenecker à Paris, le gouvernement français accepta de le rapatrier et qu'il put embarquer sur le *Duchaffault*, le 4 juin 1893, Koké exécuta plusieurs toiles et fit d'innombrables ébauches et sculptures, quoique sans avoir jamais la certitude du chef-d'œuvre, comme lorsqu'il avait peint *Manao Tupapau*. Son échec avec le portrait de l'enfant mort des Suhas (avec qui, au bout d'un certain temps, Jénot parvint à le réconcilier) le dissuada de tenter de gagner sa vie en faisant le portrait des colons de Tahiti, auprès de qui, selon ses rares amis européens, il passait pour un extravagant imprésentable.

Il n'avait rien dit à Teha'amana de ses démarches pour être rapatrié, de crainte que, sachant qu'il allait bientôt l'abandonner, sa vahiné ne s'empresse de le laisser. Il s'était pris de tendresse pour elle. Il pouvait, avec Teha'amana, parler de n'importe quoi parce que la petite, bien qu'ignorant des tas de sujets importants pour lui, comme la beauté, l'art et les civilisations anciennes, avait un esprit très agile, suppléant ses lacunes culturelles par son intelligence. Elle le surprenait sans cesse par quelque initiative, plaisanterie ou surprise. T'aimait-elle, Koké ? Tu n'arrivais pas à le savoir. Elle était toujours bien disposée quand tu recherchais son corps ; et au moment de faire l'amour, elle était expansive et habile comme la plus expérimentée des courtisanes. Mais parfois elle disparaissait de Mataiea pour deux ou trois jours, sans te donner à son retour la moindre explication. Quand tu insistais pour savoir où elle était allée, elle s'impatientait et n'en démordait pas : « Je suis partie, je suis partie, je te l'ai déjà dit. » Elle ne lui avait jamais manifesté la moindre jalousie. Koké se rappelait que, la nuit de la *tamara'a*, tandis qu'il enlaçait à terre Maoriana, il avait vu comme en rêve, dans les reflets du feu, le visage de Teha'amana le regardant, moqueur, avec ses grands yeux de jais. Cette parfaite indifférence à ce que faisait son partenaire était-elle la forme naturelle de l'amour dans la tradition maorie, un signe de liberté ? Sans doute, mais s'il les interrogeait à ce sujet, ses voisins de Mataiea refusaient de répondre, avec des rires évasifs. Teha'amana n'avait jamais manifesté non plus la moindre hostilité envers les voisines du hameau et des environs que Koké faisait poser pour lui et, parfois, elle l'aidait à les convaincre de le faire nues, ce à quoi elles étaient souvent très réticentes.

Comment ta vahiné aurait-elle réagi à ton histoire avec Jotépha, Koké ? Tu ne le saurais jamais, parce que tu n'avais jamais osé la lui rapporter. Pourquoi ? Était-ce encore la trace en toi des préjugés de la morale civilisée d'Europe ? Ou étais-tu simplement plus amoureux de Teha'amana que tu ne l'aurais admis, et craignais-tu qu'en apprenant ce qui s'était passé lors de cette excursion elle se fâche et te quitte ? Allons, Koké ! N'allais-tu pas la quitter toi-même, sans le moindre scrupule, sitôt obtenu ton rapatriement comme artiste insolvable ? Oui, bien sûr. Mais en attendant que cela arrive, tu voulais continuer à vivre — jusqu'au dernier jour — avec ta belle vahiné.

Sa vie, ces mois durant, lui apparaîtrait par la suite, quand l'adversité s'acharnerait sur lui, agréable et, surtout, productive. Elle l'aurait été davantage, c'est certain, sans ses éternels besoins d'argent. Les rares mandats-poste de Monfreid ou du bon Schuff ne suffisaient jamais à couvrir ses frais, et ils vivaient éternellement endettés envers Aioni, le boutiquier chinois de Mataiea.

Il se levait tôt, au point du jour, et se baignait dans le fleuve voisin, prenait un petit déjeuner frugal — la sacro-sainte tasse de thé et une tranche de mangue ou d'ananas —, puis se mettait au travail, avec un enthousiasme jamais en défaut. Il se sentait bien dans ce paysage à la luminosité si vive, aux couleurs si nettes et si contrastées, à la chaleur et aux rumeurs croissantes, animales, végétales, humaines, sur le roulement monotone de la mer. Au lieu de peindre, le jour où il avait connu Jotépha, il sculptait le bois.

De petites sculptures, à partir d'ébauches qu'il esquissait à la hâte, tâchant de saisir à grands traits les visages fermes, les nez aplatis, les bouches larges, les lèvres épaisses et les corps robustes des Tahitiens du voisinage. Et des idoles de son invention, puisque pour son malheur, il ne restait trace dans l'île de statues ni de totems des anciens dieux maoris.

Le jeune homme qui coupait des arbres aux abords de son faré était moins timide ou plus curieux que les autres habitants de Mataiea qui, si Koké n'allait pas les chercher, lui rendaient rarement visite d'eux-mêmes. Lui n'était pas d'ici, mais d'un petit hameau à l'intérieur des terres. La hache à l'épaule, visage et corps moites de sueur sous l'effort, il s'était approché un matin de la canisse sous laquelle Paul polissait le torse d'une jeune fille et, une curiosité infantile dans le regard, s'était mis à le contempler, accroupi. Sa présence te perturbait et tu fus sur le point de le chasser, mais quelque chose t'arrêta. Était-ce, peut-être, qu'il était si beau, Paul ? Oui, c'est cela. Et quelque chose d'autre que tu devinais confusément tandis que, de temps en temps, suspendant un instant ton travail, tu l'observais du coin de l'œil. C'était un homme, proche de cette limite trouble où les Tahitiens se transformaient en *taata vahiné*, c'est-à-dire en androgynes ou hermaphrodites, ce troisième sexe intermédiaire qu'à la différence des Européens pétris de préjugés, les Maoris, en cachette des missionnaires et des pasteurs, acceptaient encore parmi eux avec le naturel des grandes civilisations païennes. Bien souvent il avait essayé d'en parler à Teha'amana, mais l'existence de ces *mahus* semblait si évidente à la jeune fille, si naturelle, qu'il ne parvenait à lui tirer que de petites banalités ou un haussement d'épaules. Oui, bien sûr, il y avait des hommes-femmes, et alors ?

La peau mi-cuivrée mi-cendrée du jeune homme laissait voir des muscles tendus quand il taillait un tronc à la hache, ou le portait sur son épaule jusqu'au sentier où la charrette de l'acheteur viendrait l'emporter à Papeete ou dans quelque autre bourg. Mais quand, s'accroupissant à ses côtés pour le regarder sculpter, il tendait son visage imberbe et écarquillait ses yeux sombres et profonds, aux longs cils, comme s'il cherchait, au-delà de ce qu'il voyait, une secrète raison à la tâche à laquelle Paul s'employait, sa posture, son expression, la moue qui séparait ses lèvres et exhibait la blancheur de ses dents s'adoucissaient et se féminisaient. Il s'appelait Jotépha. Il parlait assez de français pour soutenir le dialogue. Quand Paul faisait une pause, ils bavardaient. Le garçon, qui portait un petit linge ceint à la taille couvrant à peine ses fesses et son sexe, le harcelait de questions sur ces statuettes de bois où Paul reproduisait des figures indigènes et imaginait des dieux et des démons tahitiens. Qu'est-ce qui t'attirait tellement chez Jotépha, Paul ? Pourquoi émanait-il de lui cet air familier, de quelqu'un qui, depuis toujours, semblait faire partie de ta mémoire ?

Le bûcheron restait parfois avec lui à converser, après son travail, et Teha'amana lui préparait, à lui aussi, une tasse de thé et de quoi manger. Un après-midi, après le départ du garçon, Koké se souvint. Il courut au faré, ouvrit la malle où il avait rangé sa collection de photos, clichés et coupures de presse avec des reproductions de temples classiques, de statues et de tableaux, et aussi de figures qui l'avaient ému, collection à laquelle il revenait de temps en temps, comme d'autres à leurs souvenirs de famille. Il parcourait, brassait, caressait ce fouillis, quand une photo resta collée à ses doigts. Voilà l'explication ! C'était l'image à laquelle, de façon vague, ta conscience, ton intuition, avaient identifié le jeune bûcheron, ton tout nouvel ami de Mataiea.

Cette photo, prise par Charles Spitz, le photographe de *L'Illustration*, Paul l'avait vue pour la première fois à l'Exposition universelle de Paris en 1889, dans la salle consacrée aux mers du Sud que Spitz avait aidé à monter. L'image l'avait troublé de telle sorte qu'il était resté un long moment à la contempler. Il était revenu le lendemain et, finalement, avait prié le reporter, qu'il connaissait depuis des années, de lui en vendre un cliché. Charles le lui avait offert. Son titre, « Végétation dans les mers du Sud », était trompeur. L'important, ce n'étaient pas ces immenses fougères, ni les écheveaux de lianes, ni les vrilles des feuilles sur ce flanc de la montagne d'où s'échappait une mince cascade, mais la personne au torse nu et aux jambes découvertes, de profil, qui, se tenant à ce feuillage, se penchait pour boire, ou peut-être seulement pour observer cette source. Un garçon ? une fille ? La photo suggérait les deux possibilités avec la même intensité, sans en exclure une troisième : qu'il soit les deux choses, alternativement ou simultanément. Certaines fois, Paul avait la certitude que c'était le profil d'une femme; d'autres, celui d'un homme. L'image l'intriguait, le faisait fantasmer, l'excitait. Il n'avait plus maintenant le moindre doute : entre cette image et Jotépha, le bûcheron de Mataiea, existait une mystérieuse affinité. Cette découverte fit monter en lui une bouffée de plaisir. Les mânes de Tahiti commençaient à te communiquer leurs secrets, Paul. Ce même jour il montra la photo de Charles Spitz à Teha'amana.

— C'est un homme ou une femme?

La jeune femme scruta un moment le cliché et hocha enfin la tête, indécise. Elle non plus n'avait pu le deviner.

Les longues conversations avec Jotépha se poursuivirent, tandis que Paul sculptait ses idoles et que le garçon l'observait. Il était respectueux; si Paul ne lui adressait pas la parole, il restait tranquille et silencieux, craignant de gêner. Mais quand c'était Paul qui entamait le dialogue, plus moyen d'arrêter le Maori. Sa curiosité était débordante, enfantine. Il voulait savoir sur les peintures et les sculptures plus de choses que Paul ne pouvait lui en dire; et beaucoup, aussi, sur les coutumes sexuelles des Européens. Une curiosité qui, si elle n'avait été formulée avec la transparente innocence du garçon, aurait semblé vulgaire et stupide. Est-ce que les *popa'as* avaient une verge de même taille et de même forme que les Tahitiens? Le sexe des Européennes était-il pareil à celui des femmes d'ici? Avaient-elles plus, ou moins de poil, entre les cuisses? Quand, dans son français imparfait mêlé de mots et d'exclamations du cru, et de gestes expressifs, il se lançait dans ces questions, il ne semblait pas satisfaire un penchant morbide, mais être véritablement désireux d'enrichir ses connaissances, afin de comprendre ce qui rapprochait ou différenciait Européens et Tahitiens dans cette matière généralement exclue de la conversation entre Français. « Un véritable primitif, un païen pour de bon, se disait Paul. Bien que baptisé et entaché d'un prénom qui n'est ni tahitien ni chrétien, il n'est toujours pas domestiqué. » Parfois, Teha'amana s'approchait pour les écouter, mais devant elle Jotépha se refermait et demeurait silencieux.

Pour les sculptures moyennes ou de grande taille, Koké préférait l'arbre à pain ou *pandanus*, le palmier ou *bourao* et le cocotier; pour les petites, toujours l'arbre appelé balsa ou *bombax*, avec lequel les Tahitiens fabriquaient leurs pirogues. Tendre et souple, presque une véritable argile, sans nœuds ni veines, il produisait au toucher un effet charnel. Mais il était difficile de trouver ce bois très léger aux alentours de Mataiea. Le bûcheron lui dit de ne pas s'en faire. Voulait-il une bonne provision de ce bois? Un tronc entier? Il connaissait un bosquet de balsa. Et il lui montra le flanc de la montagne escarpée la plus proche. Il le guiderait.

Ils partirent à l'aube, un ballot de provisions à l'épaule, vêtus d'un simple pagne. Paul avait pris l'habitude de marcher pieds nus, comme les indigènes, ce qu'il avait fait aussi, l'été, en Bretagne, et auparavant, en Martinique. Bien qu'il eût beaucoup parcouru l'île, depuis des mois qu'il y vivait, il ne l'avait jamais fait hors du littoral. C'était la première fois que, comme un Tahitien, il entrait à travers bois, s'enfonçait dans l'épaisse végétation d'arbres, d'arbustes et de buissons tressée au-dessus de leur tête au point de cacher le soleil, et par des sentiers invisibles à l'œil nu qu'en revanche Jotépha distinguait aisément. Dans la verte pénombre, piquetée d'éclats, peuplée de chants d'oiseaux qu'il ne connaissait pas encore, respirant cet arôme humide, oléagineux, végétal, qui pénétrait par tous les pores de son corps, Paul éprouva une sensation enivrante, pleine, exaltante, comme produite par un élixir magique.

Devant lui, à un mètre ou deux, le jeune homme avançait sans hésiter sur le chemin à suivre, balançant ses bras en mesure. À chaque pas, les muscles de ses bras, de ses épaules, de son dos, de ses jambes, se dessinaient et se tendaient, lustrés par la sueur, lui suggérant l'idée d'un guerrier, d'un chasseur du temps passé, s'enfonçant dans l'épaisse forêt à la recherche de l'ennemi dont il couperait la tête pour la rapporter chez lui, sur son épaule, et l'offrir à son dieu impitoyable. Le sang de Koké bouillait; il avait les testicules et le phallus en ébullition, il étouffait de désir. Mais — Paul, Paul! — ce n'était pas tout à fait le désir habituel, de sauter sur ce corps gaillard pour le posséder, c'était plutôt celui de s'abandonner à lui, d'être possédé par lui tout comme l'homme possède la femme. Comme s'il avait deviné ses pensées, Jotépha tourna la tête et lui sourit. Paul rougit violemment : le garçon avait-il aperçu ta verge tendue, entre les plis de ton pagne ? Il ne semblait pas y attacher la moindre importance.

— Ici finit le chemin, fit-il en pointant son doigt. Il continue sur l'autre rive. Il faut nous mouiller, Koké.

Il s'enfonça dans le ruisseau et Paul le suivit. L'eau froide lui procura une sensation bienfaisante, le libéra de l'insupportable tension. Le bûcheron, en voyant Paul demeurer dans la rivière, protégé du courant par un gros rocher, laissa sur l'autre rive son pagne et le sac à provisions, et le voilà se replongeant dans l'eau en riant. Celle-ci chantait et formait des ondes et de l'écume en heurtant son corps harmonieux. « Elle est très froide », dit-il en s'approchant de Paul jusqu'à le frôler. L'espace était vert azuré, aucun oiseau ne piaillait, et n'était la rumeur du courant contre les pierres, il y avait un silence, une tranquillité et une liberté qui, pensait Paul, avaient dû être ceux du paradis terrestre. Il était à nouveau en érection et se sentait défaillir de ce désir inédit. S'abandonner, se rendre, être aimé et brutalisé comme une femelle par le bûcheron. Surmontant sa honte, le dos tourné à Jotépha, il se laissa aller contre lui et appuya sa tête contre la poitrine du jeune homme. Avec un petit rire frais, où il ne détecta pas une once de moquerie, le garçon passa ses bras sous ses épaules et l'attira jusqu'à le tenir bien serré contre son corps. Il le sentit s'ajuster, s'accoupler à lui. Il ferma les yeux, en proie au vertige. Il sentait contre ses reins la verge, également dure, du garçon, se frotter à lui, et, au lieu de l'écarter et de le frapper, comme il l'avait tant de fois fait sur le *Luzitano*, sur le *Chili* et sur le *Jérôme-Napoléon* quand ses compagnons tentaient d'user de lui comme d'une femme, il le laissait faire, sans dégoût, avec gratitude et — Paul, Paul! — jouissant aussi. Il sentit une des mains de Jotépha tâtonner dans l'eau jusqu'à saisir son sexe. Dès qu'il sentit qu'il le caressait, il éjacula en poussant un gémissement. Jotépha le fit peu après, contre son dos, riant toujours.

Ils sortirent du ruisseau; ils utilisèrent leurs pagnes à éponger l'eau qui dégoulinait de leur corps. Puis mangèrent les fruits qu'ils avaient apportés. Jotépha ne fit pas la moindre allusion à ce qui s'était passé, comme si c'était sans importance, ou qu'il l'avait déjà oublié. Quelle merveille, hein, Paul? Il a fait avec toi ce qui, dans l'Europe chrétienne, provoquerait angoisses et remords, une sensation de faute et de honte. Mais pour le bûcheron, être libre, c'était un simple divertissement, un passe-temps. Quelle meilleure preuve que la mal nommée civilisation européenne avait détruit la liberté et le bonheur, en privant les êtres humains des plaisirs du corps? Dès demain tu commencerais une toile sur le troisième sexe, celui des Tahitiens et des païens non corrompus par la morale d'eunuque du christianisme, un tableau sur l'ambiguïté et le mystère de ce sexe qui, à quarante-quatre ans, alors que tu croyais tout connaître et tout savoir sur toi-même, t'avait révélé, grâce à cet Éden et à Jotépha, qu'au fond de ton cœur, caché dans ce géant viril que tu étais, était tapie une femme.

Ils arrivèrent au bosquet de balsa, coupèrent une longue branche cylindrique, de quoi pouvoir sculpter l'Ève tahitienne que Paul projetait, et s'en retournèrent aussitôt à Mataiea, portant le bois à deux, sur l'épaule. Ils furent rendus au village à la nuit. Teha'amana dormait déjà. Le lendemain matin, Paul offrit à Jotépha une de ses petites idoles. Le garçon ne voulait pas l'accepter, comme si ce faisant il risquait de dénaturer son geste généreux d'accompagner son ami chercher le bois qu'il lui fallait. Finalement, devant l'insistance de Paul, il l'accepta.

— Comment dit-on en tahitien « Eaux mystérieuses », Jotépha ?

— *Pape moe.*

C'est ainsi qu'il l'appellerait. Il se mit à le peindre dès le lendemain, très tôt, après avoir bu son habituelle tasse de thé. Il tenait à la main la photo de Charles Spitz, mais la consulta à peine, car il la connaissait par cœur, et parce que le meilleur modèle pour son nouveau tableau était ce dos nu du bûcheron marchant devant lui dans les fourrés, en pleine atmosphère magique, qu'avait impressionné sa rétine.

Il travailla une semaine sur *Pape moe.* La plupart du temps dans cet étrange état d'euphorie et de trouble qu'il n'avait pas ressenti depuis qu'il avait peint *L'esprit des morts veille.* Seuls quelques esprits d'exception discerneraient le véritable sujet de *Pape moe* ; lui ne pensait jamais le révéler, ni à Teha'amana, avec qui il n'avait pas coutume de commenter ses propres tableaux, et moins encore par courrier à Daniel, à Schuffenecker, à sa Viking d'épouse ou aux galeristes de Paris. Ils verraient, au centre d'un bois aux fleurs, feuilles, eaux et pierres luxuriantes, un être qui, appuyé sur les rochers, inclinait son beau corps ombré vers une cascade légère, pour étancher sa soif ou rendre un culte à un petit dieu invisible du coin. Fort peu devineraient l'énigme, l'incertitude sexuelle de cette petite personne qui incarnait un sexe autre, une option que la morale et la religion avaient combattue, persécutée, niée et exterminée jusqu'à la croire disparue. Ils se trompaient ! *Pape moe* en était la preuve. Dans ces « eaux mystérieuses » au-dessus desquelles se penchait l'androgyne du tableau tu flottais, toi aussi, Paul. Tu venais de le découvrir, après un long processus qui avait commencé par la fascination qu'avait exercée sur toi, à l'Exposition universelle de 1889, la photographie de Charles Spitz, et s'était achevé dans ce ruisseau, en sentant sur tes reins la verge de Jotépha, et toi acceptant d'être sa *taata vahiné* dans ces solitudes sans temps ni histoire. Personne ne saurait jamais que *Pape moe* était aussi ton autoportrait, Koké.

Bien qu'il sentît que cela le rapprochait du sauvage qu'il voulait être depuis longtemps, ce qui s'était passé ne laissa pas de l'incommoder. Un pédé, toi, Paul ? Si quelqu'un te l'avait dit des années plus tôt, tu l'aurais écrabouillé. Dès l'enfance il avait toujours affirmé sa virilité et l'avait défendue à coups de poing. Il l'avait bien souvent fait en sa lointaine jeunesse, en haute mer, dans ses années de navigation, dans les soutes et les cabines du *Luzitano* et du *Chili*, ces navires marchands où il avait passé trois ans, et sur le navire de guerre, le *Jérôme-Napoléon*, où il avait servi deux années encore, au moment de la guerre avec la Prusse. Qui t'aurait dit à cette époque que tu finirais par peindre et sculpter, Paul ? Pas une seule fois il ne t'était passé par la tête de devenir artiste. Tu rêvais alors d'une grande carrière de loup de mer sur tous les océans, dans tous les ports du monde, à travers pays, races et paysages, tandis que tu te hisserais au grade de capitaine. Un bateau entier et son vaste équipage sous tes ordres, Ulysse !

Dès le début, sur le *Luzitano*, trois-mâts où on l'avait accepté comme aspirant en décembre 1865, car il avait passé l'âge d'être admis à l'Académie navale, il lui avait fallu user des poings et des pieds, mordre et jouer du couteau, pour conserver son cul intact. Certains n'y attachaient pas d'importance. Pris de boisson, maints compagnons se flattaient d'être passés par ce rituel marin. Mais toi, ça ne t'était pas égal. Tu ne serais jamais le giton de personne ; tu étais un homme. Lors de son premier voyage comme aspirant, de France à Rio de Janeiro, trois mois et vingt et un jours en haute mer, l'autre aspirant, Junot, un Breton rouquin couvert de taches de rousseur, fut violé dans la salle des machines par trois chauffeurs qui, ensuite, l'aidèrent à sécher ses larmes, en lui assurant qu'il ne devait pas avoir honte, que c'était une pratique universelle chez les marins, un baptême auquel personne n'échappait, et qui, par là même, n'était pas offensant, mais créait plutôt une fraternité parmi l'équipage. Paul y avait échappé, mais pour cela il avait dû démontrer à ces loups de mer excités par le manque de femme que celui qui voudrait s'envoyer Eugène-Henri Paul Gauguin devait être prêt à tuer ou à mourir. Sa force phénoménale, et surtout sa résolution et sa férocité, le protégèrent. Quand, le 23 avril 1871, après avoir fait son service militaire sur le *Jérôme-Napoléon*, il fut libéré, il conservait ses arrières aussi intouchés que six ans plus tôt, au début de la carrière navale à laquelle il mettait maintenant fin. Ah! comme ils auraient ri de toi, tes compagnons du *Luzitano* et du *Chili*, et ceux du *Jérôme-Napoléon*, s'ils avaient pu te voir dans le ruisseau de ce bosquet, devenu vieux et *taata vahiné* d'un Maori!

Le sexe n'avait pas été important dans sa vie à l'époque où il l'est d'ordinaire pour le commun des mortels, la jeunesse, le temps du rut et de la fièvre. Ces six années de marin, il avait fréquenté les bordels dans chaque port — Rio de Janeiro, Valparaiso, Naples, Trieste, Venise, Copenhague, Bergen et d'autres dont il se souvenait à peine — plus pour faire comme tout le monde et ne pas sembler anormal, que par plaisir. Il t'était difficile d'en éprouver dans ces antres sordides, puants, bondés d'ivrognes, en forniquant avec des femmes en ruine, parfois édentées, aux seins tombants, qui bâillaient ou s'endormaient de fatigue tandis que tu les montais. Il te fallait invariablement plusieurs verres de gnôle pour perpétrer ces coïts tristes et fugaces, qui te laissaient dans la bouche un goût de cendre, une mélancolie funèbre. Aussi était-il préférable de se masturber la nuit, sur son matelas, bercé par les vagues.

Ni à l'époque où il était marin ni ensuite lorsque, recommandé par son tuteur, Gustave Arosa, il avait commencé à travailler comme courtier en bourse dans les bureaux de Paul Bertin, rue Laffitte, décidé à se forger un avenir bourgeois à la Bourse de Paris, le sexe n'avait représenté pour Paul l'obsédant souci qu'il devait devenir quand, à l'âge où l'homme a normalement son destin déjà tracé, il s'était mis à changer de vie et à remplacer son existence prospère, disciplinée, routinière, de bon mari et bon père de famille pour cette autre, incertaine, aventureuse, de pauvreté et de rêves, qui l'avait mené jusqu'ici.

Le sexe avait pris de l'importance à ses yeux au fur et à mesure que la peinture en avait elle-même acquis ; la peinture, cette chose qui au début ressemblait à un passe-temps, entrepris sur les instances de son compagnon et ami à l'agence Paul Bertin, Émile Schuffenecker, qui lui avait un beau jour montré un cahier avec ses esquisses au fusain et ses aquarelles, en lui avouant qu'il rêvait secrètement de devenir artiste. Le bon Schuff, qui peignait à ses moments perdus, quand il n'était pas, comme Paul, à la traque de familles argentées pour les persuader de confier leurs investissements boursiers au savoir-faire de Paul Bertin, l'avait encouragé à suivre des cours de dessin, le soir, à l'académie Colarossi. Le bon Schuff le faisait et c'était très amusant, plus que de jouer aux cartes ou de passer ses nuits aux terrasses des cafés de la place Clichy à siroter un verre d'absinthe tout en spéculant sur les cours de la Bourse. C'est ainsi que débuta l'aventure qui t'avait conduit à Tahiti, Koké. En bien ? En mal ? Que de fois, en période de faim, de misère, comme ces jours parisiens où tu avais le petit Clovis sur le dos, te demandant jusqu'à quand tu vivrais sans toit et réduit à mendier un bol de soupe aux hospices des bonnes sœurs, avais-tu maudit le bon Schuff pour ce conseil, imaginant comme tu vivrais bien, la belle maison que tu aurais à Neuilly, à Saint-Germain ou à Vincennes, si tu étais resté courtier à la Bourse de Paris. Tu serais devenu, peut-être, aussi riche que Gustave Arosa, et capable, comme ton tuteur, d'acquérir une magnifique collection de peinture moderne.

À cette époque, il avait déjà fait la connaissance de Mette Gad, la Viking, Danoise de haute taille et aux traits un tantinet masculins — Paul, Paul ! —, et l'avait déjà épousée, en novembre 1873, à l'état civil du IXe arrondissement et à l'Église luthérienne de la Rédemption. Et ils avaient entrepris une existence fort bourgeoise, dans un appartement fort bourgeois, dans un quartier qui était le comble du bourgeois : la place Saint-Georges. Le sexe était si peu important encore pour Paul, à cette époque, qu'il n'avait pas eu de mal, dans ces premiers temps de leur mariage, à respecter la pudibonderie de sa femme, et à faire l'amour avec elle de la façon que la morale luthérienne conseillait, Mette engoncée dans ses longues chemises de nuit boutonnées et en état de totale passivité, sans se permettre une audace, une fantaisie, une grâce, comme si être aimée de son mari était une obligation à laquelle elle devait se résigner, de la même façon que le malade aux boyaux pétrifiés par la constipation en vient à prendre de l'huile de ricin.

Ce n'est que bien plus tard, quand Paul, sans délaisser encore l'agence Paul Bertin, consacrait ses nuits à peindre sur tout et avec tout — crayon, fusain, aquarelle, huile —, que soudain, en même temps que son imagination créait et recréait des images susceptibles d'être peintes, ses nuits commencèrent à s'agiter de désirs. Il implorait ou exigeait alors de Mette des libertés au lit qui la scandalisaient : qu'elle se mette toute nue, qu'elle pose pour lui, qu'elle le laisse caresser et embrasser sa rétive intimité. Cela avait été la source d'aigres disputes conjugales, les premières ombres au tableau de cette harmonieuse famille qui avait un enfant chaque année. Malgré les résistances de la Viking, et son désir sexuel qui allait croissant, il ne trompait pas sa femme. Il n'avait pas de maîtresses, ne fréquentait pas les maisons de plaisir, ni n'entretenait de cousettes comme ses amis et collègues. Il ne recherchait pas hors du lit conjugal les plaisirs que lui marchandait chichement la Viking. À la fin de l'année 1884 encore, alors qu'il avait trente-six ans, que sa vie avait déjà opéré un tournant à cent quatre-vingts degrés et qu'il était bien décidé à devenir peintre, et seulement peintre, à laisser tomber définitivement les affaires, et qu'était amorcée la lente banqueroute qui le laisserait dans la misère, il demeurait fidèle à Mette Gad. Mais à cette époque le sexe était devenu une préoccupation majeure, une angoisse permanente, une source de fantasmes audacieux et baroques. Au fur et à mesure qu'il cessait d'être bourgeois et commençait à mener une vie d'artiste — pénurie, anticonformisme, prise de risque, création et désordre —, le sexe s'était mis à dominer son existence, comme une source de jouissance, mais aussi de rupture avec les anciennes attaches, de conquête d'une nouvelle liberté. Renoncer à la sécurité bourgeoise t'avait fait passer de bien mauvais moments, Paul. Mais t'avait imposé une vie plus intense, plus riche et plus luxuriante pour les sens et l'esprit.

Tu avais fait un nouveau pas vers la liberté. De la vie de bohème et d'artiste à celle du primitif, du païen, du sauvage. Un grand progrès, Paul. Maintenant le sexe n'était pas pour toi une forme raffinée de décadence spirituelle, comme pour tant d'artistes européens, mais une source d'énergie et de santé, une façon de te renouveler, de recharger ton esprit, ton allant et ta volonté pour mieux créer, pour vivre mieux. Car dans le monde auquel tu accédais enfin, vivre était une création continuelle.

Il avait dû passer par tout cela pour concevoir un tableau tel que *Pape moe*. Il n'y avait rien à reprendre. En peinture, la photo de Charles Spitz scintillait et vibrait; l'androgyne et la Nature n'étaient pas indépendants, ils s'intégraient à une nouvelle forme de vie panthéiste; la surface de l'eau, les feuilles et les fleurs, les branches et les pierres rayonnaient, et la personne avait le hiératisme des éléments. La peau, les muscles, les cheveux noirs, les robustes pieds si bien ancrés sur les rochers couverts de mousse sombre, tout révélait le respect, la révérence et l'amour porté à cet être d'une autre civilisation qui, malgré la colonisation européenne, conservait, dans la profondeur secrète des forêts, sa pureté ancestrale. Tu étais triste d'avoir achevé *Pape moe*. Comme chaque fois que tu mettais la touche finale à un bon travail, tu étais taraudé par l'idée d'avoir, ensuite, un talent moins heureux.

Deux ou trois nuits plus tard, il y eut pleine lune. Transporté par la douce luminosité qui descendait du ciel, se redressant à côté du corps de Teha'amana — elle respirait profondément, avec un doux ronflement régulier —, il descendit vers l'esplanade autour de son faré en tenant *Pape moe* dans ses bras. Il le contempla baigné par cette clarté jaune bleuté, qui imprimait une patine énigmatique à cette lagune où nichaient des plantes aquatiques qui pouvaient être des lumières ou des reflets. La Nature elle aussi était androgyne dans ce tableau. Tu n'étais pas sujet au sentimentalisme, quelque chose contre quoi tu devais t'immuniser pour dépasser les limites de cette civilisation dégradée et te confondre avec les vieilles traditions, mais tu avais senti tes yeux se mouiller. C'était un des meilleurs tableaux peints par toi, Paul. Pas encore un chef-d'œuvre, comme *Manao Tupapau*, mais pas loin. Tu te rappelais ce que répétait avec tant de conviction le Hollandais fou là-bas à Arles, les derniers jours de l'automne 1888, avant que ne se déchaîne dans ses rapports avec toi ce mélange d'amour et d'hystérie : la véritable révolution dans la peinture ne se produirait pas en Europe mais loin, sous les tropiques, sur ces rivages où se passait ce roman qui les avaient éblouis tous les deux, *Rarahu, le mariage de Loti*, par Pierre Loti. Or n'était-ce pas une écrasante réalité dans *Pape moe* ? Cette toile traduisait une vigueur, une force spirituelle, qui provenaient de l'innocence et de la liberté avec lesquelles regardait le monde un être primitif que n'aveuglaient pas les œillères de la culture occidentale.

La nuit où Paul avait connu le Hollandais fou, l'hiver 1887, au Grand Bouillon, restaurant du Chalet, à Clichy, Vincent n'avait même pas permis à Paul de le féliciter pour les tableaux qu'il exposait. « C'est moi qui dois te féliciter, lui avait-il dit en serrant sa main avec force. J'ai vu chez Daniel de Monfreid tes tableaux de la Martinique. Formidables ! Ils ne sont pas peints avec un pinceau, mais avec un phallus. Des tableaux qui sont, tout à la fois, art et péché. » Deux jours plus tard, Vincent et son frère Théo s'étaient rendus chez Schuffenecker, où Paul logeait depuis qu'il était revenu de ses aventures à Panamá et en Martinique avec son ami Laval. Le Hollandais fou avait contemplé ses tableaux sous tous les angles et décrété : « C'est de la grande peinture, elle sort des entrailles et du sang, comme le sperme du sexe. » Il avait embrassé Paul et prié : « Moi aussi je veux peindre mes tableaux avec mon phallus. Apprends-moi, mon frère. » Ainsi avait commencé cette amitié qui devait si mal finir.

Le Hollandais fou, dans une de ses intuitions géniales, avait mis dans le mille avant toi, Paul.

C'était vrai. Durant ce séjour si pénible, d'abord à Panamá, puis aux environs de Saint-Pierre, à la Martinique, de mai à octobre 1887, tu étais devenu un artiste. Vincent avait été le premier à le découvrir. Qu'importaient, face à cela, toutes tes souffrances, ce travail de manœuvre sur le chantier du canal de M. de Lesseps, bouffé par les moustiques et menacé par la dysenterie et la malaria martiniquaises ? C'était vrai : dans cette peinture de Saint-Pierre, éclairée par le splendide soleil des Caraïbes, où les couleurs éclataient comme des fruits mûrs, et où les rouges, les bleus, les jaunes, les verts et les noirs s'affrontaient avec la férocité des gladiateurs, se disputant l'hégémonie du tableau, la vie surgissait enfin comme un incendie, te purifiant, te rachetant de cette atti-tude timorée que tu avais manifestée jusqu'ici en peinture et en sculpture. Ce voyage, en fin de compte, même si tu avais été à deux doigts de mourir de faim et de maladie — crachant tes pou-mons dans une case dont la toiture en feuilles de cocotier laissait passer la pluie —, avait nettoyé tes yeux chassieux : la santé de la peinture passait par la fuite de Paris et la recherche d'une vie nou-velle sous d'autres cieux.

Le sexe avait lui aussi fait irruption dans sa vie, comme la lumière dans ses tableaux, irrésistible et impérieux, emportant au passage toutes les retenues, tous les préjugés qui l'avaient jus-qu'alors étouffé. Comme ses compagnons de pioche, dans les marais pestilentiels où se creu-saient les écluses du futur Canal, il était allé cher-cher les mulâtresses et les Noires qui rôdaient autour des campements panaméens. Non seulement elles se donnaient pour une somme modique, mais elles acceptaient même d'être brutalisées pendant l'acte. Et si elles pleuraient et, effrayées, voulaient fuir, quelle jouissance, quel plaisir immense que de leur tomber dessus, de les dominer, de leur montrer qui était l'homme ! La Viking, tu ne l'avais jamais aimée ainsi, Paul, comme ces négresses aux mamelles énormes, au mufle animal, au sexe vorace qui brûlait comme un brasier. C'est pour cela que ta peinture était alors si pâlichonne et sclérotique, si conventionnelle et timide. Car ton esprit était ainsi, ta sensibilité, ton sexe. Tu t'étais fait la promesse — sans la tenir, Paul —, là-bas, dans la chaleur suffocante de Saint-Pierre, quand tu pouvais t'envoyer une de ces négresses aux hanches larges qui parlaient un créole ardent, qu'à ton retour chez la Viking tu lui donnerais une leçon rétroactive. Tu l'avais dit à Charles Laval, une nuit de beuverie au tafia :

— La première nuit que nous passerons ensemble, je débarrasserai la Viking de toute cette frigidité nordique qu'elle traîne depuis le berceau. Je la déshabillerai en tapant dessus et en arrachant ses vêtements. Je la mordrai et la presserai dans mes bras, je la ferai se tordre et crier, se rebeller et se battre pour survivre. Comme une négresse. Elle nue et moi nu, dans la lutte amoureuse cette mijaurée de bourgeoise apprendra à pécher, à jouir, à faire jouir, à être chaude, soumise et mouillée comme une femelle de Saint-Pierre.

Charles Laval te regardait hébété, sans savoir que dire. Koké se mit à rire aux éclats, le regard fixé sur *Pape moe*, éclairé par la lumière phosphorescente de la lune. Non, non. La Viking ne ferait jamais l'amour comme une Martiniquaise ou une Tahitienne, sa religion et sa culture le lui interdisaient. Elle serait toujours une moitié d'être, une femme au sexe fané dès avant sa naissance.

Le Hollandais fou l'avait bien compris, dès le premier moment. Ces tableaux de la Martinique n'avaient pas été brossés comme ça grâce à la couleur démesurée des tropiques, mais grâce à la liberté d'esprit et de mœurs conquise par un apprenti sauvage, un peintre qui, en même temps qu'à peindre, apprenait à faire l'amour, à respecter l'instinct, à accepter ce qu'il y avait en lui de Nature et de démon, et à satisfaire ses appétits comme les hommes à l'état de nature.

Étais-tu un sauvage à ton retour à Paris après ce malheureux séjour à Panamá et à la Martinique, convalescent encore de cette malaria qui t'avait bouffé les chairs, sucé le sang et fait perdre dix kilos ? Tu commençais à l'être, Paul. Ta conduite n'était plus celle d'un bourgeois civilisé, en tout cas. Comment l'aurais-tu été après avoir sué sous un soleil inclément en maniant la pioche dans les forêts de Panamá, et en te vautrant avec mulâtresses et négresses dans la boue, la terre rougeâtre et les sables souillés des Caraïbes ? Et puis tu avais au fond de toi la maladie imprononçable, Paul. Une marque infamante, mais aussi ton passeport d'homme sans frein. Tu ne savais, ne saurais pas pendant longtemps que tu étais pestiféré. Mais tu étais déjà un être libéré des bonnes manières, des préjugés, des tabous, des conventions, orgueilleux de tes impulsions et de tes passions. Comment aurais-tu osé, sinon, allonger le bras et toucher les seins de la délicate épouse de ton meilleur ami, le bon Schuff, qui te logeait chez lui, te donnait à manger et te filait même quelques francs pour aller boire une absinthe au café? Mme Schuffenecker pâlissait, rougissait, s'échappait en balbutiant des protestations. Mais sa pudeur et sa honte étaient si grandes qu'elle n'avait jamais osé rapporter au bon Schuff les privautés du compagnon qu'il aidait tellement. Ou l'avait-elle fait? Caresser Mme Schuffenecker quand les circonstances les laissaient seuls était devenu un jeu dangereux. Qui te donnait bien du plaisir et te poussait devant ton chevalet, n'est-ce pas, Koké?

Un petit nuage embua le clair de lune et Paul revint au faré, en portant son *Pape moe* avec un soin extrême, comme s'il avait pu se casser. Dommage que le Hollandais fou n'ait pu voir cette toile! Il l'aurait trouée de ce regard halluciné qu'il avait dans les grandes occasions, puis t'aurait serré dans ses bras et embrassé en s'écriant de sa voix convulsive : « Tu as forniqué avec le diable, mon frère! »

Finalement, à la mi-mai 1893, arriva l'ordre de rapatriement envoyé par le gouvernement français à la préfecture de Polynésie. Le gouverneur Lacascade en personne l'informa que, suivant les instructions reçues — il lui lut le décret ministériel —, il avait été décidé, au vu de son insolvabilité, de lui payer un billet en seconde classe de Papeete à Marseille. Ce même jour, après cinq heures et demie de cahots dans la patache, il revint à Mataiea et annonça à Teha'amana qu'il partait. Il lui parla longuement, en lui expliquant avec un luxe de détails les raisons qui le poussaient à retourner en France. Assise sur un des bancs, sous le manguier, la jeune femme l'écoutait sans dire un mot, sans verser une larme ni faire un geste de reproche. De sa main droite elle se caressait machinalement le pied gauche, celui aux sept orteils. Et elle ne dit rien non plus quand Paul se tut. Il monta se coucher après avoir fumé une dernière pipe et trouva Teha'amana déjà endormie. Le lendemain matin, lorsque Koké ouvrit les yeux, sa vahiné avait pris ses cliques et ses claques.

Quand Paul embarqua pour la France début juin 1893 sur le *Duchaffault*, seul son ami Jénot, nouvellement promu lieutenant de vaisseau, vint lui dire adieu sur les quais.

V

L'OMBRE DE CHARLES FOURIER

Lyon, mai-juin 1844

Tout comme à Mâcon, où elle se trouvait la dernière semaine d'avril et les premiers jours de mai 1844, la tournée de Flora à Chalon-sur-Saône dépendit presque entièrement de l'aide de ses amis autant qu'adversaires, les phalanstériens ou fouriéristes. Ils la lui apportaient si généreusement que Flora en avait des tiraillements de conscience. Comment rendre explicites, sans les offenser, ses différences avec les disciples de feu Charles Fourier qui venaient l'accueillir à la malle-poste ou au port fluvial, et qui se mettaient en quatre pour elle ? Malgré sa tristesse de devoir gâcher la joie des fouriéristes, elle ne dissimulait pas ses critiques de leurs théories et conduites, qui lui semblaient incompatibles avec la tâche qui l'occupait : la rédemption de l'humanité.

À Chalon-sur-Saône, les phalanstériens avaient organisé, pour le lendemain de son arrivée, une réunion dans le vaste local de la loge maçonnique « La Parfaite Égalité ». Il lui suffit de jeter un regard sur le local bondé, où s'entassaient deux cents personnes, pour perdre tout courage. Ne leur avais-tu pas écrit que les réunions devaient toujours être réduites à trente ou quarante ouvriers, tout au plus ? Un petit nombre permettait le dialogue, le rapport personnel. Un public comme celui-ci était distant, froid, incapable de participer, un public d'auditeurs passifs :

— Mais, madame, vous avez soulevé une grande curiosité. Vous êtes précédée d'une telle réputation ! s'excusa Léo Lagrange, le dirigeant fouriériste.

— La réputation, je m'en soucie comme d'une guigne, monsieur Lagrange. Je recherche l'efficacité. Et je ne peux être efficace en m'adressant à une masse anonyme, invisible. Moi, j'aime parler à des êtres humains, c'est pourquoi j'ai besoin de voir leur visage, de leur faire sentir que je veux converser avec eux, et non leur imposer mes idées comme le pape à son troupeau de catholiques.

Il y avait plus grave que le nombre, c'était la composition sociale du public. Du devant de la scène, décoré d'un petit pot de fleurs et de panneaux couverts de symboles maçonniques, tandis que M. Lagrange la présentait, Flora découvrit que les trois quarts de l'assistance se composaient de patrons et un quart seulement d'ouvriers ! Venir à Chalon-sur-Saône prêcher l'Union ouvrière aux exploiteurs ! Ces phalanstériens étaient incorrigibles, malgré l'intelligence et l'honnêteté d'un Victor Considérant qui, depuis la mort du maître en 1837, présidait le mouvement fouriériste. Leur péché originel, qui ouvrait un abîme infranchissable entre eux et toi, était le même que celui des saint-simoniens : ne pas croire à une révolution faite par les victimes du système. Tous deux se méfiaient de ces masses ignares et misérables et, avec une ingénuité angélique, soutenaient que la réforme de la société s'opérerait grâce à la bonne volonté et à l'argent des bourgeois éclairés par leurs théories.

Et le plus fantastique, c'était que Victor Considerant et les siens pussent encore aujourd'hui, en 1844, être convaincus de gagner à leur cause cette poignée de riches qui, convertis au phalanstérianisme, financeraient la « révolution sociétaire ». En 1826, leur guide, Charles Fourier, avait annoncé à Paris, par voie de presse, qu'il se trouverait tous les jours chez lui, rue Saint-Pierre de Montmartre, de midi à deux heures, pour expliquer ses projets de réforme sociale à tel industriel ou tel rentier d'esprit noble et justicier qui voudrait bien les financer. Onze ans plus tard, le jour de sa mort, en 1837, l'aimable vieillard à l'éternelle redingote noire et cravate blanche, aux bienveillants yeux bleus — tu t'en souvenais avec tristesse, Andalouse —, attendait encore, ponctuellement, de midi à deux heures, cette visite qui ne se produisit jamais. Jamais ! Pas un seul riche ni un seul bourgeois ne prit la peine d'aller lui poser des questions ou écouter ses projets pour en finir avec le malheur humain. Et aucune des personnalités auxquelles il avait écrit pour leur demander d'appuyer ses plans — Bolívar, Chateaubriand, Lady Byron, le président Francia du Paraguay, tous les ministres de la Restauration et du roi Louis-Philippe, entre autres — ne daigna lui répondre. Et, aveugles et sourds, les phalanstériens continuaient à avoir confiance en la bourgeoisie et à se méfier de la classe ouvrière!

En proie à un soudain sursaut d'indignation rétrospective, en imaginant le pauvre Charles Fourier, assis pour rien, chaque midi, dans sa modeste maison, à l'automne de sa vie, Flora modifia soudain le sujet de son exposé. Elle décrivait le fonctionnement des futurs Palais ouvriers et la voilà qui trace un portrait psychologique du bourgeois contemporain. Elle remarquait avec jubilation, tandis qu'elle affirmait que le patron manquait généralement de générosité, qu'il avait un esprit étroit, mesquin, pleutre, médiocre et méchant, que ses auditeurs s'agitaient sur leur siège comme s'ils étaient attaqués par des escadrons de puces. Quand vint le tour des questions, il y eut un silence lourd et menaçant. Finalement, le patron d'une fabrique de meubles, M. Rougeon, encore jeune mais avec déjà un ventre de propriétaire, se leva et dit que, vu la conception que Mme Tristan avait des patrons, il ne pouvait comprendre pourquoi elle s'entêtait à les inviter à l'Union ouvrière.

— Pour une raison bien simple, monsieur. Les bourgeois ont de l'argent et les ouvriers pas. Pour réaliser son programme, l'Union a besoin de ressources. C'est l'argent que nous voulons des bourgeois, pas leur personne.

M. Rougeon s'empourpra. L'indignation gonflait les veines de son front.

— Dois-je comprendre, madame, que si j'adhère à l'Union, bien qu'honorant mes cotisations, je n'aurai pas le droit d'entrer dans les Palais ouvriers ni d'utiliser leurs services?

— Exactement, monsieur Rougeon. Vous n'avez pas besoin de ces services, parce que vous avez de quoi payer de votre poche l'éducation de vos enfants, les médecins et une vieillesse sans angoisse. Ce n'est pas le cas des ouvriers, n'est-ce pas ?

— Pourquoi donnerais-je mon argent, sans rien recevoir en échange ? Par imbécillité ?

— Par générosité, par altruisme, par esprit de solidarité avec les déshérités. Sentiments qui, je le vois bien, vous sont étrangers.

M. Rougeon quitta ostensiblement la loge, en marmonnant qu'une telle organisation n'aurait jamais son appui. Quelques personnes le suivirent, solidaires de son indignation. L'un d'eux, avant de sortir, s'écria : « C'est vrai, Mme Tristan est une subversive. »

Plus tard, lors d'un dîner offert par les fouriéristes, en voyant leur air déçu et chagriné, Flora fit un geste pour les apaiser. Elle dit que, malgré ses différences avec les disciples de Charles Fourier, elle avait un tel respect pour la culture, l'intelligence et l'intégrité de Victor Considerant, qu'une fois constituée l'Union ouvrière, elle n'hésiterait pas à proposer son nom comme Défenseur du Peuple, le premier représentant rémunéré de la classe ouvrière, choisi pour défendre les droits des travailleurs à l'Assemblée nationale. Victor serait, elle en était sûre, un tribun populaire aussi bon que l'était, au Parlement anglais, l'Irlandais O'Connell. Cette déférence envers leur chef et mentor leur mit du baume au cœur. Quand ils prirent congé d'elle à l'auberge, ils avaient fait la paix et l'un d'eux, sur un ton enjoué, lui dit qu'il avait enfin compris, en l'entendant ce soir, pourquoi on l'avait surnommée « Madame-la-Colère ».

Elle ne put convenablement dormir. Elle se sentait déçue par ce qui s'était passé à la loge maçonnique et regrettait de s'être laissé déborder par l'impulsion d'insulter les bourgeois, au lieu de se concentrer sur les ouvriers pour faire du prosélytisme dans leurs rangs. Tu avais un caractère du diable, Florita ; à quarante et un ans tu ne parvenais pas à maîtriser tes emportements. Mais c'est grâce à cet esprit insoumis, à ces éclats d'humeur, que tu avais pu rester libre et recouvrer ta liberté chaque fois que tu la perdais. Comme lorsque tu avais été l'esclave de M. André Chazal. Ou que tu étais devenue quasiment une automate, une bête de somme, dans la famille Spence. Cette époque où tu ne savais pas encore ce qu'étaient le saint-simonisme, le fouriérisme, le communisme icarien, ni ne connaissais l'œuvre de Robert Owen, à New Lanark, en Écosse.

Les quatre jours passés à Mâcon, terre de Lamartine, l'illustre poète et député, furent marqués par les tracas corporels qui s'abattirent à nouveau sur elle, comme pour mettre à l'épreuve sa force de caractère. Aux douleurs à l'estomac et à la matrice, qui la faisaient se tordre, s'ajoutaient la fatigue, la tentation de renoncer aux rendez-vous, aux visites des journaux et à la chasse aux ouvriers, ici plus rétifs qu'ailleurs, pour aller se jeter sur le lit à fleurs de sa chambre, dans le bel hôtel du Sauvage. Elle résistait à cette tentation au prix d'un effort herculéen. La nuit, sa fatigue et ses nerfs la tenaient éveillée, à se rappeler — une de ces pensées dont elle aimait se tourmenter parfois, comme pour se punir de ne pas avoir plus de succès dans sa lutte — les trois ans de calvaire au service des Spence. Cette famille anglaise devait être très prospère, mais, sauf pour ses voyages, elle profitait à peine de son aisance, à cause de son esprit d'épargne, de son puritanisme et de son manque d'imagination. Les époux, Mr Marc et Mrs Catherine, devaient aller sur leurs cinquante ans, et Miss Annie, la sœur cadette du premier, sur ses quarante-cinq. Tous trois étaient maigres, efflanqués, sinistres dans leurs vêtements invariablement noirs, et dépourvus de curiosité. Ils l'avaient engagée comme dame de compagnie, pour les accompagner dans un voyage en Suisse, où respirer l'air pur et désencrasser leurs poumons affectés par la suie des usines londoniennes. Le salaire était bon ; il lui permettait de payer la nourrice pour l'entretien de ses enfants et lui laissait un excédent pour ses besoins personnels. Dame de compagnie, c'était un euphémisme ; en réalité, elle fut la bonne du trio. Elle leur servait le petit déjeuner au lit, avec l'immangeable porridge, les toasts et la fade tasse de thé qu'ils avalaient trois à quatre fois par jour ; elle lavait et repassait leur linge et aidait les horribles belles-sœurs, Mrs Spence et Miss Annie, à s'habiller après leurs ablutions matutinales. Elle faisait leurs courses, allait poster leur courrier et courait chez l'épicier leur acheter les insipides gâteaux secs qui accompagnaient leurs tasses de thé. Mais elle faisait aussi le ménage des chambres, aérait la literie, vidait les pots de chambre, et souffrait de l'humiliation quotidienne, à l'heure des repas, de voir que les Spence réduisaient ses rations à la moitié de ce qu'ils mangeaient. Quelques ingrédients du régime familial, tels que viande et lait, lui étaient toujours refusés.

Le pire n'avait pas été ce travail stupide, l'abrutissante routine qui l'avait tenue en mouvement du matin au soir durant ces trois années au service des Spence. Mais l'impression, presque dès son entrée à leur service, que ce couple et la vieille fille la tuaient à petit feu, en la privant de sa condition de femme, d'être humain, en la transformant en instrument inerte, sans sentiments ni dignité, voire sans âme, à qui on ne concédait le droit d'exister que pendant les brefs instants où on lui donnait des ordres. Elle aurait préféré être maltraitée, recevoir la vaisselle sur la tête. Cela, au moins, l'aurait fait se sentir vivante. L'indifférence dont elle était l'objet — elle ne se rappelait pas qu'on lui eût jamais demandé si elle se sentait bien, ou qu'on ait eu pour elle quelque amabilité, un seul geste affectueux — l'offensait jusqu'au fond de l'âme. Dans ses rapports avec ses patrons, il lui revenait de travailler comme une bête en faisant tout le jour des choses stupides. Et de se résigner à perdre sa dignité, son orgueil, tout sentiment et même la sensation d'être vivante. Malgré cela, à la fin du séjour en Suisse, quand les Spence lui avaient proposé de l'emmener en Angleterre, elle avait accepté. Pourquoi, Florita ? Oui, bien sûr, que pouvais-tu faire d'autre pour continuer à assurer l'entretien de tes enfants, qui à l'époque étaient tous les trois en vie ? D'un autre côté, il était difficile pour André Chazal de te retrouver à Londres et de te dénoncer là-bas à la police pour avoir abandonné le foyer familial. La crainte d'aller en prison te poursuivit comme une ombre toutes ces années-là.

Souvenirs lugubres, Florita. Ces trois années de domestique, elle en avait si honte qu'elle les avait effacées de sa biographie, jusqu'à ce que, bien plus tard, lors du satané procès, l'avocat d'André Chazal les portât à la connaissance publique. Ils la harcelaient maintenant à Mâcon, en raison de ses misères physiques et de la laideur de cette ville de dix mille âmes, tout aussi laides, d'ailleurs, à ses yeux, que les rues et les maisons qu'elles habitaient. Alors qu'elle avait contacté les quatre associations syndicales, en laissant partout son adresse et un prospectus sur l'Union ouvrière, seules deux personnes vinrent lui rendre visite : un tonnelier et un forgeron. Aucun d'eux ne manifestait le moindre intérêt. Ils lui confirmèrent tous deux que les associations syndicales de Mâcon étaient en voie d'extinction, car maintenant les ateliers avaient trouvé le moyen de payer des salaires plus bas, en engageant des paysans de passage, des agriculteurs saisonniers, pour des périodes intensives, au lieu d'avoir un personnel permanent. Les ouvriers étaient partis en masse chercher du travail dans les manufactures de Lyon. Et les agriculteurs-ouvriers ne voulaient pas s'occuper de problèmes syndicaux, car ils ne se considéraient pas comme des prolétaires, mais

comme des hommes des champs occasionnelle-
ment employés dans les ateliers pour s'assurer un
revenu supplémentaire.

La seule chose amusante à Mâcon fut M. Champvans, responsable du journal *Le Bien Public*, que
dirigeait par correspondance, de Paris, l'illustre
Lamartine. Bourgeois distingué, cultivé, il la traita
avec une élégance et une courtoisie qui, malgré ses
réserves politiques et morales contre les bourgeois,
l'enchantèrent. M. Champvans dissimula poliment
ses bâillements quand elle lui décrivit l'Union
ouvrière et lui expliqua comment elle trans-
formerait la société humaine. Mais il l'invita à un
déjeuner exquis dans le meilleur restaurant de
Mâcon et la mena visiter, à la campagne, Le Mon-
ceau, le domaine seigneurial de Lamartine. Le château de ce grand artiste et démocrate l'irrita par
son ostentation et son mauvais goût. Elle commençait à s'ennuyer ferme quand apparut, pour la guider, Mme de Pierreclos, veuve du fils naturel du
poète, mort à vingt-huit ans, de tuberculose, peu
après son mariage. La jeune et gracieuse veuve,
encore une enfant, parla à Flora de son tragique
amour, de sa vie désolée depuis la mort de son
mari, et s'affirma décidée à ne prendre aucune dis-
traction et à mener une existence de renoncement
et de claustration jusqu'à ce que la mort la libère de
son chemin de croix.

Entendre parler ainsi cette jolie jeune dame, les
yeux pleins de larmes, provoqua chez Flora une
irritation extraordinaire. Séance tenante, tout en
se promenant entre les parterres fleuris du Mon-
ceau, elle lui administra une leçon.

116

— Je suis triste, mais aussi en colère de vous entendre parler ainsi, madame. Vous n'êtes pas une victime de l'infortune, mais un monstre d'égoïsme. Pardonnez ma franchise, mais vous verrez que j'ai raison. Vous êtes jeune, belle, riche, et au lieu de remercier le ciel pour ces privilèges, et d'en profiter, vous vous enterrez vivante parce qu'une circonstance vous a sauvée du mariage, la pire servitude dont puisse souffrir une femme. Des milliers, des millions de personnes deviennent veufs ou veuves, et vous, vous prenez votre veuvage pour une catastrophe de l'humanité.

La jeune femme s'était arrêtée, livide comme une morte. Elle la regardait, incrédule, en se demandant si elle était ou devenait folle en cet instant.

— Une égoïste parce que je suis loyale au grand amour de ma vie ? murmura-t-elle.

— Personne n'a le droit de ne pas profiter d'une pareille chance, acquiesça Flora. Oubliez votre deuil, sortez de ce sarcophage. Commencez à vivre. Étudiez, faites le bien, aidez les millions d'êtres qui, eux, souffrent de problèmes bien plus réels et concrets, la faim, la maladie, le chômage, l'ignorance, et ne peuvent y faire face. Votre problème n'en est pas un, c'est une solution. Le veuvage vous a épargné d'avoir à découvrir l'esclavage que représente le mariage pour une femme. Ne jouez pas les héroïnes romantiques. Suivez mon conseil. Revenez à la vie et occupez-vous de choses plus généreuses que la culture de votre douleur. En dernier lieu, si vous ne voulez pas consacrer votre temps à faire le bien, jouissez de la vie, amusez-vous, voyagez, trouvez-vous un amant. C'est ce qu'aurait fait votre mari si c'était vous qui étiez morte de tuberculose.

Le visage d'une pâleur cadavérique de Mme de Pierreclos s'empourpra soudain. Et elle partit d'un petit rire hystérique qu'elle mit un bon moment à réprimer. Flora l'observait, amusée. Quand elle prit congé, la petite veuve, effarouchée, balbutia que, tout en ne sachant pas si Flora lui avait parlé sérieusement ou par manière de plaisanterie, ses paroles la feraient réfléchir.

En prenant le bateau pour Lyon, Flora sentit qu'elle se libérait d'un poids. Elle en avait assez des villages et des hameaux, elle voulait à nouveau fouler le sol d'une grande ville.

Sa première impression de Lyon, avec ses bâtisses lugubres semblables à des casernes, répétées jusqu'au cauchemar, et ses rues aux galets pointus qui lui meurtrissaient la plante des pieds, fut extrêmement négative. Elle lui rappela le Londres des Spence, avec sa grisaille, ses contrastes entre riches très riches et pauvres très pauvres, et son caractère de cité historique consacrée à l'exploitation des ouvriers. Cette impression déprimante du premier jour allait disparaître au fur et à mesure que ses rendez-vous et réunions se multipliaient, et qu'elle se voyait, pour la première fois de sa vie, traquée par la police. Elle eut enfin là d'innombrables rencontres avec des ouvriers de tous les secteurs, tisserands, cordonniers, tailleurs de pierre, forgerons, charpentiers, veloutiers, entre autres. Sa gloire l'avait précédée ;

beaucoup de gens la connaissaient et la regardaient dans la rue avec admiration ou réprobation, et certains comme un oiseau rare. Mais la raison pour laquelle, dans les mois qui suivraient — et cela en faisait deux qu'elle avait quitté Paris —, elle se souviendrait toujours de ce mois et demi passé à Lyon, c'est qu'elle avait pu, dans son agenda serré de ces semaines-là, constater jusqu'à l'effarement les excès de l'exploitation dont étaient victimes les pauvres, et aussi les réserves de décence, de pureté morale et d'héroïsme qui caractérisaient la classe ouvrière, bien qu'elle vécût dans la dégradation la plus totale. « En six semaines à Lyon, j'en ai appris plus sur la société que dans toute ma vie passée », nota-t-elle dans son journal.

Elle donna la première semaine une vingtaine de causeries, dans les ateliers de tisserands de la soie du quartier de la Croix-Rousse, les fameux canuts qui, il n'y avait guère — 1831 et 1834 —, avaient pris la tête de deux révoltes ouvrières que la bourgeoisie avait impitoyablement étouffées dans le sang. Dans ces ateliers étroits, sales et sombres, juchés sur la montagne de la Croix-Rousse, dont les interminables escaliers la laissaient sans souffle, Flora eut du mal à reconnaître en ces hommes noyés dans la pénombre, à la clarté d'une chandelle — les réunions avaient lieu la nuit, après le travail —, timides, nu-pieds, haillonneux, le visage hébété de fatigue — ils travaillaient de cinq heures du matin à huit heures du soir, avec juste une pause à midi —, les combattants qui avaient affronté à coups de pierre et de bâton les baïonnettes, les balles et les canons des soldats. Beaucoup mettaient en doute qu'elle fût l'auteur de *L'Union ouvrière*. Les préjugés contre la femme n'avaient épargné aucune classe sociale. Parce qu'elle portait jupe, ils la croyaient incapable de développer ces idées pour la rédemption de l'ouvrier. Après un certain embarras — ils étaient déconcertés par sa qualité de femme —, ils multipliaient les questions et, en général, quand elle les interrogeait sur leurs problèmes, se montraient des plus volubiles. Beaucoup parmi eux étaient limités, mais elle devinait aussi des intelligences à l'état brut, dont la société empêchait l'épanouissement. Elle quittait ces réunions morte de fatigue, mais l'esprit en effervescence. Tes idées prennent, Florita, les ouvriers les adoptent, l'Union ouvrière prend corps.

Au neuvième jour de son séjour, quatre agents de police et le commissaire de Lyon, M. Bardoz, se présentèrent à l'hôtel de Milan avec un ordre de perquisition. Après avoir tout fouillé deux heures durant, ils emportèrent ses papiers, ses carnets et sa correspondance personnelle — dont une lettre, passionnée, d'Olympe —, ainsi que les exemplaires de *L'Union ouvrière* qu'elle n'avait pas réussi à placer en librairie. Ils partirent en lui laissant un ordre de comparution devant le procureur du roi, M. A. Gilardin. Un homme mince comme un couteau, coincé dans un costume qui ressemblait à un habit religieux. Il ne se leva pas pour la saluer quand elle entra dans son bureau.

— Vous vous livrez à Lyon à des activités subversives, lui dit-il, glacial. Une enquête a été ouverte et vous pourriez être déférée devant les tribunaux comme agitatrice. Aussi, dans l'attente des résultats de l'enquête, je vous interdis de poursuivre vos réunions avec les canuts de la Croix-Rousse.

Flora l'examina de haut en bas, avec un lent mépris. Elle prenait sur elle pour ne pas éclater.

— Considérez-vous comme subversif d'échanger des idées avec les personnes qui tissent le drap des élégants costumes que vous portez ? J'aimerais savoir pourquoi.

— Ces endroits ne sont pas convenables pour les dames. De plus, aller parler aux ouvriers est une chose dangereuse, quand on a en tête de mettre sens dessus dessous l'ordre social, lui répondit-il, sans bouger, les lèvres pincées. Je dois vous prévenir : tant que durera l'enquête, vous serez soumise à surveillance. Mais si vous le désirez, vous pouvez quitter Lyon aussitôt.

— Je ne le ferai que par la force. Cette ville me plaît beaucoup. Moi aussi je dois vous avertir de quelque chose : je remuerai ciel et terre pour que la presse d'ici et de Paris fasse connaître à l'opinion publique l'outrage dont je suis victime.

Elle quitta le bureau du procureur du roi sans prendre congé. Les trois quotidiens d'opposition — *Le Censeur*, *La Démocratie* et *Le Bien Public* — firent état de la perquisition et de la saisie de ses papiers, mais aucun n'osa critiquer la mesure. Et à partir de ce jour, Flora eut deux policiers installés à la porte de l'hôtel de Milan, prenant note des visites qu'elle recevait et la suivant dans la rue. Mais ils étaient si paresseux et si maladroits qu'il lui fut facile de les semer, grâce à la complicité des femmes de chambre de l'hôtel, qui la faisaient sortir par une fenêtre des cuisines dans une impasse discrète, derrière la maison. De sorte qu'en dépit de l'interdiction elle continua à tenir des réunions quotidiennes avec les ouvriers, en prenant d'extrêmes précautions et en redoutant toujours qu'un traître, au cours de ces rencontres, pût alerter la police. Ce qui ne se produisit pas.

En même temps, elle effectua un intense travail d'information sociale. Ateliers, hôpitaux, dispensaires, asiles, orphelinats, églises, écoles et, finalement, le quartier des prostituées de La Guillotière. Dans cette dernière expédition, elle se fit accompagner par deux fouriéristes — ils se comportèrent fort bien, lui dénichant un avocat pour défendre son affaire devant le procureur du roi —, non pas déguisée en homme comme à Londres, mais affublée d'une cape et d'un chapeau un peu ridicule qui lui cachait à moitié le visage. Quoique pas aussi immense ni dantesque que celui du Stepney Green londonien, le spectacle des prostituées groupées au coin des rues et à la porte des tavernes et des maisons closes au nom engageant — « La maison de la fiancée », « La main chaude » — l'anéantit. Elle demanda à nombre d'entre elles, les plus jeunes, leur âge : douze, treize, quatorze ans. Des fillettes encore impubères qui jouaient les femmes. Comment les hommes pouvaient-ils donc trouver excitantes ces enfants qui n'avaient que la peau sur les os, qui n'étaient pas sorties de l'enfance et que guettaient la phtisie et la syphilis, si elles ne les avaient déjà contractées? Son cœur se serrait; la rage et la tristesse lui coupaient la voix. Tout comme à Londres, ici aussi il y avait quelque chose d'à la fois monstrueux et comique : au milieu de cette dépravation, elle voyait traîner, jouant sur le sol en terre battue des maisons de plaisir, parmi les prostituées et leurs clients — maints ouvriers parmi eux —, des enfants de deux, trois ou quatre ans, que leurs mères abandonnaient là tandis qu'elles faisaient leur passe.

Elle se livrait à ces visites par acquit de conscience — on ne pouvait réformer ce qu'on ignorait —, avec un profond dégoût. Depuis les premiers temps de son mariage avec André Chazal, le sexe la repoussait. Avant même d'acquérir une culture politique, une sensibilité sociale, elle avait deviné que le sexe était un des instruments majeurs de l'exploitation et de la domination de la femme. Aussi, quoique sans prêcher la chasteté ou la claustration monacale, elle s'était toujours défiée des théories qui exaltaient la vie sexuelle, les plaisirs du corps, comme un des objectifs de la société future. C'est un des sujets qui l'avaient conduite à s'écarter de Charles Fourier pour qui elle nourrissait, pourtant, admiration et tendresse. Curieux cas que celui du maître; il avait toujours mené, du moins en apparence, une vie de totale austérité. On le tenait pour misogyne. Mais dans son projet de société future, d'Éden à venir, l'étape d'Harmonie qui succéderait à la Civilisation, le sexe jouait un rôle central. Elle avait du mal à l'accepter. Cela pouvait finir en véritable sabbat, malgré les bonnes intentions du maître. Il était vain, absurde, impossible d'organiser la société en fonction du sexe, comme le prétendaient certains fouriéristes. Dans les phalanstères, selon le projet de Fourier, il y aurait de jeunes vierges, qui en feraient totalement abstraction, des vestales, qui le pratiqueraient modérément avec les « vestels » ou trouvères, et des femmes encore plus libres, les « damoiselles », qui feraient l'amour avec les « ménestrels », et ainsi de suite, dans un ordre de liberté et d'excès croissants — les odalisques, les fakiresses, les bacchantes —, jusqu'aux « bayadères », qui pratiqueraient l'amour charitable, en couchant avec vieillards, invalides, voyageurs et, en général, les êtres qu'en raison de leur âge, de leur mauvaise santé ou de leur laideur, l'injuste société actuelle condamnait à la masturbation ou à l'abstinence. Même si tout dans cette organisation devait être libre et volontaire — chacun choisissait à quel corps sexuel du phalanstère il voulait appartenir et pouvait l'abandonner à sa guise —, Flora estimait ce système dangereux, car il lui faisait craindre qu'il serve de prétexte à de nouvelles injustices. Dans son projet d'Union ouvrière il n'y avait pas de recettes sexuelles ; hormis l'égalité absolue entre hommes et femmes et le droit au divorce, le thème du sexe n'était pas abordé.

Ce qui la troublait dans la doctrine de Fourier, c'était que, d'après lui, « toute fantaisie est bonne en matière d'amour » et que « tout le monde a raison dans ses manies amoureuses parce que l'amour est essentiellement la passion de la déraison ». Sa défense de « l'orgie noble » lui donnait le vertige, ainsi que les accouplements collectifs, elle ne pouvait admettre que dans la future société les goûts minoritaires — il les appelait « unisexuels » —, sadiques et fétichistes, ne seraient pas réprimés mais encouragés, afin que chacun puisse trouver son partenaire et connaître le bonheur dans sa faiblesse ou son caprice. Bien sûr, sans faire de mal à son prochain, car tout devait être librement choisi et consenti. Ces idées de Fourier l'avaient tellement scandalisée qu'elle avait secrètement donné raison au réformateur Proudhon, un puritain qui, voici peu, en 1842, dans son *Avertissement aux propriétaires*, avait accusé les phalanstériens d'« immoralité et de pédérastie ». Le scandale avait conduit Victor Considerant à atténuer, ces derniers temps, les théories sexuelles du fondateur.

Tout en reconnaissant et en admirant son audace révolutionnaire, Flora était intimidée par la tolérance extrêmement libre de Charles Fourier en matière sexuelle. Elle s'en amusait aussi, parfois. Olympe et elle en rirent jusqu'aux larmes un soir, au milieu de leurs ébats amoureux, en se rappelant le maître avouant un « irrépressible penchant pour les lesbiennes », et affirmant sans sourciller que, selon ses calculs et ses recherches, il existait au monde vingt-six mille « collègues ayant la même inclination », avec qui on pouvait constituer une « assemblée » ou « corps » dans la future société d'Harmonie, où ses associés et lui-même pourraient jouir sans entraves ni honte de spectacles saphiques. Les lesbiennes qui s'exhiberaient aux yeux des heureux voyeurs le feraient de

leur libre choix et parce que, ce faisant, elles satis-
feraient leur vocation exhibitionniste. « Est-ce
qu'on l'invite, ma reine ? » disait en riant Olympe.

La manie classificatrice de Charles Fourier attirait maintenant tes quolibets, Florita, mais dix
ans plus tôt, en revenant du Pérou, avec quelle
joie n'avais-tu pas découvert cette doctrine qui
reconnaissait l'injuste situation de la femme et du
pauvre, et qui se proposait de les réparer au
moyen de la nouvelle société qui surgirait avec la
multiplication de phalanstères. L'humanité avait
laissé derrière elle les étapes initiales, État sauvage, Barbarie, Civilisation, et maintenant, grâce
aux nouvelles idées, elle atteindrait bientôt la dernière : l'Harmonie. Le phalanstère, avec ses
quatre cents familles, de quatre membres chacune, devait constituer une société parfaite, un
petit paradis organisé de façon à faire disparaître
toutes les sources d'adversité. La justice ne servait
à rien si elle n'apportait le bonheur aux êtres
humains. Le maître Fourier avait tout prévu, tout
prescrit. Dans chaque phalanstère on paierait
davantage les tâches les plus ennuyeuses, stupides
et ingrates, et moins les travaux plus agréables et
plus créatifs, puisque les exercer constituait un
plaisir en soi. De la sorte, un charbonnier ou un
ferblantier serait mieux rémunéré qu'un médecin
ou un ingénieur. Chaque insuffisance ou vice
serait mis à profit au bénéfice de la société.
Comme les enfants aiment particulièrement se
crotter, ce sont eux qui seraient chargés de ramas-
ser les ordures dans les phalanstères. Flora avait
trouvé cela, au début, hautement sage. De même

que la formule de Fourier pour empêcher hommes et femmes de se lasser de faire toujours la même chose : passer de travail en travail, parfois en une même journée, pour empêcher la routine de s'installer. De jardinier en professeur, de maçon en avocat, de lavandière en actrice, jamais personne ne trouverait moyen de s'ennuyer.

Cependant, maintes affirmations catégoriques de l'aimable et charitable Fourier avaient fini par l'inquiéter. Assurer : « J'ai réussi, tout seul, à confondre vingt siècles d'imbécillité politique » était excessif. Le maître présentait comme vérités scientifiques des affirmations invérifiables : que le monde durerait, exactement, quatre-vingt mille ans, et que, dans ce laps de temps, chaque âme humaine transmigrerait huit cent dix fois entre la terre et les autres planètes, et vivrait mille six cent vingt-six existences différentes. Était-ce de la science ou de la sorcellerie ? N'y avait-il pas là une grande extravagance ? Aussi, bien que sachant que ses connaissances n'égalaient pas, et de loin, celles du fondateur de la doctrine fouriériste, elle se disait en elle-même que sa proposition d'Union ouvrière était, précisément en raison de sa modestie, plus réaliste que celle des phalanstères.

Après cette visite au quartier réservé, ce fut encore pire pour elle de parcourir *L'Antiquaille*, l'hôpital des fous et des prostituées porteuses de maladies honteuses. Les uns et les autres étaient mélangés, au milieu de surveillants abrutis et pervers rouant de coups, quand ils criaient trop fort, les fous qui se promenaient à moitié nus et enchaînés dans une cour tapissée d'immondices sous des nuées de mouches. Dans les coins, des femmes, véritables ruines humaines, crachaient du sang ou exhibaient les pustules de la syphilis, tout en s'efforçant de chanter des cantiques religieux sous la baguette des Sœurs de la Charité, chargées de l'infirmerie. Le directeur de l'hôpital, un homme aimable aux idées avancées, reconnut devant Flora que, dans la plupart des cas, la misère était responsable de l'aliénation de ces malheureux.

— C'est logique, docteur. Savez-vous combien gagne une ouvrière, à Lyon, pour quatorze ou quinze heures de travail à l'atelier? Cinquante centimes. Le tiers ou le quart de l'ouvrier, pour le même travail. Qui peut vivre avec ça aujourd'hui, s'il y a des enfants à nourrir? C'est pourquoi beaucoup recourent à la prostitution, et finissent folles.

— Que les sœurs ne vous entendent pas, fit le docteur en baissant la voix. Pour elles, la folie est le châtiment du vice. Votre théorie leur semblerait peu chrétienne.

Flora rencontra des prêtres et des religieuses ailleurs encore qu'à *L'Antiquaille*. On en trouvait partout. Lyon, ville d'ouvriers révolutionnaires, était aussi une cité cléricale, qui puait l'encens et la sacristie. Elle ne fit que passer dans ces nombreuses églises, pleines de pauvres gens fanatisés, à genoux, priant ou écoutant en totale soumission les âneries obscurantistes que déversaient sur elles des curés prêchant la résignation et l'asservissement au puissant. Le plus triste était de voir les pauvres constituer l'immense majorité des fidèles. Pour étudier le fétichisme, elle grimpa, à demi asphyxiée par l'effort, jusqu'au point culminant de Lyon où, dans une petite chapelle, on célébrait le culte de Notre-Dame de Fourvière. La laideur de l'image l'impressionna moins que le spectacle de l'idolâtrie abjecte de la masse de dévots qui étaient montés comme elle, et maintenant se poussaient ou jouaient des coudes pour s'approcher à genoux et toucher du bout des doigts la châsse de la Vierge. Le Moyen Âge, au cœur d'une des villes les plus industrialisées et les plus modernes du monde !

De retour au centre de Lyon, à mi-chemin de la colline, elle voulut visiter un foyer de mendiants où les vieillards pauvres sans maison ni emploi pouvaient se réfugier et obtenir un toit, une assiette de soupe et un enterrement chrétien. Elle ne parvint pas à entrer. Les lieux étaient gardés par des gendarmes armés de mousquetons. Elle aperçut, à travers les grilles, les Sœurs de la Charité, qui tenaient aussi, en ville, des écoles pour pauvres. Pourquoi pas ? Le sabre et le goupillon bras dessus, bras dessous pour contrôler les pauvres, de l'enfance au vieil âge, afin de leur enseigner la soumission par des prières et des sermons, ou la leur imposant par la force.

Combien différentes, en comparaison avec ces voyages d'études, étaient les réunions avec de petits groupes de canuts et autres ouvriers lyonnais. Parfois les discussions devenaient violentes. Flora en ressortait renforcée dans ses convictions, récompensée dans ses efforts. Un soir, lors d'une rencontre avec des ouvriers icariens, partisans d'Étienne Cabet, dont le roman *Voyage en Icarie* avait fait dans la région bien des adeptes de cette doctrine appelée communisme, Flora, au cours d'une fougueuse polémique, perdit connaissance. Quand elle rouvrit les yeux, c'était le petit matin. Elle avait passé la nuit dans un atelier de tisserands, étendue par terre. Les ouvriers qui dormaient là s'étaient relayés toute la nuit pour la soigner, lui massant les mains, humectant son front. Elle avait vu dans d'autres réunions une des ouvrières, Éléonore Blanc. Flora avait remarqué chez elle, outre l'attention religieuse qu'elle mettait à l'écouter, un esprit très vif. Son flair lui dit que cette femme encore jeune pouvait devenir une des dirigeantes de l'Union ouvrière à Lyon. Elle l'invita à prendre le thé à l'hôtel de Milan. Elles bavardèrent plusieurs heures, sous le regard glacé des policiers chargés de sa surveillance. Oui, Éléonore Blanc était une femme exceptionnelle qui allait faire partie du comité d'organisation de l'Union ouvrière de Lyon.

Quand le juge d'instruction la convoqua, sa popularité dans la ville était encore plus grande. Les gens l'entouraient dans la rue et, malgré le regard torve de certains bourgeois qui lui lançaient : « Fichez le camp et foutez-nous la paix », la plupart la saluaient avec des mots aimables. C'est peut-être cette popularité qui amena le juge d'instruction, M. François Demi, à décréter, après l'avoir interrogée deux heures — une aimable conversation —, un non-lieu et à lui faire restituer par la police les papiers saisis.

« Ces dernières semaines j'ai été tout simplement superbe », se dit Flora en retrouvant ses cahiers, carnets et agendas, que le commissaire Bardoz en personne lui rendit, à contrecœur. Oui, oui, Florita. En cinq semaines à Lyon tu avais exercé ton apostolat devant des centaines d'ouvriers, enrichi ton enquête sociale sur l'injustice, installé un comité de quinze personnes et, sur la suggestion des travailleurs eux-mêmes, une troisième édition de *L'Union ouvrière* était sous presse, à très bas prix de vente, de façon à être à la portée des bourses les plus modestes.

Sa parole arriva même au cœur de l'ennemi, l'Église. La dernière réunion dans la région fut surprenante. En grand secret, des curés qui vivaient en communauté, à Oullins, sous la direction de l'abbé Guillemain de Bordeaux, l'avaient invitée à leur rendre visite, car « ils partageaient avec elle maintes idées ». Elle y alla par curiosité, sans attendre grand-chose de cette rencontre. Mais à son grand étonnement, au château de Perron, à Oullins, elle fut accueillie par un groupe de religieux révolutionnaires, qui se donnaient à eux-mêmes le nom de « curés rebelles ». Ils avaient lu et discuté Proudhon, Saint-Simon, Cabet et Fourier. Mais leur guide et mentor était le père Lamennais de la dernière époque, le prêtre rejeté par le Vatican, le partisan de la République, adversaire et censeur de la monarchie et de la bourgeoisie, défenseur de la liberté des cultes et des réformes sociales. Comme Saint-Simon et comme Flora, ces « curés rebelles » croyaient que la révolution devait conserver le Christ, préserver un christianisme non corrompu par l'autorita-

131

risme de l'Église ou les prébendes du pouvoir. La soirée fut des plus intéressantes et Flora prit congé des curés rebelles en leur disant qu'il y aurait place pour eux aussi au sein de l'Union ouvrière, et en leur conseillant, mi-sérieuse, mi-rieuse, à eux qui avaient fait tant de pas en avant, d'aller encore plus loin et de se révolter contre le célibat ecclésiastique.

La séparation avec Éléonore Blanc, le jour de son départ, fut pénible. La jeune femme éclata en sanglots. Flora la serra dans ses bras en lui disant à l'oreille quelque chose qui, au moment où elle le disait, l'effraya : « Éléonore, je t'aime plus que ma propre fille. »

VI

ANNAH, LA JAVANAISE

Paris, octobre 1893

Quand, ce matin de l'automne 1893, on frappa
à la porte de son atelier parisien, 6, rue Vercingétorix, Paul en ouvrant resta bouche bée : la
femme-enfant qui se tenait devant lui, toute
menue, le teint sombre, disparaissant dans une
tunique semblable à la robe des Sœurs de la Charité, portait une petite guenon sur le bras, une
fleur aux cheveux, et autour du cou cette pancarte : « Je suis Annah, la Javanaise. Un cadeau
pour Paul, de son ami Ambroise Vollard. »

Dès qu'il la vit, à peine remis du trouble devant
semblable cadeau du jeune galeriste, Paul
éprouva l'envie de peindre. C'était la première fois
qu'il la ressentait depuis son retour en France, le
30 août, après ce funeste voyage de trois mois
depuis Tahiti. Tout avait si mal tourné. Il était
descendu du bateau à Marseille avec seulement
quatre francs en poche et était arrivé à moitié
mort de faim et de peine dans un Paris torride,
déserté par ses amis. La ville, pendant ces deux
années qu'il avait passées en Polynésie, lui était
devenue étrangère, hostile. L'exposition de ses

quarante-deux « peintures tahitiennes », à la galerie de Paul Durand-Ruel, avait été un échec. Il n'en avait vendu que onze, ce qui ne compensait même pas ce qu'il avait dû dépenser, s'endettant, une fois de plus, en cadres, affiches et publicité. Malgré quelques critiques favorables, il sentit dès lors que le milieu artistique parisien faisait le vide autour de lui, ou le traitait avec une dédaigneuse condescendance.

Rien ne t'avait autant déprimé, lors de cette exposition, que la façon cruelle dont ton vieux maître et ami, Camille Pissarro, avait liquidé sommairement tes théories et les toiles de Tahiti : « Cet art n'est pas le vôtre, Paul. Revenez à ce que vous étiez. Vous êtes un civilisé et votre devoir est de peindre des choses harmonieuses, non d'imiter l'art barbare des cannibales. Écoutez-moi. Vous faites fausse route, cessez de piller les sauvages d'Océanie et redevenez vous-même. » Tu ne discutas pas avec lui. Tu te bornas à prendre congé en hochant la tête. Même le geste affectueux de Degas, qui t'acheta deux toiles, ne te remonta pas le moral. La sévère opinion de Pissarro était partagée par beaucoup d'artistes, de critiques et de collectionneurs : ce que tu avais peint là-bas, dans les mers du Sud, était le reflet des superstitions et des idolâtries d'êtres primitifs, à des années-lumière de la civilisation. L'art devait-il être cela ? Un retour aux bâtons, aux silhouettes et aux magies des cavernes ? Mais il ne s'agissait pas seulement d'un rejet des nouveaux sujets et des techniques nouvelles de ta peinture, acquis au prix de tant de sacrifices ces deux dernières années à

Tahiti. C'était aussi un rejet sourd, trouble, fourbe, de ta personne. Et pourquoi ? À cause du Hollandais fou, tout simplement. Depuis la tragédie d'Arles, son séjour à l'asile de Saint-Rémy et son suicide, et surtout depuis la mort, également par suicide, de son frère Théo Van Gogh, la peinture de Vincent qui, de son vivant, n'intéressait personne, commençait à faire parler d'elle, à se vendre, et les prix grimpaient. Une morbide mode Van Gogh était en train de naître, et dans la foulée, rétrospectivement, tout le milieu artistique commençait à te reprocher d'avoir été incapable de comprendre et d'aider le Hollandais. Canailles ! Certains ajoutaient que c'était ton proverbial manque de tact qui pouvait même avoir déchaîné la mutilation d'Arles. Tu n'avais pas besoin de les entendre pour savoir que l'on disait pis que pendre dans ton dos et qu'on te montrait du doigt dans les galeries, les cafés, les salons, les fêtes, les réunions en société, les ateliers des artistes. L'infamie gagnait les revues et les journaux, avec cette façon oblique qu'avait la presse parisienne de commenter l'actualité. Même la mort providentielle de ton oncle paternel Zizi, un vieux célibataire octogénaire, à Orléans, qui te laissa quelques milliers de francs tombés juste à point pour te tirer momentanément de la misère et des dettes, ne te rendit pas ton enthousiasme. Jusqu'à quand allais-tu rester dans cet état, Paul ?

Jusqu'à ce matin où Annah la Javanaise, avec cette pittoresque pancarte autour du cou et Taoa, sa guenon sautillante aux yeux rieurs qu'elle tenait attachée avec une lanière de cuir, était venue, en se balançant comme un palmier, partager avec lui cette enclave lumineuse et exotique que Paul avait faite de l'atelier loué dans ce coin de Montparnasse, au second étage d'un vieil immeuble. Ambroise Vollard la lui envoyait comme domestique. C'est ce qu'avait été Annah jusqu'à présent chez une chanteuse d'opéra. Mais cette nuit même Paul en fit sa maîtresse. Et ensuite sa compagne de jeux, de fantaisies et de fantasmes. Et finalement son modèle. D'où venait-elle ? Impossible de le savoir. Quand Paul le lui demanda, Annah lui raconta une histoire truffée de tant de contradictions géographiques qu'il s'agissait, sans doute, d'une affabulation. La pauvre ne le savait peut-être même pas et s'inventait un passé au fur et à mesure qu'elle parlait, trahissant sa prodigieuse ignorance des pays et des démarcations de la planète. Quel âge avait-elle ? Elle lui avait avoué dix-sept ans, mais il pensait qu'elle était plus jeune, peut-être douze ou quatorze, comme Teha'amana, cet âge pour toi si excitant où les filles précoces des pays sauvages entraient dans la vie adulte. Elle avait la poitrine développée, des cuisses fermes, et n'était plus vierge. Mais ce n'était pas son petit corps menu et bien formé — une naine, un tanagra, à côté de ce robuste bonhomme de quarante-sept ans qu'était Paul — qui l'avait aussitôt séduit dans cette compagne que lui offrait l'ingrat Paris.

C'était son visage cendré et sombre de métisse, ses traits fins et marqués — le petit nez retroussé, les grosses lèvres héritées de ses ancêtres noirs — et la vivacité insolente de ses yeux, jamais en place, moqueurs et curieux de tout ce qu'ils voyaient. Elle parlait un français d'étrangère, aux exquises incorrections, avec des mots et des images d'une vulgarité qui rappelaient à Paul les bordels des ports, dans sa jeunesse de marin. Cette fille qui n'avait pas un toit où dormir, qui ne savait ni lire ni écrire et ne possédait que cette guenon Taoa et les vêtements qu'elle portait, arborait une arrogance de reine, dans sa désinvolture, ses poses, ses sarcasmes et, fâchée avec les attitudes conventionnelles, elle se permettait tout avec tous, comme si rien ne trouvait grâce à ses yeux. Quand quelque chose ou quelqu'un lui déplaisait, elle lui tirait la langue et lui faisait une grimace que Taoa imitait, en criaillant.

Au lit, il était difficile de savoir si la Javanaise jouissait ou faisait semblant. En tout cas, elle te faisait jouir, toi, et en même temps elle t'amusait. Annah t'avait rendu ce que, depuis ton retour en France, tu craignais d'avoir perdu : le désir de peindre, l'humour et l'envie de vivre.

Le lendemain de l'arrivée d'Annah à son atelier, Paul la conduisit dans une boutique de la rue de l'Opéra et lui acheta des toilettes, qu'il l'aida à choisir. Et, outre des bottines, une demi-douzaine de chapeaux, pour lesquels Annah avait une passion. Elle les portait même à l'intérieur de la maison, et c'était la première chose qu'elle se mettait, en se réveillant. Paul éclatait de rire quand il voyait la jeune fille nue, avec un rigide canotier sur la tête, danser en direction de la cuisine ou de la salle de bains.

Grâce à la joie et à la fantaisie de la Javanaise,

l'atelier de la rue Vercingétorix devint, le jeudi après-midi, un lieu de réunion et de fête. Paul jouait de l'accordéon, s'habillait parfois d'un paréo tahitien et se couvrait le corps de faux tatouages. Ces soirées étaient fréquentées par les amis fidèles d'autrefois, leurs épouses ou maîtresses — Daniel de Monfreid et Annette, Charles Morice avec une hasardeuse comtesse qui partageait sa misère, les Schuffenecker, le sculpteur espagnol Paco Durrio qui chantait et jouait de la guitare, et un couple de voisins, deux Suédois expatriés, les Molard, Ida qui était sculpteur, et William, compositeur, qui amenaient parfois avec eux un compatriote dramaturge et inventeur à moitié fou appelé August Strindberg. Les Molard avaient une fille adolescente, Judith, inquiète et romantique, fascinée par l'atelier du peintre. Paul l'avait tapissé de papier jaune, peignant les fenêtres de tonalités ambrées, avec un grand désordre de sculptures et de tableaux tahitiens. Des murs semblaient jaillir des flammes végétales, des ciels d'intense azur, des mers et des lagunes émeraude et de sensuels corps nus. Avant qu'apparaisse Annah, Paul maintenait à certaine distance la fille de ses voisins suédois, amusé du ravissement que lui manifestait la petite, sans la toucher. Mais depuis l'arrivée de la Javanaise, espèce exotique qui excitait ses sens et ses fantasmes, il s'était mis aussi à folâtrer avec Judith, quand ses parents ne le voyaient pas. Il la prenait par la taille, frôlait ses lèvres et pressait ses petits seins à peine formés, en lui murmurant : « Tout ça sera à moi, n'est-ce pas, mademoiselle ? » Ter-

rifiée et heureuse, l'adolescente acquiesçait :
« Oui, oui, à vous. »

Ainsi se mit-il en tête de peindre nue la fille des
Molard. Il le lui proposa et Judith, blanche
comme la cire, ne sut que dire. Nue, entièrement
nue ? Bien sûr que oui. N'était-il pas fréquent que
les artistes peignent et sculptent nues leurs
modèles ? Personne ne le saurait, parce que Paul,
après l'avoir peinte, cacherait le tableau jusqu'à ce
que Judith soit grande. Il ne l'exhiberait que
lorsqu'elle serait une femme accomplie. Accep-
tait-elle ? La petite finit par y consentir. Ils ne
firent que trois séances, car l'aventure faillit se
terminer sur un drame. Judith montait à l'atelier
quand Ida, sa mère, qui nourrissait une passion
de bienfaitrice pour les animaux, partait en expédition, accompagnée d'Annah, dans les rues de
Montparnasse à la recherche de chiens et de chats
abandonnés, malades ou blessés, qu'elle ramenait
chez elle pour les soigner et leur chercher des
maîtres adoptifs. L'adolescente, nue sur des cou-
vertures polynésiennes multicolores, gardait les
yeux obstinément baissés ; ramassée et recroquevillée sur elle-même, elle tâchait de se faire le
moins visible possible au regard qui scrutait son
intimité.

Lors de la troisième séance, alors que Paul avait
déjà ébauché sa silhouette filiforme et son petit
visage ovale aux grands yeux effrayés, Ida Molard
fit irruption dans l'atelier en poussant les hauts
cris de la tragédie grecque. Tu eus du mal à la calmer, à la convaincre que ton intérêt pour la petite
était purement esthétique (l'était-il, Paul ?), que tu

l'avais respectée, que ton désir de la peindre nue était dépourvu de malice. Ida ne se calma que lorsque tu lui juras de renoncer au projet. Et devant Ida tu barbouillas de térébenthine la toile inachevée et la raclas avec une spatule, ensevelissant l'image de Judith. Alors Ida avait fait la paix et vous aviez pris le thé ensemble. Boudeuse et craintive, Judith vous écoutait bavarder, silencieuse, sans s'immiscer dans votre conversation.

Quand, quelque temps après, Paul décida de faire un nu d'Annah, il eut une illumination : il superposerait l'image de sa maîtresse à l'inachevée Judith de la toile interrompue. Et c'est ce qu'il fit. Ce tableau lui donna du fil à retordre, à cause de l'incorrigible Javanaise. Le modèle le plus remuant et incontrôlable que tu aurais jamais, Paul. Elle bougeait sans cesse, changeait de pose ou, pour distraire l'ennui, la voilà qui faisait des grimaces pour te forcer à rire — son jeu favori, avec le spiritisme, des soirées du jeudi —, ou alors, sans crier gare, lasse de poser, elle se levait, enfilait n'importe quelle robe et s'en allait dans la rue, comme l'aurait fait Teha'amana. Que faire ? Ranger les pinceaux et remettre le travail au lendemain.

Peindre ce tableau fut ta réponse à ces critiques et commentaires agressifs que, depuis l'exposition chez Durand-Ruel, tu entendais et lisais partout sur tes peintures tahitiennes. Ce n'était pas une toile peinte par un civilisé, mais par un sauvage. Par un loup à deux pattes et sans collier, seulement de passage dans la prison de béton, d'asphalte et de préjugés qu'était Paris, avant de retourner à ta véritable patrie, dans les mers du Sud. Les artistes raffinés de Paris, leurs critiques bon chic bon genre, leurs galeristes de belle éducation devaient se sentir offensés dans leur sensibilité, leur morale, leurs goûts, par ce nu frontal d'une fille qui, outre qu'elle n'était ni française, ni européenne, ni blanche, avait l'insolence d'exhiber ses seins, son nombril, son mont de Vénus et la touffe de poils de son pubis, comme pour défier les êtres humains à venir se mesurer à elle, à voir si quelqu'un pouvait lui opposer une force vitale, une exubérance et une sensualité comparables. Annah ne se proposait pas d'être ce qu'elle était, elle ne se rendait même pas compte du pouvoir incandescent qu'elle tenait de son origine, de son sang, des bois sauvages où elle était née. Ni plus ni moins qu'une panthère ou un cannibale. Quelle supériorité sur les Parisiennes sclérotiques, ma chère !

Le corps qui apparaissait sur la toile — la tête plus sombre que l'ocre appuyé, aux reflets dorés, de son torse, de ses cuisses et des grands pieds aux ongles semblables à des serres — était une véritable provocation, de même que le décor, aussi peu harmonieux qu'on puisse l'imaginer, avec ce fauteuil chinois de velours bleu où tu avais assis Annah dans une pose obscène et sacrilège. Sur les bras du fauteuil en bois, les deux idoles tahitiennes de ton invention, de part et d'autre de la Javanaise, étaient comme une abjuration de l'Occident et de sa mièvre religion chrétienne, au nom du puissant paganisme. Il fallait y ajouter l'insolite présence, sur le coussinet vert où reposaient les pieds d'Annah, de ces petites fleurs lumineuses qui flottaient toujours sur tes toiles, depuis ta découverte, à tes débuts de peintre, des estampes japonaises. En étudiant le symbolisme et la subtilité de ces images, tu avais eu, pour la première fois, la révélation de ce que tu voyais enfin très clairement : l'art européen dépérissait, affecté lui aussi de cette tuberculose qui tuait tant d'artistes, et seul un bain vivifiant venu de ces cultures primitives pas encore écrasées par l'Europe, de ce Paradis encore terrestre, le tirerait de la décadence. La présence sur la toile de Taoa, la guenon rouge, aux pieds d'Annah, dans une attitude mi-pensive, mi-négligente, renforçait le non-conformisme et la sexualité souterraine qui baignait tout le tableau. Même ces pommes aériennes qui survolaient la tête de la Javanaise, sur le rose mur du fond, violentaient la symétrie, les conventions et la logique qui faisaient la religion des artistes parisiens. Bravo, Paul !

Le travail, que la vocation ambulante d'Annah rendait fort lent, fut très stimulant. C'était bon de te remettre à peindre avec conviction, en sachant que non seulement tu peignais avec tes mains, mais aussi avec tes souvenirs des paysages et des gens de Tahiti — tu en éprouvais une irrésistible nostalgie, Paul —, avec leurs fantômes et, comme le Hollandais fou aimait à le dire, avec ton phallus qui, parfois, en pleine séance de travail, s'échauffait devant cette fille nue, et te poussait à la prendre dans tes bras et à la mener au lit. Peindre, après avoir fait l'amour, avec cette odeur séminale dans l'air, voilà qui te rajeunissait.

Depuis son retour de Tahiti, il avait écrit à la Viking pour lui dire que, sitôt vendus quelques tableaux et empoché de quoi payer son billet, il irait à Copenhague, la retrouver elle et les petits. Mette lui avait répondu en lui disant sa surprise et sa douleur qu'en remettant les pieds en Europe, il ne se soit pas aussitôt précipité pour voir sa famille. L'inertie le gagnait chaque fois que l'image de sa femme et de ses enfants lui venait à l'esprit. Recommencer cela, Paul ? Recommencer à être un père de famille, toi ? Les démarches judiciaires pour recouvrer le petit héritage de l'oncle Zizi, l'apparition d'Annah dans sa vie et le désir de se remettre à peindre qu'elle avait réveillé avaient retardé cette rencontre familiale. Le printemps venu, il décida de façon intempestive d'emmener Annah en Bretagne, dans l'ancien refuge de Pont-Aven où il avait passé tant de saisons et commencé à être un artiste. Ce n'était pas seulement un retour aux sources. Il voulait récupérer les toiles peintes là-bas en 1888 et 1890, qu'il avait laissées à Marie Henry, au Pouldu, en gage de la pension qu'en raison de son insolvabilité chronique, il payait tard ou jamais. Maintenant, grâce aux francs de l'oncle Zizi, il pouvait apurer cette dette. Tu te rappelais ces tableaux avec appréhension, car tu étais maintenant un peintre plus trempé que cet artiste ingénu qui était allé à Pont-Aven en croyant retrouver, dans la Bretagne profonde, mystérieuse, croyante et traditionnelle, les racines du monde primitif que la civilisation parisienne avait desséchées.

Leur arrivée à Pont-Aven provoqua une véritable commotion. Pas tant à cause de lui que d'Annah, et des pirouettes et criailleries de Taoa, qui avait appris à sauter de la tête de sa maîtresse sur ses épaules à lui, et vice versa, en tapant dans ses mains. Pas plus tôt là, il apprit la mort en Égypte de Charles Laval, l'ami avec qui il avait partagé l'aventure de Panamá et de la Martinique, ainsi que la grave maladie de son épouse, la belle Madeleine Bernard. Cette nouvelle le déprima autant que de se rappeler ses vieux amis artistes avec qui il avait connu, des années plus tôt, les joies de la Bretagne : Meyer de Haan, actuellement retiré en Hollande et plongé dans le mysticisme ; Émile Bernard, en retrait lui aussi du monde, tourné vers la religion, et qui maintenant parlait et écrivait contre toi ; et le bon Schuff resté à Paris et consacrant ses journées, au lieu de peindre, à des disputes domestiques avec sa femme.

Mais à Pont-Aven il se fit d'autres amis, de jeunes peintres qui le connaissaient et l'admiraient, à cause de ses tableaux et de sa légende d'explorateur de l'exotique, d'homme qui avait quitté Paris pour chercher l'inspiration dans les lointaines mers de Polynésie : l'Irlandais Roderic O'Conor, Armand Seguin et Émile Jourdan qui, tout comme leurs maîtresses ou épouses, l'accueillirent à bras ouverts. C'est à qui le recevrait et le choierait, lui autant qu'Annah. En revanche, Marie Henry, Marie la Poupée, celle de l'auberge du Pouldu, malgré son accueil affectueux, fut catégorique : les tableaux n'étaient ni des gages ni des prêts. Ils représentaient le paiement de sa chambre et de sa pension, et elle ne les rendrait pas. Car, même si l'on disait qu'ils ne valaient pas grand-chose, pour l'heure, il n'en irait peut-être pas de même demain. Il n'y eut rien à faire.

L'accueil cordial que réservèrent à Paul et Annah les habitants de Pont-Aven se transforma, néanmoins, au fil des jours, en attitude distante, puis en sourde hostilité. La raison en était les espiègleries et les blagues un peu poussées, parfois empreintes de mauvais goût, des O'Conor, Seguin, Jourdan et consorts excités par la présence d'Annah, elle-même heureuse des excès de ces bohèmes. Ils se soûlaient et erraient dans les rues en chahutant les femmes du voisinage ; ils improvisaient des mascarades dont la Javanaise était l'héroïne. Les expressions et les poses effrontées d'Annah, ainsi que son rire torrentiel, stupéfiaient les gens du pays qui, la nuit, du haut de leurs fenêtres, critiquaient leur conduite et leur demandaient de se taire. Paul participait de loin, en spectateur passif, à ces farces. Mais sa présence silencieuse avalisait les folies de ses disciples, et les Pontavenistes, à cause de son âge et de son autorité, l'en rendaient responsable.

Le scandale le plus retentissant fut celui des poulets, conçu par l'incorrigible Javanaise. Elle avait convaincu les jeunes disciples de Paul — ainsi se proclamaient-ils eux-mêmes — de se cacher dans le poulailler du père Gannaec, le mieux pourvu de la localité, et, changeant l'eau pour du cidre, d'enivrer les poulets. Puis ils les avaient aspergés de peinture, avaient ouvert le poulailler et les avaient chassés vers la place où avait fait irruption, en pleine retraite dominicale, cette procession hallucinante de volatiles zigzagants et multicolores qui piaillaient bruyamment et tournaient sur eux-mêmes, ou roulaient à terre, déboussolés. L'indignation du bourg fut à la mesure du scandale. Le maire et le curé se plaignirent auprès de Gauguin en l'exhortant à ramener à la raison ces écervelés. « Un jour ou l'autre, cela va mal finir », prédit le curé.

Et en effet, cela finit très mal. Quelques semaines après l'épisode des poulets ivres et peinturlurés, en cette matinée ensoleillée du 25 mai 1894, tout le groupe — O'Conor, Seguin, Jourdan et Paul, plus leurs maîtresses et épouses respectives, sans oublier la guenon Taoa —, profitant de ce temps excellent, décida de faire une excursion à Concarneau, vieux port de pêche, à douze kilomètres de Pont-Aven, qui conservait ses anciennes murailles et ses maisons de pierre du quartier médiéval. En débouchant sur la promenade maritime, près du port, Paul pressentit que quelque chose de désagréable allait arriver. Les tavernes étaient pleines de pêcheurs et de marins qui, sur les terrasses, sous le soleil splendide, reposaient sur la table leurs brocs de cidre et de bière pour regarder passer, le regard hébété, ce groupe farfelu d'hommes aux cheveux longs et habits extravagants et de femmes provocantes, parmi lesquelles se tortillait, comme une artiste de cirque, une négresse tenant au bout d'une corde un singe criard qui leur montrait les dents. Des exclamations de surprise et de dégoût fusèrent, assorties de gestes menaçants ; « Dehors, les clowns ! » Contrairement aux gens de Pont-Aven, les Concarnois n'étaient pas habitués aux artistes. Et moins encore à ce qu'une négresse minuscule leur fît des grimaces.

Au milieu de la promenade maritime une nuée d'enfants les entoura. Ils les regardaient avec curiosité, les uns souriaient, d'autres leurs disaient dans leur breton abrupt des choses qui ne semblaient guère cordiales. Soudain les voilà leur jetant des cailloux, des galets qu'ils avaient dans leurs poches. Ils visaient surtout Annah et la guenon qui, effrayée, se serrait contre les jupes de sa maîtresse. Paul vit Armand Seguin s'écarter du groupe, courir, rattraper un des enfants qui les lapidaient et lui tirer l'oreille.

Tout alors se précipita, Paul s'en souviendrait toujours, de façon vertigineuse. Plusieurs pêcheurs de la taverne la plus proche se levèrent et foncèrent sur eux. En quelques secondes, Armand Seguin volait en l'air, rossé par un gaillard en sabots et bonnet marin qui bramait : « Mon fils, c'est moi seul qui le cogne. » Trébuchant sous les coups, Armand recula, recula jusqu'à tomber dans la mer écumeuse derrière le brise-lames. Réagissant avec un élan juvénile, Paul flanqua un coup de poing à l'agresseur, qu'il vit s'écrouler en rugissant, tenant son visage à deux mains. C'est la dernière chose qu'il vit car, quelques secondes plus tard, une avalanche d'hommes en sabots tombait sur lui, le frappaient et le piétinaient sur tout le corps. Il se défendit comme il put, mais il glissa et sentit sa cheville droite, triturée

147

et meurtrie, se briser en quatre. La douleur lui fit perdre connaissance. Quand il rouvrit les yeux, des hurlements de femmes résonnaient dans ses oreilles. Agenouillé à ses pieds, un infirmier lui montrait sur sa jambe nue — on avait découpé son pantalon pour l'examiner — un os qui saillait de la chair sanguinolente. « On vous a brisé le tibia, monsieur. Il va vous falloir observer un long repos. »

Dans la nausée et la douleur, il se rappelait comme un mauvais rêve le retour à Pont-Aven dans une voiture à cheval qui, à chaque nid-de-poule, le faisait hurler. Pour l'endormir, on lui faisait boire une eau-de-vie amère qui lui arrachait la gorge.

Il garda le lit deux mois durant, dans une petite chambre à plafond bas et minuscules fenêtres de la pension Gloanec, transformée en infirmerie. Le médecin le découragea : ce tibia brisé rendait impensable le retour à Paris, ou même la station debout. Seul le repos absolu permettrait à l'os de se remettre en place et de se souder ; de toute façon, il resterait boiteux et devrait désormais utiliser une canne. De ces huit semaines d'immobilité au lit, tu te rappellerais pour le restant de tes jours toutes les douleurs, Paul. Ou, pour mieux dire, une seule douleur, aveugle, intense, animale, qui te faisait transpirer ou frissonner, sangloter et jurer comme un fou, en sentant que tu perdais la raison. Les calmants et les analgésiques ne servaient à rien. Seul l'alcool que tu ingurgitais sans cesse, ces mois-là, t'abrutissait et te faisait sombrer dans de brefs intervalles de calme. Mais

148

même l'alcool n'apaisait pas toujours cette torture qui te faisait implorer le médecin — il venait une fois par semaine : « Coupez-moi la jambe, docteur ! » N'importe quoi qui mît fin au supplice infernal. Le médecin se décida à te prescrire du laudanum. L'opium t'endormait ; dans ton hébétude, dans ces lents tourbillons de paix, tu oubliais ta cheville et Pont-Aven, l'incident de Concarneau, tout. Tu n'avais à l'esprit qu'une seule et insistante pensée : « C'est un avertissement. Pars le plus tôt possible. Retourne en Polynésie et ne reviens plus jamais en Europe, Koké. »

Après un temps incalculable et une nuit où il dormit, enfin, sans faire de cauchemar, il s'éveilla un matin, lucide. L'Irlandais O'Conor montait la garde près de son lit. Qu'était devenue Annah ? Il avait l'impression de ne pas l'avoir vue depuis plusieurs jours.

— Elle est partie à Paris, lui dit l'Irlandais. Elle était très triste. Elle ne pouvait plus rester ici, depuis que les gens du pays ont empoisonné Taoa.

C'était du moins ce que la Javanaise supposait. Que les Pontavenistes, qui détestaient Taoa autant qu'ils la détestaient, avaient préparé pour la guenon cette mixture aux bananes qui lui avait donné une indigestion et l'avait tuée. Au lieu de l'enterrer, Annah avait éviscéré le petit animal de ses propres mains et en sanglotant, puis elle avait emporté les restes avec elle, à Paris. Paul se rappela Titi P'tits-Seins quand, lasse de l'ennui de Mataiea, elle l'avait laissé pour retourner aux nuits agitées de Papeete. Reverrais-tu jamais l'espiègle Javanaise ? Sûrement pas.

Quand il put se lever — il boitait, en effet, et la canne lui était indispensable —, avant de retourner à Paris, il dut affronter l'enquête policière sur la bagarre de Concarneau. Il ne se faisait aucune illusion sur les juges, compatriotes des agresseurs et probablement aussi hostiles qu'eux aux bohèmes perturbateurs de l'ordre public. Bien entendu, les juges innocentèrent tous les pêcheurs, avec un verdict bafouant le bon sens, et lui accordèrent en réparation une somme symbolique, qui ne couvrait même pas le dixième de ses frais médicaux. Partir, partir au plus vite. De Bretagne, de France, d'Europe. Ce monde était devenu ton ennemi. Si tu ne te hâtais pas, Koké, il aurait ta peau.

La dernière semaine à Pont-Aven, réapprenant à marcher — il avait perdu douze kilos —, il reçut la visite d'un jeune poète et écrivain venu de Paris, Alfred Jarry. Qui l'appelait « maître » et le faisait rire avec ses blagues astucieuses. Il avait vu ses tableaux chez Durand-Ruel et chez des collectionneurs, et lui manifestait une admiration débordante. Il avait écrit de nombreux poèmes sur ses tableaux, qu'il lui lut. Le garçon l'écoutait déblatérer contre l'art français et européen, véritablement conquis. Il l'invita, ainsi que d'autres disciples de Pont-Aven, qui prirent congé de lui à la gare, à le suivre en Océanie. Ils formeraient, ensemble, cet Atelier des Tropiques auquel rêvait à Arles le Hollandais fou. Travaillant en plein air, vivant comme des païens, ils révolutionneraient l'art, en lui injectant la force et l'audace qu'il avait perdues. Ils jurèrent tous qu'ils le feraient. Ils l'accompagneraient, partiraient avec lui à Tahiti. Mais dans le train, en direction de Paris, il devina qu'ils ne tiendraient pas parole eux non plus, comme avant eux ses anciens compagnons Charles Laval et Émile Bernard. Ce sympathique groupe de Pont-Aven, tu ne le reverrais plus, Paul.

À Paris tout alla de mal en pis. Il semblait impossible que les choses puissent s'aggraver encore plus après ces mois de convalescence en Bretagne. Dans les milieux artistiques régnaient la méfiance et l'incertitude, à cause de la méprisable politique. Depuis l'assassinat, par un anarchiste, du président Sadi Carnot, le climat répressif, les dénonciations et les persécutions avaient poussé à l'exil maints amis (ou ex-amis) et connaissances qui sympathisaient avec l'anarchie, comme Camille Pissarro, ou des opposants au gouvernement comme Octave Mirbeau. La panique régnait dans les milieux artistiques. Serais-tu inquiété en tant que petit-fils de Flora Tristan, une révolutionnaire et anarchiste ? La police était si bête qu'elle t'avait, peut-être, fiché, pour raisons héréditaires, comme élément subversif.

Son retour à l'atelier, 6, rue Vercingétorix, lui réserva une surprise de taille. Non contente de l'avoir plaqué en le laissant à demi mort en Bretagne, Annah, ce diablotin en jupons, avait mis à sac le studio, emportant meubles, tapis, rideaux, parures et vêtements, objets et bibelots qu'elle avait sûrement déjà monnayés au marché aux Puces ou dans les taudis des usuriers de Paris. Mais, suprême humiliation, Paul ! elle n'avait pas emporté un seul tableau, ni un dessin ni un cahier d'esquisses. Elle les avait laissés, les jugeant sans valeur, dans cette pièce entièrement vide maintenant. Après un accès de colère et de jurons, Paul se mit à rire. Tu n'éprouvais pas le moindre ressentiment contre cette magnifique sauvage. Car elle l'était pour de bon, Paul. Une vraie sauvage, jusqu'à la moelle et jusqu'au bout des ongles. Tu avais encore pas mal à apprendre pour être à sa hauteur.

Les derniers mois à Paris, préparant son retour définitif en Polynésie, il regretta cet ouragan qui se faisait passer pour javanaise, et était peut-être malaise, indienne, qui sait! Pour se consoler de son absence, il y avait là son portrait nu que, contemplé en état de transe par Judith, la fille des Molard, il se décida à retoucher jusqu'à le sentir achevé.

— Tu te vois là, Judith, au fond, inscrite sur ce mur rose, comme un double d'Annah, en blanc et blond?

Elle avait beau écarquiller les yeux et scruter longuement la toile, Judith ne parvenait pas à distinguer cette silhouette, derrière celle d'Annah, que lui désignait Paul. Mais tu ne mentais pas. Les contours de l'adolescente que, pour calmer Ida, sa mère, tu avais effacés à la térébenthine et grattés avec une spatule, n'avaient pas totalement disparu. Ils surgissaient imperceptiblement, comme une apparition furtive, magique, à certaines heures du jour, sous un éclairage frisant, chargeant le tableau d'une secrète ambiguïté, d'un arrière-fond mystérieux. Il peignit le titre en tahitien, au-dessus de la tête d'Annah, autour de fruits suspendus dans l'espace : *Aita Tamari Vahiné Judith Te Parari.*

— Qu'est-ce que ça veut dire ? demanda la jeune fille.

— « La femme-enfant Judith, pas encore déflorée », traduisit Paul. Tu vois, bien qu'à première vue ce soit un portrait d'Annah, la véritable héroïne de ce tableau c'est toi.

Étendu sur le vieux matelas que les Molard lui avaient prêté pour lui éviter de dormir par terre, il se dit bien des fois que cette toile serait le seul bon souvenir de sa venue à Paris, aussi inutile que préjudiciable. Il avait achevé ses préparatifs pour repartir à Tahiti, mais il dut ajourner son voyage parce que — « c'est moins mal que si c'était pire », disait toujours sa mère à Lima quand ils vivaient de la charité de la famille Tristán — ses jambes se couvrirent d'eczéma. Les démangeaisons le tourmentaient et ses taches devinrent une plaque de plaies purulentes. On dut le garder trois semaines au pavillon des infectieux de la Salpêtrière. Deux médecins te confirmèrent ce que tu savais déjà, même si tu n'avais jamais accepté cette réalité. La maladie imprononçable, à nouveau. Elle battait en retraite, t'accordait des vacances de six, huit mois, mais elle poursuivait, souterraine, son travail mortifère en empoisonnant ton sang. Maintenant elle se manifestait sur tes jambes, les écorchant, multipliant les cratères sanguinolents. Puis elle monterait à ta poitrine, tes bras, atteindrait tes yeux et te plongerait dans les ténèbres. Alors ta vie serait finie, Paul, même si tu restais vivant. La maudite ne s'en tiendrait pas là. Elle continuerait jusqu'à pénétrer dans ton cerveau, te priver de lucidité et de mémoire, avant de faire de toi un déchet méprisable, sur lequel on crache, dont tout le monde s'écarte. Tu deviendrais un chien galeux, Paul. Pour combattre la dépression, il buvait, en cachette, l'alcool que lui apportaient Daniel, ce brave homme, et Schuff, le généreux, dans des thermos de café ou des bouteilles de rafraîchissements.

Il sortit de la Salpêtrière les jambes sèches, quoique sillonnées de cicatrices. Il flottait dans ses vêtements. Avec ses longs cheveux châtains, parsemés de mèches grises, retenus par un grand bonnet d'astrakan, son agressif nez cassé, ses yeux bleus pétillants en perpétuel mouvement et sa barbiche au menton, il demeurait imposant, et savait convaincre encore par ses gestes et les gros mots dont il assortissait ses discussions quand il retrouvait ses amis, chez eux ou à la terrasse d'un café, car son atelier vide ne pouvait plus recevoir personne. Les gens se retournaient sur son passage et le montraient du doigt, pour son physique et ses excentricités : sa cape rouge et noir flottant autour de lui, ses chemises à fleurs tahitiennes et son gilet breton, ou son pantalon de velours bleu. On le prenait pour un mage, l'ambassadeur d'un pays exotique.

L'héritage de l'oncle Zizi fondit sous les frais d'hôpital et de médecins, de sorte qu'il ne put acquérir qu'un billet de troisième classe sur *The Australian* qui, levant l'ancre de Marseille le 3 juillet 1895, franchirait le canal de Suez et atteindrait

Sydney début août. De là il prendrait une correspondance pour Papeete, via la Nouvelle-Zélande. Il tâcha, avant d'embarquer, de vendre les tableaux et les sculptures qui lui restaient. Il organisa une exposition dans son propre atelier, et grâce à ses amis ainsi qu'à un carton d'invitation rédigé en termes cryptiques par le Suédois August Strindberg, dont le théâtre connaissait un grand succès à Paris, quelques collectionneurs se présentèrent. La vente fut maigre. Le reste partit aux enchères à l'hôtel Drouot, où cela se passa mieux, bien qu'en deçà de ses attentes. Il était si pressé d'arriver à Tahiti qu'il ne pouvait le dissimuler. Un soir, chez les Molard, l'Espagnol Paco Durrio lui demanda la raison de cette nostalgie pour un lieu si terriblement éloigné de l'Europe.

— Parce que je ne suis plus français ni européen, Paco. Mon apparence est trompeuse, je suis un tatoué, un cannibale, un de ces nègres de là-bas.

Tes amis éclatèrent de rire, mais toi, en exagérant comme d'habitude, tu leur disais la vérité.

En pleins préparatifs de départ — il avait acheté un nouvel accordéon et une guitare pour remplacer ceux qu'avait embarqués Annah, pas mal de photographies et une bonne provision de toiles, de châssis, de brosses, de pinceaux et de pots de peinture — il reçut une lettre furibonde de la Viking, de Copenhague. Elle avait appris la vente publique de ses peintures et sculptures à l'hôtel Drouot, et lui réclamait de l'argent. Comment pouvait-il être un tel monstre envers sa femme et ses cinq enfants, qu'elle entretenait depuis tant d'années en faisant des miracles . leçons de français, traductions et l'aide mendiée à ses parents et ses amis ? C'était son devoir de père et de mari de les aider, en leur envoyant un mandat de temps en temps. Il pouvait le faire maintenant, l'égoïste.

La lettre de Mette l'irrita et l'attrista, mais il ne lui envoya pas un centime. Plus fort que les remords qui parfois l'assaillaient — surtout quand il se rappelait Aline, sa douce et délicate fillette —, il était tenaillé du désir de rejoindre Tahiti, d'où il n'aurait jamais dû revenir. Tant pis pour toi, Viking. Le peu d'argent de cette vente publique lui était indispensable pour retourner en Polynésie, où il voulait enterrer ses os, et non dans ce continent aux hivers glacés et aux femmes frigides. Qu'elle se débrouille comme elle pourrait avec les tableaux de lui qu'elle avait encore pardevers elle. Qu'elle se console, en tout cas, car, selon ses croyances (qui n'étaient pas celles de Paul), les péchés que commettait son mari en négligeant sa famille, il les paierait en brûlant en enfer jusqu'à la fin des temps.

La veille du départ il prit congé de ses amis, chez les Molard. En festoyant et buvant, et Paco Durrio dansa et chanta des chansons andalouses. Mais quand il interdit à ses amis de l'accompagner, le lendemain, à la gare où il prendrait le train de Marseille, la petite Judith éclata en sanglots.

VII

NOUVELLES DU PÉROU

Roanne et Saint-Étienne, juin 1844

Sous le ciel étoilé, une brise d'été transportait tous les arômes de la nuit quand Flora arriva à Roanne, en provenance de Lyon, le 14 juin 1844. Elle resta éveillée à la fenêtre de sa pension, à observer le firmament et ses luminaires, mais en pensant tout le temps à Éléonore Blanc, la petite ouvrière de Lyon pour qui elle s'était prise d'affection. Si toutes les femmes pauvres avaient l'énergie, l'intelligence et la sensibilité de cette jeune femme, la révolution serait une affaire de mois. Avec Éléonore, le comité de l'Union ouvrière fonctionnerait à la perfection et serait le moteur de la grande alliance des travailleurs dans tout le sud de la France.

Tu regrettais cette petite, Florita. Tu aurais voulu, en cette nuit tranquille et étoilée de Roanne, la serrer, sentir contre toi son corps mince, comme la fois où tu étais allée la chercher dans son misérable logis de la rue Luzerne, et l'avais trouvée en larmes.

— Qu'est-ce que tu as, ma fille? Pourquoi pleures-tu?

— Je crains de n'être pas assez forte ni assez capable pour faire tout ce que vous attendez de moi, madame.

En l'entendant parler ainsi, secouée d'émotion, en voyant la tendresse et le respect qu'elle lui manifestait, Flora avait dû prendre sur elle pour ne pas se mettre à pleurer, elle aussi. Elle l'avait serrée dans ses bras et embrassée sur le front et les joues. Le mari d'Éléonore, un ouvrier teinturier aux mains tachées, n'y comprenait rien :

— Éléonore dit que vous lui avez appris durant ces semaines plus que tout ce qu'elle a vécu jusqu'à présent. Et au lieu de s'en réjouir, elle pleure! Allez comprendre!

Pauvre petite, mariée à pareil imbécile. Serait-elle détruite par le mariage, elle aussi? Non, tu te chargerais de la protéger et de la sauver, Andalouse. Elle imagina une nouvelle forme de relation entre les personnes, dans la société rénovée grâce à l'Union ouvrière. Le mariage actuel, cet achat-vente de femmes, serait remplacé par des unions libres. Les couples s'uniraient parce qu'ils s'aimaient et avaient des buts communs, et, au moindre désaccord, se sépareraient de façon amicale. Le sexe n'aurait pas le caractère dominant qui apparaissait dans la conception des phalanstères de Fourier; il serait épuré, bridé, par l'amour de l'humanité. Les désirs seraient moins égoïstes, car les couples consacreraient une bonne part de leur tendresse aux autres, à l'amélioration de la vie commune. Dans cette société, Éléonore et toi pourriez vivre ensemble et vous aimer, comme mère et fille, ou comme deux

sœurs, ou des amantes, unies par l'idéal et la solidarité envers le prochain. Et cette relation ne
prendrait pas ce caractère exclusif et égoïste
qu'avaient eu tes amours avec Olympe — c'est
pour cela que tu y avais mis fin, renonçant à la
seule expérience sexuelle gratifiante de ta vie, Florita ; au contraire, elle se nourrirait de l'amour
partagé pour la justice et l'action sociale.

Le lendemain matin elle commença à travailler à
Roanne, très tôt. Le journaliste Auguste Guyard,
libéral et catholique, mais admirateur de Flora,
dont il avait commenté avec enthousiasme les
livres sur le Pérou et sur l'Angleterre, lui avait organisé deux réunions avec des groupes d'une trentaine d'ouvriers chacun. Elles n'eurent pas le
succès escompté. Comparés aux canuts de Lyon, à
l'esprit vif et mobile, les Roannais semblaient bien
résignés. Mais après avoir visité trois manufactures de drap de coton — la grande industrie locale,
qui employait quatre mille ouvriers —, Flora
s'étonna que, dans de telles conditions de travail,
ces malheureux ne fussent pas encore plus rustres.

Sa pire expérience, elle l'eut dans les manufactures de drap d'un ex-ouvrier, M. Cherpin, maintenant devenu un des capitalistes les plus riches
de la région, exploiteur de ses frères d'autrefois.
Grand, fort, poilu, vulgaire, aux manières bru-
tales et avec une odeur de sueur sous les bras qui
retournait le cœur, il la reçut en la regardant,
moqueur, de haut en bas, sans dissimuler le
dédain qu'inspirait à cet homme qui avait triom-
phé de tout une petite femme appliquée à la vaine
rédemption de l'humanité.

— Êtes-vous sûre de vouloir descendre là en bas ? lui dit-il en désignant l'entrée du souterrain qu'était l'atelier. Vous le regretterez, je vous en avertis.

— Nous en reparlerons après, monsieur Cherpin.

— Si vous en ressortez vivante, fit-il en éclatant de rire.

Quatre-vingts malheureux s'entassaient, en trois rangées serrées de métiers à tisser, dans une cave asphyxiante où il était impossible de se tenir debout tant le plafond était bas, ni de changer de position en raison de l'entassement. Une cave à rats, Andalouse. Elle se sentit défaillir. L'ardente vapeur de la fournaise, la pestilence et le bruit assourdissant des quatre-vingts jacquards simultanément en action lui tournèrent la tête. Elle pouvait à peine formuler ses questions à ces êtres demi-nus, sales, squelettiques, courbés sur leur métier, dont beaucoup la comprenaient à peine car ils ne parlaient qu'en patois bourguignon. Un monde de fantômes, de spectres, de morts vivants. Ils travaillaient de cinq heures du matin à neuf heures du soir et étaient payés, les hommes, deux francs par jour, les femmes, quatre-vingts centimes, et les enfants, jusqu'à quatorze ans, cinquante centimes. Elle regagna la surface, transpirant et suant, les tempes opprimées et le cœur battant la chamade, douloureux et glacé au fond de sa poitrine. M. Cherpin lui tendit un verre d'eau, sans cesser de rire avec obscénité.

— Je vous l'avais bien dit ; ce n'est pas un endroit pour une femme convenable, madame Tristan.

En prenant sur elle pour ne pas perdre contenance, Madame-la-Colère lui décocha :

— Vous qui avez commencé comme ouvrier tisserand, croyez-vous juste de faire travailler vos prochains en Dieu dans des conditions pareilles ? Cet atelier est pire que toutes les porcheries que j'ai connues.

— Ce doit être juste, puisque chaque matin voit affluer ici des dizaines d'hommes et de femmes qui m'implorent de leur donner du travail, dit fièrement M. Cherpin. Vous avez pitié de privilégiés, madame. Si je les payais davantage, ils le dépenseraient dans les tavernes, en se soûlant de cette piquette qui les rend idiots. Vous ne les connaissez pas. Moi si, précisément parce que j'ai été l'un d'eux.

Le lendemain, après une journée exténuante passée à distribuer des exemplaires de l'édition populaire de *L'Union ouvrière* dans les librairies de Roanne, et à visiter d'autres manufactures de drap tout aussi infernales que celle de M. Cherpin, Auguste Guyard conduisit Flora aux eaux thermales de Saint-Alban. Leur propriétaire, le docteur Émile Goin, était un de ses lecteurs convaincus, en particulier de son livre de voyage au Pérou, *Pérégrinations d'une paria*, qu'il se fit dédicacer. La cinquantaine bien portée, pattes grisonnantes, yeux pénétrants, manières aristocratiques bien qu'affables, le docteur Goin vivait avec sa paisible épouse et trois poupées de filles dans une demeure seigneuriale, pleine de tableaux et de sculptures, entourée de jardins. Au dîner offert en son honneur, Flora remarqua que

le maître de maison la regardait avec admiration.
Ce n'étaient pas seulement tes prouesses intellec-
tuelles qui l'attiraient, mais aussi le noir de tes cheveux bouclés, la grâce et la vivacité de tes yeux,
Andalouse, l'harmonie de tes traits. Elle s'était sentie flattée. « Voilà un homme que tu aurais, peut-
être, pu supporter chez toi », pensa-t-elle. Le docteur Goin voulait savoir si tout ce que Flora avait
raconté dans *Pérégrinations d'une paria* était vrai,
ou coloré par son imagination. Non, absolument
pas ; elle avait fait en sorte de ne rapporter que la
vérité, comme Rousseau dans ses *Confessions*.
Était-ce exact, alors, que cette incroyable aventure
eût commencé de façon fortuite, à Paris dans un
garni, grâce à la rencontre de ce capitaine au long
cours qui rentrait du Pérou ?

En effet, c'est ainsi qu'avait commencé l'histoire qui devait faire de toi ce que tu étais maintenant, Florita. Ce brave Chabrié t'avait empêchée
d'être une femme parasite et fadasse, menant une
vie d'emprunt, comme la grassouillette épouse
pâmée du docteur Émile Goin. Oui, dans cette
pension parisienne où tu t'étais réfugiée avec
Aline, après trois années de servitude et de dégradation morale comme domestique chez les
Spence. Un lieu où, pensais-tu, tu ne serais jamais
retrouvée par ton mari André Chazal, que tu
continuais à fuir en te cachant, après si longtemps. Quelle série de coïncidences et de hasards
décidaient du destin des gens, hein, Florita ?
Comme ta vie aurait été différente si, ce soir-là,
dans la petite salle à manger de la pension, ton
voisin de table ne t'avait adressé la parole ?

— Excusez-moi, madame, mais je viens d'entendre la patronne vous appeler Mme Tristan. Est-ce votre nom ? Ne seriez-vous pas parente des Tristán du Pérou ?

Le capitaine Zacharie Chabrié faisait des traversées vers ce lointain pays et avait connu là-bas, à Arequipa, la famille Tristán, la plus prospère et influente de toute la région. Une famille patricienne ! Trois jours durant, à l'heure du déjeuner et du souper, Flora avait soumis à un interrogatoire cet aimable marin, qui lui confia tout ce qu'il savait sur cette famille, la tienne, puisque don Pío, le chef de famille des Tristán, n'était autre que le frère cadet de don Mariano, ton père. Et c'est à ce don Pío, ton oncle, que ta mère avait écrit si souvent depuis qu'elle avait perdu son mari, lui demandant de l'aider, sans jamais obtenir de réponse. Ah ! les tours que jouait la vie, Florita ! Sans ces conversations avec le capitaine Chabrié, en 1829, tu n'aurais jamais eu l'idée d'écrire cette lettre affectueuse et dramatique à ton oncle d'Arequipa, le très puissant don Pío Tristán y Moscoso, pour lui raconter, avec une naïveté qui te coûterait cher, la situation dans laquelle vous avait laissées, ta mère et toi, la mort de don Mariano, du fait du mariage irrégulier de tes parents.

Dix mois plus tard, alors que Flora avait perdu tout espoir, la réponse de don Pío était arrivée. Une lettre rusée et calculée où, tout en l'appelant « ma chère nièce », il lui faisait savoir, catégoriquement, que sa condition de fille naturelle — implacable rigueur de la loi ! — l'excluait de tout droit à l'héritage de son « très cher frère don Mariano ». Héritage qui, par ailleurs, n'existait pas, car, après avoir épongé dettes et impôts, les biens du père de Flora s'étaient évaporés. Cependant, don Pío Tristán, dans un geste généreux, envoyait à sa nièce inconnue de Paris, à travers un cousin qui résidait à Bordeaux, don Mariano de Goyeneche, une somme de deux mille cinq cents francs, ainsi qu'une autre de trois mille piastres, celle-là de la part de la mère de don Pío et don Mariano, la grand-mère de Flora, une matrone inébranlable de quatre-vingt-dix-neuf printemps.

Cet argent était tombé sur Flora comme une bénédiction du ciel. Elle connaissait des temps difficiles, pourchassée avec acharnement par André Chazal. Qui avait découvert son point de chute à Paris et l'avait attaquée en justice, en la taxant d'épouse et de mère dénaturée. Il lui réclamait les deux enfants qui survivaient (l'aîné, Alexandre, venait de mourir). Flora avait pu payer un avocat pour se défendre, retarder le procès et un verdict qui — son défenseur l'avait prévenue —, en raison des lois en vigueur contre la femme qui abandonnait le domicile conjugal, lui serait défavorable. Il y avait eu une tentative d'arrangement à l'amiable, chez un oncle maternel de Flora, le commandant Laisney, à Versailles. André Chazal, qu'elle n'avait pas vu depuis quatre ans, s'était présenté, puant l'alcool, le regard vitreux et la bouche écumant de colère et de reproches. Il était à moitié fou de ressentiment et d'amertume. « Vous m'avez déshonoré, madame », répétait-il de temps en temps, avec des trémolos dans la voix. Après s'être contenue un bon moment, comme l'avait suppliée de le faire son avocat, Madame-la-Colère avait explosé : saisissant un plat de céramique sur la console la plus proche, elle l'avait pulvérisé sur la tête de son mari. Celui-ci, étourdi, était tombé à terre en poussant un rugissement de surprise et de douleur. Profitant de la confusion, Flora, prenant par la main sa petite Aline — dont la justice avait confié la garde à son père —, s'était enfuie. Sa mère avait refusé de la recueillir, lui reprochant son attitude insensée. Et par-dessus le marché, elle avait révélé (tu en étais sûre) à André Chazal sa cachette, un petit hôtel minable de la rue Servandoni, dans le Quartier latin, où Flora s'était réfugiée avec Aline et Ernest-Camille. Un matin, alors qu'elle sortait de l'hôtel avec le petit garçon, son mari s'était précipité à sa rencontre. Elle s'était mise à courir, poursuivie par Chazal qui l'avait rattrapée aux portes de la faculté de droit de la Sorbonne. Il s'était jeté sur elle et s'était mis à la frapper. Flora se défendait comme elle pouvait, en essayant de parer les coups avec son sac à main, et Ernest-Camille poussait des cris de terreur en se tenant la tête. Un groupe d'étudiants les avait séparés. Chazal hurlait que cette femme était son épouse légitime et que nul n'avait le droit de s'entremettre dans une querelle conjugale. Les futurs avocats avaient hésité. « Tout cela est-il vrai, madame ? » Quand elle avait reconnu qu'elle était mariée à cet homme, les jeunes gens, désappointés, s'étaient écartés. « Si c'est votre époux, nous ne pouvons pas vous défendre, madame. La loi est avec lui. — Vous êtes encore plus dégoûtants que ce salaud », leur avait crié Flora, tandis qu'André Chazal la traînait, de force, au commissariat de police de la place Saint-Sulpice. Là, elle fut fichée, admonestée et sermonnée par le commissaire : elle ne pourrait bouger de l'hôtel de la rue Servandoni. Elle recevrait bientôt une convocation du juge. Apaisé, André Chazal était parti en emportant dans ses bras le petit Ernest-Camille, qui pleurait à chaudes larmes.

Quelques heures après, Flora se retrouvait fugitive, avec Aline qui avait alors six ans. Grâce aux francs et aux piastres expédiés d'Arequipa, elle avait erré près de six mois dans la France profonde, en fuyant toujours Paris comme la peste. Elle vivait en paria, sous de faux noms, dans des bouis-bouis infâmes ou chez des paysans, sans jamais s'attarder nulle part. Elle savait qu'un ordre de recherche avait été lancé contre elle. Si la police lui mettait la main dessus, elle perdrait aussi Aline et finirait en prison. Elle se faisait passer pour une veuve éplorée, pour une Espagnole éloignée de sa patrie pour raisons politiques, pour une touriste anglaise, pour la femme d'un marin naviguant en mer de Chine, qui trompait son cafard en voyageant tout le temps. Pour faire durer l'argent, elle mangeait à peine et cherchait des hébergements de plus en plus modestes. Un jour, à Angoulême, la fatigue, l'angoisse et l'incertitude eurent raison d'elle. Elle tomba malade. Ses fortes fièvres la faisaient délirer. Mme Bourzac, propriétaire de la grange où elle couchait, avait été son ange gardien, la salvatrice de la petite Aline. Elle l'avait soignée et guérie, et quand Flora lui avait raconté, en sanglotant, son histoire véritable, elle l'avait apaisée avec une infinie douceur. « Ne vous en faites pas, madame. La fillette ne peut continuer à vivre ainsi, sur les chemins, comme une petite gitane. Laissez-la avec moi, jusqu'à ce que votre situation s'arrange. Je m'y suis attachée et je m'en occuperai comme de ma propre fille. »

— L'être le plus noble et le plus généreux que j'aie connu, s'était écriée Flora. Sans elle, Aline et moi serions mortes. Mme Bourzac ! Une humble paysanne qui savait à peine écrire son nom.

— Aviez-vous alors décidé de partir au Pérou ? avait demandé le docteur Émile Goin la regardant avec des yeux si fascinés que Flora en avait rougi.

— Que faire d'autre ? Comment échapper à André Chazal et à la mal nommée justice française ?

D'Angoulême elle avait envoyé une lettre à don Mariano de Goyeneche, le cousin de don Pío Tristán qui vivait à Bordeaux. Flora s'était déjà trouvée en contact épistolaire avec lui, pour recevoir l'argent d'Arequipa. Elle lui demandait de la recevoir, afin de l'entretenir d'une affaire délicate et fort urgente. Elle devait lui en parler de vive voix. Don Mariano de Goyeneche lui avait aussitôt répondu, très cordialement. La fille de don Mariano Tristán, son cousin, pouvait venir à Bordeaux quand bon lui semblerait. Elle serait reçue à bras ouverts, avec toute la tendresse du monde.

Don Mariano n'avait pas de famille et serait heureux de lui offrir l'hospitalité tout le temps qu'elle voudrait.

— Je dois interrompre ici l'histoire, dit abruptement Flora en se levant. Il est très tard et demain je pars pour Saint-Étienne à la première heure.

Quand le docteur Goin, en prenant congé, lui baisa la main, Flora sentit ses lèvres humides s'attarder sur sa peau, insistantes. Il me désire, pensa-t-elle, dégoûtée. La contrariété l'empêcha de dormir sa dernière nuit à Roanne, et elle en fut tendue et de mauvaise humeur le lendemain, dans son train pour Saint-Étienne. Et, d'une certaine façon, cette contrariété la poursuivit, la harcela toute la semaine qu'elle passa dans cette ville de militaires crétinisés ou à demi crétins, et d'ouvriers bigots et idiots, imperméables à toute idée intelligente, à tout sentiment altruiste, à toute initiative sociale. La seule bonne chose qui lui arriverait pendant cette semaine à Saint-Étienne devait être les deux lettres — longues, tendres — d'Éléonore Blanc, auxquelles elle répondit également par de longues missives. Comme elle le supposait, le comité de Lyon avait le vent en poupe.

Dans les quatre ateliers de tissage qu'elle visita — deux d'hommes, un de femmes et un autre mixte —, elle fut surprise d'apprendre que, au début et à la fin de leur journée de travail, ouvrières et ouvriers priaient. On l'invita même à se joindre à la prière. Quand elle expliqua qu'elle n'était pas catholique, parce que, d'après elle, l'Église était une institution qui opprimait la liberté humaine, on la regarda avec une telle épouvante qu'elle craignit d'être insultée. Elle quitta toutes ces réunions avec la conviction qu'elle perdait son temps. Malgré ses efforts, elle ne gagnerait presque personne à l'Union ouvrière. En effet, elle ne put, en fin de compte, constituer de comité organisateur composé des dix membres nécessaires; elle dut se contenter de sept tout en devinant, en outre, que la moitié déserterait les rangs dès qu'elle aurait le dos tourné.

Pour que l'étape de Saint-Étienne ne fût pas inutile, elle se consacra à ces études sociales qui, après l'action politique, lui plaisaient tant. Assise à une table du sympathique Café de Paris, où elle prenait ses repas, et dont la patronne était devenue son amie, elle se mit à observer les officiers de la garnison qui avaient fait de cet établissement une succursale de la caserne.

Elle tira bien vite la conclusion que les militaires de carrière étaient des tarés congénitaux, et que les officiers d'artillerie, bien qu'au niveau de l'être humain normal, arboraient une arrogance et un snobisme nauséabonds. Apparemment, ces officiers, fils de familles argentées de la haute bourgeoisie ou de l'aristocratie, n'avaient rien d'autre à faire dans la vie que de fréquenter le Café de Paris, de jouer aux dominos ou aux cartes, de boire, fumer, blaguer et lancer des mots doux aux dames qui passaient sur le trottoir, en attendant une guerre pour les occuper. Ils essayèrent avec Flora aussi, au début, de se montrer galants. Mais ils y renoncèrent, parce que ses

façons désinvoltes et ironiques les incommo-
daient. Ce qui leur plaisait, c'étaient les femmes
soumises, comme leurs ordonnances et leurs chevaux. Flora se dit que, dans le droit fil du comte
de Saint-Simon, elle avait vu juste, en interdisant
dans la nouvelle société prévue par l'Union ouvrière la fabrication de toute espèce d'armes et en
abolissant l'armée.

La flambée de souvenirs provoquée par son
dîner chez les Goin, à Roanne, continua de crépiter pendant sa visite à Saint-Étienne. Ce séjour à
Bordeaux, dans le palais de ce Mariano de Goyeneche incroyablement riche, qui l'avait forcée à
l'appeler « oncle Mariano » et l'appelait toujours
« Florita ma nièce », avait été un rêve devenu réalité. Tu n'avais jamais résidé dans une demeure
aussi somptueuse, ni vu autant de domestiques,
ni même soupçonné ce que c'était que de vivre
comme une personne riche. Tu n'avais jamais été
traitée avec autant de déférence, dans le confort
et la douceur. Pourtant, Andalouse, tu n'avais
pas été totalement heureuse durant ces mois
à Bordeaux, parce que tu n'étais pas encore
habituée à mentir. Tu vivais dans l'inquiétude,
l'incertitude et la peur panique de te contredire,
de te dédire, d'être découverte, humiliée et ren-
voyée à ta condition véritable par don Mariano
de Goyeneche et son ombre, son homme de
confiance, le secrétaire et sacristain Ismaelillo, le
Divin Eunuque.

Don Mariano de Goyeneche avait avalé les
mensonges de Flora sans le moindre soupçon. Il
avait cru que, après la disparition récente de sa

mère, elle était restée seule au monde, sans parents ni amis à Paris, et que dans ces circonstances elle avait conçu l'idée — le désir, le rêve — de se rendre au Pérou, à Arequipa, pour connaître la terre de son père, rencontrer sa famille paternelle, fouler le sol de la maison où était né son géniteur. Là elle se sentirait protégée, consolée dans son dénuement et sa solitude. Flora avait passé sur ses yeux son mouchoir de tulle, déformé sa voix et feint un sanglot. Le vieillard aux cheveux blancs, aux traits sévères et aux vêtements sombres qui ressemblaient à des habits sacerdotaux, avait été ému et, tandis qu'elle lui racontait son malheur, il lui avait pris la main plusieurs fois, en acquiesçant. Oui, oui, Florita, une jeune fille comme elle ne pouvait rester seule au monde. La fille de son cousin Mariano Tristán devait se rendre au Pérou où son oncle, sa grand-mère, ses cousins et cousines lui offriraient la chaleur et l'affection qui combleraient le vide laissé par la disparition de sa mère. Il écrirait à Pío pour lui annoncer son arrivée, et lui-même s'occuperait de lui chercher un bon bateau et de la recommander pour lui faire faire ce long voyage en toute sécurité. En attendant les nouvelles d'Arequipa, Florita ne bougerait pas de Bordeaux, ni de cette maison, égayée par sa jeunesse. Don Mariano de Goyeneche était heureux que sa nièce lui tienne compagnie pendant quelques mois.

Elle passa presque un an logée dans la maison seigneuriale de don Mariano de Goyeneche, un homme qui, s'il vivait encore, devait te haïr et te

171

mépriser autant qu'il t'avait cajolée et protégée onze ans plus tôt. Un homme qui te croyait célibataire et vierge quand, en vérité, tu étais une épouse en fuite, mère de trois enfants (deux vivants et un décédé), et que, par ailleurs, tu n'avais pas encore perdu ta mère, encore vivante à Paris, quoique, depuis qu'elle avait pris parti pour André Chazal, elle fût morte à tes yeux, car tu ne la reverrais ni ne lui écrirais plus jamais. Quelle tête avait dû faire don Mariano de Goyeneche s'il avait lu, dans *Pérégrinations d'une paria*, la vérité sur les mensonges que tu lui avais fait avaler ? La petite nièce pure et candide, à qui il avait payé un billet pour le Pérou, se révélait être une épouse et une mère indigne, poursuivie par la police ! Il avait dû aller se confesser et, cette nuit-là, serrer davantage le cilice sur sa peau maladive.

Il était, avec Ismaelillo, le Divin Eunuque, l'être le plus catholique que Flora eût jamais connu. Un catholique si intégral, si obsédé que, plus qu'un croyant, il semblait en être la caricature. Son plus grand motif de fierté (nourri peut-être de secrète envie) était que son frère cadet fût l'archevêque d'Arequipa. « Un prince de l'Église dans la famille, Florita ! Quel honneur et quelle responsabilité ! » Il était resté vieux garçon pour mieux remplir ses obligations envers l'Église et envers Dieu, quoique sans prononcer ces vœux de chasteté, de pauvreté et d'obéissance qu'avait en revanche prononcés, semblait-il, Ismaelillo. Il allait à la messe tous les jours, à la cathédrale, et plusieurs fois par semaine retournait à l'église l'après-midi, pour les vêpres et le rosaire. Il traînait Flora à des messes, neuvaines, purifications, processions. Elle prenait grandement sur elle pour feindre une dévotion semblable à celle de don Mariano à l'heure de l'oraison : agenouillée, non sur le prie-Dieu mais sur les dalles froides, mains croisées, yeux clos, tout son corps en attitude de contrition et d'humilité, toute son expression absorbée par la prière. La maison voyait défiler prêtres, curés, directeurs d'œuvres pieuses, Sœurs de la Charité, congrégations. Don Mariano les recevait tous avec affection, leur offrait un chocolat fumant « venu de Cuzco », accompagné de biscuits et de friandises, et les renvoyait avec de généreuses contributions.

Son immense palais de pierre de taille, dans le quartier Saint-Pierre, au centre de Bordeaux, ressemblait à un couvent. Il était plein de crucifix et d'images pieuses, de tapisseries et de tableaux à thème religieux, et, outre la vieille chapelle, il y avait dans les coins de petits autels, des niches, des châsses avec des vierges et des saints, et partout brûlait l'encens. Comme les épais rideaux étaient toujours tirés, il régnait dans l'antique et vaste demeure une éternelle pénombre, un air de recueillement et de renoncement au monde qui saisissaient Flora. Les gens, frappés par un lieu aussi sombre et cérémonieux, tendaient à parler à voix basse, craignant au moindre bruit de commettre une offense dans cette enceinte funèbre.

Le Divin Eunuque était un jeune Espagnol fort savant en matière économique, au dire de don Mariano. Il s'occupait pour le moment d'administrer les biens et les rentes de M. de Goyeneche, mais peut-être entrerait-il plus tard au séminaire. Il vivait dans une aile de la maison seigneuriale, et son bureau et sa chambre à coucher étaient aussi austères que les cellules d'un couvent. À l'heure du dîner, don Mariano demandait à Dieu de bénir le repas ; au déjeuner, c'était Ismaelillo qui le faisait, et il enflait tellement sa voix, avec un visage si ravi et si séraphique, que Flora pouvait à peine contenir son rire. Plus que beau il était joli, avec son teint glabre et rose, sa taille de guêpe, et ses mains aux ongles taillés et lustrés, douces comme la peau d'un nouveau-né. Il portait les mêmes vêtements sévères que le maître de maison, mais, contrairement à don Mariano de Goyeneche, qui semblait parfaitement à l'aise dans l'abandon total de son corps et de son esprit à l'amour de Dieu et aux pratiques de la religion, le jeune Espagnol — il devait avoir l'âge de Flora, quelque trente ou trente-deux ans tout au plus — avait dans ses gestes, ses expressions et son comportement un je-ne-sais-quoi qui dénonçait un conflit non résolu, un divorce entre les formes extérieures de sa conduite et sa vie intime. Parfois Flora lui trouvait l'air d'un ange qu'une ardente foi religieuse aurait conduit à refuser tous les appétits et tous les plaisirs, à renoncer au siècle pour se consacrer au salut de son âme et à Dieu. Mais d'autres fois elle soupçonnait chez lui de la duplicité, croyait voir en lui un simulateur qui, derrière sa modestie, son austérité et sa bonté, dissimulait un cynique qui feignait ce qu'il n'était ni ne croyait, pour se gagner la confiance de don

174

Mariano, prospérer à son ombre et hériter de sa fortune.

Elle remarquait soudain, dans les yeux d'Ismaelillo, des éclats de désir qui lui mettaient la puce à l'oreille. Elle les provoquait parfois, non sans malignité, en relevant négligemment sa jupe lors des réunions au salon, de façon à laisser à découvert sa fine cheville; ou alors, feignant de ne vouloir perdre un mot de ce qu'Ismaelillo racontait, elle s'approchait tellement de lui que le jeune Espagnol devait sentir son parfum et sa peau qui le frôlait. Il perdait alors ses moyens, pâlissait ou rougissait, sa voix s'altérait, il bafouillait et sautait d'un sujet à l'autre de façon décousue. Il s'était, au premier regard, attaché à cette jeune fille, dans cette vieille bâtisse à l'odeur de sacristie. Flora l'avait su dès le début. Il s'était épris de toi et cela devait le tourmenter. Mais il n'avait jamais osé rien te dire qui allât au-delà de la conventionnelle amitié. Ses yeux, pourtant, le trahissaient, et Flora y surprenait souvent cette petite lumière anxieuse qui voulait dire : Ah! comme j'aimerais être libre, pouvoir vous avouer ce que j'éprouve, vous prendre la main et l'embrasser, vous prier de me permettre de vous faire la cour, vous aimer, vous demander d'être ma femme et de m'apprendre à être heureux.

Au cours de l'année passée dans cette maison, tandis que se décidait son voyage au Pérou, Flora avait vécu comme une princesse, quoique excédée par les incessantes pratiques religieuses. Sans ses lectures — elle n'avait jamais autant lu que ces mois-là, pillant la grande bibliothèque de don

Mariano — et la compagnie dévouée du Divin Eunuque, cela aurait été bien pire. Ismaelillo l'accompagnait pour de longues promenades au bord de la Garonne, ou dans la campagne avoisinante, où les vignobles s'étendaient à perte de vue, et la distrayait en lui parlant de l'Espagne, de don Mariano, des intrigues des grandes familles bordelaises qu'il connaissait sur le bout des doigts. Un jour qu'ils jouaient aux cartes, près de la cheminée, Flora remarqua que le jeune homme, très nerveux, portait constamment la main à son pantalon, comme pour chasser un insecte, ou soulager des démangeaisons. Elle épia ses mouvements à la dérobée. Oui, il n'y avait pas le moindre doute : sans avoir l'air d'y toucher, il se donnait du plaisir, excité par la proximité de Flora, et le faisait là, presque au vu d'elle-même et de don Mariano, qui lisait dans son fauteuil à bascule un livre à reliure de parchemin. Pour le mettre en difficulté, elle le pria soudain de lui apporter un verre d'eau. Ismaelillo piqua un fard, gagna du temps en feignant de n'avoir pas bien entendu ; il se leva enfin de côté et courbé en deux, mais, furtivement, Flora vit l'enflure à son pantalon. Cette nuit-là elle l'entendit sangloter, agenouillé dans la chapelle. Se flagellait-il ? Dès lors une pitié mêlée de dégoût entoura sa relation avec le jeune Espagnol. Il te faisait de la peine, Florita, mais il te répugnait aussi. Il était bon et souffrait, sans doute. Mais quel plaisir que d'ajouter des tourments à ceux que la vie en soi lui réservait déjà. Qu'avait-il dû devenir ?

L'expérience la plus pittoresque du séjour de

Flora à Saint-Étienne fut la visite de la manufacture d'armes, jouxtant la garnison. Elle obtint la permission d'y pénétrer grâce à trois bourgeois phalanstériens amis du colonel commandant le régiment, qui désigna un de ses adjoints, un capitaine à la coquette et fine moustache, pour l'escorter. Les explications sur les armes que l'on fondait là l'assommèrent tellement que, tout en les écoutant, elle pensait à autre chose. Mais au terme de la visite, le directeur de la manufacture, un civil, et plusieurs militaires d'artillerie lui offrirent un rafraîchissement. La conversation était des plus banales. Soudain, le capitaine qui l'escortait lui demanda, en faisant des ronds de jambes, ce qu'il y avait de vrai dans les rumeurs selon lesquelles Mme Tristan aurait des velléités pacifistes. Elle allait lui répondre de façon évasive — on l'attendait dans une manufacture de rubans du quartier Saint-Benoît et elle ne voulait pas perdre de temps en propos oiseux —, mais en voyant le visage surpris, réprobateur ou moqueur, des officiers qui l'entouraient, elle ne put se contenir :

— Rien de plus vrai, capitaine ! Je suis pacifiste, sachez-le. Aussi mon projet de l'Union ouvrière prévoit-il, dans la société future, l'interdiction des armes et la suppression de l'armée.

Deux heures après elle discutait encore fougueusement avec ces interlocuteurs scandalisés, dont l'un osa lui dire, au comble de la fureur, que soutenir de semblables idées « était indigne d'une dame française ».

— Ma patrie, avant la France, messieurs, c'est

l'humanité, dit-elle en mettant un point final à la réunion. Merci pour votre compagnie. Je dois m'en aller.

Elle sortit, fatiguée par la discussion, mais heureuse d'avoir déconcerté ces prétentieux artilleurs par ses idées pernicieuses. Comme tu avais changé, Florita, depuis le temps où, logée dans le manoir girondin de don Mariano de Goyeneche, tu t'apprêtais à partir au Pérou pour fuir les persécutions d'André Chazal. Tu étais une petite femme rebelle, certes, mais confuse et ignorante, et nullement révolutionnaire encore. Tu n'avais pas à l'esprit qu'il était possible de lutter de façon organisée contre cette société qui autorisait l'esclavage féminin, sous couvert de mariage. L'expérience péruvienne allait t'ouvrir les yeux. Cette année à Arequipa et à Lima t'avait transformée.

Quoique sans enthousiasme, don Pío Tristán avait donné son accord au voyage de Flora. La famille la logerait dans la maison où son père était né et avait passé son enfance et sa jeunesse. Don Mariano de Goyeneche et Ismaelillo se renseignèrent sur les bateaux qui appareillaient pour l'Amérique du Sud les semaines suivantes. Ils trouvèrent le *Carlos Adolfo*, le *Fletes* et *Le Mexicain*. Tous trois lèveraient l'ancre au cours du mois de février 1833. Don Mariano alla personnellement inspecter les bateaux. Il écarta les deux premiers ; le *Carlos Adolfo* était un vieux rafiot rafistolé ; le *Fletes* était un bon bateau, mais il faisait du cabotage le long de la moitié des côtes africaines avant de mettre le cap sur l'Amérique du Sud. *Le Mexicain* lui apparut comme la meilleure option. Un bateau petit, avec une seule escale, avant de rejoindre, par le détroit de Magellan, le port de Valparaiso. La traversée prenait un peu plus de trois mois.

Le choix fait et la cabine retenue, il n'y avait plus qu'à attendre le départ. Depuis son installation à Bordeaux, don Mariano et Ismaelillo s'étaient efforcés de lui faire pratiquer son mauvais espagnol, dont Flora se rappelait quelques mots, des bribes de phrases entendues dans son enfance rue de Vaugirard, des lèvres de son père. Tous deux prirent au sérieux leur rôle de professeur, si bien qu'au bout de quelques mois Flora pouvait suivre leur conversation et baragouiner le castillan.

Ce n'est pas des domestiques de M. de Goyeneche qu'elle avait appris le surnom infamant dont la bonne société de Bordeaux avait affublé Ismaelillo, mais de la victime elle-même. La chose survint lors d'une de leurs longues promenades sur les bords de la Garonne ou dans la campagne alentour, pendant lesquelles Flora devinait les efforts du jeune homme, le combat silencieux et féroce qu'il livrait au fond de son cœur, pour lui avouer — ou plutôt ne pas lui avouer — la passion qu'elle avait fait naître en lui.

— Vous avez sans doute entendu comment m'appellent, dans mon dos, les gens de Bordeaux.

— Non, je n'ai rien entendu. Un surnom, voulez-vous dire ?

— Oui, vulgaire et sacrilège, dit le jeune homme en se mordant les lèvres. Le Divin Eunuque.

— En effet, c'est vulgaire, s'écria Flora, confuse. Un peu sacrilège, mais c'est surtout stupide. Pourquoi me racontez-vous cela?

— Je ne veux avoir aucun secret pour vous, Flora.

Il se tut en baissant la tête, et ne prononça plus un mot jusqu'à la fin de la promenade, comme abattu par la fatalité. C'est alors, croyais-tu, Florita, que le jeune homme fut le plus près de rompre ses vœux religieux, et de te faire savoir qu'il était un être humain, non divin, rêvant de tenir dans ses bras une jeune femme comme toi, belle et vive. Il valait mieux qu'il ne l'ait pas fait. Malgré ces choses répugnantes que tu surprenais parfois, tu avais de la tendresse pour lui, mêlée à de la compassion.

La visite à la manufacture de rubans de Saint-Benoît la mit en fureur et la déprima. Il y avait là une vingtaine de travailleurs sourds, analphabètes, idiots, dépourvus de la plus élémentaire curiosité. Elle eut l'impression de parler devant des arbres ou des pierres. Il aurait été plus facile de transformer en révolutionnaires les officiers jolis cœurs du Café de Paris que ces malheureux abrutis par la faim et l'exploitation, chez qui les bourgeois avaient épuisé jusqu'à la dernière parcelle d'intelligence. Quand, à l'heure des questions, l'un des canuts insinua que, d'après les rumeurs, elle se faisait une fortune avec les exemplaires de *L'Union ouvrière* qu'elle vendait, elle n'eut même pas le courage de se mettre en colère.

Le jour où elle avait connu la date de départ définitive du port de Bordeaux pour le Pérou — le

7 avril 1833 à huit heures du matin, en profitant de la marée haute —, elle avait su aussi que le capitaine du bateau qu'elle se disposait à prendre s'appelait Zacharie Chabrié! En entendant don Mariano de Goyeneche prononcer ce nom, elle fut comme frappée par la foudre. Zacharie Chabrié! Le capitaine de cette pension de Paris qui l'avait renseignée sur la famille Tristán d'Arequipa. Ce capitaine avait connu sa fille Aline et, dès qu'il verrait apparaître Flora entourée de don Mariano et d'Ismaelillo, il l'appellerait « madame » et lui demanderait des nouvelles de sa « jolie fillette ». Tous tes mensonges allaient te tomber dessus et t'anéantir, Andalouse.

Elle passa une nuit blanche, le cœur serré par l'angoisse. Mais le lendemain matin elle avait pris une décision. Elle prétexta une promesse faite à l'église de Santa Clara, qu'elle devait accomplir seule, pour sortir et se faire conduire au port en voiture de louage. Il lui fut facile de trouver les bureaux de la compagnie. Après une demi-heure d'attente, le capitaine Zacharie Chabrié apparut à la porte du local. Elle reconnut sa haute silhouette, ses cheveux clairsemés, son visage rond de Breton, distingué et provincial, son regard bienveillant. Il la reconnut sur-le-champ.

— Madame Tristan! fit-il en se penchant pour lui baiser la main. Je me demandais, en examinant la liste des passagers, si c'était bien vous. Vous voyagez sur *Le Mexicain*, n'est-ce pas?

— Pouvons-nous parler un moment seul à seul? dit Flora en acquiesçant, d'un air dramatique. C'est une question de vie ou de mort, monsieur Chabrié.

Déconcerté, le capitaine la fit passer dans un petit bureau, et lui céda ce qui devait être son siège, un ample divan avec un repose-pied.

— J'ai confiance en vous parce que je vous crois un homme du monde.

— Je ne décevrai pas votre attente, madame. En quoi puis-je vous servir?

Flora hésita quelques secondes. Chabrié ressemblait à l'un de ces Bretons à l'ancienne qui, bien qu'ayant parcouru toutes les mers du monde, restaient attachés aux valeurs traditionnelles, aux principes moraux et à la religion.

— Je vous en prie, ne me posez aucune question, le supplia-t-elle, les yeux noyés de larmes. Je vous expliquerai tout en haute mer. J'ai seulement besoin que, le jour du départ, quand j'arriverai ici accompagnée, vous me saluiez comme si vous me voyiez pour la première fois. Ne me trahissez pas. Je vous en prie sur ce que vous avez de plus cher, capitaine. Me promettez-vous de le faire?

Zacharie Chabrié acquiesça, très sérieux.

— Je n'ai besoin d'aucune explication. Je ne vous connais pas, je ne vous ai jamais vue. J'aurai le plaisir de faire votre connaissance mardi prochain, à huit heures, quand nous lèverons l'ancre.

VIII

PORTRAIT D'ALINE GAUGUIN
Punaauia, mai 1896

Le 3 juillet 1895, Paul monta à Marseille sur le
bateau *The Australian*, épuisé mais content. Il
avait vécu les dernières semaines dans l'angoisse,
redoutant une mort subite. Il ne voulait pas que
ses restes pourrissent en Europe, mais en Polynésie, sa terre d'adoption. En cela du moins, Koké,
tu coïncidais avec les folies internationalistes de
ta grand-mère Flora. Le lieu de naissance n'était
qu'un accident; la véritable patrie, on la choisissait avec son corps et son âme. Et toi tu avais
choisi Tahiti. Tu mourrais comme un sauvage,
dans ce beau pays de sauvages. Cette pensée lui
ôtait un grand poids. Ne t'importait-il pas de ne
plus voir tes enfants, ni tes amis, Paul? Daniel, le
bon Schuff, tes derniers élèves de Pont-Aven, les
Molard? Bah! tu t'en fichais pas mal.

À l'escale de Port-Saïd, avant d'entreprendre la
traversée du canal de Suez, il descendit fureter
dans le petit marché improvisé près de la passe-
relle du bateau et, soudain, au milieu de la foule,
dans les clameurs et les cris des vendeurs arabes,
grecs et turcs qui proposaient tissus, colifichets,

dattes, parfums, confiseries au miel, il découvrit un Nubien à turban rouge qui lui avait adressé un clin d'œil obscène, en lui montrant quelque chose qu'il cachait à moitié entre ses grandes mains. C'était une superbe collection de photos érotiques, en bon état, où apparaissaient toutes les positions et combinaisons imaginables, même une femme sodomisée par un lévrier. Il lui acheta aussitôt les quarante-cinq photos. Qui iraient enrichir sa malle aux clichés, objets et curiosités, qu'il avait laissée dans un garde-meubles à Papeete. Il se réjouit en imaginant les réactions des Tahitiennes quand il leur montrerait ces folies.

Contempler ces photos et fantasmer à partir de leurs images fut une de ses rares distractions pendant les deux interminables mois que mit le bateau à arriver à Tahiti, avec des escales à Sydney et à Auckland, où il resta en rade trois semaines en attendant un bateau qui fît la route des îles. Il arriva à Papeete le 8 septembre. Le bateau pénétra dans la lagune sous la grande orgie de lumières de l'aube. Il éprouva un bonheur indescriptible, comme s'il rentrait chez lui et qu'une nuée de parents et d'amis était au port pour lui souhaiter la bienvenue. Mais il n'y avait personne pour l'attendre, et il eut un mal fou à trouver une voiture assez grande pour transporter tous ses ballots, paquets, rouleaux de toiles et pots de peinture jusqu'à une petite pension qu'il connaissait, rue Bonnard, au centre de la ville.

Papeete s'était transformée depuis deux ans qu'il était parti : on y avait installé l'électricité et ses nuits n'avaient plus cet air à la fois mystérieux et ténébreux d'avant, surtout le port et ses sept troquets, qui maintenant étaient au nombre de dix. Le Cercle militaire, fréquenté également par colons et fonctionnaires, arborait, derrière sa palissade de pieux, un court de tennis flambant neuf. Un sport que, contraint de marcher désormais avec une canne depuis la bagarre de Concarneau, tu ne pratiquerais plus jamais, Paul.

Durant la traversée sa douleur à la cheville avait diminué, mais, dès qu'il foula le sol tahitien, elle revint au centuple, au point de le jeter certains jours sur son lit en hurlant. Les calmants ne lui faisaient aucun effet, sauf l'alcool, quand il buvait jusqu'à en avoir la langue pâteuse et à se tenir à peine sur ses pieds. Et aussi le laudanum, qu'un pharmacien de Papeete accepta de lui vendre sans ordonnance médicale, mais à prix d'or.

La somnolence hébétée dans laquelle le plongeaient les doses d'opium le tenait des heures affalé dans sa chambre, ou sur le fauteuil de la terrasse de la modeste pension qu'il continua à occuper à Papeete, tandis qu'on construisait pour lui à Punaauia, à une douzaine de kilomètres de la capitale, sur un petit lopin acquis à bas prix, une cabane en tiges de bambou et toit en feuilles de cocotier tressées, qu'il décora ensuite et meubla avec ce qui restait de son séjour antérieur, les rares choses qu'il avait apportées de France et d'autres achetées sur le marché de Papeete. Il coupa en deux avec un simple rideau la pièce unique, pour en faire d'une part sa chambre à coucher, d'autre part son atelier. Quand il monta son chevalet et disposa ses toiles et ses peintures, il se sentit plus vaillant. Pour avoir une bonne lumière, il ouvrit lui-même, avec difficulté en raison de sa douleur chronique à la cheville, une lucarne dans la toiture. Pourtant, il fut pendant plusieurs mois incapable de peindre. Il tailla des panneaux de bois qu'il suspendit aux cloisons de sa cabane et, quand sa douleur et ses démangeaisons aux jambes le lui permettaient — la maladie imprononçable était réapparue, avec une ponctualité astrale —, il faisait des sculptures, des idoles qu'il baptisait du nom des anciens dieux maoris : Hina, Oviri, les Ariori, Te Fatu, Ta'aora.

Tout ce temps-là, jour et nuit, lucide ou immergé dans la marée gélatineuse de son cerveau sous l'effet de l'opium, il pensait à Aline. Pas sa fille Aline — la seule, des cinq enfants qu'il avait eus de Mette, qu'il se rappelait parfois —, mais Aline Chazal, sa mère, devenue ensuite Mme Aline Gauguin, quand, à la mort de Flora, sa grand-mère, les amis politiques et intellectuels de cette dernière, soucieux d'assurer l'avenir de la jeune orpheline, l'avaient mariée, en 1847, au journaliste républicain Clovis Gauguin, son père. Mariage tragique, Koké, famille tragique que la tienne. La cascade de souvenirs s'était déchaînée le jour où Paul avait commencé à coller, l'une à côté de l'autre, sur les murs de son atelier flambant neuf de Punaauia, les photos de Port-Saïd. Le modèle qui, dans les bras d'une autre jeune fille nue comme elle, regardait le photographe en face, avait une de ces chevelures noires que les Parisiens appelaient « andalouses », et de grands yeux, immenses, langoureux, qui lui avaient rappelé quelqu'un. Sans savoir pourquoi, il s'était senti mal à l'aise. Mais quelques heures plus tard, il avait compris. Ta mère, Paul. La petite pute de la photo avait quelque chose des traits, des cheveux et des pupilles tristes d'Aline Gauguin. Il s'était mis à rire, mais avec angoisse. Pourquoi te souvenais-tu de ta mère, maintenant ? Cela ne lui était pas arrivé depuis 1888, quand il avait peint son portrait. Sept ans sans te souvenir d'elle et, maintenant, elle pesait sur ta conscience jour et nuit, comme une idée fixe. Et pourquoi avec ce sentiment, cette tristesse lancinante qui, durant des semaines et des mois, ne devaient pas te lâcher au début de ton second séjour à Tahiti ? Ce qui était étrange, ce n'était pas de se souvenir de sa mère morte depuis si longtemps, mais que ce souvenir fût imprégné de cette sensation de malheur et de tristesse.

Il avait appris la mort d'Aline Chazal, sa mère veuve, en 1867 — vingt-huit ans déjà, Paul ! —, dans un port indien, lors d'une escale du navire marchand *Le Chili*, où il travaillait comme pilotin. Aline était morte dans ce Paris lointain à quarante et un ans, le même âge qu'avait Flora à sa mort. Tu n'avais pas alors éprouvé ce déchirement que tu sentais maintenant. « Bon, répétais-tu en prenant un air de circonstance devant les condoléances des officiers et des matelots du *Chili*, nous devons tous mourir un jour. Aujourd'hui, ma mère. Nous, demain. »

Ne l'avais-tu jamais aimée, Paul ? Tu ne l'aimais pas quand elle était morte, c'est vrai. Mais tu l'avais beaucoup aimée, enfant, à Lima, chez l'oncle don Pío Tristán. Un de tes souvenirs les plus nets de ton enfance, c'était la beauté et la grâce de cette jeune veuve dans la grande bâtisse où vous viviez comme des rois, en plein quartier de San Marcelo, au centre de Lima, quand Aline Gauguin s'habillait à la façon d'une dame péruvienne, drapant son corps si fin dans une grande mantille brodée d'argent, et qu'à la façon des Liméniennes voilées, elle en recouvrait sa tête et la moitié de son visage en laissant un seul œil à découvert. Quel orgueil éprouvaient Paul et sa petite sœur María Fernanda quand la vaste tribu familiale des Tristán et des Echenique faisait l'éloge d'Aline Chazal, veuve Gauguin : « Qu'elle est mignonne ! On dirait une peinture, une apparition ! »

Où pouvait bien se trouver ce portrait que tu avais fait d'elle en 1888, en sollicitant ta mémoire et cette unique photo de ta mère que tu conservais, dans le désordre de ta malle ? Il n'avait jamais été vendu, à ta connaissance. Est-ce Mette qui l'avait conservé, à Copenhague ? Tu devrais le lui demander, dans ta prochaine lettre. Ou bien se trouvait-il parmi les toiles aux mains de Daniel, ou du bon Schuff ? Tu leur demanderais de te l'envoyer. Tu t'en souvenais dans le moindre détail : un fond jaune tirant sur le vert, comme dans les icônes russes, couleur qui faisait ressortir les longs et beaux cheveux noirs d'Aline Gauguin. Ils lui tombaient aux épaules en une courbe gracieuse et elle les retenait sur la nuque avec un ruban violet, disposé en forme de fleur japonaise.

De véritables cheveux d'Andalouse, Paul. Tu avais beaucoup travaillé pour que ses yeux soient conformes à ton souvenir : grands, noirs, curieux, un peu timides et assez tristes. Sa peau très blanche rosissait aux joues dès qu'on lui adressait la parole, ou qu'elle entrait dans une pièce pleine de gens qu'elle ne connaissait pas. La timidité et une discrète force d'âme étaient les traits saillants de sa personnalité, cette capacité à souffrir en silence sans protester, ce stoïcisme qui indignait tellement — c'est elle-même qui te l'avait raconté — ta grand-mère Flora, Madame-la-Colère. Tu étais sûr que ton *Portrait d'Aline Gauguin* montrait tout cela et faisait affleurer à la surface la tragédie prolongée que fut la vie de ta mère. Tu devais savoir ce qu'il était devenu et le récupérer, Paul. Il te tiendrait compagnie ici, à Punaauia, et tu ne te sentirais plus aussi seul, avec ces plaies ouvertes aux jambes et cette cheville que les stupides médecins de Bretagne t'avaient laissée en piteux état.

Pourquoi avoir peint ce portrait, en décembre 1888 ? Parce que tu avais appris, de la bouche de Gustave Arosa, dans cette ultime tentative avortée de rapprochement entre vous deux, ce répugnant procès ? Une révélation qui, après sa mort, t'avait réconcilié avec ta mère ; pas avec ton tuteur, mais avec elle. T'étais-tu vraiment réconcilié avec elle, Paul ? Non. Tu étais déjà si barbare que la connaissance du chemin de croix de ta mère quand elle était fillette — Gustave Arosa t'avait permis de lire tous les documents du procès, car il pensait qu'en partageant sa peine, tu deviendrais son ami — n'avait pas fait disparaître la rancœur qui te rongeait depuis qu'à votre retour de Lima, après avoir vécu quelques années à Orléans, chez l'oncle Zizi, Aline t'avait mis en pension au collège de curés de monseigneur Dupanloup, et s'en était allée à Paris. Où elle était devenue l'amante et la femme entretenue de Gustave Arosa, bien sûr ! Tu ne le lui avais jamais pardonné, Koké. Ni qu'elle t'ait laissé à Orléans, ni qu'elle soit devenue la maîtresse de Gustave Arosa, millionnaire, dilettante et collectionneur de peinture. Quelle sorte de sauvage étais-tu, hypocrite Paul ? En vérité tu étais pétri de préjugés bourgeois. « Je te pardonne maintenant, maman, rugit-il. Pardonne-moi toi aussi, si tu peux. » Il était complètement soûl et ses muscles brûlaient comme s'il y avait eu en chacun d'eux un petit enfer. Il se souvenait de son père, Clovis Gauguin, mort en haute mer pendant cette traversée en direction de Lima, alors qu'il fuyait la France pour raisons politiques, et enterré dans ce fantomatique Puerto Hambre, près du détroit de Magellan, où personne n'irait jamais déposer de fleurs sur sa tombe. Et d'Aline Gauguin, débarquant à Lima, veuve et avec deux enfants en bas âge, au comble du désespoir.

Ces jours-là, où il se sentait si désemparé, incapable de sortir de son faré à cause de ses douleurs à la cheville, il se rappelait la prophétie de sa mère, dans le testament où elle lui léguait ses rares tableaux et ses livres. Elle te souhaitait bonne chance dans ta carrière. Mais elle ajoutait une phrase qui te remplissait encore d'amertume : « car Paul s'est comporté de façon si antipathique avec tous mes amis que ce pauvre garçon finira par rester totalement seul. » La prophétie s'était accomplie au pied de la lettre, maman. Seul comme un loup, seul comme un chien. Ta mère avait deviné le sauvage que tu portais en toi, avant même que tu assumes ta véritable nature, Paul. Par ailleurs, ce n'était pas vrai que tu avais été un jeune homme aussi antipathique avec tous les amis d'Aline Gauguin. Seulement avec Gustave Arosa, ton tuteur. Avec lui, oui. Tu n'avais jamais pu lui sourire ni lui faire croire que tu l'aimais, pour affectueux qu'il se montrât envers toi, pour autant de cadeaux et de bons conseils qu'il te donnât, pour toute l'aide qu'il t'avait apportée au moment où, renonçant à la marine de commerce, tu avais voulu faire carrière dans le monde des affaires. Il t'avait fait entrer à l'agence de Paul Bertin pour tenter ta chance à la Bourse des Valeurs de Paris, et bien d'autres faveurs. Mais ce monsieur ne pouvait être ton ami parce que, s'il aimait ta mère, son devoir était de se séparer de sa femme et d'assumer publiquement son amour pour Aline Chazal, veuve Gauguin, au lieu d'en faire, clandestinement, sa maîtresse, pour la satisfaction sporadique de ses plaisirs. Bon, un sauvage ne devrait pas se préoccuper de ces stupidités. Quels préjugés étaient-ce là, Paul ? Il est vrai qu'alors tu n'étais pas encore un sauvage, mais un bourgeois qui gagnait sa vie à la Bourse de Paris et dont l'idéal était de devenir aussi riche que Gustave Arosa. Son grand éclat de rire fit trembler son lit et s'effondrer la moustiquaire, qui l'enveloppa, comme un poisson dans un filet.

Quand ses douleurs furent calmées, il fit des recherches sur Teha'amana, son ancienne vahiné. Elle s'était mariée à un jeune de Mataiea appelé Ma'ari et continuait à vivre dans ce village avec son nouvel époux. Quoique sans espoir, Paul lui envoya un message par l'intermédiaire du garçon qui nettoyait l'église protestante de Punaauia, en la priant de revenir auprès de lui et en lui promettant beaucoup de cadeaux. À sa grande surprise et à sa grande joie, au bout de quelques jours Teha'amana apparut à la porte de son faré. Elle portait un petit ballot avec ses vêtements, comme la première fois. Elle le salua comme si elle l'avait quitté la veille : « Bonjour, Koké. »

Elle avait grossi mais était toujours une belle jeune femme pleine de grâce, au corps sculptural, aux seins, aux fesses et au ventre plantureux. Son arrivée le réjouit au point qu'il se sentit mieux. Ses douleurs à la cheville disparurent et il se remit à peindre. Mais la réconciliation avec Teha'amana fut de courte durée. La jeune femme ne pouvait dissimuler le dégoût que lui provoquaient les plaies de Paul, bien que ce dernier bandât toujours ses jambes, après les avoir frottées d'un onguent à base d'arsenic qui atténuait les démangeaisons. Faire l'amour avec elle était, maintenant, une parodie de ces fêtes du corps qu'il se rappelait. Teha'amana se refusait, cherchait des prétextes et, quand il n'y avait pas moyen d'y échapper, Paul voyait — devinait — sa grimace de dégoût en se prêtant à un simulacre où la répugnance lui ôtait tout plaisir. Il eut beau la combler de cadeaux et lui jurer que cet eczéma était une infection passagère, qui allait bientôt guérir, l'inévitable se produisit : un matin Teha'amana, son baluchon sur le dos, partit sans faire ses adieux. Quelque temps après, Paul apprit qu'elle vivait à nouveau avec Ma'ari, son époux, à Mataiea. «Quel homme heureux!» C'était une femme exceptionnelle qu'il ne serait pas facile de remplacer, Koké.

En effet. S'il est vrai que des gamines espiègles du voisinage, après leurs cours de catéchisme dans les églises protestante et catholique de Punaauia — équidistantes de son faré —, venaient parfois le voir peindre ou sculpter, amusées par cette espèce de géant à demi nu entouré de pinceaux, de pots de peinture, de toiles et de morceaux de bois à moitié dégrossis, et qu'il parvenait à en entraîner l'une ou l'autre dans sa chambre et à jouir d'elle tout à fait ou à moitié, aucune n'acceptait, comme il le leur proposait, d'être sa vahiné. Ce manège de gamines lui occasionna un conflit, d'abord avec le curé catholique, le père Damien, et ensuite avec le pasteur, le révérend Riquelme. Tous deux vinrent, chacun à son tour, lui reprocher sa conduite licencieuse, immorale, corruptrice des petites indigènes. Tous deux le menacèrent : cela pourrait lui valoir des problèmes avec la justice. Il répondit au pasteur et au curé que rien ne lui plairait plus que d'avoir une compagne permanente, parce que ces badineries lui faisaient perdre son temps. Mais voilà, il était un homme avec des besoins. S'il ne faisait pas l'amour, son inspiration s'évanouissait. Aussi simple que ça, messieurs.

Ce n'est que six mois après le départ de Teha'amana qu'il trouva une autre vahiné : Pau'ura. Elle avait — naturellement — quatorze ans. Elle habitait près du village et faisait partie de la chorale catholique. Après ses répétitions de l'après-midi, elle était allée deux ou trois fois au faré de Koké. Elle contemplait un long moment, avec de petits rires étouffés, les cartes postales pornographiques punaisées sur un mur de l'atelier. Paul lui fit des cadeaux et alla lui acheter un paréo à Papeete. Finalement, Pau'ura accepta d'être sa vahiné et vint vivre au faré. Elle n'était pas aussi belle, aussi vive ni aussi ardente au lit que Teha'amana et, à la différence de celle-ci, elle négligeait les tâches domestiques car, au lieu de faire le ménage ou de cuisiner, elle courait jouer avec les fillettes du village. Mais cette présence féminine dans son faré, surtout la nuit, lui fit du bien et calma l'anxiété qui l'empêchait de dormir. Sentir la respiration régulière de Pau'ura, apercevoir dans l'ombre la masse de son corps vaincu par le sommeil, l'apaisait, lui rendait une certaine assurance.

Qu'est-ce qui te tenait éveillé de la sorte ? Pourquoi cet énervement constant ? Ce n'était pas d'avoir épuisé l'héritage de l'oncle Zizi et les maigres francs de la vente à Drouot. Tu avais pris l'habitude de vivre sans argent, cela ne t'avait jamais empêché de dormir. Ce n'était pas, non plus, la maladie imprononçable. Parce que maintenant, après l'avoir tourmenté si longtemps, ses plaies s'étaient refermées une fois de plus, et la douleur de la cheville était devenue supportable. Alors c'était quoi ?

C'était de penser à son père, proscrit politique que son cœur avait lâché au milieu de l'Atlantique alors qu'il fuyait la France pour le Pérou, et de se rappeler le *Portrait d'Aline Gauguin*. Où se trouvait ce tableau ? se répétait-il derechef. Ni Daniel de Monfreid, ni le bon Schuff ne le détenaient, ils ne l'avaient même pas vu. C'est Mette, donc, qui le cachait à Copenhague. Mais sa femme, dans la seule lettre qu'il avait reçue d'elle depuis son retour à Tahiti, ne disait mot de ce portrait, bien qu'il lui en ait demandé des nouvelles dans deux précédentes lettres. Il s'enquit une troisième fois. Quand recevrais-tu sa réponse, Paul ? Six mois d'attente au moins. Le pessimisme le gagna : tu ne le reverrais jamais plus. L'image d'Aline Gauguin, qui ne quittait pas ton esprit, devint une autre plaie.

C'est l'Aline Chazal en chair et en os, pas seulement son image, qui le harcelait. Pourquoi ta mémoire revenait-elle sans cesse sur les malheurs qui avaient jalonné la vie du seul enfant, sur les trois de ta grand-mère, qui eût survécu ? Il aurait été préférable qu'elle ne survécût pas, qu'elle mourût comme ses deux petits frères, la malheureuse fille de Flora Tristan, ex-Chazal.

Lors de cette dernière réunion avec son tuteur, Paul avait vu les yeux de Gustave Arosa s'emplir de larmes à l'évocation du calvaire d'Aline Chazal, qu'il connaissait sur le bout des doigts. Cela avait confirmé ses soupçons sur les relations de sa mère avec le millionnaire. Elle, si laconique, si jalouse de ses secrets, à qui sinon à un amant aurait-elle confié cette dégradante histoire ? Tu pensais à cela, tandis que tu apprenais les détails macabres de la vie d'Aline Gauguin, et, au lieu de pleurer comme ton tuteur, tu te morfondais de jalousie et de honte. Maintenant, en revanche, dans cette nuit tiède, sans vent, parfumée par les arbres et les plantes, avec cette grande lune jaune à la lumière semblable à celle que tu avais mise en arrière-plan du tableau d'Aline Gauguin, tu avais envie de pleurer toi aussi. Sur toi, sur le malheureux journaliste Clovis Gauguin, mais surtout sur ta mère. Une enfance fort triste que la sienne, pour sûr. Penser qu'elle était née quand ta grand-mère Flora s'était déjà enfuie de chez ton grand-père — car cette bête maligne, André Chazal, cette hyène répugnante, était ton grand-père, même si ton sang se glaçait à devoir l'admettre — et avait passé ses premières années d'enfance à fuir et se cacher, sans savoir ce qu'était un foyer ni une famille, dans des pensions, des petits hôtels, des auberges de malheur, sous les jupes de ta fougueuse grand-mère Flora, toujours fuyant, toujours échappant aux poursuites du mari délaissé, ou, encore pire, abandonnée à des nourrices paysannes ! Cette fille sans père et sans mère avait dû connaître une enfance déprimante. Quand ta grand-mère Flora était allée au Pérou, restant absente deux ans, à séjourner à Arequipa, Lima et à traverser les océans, elle avait laissé Aline oubliée chez une dame charitable de la campagne d'Angoulême, qui avait eu pitié d'elle, comme Flora Tristan le racontait elle-même dans ses *Pérégrinations d'une paria*. À quel point tu regrettais de ne pas avoir ces mémoires ici avec toi, Paul !

À son retour en France, Flora avait repris sa petite Aline, qui n'eut sa mère à elle que trois courtes années à peine. Mais enfin, Gustave Arosa le disait et ce devait être la vérité, car Aline elle-même le lui avait dit : cette période, quand ta grand-mère Flora était rentrée du Pérou et avait tiré ta mère d'Angoulême pour l'emmener avec elle à Paris, dans cette maisonnette au 42, rue du Cherche-Midi, et l'inscrire, comme externe, dans un collège pour filles de la rue d'Assas, toute proche, avait été le meilleur moment de sa vie, le seul où Aline avait joui de sa mère, d'un foyer, de cette chaude routine qui ressemblait à une vie normale. Jusqu'au 31 octobre 1835, où avait commencé ce cauchemar qui ne s'achèverait que trois ans plus tard, avec le coup de pistolet de la rue du Bac. Ce jour-là, accompagnée d'une domestique, Aline Chazal revenait du collège à la maison. Un homme mal habillé et pris de boisson, les yeux rougis lui sortant de la tête, l'avait arrêtée en pleine rue. Il avait d'une gifle écarté la bonne terrorisée et fait entrer Aline de force dans la voiture qui l'attendait, en criant : « Une fille comme toi doit vivre avec son père, un homme de bien, et non avec cette femme perdue qu'est ta mère. Apprends que je suis ton père, André Chazal. » 31 octobre 1835 : début de l'enfer pour Aline.

« En voilà une façon d'apprendre l'existence de son géniteur ! avait dit Gustave Arosa, bouleversé. Ta mère avait à peine dix ans et c'était la première fois qu'elle voyait André Chazal. » Cela avait été le premier enlèvement, des trois subis par la fillette. Ces séquestrations firent d'elle l'être triste, mélan-

colique et meurtri qu'elle fut toujours et que tu
avais peint dans ce portrait perdu, Paul. Mais,
pire que ce rapt, que cette façon cynique et bru-
tale de se présenter à Aline, il y avait les motifs de
l'enlèvement, les raisons qui poussèrent ce déchet
humain à la séquestrer. La cupidité ! L'argent !
L'espoir d'une rançon avec l'or imaginaire du
Pérou ! D'où venaient la rumeur, le mythe qui
firent penser à ce crève-la-faim, ton grand-père
André Chazal, que la femme qui l'avait abandonné était revenue du Pérou les poches pleines
des richesses des Tristán d'Arequipa ? Il ne l'avait
pas enlevée par amour paternel, ni par orgueil de
mari vexé. Mais pour faire pression sur ta grand-
mère Flora et la dépouiller des richesses imaginaires qu'elle aurait rapportées d'Amérique du
Sud. « Il n'y a pas de limites à la vilenie, à la bas-
sesse, chez certains êtres humains », avait pro-
testé Gustave Arosa. La conduite d'André Chazal
avait été, en effet, celle des pires spécimens de la
vie animale : les corbeaux, les vautours, les cha-
cals, les vipères. Ce misérable avait la loi de son
côté, la femme qui désertait le foyer familial était,
pour la morale bigote du royaume de Louis-
Philippe, aussi indigne qu'une putain, et avec
moins de droits que les putains à faire appel à la
légalité.

Comme elle s'était bien comportée en cette
occasion, Madame-la-Colère, hein, Paul ? C'est le
genre de choses qui te faisaient éprouver soudain
une admiration illimitée, une solidarité viscérale,
pour cette grand-mère morte quatre ans avant ta
naissance. Elle devait être brisée, en miettes,

après la séquestration de sa fille. Mais elle n'avait pas perdu sa présence d'esprit. Et, en l'espace d'un mois, par l'intermédiaire de ses parents maternels, les Laisney (principalement son oncle, le commandant Laisney), elle avait combiné une rencontre avec son mari. Parce que le ravisseur d'Aline restait son mari devant la loi. La réunion eut lieu à Versailles, quatre semaines après l'enlèvement, chez le commandant Laisney. Tu imaginais aisément la scène et tu avais même une fois gribouillé des esquisses la représentant. La froide discussion, les reproches, les cris. Et soudain la magnifique grand-mère jetant un pot de fleurs — une marmite ? une chaise ? — à la tête de Chazal, puis profitant de la confusion pour prendre Aline par la main et s'enfuir avec elle dans les rues désertes et trempées de Versailles. Une pluie providentielle avait facilité sa fuite. Quelle grand-mère tu avais là, Koké !

À partir de ce superbe sauvetage, dans la mémoire de Paul cette histoire s'embrouillait, s'épaississait et se répétait, comme dans un mauvais rêve. Dénoncée, poursuivie, la grand-mère Flora allait de commissariat en commissariat, de juge en juge, de tribunal en tribunal. Comme le scandale fait le prestige des plaideurs, un jeune avocat ambitieux et vil, promis à une carrière politique, Jules Favre, allait assumer la défense d'André Chazal, au nom de l'Ordre, de la Famille chrétienne, de la Morale, en s'employant à plonger dans le discrédit la déserteuse du foyer, la mère indigne, l'épouse infidèle. Et la fillette dans tout cela ? Qu'arrivait-il à ta mère, tout ce temps-là ? Elle était placée par les juges dans des internats disciplinaires, où Chazal et ta grand-mère Flora ne pouvaient lui rendre visite, séparément, qu'une fois par mois.

Le 28 juillet 1836, Aline fut séquestrée pour la seconde fois. Son père l'avait tirée de force de l'internat régenté par Mlle Durocher, 5, rue d'Assas, et enfermée, en secret, dans un pensionnat sordide, rue du Paradis-Poissonnière. « Imagines-tu l'état d'esprit de cette fillette soumise à tant de bouleversements, Paul ? » pleurnichait Gustave Arosa. Au bout de sept semaines, Aline s'échappa de cette prison, en se glissant d'une fenêtre au moyen de draps noués, et parvint jusque chez la grand-mère Flora, qui vivait déjà rue du Bac. La fillette put jouir deux mois de la maison de sa mère.

Car Chazal, avec l'aide de l'avocaillon Jules Favre, obtint que la justice et la police se mettent en chasse de l'enfant, au nom de l'autorité paternelle. Le 20 novembre 1836, Aline fut enlevée pour la troisième fois, et par un commissaire, à la porte de chez elle, pour être rendue à son père. En même temps, le procureur du roi et le juge faisaient savoir à ta grand-mère Flora que toute tentative de ravir Aline à son père signifierait pour elle la prison.

On en venait maintenant à la partie la plus sale et la plus nauséabonde de l'histoire. Si sale et nauséabonde que, ce soir-là, quand Gustave Arosa, croyant se gagner ainsi tes bonnes grâces, t'avait montré la petite lettre d'avril 1837 que la fillette avait fait parvenir à ta grand-mère Flora

cinq mois après avoir été séquestrée pour la troisième fois, tu n'avais pas plus tôt commencé à la
lire que tu avais fermé les yeux, malade de
dégoût, et l'avais rendue à ton tuteur. Cette lettre
avait figuré au procès, elle avait été publiée dans
les journaux, et jointe au dossier judiciaire; elle
avait délié les langues et alimenté les ragots dans
les salons et les potinières du tout Paris. André
Chazal habitait un taudis sordide, à Montmartre.
La fillette, désespérée, en faisant des fautes
d'orthographe à chaque phrase, suppliait sa mère
de venir la délivrer. Elle avait peur, mal, était
prise de panique chaque soir quand son père
— « M. Chazal », disait-elle —, généralement soûl,
la faisait coucher nue avec lui dans le seul lit de la
pièce et que, lui-même nu, il la serrait dans ses
bras, l'embrassait, se frottait contre elle, et lui
demandait de le serrer et de l'embrasser elle aussi.
Si sale, si nauséabonde, que Paul préférait se voi-
ler la face devant cet épisode et la plainte qu'avait
déposée sa grand-mère Flora contre André Chazal, pour viol et inceste. Terribles accusations qui
avaient provoqué, comme on pouvait s'y attendre,
un scandale, mais qui, grâce à l'art consommé de
cet autre fauve, celui du barreau, Jules Favre,
n'avaient valu que quelques semaines de prison
au violeur incestueux, car, malgré les indices le
condamnant, le juge avait décrété qu'on « n'avait
pu prouver de façon catégorique le fait matériel
de l'inceste ». La sentence condamnait la fillette,
une fois de plus, à vivre séparée de sa mère, dans
un internat.

Avais-tu traduit tous ces drames teintés de

Grand-Guignol dans le *Portrait d'Aline Gauguin*, Paul ? Tu n'en étais pas sûr. Tu voulais récupérer cette toile pour le vérifier. Était-ce un chef-d'œuvre ? Oui, peut-être. Le regard de ta mère dans ce tableau, tu t'en souvenais, dégageait, malgré sa timidité congénitale, un feu tranquille, profond, aux reflets bleutés, qui transperçait le spectateur et allait se perdre en un point indéterminé du vide. « Que regardes-tu dans mon tableau, maman ? — Ma vie, ma pauvre et misérable vie, mon fils. Et la tienne aussi, Paul. J'aurais voulu qu'à la différence de ce qui est arrivé à ta grand-mère, à moi, à ton pauvre père mort en pleine mer et que nous avons enterré en ce bout du monde, tu aies une autre vie. Comme une personne normale, tranquille, assurée, qui ne connaît ni la faim, ni la peur, ni la fuite, ni la violence. Il n'a pu en être ainsi. Je t'ai légué ma malchance, Paul. Pardonne-moi, mon fils. »

Quand, un moment plus tard, les sanglots de Koké réveillèrent Pau'ura, celle-ci lui demanda pourquoi il pleurait ainsi. Il lui mentit :

— Ce sont mes jambes qui me brûlent à nouveau et, quel malheur ! il ne me reste plus d'onguent.

Il te sembla que la lune, la rayonnante Hina, la déesse des Ariori, les anciens Maoris, suspendue au ciel de Punaauia et brillant au milieu des feuilles entrelacées de l'encadrement de la fenêtre, s'attristait elle aussi.

Il ne restait quasiment plus rien de l'héritage de l'oncle Zizi et de l'argent apporté de Paris. Ni Daniel, ni Schuff, ni Ambroise Vollard ni les autres galeristes chez qui tu avais laissé peintures et sculptures en France ne donnaient signe de vie. Ton correspondant le plus fidèle était, toujours, Daniel de Monfreid. Mais il ne trouvait d'acheteur pour aucune de tes toiles, aucune sculpture, pas même pour un misérable croquis. Les vivres commençaient à manquer et Pau'ura se plaignait. Paul proposa au Chinois, qui tenait la seule épicerie de Punaauia, un troc : il lui donnerait des dessins et des aquarelles pour le nourrir, lui et sa vahiné, en attendant qu'arrive l'argent de France. L'épicier finit, à contrecœur, par accepter.

Au bout de quelques semaines, Pau'ura vint lui dire que le Chinois, au lieu de ranger ses dessins, de les suspendre aux murs ou d'essayer de les vendre, les utilisait à envelopper sa marchandise. Elle lui montra les restes d'un paysage de manguiers de Punaauia, taché, froissé et souillé d'écailles de poisson. Boitant et s'appuyant sur la canne qui lui servait maintenant pour le moindre déplacement, même à l'intérieur du faré, Paul se rendit chez l'épicier et lui reprocha violemment son manque de sensibilité. Il haussa tant la voix que le Chinois menaça de le dénoncer aux gendarmes. Dès lors, Paul étendit sa haine de l'épicier de Punaauia à tous les Chinois de Tahiti.

Ce n'était pas seulement le manque d'argent et les misères physiques qui l'exacerbaient, le mettant toujours au bord de la crise de rage. C'était aussi le souvenir obsédant de sa mère et de ce portrait dont il ne restait aucune trace. Où avait-il bien pu finir? Et pourquoi la disparition de cette toile — tu en avais égaré tellement sans te tracasser le moins du monde — te plongeait-elle dans l'abattement, l'esprit peuplé de mauvais présages? Serais-tu en train de devenir fou, Paul?

Il resta longtemps sans peindre, se bornant à tracer quelques esquisses sur ses cahiers et à sculpter de petits masques. Il le faisait sans conviction, distrait par ses soucis et ses ennuis de santé. Il eut une inflammation à l'œil gauche, qui larmoyait tout le temps. Le pharmacien de Papeete lui donna des gouttes pour la conjonctivite, qui se révélèrent totalement inefficaces. Comme la vision de cet œil irrité avait beaucoup diminué, il s'effraya : allais-tu devenir aveugle? Il alla en consultation à l'hôpital Vaiami et le médecin, le docteur Lagrange, le fit hospitaliser. De là, Paul écrivit aux Molard, ses voisins de la rue Vercingétorix, une lettre pleine d'amertume, où il leur disait : « Le mauvais sort m'a poursuivi depuis l'enfance. Je n'ai jamais eu de chance, jamais de joies. Toujours l'adversité. C'est pourquoi je crie : Dieu, si tu existes, je t'accuse d'injustice et de méchanceté. »

Le docteur Lagrange, qui séjournait depuis longtemps dans les colonies françaises, n'avait jamais eu de sympathie pour lui. Ce quinquagénaire était bien trop bourgeois et sérieux — début de calvitie, lorgnons sans monture posés sur la pointe du nez, col dur et nœud papillon malgré la chaleur de Tahiti — pour s'entendre avec ce bohème, aux mœurs déréglées, qui vivait en concubinage avec des indigènes, et sur qui circulaient les pires histoires dans tout Papeete. Mais c'était un médecin consciencieux, qui le soumit à de rigoureux examens. Son diagnostic ne prit pas Paul au dépourvu. L'inflammation de l'œil était une autre manifestation de la maladie imprononçable. Celle-ci avait évolué vers une étape plus grave, comme l'indiquaient l'éruption et la suppuration de ses jambes. Cela allait-il, donc, empirer ? Jusqu'à quand, docteur ?

— C'est une maladie de longue haleine, répondit le médecin de façon évasive. Vous le savez. Suivez le traitement sans vous écarter d'un iota. Et attention au laudanum, ne dépassez pas la dose que je vous ai indiquée.

Le médecin hésita. Il voulait ajouter quelque chose, mais n'osait pas, craignant sans doute ta réaction, car tu t'étais fait à Papeete une réputation d'homme violent.

— Je suis un homme capable d'encaisser de mauvaises nouvelles, l'encouragea Paul.

— Vous savez aussi que c'est une maladie très contagieuse, murmura le médecin, en se mouillant les lèvres de la pointe de sa langue. Surtout si vous avez des relations sexuelles. Dans ce cas, la transmission du mal est inévitable.

Paul fut sur le point de lui répondre par une grossièreté, mais il se contint, pour ne pas aggraver les problèmes qu'il avait déjà. Au bout de huit jours d'hôpital, l'administration lui présenta une facture de cent dix-huit francs, en l'avertissant que s'il ne l'honorait pas immédiatement, le traitement serait interrompu. Ce soir-là, il s'échappa de sa chambre par une fenêtre et gagna la rue en sautant la grille. Il retourna à Punaauia avec la patache. Pau'ura lui annonça qu'elle était enceinte, de quatre mois. Elle lui raconta aussi que le Chinois de l'épicerie, en représailles de ses cris, avait fait courir dans le village le bruit que Paul avait la lèpre. Les voisins, effrayés par cette maladie qui terrifiait tout le monde, se concertaient pour demander aux autorités de le chasser du village, de l'enfermer dans une léproserie ou d'exiger de lui qu'il s'éloigne des centres peuplés de l'île. Le père Damien et le révérend Riquelme les appuyaient car, tout en ne croyant sans doute pas les bobards du Chinois, ils voulaient profiter de l'occasion pour débarrasser le hameau d'un homme de luxure et d'impiété.

Rien de tout cela ne l'effraya ni ne le préoccupa outre mesure. Il passait le plus clair de la journée étendu dans son faré, plongé dans une torpeur qui vidait son esprit de tout souvenir, de toute nostalgie. Comme sa seule source d'approvisionnement s'était tarie, Pau'ura et lui se nourrissaient de mangues, de bananes, de noix de coco et de fruits de l'arbre à pain, qu'elle allait cueillir aux environs, ainsi que du poisson offert par ses amies, en cachette de leur famille.

Paul avait alors, enfin, oublié le portrait de sa mère. Mais il avait remplacé Aline Gauguin par une autre obsession : la conviction que la société secrète des Ariori existait encore. Il avait lu des choses sur elle dans le livre du consul Moerenhout traitant des anciennes croyances des Maoris, que lui avait prêté le colon Auguste Goupil. Et un beau jour le voilà affirmant à droite et à gauche

206

que les indigènes de Tahiti maintenaient clandestinement l'existence de cette société mythique,
qu'ils défendaient jalousement contre les étrangers, européens ou chinois. Pau'ura lui disait que
c'étaient des visions ; les Maoris du cru qui
venaient encore lui rendre visite lui assuraient
qu'il délirait. Cette société secrète des Ariori, ces
dieux et seigneurs des anciens Tahitiens, ils n'en
avaient jamais entendu parler. Et les rares Maoris au courant lui jurèrent qu'il n'y avait plus
aucun indigène pour croire à de semblables vieil-
leries, ensevelies dans un brumeux passé. Mais
Paul, en homme têtu et aux idées fixes, n'en
démordait pas et divagua jour et nuit, des mois
durant, sur ce thème des Ariori. Et se mit à
sculpter des idoles et des statues de bois et à
peindre des toiles inspirées par ces personnages
fabuleux. Les Ariori lui avaient rendu l'envie de
peindre.

« Ils me trompent », pensais-tu. Ils voyaient
toujours en toi un Européen, un *popa'a*, non le
barbare que tu étais désormais dans l'âme. De
maigres décennies de colonisation française ne
pouvaient avoir effacé des siècles de croyances, de
rites, de mythes. Il était inévitable que, dans un
mouvement défensif, les Maoris eussent caché
cette tradition religieuse dans une catacombe spirituelle, hors d'atteinte de pasteurs protestants et
de curés catholiques, ennemis de leurs dieux. La
société secrète des Ariori, qui avait fait vivre aux
Maoris de toutes les îles leur période la plus glo-
rieuse, était vivante. Ils devaient se réunir au plus
profond des forêts pour célébrer leurs anciennes

danses et chanter, s'exprimant toujours au travers de tatouages qui, quoique pas aussi élaborés ni mystérieux que ceux des îles Marquises, fleurissaient aussi à Tahiti, en dépit de l'interdiction, à l'abri des paréos. Ces tatouages révélaient, à qui savait les lire, la position de l'individu dans la hiérarchie des Ariori. Quand Paul commença à affirmer qu'au fond silencieux des bois on pratiquait encore la prostitution sacrée, l'anthropophagie et les sacrifices humains, les gens de Punaauia laissèrent entendre que, s'il était peut-être faux que le peintre eût la lèpre, il était probable qu'il avait perdu la raison. Ils finirent par rire de lui quand il leur demandait, en les implorant parfois, et souvent furieux, de lui révéler le secret des tatouages et de l'initier à la société des Ariori. Koké avait prouvé qu'il en était digne, Koké était déjà devenu un Maori.

Une lettre de Mette porta un coup final à ce sinistre épisode. Une lettre sèche, froide, écrite voici deux mois et demi : leur fille Aline, peu après son vingtième anniversaire, était morte ce mois de janvier, des suites d'une pneumonie contractée à cause du froid qu'elle avait pris à la sortie d'un bal, à Copenhague.

— Je sais maintenant pourquoi, depuis mon retour d'Europe, j'ai été poursuivi par le souvenir de ma mère et de son portrait, dit Paul à Pau'ura, la lettre de Mette dans les mains. C'était un signe. Ma fille s'appelait Aline en souvenir d'elle. Elle était comme elle, aussi délicate et timide. J'espère qu'elle n'aura pas souffert autant dans son enfance que l'autre Aline Gauguin.

— J'ai faim, l'interrompit Pau'ura en se touchant l'estomac, d'un air comique. On ne peut vivre sans manger, Koké. Tu ne vois pas comme tu es maigre? Il faut faire quelque chose pour manger

IX

LA TRAVERSÉE

Avignon, juillet 1844

Alors qu'elle faisait ses valises pour se rendre de Saint-Étienne à Avignon, fin juin 1844, un événement désagréable obligea Flora à modifier ses plans. Un journal progressiste de Lyon, *Le Censeur*, l'avait accusée d'être un « agent secret du gouvernement », chargée de parcourir le sud de la France avec pour mission de « châtrer les ouvriers » en leur prêchant le pacifisme, et d'informer la monarchie sur les activités du mouvement révolutionnaire. La page calomnieuse incluait un encart du directeur, M. Rittiez, exhortant les travailleurs à redoubler de vigilance pour ne pas tomber « dans le jeu pharisien des faux apôtres ». Le comité de l'Union ouvrière de Lyon lui demanda de venir personnellement réfuter ces mensonges.

Flora, indignée par cette infamie, le fit aussitôt. Elle fut reçue, à Lyon, par le comité au grand complet. Au milieu de sa contrariété, elle fut émue de revoir Éléonore Blanc, qu'elle sentit trembler dans ses bras, le visage baigné de larmes. Dans sa chambre d'hôtel, elle lut et relut les délirantes accusations. D'après *Le Censeur*, on avait découvert sa duplicité quand étaient parvenus aux mains du procureur du roi les objets saisis par le commissaire de Lyon, M. Bardoz, à l'hôtel de Milan; parmi eux, soi-disant, la copie d'un rapport envoyé par Flora Tristan aux autorités sur ses rencontres avec des dirigeants ouvriers.

La surprise et la colère ne lui permirent pas de fermer l'œil, malgré l'eau de fleur d'oranger qu'Éléonore Blanc l'avait obligée à boire à petites gorgées, au moment de se coucher. Le lendemain, après avoir vidé une tasse de thé, elle alla s'installer à la porte du *Censeur*, en exigeant de voir le directeur. Elle avait demandé à ses camarades du comité de la laisser seule, car si Rittiez la voyait accompagnée, il refuserait sûrement de la recevoir.

M. Rittiez, que Flora avait connu incidemment lors de son précédent séjour à Lyon, la fit attendre près de deux heures, dans la rue. Quand il la reçut, très prudent ou très lâche, il était entouré de sept rédacteurs, qui restèrent dans la pièce bondée envahie de fumée tout le temps de l'entrevue, appuyant leur patron si servilement que Flora en eut la nausée. Et dire que ces pauvres diables appartenaient au journal progressiste de Lyon!

Ce Rittiez, ex-élève accompli des jésuites, qui glissait comme une anguille quand Flora l'interrogeait sur ses informations mensongères, croyait-il l'intimider avec ces sept hommes de main roulant des mécaniques? Elle eut envie de lui dire, d'emblée, que onze ans plus tôt, alors qu'elle était une jeune femme inexpérimentée de trente ans, elle avait passé cinq mois sur un bateau, seule au milieu de dix-neuf hommes, sans se sentir le moins du monde impressionnée par tant de pantalons, de sorte que maintenant, à quarante et un ans et avec l'expérience acquise, ces sept larbins intellectuels, couards et calomniateurs, au lieu de l'effrayer, renforçaient sa combativité.

Au lieu de répondre à ses protestations (« D'où tenez-vous ce monstrueux mensonge que je serais une espionne ? » « Où est la prétendue preuve trouvée dans mes papiers par ce commissaire Bardoz, alors que j'ai en main la liste, paraphée par lui, de tout ce qui m'a été confisqué puis rendu par la police, et que rien de cela n'y figure ? » « Comment votre journal ose-t-il calomnier de la sorte quelqu'un qui met toute son énergie à lutter pour les ouvriers ? »), M. Rittiez se bornait à répéter sans cesse, tel un perroquet, en gesticulant comme s'il était au parlement : « Je ne calomnie pas. Je combats vos idées, parce que le pacifisme désarme les ouvriers et retarde la révolution, madame. » Et de temps en temps, il lui reprochait un autre mensonge : d'être phalanstérienne et, en tant que telle, de préconiser une collaboration entre patrons et ouvriers qui ne servait que les intérêts du capital.

Ces deux heures de discussion absurde — un dialogue de sourds —, tu te les rappellerais ensuite, Florita, comme l'épisode le plus déprimant de toute ta tournée dans la France intérieure. C'était très simple. Rittiez et sa cour de plumitifs n'avaient été ni surpris ni abusés, ils avaient construit de toutes pièces la fausse information. Peut-être par envie, en raison du succès obtenu à Lyon, ou parce que te discréditer en t'accusant d'être une espionne était la meilleure façon de liquider tes idées révolutionnaires, avec lesquelles ils étaient en désaccord. Ou bien leur haine était-elle dirigée contre la femme que tu étais ? Il leur était insupportable qu'une femelle fît ce travail rédempteur, alors que c'était, à leurs yeux, une affaire de mâles. Et c'étaient des gens qui se disaient progressistes, républicains, révolutionnaires, qui commettaient pareille vilenie. Durant ces deux heures de discussion, Flora ne réussit pas à faire dire à M. Rittiez d'où il avait tiré la nouvelle diffusée par *Le Censeur*. Fatiguée, elle partit en claquant la porte et en menaçant d'intenter au journal un procès en diffamation. Mais le comité de l'Union ouvrière l'en dissuada : *Le Censeur*, quotidien d'opposition au régime monarchique, jouissait d'un grand prestige et un procès judiciaire contre lui porterait préjudice au mouvement populaire. Il valait mieux contrecarrer la fausse information par des démentis publics.

C'est ce qu'elle fit les jours suivants, tenant des réunions dans des ateliers et des associations, et rendant visite à tous les autres journaux, jusqu'à obtenir qu'au moins deux d'entre eux publient ses lettres de rectification. Éléonore ne la quitta pas d'une semelle, lui prodiguant des marques de tendresse et de dévouement qui touchaient Flora

Quelle chance d'avoir connu pareille fille, quel bonheur que l'Union ouvrière puisse compter à Lyon sur une jeune femme si idéaliste et si résolue.

L'agitation et les contrariétés contribuèrent à affaiblir son organisme. Dès le second jour de son retour à Lyon, elle commença à se sentir fiévreuse, avec des tremblements dans le corps et un estomac tout retourné qui la fatiguaient énormément. Mais son activité frénétique ne se ralentit pas pour autant. Elle accusait partout Rittiez de semer, dans les colonnes de son journal, la discorde au sein du mouvement populaire.

La fièvre lui donnait des insomnies. C'était curieux. Tu te sentais, onze ans après, comme pendant ces cinq mois sur *Le Mexicain*, quand, sur ce navire que commandait le capitaine Zacharie Chabrié, tu avais traversé l'Atlantique, et, doublant le cap Horn, remonté le Pacifique en direction du Pérou, à la rencontre de tes parents paternels, avec l'espoir, non seulement qu'ils t'accueilleraient à bras ouverts et te donneraient un nouveau foyer, mais qu'ils te remettraient le cinquième de l'héritage de ton père. Ainsi seraient résolus tous tes problèmes économiques, tu sortirais de la pauvreté et pourrais élever tes enfants, mener une existence tranquille, à l'abri du besoin et des dangers, sans redouter de tomber entre les griffes d'André Chazal. De ces cinq mois en haute mer, dans la minuscule cabine où tu pouvais à peine écarter les bras, entourée de dix-neuf hommes — marins, officiers, cuisinier, mousse, armateur et quatre passagers —, tu te rappelais

214

cet atroce mal de mer qui, comme maintenant à Lyon les coliques hépatiques, te suçait ton énergie, perturbait ton équilibre et ton ordre mental, et te plongeait dans la confusion et l'insécurité. Tu vivais maintenant comme alors, sûre de t'effondrer à tout moment, incapable de te tenir droite, de te déplacer au rythme des tangages asymétriques du sol que tu foulais.

Zacharie Chabrié s'était conduit en parfait gentilhomme breton, comme Flora l'avait deviné en faisant sa connaissance dans ce garni parisien. Il multipliait les attentions, lui apportant lui-même dans sa cabine ces infusions censées lutter contre les nausées, et lui avait fait installer un petit lit sur le pont, près des cages à poules et des caisses de légumes, parce qu'au grand air le mal de mer s'atténuait, et que Flora connaissait ainsi des intervalles de paix. Il n'y avait pas que le capitaine Chabrié à se dépenser sans compter pour elle. Le second à bord aussi, Louis Briet, un autre Breton. Et même l'armateur, Alfred David, qui jouait les cyniques et émettait des opinions farouchement négatives sur le genre humain en prédisant la catastrophe, eh bien! devenait avec elle tout sucre tout miel et se montrait serviable et sympathique. Tous sur le brick, du capitaine au moussaillon, des passagers péruviens au cuisinier provençal, firent l'impossible pour te rendre la traversée agréable, malgré le martyre du mal de mer.

Mais rien ne tourna comme tu l'espérais, Florita. Tu ne regrettais pas d'avoir fait ce voyage, au contraire. C'est grâce à cette expérience que tu étais devenue ce que tu étais, une lutteuse pour le

215

bien-être de l'humanité. Elle t'avait ouvert les yeux sur un monde dont la cruauté et la méchanceté, l'infortune et la douleur, étaient infiniment pires que tu n'aurais pu l'imaginer. Et toi qui, avec tes petites misères conjugales, croyais avoir touché le fond du malheur !

Au bout de vingt-cinq jours de navigation, *Le Mexicain* s'abrita dans la baie de La Praia, dans l'île du Cap-Vert, pour calfater la sentine qui donnait des signes d'infiltration. Et toi, Florita, qui étais si heureuse à l'idée de passer quelques jours sur la terre ferme, sans que le sol se dérobe sous tes pieds, tu avais fait là l'expérience de maux pires encore que le mal de mer. Dans ce port de quatre mille habitants, tu avais découvert le vrai visage, épouvantable, indescriptible, d'une institution que tu ne connaissais que par ouï-dire : l'esclavage. Tu te rappellerais à jamais l'image que tu perçus de la petite place d'armes de La Praia, où les nouveaux débarqués étaient arrivés après avoir traversé une terre noire et rocheuse, et avoir escaladé la haute falaise sur les pentes de laquelle se déployait la ville : deux soldats en sueur fouettaient en jurant deux nègres nus, attachés à un poteau, dans des nuages de mouches et sous un soleil de plomb. Les deux dos sanguinolents et les rugissements des esclaves fouettés t'avaient clouée sur place. Tu t'étais appuyée au bras d'Alfred David :

— Que font-ils ?

— Ils fouettent deux esclaves qui ont dû voler, ou fait pire encore, lui expliqua l'armateur d'un air sévère. Les maîtres fixent le châtiment et donnent un pourboire aux soldats pour l'exécuter. Donner des coups de fouet par cette chaleur, c'est terrible. Pauvres négriers !

Tous les Blancs et métis de La Praia gagnaient leur vie en chassant, achetant et vendant des esclaves. La traite était la seule industrie de cette colonie portugaise où tout ce que Flora vit et entendit, où tous les gens qu'elle connut, durant ces dix jours de calfatage des cales, lui produisirent commisération, effroi, colère, horreur. Tu n'oublierais jamais la veuve Watrin, grande et obèse matrone au teint café au lait, dont la maison était pleine de gravures de son Napoléon tant admiré et des généraux de l'Empire ; après t'avoir offert une tasse de chocolat et des biscuits, elle t'avait orgueilleusement montré la pièce maîtresse de son salon : deux fœtus noirs flottant dans des bocaux remplis de formol.

Le propriétaire terrien le plus important de l'île était un Français de Bayonne, M. Tappe, ancien séminariste qui, envoyé par son ordre mener à bien un travail apostolique dans les missions africaines, avait déserté pour se consacrer à la tâche, moins spirituelle et plus lucrative, de la traite des Noirs. C'était un quinquagénaire bien en chair et congestionné, au cou de taureau, aux veines saillantes et aux yeux libidineux, qui se posèrent avec tant d'effronterie sur les seins et la gorge de Flora qu'elle avait été sur le point de le gifler. Mais elle ne l'avait pas fait, fascinée par son récit où il disait pis que pendre de ces maudits Anglais qui, avec leurs stupides préjugés puritains contre la traite, étaient en train de

« ruiner le commerce » et de pousser les négriers à la faillite.

Tappe vint déjeuner avec eux sur *Le Mexicain*, en leur apportant en cadeau des bouteilles de vin et des boîtes de conserve. Flora eut le cœur retourné en voyant la voracité avec laquelle le négrier engloutissait gigots et rôtis, avec de larges rasades de vin qui le faisaient éructer. Il avait pour l'heure vingt-huit nègres, vingt-huit négresses et trente-sept négrillons et, disait-il, grâce au « sieur Valentin » — le fouet qu'il tenait roulé à la taille — « ils filaient doux ». Quand il fut ivre, il leur avoua que, de crainte d'être empoisonné par ses serviteurs, il avait épousé une de ses négresses, à qui il avait fait trois gosses « noirs comme le charbon ». Et sa femme était chargée de goûter avant lui tous les plats et toutes les boissons.

Un autre personnage qui devait rester gravé dans la mémoire de Flora avait été le capitaine Brandisco, un Vénitien édenté, dont la goélette était ancrée dans la baie de La Praia à côté du *Mexicain*. Il les avait invités à dîner sur son bateau et les avait reçus vêtu en figurant d'opérette : chapeau à plumes de paon, bottes de mousquetaire, étroit pantalon de velours rouge et chemise chatoyante ornée d'étincelantes pierreries. Il leur avait montré une pleine malle de colliers de verroterie qu'il échangeait, se flattait-il, contre des nègres dans les villages africains. Sa haine de l'Anglais était pire que celle de l'ex-séminariste Tappe. Car les Anglais avaient surpris le Vénitien en haute mer avec plein d'esclaves à fond de cale, et ils avaient confisqué le navire, les esclaves et tout ce qu'il y avait à bord, puis l'avaient enfermé pendant deux ans dans une prison où il avait contracté une pyorrhée qui l'avait laissé sans une seule dent. Au dessert, Brandisco tenta de vendre à Flora un négrillon très vif d'esprit, âgé de quinze ans, pour lui servir de « page ». Afin de la convaincre de la bonne santé du garçon, il ordonna à l'adolescent de baisser son caleçon, et lui de s'exécuter et de leur montrer ses parties en souriant.

Flora ne descendit que trois fois du *Mexicain* pour visiter La Praia, et vit à chaque fois, sur la brûlante place d'armes, des soldats de la garnison coloniale fouetter des esclaves pour le compte de leurs maîtres. Ce spectacle l'affligeait et la mettait dans une fureur telle qu'elle avait décidé de ne plus le supporter. Aussi avait-elle annoncé à Chabrié qu'elle resterait à bord jusqu'au jour du départ.

Ce fut la première grande leçon de ce voyage, Florita. Les horreurs de l'esclavage, suprême injustice dans ce monde d'injustices qu'il fallait changer, pour le rendre humain. Et pourtant, dans le livre que tu publias en 1838, *Pérégrinations d'une paria*, pour raconter ce voyage au Pérou, en évoquant ton passage à La Praia tu incluais des phrases telles que : « L'odeur de nègre, on ne saurait la comparer à rien, elle soulève le cœur, elle vous poursuit partout », dont tu ne te repentirais jamais assez. Odeur de nègre ! Combien avais-tu regretté par la suite cette imbécillité frivole, qui ne faisait que reprendre un lieu

commun des snobs parisiens. Ce n'était pas
« l'odeur de nègre » qui était répugnante dans
cette île, mais l'odeur de la misère et de la
cruauté, le destin de ces Africains que les marchands européens avaient réduits à l'état de
simple marchandise. Malgré tout ce que tu avais
appris en matière d'injustice, tu étais encore une
ignorante lorsque tu avais écrit tes *Pérégrinations
d'une paria*.

Son dernier jour à Lyon fut le plus affairé des
quatre. Elle se leva avec de fortes coliques, mais à
Éléonore qui lui conseillait de garder le lit, elle
répondit : « Une personne comme moi n'a pas le
droit de tomber malade. » En se traînant à moitié,
elle se rendit à la réunion que le comité de l'Union
ouvrière avait organisée pour elle dans un atelier
d'une trentaine de tailleurs et de coupeurs de
drap. C'étaient tous des communistes icariens,
dont la bible (qu'ils ne connaissaient pour la plupart que par ouï-dire, car ils étaient illettrés) était
le dernier livre d'Étienne Cabet, publié en 1840 :
Voyage en Icarie. Là, l'ancien charbonnier, sous
prétexte de raconter les prétendues aventures
d'un aristocrate anglais, Lord Carisdall, dans un
fabuleux pays égalitaire, sans cafés ni cabarets,
sans prostituées ni mendiants — mais avec des
toilettes dans les rues ! —, illustrait ses théories
sur la future société communiste où, grâce aux
impôts progressifs sur le revenu et l'héritage, on
parviendrait à l'égalité économique, on abolirait
l'argent, le commerce, et on établirait la propriété
collective. Tailleurs et coupeurs étaient prêts à se
rendre en Afrique ou en Amérique, comme l'avait

220

fait Robert Owen, pour y constituer la société parfaite d'Étienne Cabet, et ils rassemblaient des fonds pour l'acquisition de terres dans ce nouveau monde. Ils se montrèrent peu enthousiastes pour le projet d'Union ouvrière universelle qui, comparée au paradis icarien sans pauvres, sans classes sociales, sans oisifs, sans service domestique ni propriété privée, où tous les biens étaient mis en commun et où l'État, « le souverain Icar », pourvoyait à la nourriture, à l'habillement, à l'éducation et aux loisirs de tous les citoyens, leur semblait une alternative médiocre. Flora, en guise d'adieu, ironisa : il était égoïste de vouloir aller se réfugier dans un Éden particulier en tournant le dos au reste du monde, et très naïf de croire au pied de la lettre ce que disait *Voyage en Icarie*, qui n'était pas un livre scientifique ni philosophique, mais seulement une fantaisie littéraire ! Qui pouvait bien, s'il avait deux doigts de jugeote, prendre un roman pour un livre doctrinaire et un guide pour la révolution ? Et quelle sorte de révolution était celle de M. Cabet, qui tenait la famille pour sacrée et conservait l'institution du mariage, vente déguisée des femmes à leur mari ?

La mauvaise impression laissée par les tailleurs fut effacée lors du dîner d'adieu organisé par le comité de l'Union ouvrière, chez une association de tisserands. Plus de trois cents ouvriers et ouvrières s'entassèrent dans le vaste local et ovationnèrent Flora à plusieurs reprises au cours de la soirée, en entonnant *La Marseillaise du travailleur*, composée par un cordonnier. Les orateurs dirent que les calomnies du *Censeur* n'avaient eu d'autre effet que d'auréoler de prestige la personne et l'œuvre de Mme Tristan, et de montrer la jalousie de ces gens frustrés. Elle se sentit si émue par cet hommage que, leur dit-elle, il valait la peine d'être insultée par tous les Rittiez du monde si la récompense en était une soirée comme celle-là. Cette salle archicomble prouvait que rien n'arrêterait l'Union ouvrière.

Éléonore et les autres membres du comité lui firent leurs adieux à trois heures du matin, à l'embarcadère. Ces douze heures de navigation sur le Rhône, à contempler les berges couronnées de montagnes et de cyprès sur lesquels elle vit pointer l'aube tandis qu'on approchait d'Avignon, la ramenèrent une fois encore aux images de cette traversée sur *Le Mexicain*, du Cap-Vert jusqu'aux côtes d'Amérique du Sud. Quatre mois sans toucher terre, dans le seul spectacle de la mer et du ciel, avec ses dix-neuf compagnons, dans cette prison flottante qui lui donnait, sans faillir un seul jour, le mal de mer. Le pire avait été le passage de la ligne de l'équateur, au milieu de tempêtes diluviennes qui secouaient le navire et le faisaient craquer et grincer comme s'il allait se désintégrer, et obligeaient marins et passagers à s'agripper aux rambardes du pont et aux anneaux de cordage pour ne pas être emportés par les vagues.

Étaient-ils amoureux de toi, Florita, les dix-neuf hommes du *Mexicain* ? Probablement. Assurément ils te désiraient tous, car, dans cette réclusion forcée, avoir près de soi une jeune femme aux grands yeux noirs, aux longs cheveux andalous, à la taille de mannequin et aux gestes gracieux, cela devait les affoler. Tu étais sûre que, non seulement le petit mousse, mais aussi quelques marins, devaient se donner du plaisir en cachette avec ces mêmes gestes dégoûtants que tu avais découverts à Bordeaux chez Ismaelillo, le Divin Eunuque. Ils te désiraient tous, oui, à cause de cet enfermement et des privations qui rehaussaient tes charmes, bien qu'aucun n'ait jamais osé te manquer de respect. Seul le capitaine Zacharie Chabrié te déclara formellement son amour.

Cela s'était produit à La Praia, un de ces après-midi où tous débarquaient, sauf Flora qui ne voulait pas voir fouetter les esclaves. Chabrié était resté pour lui tenir compagnie. C'était agréable de bavarder avec ce Breton bien élevé, à la proue du navire, en regardant le coucher du soleil dans une orgie de couleurs à l'horizon lointain. L'ardente chaleur s'apaisait, une petite brise tiède soufflait et le ciel devenait phosphorescent. Un peu fort, soigné de sa personne, les bonnes manières et la politesse exquise de ce ténor frustré qui n'avait pas quarante ans lui faisaient un physique agréable, lui prêtaient même par moments une certaine beauté. Malgré le dégoût que tu ressentais pour le sexe, tu ne pouvais t'empêcher de jouer les coquettes avec ce marin, amusée par les émotions que tu suscitais chez lui quand tu riais à pleine bouche ou que tu lui répondais par une saillie pétillante, en battant des cils, en exagérant le voltigement de tes mains, ou en tendant une jambe sous ta jupe jusqu'à laisser entrevoir la finesse de ta cheville. Chabrié rougissait de bonheur et, parfois, pour te distraire, il entonnait, de sa voix puissante et harmonieuse, une romance, une aria de Rossini ou une valse viennoise. Mais cet après-midi-là, encouragé peut-être par la splendeur du crépuscule, ou parce que tu avais déployé plus de grâces que de coutume, le Breton chevaleresque n'avait pu se contenir et, saisissant délicatement une de tes mains entre les siennes, l'avait portée à ses lèvres en murmurant :

— Pardonnez mon audace, mademoiselle. Mais je n'en peux plus, je dois vous le dire : je vous aime.

Cette longue et tremblante déclaration d'amour était empreinte de sincérité et de décence, de courtoisie et de bonne éducation. Tu l'écoutais, déconcertée. Il existait, donc, des hommes comme ça ? Corrects, sensibles, délicats, convaincus que la femme devait être traitée avec une extrême délicatesse, comme dans les petits romans à l'eau de rose. Le marin était tremblant, si honteux de son audace que, compatissante, bien que sans accepter formellement son amour, tu lui donnas des espérances. Grave erreur, Florita. Tu étais impressionnée par ses manières d'homme de bien, la pureté de ses intentions, et tu lui avais dit que tu l'aimerais toujours comme le meilleur des amis. Dans un élan qui te poserait ensuite quelques problèmes, tu avais saisi dans tes mains le visage empourpré de Chabrié et l'avais embrassé sur le front. Le capitaine du *Mexicain*, en se signant, avait remercié Dieu d'avoir fait de lui en cet instant l'être le plus heureux de la terre.

Avais-tu eu des remords, Florita, pendant ces onze années, d'avoir joué avec les sentiments du brave Zacharie Chabrié ? Elle se le demandait, tandis que la barcasse sur le Rhône s'approchait d'Avignon. Comme d'autres fois, elle se répondit : « Non. » Tu n'avais aucun remords de ces jeux, coquetteries et mensonges qui avaient mis Chabrié sur des charbons ardents, durant la traversée jusqu'à Valparaiso, en lui laissant croire qu'il progressait, qu'à tout moment Mlle Flora Tristan lui dirait définitivement oui. Tu avais joué avec lui sans le moindre scrupule, l'encourageant de tes réponses ambiguës et de tes abandons étudiés où tu permettais parfois au marin, quand il te rendait visite dans ta cabine, au moment où la mer était calme, de te baiser les mains, ou lorsque soudain, dans un transport émotif, pour qu'il continue à te raconter sa vie — ses voyages, ses espoirs de jeunesse à Lorient de devenir chanteur d'opéra, la déception qu'il avait éprouvée avec la seule femme qu'il eût aimée avant de te connaître —, tu lui permettais de poser sa tête sur tes genoux et caressais ses rares cheveux. Il t'était même arrivé de laisser les lèvres de Chabrié frôler les tiennes. Tu n'avais pas de remords ? « Non. »

Le Breton croyait dur comme fer que Flora était une mère célibataire, depuis ses explications sur le mensonge qu'elle lui avait demandé le jour de l'embarquement à Bordeaux. Elle avait pensé que ce marin, catholique convaincu, serait scandalisé d'apprendre qu'elle avait eu un enfant hors mariage. Mais au contraire, de connaître « son malheur » avait encouragé Chabrié à lui proposer de l'épouser. Il adopterait la fillette et ils iraient vivre loin de la France, là où personne ne pourrait rappeler à Florita la vilenie de l'homme qui avait souillé sa jeunesse : Lima, la Californie, le Mexique, l'Inde même si elle préférait. Bien que n'ayant jamais éprouvé d'amour pour lui, il fallait avouer, n'est-ce pas, Florita ? que l'idée d'accepter sa proposition t'avait parfois traversé l'esprit. Ils se seraient mariés, installés en un lieu éloigné et exotique, où nul ne t'aurait connue et n'aurait pu t'accuser de bigamie. Ainsi aurais-tu mené une existence tranquille et bourgeoise, sans peur ni faim, sous la protection d'un homme du monde irréprochable. Aurais-tu supporté cette vie, Andalouse ? Sûrement pas.

L'embarcadère d'Avignon était en vue. Au lieu de fouiller dans ton passé, il fallait revenir au présent, et mettre la main à la pâte. Il n'y avait pas de temps à perdre, Florita, la rédemption de l'humanité ne pouvait attendre.

Ce ne fut pas une mince affaire de convaincre ces ouvriers avignonnais avec qui elle avait tant de mal à communiquer, car la plupart parlaient à peine le français, seulement leur patois. À Paris, ce vétéran des associations ouvrières qu'était Agricol Perdiguier, dit Avignonnais-la-Vertu, bien qu'en désaccord avec ses thèses sur l'Union ouvrière, lui avait donné des lettres de recommandation pour les gens de sa ville natale. Grâce à elles, Flora put tenir des réunions avec les ouvriers des manufactures de drap et avec les travailleurs du chemin de fer Avignon-Marseille, les mieux payés de la région (deux francs par jour).

Mais sans grand succès, en raison de la prodigieuse ignorance de ces hommes qui, bien qu'exploités ignominieusement, manquaient de réflexes et végétaient, résignés à leur sort. Lors de la réunion avec les ouvriers des manufactures de drap, elle vendit à peine quatre exemplaires de *L'Union ouvrière*, et auprès des cheminots, dix. Les Avignonnais n'avaient pas grande envie de faire la révolution.

En apprenant que, dans les cinq usines textiles de l'industriel le plus riche d'Avignon les horaires de travail étaient de vingt heures par jour, trois ou quatre de plus qu'à l'accoutumée, elle voulut faire la connaissance de ce patron. M. Thomas ne vit pas d'inconvénient à la recevoir. Il vivait dans l'ancien palais des ducs de Crillon, rue de la Masse, où il lui donna rendez-vous de fort bon matin. Ce magnifique édifice abritait, à l'intérieur, un capharnaüm de meubles et de tableaux de différentes époques et de tous les styles, et le bureau de M. Thomas — un individu squelettique et nerveux, d'une énergie qui lui sortait des yeux — était vieux, sale, aux murs écaillés, et le sol jonché de papiers, de caisses et de dossiers, au milieu desquels elle pouvait à peine se déplacer.

— Je n'exige de mes ouvriers rien que je ne fasse moi-même, aboya-t-il en direction de Flora quand celle-ci, après lui avoir expliqué sa mission, lui reprocha de ne laisser aux travailleurs que quatre heures pour dormir. Parce que moi je travaille depuis l'aube jusqu'à minuit, en surveillant personnellement la bonne marche de mes ateliers. Un franc par jour est une fortune pour un incapable. Ne vous laissez pas tromper par les apparences, madame. Ils vivent comme des misérables parce qu'ils ne savent pas épargner. Ils dépensent ce qu'ils gagnent en s'adonnant à la boisson. Quant à moi, sachez-le, je ne bois jamais d'alcool.

Il expliqua à Flora qu'il n'« imposait » pas les horaires. Celui qui n'appréciait pas ce système pouvait chercher du travail ailleurs. Pour lui ce n'était pas un problème; quand la main-d'œuvre manquait à Avignon, il l'importait de Suisse. Avec ces barbares des montagnes alpines il n'avait jamais eu la moindre difficulté : ils travaillaient en silence et ils étaient reconnaissants du salaire qu'il leur payait. Et ils savaient épargner, ces abrutis de Suisses.

Sans prendre de gants, il dit à Flora qu'il ne pensait pas lui donner un centime pour son projet d'Union ouvrière, parce que, malgré son ignorance de ces choses, il y avait quelque chose dans ses idées qui lui semblait anarchiste et subversif. Aussi n'achèterait-il pas non plus un seul livre.

— Je vous remercie pour votre franchise, monsieur Thomas, dit Flora en se levant. Comme nous ne nous reverrons plus, permettez-moi de vous dire que vous n'êtes pas un chrétien, ni un civilisé, mais un anthropophage, un mangeur de chair humaine. Si d'aventure vos ouvriers vous pendaient, vous ne l'auriez pas volé.

L'industriel éclata de rire, comme si Flora lui rendait hommage.

— J'aime les femmes de caractère, l'approuva-t-il, exultant. Si je n'étais pas aussi occupé, je vous inviterais à passer une fin de semaine dans ma ferme du Vaucluse. Vous et moi nous entendrions à merveille, madame.

Tous les chefs d'entreprise d'Avignon ne se montrèrent pas aussi rustres. M. Isnard la reçut avec courtoisie, l'écouta, souscrivit pour vingt-cinq francs à l'Union ouvrière et lui commanda vingt livres « pour les distribuer aux ouvriers les plus intelligents ». Il reconnut qu'à la différence de Lyon, ville si moderne dans tous les sens du terme, Avignon se situait politiquement dans la préhistoire. Les ouvriers étaient indifférents, et les classes dirigeantes se partageaient entre monarchistes et bonapartistes, choses assez semblables quoique d'étiquettes différentes. Cela n'augurait guère de succès pour elle dans sa croisade pour en finir avec l'injustice, mais il lui souhaitait de réussir.

Flora ne se laissa pas démoraliser par ces mauvais pronostics, ni par la colite qui la tourmenta sans trêve pendant ces dix jours à Avignon. La nuit, dans sa pension de L'Ours, comme elle ne pouvait dormir et qu'il faisait chaud, elle ouvrait la fenêtre pour sentir la brise et voir le ciel de Provence, constellé d'étoiles, aussi nombreuses et scintillantes que celles que tu contemplais du pont du *Mexicain*, dans ces nuits tranquilles qui avaient succédé au passage de l'équateur, lors de ces dîners sur le tillac que le capitaine Chabrié égayait en chantant des tyroliennes et des arias de Rossini, son compositeur préféré. Alfred David, l'armateur, tirait parti de ses connaissances en astronomie pour apprendre à Flora le nom des étoiles et des constellations, avec une patience de maître d'école. Le capitaine Chabrié en pâlissait de jalousie. Il devait aussi en éprouver pour les leçons d'espagnol que tu prenais auprès des diligents passagers péruviens, tel le Cusquègne Fermín Miota, son cousin don Fernando, le vieux soudard don José et son neveu Cesáreo, qui se disputaient l'honneur de t'apprendre les verbes, de corriger ta syntaxe et de t'éclairer sur les variations phonétiques de l'espagnol parlé au Pérou. Mais bien qu'il dût souffrir des attentions que les autres te prodiguaient, Chabrié n'en soufflait mot. Il était trop correct et trop bien élevé pour te faire des scènes de jalousie. Comme tu lui avais dit qu'en arrivant à Valparaiso tu lui donnerais une réponse définitive, il attendait, en priant sans doute chaque nuit pour que ta réponse soit oui.

Après les chaleurs équatoriales, et quelques semaines de calme plat et de beau temps qui avaient fait cesser tes nausées et rendu la traversée plus plaisante — tu avais pu dévorer les livres de Voltaire, de Victor Hugo et de Walter Scott que tu avais emportés avec toi — *Le Mexicain* avait affronté la pire étape du voyage : le cap Horn. Le traverser en juillet et août c'était risquer le naufrage à tout moment. Les ouragans semblaient vouloir à tout prix précipiter le bateau contre les montagnes de glace qui venaient à leur rencontre et des tempêtes de neige et de grêle leur tombaient dessus, noyant les cabines et la cale. Il fallait vivre, jour et nuit, terrés et transis. La peur de mourir noyée n'avait pas permis à Flora de fermer l'œil de toutes ces terribles semaines, voyant avec admiration les officiers et les marins du *Mexicain*, à commencer par Chabrié, se démener, hisser ou ramener les voiles, écoper l'eau, protéger les machines, réparer les dégâts dans des journées sans repos et sans nourriture de douze à quatorze heures d'affilée. L'équipage était peu couvert et les marins tremblaient de froid, tombant parfois terrassés par la fièvre. Il y avait eu des accidents — un machiniste glissant du mât de misaine et se brisant une jambe — et une épidémie cutanée, avec démangeaisons et furoncles, avait contaminé la moitié du bateau. Quand, finalement, ils étaient sortis du cap et que le bateau remontait le littoral sur le Pacifique, droit sur Valparaiso, le capitaine Chabrié avait présidé une cérémonie religieuse d'action de grâces pour être sortis vivants de cette épreuve, que tous les passagers et l'équipage — à l'exception de l'armateur David, qui se proclamait agnostique — avaient suivie dévotement. Flora aussi. Jusqu'au passage du cap Horn, tu n'avais jamais senti la mort d'aussi près, Andalouse.

Elle pensait justement à cette cérémonie religieuse et aux vibrantes prières de Zacharie Chabrié quand, un matin où elle disposait de quelques heures de liberté à Avignon, elle eut l'idée de visiter la vieille église Saint-Pierre. Les Avignonnais la tenaient pour un des joyaux de la ville. On y célébrait une messe. Pour ne pas distraire les fidèles, Flora s'assit sur un banc au fond de la nef. Au bout d'un moment elle sentit qu'elle avait faim — à cause des coliques, son régime était frugal — et comme elle avait un pain dans sa poche, elle le prit et se mit à manger, discrètement. Mais elle se vit tout aussitôt entourée de bonnes femmes furieuses, foulard sur la tête, missel et chapelet entre les mains, qui lui reprochaient d'offenser, en mangeant, ce lieu sacré et de froisser les sentiments des paroissiens pendant la sainte messe. Elle leur expliqua qu'elle n'avait pas eu l'intention d'offenser qui que ce soit, mais qu'elle était obligée de manger quelque chose quand elle avait une faiblesse parce qu'elle souffrait de l'estomac. Au lieu de les calmer, ses explications les irritaient davantage, et plusieurs d'entre elles, en français ou en provençal, se mirent à la traiter de « juive », de « juive sacrilège ». Elle finit par battre en retraite, de peur que la chose ne dégénère en scandale.

L'incident dont elle fut victime le lendemain, en entrant dans un atelier de tisserands, fut-il la conséquence de ce qui s'était passé à l'église Saint-Pierre? À la porte de l'atelier, en attitude menaçante, lui barrant l'entrée, l'attendait un groupe d'ouvrières, ou de femmes et parentes d'ouvriers, à en juger par l'extrême pauvreté de leurs habits. Certaines étaient pieds nus. Les tentatives de Flora pour dialoguer avec elles, savoir ce qu'elles lui reprochaient, pourquoi elles voulaient l'empêcher d'entrer dans l'atelier pour tenir une réunion avec les tisserands, furent sans effet. Les Avignonnaises, criant toutes à la fois et gesticulant furieusement, la firent taire. Elle finit par comprendre à moitié, car elles mêlaient le français et leur patois, qu'elles craignaient que, par sa faute, leurs maris se retrouvent sans travail, voire en prison. Certaines semblaient jalouses de sa présence là, car elles lui lançaient : « corruptrice » ou « putain, putain », en sortant leurs griffes. Les deux Avignonnais qui l'accompagnaient, disciples d'Agricol Perdiguier, lui conseillèrent de renoncer à rencontrer les tisserands. Vu l'échauffement des esprits, on ne pouvait exclure une agression physique. Si la police rappliquait, c'est Flora qui paierait les pots cassés.

Elle préféra aller visiter le palais des Papes, transformé maintenant en caserne. Cet édifice lourd et ostentatoire ne l'intéressa guère, et moins encore les peintures de Devéria et de Pradier qui ornaient ses murs massifs — on n'avait guère de temps, ni la tournure d'esprit voulue, pour apprécier l'art quand on était en guerre contre les maux qui accablaient la société —, mais elle s'enticha de Mme Gros-Jean, la vieille concierge qui guidait les visiteurs dans ce palais si semblable à une prison. Grosse, borgne, enveloppée de châles en dépit de la forte chaleur estivale qui faisait transpirer Flora, énergique et d'une loquacité inépuisable, Mme Gros-Jean était une monarchiste fanatique. Ses explications lui servaient de prétextes pour dire pis que pendre de la Grande Révolution. D'après elle, tous les malheurs de la France avaient commencé en 1789, avec ces démons impies de Jacobins, surtout le monstrueux Robespierre. Elle énumérait, avec une jouissance macabre et de violentes condamnations, les noires prouesses, à Avignon, de l'acolyte de Robespierre, ce bandit de Jourdan, surnommé le Coupe-Têtes, qui avait décapité personnellement quatre-vingt-six martyrs et voulu démolir ce palais. Heureusement, Dieu ne l'avait pas permis et avait fait en sorte que Jourdan finisse ses jours sous la guillotine. Quand, soudain, Flora, pour voir la tête que ferait la concierge, affirma que la Grande Révolution était ce que la France avait connu de meilleur depuis l'époque de Saint Louis, et le fait historique le plus important de l'humanité, Mme Gros-Jean dut s'appuyer contre une colonne, foudroyée d'indignation.

La dernière partie du voyage du *Mexicain*, le long de la côte sud-américaine, avait été la moins ingrate. Faisant honneur à son nom, l'océan Pacifique s'était toujours montré calme, et Flora avait pu lire plus tranquillement, outre les siens, les livres de la petite bibliothèque du bateau, avec des auteurs tels que Lord Byron et Chateaubriand, qu'elle découvrait. Elle prenait des notes, les étudiait et tombait, à chaque page, sur des idées qui la fascinaient. Elle constatait, aussi, les lacunes de son éducation. Mais avais-tu jamais eu d'éducation, Florita ? C'était là la tragédie de ta vie, pas André Chazal. Quelle sorte d'éducation avaient les femmes, et même aujourd'hui ? Un épisode comme celui de ces grenouilles de bénitier te traitant de « juive » dans l'église Saint-Pierre, et ces autres te croyant une « putain » devant l'atelier des tisserands, aurait-il été possible si ces femmes avaient reçu une éducation digne de ce nom ? C'est pourquoi l'école obligatoire pour les femmes de l'Union ouvrière révolutionnerait la société.

Le Mexicain était entré dans le port de Valparaiso cent trente-trois jours après avoir levé l'ancre à Bordeaux, avec près de deux mois de retard sur le temps prévu. Valparaiso n'était qu'une seule très longue rue, parallèle à une plage de sable noir, et il s'y agitait une humanité colorée qui représentait, semblait-il, tous les peuples de la planète, à en juger par la diversité de langues qu'on y parlait, en dehors de l'espagnol : anglais, français, chinois, allemand, russe... Tous les marchands, mercenaires et aventuriers de la terre qui venaient faire fortune en Amérique du Sud entraient sur le continent par Valparaiso.

Le capitaine Chabrié l'avait aidée à s'installer dans une pension tenue par une Française, Mme Aubrit. Son arrivée au petit port n'était pas passée inaperçue. Tout le monde connaissait son oncle, don Pío Tristán, l'homme le plus riche et le plus puissant du sud du Pérou, qui avait été exilé un temps ici à Valparaiso. La nouvelle de la venue d'une nièce française de don Pío — et de Paris ! — avait mis la population en effervescence. Les trois premiers jours, Flora avait dû se résigner à recevoir une procession de visiteurs. Les familles les plus huppées voulaient présenter leurs hommages à la nièce de don Pío, dont tous juraient être les amis, et en même temps vérifier de leurs propres yeux si ce que disait la légende des Parisiennes — belles, élégantes et diablotines — correspondait à la réalité.

Au milieu de ces visites, Flora reçut une nouvelle qui lui fit l'effet d'une bombe. Sa vieille grand-mère, la mère de don Pío, en qui elle avait placé tant d'espoirs pour être reconnue et intégrée à la famille Tristán, était morte à Arequipa le

7 avril 1833, le jour même où Flora faisait ses trente ans et s'embarquait sur *Le Mexicain*. Mauvais début pour ton aventure sud-américaine, Andalouse. Chabrié l'avait consolée comme il avait pu, en la voyant blêmir. Flora allait profiter de l'occasion pour lui dire qu'elle était trop bouleversée pour donner une réponse à sa proposition de mariage, mais lui, la devinant, l'empêcha de parler :

— Non, Flora, ne me dites rien. Pas encore. Ce n'est pas le moment, pour une affaire aussi importante. Poursuivez votre voyage, allez à Arequipa retrouver votre famille, réglez vos problèmes. Je viendrai vous voir là-bas, et alors vous me ferez connaître votre décision.

Quand, le 18 juillet 1844, Flora quitta Avignon pour Marseille, elle était plus gaillarde que les premiers jours passés dans la cité des Papes. Elle avait formé un comité de l'Union ouvrière de dix membres — travailleurs du textile et du chemin de fer, plus un boulanger — et assisté à deux intenses réunions secrètes avec les carbonari. Ceux-ci, bien que durement réprimés, restaient actifs en Provence. Flora leur expliqua ses idées, les félicita pour le courage avec lequel ils luttaient pour leur idéal républicain, mais réussit à les exaspérer en leur disant que constituer des sociétés secrètes et agir dans la clandestinité n'étaient qu'enfantillage, romantisme aussi archaïque que la prétention des Icariens à fonder le Paradis en Amérique. Il fallait livrer ce combat en pleine lumière, au vu et au su de tout le monde, ici et partout, pour que les idées de la révolution parviennent aux travailleurs et aux paysans, à tous les exploités sans exception, parce que eux seuls, en se mobilisant, transformeraient la société. Les carbonari l'écoutaient, déconcertés. Certains la reprirent vertement pour avoir formulé des critiques que personne ne lui avait demandées. D'autres semblaient impressionnés par son audace. « Après votre visite, lui dit en la raccompagnant leur chef, M. Proné, nous, les carbonari, devrons revoir, peut-être, l'interdiction d'accepter des femmes dans notre société. »

X

NEVERMORE

Punaauia, mai 1897

Quand, fin mai 1896, Pau'ura lui dit qu'elle était enceinte, Koké n'accorda pas grande importance à la nouvelle. Et sa vahiné non plus ; à la façon maorie, elle prenait cette grossesse sans joie ni amertume, avec un fatalisme tranquille. Lui venait d'en voir de dures avec le retour de ses plaies, ses douleurs à la cheville et sa pénurie financière après avoir dépensé jusqu'au dernier centime de l'héritage de l'oncle Zizi. Mais la grossesse de Pau'ura coïncida avec un regain de chance. En même temps que les plaies de ses jambes une fois de plus se refermaient, il reçut un mandat de mille cinq cents francs de Daniel de Monfreid : Ambroise Vollard avait enfin vendu des toiles et une sculpture. À son nouveau voisin, l'ex-soldat français Pierre Levergos — celui-ci, après avoir laissé tomber l'uniforme, s'était installé dans une petite exploitation d'arbres fruitiers aux abords de Punaauia et venait parfois fumer une pipe avec lui en buvant un coup de rhum —, Paul confia en guise de commentaire :

— Depuis qu'ils ont appris que j'allais être père

d'un Tahitien, les Ariori ont décidé de me protéger. À partir de maintenant, avec l'aide des dieux de cette terre, les choses vont aller mieux.

Il en alla ainsi, pour un temps. Avec de l'argent, et une santé quelque peu revenue — bien que sachant que sa cheville le tourmenterait toujours et qu'il resterait boiteux à vie —, il put, après avoir payé ses dettes, racheter ces tonneaux de vin qui accueillaient les visiteurs à la porte de son faré, et se remettre à organiser, le dimanche, ces banquets dont le plat d'honneur était une omelette baveuse, presque liquide, qu'il préparait lui-même, avec des gestes affectés de maître queux. Ces fêtes lui firent encourir derechef les foudres du curé et du pasteur de Punaauia, mais Paul s'en battait l'œil.

Il était de bonne humeur, plein d'allant, voire, à sa grande surprise, ému de la taille de sa vahiné qui s'élargissait, de son ventre qui enflait. Sa petite femme n'eut pas, les premiers mois, ces vomissements et ces nausées qui avaient marqué toutes les grossesses de Mette Gad. Au contraire, Pau'ura continua à vivre normalement, presque sans même remarquer qu'un être germait dans ses entrailles. À partir de septembre, quand son ventre commença à prendre du volume, elle acquit une sorte de placidité, de lenteur cadencée. Elle parlait lentement, en respirant profondément, bougeait les mains au ralenti et marchait les pieds très écartés pour ne pas perdre l'équilibre. Koké consacrait beaucoup de temps à l'épier. Quand il la voyait prendre ses profondes inspirations, en portant ses mains à son ventre, comme voulant ausculter l'enfant, il était saisi d'une sensation inconnue : la tendresse. Devenais-tu vieux, Koké ? Peut-être bien. Un sauvage comme toi pouvait-il être ému par l'expérience universellement partagée de la paternité ? Oui, sans doute, puisque tu te sentais heureux de cet enfant de ta semence qui allait bientôt naître.

Son état d'esprit se refléta dans cinq tableaux peints à la hâte, autour du thème de la maternité : *Te arii vahiné* (La femme noble), *No te aha oe riri* (Pourquoi es-tu en colère ?), *Te tamari no atua* (Le fils de Dieu), *Navé navé mahana* (Jours délicieux) et *Te rerioa* (Le rêve). Toiles où tu te reconnaissais à peine, Koké, car la vie se montrait là sans drame, sans tensions ni violence, avec apathie et apaisement, au milieu de paysages aux somptueux coloris. Les êtres humains ressemblaient à une simple copie de la végétation paradisiaque. La peinture d'un artiste satisfait !

La fillette naquit, par les soins de la sage-femme du village, trois jours avant la Noël 1896, en fin d'après-midi, dans le faré qu'ils habitaient. Ce fut un accouchement sans complications, avec en toile de fond les chœurs de Noël que répétaient les fillettes et les garçons de Punaauia dans les églises protestante et catholique. Koké et Pierre Levergos célébrèrent la naissance à coups d'absinthe, assis en plein air et entonnant des chansons bretonnes que le peintre accompagnait sur sa mandoline.

— Un corbeau ! dit soudain Koké, et il s'arrêta de jouer pour montrer du doigt le grand manguier voisin.

— À Tahiti il n'y a pas de corbeaux, fit, surpris, l'ex-soldat en se levant d'un bond pour aller voir. Ni corbeaux ni serpents. Tu ne le sais donc pas ?

— C'est un corbeau, insista Koké. J'en ai vu souvent dans ma vie. Chez Marie Henry, la Poupée, au Pouldu, il y en avait un qui venait dormir toutes les nuits à ma fenêtre, pour m'annoncer un malheur que je n'avais pas pressenti. On était devenus amis. Eh bien ! cet oiseau-là est un corbeau.

Impossible à confirmer, car, lorsqu'ils s'approchèrent du manguier, la masse sombre, l'ombre ailée, s'était évanouie.

— C'est un oiseau de mauvais augure, je le sais bien, insista Koké. Celui du Pouldu était venu m'annoncer une tragédie. Celui-ci est venu jusqu'à moi pour m'avertir d'une catastrophe. Mon eczéma va devenir purulent, ou alors, à la prochaine tempête, mon faré sera frappé par la foudre et détruit par le feu.

— C'était un autre oiseau, qui sait lequel, dit, obstiné, Pierre Levergos. À Tahiti, à Moorea et dans les autres îles par ici, on n'a jamais vu de corbeau.

Deux jours plus tard, tandis que Koké et Pau'ura discutaient du baptême de leur bébé — elle voulait aller à l'église catholique, mais lui non, car le père Damien était à ses yeux un ennemi pire que le révérend Riquelme, plus acceptable —, la petite fille se raidit, devint violacée comme si la respiration lui manquait, et ne bougea plus. Quand ils arrivèrent au dispensaire de Punaauia, elle avait déjà expiré. « Par défi-

cience congénitale du système respiratoire »,
conclut l'acte de décès signé par l'officier de
santé.

Ils enterrèrent l'enfant au cimetière de
Punaauia, sans service religieux. Pau'ura ne
pleura pas, ni ce jour-là ni les suivants, et retrou-
va peu à peu sa routine, sans jamais mentionner
sa fillette morte. Paul n'en parlait pas non plus,
mais il y pensait jour et nuit. Cette pensée arriva à
lui torturer l'esprit comme, des mois plus tôt, le
Portrait d'Aline Gauguin, qu'il n'avait jamais pu
localiser.

Tu pensais à la petite fille morte et au sinistre
volatile — c'était un corbeau, tu en étais sûr, en
dépit des indigènes et des colons affirmant qu'il
n'y avait pas de corbeaux à Tahiti. Cette silhouette
ailée remuait de vieilles images dans ta mémoire,
d'une époque qui, bien que pas si lointaine, te
semblait maintenant très reculée. Il essaya de se
procurer quelque publication, dans la modeste
bibliothèque du Cercle militaire de Papeete, et
dans la bibliothèque particulière du colon
Auguste Goupil — la seule digne de ce nom dans
toute l'île —, où l'on pût trouver la traduction en
français du poème *Le corbeau*, d'Edgar Allan Poe.
Tu l'avais entendu réciter, à haute voix, par son
traducteur, ton ami Stéphane Mallarmé, dans sa
maison de la rue de Rome, lors de ces après-midi
du mardi auxquels tu avais coutume, alors, de te
rendre. Tu te rappelais clairement les explications
de ce poète fin et élégant sur cette période atroce
de la vie de Poe, rongé par l'alcool, la drogue, la
faim et les épreuves familiales à Philadelphie, où

242

il avait écrit la première version de ce texte. Ce terrible poème, traduit de façon tout à la fois lugubre et harmonieuse, sensuelle et macabre, t'avait transpercé l'âme, Paul. Et l'impression de cette lecture t'avait incité à faire un portrait de Mallarmé, en hommage à celui qui avait été capable de rendre si habilement, en français, ce chef-d'œuvre. Mais cela n'avait pas été du goût de Stéphane, et peut-être avait-il raison, tu n'étais pas parvenu à saisir son fuyant profil de poète.

Il se souvint qu'au banquet d'adieu au café Voltaire, le 23 mars 1891, offert par ses amis, la veille de son premier voyage à Tahiti, et présidé justement par Stéphane Mallarmé, celui-ci avait lu deux traductions du *Corbeau*, la sienne et celle, terrifiante, du poète Charles Baudelaire, qui se flattait d'avoir parlé avec le diable. Puis, pour le remercier de son portrait, Stéphane avait offert à Paul un exemplaire dédicacé de la petite édition à compte d'auteur de sa traduction, publiée en 1875. Qu'était devenu ce livre ? Il fouilla dans le désordre de sa malle et ne le trouva pas. Qui de tes amis l'avait gardé par-devers lui ? Dans quel déménagement, parmi les innombrables que tu avais effectués, ce poème essentiel s'était-il égaré ? Alors que tu en ressentais le manque — comme celui de l'alcool, ou du laudanum, si nécessaires au moment des crises. Échaudé par tes vaines démarches auprès de tes amis pour retrouver le tableau de ta mère, tu n'osas pas les renouveler pour tenter de récupérer cette traduction du poème de Poe.

Il ne se rappelait pas les mots, seulement la fin

de chaque strophe répétant *Nevermore* — Jamais plus! — et aussi le thème et son développement. Un poème écrit pour toi, Koké, le Tahitien, en ce moment de ta vie. Tu te sentais dans la peau de cet étudiant qui, dans ce minuit lugubre, plongé dans ses souvenirs et ses lectures, le cœur déchiré par la mort de Lénore, la femme aimée, est interrompu par un corbeau. Il frappe à la fenêtre de sa chambre, apporté par le vent ou envoyé par les ténèbres, et se perche sur le buste de marbre blanc de Pallas, au-dessus de la porte. Tu te rappelais avec une lucidité fébrile la mélancolie et les teintes funèbres du poème, ses allusions à la mort, à l'horreur de l'enfer (« le rivage plutonien de Nuit »), aux ténèbres, à l'incertitude de l'au-delà. À toutes les questions de l'étudiant sur son aimée, sur l'avenir, le freux répondait d'un sinistre croassement : Jamais plus, *Nevermore!* jusqu'à créer une angoissante conscience d'éternité, de temps immobile. Et aux derniers vers, l'histoire condamne l'étudiant à rester face à face, jusqu'à la fin des temps, avec son noir visiteur.

Il te fallait peindre, Koké. Ce crépitement de l'esprit, depuis si longtemps oublié, cette incandescence, l'exigeaient à nouveau. Oui, bien sûr, il te fallait peindre. Mais quoi? Fiévreux, excité, le sang bouillonnant, toute sa peau horripilée, ce feu montant à son cerveau, lui insufflant force et assurance, il disposa une toile sur le chevalet. Et se mit à peindre sa fille morte, en essayant de la ressusciter d'après les croyances et les superstitions des anciens Maoris, celles dont il ne restait aucune trace ou que les indigènes d'aujourd'hui gardaient si cachées, si secrètes qu'il t'était interdit de les connaître, Koké. Il travailla des journées entières, du matin au soir, avec juste une pause à midi, pour réinventer ce corps infime, ce petit visage violacé. Au soir du troisième jour, quand la clarté déclinante ne lui permettait plus de travailler commodément, il jeta un coup de peinture blanche sur l'image si laborieusement construite. Il se sentait dégoûté, irrité, avec une rage qui lui sortait par les oreilles et les yeux, cette colère qui le possédait quand, après une flambée d'enthousiasme l'ayant poussé à travailler, il se rendait compte de son échec. Ce que te montrait la toile, Koké, était une ordure. Alors, à la déception, à la frustration, au sentiment d'impuissance, s'ajouta une douleur aiguë dans les articulations et les os. Il laissa les pinceaux près de sa palette et décida de boire, jusqu'à en perdre conscience. Alors qu'il traversait la chambre en direction de l'entrée, où se trouvait le tonneau de vin rosé, il vit, sans voir, Pau'ura nue, étendue de côté, le visage tourné vers les ouvertures rectangulaires de la cloison qui encadraient un ciel bleu cobalt où s'allumaient les premières étoiles. Les yeux de la vahiné se posèrent un instant sur lui, indifférents, et retournèrent vers le ciel, avec sérénité, ou peut-être désintérêt. Il y avait, dans ce dégoût chronique de Pau'ura envers tout, quelque chose de mystérieux et d'hermétique qui l'intriguait. Il s'arrêta tout net, s'approcha d'elle et, debout, se mit à l'observer. Tu éprouvais une impression étrange, une prémonition.

C'est ce que tu voyais là qu'il te fallait peindre, Koké. Et sur-le-champ. Sans rien dire, il regagna son atelier, prit l'album de croquis et des fusains, revint à la chambre et se laissa tomber assis sur la natte, face à Pau'ura. Elle ne bougea ni ne posa de questions tandis que, d'un trait sûr, il faisait deux, trois, quatre esquisses de la fille couchée de côté. Pau'ura, de temps en temps, fermait les yeux, gagnée par la somnolence, et les rouvrait aussitôt pour les poser un instant sur Koké, sans la moindre curiosité. La maternité avait donné plus de plénitude à ses hanches, maintenant arrondies, et doté son ventre d'une lourdeur majestueuse qui te rappelait les ventres et les hanches des langoureuses odalisques d'Ingres, des reines et des femmes mythologiques de Rubens et de Delacroix. Mais non, non, Koké. Ce merveilleux corps à la peau mate, aux reflets dorés, aux cuisses si fermes, qui se prolongeaient en jambes robustes, harmonieusement galbées, n'était ni européen, ni occidental, ni français. Il était tahitien. Il était maori. Il l'était dans la liberté et l'indolence auxquelles s'abandonnait Pau'ura, dans la sensualité inconsciente qui émanait de chacun de ses pores, et même dans ses tresses noires que l'oreiller jaune — un doré si franc qu'il te fit penser à ces ors insolents du Hollandais fou dont lui et toi aviez tant discuté à Arles — assombrissait encore davantage. L'air se chargeait d'un parfum excitant, désirable. Une sexualité épaisse t'enivrait plus encore que le vin que tu t'apprêtais à boire quand tu avais vu ta vahiné nue, dans cette pose providentielle qui t'avait sauvé de la dépression.

Il sentit sa verge tendue, mais ne cessa pas de travailler. S'interrompre en cet instant aurait été sacrilège, l'enchantement ne reviendrait pas. Quand il eut le matériel nécessaire, Pau'ura s'était endormie. Il se sentait exténué, quoiqu'une impression bienfaisante, sédative, inondât son esprit. Tu reprendrais demain ton tableau, Koké, cette fois sans hésitations. Tu savais parfaitement quelle toile tu allais peindre. Et aussi que, sur cette toile, derrière la femme nue et dorée étendue sur un lit et reposant sa tête sur un oreiller jaune, il y aurait un corbeau. Et que le tableau s'appellerait *Nevermore*.

Le lendemain à midi son ami Pierre Levergos s'approcha du faré comme d'autres jours, pour boire ensemble un verre et bavarder. Koké le renvoya abruptement :

— Ne reviens pas avant que je t'appelle, Pierre. Je ne veux pas être interrompu, ni par toi ni par personne.

Il ne demanda pas à Pau'ura de reprendre la pose dans laquelle il la peignait ; autant demander au ciel de reproduire ce halo particulier où il avait vu sa vahiné, une clarté sur le point de dissoudre et d'effacer les objets, de les plonger dans l'ombre, de les transformer en taches. La fille ne montrerait plus jamais cet abandon si spontané, cette nonchalance absolue dans laquelle il l'avait surprise. Il en avait gardé dans sa mémoire une image si vive qu'il la reproduirait facilement, sans hésiter une seconde sur les contours et le trait de la silhouette. En revanche, il eut un mal fou à baigner son image dans cette lumière déclinante, quelque peu bleutée, cette atmosphère spectrale, magique ou miraculeuse qui, tu en étais sûr, donnerait à *Nevermore* son cachet, sa personnalité. Il travailla soigneusement la forme des pieds, tels qu'il s'en souvenait, distendus, terrestres, les doigts écartés, communiquant une impression de robustesse, comme s'ils avaient toujours été en contact direct avec le sol, en commerce charnel avec la Nature. Et il mit tout son soin à rendre la tache sanguinolente de ce bout de tissu abandonné près du pied et de la jambe droite de Pau'ura : flammèche d'incendie, caillot se frayant passage dans ce corps sensuel.

Il remarqua une correspondance étroite entre cette toile et celle de Teha'amana qu'il avait peinte en 1892 : *Manao Tupapau* (*L'esprit des morts veille*), son premier chef-d'œuvre tahitien. Celui-ci serait un autre chef-d'œuvre, Koké. Plus mûr et profond que celui-là. Plus froid, moins mélodramatique, peut-être plus tragique ; au lieu de la peur du revenant chez Teha'amana, ici, Pau'ura, dans cette épreuve, la mort de sa fille peu après sa naissance, gisait passive, résignée, avec cette attitude sage et fataliste des Maoris, face au destin représenté par le corbeau sans yeux qui remplaçait dans *Nevermore* le démon de *Manao Tupapau*. Quand, cinq ans plus tôt, tu avais peint ce dernier tableau, tu traînais encore pas mal de restes de la fascination romantique pour le mal, le macabre, le funèbre, comme Charles Baudelaire, poète amoureux de Lucifer qu'il assurait avoir reconnu, un soir, assis dans un bistrot de Montparnasse, et avec qui il se serait entretenu d'esthétique. Ce décor romantico-littéraire avait disparu. Le corbeau avait été tropicalisé : verdâtre, le bec gris et les ailes noircies de fumée. Dans ce monde païen, la femme étendue acceptait ses limites, elle se savait impuissante contre les forces secrètes et cruelles qui s'abattent soudain sur les êtres humains pour les détruire. Contre elles, la sagesse primitive — celle des Ariori — ne se révolte pas, ne pleure ni ne proteste. Elle les affronte avec philosophie, lucidité et résignation, comme l'arbre et la montagne devant la tempête, ou les sables des plages face aux marées qui les submergent.

Quand il eut fini le nu, il meubla l'espace alentour de façon luxueuse, riche de détails, avec toute une gamme de coloris et de subtiles combinaisons. Cette mystérieuse lumière indécise, de crépuscule, chargeait les objets d'ambiguïté. Tous les motifs de ton monde personnel comparaissaient, pour donner un cachet propre à cette composition qui était, pourtant, indubitablement tahitienne. Outre le corbeau aveugle, bariolé par les tropiques, sur des panneaux distincts apparaissaient des fleurs imaginaires, des plantes tubéreuses enflées, des vaisseaux végétaux aux voiles déployées, un ciel aux nuages vagabonds qui pouvaient être les peintures d'une toile recouvrant le mur ou une nuée apparaissant par une fenêtre ouverte. Les deux femmes qui bavardaient derrière la fille étendue, l'une de dos, l'autre de profil, qui étaient-elles ? Tu l'ignorais ; il y avait en elles quelque chose de sinistre et de fatidique, de plus cruel que le sombre démon de *Manao Tupapau*, dissimulé sous une apparence normale. Il suffisait d'approcher les yeux de la fille étendue pour remarquer qu'en dépit de sa pose paisible, ses yeux étaient entrouverts : elle essayait d'entendre le dialogue qui avait lieu dans son dos, un dialogue qui l'inquiétait. Divers objets de la pièce — l'oreiller, le drap — s'ornaient de ces petites fleurs japonaises qui naissaient automatiquement sous ton pinceau depuis qu'à tes débuts de peintre tu avais découvert les graveurs japonais de l'époque Meiji. Mais maintenant, dans ces fleurs aussi se manifestait la secrète ambiguïté du monde primitif, car, suivant la perspective, elles changeaient, devenaient papillons ou cerfs-volants.

Quand il acheva le tableau — il le polit et en retoucha les détails près de dix jours durant —, il se sentit heureux, triste, vide. Il appela Pau'ura. Qui, après l'avoir contemplé un moment, de façon inexpressive, hocha la tête sans grand enthousiasme :

— Je ne suis pas comme ça. Cette femme est une vieille. Moi je suis beaucoup plus jeune.

— Tu as raison, lui répondit-il. Toi, tu es jeune. Celle-ci, elle est éternelle.

Il alla dormir un moment et, au réveil, partit chercher Pierre Levergos. Il l'invita à Papeete pour fêter son chef-d'œuvre. Dans les petits bars du port ils burent sans s'arrêter, toute la nuit et de tout : absinthe, rhum, bière, jusqu'à perdre tous deux conscience. Ils voulurent entrer dans une fumerie d'opium aux alentours de la cathédrale, mais les Chinois les mirent à la porte. Ils dormirent par terre dans une taverne. Le lendemain, en retournant à Punaauia par la patache, Paul avait les tripes retournées, des nausées et une acidité empoisonnée à l'estomac. Mais, malgré son état, il empaqueta soigneusement la toile et l'envoya à Daniel de Monfreid, avec ces brèves lignes : « Comme c'est un chef-d'œuvre, si on ne peut en tirer un bon prix, je préfère qu'on ne le vende pas. »

Quand la réponse de Monfreid lui parvint, quatre mois plus tard, pour lui annoncer qu'Ambroise Vollard avait vendu *Nevermore* pour cinq cents francs le premier jour d'exposition du tableau dans sa galerie, Paul avait alors quitté Punaauia et vivait à Papeete. Il avait trouvé un emploi, comme dessinateur adjoint, au département des Travaux publics de l'administration coloniale. Il gagnait cent cinquante francs. Cela lui suffisait pour vivre, modestement. Il avait cessé d'aller à moitié nu, avec un simple paréo, et, comme les fonctionnaires, il s'habillait à l'occidentale et avec des souliers. Pau'ura l'avait abandonné — sans dire un mot, elle avait disparu un beau jour avec son petit ballot d'effets personnels —, et lui, déprimé par son départ, et par la nouvelle de la mort de sa fille Aline à Copenhague, mort qui le déprimait de jour en jour davantage, il avait vendu sa maison de Punaauia et publiquement juré, devant un groupe d'amis, de ne plus jamais peindre ni sculpter quelque objet que ce soit, pas même un bout de papier ou une mie de pain. Il ne voulait désormais que survivre, sans faire de plan d'aucune sorte. Quand, sans savoir s'il parlait sérieusement ou si c'était délire d'alcoolique, on lui demanda pourquoi il avait pris une décision aussi radicale, il répondit qu'après *Nevermore*, tout ce qu'il pourrait peindre serait mauvais. Ce tableau était son chant du cygne.

Commença alors une période de sa vie où tous les habitants de Papeete l'épiaient, se demandant combien de temps durerait l'agonie de ce mort vivant qui semblait être entré dans la dernière ligne droite de son existence et faisait tout ce qu'il pouvait pour hâter sa mort. Il vivait dans une pension des environs, là où Papeete allait se perdre dans la forêt. Il la quittait très tôt pour se rendre au département des Travaux publics; sa claudication le faisait s'attarder en trajet le double d'un homme à pas normal. Son travail était fort symbolique — une faveur du gouverneur, Gustave Gallet —, car les plans qu'on lui donnait à dessiner, il s'y appliquait si maladroitement et à contrecœur qu'ils devaient être refaits. Personne ne le lui faisait remarquer, car tous craignaient son caractère irritable, ses accès bagarreurs qui maintenant survenaient même quand il était à jeun.

Il ne mangeait presque rien et avait beaucoup maigri; des cernes violacés entouraient ses yeux, et son visage émacié faisait ressortir encore plus grand et plus tordu son nez cassé, semblable à celui de ces idoles qu'il aimait naguère sculpter dans le bois, en affirmant que c'étaient les anciens dieux du panthéon maori.

Dès qu'il quittait son travail, il gagnait directement les petits troquets du port, qui étaient maintenant au nombre de douze. Il avançait lentement sur la promenade de l'embarcadère, le quai du Commerce, seul, boitant, appuyé sur sa canne, le visage tordu de douleur, ronchon et la mine rébarbative, ne rendant à personne son salut. Lui, qui s'était montré naguère si sociable avec indigènes et colons, il était devenu renfrogné et distant. Il choisissait un jour la terrasse d'un bar, le lendemain une autre. Il buvait un verre d'absinthe, de rhum, de vin, ou une bière, et au bout de deux ou trois gorgées son regard devenait vitreux, sa langue empêtrée et ses gestes mous, ceux-là mêmes de l'ivrogne invétéré.

Il bavardait alors avec les bistrotiers, les prostituées, les clochards et les ivrognes alentour, ou avec Pierre Levergos, qui venait de Punaauia lui tenir compagnie et partager sa solitude. D'après l'ex-soldat, ceux qui croyaient qu'il allait mourir se trompaient. Pour lui, Paul traversait une crise plus grave; il perdait la raison; sa tête ne lui répondait plus. Il parlait de sa fille Aline, morte à Copenhague, à vingt ans, sans qu'il eût pu lui dire adieu, et il lançait à l'encontre de la religion catholique les pires jurons et blasphèmes. Il l'accusait d'avoir exterminé les Ariori, les dieux locaux, et d'empoisonner, de corrompre les mœurs saines et libres des indigènes, en leur imposant ses préjugés, ses censures et les vices d'esprit qui avaient conduit l'Europe à sa décadence actuelle. Ses haines et ses fureurs avaient plusieurs cibles. Certains jours il s'en prenait aux Chinois de Tahiti qu'il accusait de vouloir s'emparer de ces îles pour en finir avec les Tahitiens et les colons et étendre l'empire jaune. Ou bien il s'embrouillait dans de longs soliloques incompréhensibles sur la nécessité pour l'art de remplacer le canon de beauté occidental, la femme et l'homme à peau blanche et proportions harmonieuses, créé par les Grecs, par les valeurs inharmoniques, asymétriques et d'audacieuse esthétique des peuples primitifs, dont les prototypes de beauté étaient plus originaux, plus variés et impurs que les européens.

Il ne se souciait pas d'être écouté, car si quelqu'un l'interrompait en posant une question, il faisait celui qui n'entendait pas ou lui lançait quelque mot grossier. Il restait plongé dans son monde, de moins en moins perméable à la communication avec les autres. Et ses fureurs étaient pires que tout, le poussant soudain à insulter n'importe quel marin fraîchement débarqué à Papeete ou à briser une chaise sur le client qui, pour son malheur, croisait son regard. Dans ces cas-là, les gendarmes le traînaient au commissariat de police et le faisaient dormir au cachot. Car si les gens du pays le connaissaient et ne prêtaient pas attention à ses provocations, il n'en allait pas de même des marins en transit qui, parfois, en venaient aux mains avec lui. Et maintenant c'était Paul qui s'en sortait mal, des ecchymoses au visage et les os moulus. Il n'avait que quarante-neuf ans, mais son corps était aussi délabré que son esprit

Koké était habité par une autre obsession, celle d'aller vivre aux Marquises. Ceux qui connaissaient ces lointaines colonies, à plus de mille cinq cents kilomètres, pour la plus proche de Tahiti, avaient tâché de l'en dissuader, mais, face à l'idée fantaisiste qu'il s'était faite de ces îles, ils choisirent de se taire, en voyant qu'il ne les écoutait pas. Sa tête ne semblait plus capable de faire la différence entre imagination et réalité. Il disait que tout ce que les curés catholiques et les pasteurs protestants, ainsi que les colons français et les commerçants chinois, avaient perverti et anéanti à Tahiti et sur les autres îles de l'archipel, était conservé intact, vierge, pur et authentique aux îles Marquises. Que là-bas le peuple maori restait toujours le même, orgueilleux, libre, barbare, impulsif, en communion avec la Nature et ses dieux, vivant encore l'innocence de la nudité, du paganisme, de la fête et de la musique, des rites sacrés, de l'art communicatif des tatouages, du sexe collectif et rituel et du cannibalisme régénérateur. C'est cela qu'il recherchait dès lors qu'il avait brisé la croûte bourgeoise qui l'emprisonnait depuis l'enfance, et cela faisait un quart de siècle qu'il était sur les traces de ce monde paradisiaque, sans le rencontrer. Il l'avait cherché dans la Bretagne traditionaliste et catholique, orgueilleuse de sa foi et de ses coutumes, mais, hélas ! souillée par les touristes peintres et le modernisme occidental. Il ne l'avait pas trouvé non plus à Panamá, ni à la Martinique, ni ici, à Tahiti, où la substitution de la culture primitive par l'européenne avait déjà frappé à mort les centres vitaux de cette civilisation supérieure, dont il restait à peine de misérables traces. Aussi devait-il partir. Dès qu'il aurait réuni un peu d'argent, il prendrait un petit rafiot pour les Marquises. Il brûlerait ses habits occidentaux, sa guitare et son accordéon, ses toiles et ses pinceaux. Il marcherait à travers bois jusqu'à tomber sur un hameau isolé, qui serait son foyer. Il apprendrait à adorer ces dieux sanguinaires qui attisaient les instincts, les rêves, l'imagination, les désirs humains, qui ne sacrifiaient jamais le corps à la raison. Il étudierait l'art des tatouages et parviendrait à dominer leur labyrinthique système de signes, la sagesse chiffrée qui conservait intact leur très riche passé culturel. Il apprendrait à chasser, à danser, à prier dans ce maori élémentaire plus ancien que le tahitien, et il régénérerait son organisme en mangeant la chair de son prochain. « Je ne me mettrai jamais à portée de tes dents, Koké », lui disait Pierre Levergos, le seul dont il supportait les plaisanteries.

Les gens riaient dans son dos. On rapportait ses extravagances hallucinées et, quand on ne l'appelait pas « Le barbare » ou « Le boiteux », on disait de lui « Le cannibale ». Il était évident qu'il n'avait plus toute sa tête, il suffisait de constater ses contradictions quand il se mettait à évoquer sa vie passée. Il se flattait d'être un descendant direct du dernier empereur aztèque, nommé Moctezuma, et si quelqu'un lui rappelait respectueusement qu'il avait affirmé, quelques jours auparavant, que son lignage provenait en droite ligne d'un vice-roi du Pérou, il disait qu'en effet il en était ainsi, et qu'en outre il avait une grand-mère, Flora Tristan, anarchiste au temps du roi Louis-Philippe, qu'il avait aidée, enfant, à préparer les bombes et la poudre pour les attentats terroristes contre les banquiers. Il n'hésitait pas à donner dans des affirmations sans queue ni tête, ou dans d'énormes anachronismes; ses souvenirs étaient les inventions du moment de quelqu'un de déconnecté d'avec la réalité, une tête qui s'était fabriqué un passé parce que le sien avait été brouillé par maladies, médecines, folies et beuveries.

Aucun colon, officier de la petite garnison ou fonctionnaire, ne l'invitait chez lui, et on ne lui permettait pas, non plus, d'entrer au Cercle militaire. Pour les familles de la petite société coloniale de Tahiti-nui, il était devenu un pestiféré. En raison de sa vie scandaleuse, de son concubinage notoire avec des indigènes, de son commerce avec des prostituées, des scandales de dépravation déclarée dont il était la cause, à Mataiea tout comme à Punaauia — scandales que les ragots exagéraient jusqu'au délire —, et de la mauvaise réputation que lui avaient faite curés et pasteurs (surtout le père Damien) qui, tout en maintenant une rivalité intense dans le partage des âmes indigènes pour leurs églises respectives, étaient d'accord pour considérer Paul, peintre ivrogne et dégénéré, comme un danger public, un discrédit pour la société et une source d'immoralité. Il était à tout moment capable de commettre des crimes. Que pouvait-on attendre d'un individu qui faisait l'éloge public du cannibalisme?

Un jour se présenta au département des Travaux publics une jeune fille indigène enceinte, demandant après lui. C'était Pau'ura. Avec naturel, comme si elle l'avait laissé la veille — « Bonjour, Koké » —, elle lui montra son ventre avec un demi-sourire. Elle tenait à la main son petit ballot de linge.

— Tu viens rester avec moi ?

Pau'ura acquiesça.

— Ce que tu portes dans ton ventre est de moi ?

La fille acquiesça encore, très sûre d'elle, avec des éclats espiègles dans les yeux.

Il en fut très content. Mais aussitôt les complications surgirent, c'était inévitable s'agissant de toi, Koké. La patronne du garni refusa de permettre à Pau'ura de partager la chambre de Paul, en alléguant que sa pension était modeste mais digne, et que sous son toit ne cohabitaient pas de couples illégitimes, moins encore un Blanc avec une indigène. Ce fut alors le début d'un parcours pathétique des pensions de famille de Papeete qui accepteraient de les héberger. Elles refusèrent toutes de les recevoir. Paul et Pau'ura durent se réfugier à Punaauia, chez Pierre Levergos, qui accepta de les loger jusqu'à ce qu'ils trouvent où habiter, ce par quoi l'ex-soldat se gagna l'inimitié du père Damien et du révérend Riquelme.

La vie de Koké, habitant à Punaauia et travaillant à Papeete, devint des plus difficiles. Il devait prendre la première voiture de service public, encore dans la nuit, et malgré cela arrivait avec une demi-heure de retard au département des Travaux publics. Pour compenser son retard, il s'offrit à rester une demi-heure de plus après la fermeture des bureaux.

Comme s'il n'avait pas déjà assez de problèmes,

il eut une idée quelque peu échevelée : faire un procès aux pensions et garnis de Papeete qui avaient refusé de le loger avec sa vahiné, en les accusant d'avoir violé les lois françaises, qui interdisaient toute discrimination entre les citoyens pour raison de race et de religion. Il perdit des heures, des jours, à consulter des avocats et à parler avec le procureur de la République, sur le montant des indemnisations que Pau'ura et lui pouvaient demander en réparation du dommage reçu. Ils s'efforcèrent tous de l'en dissuader, en arguant qu'il ne gagnerait jamais pareil procès, car les lois protégeaient le droit des propriétaires et des gérants d'hôtels et de pensions à refuser toute personne manquant, selon eux, de respectabilité. Et de quelle respectabilité pouvait-on le créditer, lui qui vivait en flagrant adultère, union illégitime ou bigamie, et rien de moins qu'avec une indigène, et qui avait été mêlé à tant de scandales constatés par la police à cause de ses beuveries, et sur qui pesait, en outre, l'accusation de s'être enfui de la clinique pour ne pas payer son dû ? C'est par pure commisération que les médecins de l'hôpital Vaiami n'avaient pas intenté d'action judiciaire contre lui en dommages et intérêts ; mais s'il s'entêtait dans ce procès, le sujet resurgirait et c'est Koké qui en ferait les frais.

Ce ne furent pas ces arguments qui le firent renoncer, mais une lettre conjointe de ses amis Daniel de Monfreid et du bon Schuff, qui lui parvint au milieu de l'année 1897 comme une manne tombée du ciel. Elle était accompagnée d'un mandat de mille cinq cents francs et annonçait, pour bientôt, un nouvel envoi. Ambroise Vollard commençait à vendre ses tableaux et ses sculptures. Pas à un seul client, mais à plusieurs. Il avait des promesses d'achat qui pouvaient se concrétiser à tout moment. Tout cela semblait préluder à un retournement de fortune pour sa peinture. Ses deux amis se réjouissaient qu'enfin les collectionneurs commencent à reconnaître ce que déjà quelques critiques et peintres admettaient à mi-voix : Paul était un grand artiste, qui avait révolutionné les canons esthétiques contemporains. « Il n'est pas impossible qu'il se passe avec toi la même chose qu'avec Vincent, ajoutaient-ils. Après l'avoir systématiquement ignoré, tous maintenant se disputent ses tableaux, en payant pour eux des sommes folles. »

Le jour même où il reçut cette lettre, Paul renonça à son emploi au département des Travaux publics. Il trouva à Punaauia un petit terrain, pas très éloigné de chez Pierre Levergos, où, comme la maison de ce dernier était minuscule, ils dormaient, sa vahiné et lui, dans un hangar sans murs, près des arbres fruitiers. Brandissant la lettre de ses amis et le chèque, ainsi que l'annonce des prochains mandats, il obtint de la Banque de Papeete qu'elle lui fît un prêt pour sa nouvelle maison, dont il dessina lui-même les plans et à la construction de laquelle il veilla jalousement.

Depuis le retour de Pau'ura, son état de santé n'avait cessé de s'améliorer. Il avait recommencé à s'alimenter, retrouvé ses couleurs, et surtout le moral. S'était remis à rire et à se montrer sociable avec ses voisins. Ce n'est pas seulement la présence de sa vahiné qui le réjouissait, mais aussi la perspective d'être père d'un Tahitien. Cela représenterait son ancrage définitif dans ce pays, l'évidence que les mânes du lieu, les Ariori, l'acceptaient enfin.

En deux mois la demeure fut habitable. Elle était plus petite que la précédente, mais plus solide, avec des cloisons et une toiture qui résisteraient aux pluies et aux vents. Il ne s'était pas remis à la peinture, mais déjà Pierre Levergos doutait de le voir tenir sa promesse de ne plus toucher au pinceau. Parce que l'art et la peinture revenaient fréquemment dans sa conversation. L'ex-soldat l'écoutait, feignant un intérêt plus grand qu'il ne l'était en réalité, en l'entendant critiquer des peintres qu'il ne connaissait pas ou défendre des idées incompréhensibles. Comment pouvait-on faire une « révolution » en peignant, par quel miracle ? L'ex-soldat était stupéfait d'entendre Paul, dans ses moments d'exaltation, assurer que la tragédie de l'Europe et de la France avait commencé quand les tableaux et les sculptures avaient cessé d'être mêlés à la vie des gens, comme cela s'était passé jusqu'au Moyen Âge, et comme il en allait dans toutes les civilisations antiques, égyptienne, grecque, babylonienne, scythe, inca, aztèque et ici aussi, chez les anciens Maoris. Quelque chose qui continuait encore aux Marquises, où il allait se rendre avec Pau'ura et l'enfant dans quelque temps.

La maladie imprononçable coupa net la récupération physique et morale de Koké, revenant soudain à la charge, au mois de mars, avec plus de furie qu'avant. Les plaies de ses jambes se rouvrirent, suppurantes. Cette fois, l'onguent à base d'arsenic ne pouvait plus rien contre les démangeaisons. En même temps, les douleurs à la cheville redoublèrent. Le pharmacien de Papeete refusa de continuer à lui vendre du laudanum sans prescription médicale. La tête basse, pâle d'humiliation, il dut retourner à l'hôpital Vaiami. On refusa de l'admettre s'il ne réglait pas auparavant ce qu'il devait depuis la fois où il s'était enfui par la fenêtre. Il dut, en outre, verser un dépôt de garantie à valoir sur la facture.

Il y resta huit jours. Le docteur Lagrange accepta de lui prescrire à nouveau du laudanum, en l'avertissant, cependant, qu'il ne pourrait à la longue abuser de ce stupéfiant, en grande partie responsable de la perte de mémoire et de ces épisodes d'égarement mental — ne plus savoir qui il était, où il se trouvait, où il allait — dont il se plaignait maintenant. Quand le médecin, en prenant maintes précautions pour ne pas blesser sa susceptibilité, osa lui suggérer, vu son état de santé, d'envisager un retour en France, son pays, auprès de sa famille, des gens de sa race, de son sang, de sa langue, pour y vivre ses dernières années — qui seraient fort pénibles, il devait le savoir —, Paul réagit en élevant la voix :

— Ma langue, mon sang et ma race sont ceux de Tahiti-nui, docteur. Je ne retournerai pas en France, un pays qui ne m'a apporté que des échecs et des désagréments.

Il quitta la clinique avec encore des plaies aux jambes et des douleurs à la cheville. Mais le laudanum le protégeait des démangeaisons et du désespoir. C'était toute une expérience que de se détacher peu à peu de son entourage, de s'enfoncer dans un territoire de sensations pures, d'images, de fantaisies effilochées, où il se libérait de la douleur et du dégoût qu'il éprouvait à savoir qu'il pourrissait sur pied, que ces blessures aux jambes, dont la puanteur passait la barrière des bandes imprégnées d'onguent, révélaient en pleine lumière péchés, saletés, vilenies, méchancetés et erreurs de toute une vie. Une vie qui, apparemment, n'allait plus durer bien longtemps, Paul. Allais-tu mourir avant d'arriver aux Marquises ?

Le 19 avril 1898 naquit le fils de Koké et de Pau'ura, un petit gars en bonne santé et d'un bon poids qu'ils appelèrent, d'un commun accord, Émile.

XI

AREQUIPA

Marseille, juillet 1844

« Il y a des villes qu'on déteste sans les
connaître », pensa Flora en descendant du coupé
qui l'avait amenée d'Avignon, avec un curé et un
commerçant comme compagnons de voyage. Elle
voyait avec déplaisir les maisons de Marseille.
Pourquoi haïssais-tu cette ville que tu n'avais pas
encore vue, Florita ? Elle se dirait par la suite
qu'elle l'avait détestée parce qu'elle était prospère :
il y avait trop de riches et de gens aisés dans cette
Babylone au petit pied peuplée d'aventuriers et
d'émigrants avides. L'excès de commerce et de
richesses avait imposé, chez ses habitants, un
esprit levantin et un individualisme féroce qui
contaminait même les pauvres et les exploités,
parmi lesquels elle ne trouva pas non plus la
moindre prédisposition à la solidarité, et bien plutôt une épaisse indifférence envers les idées de
l'unité ouvrière et de la fraternité universelle
qu'elle venait leur inculquer. Maudite cité où les
gens n'avaient que le lucre à l'esprit ! L'argent
était le venin de la société ; il corrompait tout et
faisait de l'être humain une bête cupide et rapace

Comme si Marseille avait voulu lui donner des raisons de justifier son antipathie, tout commença à aller de travers dès qu'elle foula le sol de la ville. L'hôtel Montmorency était épouvantable, infesté de puces qui lui rappelèrent son arrivée au Pérou en septembre 1833, dans le port d'Islay, où la première nuit, chez don Justo, l'administrateur des Postes, elle avait cru mourir sous les piqûres de ces bestioles qui s'acharnaient impitoyablement sur elle. Le lendemain elle déménagea pour une auberge du centre de la cité phocéenne, tenue par une famille espagnole; on lui donna une chambre simple et vaste, et l'on n'objecta rien à ce qu'elle reçoive des groupes d'ouvriers. Charles Poncy, le poète-maçon, auteur de l'hymne de l'Union ouvrière, sur qui Flora comptait pour la guider dans ses réunions avec les travailleurs marseillais, était parti à Alger en lui laissant une petite note : il était épuisé, et ses nerfs et ses muscles avaient besoin de repos. Que pouvait-on attendre des poètes, même s'ils étaient ouvriers? C'étaient eux aussi des monstres d'égoïsme, aveugles et sourds au sort du prochain, des narcisses épris des souffrances qu'ils s'inventaient pour pouvoir les chanter. Tu devrais considérer, peut-être, Andalouse, la nécessité de proscrire dans la future Union ouvrière non seulement l'argent, mais aussi les poètes, comme l'avait fait Platon dans sa *République*.

Pour comble, dès le premier jour à Marseille, ses maux repartirent de plus belle. En particulier la colite. Dès qu'elle mangeait la moindre chose, le gonflement de l'estomac et les crampes la pliaient en deux. Résolue à ne pas se laisser abattre, elle poursuivit ses visites et ses réunions, mais en veillant à ne pas ingérer une bouchée, hormis des bouillons insipides ou des bouillies de bébé, que son ventre délabré pouvait tolérer.

Le second jour, après une réunion avec un groupe de cordonniers, de boulangers et de tailleurs, organisée par deux coiffeurs fouriéristes auxquels, sur la recommandation de Victor Considerant, elle avait écrit de Paris, elle assista sur le port à un incident qui lui tourna les sangs. Elle observait depuis l'embarcadère les opérations de déchargement d'un bateau récemment amarré, et là elle put voir, de ses propres yeux, le fonctionnement du système des « esclaves blancs », dont venaient justement de l'informer les coiffeurs. « Les portefaix ne viendront pas vous voir, madame, lui avaient-ils dit. Ce sont les pires exploiteurs des pauvres. » Ils disposaient, en effet, d'une patente qui leur accordait le droit exclusif de travailler dans les soutes des bateaux, à charger et décharger les marchandises, et d'aider les passagers à descendre leurs bagages. Beaucoup préféraient sous-louer ce travail aux Génois, aux Turcs et aux Grecs groupés devant l'embarcadère, qui de la voix et du geste imploraient d'être engagés. Les portefaix recevaient par déchargement un bon salaire, un franc et demi, et donnaient à ceux qui prenaient leur place cinquante centimes, de sorte que, sans lever le petit doigt, ils empochaient un franc de commission. Flora sortit de ses gonds en remarquant un des portefaix chargeant une énorme valise — une malle, presque — sur les épaules d'une Génoise grande et forte, mais en état de grossesse avancée. Voûtée sous le poids, la femme se traînait en rugissant, le visage congestionné par l'effort et dégoulinant de sueur, en direction de la diligence des passagers. Le portefaix lui tendit vingt-cinq centimes, et quand elle se mit à réclamer, dans son méchant français, les vingt-cinq centimes restants, il la menaça et l'insulta.

Flora bondit devant le portefaix alors qu'il regagnait le bateau, au milieu de ses compagnons.

— Sais-tu ce que tu es, malheureux ? lui dit-elle, hors d'elle. Un traître et un lâche. N'as-tu pas honte de te comporter envers cette pauvre femme comme les exploiteurs se conduisent envers toi et tes frères ?

L'homme la regardait sans comprendre, se demandant sans doute s'il avait affaire à une folle. Finalement, au milieu des rires et des quolibets, il lui demanda d'un air offensé :

— Qui êtes-vous ? Et de quel droit vous en prendre à moi ?

— Je m'appelle Flora Tristan, lui dit-elle en colère. Rappelle-toi bien mon nom. Flora Tristan. Je consacre ma vie à lutter contre les injustices que l'on commet envers les pauvres. Les bourgeois mêmes ne sont pas aussi méprisables que les ouvriers qui exploitent d'autres ouvriers.

Les yeux de l'homme — un costaud renfrogné et ventru, aux jambes cagneuses — s'enflammèrent d'indignation.

— Mets-toi putain, ça t'ira mieux, glapit-il en s'éloignant avec un geste obscène.

Flora regagna sa pension en frissonnant de fièvre. Elle avala quelques cuillerées de bouillon et se mit au lit. Malgré son manteau, en plein été, elle avait froid. Elle ne put fermer l'œil durant des heures et des heures. Ah ! Florita, ce maudit corps n'était pas à la hauteur de tes inquiétudes, de tes exigences, de tes obligations, de ta volonté. Étais-tu donc si vieille ? À quarante et un ans un être humain était plein de vie. Mais ton organisme s'était détérioré, Andalouse. Onze ans plus tôt tu avais si bien résisté à ce terrible voyage de France à Valparaiso, puis au trajet de Valparaiso jusqu'à Islay, et enfin aux assauts des puces qui t'avaient piquée toute la nuit. Quel accueil on t'avait fait au Pérou !

Islay : une seule ruelle avec des cabanes en bambou, une plage de sable noir et un port sans quai où l'on débarquait les passagers comme les bagages et les animaux, en les balançant au moyen d'une corde et d'une poulie jusqu'à de petits canots. L'arrivée de la nièce française du puissant don Pío Tristán avait mis en effervescence ce petit port de mille âmes. C'est à cela que tu avais dû d'être logée dans la meilleure maison du bourg, celle de don Justo Medina, l'administrateur des Postes. La meilleure, mais qui ne t'épargnerait pas la plaie des puces qui régnaient en maîtres dans Islay. La seconde nuit, en te voyant piquetée des pieds à la tête et te grattant sans cesse, l'épouse de don Justo t'avait donné sa recette pour dormir. Cinq chaises disposées en file, la dernière touchant le lit. Te défaire sur la première de ta robe et la donner à l'esclave pour l'emporter avec ses puces. Déposer sur la deuxième chaise ton linge de corps et te frotter les parties exposées avec un mélange d'eau tiède et d'eau de Cologne pour te débarrasser des puces collées à la peau. Et continuer à ôter de chaise en chaise le reste de tes vêtements, en continuant de frotter les parties du corps libérées, jusqu'à la cinquième, où t'attendait une chemise de nuit imprégnée d'eau de cologne qui, tant qu'elle ne s'évaporerait pas, tiendrait à distance les acariens. Cela permettait de trouver le sommeil. Deux ou trois heures plus tard, ragaillardies, les puces revenaient à l'attaque, mais alors on était endormi et, avec un peu de chance, et l'habitude aidant, on ne les sentait pas.

Voilà la première leçon, Florita, que tu reçus au pays de ton père et de ton oncle, celui de ta vaste famille paternelle, que tu venais explorer avec l'espoir de récupérer une part de l'héritage de don Mariano. Tu devais y passer un an et y découvrir l'opulence, ce que cela signifiait, jusqu'à l'irréalité, que de vivre au sein d'une famille patricienne attachée à tenir son rang, sans aucun souci financier.

Tu avais alors trente ans, et tu étais forte et en bonne santé, Andalouse. Sinon, tu n'aurais pas résisté à ces quarante heures à cheval, escaladant les Andes et traversant le désert, entre Islay et Arequipa. Du niveau de la mer jusqu'à deux mille six cents mètres d'altitude, après avoir franchi des précipices et des montagnes abruptes — tu voyais les nuages à tes pieds — où les bêtes suaient et hennissaient, accablées par l'effort. Au froid des sommets avait succédé la chaleur d'un désert interminable, sans arbres, sans une seule ombre verte, sans un ruisselet ni un puits, aux roches calcinées et aux dunes où surgissait soudain la mort sous forme de squelettes de vaches, d'ânes et de chevaux. Un désert sans oiseaux ni serpents, sans renards ni êtres vivants d'aucune espèce. Au supplice de la soif s'ajoutait celui de l'incertitude. Toi seule, là, entourée de ces quinze hommes de la caravane qui te regardaient tous d'un œil concupiscent, un médecin, deux commerçants, le guide et onze muletiers. Arriverais-tu à Arequipa ? Survivrais-tu ?

Tu étais arrivée à Arequipa et tu avais survécu. Dans tes conditions physiques actuelles, tu serais morte dans ce désert et on t'y aurait enterrée comme ce jeune étudiant dont la tombe, avec sa grossière croix de bois, avait été le seul signe de présence humaine sur ce périple lunaire de deux jours à cheval, entre le port d'Islay et les majestueux volcans de la Ville Blanche.

Elle se sentait si mal, dans ses réunions marseillaises, qu'elle perdait très vite patience devant les questions stupides que lui posaient parfois ces ouvriers venus la rencontrer chez ses logeurs espagnols. Comparés à ceux de Lyon, les travailleurs de Marseille étaient préhistoriques, incultes, grossiers, sans la moindre curiosité pour la question sociale. Ils bâillaient avec indifférence, en l'entendant expliquer que grâce à l'Union ouvrière ils auraient un travail sûr et pourraient donner à leurs enfants une éducation aussi bonne que celle que les bourgeois donnaient aux leurs. Ce qui irritait le plus Flora, c'était la réserve soupçonneuse, parfois la franche hostilité qu'elle lisait sur leur visage quand elle disait pis que pendre de l'argent, affirmant qu'avec la révolution le commerce disparaîtrait, qu'hommes et femmes travailleraient, comme dans les communautés chrétiennes primitives, non par appât du gain, mais par altruisme, pour satisfaire leurs besoins personnels et ceux des autres. Et que dans ce monde futur tous mèneraient une vie austère, sans esclaves blancs ni noirs. Et qu'aucun homme n'aurait de maîtresses ni ne serait bigame ou polygame, comme tant de Marseillais.

Ses diatribes contre l'argent et le commerce inquiétaient les travailleurs. Elle le voyait à leur mine déconfite et fâchée. Et ils trouvaient absurde de considérer comme inique ou honteux d'avoir des maîtresses, de recourir à la prostitution ou d'entretenir un harem comme un pacha turc. L'un d'eux osa le lui dire :

— Vous ne comprenez peut-être pas les besoins des hommes, madame, parce que vous êtes une femme. Vous, les femmes, êtes heureuses d'avoir un mari. Ça vous suffit et ça vous comble. Mais nous autres, une seule femme toute la vie, c'est ennuyeux. Vous ne vous en rendez peut-être pas compte, mais nous sommes très différents des femmes. Même la Bible le dit.

Tu en avais la tête qui tournait, Florita, d'entendre ces lieux communs. Nulle part tu n'avais vu, comme dans cette ville d'ostentation mercantile, une exhibition aussi cynique de la luxure et de l'exploitation sexuelle. Ni autant de prostituées cherchant les clients avec pareille effronterie. Tes tentatives pour parler avec celles des rues du port, pleines de bars et de bordels — moins sordides que ceux de Londres, tu devais le reconnaître —, furent vaines. Beaucoup ne te comprenaient pas, car elles étaient algériennes, grecques, turques ou génoises et baragouinaient à peine le français. Toutes s'écartaient de toi, effrayées, te prenant pour une religieuse leur faisant la morale ou un agent de l'autorité. Tu aurais dû te déguiser en homme, comme en Angleterre, pour gagner leur confiance. Tu croyais rêver quand, dans les réunions avec des hommes de presse, des journalistes professionnels aux sympathies fouriéristes, saint-simoniennes ou icariennes, voire des travailleurs de la base, tu entendais parler avec culot et admiration des banquiers, des armateurs, des consignataires et des commerçants qui prenaient des maîtresses, les mettaient dans leurs meubles, leur achetaient robes et bijoux et les comblaient de gâteries : « Ah ! M. Laferrière est aux petits soins avec ses maîtresses », « Il n'a pas son pareil pour les traiter ainsi, c'est un grand seigneur. » Quelle révolution pouvait-on faire avec des gens pareils ?

En matière d'exhibitionnisme de pouvoir et de richesse ces marchands ne ressemblaient pas aux richards de Paris ou de Londres, mais à ceux de la lointaine Arequipa. Parce que Flora avait pour la première fois compris, dans leur vertigineuse dimension, ce que signifiaient « privilège » et « richesse » en arrivant au Pérou, ce mois de septembre 1833, quand, après son voyage depuis

Islay, elle avait vu venir à sa rencontre, sur les hauteurs de Tiabaya, une chevauchée de dizaines de personnes, toutes vêtues à la mode de Paris, et presque toutes apparentées par le sang ou par alliance — les meilleures familles d'Arequipa étaient bibliques par leur ampleur et leurs complexes liens de parenté. On l'avait escortée jusqu'à la maison de don Pío Tristán, rue Santo Domingo, en plein centre. Elle se rappelait comme une fantasmagorie cette entrée triomphale sur la terre de son père : la verdure et l'harmonie de la vallée arrosée par le fleuve Chili, les troupeaux de lamas aux oreilles dressées et les trois superbes volcans couronnés de neige au pied desquels s'éparpillaient les petites maisons blanches, en pierre de lave, de cette ville de trente mille âmes qu'était Arequipa. Le Pérou était une république depuis quelques années, mais tout dans cette ville, où les Blancs se faisaient passer pour nobles et rêvaient de l'être, dénonçait la colonie. Une ville pleine d'églises, de couvents et de monastères, d'Indiens et de Noirs allant nu-pieds, une ville aux pavés ébréchés dans des rues rectilignes au milieu desquelles coulait une rigole où les gens jetaient leurs ordures, où les pauvres pissaient et chiaient et où buvaient les bêtes de somme, les chiens et les gosses des rues; et au milieu de baraques misérables et de campements faits de planches, de paille et de rebuts, se dressaient soudain, majestueuses et princières, les demeures des riches. Celle de don Pío Tristán était l'une d'elles. Lui ne se trouvait pas à Arequipa mais dans ses sucreries de Camaná. Néanmoins la grande bâtisse à façade blanche attendait Flora dans sa parure de fête et le fracas d'un feu d'artifice. La vaste cour d'entrée était éclairée par des torches de résine et toute la domesticité — serviteurs et esclaves — était en rang pour lui souhaiter la bienvenue. Une femme en mantille, les mains pleines de bagues et le cou de colliers, l'avait embrassée : « Je suis ta cousine Carmen de Piérola, Florita, tu es ici chez toi. » Tu ne pouvais en croire tes yeux : tu te sentais une mendiante, entourée d'un tel faste. Dans le grand salon de réception tout brillait ; à l'immense lustre de cristal s'ajoutaient, alentour, des candélabres avec des bougies de couleurs. Étourdie par ce luxe, tu passais de l'un à l'autre en tendant la main. Les messieurs te faisaient le baisemain avec une révérence galante, et les femmes te donnaient l'accolade à la mode espagnole. Beaucoup te parlaient en français et tous t'interrogeaient sur une France méconnue de toi, celle des théâtres, des boutiques de mode, des courses de chevaux, des bals de l'Opéra. Il y avait aussi plusieurs moines dominicains en robe blanche attachés à la famille Tristán — le Moyen Âge, Florita ! — et, au milieu de la réception, le prieur réclama soudain silence pour prononcer quelques mots de salutation à la nouvelle venue et implorer pour elle, durant son séjour à Arequipa, la bénédiction du ciel. La cousine Carmen avait préparé un dîner. Mais toi, à moitié morte de fatigue sous l'effet du voyage, de la surprise et de l'émotion, tu t'étais excusée : tu étais épuisée, tu préférais te reposer.

La cousine Carmen — très cordiale et affec-

tueuse, sans cou et le visage marqué par la petite
vérole — t'avait accompagnée à tes appartements,
dans une aile arrière de la bâtisse : une ample
antichambre et une chambre à coucher au plafond voûté, extrêmement haut. Elle t'avait montré
à la porte une négrillonne aux yeux vifs qui attendait, figée comme une statue :

— Cette esclave, Florita, est pour toi. Elle t'a
préparé un bain d'eau et de lait tiède, pour que tu
passes une bonne nuit.

Tout comme les richards d'Arequipa, les marchands de Marseille ne semblaient pas se rendre
compte de l'obscénité que représentait le spectacle de leur abondance au milieu de tant de
misère. Bien sûr, les pauvres de Marseille étaient
riches en comparaison de ces petits Indiens,
emmitouflés dans leur poncho, qui demandaient
l'aumône aux portes des églises aréquipègnes en
montrant leurs yeux aveugles ou leurs membres
estropiés pour inspirer la pitié, ou qui trottaient
près de leur troupeau de lamas, en apportant
leurs produits au marché du samedi, sous les
arcades de la place d'armes. Mais ici, à Marseille,
il y avait aussi beaucoup de nécessiteux, presque
tous des immigrants, et donc exploités dans les
ateliers, sur le port et dans les fermes des environs.

Elle n'avait pas passé une semaine à Marseille,
tenant, malgré son malaise, bon nombre de réunions, vendant une cinquantaine d'exemplaires de
L'Union ouvrière, quand elle vécut une expérience
dont elle se souviendrait par la suite, parfois en
riant aux éclats et parfois indignée. Une dame qui

n'avait donné que son prénom, jamais son nom de famille, Mme Victoire, l'avait demandée plusieurs fois à l'auberge des Espagnols. La quatrième ou cinquième fois, elle tomba sur elle. C'était une femme sans âge, qui boitait du pied gauche. Malgré la chaleur, elle était vêtue de sombre, un foulard sur les cheveux et un grand cabas de toile pendu à son bras. Elle insista tellement pour qu'elles parlent seule à seule, que Flora la fit entrer dans sa chambre. Mme Victoire devait être italienne ou espagnole, à en juger par son accent, mais elle pouvait tout aussi bien être de la région, car les Marseillais parlaient le français d'une façon telle qu'il devenait incompréhensible pour Flora. Aussitôt Mme Victoire se mit à la flatter — quelle chevelure de jais, vos yeux comme des lucioles dans la nuit, quelle délicate silhouette, et vos pieds si petits ! — au point de la faire rougir.

— Vous êtes bien aimable, madame, l'interrompit-elle. Mais j'ai beaucoup d'engagements et ne peux m'attarder. Pourquoi vouliez-vous me voir ?

— Pour te rendre riche et heureuse, la tutoya Mme Victoire en écartant les bras comme pour embrasser un univers de luxe et de fortune. Ma visite peut changer ta vie. Tu n'auras jamais assez de mots pour me remercier, ma belle.

C'était une entremetteuse. Venue lui dire qu'un homme très riche, élégant et généreux, de la haute société marseillaise, l'avait vue, s'était épris d'elle — romantique, ce monsieur croyait au coup de foudre — et était prêt à la tirer de cette pension mal famée, à la mettre dans ses meubles et à pourvoir à ses besoins et ses caprices de façon que sa vie fût dorénavant à la hauteur de sa beauté. Qu'en disais-tu, Florita ?

Éberluée, n'en croyant pas ses oreilles, Flora fut prise de fou rire au point d'en perdre le souffle. Mme Victoire riait aussi, croyant l'affaire conclue. Et quelle ne fut pas sa surprise en voyant Flora passer du rire à la fureur, et fondre sur elle en l'abreuvant d'injures et en la menaçant de la dénoncer à la police si elle ne décampait pas. La célestine partit en marmonnant qu'après y avoir repensé elle regretterait cette réaction puérile.

— Il faut saisir l'occasion quand elle passe à portée de main, ma belle, parce qu'elle ne repasse jamais.

Flora resta à méditer l'incident. L'indignation faisait place à un sentiment de vanité, de coquetterie intime. Qui prétendait être ton amant et protecteur ? Un vieillard décati ? Tu aurais dû feindre de t'y intéresser, soutirer son nom à Mme Victoire. Tu serais alors allée lui demander des comptes. Mais une proposition ainsi faite, d'un de ces Marseillais riches et libidineux, indiquait qu'en dépit de tous tes malheurs, de ta vie de fatigue et de tes maladies, tu devais être encore une femme attirante, capable d'enflammer les hommes, de les inciter à faire des folies. Tu portais bien tes quarante et un ans, Florita. Olympe ne te disait-elle pas parfois, dans ses moments les plus passionnés : « Je me demande si tu n'es pas immortelle, mon amour ! »

À Arequipa, tout le monde tenait la petite Française nouvelle venue pour une beauté. Ils le lui avaient tous dit dès le premier jour, ses oncles et tantes, cousins et cousines, neveux et nièces, et la foule de parents et d'amis de la famille, de curieuses et de curieux du monde aréquipègne qui, les premières semaines, vinrent lui présenter leurs hommages en lui apportant de petits cadeaux, et satisfaire cette curiosité frivole, potinière, malsaine, maladie endémique de la « bonne société » d'Arequipa (ainsi qu'ils s'appelaient eux-mêmes). Avec quelle distance et quel mépris tu regardais maintenant tous ces gens nés et vivant au Pérou qui ne rêvaient que de la France et de Paris, ces républicains de fraîche date qui feignaient d'être des aristocrates, ces dames et ces messieurs si convenables dont la vie ne pouvait être plus creuse, parasite, égoïste, frivole. C'est maintenant que tu pouvais émettre ces jugements aussi sévères. Pas alors. Pas encore. Ces premiers mois dans le pays de ton père, tu fus flattée, heureuse de te trouver parmi de riches bourgeois. Ces sangsues de luxe, avec leurs amabilités, invitations, cajoleries et galanteries, te faisaient te sentir riche toi aussi, convenable, bourgeoise et aristocrate toi aussi, Florita.

Ils te croyaient vierge et célibataire, bien sûr. Nul ne se doutait de la dramatique vie conjugale à laquelle tu venais d'échapper. Que c'était merveilleux de se lever et d'être servie, d'avoir une esclave toujours là à attendre tes ordres, de ne jamais te soucier d'argent, car, tant que tu resterais dans cette maison, il y aurait toujours pour toi le gîte et le couvert, l'affection et un vestiaire qui, grâce à la générosité de ta parentèle, et surtout de ta cousine Carmen de Piérola, s'était multiplié en quelques jours. Cela signifiait-il que don Pío et la famille Tristán avaient décidé d'oublier que tu étais une enfant naturelle et de te reconnaître les droits de fille légitime ? Tu ne le saurais vraiment qu'au retour de don Pío, mais les indices étaient encourageants. Ils te traitaient tous comme si tu avais toujours fait partie de la famille. Peut-être bien que le cœur de ton oncle Pío s'était radouci. Il te reconnaîtrait comme fille légitime de son frère Mariano et te donnerait la part de l'héritage de ta grand-mère et de ton père qui te revenait. Tu rentrerais en France avec une rente qui te permettrait de vivre à l'avenir comme une bourgeoise.

Ah, Florita ! Tant mieux que cela ne soit pas arrivé, n'est-ce pas ? Tu aurais fini dans la peau d'une de ces femmes riches et stupides que maintenant tu méprisais tant. Tant mieux, oui, que tu aies subi cette déception à Arequipa et que tu aies appris, à force de revers, à reconnaître l'injustice, à la haïr et à la combattre. De la terre de ton père tu n'étais pas revenue riche, mais assurément rebelle, justicière, une « paria », comme tu allais t'appeler toi-même avec orgueil dans ce livre où tu avais décidé de raconter ta vie. Après tout, tu avais bien des motifs de reconnaissance envers Arequipa, Florita.

La réunion la plus intéressante de Marseille eut lieu au sein de la confrérie des bourreliers. Dans un local sentant le cuir, les teintures et le bois humide, devant une vingtaine de personnes, se présenta soudain Benjamin Mazel, un disciple de Charles Fourier, gaillard et exubérant. C'était un quadragénaire plein d'énergie, au verbe exalté, à la chevelure désordonnée de poète romantique, drapé dans une cape constellée de taches de graisse et de pellicules. Il tenait à la main, couvert d'annotations, un exemplaire de *L'Union ouvrière*. Ses opinions et ses critiques te séduisirent immédiatement. Mazel, dont le physique athlétique et l'enthousiasme à fleur de peau te rappelaient le colonel Clément Althaus, d'Arequipa, dit en gesticulant comme un Italien que, dans le projet de réforme sociale de l'Union ouvrière, il manquait, à côté du droit au travail et à l'instruction, le droit au pain quotidien et gratuit. Il exposa sa thèse en détail et convainquit sur-le-champ la vingtaine de bourreliers et Flora elle-même. Dans la société future, les boulangeries, toutes aux mains de l'État, rendraient un service public, comme les écoles et la police ; elles cesseraient d'être des institutions commerciales et fourniraient du pain aux citoyens en toute gratuité. Le coût serait supporté par les impôts. Ainsi, personne ne mourrait de faim, personne ne vivrait dans l'oisiveté et tous les enfants et adolescents recevraient une éducation.

Mazel écrivait des opuscules et avait dirigé une feuille de chou saisie parce que subversive. Tandis qu'autour d'une table avec des rafraîchissements et des tasses de thé Flora l'entendait raconter ses ennuis politiques — il avait été arrêté plusieurs fois comme agitateur —, elle ne pouvait s'empêcher de penser à Althaus, la personne qui, avec la Maréchale, l'avait le plus impressionnée en 1833 au Pérou. Comme Mazel, Clément

Althaus débordait d'énergie et de vitalité par tous les pores de son corps et personnifiait l'aventure, le risque, l'action. Mais contrairement à Mazel, il se moquait de l'injustice et de l'existence de tant de pauvres face à si peu de riches, ou que ces derniers fussent aussi cruels envers les déshérités. Althaus s'intéressait aux guerres de par le monde, pour y prendre part, tirer, tuer, commander, échafauder une stratégie et l'appliquer. Faire la guerre était sa vocation et son métier. Allemand de haute taille, blond, au corps apollinien et aux yeux bleus d'acier, quand Flora l'avait connu il semblait bien plus jeune que ses quarante-huit ans. Il parlait le français aussi bien que l'allemand et l'espagnol. Il était mercenaire depuis l'adolescence. Avait grandi en combattant sur les champs de bataille d'un bout à l'autre de l'Europe, dans les rangs de l'alliance, pendant les guerres napoléoniennes et, à la fin de celles-ci, était venu en Amérique du Sud en quête d'autres guerres où louer ses services comme ingénieur militaire. Engagé par le gouvernement péruvien et nommé colonel de son armée, il participait depuis quatorze ans à toutes les guerres civiles qui avaient secoué la jeune République depuis le jour de son indépendance, changeant de camp à plusieurs reprises, suivant les propositions que les combattants lui faisaient. Flora allait bientôt découvrir qu'à commencer par son oncle don Pío Tristán — vice-roi de la colonie espagnole, puis président de la République — changer de camp était le sport le plus populaire de la société péruvienne. Le plus curieux, c'est qu'ils s'en flattaient tous, comme d'un art raffiné d'esquiver les dangers et de tirer profit de l'état chronique de conflits armés où était plongé le pays. Mais ce manque de principes, d'idéal et de loyauté, ce goût de l'aventure pour l'aventure et du profit, personne ne s'en targuait avec autant de grâce et d'aplomb que le colonel Clément Althaus. Il était à Arequipa parce que, dans cette ville où il avait été affecté à l'état-major de Simón Bolívar, il était tombé amoureux de Manuela de Flores, cousine germaine de Flora, fille d'une sœur de don Pío et de don Mariano, avec laquelle il s'était marié. Comme sa femme se trouvait à Camaná, avec don Pío et sa cour, Althaus était devenu le compagnon inséparable de Flora. Il lui avait montré tous les centres d'intérêt de la ville, depuis ses églises et ses couvents centenaires jusqu'aux mystères religieux que l'on représentait en plein air, sur la place de Las Mercedes, devant une foule bigarrée qui suivait des heures durant les mimiques et les déclamations des acteurs. Il l'avait menée aux combats de coqs dans les deux enceintes d'Arequipa, aux courses de taureaux sur la place d'armes, au théâtre où l'on donnait des comédies classiques de Calderón de la Barca ou des farces anonymes, et aux processions, très fréquentes, qui avaient évoqué pour Flora ce que devaient être les bacchanales et les saturnales : d'indécentes bouffonneries pour divertir le peuple et le maintenir en léthargie. Précédés par des musiciens, des Noirs et des métis déguisés en pierrots, en arlequins, en jocrisses ou en travestis se contorsionnaient et amusaient le populaire de leurs clowneries. Venaient ensuite, dans des fumées d'encens et d'aromates, les pénitents traînant leurs chaînes, portant leur croix, se flagellant, suivis d'une masse anonyme d'Indiens qui priaient en quechua et pleuraient à grands cris. Les porteurs des statues se donnaient des forces à grandes rasades d'eau-de-vie et d'alcool de maïs — qu'ils appelaient *chicha* — et finissaient complètement ivres.

— Ce peuple superstitieux produit les pires soldats du monde, lui disait Althaus en riant, et toi tu l'écoutais sous le charme. Des brutes couardes, sales et indisciplinées. La seule façon pour qu'ils ne fuient pas au combat, c'est la terreur.

Il t'avait raconté qu'il avait réussi à implanter au Pérou la coutume allemande selon laquelle c'étaient les officiers eux-mêmes, et non leurs subordonnés, qui infligeaient à la troupe les châtiments corporels :

— Le fouet de l'officier fait le bon soldat, tout comme le fouet du dompteur fait la bête de cirque, affirmait-il, mort de rire (et toi tu pensais : « Il est comme un de ces Germains barbares qui ont renversé l'Empire romain »).

Un jour où ils étaient allés à Tingo avec des amis, pour connaître les thermes (il y en avait plusieurs autour d'Arequipa), Althaus et elle s'étaient écartés du groupe pour visiter des grottes. Soudain l'Allemand l'avait prise dans ses bras — tu t'étais sentie, entre ses muscles, fragile et vulnérable comme un oisillon —, lui avait caressé les seins et l'avait embrassée sur la bouche. Flora avait dû faire un véritable effort pour ne pas céder aux caresses de cet homme dont le charme opérait sur elle comme jamais cela ne lui était arrivé avec aucun homme. Mais la répugnance contractée pour les choses du sexe depuis son mariage avec Chazal l'avait emporté :

— Je regrette beaucoup qu'en vous comportant aussi grossièrement, vous ayez détruit la sympathie que j'éprouvais pour vous, Clément.

Et elle lui avait donné une gifle, pas très fort, qui avait à peine ébranlé ce blond visage surpris.

— C'est moi qui le regrette, Florita, s'excusa Althaus en faisant claquer ses talons. Cela ne se reproduira pas. Je vous le jure sur mon honneur.

Il avait tenu parole et, tous les mois que Flora avait encore passés à Arequipa, il n'avait pas eu le moindre geste déplacé, bien que, parfois, elle eût surpris dans les yeux glauques d'Althaus l'éclat du désir.

Peu de jours après cet épisode aux thermes de Tingo, elle avait connu la première secousse sismique de sa vie. Elle se trouvait dans son antichambre à écrire une lettre quand, quelques secondes avant que tout ne se mît à trembler, elle avait entendu en ville un tumulte d'aboiements éperdus — on lui avait dit que les chiens étaient les premiers à sentir ce qui arrivait — et vu, sur l'instant, son esclave Dominga tomber à genoux, les bras en croix et les yeux épouvantés, priant à grands cris le Seigneur des Tremblements :

Miséricorde, Seigneur.
Apaise, Seigneur, ta colère,
ta justice et ta rigueur.

Doux Jésus de ma vie,
par tes très saintes plaies,
miséricorde, Seigneur.

La terre avait tremblé deux minutes d'affilée, avec un ronflement sourd, profond, tandis que Flora, paralysée, oubliait de courir s'abriter dans l'embrasure de la porte, comme le lui avaient enseigné ses parents. Ce tremblement de terre n'avait pas fait beaucoup de dégâts à Arequipa, mais il avait détruit deux villes de la côte, Tacna et Arica. Les trois ou quatre secousses qui se produisirent par la suite furent insignifiantes en comparaison de ce tremblement de terre. Tu n'oublierais jamais l'impression d'impuissance et de catastrophe vécue durant cette interminable secousse. Ici à Marseille, onze ans après, tu en avais encore des frissons.

Elle passa au lit ses derniers jours dans le port méditerranéen, accablée par la chaleur, les douleurs à l'estomac, sa faiblesse générale et ses accès de névralgie. Elle était outrée de perdre son temps de la sorte, alors qu'il restait tant à faire. L'impression qu'elle avait eue des ouvriers de Marseille s'améliora quelque peu, ces jours-là. En la voyant malade, ils se mirent en quatre pour la soigner. Par petits groupes, ils défilaient dans la pension en lui apportant qui des fruits, qui un bouquet de fleurs, et restaient au pied de son lit, attentifs et embarrassés, leur casquette à la main, soucieux et désireux de lui rendre service. Grâce à Benjamin Mazel, elle put constituer un comité de l'Union ouvrière de dix personnes, qui, en dehors du journaliste et agitateur, étaient tous des travailleurs manuels : un tailleur, un charpentier, un maçon, deux bourreliers, deux coiffeurs, une couturière et même un portefaix.

Les réunions, dans sa chambre d'hôtel, étaient devenues des causeries à bâtons rompus. À cause de sa faiblesse et de son malaise, Flora parlait peu. Mais elle écoutait beaucoup, et s'amusait de l'ingénuité de ses visiteurs et de leur immense inculture, ou bien s'irritait des préjugés bourgeois qui les avaient contaminés. Contre les immigrants turcs, grecs et génois, par exemple, qu'ils tenaient pour responsables de tous les vols et de tous les crimes ; ou contre les femmes, qu'ils ne parvenaient pas à considérer comme leurs égales, avec les mêmes droits que les hommes. Pour ne pas l'irriter, ils feignaient d'accepter ses idées sur la femme, mais Flora voyait à leur expression et aux regards qu'ils échangeaient qu'elle ne les convainquait pas.

Lors d'une de ces réunions, elle apprit par Mazel que Mme Victoire était non seulement une entremetteuse, mais une indicatrice de la police. Et qu'elle enquêtait sur elle depuis des jours dans les milieux ouvriers de Marseille. De sorte qu'ici aussi l'autorité était toujours sur ses talons. En entendant cela, Salin, un charpentier qui lui rendait visite quotidiennement, s'inquiéta et, craignant que la police n'arrête la dame et ne l'enferme dans une prison pour prostituées et voleuses, il lui proposa de la déguiser avec son uniforme de la Garde nationale et de la cacher dans une bergerie qu'il connaissait dans la montagne. La proposition fit rire toute l'assemblée. Flora leur fit savoir qu'elle avait déjà vécu quelque chose comme ce que lui proposait Salin. Et elle leur raconta ses aventures à Londres où, cinq ans plus tôt, elle était restée quatre mois habillée presque toujours en homme pour se déplacer librement et mener à bien ses enquêtes sociales. Alors qu'elle parlait, les forces lui manquèrent et elle s'évanouit.

À Arequipa aussi tu t'étais déguisée en homme, pendant le Carnaval — en hussard, avec épée, casque à panache, bottes et moustache — pour assister à un bal masqué. Les Arequipègnes de la « bonne société » jouaient la nuit à se lancer des fleurs, des serpentins ou du parfum, mais le jour, comme tout un chacun, ils célébraient le Carnaval en se jetant des seaux d'eau et des coquilles d'œufs remplies d'eau colorée, dans de véritables batailles de rues. Du haut de la terrasse de la maison de don Pío, tu contemplais le spectacle avec la fascination que t'inspirait cette terre si différente de celles que tu connaissais.

Tout à Arequipa te surprenait, te déconcertait, et révolutionnait tes idées sur les êtres humains, la société et la vie. Par exemple, que le meilleur négoce des ordres religieux consistât à vendre leur habit aux moribonds, car c'était une coutume aréquipègne que les morts fussent enterrés en robe de bure. Également, que la vie sociale et mondaine dans cette petite ville fût plus intense que celle de Paris. Les familles rendaient et recevaient des visites tout le jour, et dans l'après-midi on mangeait les délicieux biscuits et les friandises que préparaient les religieuses cloîtrées de Santa Catalina, Santa Teresa et Santa Rosa, on prenait du chocolat venu du Cuzco, et on fumait — les femmes plus que les hommes — sans arrêt. Le potinage, les cancans, les infidélités, les médisances, les indiscrétions sur l'intimité et les déboires des familles faisaient le bonheur des commensaux. Dans toutes ces réunions, on parlait, bien entendu, avec nostalgie, avec envie, avec désespoir, de Paris, qui était pour les Aréquipègnes une succursale du Paradis. On te pressait de questions sur la vie parisienne, et toi, dont elle était plus inconnue encore que des Aréquipègnes, tu devais inventer toutes sortes de fantaisies pour ne pas les frustrer.

Un mois et demi après ton arrivée, l'oncle don Pío était toujours à Camaná et ne semblait pas près de revenir. Cette absence prolongée était-elle une stratégie pour décourager tes prétentions ? Craignait-il que tu aies en ta possession de nouvelles preuves qui puissent forcer la justice à te déclarer fille légitime, et par conséquent héritière en droite ligne de don Mariano Tristán ? Elle en était là de ses réflexions, quand on lui avait annoncé que le capitaine Zacharie Chabrié venait d'arriver à Arequipa et viendrait cet après-midi lui rendre visite. L'apparition du marin breton, à qui elle n'avait plus repensé depuis qu'elle l'avait quitté à Valparaiso, lui fit l'effet d'un autre tremblement de terre. Sans le moindre doute, il insisterait pour la demander en mariage.

Le premier jour, leurs retrouvailles avaient été aimables, affectueuses, grâce à la présence dans le salon d'une demi-douzaine de parents qui avaient empêché le marin de parler du sujet passionné qui l'amenait. Mais ses yeux disaient à Flora ce que sa bouche taisait. Le lendemain, il s'était présenté au matin et Flora n'avait pu éviter de rester seule avec lui. À genoux, lui baisant la main, Zacharie Chabrié l'avait suppliée d'accepter. Il consacrerait le restant de ses jours à la rendre heureuse, il serait un père modèle pour Aline ; la fillette de Flora serait la sienne. Accablée, sans savoir que faire, tu avais été sur le point de lui dire la vérité : que tu étais une femme mariée, pas avec une fille mais avec deux enfants (parce que le troisième était mort), légalement et moralement empêchée de prendre à nouveau mari. Mais tu en avais été retenue par la crainte que, dans un élan de dépit, Chabrié ne te dénonçât aux Tristán. Que se passerait-il alors ? Cette société qui t'avait ouvert les bras rejetterait, pour mensonge et cynisme, une épouse en fuite et une mère dénaturée.

Mais alors comment se libérer de lui ? Sur son lit de Marseille, s'éventant pour lutter contre le brûlant crépuscule d'octobre, et écoutant le chant des cigales, Flora ressentit les symptômes bien connus, aigreurs à l'estomac et impression de faute, de sa mauvaise conscience. Il en allait toujours ainsi quand elle se rappelait le stratagème utilisé pour éconduire Chabrié et se libérer de son harcèlement. Maintenant, tu sentais aussi le métal froid de la balle, près de ton cœur.

— Bien, Zacharie. Si c'est vrai que vous m'aimez tant, prouvez-le-moi. Obtenez-moi un certificat, un extrait de naissance, démontrant que je suis la fille légitime de mes parents. De la sorte, je pourrai réclamer mon héritage et, avec ce que j'hériterai, nous vivrons tranquilles et en sécurité, en Californie. Le ferez-vous ? Vous avez des connaissances, des appuis, en France. M'obtiendrez-vous ce certificat, même s'il vous faut corrompre quelque fonctionnaire ?

Cet homme droit, ce catholique intègre, avait pâli et écarquillé les yeux, sans croire ce qu'il venait d'entendre.

— Mais, Flora, vous rendez-vous compte de ce que vous me demandez ?

— Au véritable amour rien n'est impossible, Zacharie.

— Flora, Flora. Est-ce là la preuve d'amour qu'il vous faut ? Que je commette un délit ! Que je viole la loi ! C'est ce que vous attendez de moi ? Que je devienne un délinquant pour que vous touchiez un héritage ?

— Je le vois bien. Vous ne m'aimez pas assez pour que je sois votre femme, Zacharie.

Tu l'avais vu pâlir encore davantage ; puis rougir comme s'il allait avoir une attaque d'apoplexie. Il vacillait sur sa chaise, sur le point de s'écrouler. Il s'était finalement éloigné de toi, de dos, en traînant les pieds comme un vieillard. À la porte, il s'était retourné pour te dire, une main levée, comme t'exorcisant :

— Sachez que maintenant je vous déteste autant que je vous ai aimée, Flora.

Qu'était devenu ce brave Chabrié durant toutes ces années ? Tu n'avais plus jamais rien su de lui. Peut-être avait-il lu *Les pérégrinations d'une paria* et avait-il ainsi connu la véritable raison pour laquelle tu t'étais servie de cette vilaine ruse afin de repousser son amour. T'avait-il pardonné ? Te détestait-il encore ? Comment aurait été ta vie, Florita, si tu avais épousé Chabrié et étais allée t'enterrer avec lui en Californie, sans remettre les pieds en France ? Une vie tranquille et sûre, sans doute. Mais alors tu n'aurais jamais ouvert les yeux ni écrit de livres, et tu ne serais pas devenue le porte-drapeau de la révolution qui libérerait les femmes de l'esclavage et les pauvres de l'exploitation. Après tout, tu avais bien fait d'infliger à ce saint homme ce terrible mauvais moment, à Arequipa.

Alors que, plus ou moins remise de ses maux, Flora faisait ses bagages pour continuer sa tournée en direction de Toulon, Benjamin Mazel lui apporta une nouvelle amusante. Le poète-maçon Charles Poncy, qui l'avait plantée là sous prétexte d'un séjour de repos à Alger, n'avait jamais traversé la Méditerranée. Il était monté sur le bateau, en effet, mais avant l'appareillage, pris d'épouvante devant le risque d'un naufrage, il avait eu une crise de nerfs, avec cris et sanglots, et exigé d'être débarqué. Les officiers du navire choisirent le remède de la marine anglaise pour ôter aux recrues leur peur de la mer : ils le jetèrent par-dessus bord. Mort de honte, Charles Poncy s'était caché dans sa maisonnette de Marseille, pour laisser passer du temps et que l'on croie qu'il se trouvait à Alger, à taquiner les muses. Un voisin l'avait dénoncé et il était maintenant la risée de la ville.

— Ce sont choses de poète, commenta Flora.

XII

QUE SOMMES-NOUS ?

Panaauia, mai 1898

Il arriva à Papeete de bon matin, avant la montée des chaleurs. Le bateau-courrier de San Francisco, annoncé la veille, était déjà entré dans le lagon et avait jeté l'ancre. Il attendit, prenant une bière dans un bar du port, de voir apparaître les employés de la poste. Il les vit passer quai du Commerce, dans une voiture tirée par un vieux canasson, et le plus ancien des facteurs, Foncheval ou Fonteval — tu te trompais toujours —, le salua d'un signe de tête. Tranquille, sans parler à personne et savourant la bière où il avait investi ses derniers centimes, il attendit que les deux employés disparaissent sous les flamboyants et les acacias de la rue de Rivoli. Il tua le temps en calculant ce que cela leur prendrait de mettre sur des rayons et dans des boîtes postales les paquets et missives jonchant le sol du petit local. Sa cheville ne lui faisait pas mal. Il ne sentait pas les démangeaisons sur ses mollets, alors qu'il avait passé une nuit blanche avec des sueurs froides. Cette fois tu aurais plus de chance qu'avec le bateau du mois dernier, Koké.

Il se dirigea vers le bureau des postes nonchalamment, sans presser le poney qui tirait sa carriole. Il sentait sur sa tête la caresse d'un soleil qui, les heures suivantes, se mettrait à chauffer jusqu'à l'intolérable, entre deux et trois heures de l'après-midi. La rue de Rivoli était à demi déserte, avec de rares personnes dans les jardins et aux balcons des grandes maisons de bois. Au milieu de la verdure des hauts manguiers, il aperçut au loin le clocher de la cathédrale. La poste était ouverte. Tu étais le premier client du matin, Koké. Les deux facteurs s'activaient à ordonner lettres et paquets, déjà classés par ordre alphabétique, sur le comptoir de réception.

— Il n'y a rien pour vous, lui dit, navré, Foncheval ou Fonteval, je suis désolé.

— Rien ? fit-il en sentant une brûlure vive aux mollets et la cheville lui lancer. En êtes-vous sûr ?

— Je suis désolé, répéta le vieux facteur en haussant les épaules.

Il sut immédiatement ce qu'il devait faire. Il retourna à Punaauia sans hâte, au rythme du cheval tirant sa voiture à moitié payée, maudissant les galeristes parisiens dont il n'avait aucune nouvelle depuis au moins six mois. Le prochain bateau, qui empruntait la route de Sydney, n'arriverait pas avant un mois. De quoi vivrais-tu jusqu'alors, Koké ? Le Chinois Teng, propriétaire de l'unique épicerie de Punaauia, lui avait coupé tout crédit parce qu'il ne réglait pas depuis deux mois sa dette accumulée de conserves, tabac et alcool. Ce n'était pas le pire, Koké. Tu étais habitué à vivre avec des dettes un peu partout sans pour cela perdre ta confiance en toi-même ni ton amour de la vie. Mais une sensation de vide, d'épuisement, s'était emparée de toi depuis trois ou quatre jours, quand tu avais su que cet immense tableau de quatre mètres de large sur deux de haut, le plus grand que tu eusses jamais peint et celui qui t'avait pris le plus de temps — plusieurs mois —, était définitivement achevé. Une seule retouche de plus l'abîmerait. N'était-il pas stupide que ton meilleur tableau en cinquante ans d'existence eût été peint sur une serpillière qui pourrirait avec l'humidité et les pluies en un rien de temps ? Il pensa : « Est-il vraiment important qu'il disparaisse sans que personne ne l'ait vu ? De toute façon, personne ne reconnaîtra qu'il s'agit d'un chef-d'œuvre. » Nul ne le comprendrait. Comment expliquer le silence de Daniel de Monfreid, lui aussi, cet ami si loyal dont tu avais voici trois mois réclamé l'assistance avec un désespoir de noyé ?

Il arriva à Punaauia vers midi. Heureusement, Pau'ura et le petit Émile n'étaient pas à la maison. Non qu'elle eût pu contrarier tes plans, car la fille était une vraie Maorie, habituée à obéir à son mari en tout et pour tout, mais parce que tu aurais dû lui parler, répondre à ses questions idiotes, et tu n'en avais maintenant ni le temps ni l'humeur. Et moins encore celle d'entendre brailler le gosse. Il se rappela l'intelligence de Teha'amana. Bavarder avec elle t'aidait à affronter les tempêtes ; ce n'était pas le cas avec Pau'ura. Il monta dans sa chambre par la souple échelle extérieure, en quête de la poche de poudre d'arsenic avec laquelle il frottait ses plaies aux jambes. Il saisit son chapeau de paille et la canne sur le pommeau de laquelle il avait sculpté un phallus en érection, et, sans jeter un coup d'œil d'adieu au désordre de livres, de cahiers, cartes postales, vêtements, verres et bouteilles au milieu duquel dormait le chat, il abandonna la maison. Il ne regarda même pas son atelier où, ces dernières semaines, il avait vécu prisonnier, en état d'incandescence, par la faute de l'immense tableau qui avait vampirisé toute son existence. Il passa sans un regard près de l'école voisine d'où jaillissaient les cris des jeux d'enfants et se hâta de traverser la ferme aux arbres fruitiers de son ami, l'ex-soldat Pierre Levergos. Il passa à gué le ruisseau et prit la direction de la vallée de Punaruu qui, s'éloignant de la côte, menait droit vers la végétation profonde des montagnes escarpées.

Il faisait une chaleur intenable, cette chaleur de l'été qui pouvait abattre l'imprudent qui se serait exposé trop longtemps nu-tête à la violence du soleil. Dans quelques-uns des rares farés indigènes il entendit rire et chanter. Les fêtes du Nouvel An avaient commencé depuis une semaine. Et par deux fois, avant de quitter la vallée, il entendit qu'on le saluait (« Koké », « Koké »), en l'appelant par ce surnom qui n'était en réalité que la manière la plus approchante, pour les Tahitiens, de prononcer son nom. Il leur répondait de la main, sans s'arrêter, essayant de presser le pas, ce qui augmenta ses brûlures aux jambes et ses élancements à la cheville.

Il avançait en réalité très lentement, en

s'appuyant sur sa canne et en boitant. De temps en temps, il essuyait de ses doigts la sueur sur son front. Cinquante ans, c'était un âge décent pour mourir. Viendrait-elle, cette gloire posthume en laquelle, dans tes jeunes années, à Paris, dans le Finistère, à Panamá et à la Martinique, tu avais mis tant de foi? Quand la nouvelle de ta mort arriverait en France, éveillerait-elle chez ces Parisiens frivoles une fiévreuse curiosité pour ton œuvre et ta personne? En irait-il de toi comme du Hollandais fou après son suicide? La curiosité, la reconnaissance, l'admiration, l'oubli. Tu t'en moquais éperdument.

Il escaladait la montagne par une sente étroite, ombragée par une végétation intriquée de cocotiers, de manguiers et d'arbres à pain à demi noyés par les fourrés. Il devait s'ouvrir un chemin en utilisant sa canne comme une machette. « Je ne regrette rien de ce que j'ai fait », pensa-t-il. Faux. Tu regrettais d'avoir contracté la maladie imprononçable, Koké. Au fur et à mesure que le sentier s'élevait, il allait plus lentement. L'effort le faisait suffoquer. Pas question, précisément en ce moment, d'avoir un infarctus. Ta mort serait comme tu l'avais planifiée, toi, et non quand et comme l'aurait décidé la maladie imprononçable. Avancer à l'abri de la végétation des pentes de la montagne était mille fois plus agréable que de le faire dans la vallée, sous le feu du ciel, cet instrument de trépanation. Il s'arrêta plusieurs fois pour reprendre souffle, avant d'atteindre le petit plateau. Il était monté jusque-là quelques mois plus tôt, guidé par Pau'ura, et dès qu'il avait foulé cette esplanade de terre, sans arbres, mais avec quantité de fougères de toute taille, d'où on apercevait la vallée, la ligne blanche de la côte, le lagon azuré, la lumière rose des récifs de corail, et, derrière, la mer confondue au ciel, il avait décidé : « C'est ici que je veux mourir. » C'était un endroit magnifique. Tranquille, parfait, virginal. Peut-être le seul, dans tout Tahiti, à ressembler comme deux gouttes d'eau au refuge que tu avais à l'esprit, sept ans auparavant, en 1891, au moment de quitter la France en direction des mers du Sud, quand tu avais annoncé à tes amis que tu fuyais la civilisation européenne corrompue par le veau d'or, à la recherche d'un monde pur et primitif, où, sous des cieux sans hiver, l'art ne serait pas une affaire de marchands, mais une occupation vitale, religieuse et sportive, et où un artiste, pour manger, n'aurait besoin, comme Adam et Ève au jardin d'Éden, que de lever les bras et d'arracher son aliment aux arbres féconds. La réalité n'avait pas été à la hauteur de tes rêves, Koké.

Ce petit balcon naturel suspendu à flanc de montagne baignait, sous une douce brise, dans cette fragrance intense, dégagée par la végétation les mois de pluies, que les Tahitiens appelaient *noa noa*. Il aspira l'air avec délices, et oublia quelques secondes sa cheville et ses jambes. Il s'assit sur un coin de terre sèche, au pied de fougères qui lui cachaient le ciel. Sans émotion, sans que sa main tremblât, il ouvrit le sachet et avala toute la poudre d'arsenic, en l'humectant de salive et en faisant de petites pauses pour ne pas s'étrangler.

Il lécha même les bords du sachet. C'était un goût de terre, légèrement acide. Il attendit les effets du poison, sans peur, sans se perdre dans un de ces songes barbares qu'il aimait tant, avec une curiosité distante. Presque immédiatement, il se mit à bâiller. Allais-tu t'endormir ? Passerais-tu de façon douce et inconsciente de vie à trépas ? Tu croyais que la mort par empoisonnement était dramatique : douleurs atroces, déchirements musculaires, un cataclysme au fond des entrailles. Au lieu de cela, tu t'enfonçais dans un monde gazeux et t'abandonnais au rêve.

Il rêva à cette Noire de Panamá, en avril ou mai 1887, au sexe rouge comme un caillot de sang. À la porte de sa baraque de planches, il y avait toujours une queue plus longue qu'à celle des autres putains colombiennes du campement. Les travailleurs du canal en construction la préféraient à cause du « petit chien », et Paul tarda quelque peu à découvrir que c'était la version panaméenne, bénigne, de la terrifiante *vagina dentata* de la mythologie. Le vagin de cette Noire, d'après les ouvriers du canal, ne châtrait pas ses monteurs, il les mordillait tendrement et ce chatouillis spasmodique les faisait jouir. Curieux, il avait lui aussi fait la queue le jour de la paie, comme les autres terrassiers de l'équipe, mais il n'avait rien trouvé de particulier au sexe de la Noire. Tu te rappelais la puissante touffeur de son corps en sueur, la chaude hospitalité de son ventre, de ses cuisses, de ses mamelles. Était-ce elle qui t'avait transmis la maladie imprononçable ? Le soupçon le taraudait depuis ces fièvres voraces qui avaient failli le

tuer en Martinique. Est-ce à cette Noire panaméenne que tu devais ta vue affaiblie, ton cœur
défaillant, tes jambes couvertes de pustules ?
Cette idée l'attrista et, soudain, voilà qu'il pleurait
pour Aline : il y avait tant d'années qu'il ne l'avait
vue et il ne la reverrait plus, car ta fille était morte
là-bas, au Danemark, emportée par une pneumonie, alors qu'elle était déjà sans doute une belle
demoiselle danoise, qui devait parler le français
aussi mal que Pau'ura. Et ton tour était venu de
mourir, ici, dans cette petite île perdue des mers
du Sud : Tahiti-nui. Et alors, il rêva à son compagnon et ami Charles Laval. Tu l'avais connu à la
belle époque de Pont-Aven et il t'avait accompagné à la Martinique et à Panamá, à la recherche
du Paradis. Il ne s'y trouvait pas ; Charles et toi
vous étiez plutôt cassé le nez sur l'Enfer. Charles
avait contracté la fièvre jaune et tenté de se donner la mort. Mais pourquoi avoir pitié de Charles
Laval à cette heure, Koké ? N'avait-il pas guéri de
son mal ? N'avait-il pas survécu à sa tentative de
suicide ? N'était-il pas retourné en France conter
ses prouesses comme un croisé rentrant au pays
après la conquête de Jérusalem ? Ne s'était-il pas
fait un nom comme peintre ? Et surtout, n'avait-il
pas épousé la belle, la délicate, l'aérienne Madeleine, la sœur d'Émile Bernard, dont tu t'étais
épris en Bretagne ? Brusquement son rêve devint
cauchemar. Il étouffait. Un reflux épais et chaud
envahissait son œsophage et étranglait sa gorge.
Impossible de le cracher. Il resta ainsi un bon
moment, souffrant, s'étouffant, s'agitant, en proie
à l'angoisse. Quand il ouvrit les yeux, il s'était

vomi dessus et une cohorte de fourmis rouges défilait sur sa poitrine, contournant les taches de vomissure.

Étais-tu vivant? Tu étais vivant. Mais barbouillé, hébété, confus, sans même la force de lever les bras. Le soir tombait et il pressentait, au loin, l'ultime flambée du crépuscule. Parfois, il perdait conscience et une théorie d'images défilait dans sa tête. L'une surtout, insistante, sur le pont du *Jérôme-Napoléon*. Un officier te demandait : « Où vous a-t-on cassé le nez, matelot Gauguin ? — Il n'est pas cassé, monsieur, il est ainsi fait. Malgré mes yeux bleus et mon nom français, je suis un Inca, monsieur. Mon nez est ma signature. » La nuit était tombée ; quand il ouvrait les yeux, il voyait des étoiles et tremblait de froid. Il s'assoupissait, se réveillait, se rendormait et soudain il sut, avec une totale lucidité, quel titre convenait au tableau qu'il avait peint ces derniers temps, après être resté six mois sans toucher ses pinceaux, ni faire un seul croquis dans ses cahiers. Cette certitude l'anima d'une assurance apaisante et éclipsa la honte qu'il ressentait d'avoir loupé aussi son suicide, comme Charles Laval dans les Caraïbes, en avril ou mai 1887, quand il avait attrapé sa maladie. Aux premières lueurs de l'aube il reprit ses esprits et réunit assez de forces pour se redresser et se lever. Ses jambes tremblaient mais ne le brûlaient pas, et sa cheville ne le gênait nullement pour l'heure. Avant de prendre le chemin du retour, il passa un long moment à se débarrasser à grandes gifles des fourmis rouges qui parcouraient son corps.

Quelle frustration pour elles que tu ne sois pas mort, Koké, quel banquet elles auraient fait de ton squelette pourri, mais si têtu et si stupide qu'il s'obstinait à vivre !

Malgré la soif qui le torturait — sa langue était pétrifiée comme celle d'un lézard — tandis qu'il dévalait le flanc de la montagne en direction de la vallée, il ne se sentait pas mal, ni de corps ni d'esprit, mais plutôt envahi par une excitation optimiste. Tu aspirais à retrouver rapidement ta maison, à plonger dans la rivière de Punaauia où tu te baignais chaque matin avant de commencer à travailler, à boire un litre d'eau et un thé bien chaud avec un doigt de rhum (restait-il du rhum ?), et ensuite, allumant ta pipe (restait-il du tabac ?), à regagner ton atelier et peindre au plus vite ce titre que tu avais découvert grâce à ton suicide manqué, en lettres noires sur le coin supérieur gauche de cette serpillière de quatre mètres de long devant laquelle tu étais resté comme aimanté toutes ces dernières semaines. Un chef-d'œuvre ? Oui, Koké. Cet angle supérieur de la toile proclamerait ces questions terribles. Tu n'avais pas la moindre idée des réponses. La certitude, en revanche, que dans l'arc de ces douze figures du tableau retraçant en sens contraire à celui des aiguilles d'une montre la trajectoire de l'homme depuis l'enfance jusqu'à l'indigne vieillesse, se trouvaient ces réponses pour qui saurait les chercher.

Peu avant d'atteindre la vallée, il croisa une petite cascade qui tombait du flanc de la montagne sur un sillon de mousse. Il but, avec bonheur. Il trempa son visage, sa tête, ses bras, son torse, et se reposa, assis au bord du sentier, les jambes dans le vide, plongé dans une agréable hébétude. Il fit le chemin restant ivre de fatigue, quoique ragaillardi.

Il entra dans son faré à presque midi, comme s'il venait de faire le tour du monde. Le petit Émile dormait nu, sur le dos, dans son châlit, et Pau'ura sur les nattes, le chat enroulé autour de ses jambes, tentait de gratter une mélodie sur la guitare. Elle le regarda et lui sourit, sans cesser de caresser les cordes de cet instrument qu'elle ne parviendrait jamais à apprivoiser. Elle détonnait à chaque note.

— J'ai essayé de me tuer et j'ai échoué, j'ai ingurgité tellement de poison que j'ai tout vomi et cela m'a sauvé, mais me voilà sans arsenic pour mes jambes, dit-il lentement en français (mais Pau'ura le comprenait parfaitement malgré ses difficultés à le parler). Je suis un artiste manqué et un crève-la-faim, et incapable de me suicider. Va, prépare-moi une tasse de thé.

Sans perdre son air vague, la femme ébaucha, mécaniquement, un sourire, tandis que ses mains s'obstinaient encore à tirer quelques accords de la malheureuse guitare.

— Koké, dit-elle sans bouger de place. Une tasse de thé.

— Une tasse de thé! répéta-t-il en s'effondrant sur le lit et en l'encourageant du geste. Tout de suite!

Elle se dégagea du chat, posa sa guitare par terre et gagna la porte de sa démarche souple et chaloupée. Elle semblait plus âgée que ses seize ou dix-sept ans. Le corps potelé, pas très grande, de longs cheveux bleutés balayant ses épaules et une peau soyeuse qui, contrastant avec son paréo rouge, semblait phosphorescente. Une jolie petite, peut-être la plus belle vahiné qu'il t'ait été donné de rencontrer depuis ton arrivée à Tahiti. Elle avait accouché déjà à deux reprises et son corps ne s'était pas déformé le moins du monde ; sa silhouette restait souple et juvénile. Tu étais avec elle depuis des années, mais sans l'aimer autant que Teha'amana, dont tu regrettais encore l'absence avec une irrépressible nostalgie. Et pourquoi n'étais-tu pas parvenu à l'aimer, Koké, elle qui était non seulement belle, mais si docile et serviable ? À cause de sa bêtise. Ces derniers temps, il avait réduit ses dialogues avec la petite Tahitienne à l'essentiel. Quand elle se taisait, il pouvait éprouver pour Pau'ura une certaine affection ; c'était une compagnie, une aide et, quand le désir l'assaillait, ce qui maintenant lui arrivait moins fréquemment qu'avant, un corps jeune, dur et sensuel. Mais quand elle ouvrait la bouche et parlait, dans son piètre français ou dans un tahitien qui ne lui était pas toujours compréhensible, la banalité de ses questions le déprimait, sans compter qu'elle était incapable de comprendre les explications qu'il tentait de lui donner. Mais surtout, il était exaspéré par son inaptitude infinie à s'intéresser à quoi que ce soit de spirituel, d'intellectuel, d'artistique, ou de tout bonnement intelligent. Avait-elle compris que tu avais voulu te tuer ? Elle l'avait fort bien compris, mais comme tout ce que son mari faisait était bien, quel commentaire pouvait-elle en faire ? Est-ce qu'elle avait seulement voix au chapitre ? Ce n'était pas une femme, Koké. C'était un petit corps adolescent, un jeune sexe et des tétins, rien de plus.

Il s'endormit, mais pas pour longtemps. Lorsqu'il ouvrit les yeux, la tasse de thé que lui avait laissée Pau'ura à son chevet était encore chaude. Il alla chercher la dernière bouteille de rhum dans la remise. Elle était presque vide, mais les quelques gouttes qu'il versa sur le thé embrasèrent sa boisson. Il la dégusta à petites gorgées, tandis qu'il gagnait, avec appréhension, son atelier. Il jeta un long coup d'œil vers l'immense toile posée sur le chevalet qu'il avait dressé, comme un échafaudage, spécialement pour elle. Les rayons du soleil qui s'infiltrait entre les tiges de bambou avaient mis le tableau en mouvement, lui communiquant une curieuse vibration. Une turbulence de papillons, comme dans le bocage de Punaruu à l'heure de la canicule. Oui, Koké, le titre était bon. Il prit sa palette, et avec un de ses pinceaux les plus fins traça dans le coin supérieur gauche, en lettres minuscules : « D'où venons-nous ? Que sommes-nous ? Où allons-nous ? »

Était-ce le tableau que tu avais voulu peindre ? Maintenant, en le contemplant de retour de la mort — jolie phrase, Koké —, avec la hauteur et la sérénité de qui revient de l'au-delà, tu n'en étais pas aussi sûr. Était-ce cela le Paradis, réinventé par un peintre sauvage installé dans l'île de Tahiti ? Telle avait été ta vague intention initiale. Ou plutôt de peindre, depuis l'enfer où tu étais tombé ces derniers temps d'acharnement du sort, un jardin d'Éden, ni abstrait, ni européen, ni mystique, mais maori. Un Éden matériel, incarné *hic et nunc*. Mais ce n'était pas cela que tu avais devant toi. Quelle était cette grande figure centrale, avec un pagne blanc, qui cueillait un fruit à l'arbre invisible au-dessus de sa tête et partageait la toile en deux moitiés? Pas Ève, assurément. Il n'était même pas sûr que ce fût une femme, car si quelque chose de son teint, de sa taille et de ses bras pouvait être considéré comme féminin, la masse qui gonflait son pagne n'était pas propre à une femme, c'était une belle paire de testicules et un phallus consistant, peut-être même en érection.

Il éclata de rire. Un *taata vahiné*! Un *mahu*! Voilà ce que tu avais peint, Koké : un homme-femme. Sept ans plus tôt, en foulant pour la première fois le sol de Tahiti en juin 1891, quand le sous-lieutenant Jénot (qu'était-il devenu?) t'avait raconté que les indigènes, en raison de tes longs cheveux flottants et de ton chapeau à la Buffalo Bill, te prenaient pour un *taata vahiné*, un *mahu*, ça t'avait fait froid dans le dos. Un homme-femme, toi? Ne donnais-tu pas assez de preuves de virilité depuis que tu avais l'âge de raison? Mal à l'aise, tu avais coupé ta longue chevelure et remplacé ta coiffure de mohican par un chapeau de paille. Mais ensuite, en découvrant que pour les Tahitiens, à la différence des Européens, un *taata vahiné* était aussi acceptable qu'un homme ou une femme tout court, tu avais changé d'opinion. Maintenant tu étais fier d'avoir été pris pour un *mahu*. « La seule chose que les missionnaires n'ont pu leur enlever », pensa-t-il. N'y avait-il pas des *taatas vahinés* dans les villages, au sein de maintes familles, en dépit de la morale féroce des curés et des pasteurs, entêtés à imposer une stricte symétrie sexuelle, les hommes ici, les femmes là, et à éliminer toute forme d'ambiguïté entre les sexes ? Ils n'avaient pu arracher cela aux indigènes : leur sagesse sexuelle. Il se rappela, amusé, son aventure avec Jotépha, le bûcheron, à la cascade : cela ne faisait pas si longtemps et on aurait dit des siècles, Koké. Oui, il y avait encore beaucoup de *taatas vahinés* à Tahiti. Pas à Papeete, mais à l'intérieur de l'île, où l'influence européenne pénétrait tard, mal ou jamais. Ces garçons qui paraient leur tête des fleurs que se mettaient les femmes, et qui cuisinaient, tissaient et faisaient les travaux domestiques, il les avait vus bien des fois, lors de fêtes, quand tout le monde était ivre, se laisser caresser par les hommes, qui parfois usaient d'eux comme de femmes, avec naturel. Et il avait vu aussi, dans les mêmes circonstances, des filles et des femmes s'enlacer et se caresser sans que personne en fût surpris. Les derniers restes de la civilisation disparue que tu étais venu chercher et n'avais pas trouvée, Koké, l'ultime bouffée de cette culture primitive, païenne, heureuse, sans honte du corps, non encore déformée par l'idée décadente du péché. Tout ce qu'il restait de ce qui t'avait amené dans les mers du Sud, Koké, cette sage acceptation du besoin d'amour sans œillères, de l'amour dans toutes ses métamorphoses, y compris l'herma-

306

phrodisme. Cela ne durerait guère. L'Europe en finirait aussi avec les *taatas vahinés*, comme elle en avait fini avec les dieux anciens, les anciennes croyances, les anciens usages, la nudité ancienne, les tatouages et l'anthropophagie, avec cette civilisation saine, joyeuse, énergique, qui avait naguère existé. Mais qui continuait d'exister aux Marquises. Il te fallait y aller, avant de crever.

Sans le savoir ni le vouloir, tu avais peint un *taata vahiné* au centre de ton meilleur tableau. Un hommage à ce qui avait disparu, à ce qu'on avait volé aux Tahitiens. Pendant toutes tes années passées ici, tu n'avais pas rencontré une seule personne qui se souvînt du passé, des coutumes, des relations, de la vie quotidienne d'antan. On ne leur avait même pas laissé cette nudité splendide qui apparaissait dans ton tableau. Les missionnaires avaient engoncé leur corps cuivré dans ces tuniques semblables à des habits de moine. Quel crime ! Cacher ces belles silhouettes ocre, gris pâle ou bleuté qui, des siècles durant, se dressèrent orgueilleuses à la face du soleil, avec une innocence animale. Les tuniques qu'on les forçait à porter effaçaient grâce, aisance et force, leur imposant la marque infamante des serfs. Koké, Koké : cette culture disparue, tu avais dû la créer, toi, de pied en cap, pour la faire exister. Les Maoris avaient-ils jamais été tels qu'ils apparaissaient dans ton tableau ? Naturels, amis de leur corps, frères des arbres qui leur offraient leurs fruits, de la mer et du lagon où ils pêchaient et se baignaient, où leurs pirogues agiles fendaient les eaux, protégés du malheur par cette déesse inquiétante, Hina, que tu avais dû aussi inventer pour eux, puisque aucun Tahitien ne se rappelait comment c'était, l'époque où ses ancêtres l'adoraient. Les missionnaires avaient gommé leur mémoire, les avaient rendus amnésiques.

C'était une réussite que d'avoir fondu dans ce jaune estompé les angles supérieurs de la toile, pour donner l'impression d'une fresque antique aux bords mangés par le temps. Et c'en était une autre d'avoir trouvé ce ton constant du paysage, soutenu par un bleu doux et le vert véronèse du fond, sur lequel s'enroulaient comme des tentacules et des serpents des branches et des troncs dansants. Les arbres, seuls personnages agressifs du tableau. Les animaux, en revanche, étaient pacifiques : les chats, la petite chèvre, le chien, les oiseaux coexistaient fraternellement avec les humains. Même la vieille accroupie sur la gauche, qui allait mourir ou était peut-être morte, en adoptant cette position des momies péruviennes que tu n'avais jamais pu oublier, semblait résignée à sa fin.

Et ces deux figures drapées dans des tuniques roses qui, au second plan, remontaient le temps, de la mort vers la vie, près de l'arbre de la connaissance ? Tandis que tu les peignais, tu avais eu l'idée qu'il devait s'agir de toi-même et de la malheureuse Aline. Mais non. Ces figures chuchotantes n'étaient ni toi ni ta fille morte. Pas plus que des Tahitiens. Il y avait quelque chose de sinistre, de grossier, d'intriguant, d'irritant, dans leur façon de se parler à voix basse, de s'absorber en soi-même, de se désintéresser de l'entourage. Il ferma les yeux, chercha au fond de son esprit. Qu'avais-tu représenté dans ce couple, Koké? Il ne le savait pas. Tu ne le saurais jamais. Un bon symptôme. Tu avais peint ta meilleure toile non seulement avec tes mains, avec tes idées, ton imagination et ton métier, mais aussi avec ces forces obscures venues du fond de l'âme, le bouillonnement de tes passions, la fureur de tes instincts, ces impulsions qui surgissaient dans les tableaux exceptionnels. Les tableaux qui ne mourraient jamais, Koké. Comme l'*Olympia* de Manet.

Il resta encore un long moment absorbé dans l'examen de son tableau, essayant de le comprendre dans sa totalité. Quand il descendit de son atelier, Pau'ura avait préparé le dîner et l'attendait, en bas, dans la pièce ouverte à l'air libre sur ses deux côtés, qui servait de salle à manger. Elle tenait Émile dans ses bras et l'enfant — pour lequel tu n'avais jamais réussi à sentir la tendresse que t'inspirait sa petite sœur, morte peu après sa naissance —, malgré ses yeux grands ouverts, demeurait muet et absolument immobile. Encore heureux. Il y avait sur la table une corbeille de fruits et l'omelette que tu avais appris à ta vahiné à préparer selon ton goût : baveuse et molle, presque liquide. On entendait tout près le ressac de la mer invisible.

— Autrement dit, le Chinois Teng nous a fait crédit, une fois de plus, fit-il en souriant. Comment l'as-tu convaincu ?

— Koké, acquiesça-t-elle. Chinois. Œufs. Sel. Elle avait dans les yeux quelque chose de paisible, de doux, d'enfantin, qui contrastait avec les rondeurs adultes de son corps.

— Si cette nuit je t'aime, je me sentirai ressuscité pour de bon, dit-il à voix haute en s'asseyant pour manger.

— C'est vrai, acquiesça Pau'ura, avec une petite moue.

XIII

LA SŒUR GUTIÉRREZ
Toulon, août 1844

La première impression de Flora sur Toulon, où elle arriva le 29 juillet 1844 au petit matin, ne pouvait être pire : « Une ville de militaires et de délinquants. Ici je ne pourrai rien faire. » Son pessimisme venait de l'Arsenal naval de Toulon, où travaillaient cinq mille ouvriers de la ville, mêlés aux prisonniers condamnés aux travaux forcés. Par ailleurs, depuis Marseille, elle était assaillie par la colite et les névralgies.

À Toulon elle fut accueillie par des bourgeois saint-simoniens, très modernes quand ils parlaient technique, progrès scientifique et organisation de la production de biens industriels, mais morts de peur que le franc-parler de Flora ne leur attire des problèmes avec les autorités. À leur tête, un capitaine aux airs de petit maître appelé Joseph Corrèze la fatiguait en lui donnant des conseils de prudence et de modération.

— S'il s'agissait d'être prudente et modérée, je n'aurais pas entrepris cette tournée, lui dit Flora en le remettant à sa place. Vous êtes là pour ça. Je suis venue faire une révolution et je devrai dire certaines vérités, qu'y faire ? Si les autorités se fâchent, cela augmentera mon prestige chez les ouvriers.

Les autorités s'irritèrent, en effet, avant même que Flora n'eût ouvert la bouche en public. Le lendemain de son arrivée, le commissaire de Toulon, un quinquagénaire barbu qui fleurait la lavande, se présenta à son hôtel et l'interrogea pendant une demi-heure sur ses intentions dans la ville. Et il la mit en garde : tout acte portant atteinte à l'ordre public serait sévèrement sanctionné. Une heure plus tard, elle recevait du procureur du roi une citation à comparaître dans son bureau.

— Dites à votre chef que je n'irai pas, explosa Madame-la-Colère, indignée. Si j'ai commis un délit, qu'il me fasse arrêter. Mais s'il veut m'intimider et me faire perdre mon temps, il n'y parviendra pas.

L'adjoint du procureur, un jeune homme aux manières délicates, la regardait, surpris et inquiet, comme si cette femme qui élevait la voix en pointant sur lui un index menaçant, à quelques millimètres de son nez, pouvait en venir à l'agression physique. Et il te regardait, Florita, avec la même stupeur, le même trouble et la même peur que, dix ans plus tôt, dans la demeure familiale de la rue Santo Domingo, à Arequipa, ton oncle don Pío Tristán, ce matin-là qui avait succédé à votre première rencontre, quand vous aviez finalement abordé l'épineux problème de l'héritage. Don Pío, petit monsieur élégant aux yeux bleus, délicat, chenu et frêle, avait fort bien préparé son argumentation. Après un aimable préambule, il t'avait

fait savoir à coups de citations latines et juri-
diques que, fille illégitime de parents dont l'union
était dépourvue, comme tu l'avais avoué toi-
même dans ta correspondance, de toute légalité
vérifiable, tu ne pouvais aspirer à recevoir même
un centime de l'héritage de son cher frère
Mariano.

Don Pío avait mis trois mois à revenir de ses
sucreries de Camaná, comme s'il avait redouté
cette rencontre avec sa petite nièce française. Et
toi, en faisant la connaissance de ce frère cadet de
ton père, dont les traits ressemblaient tellement à
ceux de celui-ci, tu avais été émue aux larmes. Tu
étais encore une sentimentale, Andalouse. Tu
avais embrassé ton oncle, en tremblant, en lui
murmurant que tu voulais l'aimer et qu'il t'aimât ;
que tu étais heureuse de retrouver ta famille
paternelle, d'avoir, grâce à elle, une chaleur et une
sécurité qui t'avaient tant manqué, depuis ton
enfance dans la maison de Vaugirard. Tu le disais
et tu étais sincère, Florita ! Et l'oncle Tristán en
était ému aussi, en apparence, t'embrassant et
murmurant, le regard brouillé d'émotion :

— Mon Dieu, tu es le vivant portrait de mon
frère, petite.

Les jours suivants, ce petit vieux de soixante-
quatre ans splendidement conservé — avec trois
cent mille francs de rente, il était le richard le plus
riche d'Arequipa — avait multiplié les attentions
et les tendresses envers sa nièce. Mais quand il
avait finalement consenti à parler seul à seule
avec elle et que Flora lui avait exposé son désir
d'être reconnue comme fille légitime de don

313

Mariano et de recevoir, en tant que telle, sur le legs de sa grand-mère et de son père, une rente de cinq mille francs, il était soudain devenu de glace, se montrant inflexible et légaliste en diable : les lois, sacrées, devaient prévaloir sur les sentiments ; sinon, il n'y aurait pas de civilisation. Selon la loi, il ne revenait rien à Florita ; si elle ne le croyait pas, elle n'avait qu'à consulter des juges et des avocats. Don Pío l'avait déjà fait et savait de quoi il parlait.

Flora avait alors explosé dans une de ces fureurs comme celle qui, à Toulon, venait de mettre en fuite, la queue entre les jambes, le jeune adjoint du procureur du roi. Ingrat, ignoble, avare, est-ce ainsi qu'il payait la générosité de don Mariano qui l'avait aidé, protégé et éduqué là-bas, en France ? En abusant de sa fille infortunée, en méconnaissant ses droits, en la condamnant à la misère, alors qu'il était, lui, si riche ? Flora avait tant haussé le ton que don Pío, blanc comme un linge, s'était laissé tomber dans un fauteuil. Minuscule et insignifiant dans ce salon aux murs ornés des portraits de ses ancêtres, hauts fonctionnaires et phares de l'administration coloniale : auditeurs, maîtres de camp, évêques, vice-rois, alcades, généraux. Ce vieil homme de soixante-quatre ans avait plus tard avoué à Flora que c'était la première fois de sa vie que dans sa famille, ou à l'extérieur, il voyait une femme se révolter de la sorte et manquer de respect à un *pater familias*. Étaient-ce maintenant les habitudes françaises ?

Flora se mit à rire. « Non, mon oncle, pensa-telle. Pour ce qui est de la femme, les habitudes françaises sont encore plus rétrogrades qu'à Arequipa. » Quand ses amis saint-simoniens de Toulon eurent vent de la visite du commissaire et du mandat de comparution devant le procureur, ils furent saisis d'inquiétude. Sa chambre d'hôtel serait, à coup sûr, fouillée de fond en comble. Le capitaine Joseph Corrèze cacha chez lui tous les papiers de Flora relatifs à l'organisation de l'Union ouvrière dans les provinces françaises. Mais, pour quelque raison mystérieuse, il n'y eut pas de perquisition et le procureur du roi ne revint pas à la charge.

Pour la remettre de ses émotions, les saint-simoniens la menèrent au port assister aux *joutes marines*, fête annuelle qui amenait à Toulon un grand nombre de visiteurs de toutes les régions, et même d'Italie. Plantés sur une étroite plate-forme à la proue de barques qui faisaient fonction de coursiers marins, deux lanciers armés de longs bâtons à pointe émoussée, et protégés par des boucliers de liège, s'affrontaient hardiment de toute la vitesse qu'imprimait aux barques une douzaine de rameurs. Sous le fort impact, l'un des deux lanciers, et souvent les deux, tombaient à l'eau, dans les rugissements de la foule pressée sur les quais et la promenade maritime. Mais à la fin du spectacle, les saint-simoniens furent refroidis en entendant Flora leur dire que le plus impressionnant pour elle avait été de voir ces pauvres hommes qui s'affrontaient à la lance pour divertir la plèbe et les bourgeois tomber dans des eaux immondes, où se déversaient les égouts de la ville, et s'exposer ainsi aux infections.

Tu n'avais jamais aimé ces divertissements populaires où, à l'abri de la masse, les individus s'animalisaient, perdaient le contrôle de leurs instincts et se comportaient comme des sauvages. De là ta honte et ton dégoût quand Clément Althaus t'avait menée aux corridas de la place d'armes d'Arequipa, ou aux combats de coqs, au milieu d'un public emporté qui pariait en excitant des bêtes sanglantes. Tu y avais assisté poussée par cette curiosité de tout savoir et tout expérimenter qui t'était congénitale, et qui t'en faisait souvent voir de toutes les couleurs.

Le colonel Althaus, qui se disait aussi victime de l'avarice de don Pío Tristán, avait tenté de la consoler. Et de la dissuader d'entreprendre toute action légale pour se faire reconnaître comme fille légitime car, lui avait-il affirmé, elle ne trouverait jamais d'avocat pour oser affronter l'homme le plus puissant d'Arequipa, ni de juge pour oser inculper don Pío de quelque délit que ce soit. « Ici ce n'est pas la France, Florita ! Ici c'est le Pérou ! » L'Allemand lui aussi se faisait des illusions sur la doulce France.

Et en effet, la demi-douzaine d'avocats consultés avaient été catégoriques : tu n'avais pas la moindre possibilité d'obtenir satisfaction. En écrivant ingénument à don Pío et en lui racontant la vérité sur le mariage de tes parents, tu t'étais mis la corde autour du cou. Tu n'aurais jamais gagné ton procès si tu avais eu l'audace de l'intenter. Flora avait même consulté un avocat radical à la réputation de bouffe-curés, et pour cela rejeté par la bonne société aréquipègne, depuis qu'il avait défendu, deux ans plus tôt, la religieuse Dominga Gutiérrez, un scandale qui continuait d'alimenter les ragots de la ville. Le jeune et fougueux Mariano Llosa Benavides t'avait finalement administré le coup de grâce :

— Je suis au regret de vous décevoir, doña Flora, mais, légalement, vous ne gagnerez jamais ce procès. Même avec des papiers en règle, même si le mariage de vos parents avait été légal, nous le perdrions. Personne n'a encore remporté de procès contre don Pío Tristán. Ne savez-vous pas que la moitié d'Arequipa vit de lui et que l'autre moitié aspire aussi à lui manger dans la main ? Bien que nous soyons théoriquement en république, le système colonial a toujours le vent en poupe au Pérou.

Ruminant sa défaite, elle avait dû renoncer à son rêve de devenir une petite bourgeoise prospère. Tant mieux, n'est-ce pas, Florita ? Oui, tant mieux. C'est bien pour cela que, malgré la perte de toutes tes illusions à Arequipa, tu gardais une tendresse particulière pour cette ville des volcans. Qui t'avait ouvert les yeux sur les inégalités humaines, le racisme, l'aveuglement et l'égoïsme des riches, et l'inhumanité du fanatisme religieux, source de toute oppression. L'histoire de la sœur Dominga Gutiérrez — ta cousine, évidemment, dans cette ville d'infinis incestes secrets — t'avait troublée, étonnée, indignée et poussée à interroger la moitié de la ville pour te faire une idée de ce qui s'était passé. Pour comprendre l'histoire, il était indispensable de franchir la clôture de ces couvents, si nombreux à Arequipa, qui, fière de ses églises et bâtisses de pierre blanche, de ses tremblements de terre, de ses révolutions, se flattait d'être la ville la plus catholique du Pérou, de l'Amérique, peut-être bien du monde. Et c'est ce que tu avais fait.

Avec ce caractère qui finissait par fléchir même les pierres, la petite Française avait imploré, prié parents, amis, jusqu'à obtenir de l'évêque, monseigneur de Goyeneche, les permis nécessaires à la visite des trois principaux monastères de religieuses à Arequipa : Santa Rosa, Santa Teresa et Santa Catalina. Ce dernier, où Flora devait passer cinq nuits, était, derrière ses murailles crénelées, une véritable cité espagnole enclavée dans le centre d'Arequipa : ruelles avenantes aux noms andalous et estrémègnes, petites places secrètes bruissantes de rosiers et d'œillets, fontaines babillardes, et toute une foule féminine circulant dans ces réfectoires, ces oratoires, ces salles de récréation, ces chapelles et ces logis dotés de jardins, de terrasses et de cuisines, où chaque religieuse avait le droit d'entraîner en réclusion avec elle quatre esclaves et quatre domestiques.

Flora, devant pareil faste, ne pouvait en croire ses yeux. Elle n'aurait jamais imaginé pareil luxe derrière une clôture de couvent. Outre la richesse artistique, tableaux, sculptures, tapisseries et objets de culte en argent, en or, en albâtre, en ivoire, les cellules faisaient étalage de tapis et de coussins, de draps de fil, de couvre-lits brodés à la main. Rafraîchissements et collations étaient servis dans de la vaisselle importée de France, des Flandres, d'Italie et d'Allemagne, avec des couverts en argent ouvragé. Les petites nonnes de Santa Catalina lui avaient préparé un accueil tapageur. Elles étaient souriantes et délurées, enchanteresses et féminines à qui mieux mieux. Pour savoir « comment s'habillaient les Françaises », elles ne s'étaient pas contentées de faire ôter sa blouse à Flora pour leur montrer son corset et son corsage ; elles avaient voulu voir aussi ses jupons et son cache-corset, car elles brûlaient de curiosité de toucher les dessous intimes d'une Française. Rouge comme un coquelicot, muette de honte, Flora, en pantalons et en bas, avait dû s'exposer un bon moment au bruyant examen des nonnettes, jusqu'à ce que la Mère prieure vienne la libérer, morte de rire elle aussi.

Elle avait passé des jours instructifs et fort divertissants dans ce monastère aristocratique, où n'avaient accès que des novices de haut rang, capables de payer la dot élevée que l'ordre exigeait. En dépit de la réclusion perpétuelle, et des longues heures consacrées à la méditation et à la prière, les sœurs ne s'ennuyaient pas. Les rigueurs de la clôture étaient atténuées par le confort et l'activité sociale qui les occupait : elles passaient une grande partie du jour à s'amuser, jouant comme des fillettes, ou à se rendre visite dans ces petits pavillons que les esclaves métisses, mulâtresses ou noires, et les servantes indiennes, entretenaient dans une propreté immaculée. Toutes les religieuses de Santa Catalina qu'elle avait interrogées croyaient fermement que Dominga était possédée du démon. Et elles disaient toutes qu'à Santa Catalina il ne se serait jamais rien produit d'aussi épouvantable.

Car l'histoire de Dominga avait eu lieu, en effet, à Santa Teresa, un monastère de carmélites plus austère, plus strict et plus rigoureux que celui de Santa Catalina, où Flora avait passé aussi quatre jours et trois nuits, tenaillée par l'angoisse. Santa Teresa avait trois cloîtres magnifiques, dans une profusion de vigne vierge, jasmins, nards et rosiers bien entretenus, des poulaillers et un pota-ger que les sœurs cultivaient de leurs propres mains. Mais il n'y régnait pas l'atmosphère déten-due, mondaine, ludique et frivole de Santa Cata-lina. À Santa Teresa personne ne s'amusait ; on priait, on méditait, on travaillait en silence, et on souffrait dans sa chair et son esprit pour l'amour de Dieu. Dans les cellules minuscules où les non-nettes s'enfermaient pour prier — ce n'était pas leur chambre à coucher — il n'y avait ni luxe ni confort, mais des murs nus, une ascétique chaise de paille, une table en bois brut, et, accrochées à un clou, les disciplines dont les religieuses se fla-gellaient pour offrir au Seigneur le sacrifice de leurs chairs meurtries. De sa cellule Flora avait entendu avec effroi les pleurs accompagnant les coups de fouet nocturnes des flagellantes et elle avait compris ce qu'avait dû être la vie de sa cou-sine Dominga Gutiérrez pendant les dix années qu'elle avait passées là, depuis ses quatorze ans.

Oui, c'était l'âge de Dominga quand, sur les ins-tances de sa mère et à la suite d'une déception amoureuse — son jeune promis en avait épousé une autre —, elle était entrée comme novice au couvent de Santa Teresa. Au bout de quelques semaines, ou peut-être de quelques jours, elle avait compris qu'elle ne pourrait jamais s'adapter à ce régime de sacrifice, d'extrême austérité, de silence et d'isolement total, où c'est à peine si on dormait, mangeait et vivait, tout n'étant que prières, litanies, flagellations, confessions et durs travaux de la terre. Les prières et les supplications qu'elle adressait à sa mère, à travers la grille du parloir, pour qu'elle la tire du monastère, avaient été vaines. Les arguments de son confesseur, qui confondaient Dominga, renforçaient ceux de la mère : elle devait déjouer ces pièges, le démon voulait la faire renoncer à sa véritable vocation religieuse.

Un an plus tard, une fois prononcés les vœux qui la lieraient jusqu'à la mort à ces murs et à cette routine, Dominga avait entendu, à la lecture du dîner — quelques pages du *Livre de la vie* de sainte Thérèse d'Ávila —, l'histoire d'un cas de possession, celui d'une religieuse de Salamanque à qui le démon avait inspiré un macabre stratagème pour s'enfuir du couvent. Dominga, qui venait d'avoir quinze ans, avait eu l'esprit illuminé. Oui, c'était une bonne façon de s'échapper. Il fallait procéder avec une prudence et une patience extrêmes pour y parvenir. Mener ce plan à bien lui avait pris huit ans. Quand tu pensais à ce qu'avaient dû être, pour ta cousine Dominga, ces huit années passées à ourdir, pas à pas, avec d'infinies précautions, sa trame complexe, faisant marche arrière chaque fois que l'envahissait la peur d'être découverte, pour recommencer le lendemain — Pénélope infatigable qui coud, découd et recoud son ouvrage —, ton cœur se serrait et tu sentais monter des envies destructrices, comme de brûler des couvents, de pendre ou de guillotiner, à l'instar des révolutionnaires de 1789, ces fanatiques oppresseurs de l'esprit et du corps. Tu te repentais, ensuite, de cette apocalypse secrète forgée par ton indignation.

Finalement, le 6 mars 1831, Dominga Gutiérrez, alors âgée de vingt-trois ans, avait pu exécuter son plan. La veille, deux de ses domestiques s'étaient procuré le cadavre d'une Indienne, grâce à la complicité d'un médecin de l'hôpital de San Juan de Dios. À l'abri de l'obscurité, elles l'avaient porté dans un sac jusqu'à une boutique louée à cet effet en face de Santa Teresa. Au dernier coup de minuit, elles l'avaient traîné à l'intérieur du monastère par la porte principale, que la sœur tourière, également dans le secret, avait laissée ouverte. Dominga les attendait là. Ses servantes et elle avaient installé le corps dans la petite niche où dormait la nonnette. Déshabillant l'Indienne, elles l'avaient revêtue de l'habit et des scapulaires de Dominga. Puis avaient arrosé d'huile le cadavre et y avaient mis le feu, faisant en sorte que les flammes attaquent le visage jusqu'à le rendre méconnaissable. Avant de partir, enfin, elles avaient mis du désordre dans la cellule, pour rendre plus vraisemblable le prétendu accident.

De sa cachette, dans la chambre louée, Dominga Gutiérrez avait suivi l'office funèbre célébré par les religieuses de Santa Teresa avant de l'enterrer, dans le cimetière jouxtant le potager. Elle avait réussi ! La jeune décloîtrée n'était pas allée se réfugier chez elle, par crainte de sa mère, mais chez son oncle et sa tante, qui l'avaient beaucoup choyée dans son enfance. Ceux-ci, effrayés par leur responsabilité, avaient couru dénoncer à monseigneur de Goyeneche l'incroyable histoire. Il y avait de cela deux ans et le scandale ne retombait pas. Flora avait trouvé la ville divisée entre partisans et adversaires de Dominga qui, après avoir été chassée de la maison de son oncle, avait trouvé abri chez l'un de ses frères dans la campagne de Chuquibamba, où elle vivait confinée dans une autre forme de clôture, tandis que les actions légales et ecclésiastiques sur l'affaire suivaient leur cours.

S'était-elle repentie ? Flora était allée le vérifier à Chuquibamba. Après un voyage éprouvant à travers les Andes, elle avait atteint la simple maisonnette de campagne qui servait de prison laïque à Dominga. Celle-ci n'hésita pas à recevoir sa cousine. Elle semblait bien plus âgée que ses vingt-cinq ans. La souffrance, la peur et l'incertitude avaient creusé son visage aux traits burinés et aux pommettes saillantes ; un tremblement nerveux agitait sa lèvre inférieure. Elle s'habillait avec simplicité, une robe à fleurs de paysanne boutonnée jusqu'au cou et aux poignets, et ses mains, aux ongles ras, se ressentaient du travail de la terre. Il y avait dans son regard profond et grave quelque chose de fuyant et d'effrayé, comme à l'affût de quelque catastrophe. Elle parlait avec douceur, en cherchant ses mots, dans la crainte de commettre une erreur qui aggraverait sa situation. En même temps, quand, pressée par Flora, elle avait parlé de son cas, sa fermeté d'âme était restée inflexible. Elle avait mal agi, sans doute. Mais que faire d'autre pour échapper à cet enfermement contre lequel se rebellaient son esprit, sa tête, à chaque seconde de sa vie ? Succomber au désespoir ? Devenir folle ? Se tuer ? Dieu aurait-il voulu cela ? Ce qui l'attristait le plus, c'est que sa mère lui eût fait dire que, depuis son apostasie, elle était morte à ses yeux. Quels étaient ses projets ? Elle rêvait d'en finir avec ce procès, les complications des tribunaux et de la Curie, et qu'on lui permît d'aller à Lima vivre dans l'anonymat, fût-ce en travaillant comme domestique, mais libre. Quand elles s'étaient quittées, elle avait murmuré à l'oreille de Flora : « Prie pour moi. »

Qu'était-il advenu de Dominga Gutiérrez durant ces onze années ? Vivait-elle enfin loin de sa terre aréquipègne, où elle devait toujours être un objet de controverse et de curiosité publique, avait-elle pu se déplacer et disparaître à Lima comme elle le souhaitait ? Dominga avait-elle eu connaissance de la tendresse et de la solidarité avec lesquelles tu avais décrit son histoire dans *Pérégrinations d'une paria* ? Tu ne le saurais jamais, Florita. Depuis que don Pío avait fait brûler publiquement ton livre de mémoires, à Arequipa, tu n'avais jamais reçu la moindre lettre des parents et amis que tu avais fréquentés, des années plus tôt, lors de ton aventure péruvienne.

Pendant sa visite de l'Arsenal de Toulon, qui lui prit tout un jour, Flora eut à nouveau l'occasion, comme en Angleterre, de voir de près le monde carcéral. Ce n'était pas le genre de prison qu'avait connue sa cousine Dominga, mais quelque chose de pire. Les milliers de prisonniers qui purgeaient des peines de travaux forcés dans les installations de l'Arsenal portaient aux chevilles des chaînes qui leur déchiraient la peau et faisaient des croûtes. Ils se distinguaient des ouvriers, auxquels ils se mêlaient dans les ateliers et les carrières, non seulement par ces chaînes, mais aussi par d'étroites blouses à rayures et des bonnets, dont la couleur indiquait la condamnation qu'ils effectuaient. Il était difficile de ne pas frissonner devant les forçats à bonnet vert, signe de la perpétuité. Comme Dominga, ces pauvres diables savaient qu'à moins d'une évasion, ils passeraient le restant de leurs jours dans cette routine abrutissante, sous la surveillance de gardiens armés, jusqu'à ce que la mort vienne les libérer de ce cauchemar.

Comme dans les prisons anglaises, elle fut surprise ici aussi par la quantité de prisonniers qui, à première vue, étaient des malades mentaux, des malheureux atteints de crétinisme, de délire et autres formes d'aliénation. Ils la regardaient hébétés, la bouche ouverte, un fil de salive pendant aux lèvres, et le regard vitreux, égaré, de ceux qui ont perdu la raison. Beaucoup n'avaient pas dû voir de femme depuis longtemps, à en juger par leur air extasié ou terrifié sur le passage de Flora. Et certains idiots portaient la main sur leurs parties honteuses et commençaient à se masturber, avec le naturel des bêtes.

Était-il juste que les débiles mentaux, les tarés et les fous fussent jugés et condamnés, à la même aune que les individus sans d'esprit ? N'était-ce pas une monstrueuse injustice ? Quelle responsabilité sur ses actes pouvait avoir un simple d'esprit ? Bon nombre de ces forçats, au lieu d'être là, auraient dû se trouver dans des asiles d'aliénés. Bien qu'au souvenir de ces hôpitaux psychiatriques d'Angleterre et des traitements auxquels étaient soumis les fous, elle songeât qu'il valait mieux être condamné comme délinquant. Tu tenais là, Florita, un sujet à creuser, un problème à résoudre dans la société future.

Les officiers de l'Arsenal de Toulon l'avertirent qu'elle ne devait pas engager la conversation avec les travailleurs — détenus ou ouvriers —, car cela pouvait générer des situations gênantes. Mais, fidèle à elle-même, Flora s'approcha des groupes, posa des questions sur les conditions de travail, sur le rapport des forçats enchaînés avec les ouvriers, et soudain, à la grande surprise des deux officiers de marine et du fonctionnaire civil qui l'accompagnaient, elle se vit présider, en plein air, un débat enflammé autour de la peine de mort. Elle défendait l'abolition de la guillotine comme une mesure de justice, et elle annonça que l'Union ouvrière l'interdirait. Beaucoup d'ouvriers protestèrent, en colère. Car si, alors qu'il existait la guillotine, on commettait tant de vols et de crimes, qu'en serait-il lorsque disparaîtrait ce frein que la peine de mort imposait aux criminels ? Le débat fut interrompu de façon burlesque quand un groupe de fous, attirés par la discussion, tenta d'y prendre part. Surexcités, gesticulants et bondissants, ils parlaient tous à la fois, rivalisant de sottises, ou chantant et dansant pour attirer l'attention, au milieu des rires des autres, jusqu'à ce que les gardiens y mettent bon ordre en brandissant leurs gourdins.

Pour Flora, l'expérience fut des plus utiles. Bon nombre d'ouvriers, après ce qu'ils lui avaient entendu dire pendant sa visite à l'Arsenal, s'intéressèrent à l'Union ouvrière et lui demandèrent où ils pouvaient parler avec elle plus au calme. À partir de ce jour-là, et à la surprise de ses amis saint-simoniens qui avaient à peine été capables de lui organiser une ou deux rencontres avec une poignée de bourgeois, Flora put se réunir, deux ou trois fois par jour, avec des groupes d'ouvriers venus, pleins de curiosité, écouter cet étrange personnage en jupe, décidé à implanter la justice universelle dans un monde sans exploiteurs ni riches, où, entre autres excentricités, les femmes auraient les mêmes droits que les hommes devant la loi, au sein de la famille, et même au travail. Du coup, Flora passa du pessimisme à l'enthousiasme et soulagea ainsi ses maux. Elle se sentit mieux, et possédée de l'énergie de ses meilleures époques. Elle manifestait une activité frénétique de l'aube à la nuit. Quand elle se déshabillait — ah! ce corset étouffant, contre lequel tu avais lancé une diatribe dans ton roman *Méphis*, et qui serait interdit dans la société future comme un accessoire indigne qui sanglait les femmes comme des juments! —, en dressant le bilan de sa journée, elle se sentait toute réjouie. Les résultats ne pouvaient être meilleurs; une cinquantaine d'exemplaires de *L'Union ouvrière* avaient été épuisés et elle devait en redemander à l'imprimeur. Les inscriptions à son mouvement dépassèrent vite la centaine.

Lors des réunions, dans des maisons particulières, des sociétés ouvrières, des centres maçonniques ou des ateliers d'artisans, elle rencontrait parfois des immigrants qui ne parlaient pas français. Avec les Grecs et les Italiens ce n'était pas un problème, car il y avait toujours une personne bilingue qui faisait office de traducteur. C'était plus difficile avec les Arabes, qui restaient accroupis dans un coin, furieux de ne pouvoir participer.

Avec ces gens de race et de langue différentes surgissaient souvent des incidents que Flora devait étouffer, par d'énergiques interventions contre les préjugés raciaux, culturels et religieux. Tu n'avais pas toujours de succès, Florita. Qu'il était difficile de convaincre beaucoup de tes compatriotes que tous les êtres humains étaient égaux, quels que soient la couleur de leur peau, la langue qu'ils parlaient ou le dieu qu'ils priaient ! Même quand ils semblaient l'admettre, dès que surgissait un différend elle voyait affleurer le dédain, le mépris, les insultes, les propos racistes et nationalistes. Au cours d'une de ces discussions, Flora reprocha, indignée, à un calfat français, de demander d'interdire ces réunions aux « païens mahométans ». L'ouvrier se leva et partit en claquant la porte, non sans crier auparavant : « Putain à nègres ! » Flora en profita pour inciter l'assemblée à échanger des idées sur le thème de la prostitution.

328

Ce fut une discussion longue et compliquée où, en raison de la présence de Flora, l'assistance mit longtemps à s'enhardir et à parler franchement. Ceux qui condamnaient les prostituées le faisaient sans conviction, plus pour flatter Flora qu'en croyant à ce qu'ils disaient. Jusqu'à ce qu'un céramiste malingre et légèrement bègue — ils l'appelaient Jojo — osât contredire ses compagnons. Baissant les yeux, au milieu d'un silence sépulcral bientôt suivi de petits rires malicieux, il dit qu'il n'était pas d'accord avec toutes ces attaques contre les prostituées. Après tout, elles étaient « les chéries et les maîtresses des pauvres ». Est-ce que ces derniers avaient, comme les bourgeois, les moyens de se payer des femmes entretenues ? Sans les prostituées, la vie des humbles serait encore plus triste et ennuyeuse.

— Vous dites cela parce que vous êtes un homme, l'interrompit Flora, indignée. Diriez-vous la même chose si vous étiez une femme ?

Une violente discussion éclata. D'autres voix appuyèrent le céramiste. Pendant le débat, Flora apprit que les bourgeois de Toulon avaient l'habitude de s'associer pour entretenir des maîtresses en groupe. Quatre ou cinq commerçants, industriels ou rentiers constituaient un fonds commun pour se partager impudemment tout autant de cocottes. Ainsi abaissaient-ils les frais d'entretien et chacun d'eux jouissait-il d'un petit harem. La séance s'acheva sur un discours de Flora exposant, devant des visages sceptiques, sinon malicieux, son idée, diamétralement opposée à celle des fouriéristes, selon laquelle, dans la société future, voleurs et prostituées seraient confinés dans des îles lointaines, loin de la population qu'ils ne pourraient plus, de la sorte, dégrader par leur mauvaise conduite.

Ta haine de la prostitution était fort ancienne et avait à voir avec le dégoût et la répugnance que t'avait toujours inspirés le sexe, depuis ton mariage avec Chazal, jusqu'au moment où tu avais rencontré Olympe Maleszewska. Tu avais beau te dire que, chez la plupart des femmes, c'étaient la faim et la nécessité de survivre qui les poussaient à écarter les cuisses pour de l'argent, et que, par conséquent, les putains, comme ces misérables que tu avais vues dans l'East End de Londres, étaient plus dignes de commisération que de dégoût, quelque chose d'instinctif, un rejet viscéral, un flot de colère surgissaient en toi, Florita, quand tu pensais à l'abdication morale, au renoncement à sa dignité de la femme qui vendait son corps à la luxure des hommes. « Au fond, tu es une puritaine, Florita, se moquait Olympe en lui mordillant les seins. Ose me dire qu'en ce moment tu n'es pas heureuse. »

Et pourtant, à Arequipa, pour la seule et unique fois de sa vie, pendant la guerre civile entre « orbégosistes » et « gamarristes » à laquelle elle avait assisté les premiers mois de 1834, Flora avait éprouvé pour les cantinières, qui étaient finalement une variante des prostituées, des femmes à soldats, du respect et de l'admiration. Et c'est ce que tu avais écrit dans tes *Pérégrinations d'une paria*, dans l'éloge enflammé que tu en avais fait.

Quel voyage au pays de ton père, Andalouse! Tu y avais assisté à une révolution et une guerre civile, et même, d'une certaine façon, en y prenant part. Tu t'en rappelais à peine l'origine et les circonstances, en vérité purs prétextes à l'appétit effréné de pouvoir, la maladie que partageaient tous ces généraux et petits chefs qui, depuis l'Indépendance, se disputaient la présidence du Pérou, par des moyens légaux et, le plus souvent, à la pointe du fusil. Dans ce cas, la révolution avait commencé quand, à Lima, la Convention nationale avait élu, pour succéder au président Agustín Gamarra en fin de mandat, le maréchal don Luis José de Orbegoso, au lieu du général Pedro Bermúdez, protégé de Gamarra et, surtout, de la femme de ce dernier, doña Francisca Zubiaga de Gamarra, surnommée la Maréchale, un personnage dont l'auréole d'aventure et la légende t'avaient fascinée dès la première fois où tu en avais entendu parler. Doña Pancha, la Maréchale, habillée en militaire, avait combattu à cheval aux côtés de son mari, et gouverné avec lui. Quand Gamarra avait occupé la présidence, elle avait manifesté autant ou plus d'autorité que le maréchal dans les affaires de gouvernement et n'avait pas hésité à dégainer son pistolet pour s'imposer, à manier le fouet ou à gifler ceux qui ne lui obéissaient pas ou lui manquaient de respect, comme l'aurait fait n'importe quel gaillard belliqueux.

Quand la Convention nationale avait élu Orbegoso au lieu de Bermúdez, la garnison de Lima, à l'instigation de Gamarra et de la Maréchale, avait déclenché, le 3 janvier 1834, un coup d'État. Mais avec un succès partiel, car Orbegoso, avec une partie de l'armée, avait réussi à sortir de Lima pour organiser la résistance. Le pays s'était divisé en deux camps, selon que les garnisons se prononçaient pour Orbegoso ou pour Bermúdez. Cuzco et Puno, avec le général San Román en tête, avaient opté pour le putsch, c'est-à-dire pour Bermúdez, autrement dit Gamarra et la Maréchale. En revanche, Arequipa s'était dressée pour Orbegoso, le président légitime, disposée, sous le commandement militaire du général Nieto, à résister à l'attaque des insurgés.

Que c'était amusant, n'est-ce pas, Florita ? Plongée dans l'excitation de ce qui se passait, elle ne s'était jamais sentie en danger, pas même pendant la bataille de Cangallo qui, trois mois après le début de la guerre civile, avait décidé du sort d'Arequipa. Une bataille que Flora avait contemplée, comme à l'opéra, avec des jumelles, depuis la terrasse de la maison de don Pío, son oncle, tandis que celui-ci et ses parents, ainsi que toute la société aréquipègne, se réfugiaient dans les monastères, les couvents et les églises, redoutant, plus que les balles, la mise à sac de la ville qu'entraînaient invariablement les actions guerrières, quel qu'en fût le vainqueur.

En ce temps-là, miraculeusement, Flora et don Pío avaient fait la paix. Une fois que sa nièce avait accepté de ne pas entreprendre d'action légale contre son oncle, celui-ci, craignant le scandale dont elle l'avait menacé le jour de leur dispute, avait radouci Florita, en mobilisant sa femme, ses enfants, ses nièces, et surtout le colonel Althaus, pour la faire renoncer à son projet de quitter la maison des Tristán. Elle devait rester là, où elle serait toujours traitée comme la petite nièce chérie de don Pío, objet de la sollicitude et de la tendresse de toute la parentèle. Il ne lui manquerait jamais rien et tous l'aimeraient. Flora — que faire d'autre! — y avait consenti.

Tu ne le regrettais évidemment pas. Comme il aurait été dommage de manquer ces trois mois d'effervescence, de bouleversements, de convulsions et d'agitation sociale indescriptible où avait vécu Arequipa depuis l'éclatement de la révolution jusqu'à la bataille de Cangallo!

À peine le général Nieto avait-il commencé à militariser la ville et à la préparer à résister aux gamarristes que don Pío avait eu des convulsions hystériques. Pour lui, les guerres civiles signifiaient que les combattants allaient mettre à sac sa fortune, sous prétexte de contributions pour la défense de la liberté et de la patrie. En pleurant comme un enfant, il avait raconté à Florita que le général Simón Bolívar lui avait soutiré un chèque de vingt-cinq mille pesos, et le général Sucre un autre de dix mille, et que bien entendu ces deux coquins ne lui en avaient pas rendu un centime. Quelle serait maintenant la ponction infligée par le général Nieto, manipulé, par ailleurs, comme une marionnette, par ce curé révolutionnaire et démoniaque, l'impie doyen Juan Gualberto Valdivia qui, dans les colonnes de son journal *El Chili*, accusait monseigneur de Goyeneche de voler l'argent des pauvres et protestait contre le célibat des prêtres, qu'il prétendait abolir ? Flora lui avait conseillé, avant que le général Nieto ne fixe le montant de cette ponction, d'aller en personne, dans un acte d'adhésion spontanée, lui offrir cinq mille pesos. De la sorte, il le gagnerait à lui et se mettrait à l'abri de nouvelles saignées révolutionnaires.

— Tu crois, Florita ? avait murmuré l'avare. Est-ce que deux mille ne seraient pas suffisants ?

— Non, mon oncle, vous devez lui en donner cinq mille, pour le désarmer affectivement.

Don Pío l'avait écoutée. Depuis lors, il consultait Flora sur tout ce qu'il entreprenait dans un conflit qui ne l'intéressait, ainsi que tous les richards d'Arequipa, que dans la mesure où il ne serait pas dépouillé par les parties belligérantes.

Le colonel Althaus avait obtenu sa nomination comme chef d'état-major du général Nieto, après s'être demandé s'il n'allait pas se mettre au service de son adversaire, le général San Román, qui, en provenance de Puno, marchait sur Arequipa avec l'armée gamarriste. Althaus faisait toutes sortes de confidences à Flora, en s'amusant grandement de la perspective d'une guerre. Il se moquait férocement du général Nieto qui, en rançonnant en monnaies sonnantes et trébuchantes les propriétaires terriens d'Arequipa — Flora avait vu défiler rue Santo Domingo, en direction du quartier général, ces messieurs contrits tenant sous le bras leur magot —, avait acheté « deux mille huit cents sabres pour une armée de seulement six cents soldats, recrutés dans les rues à la trique, et qui n'avaient même pas de souliers ».

Le campement militaire avait été installé à une lieue de la ville. Sous le commandement d'Althaus, une vingtaine d'officiers y instruisaient les recrues. Au milieu d'eux, monté sur une mule et drapé dans une cape violette, une carabine à l'épaule et un pistolet à la ceinture, rôdait le lugubre doyen Valdivia. Malgré ses trente-quatre ans, il semblait prématurément vieilli. Flora avait pu échanger quelques mots avec lui, et était arrivée à la conclusion que ce curé flibustier était probablement la seule personne qui, dans cette révolution, se battait pour un idéal et non pour des intérêts mesquins. Le doyen Valdivia, après l'instruction, exhortait en de vibrantes harangues les soldats harassés à lutter jusqu'à la mort pour défendre la Constitution et la liberté, incarnées par le maréchal Orbegoso, contre « Gamarra et sa cantinière, la Maréchale », ces putschistes et démolisseurs de l'ordre démocratique. À l'entendre parler avec tant de conviction, elle voyait bien que Valdivia croyait à ce qu'il disait.

À côté de l'armée régulière, constituée par ces recrues engagées à la va comme je te pousse, il y avait un bataillon de jeunes volontaires, issus des classes aisées d'Arequipa. Ils s'étaient eux-mêmes baptisés « Les Immortels », autre exemple de la fascination dans ce pays pour les choses de France. Ces jeunes gens de haute extraction avaient emmené avec eux au campement leurs esclaves et leurs domestiques, qui les aidaient à s'habiller, préparaient leurs repas, leur faisaient passer à bras fleuve et bourbiers. Quand Flora avait visité le campement, ils lui avaient offert un banquet, avec des groupes de musiciens et de danseurs indigènes. Ces garçons de la bonne société qui, sans plus y réfléchir, transformaient le campement en une de ces fêtes mondaines qui occupaient leur existence, seraient-ils capables de se battre ? Althaus disait que la moitié d'entre eux, assurément, combattrait et se ferait tuer, non par idéal d'ailleurs, mais pour ressembler aux héros des romans français ; et que l'autre moitié, au seul sifflement des balles, prendrait la poudre d'escampette.

Les cantinières, c'était autre chose. Concubines, maîtresses, épouses ou compagnes des recrues et soldats, ces Indiennes et métisses en jupons de couleur, nu-pieds, leurs longues tresses dépassant de leur pittoresque chapeau de paysannes, faisaient fonctionner le campement. Elles creusaient des tranchées, dressaient des parapets, cuisinaient pour leurs hommes, lavaient leur linge, les épouillaient, tenaient le rôle de messagères et de guetteuses, d'infirmières et de guérisseuses, et servaient aussi au défoulement sexuel des combattants quand l'envie en prenait à ceux-ci. Beaucoup d'entre elles, bien qu'enceintes, continuaient à travailler comme les autres, suivies de leur ribambelle haillonneuse. D'après Althaus, à l'heure du combat, c'étaient elles les plus aguerries, elles qui montaient toujours en première ligne, escortant, appuyant, encourageant leurs hommes, et prenant leur place quand ils tombaient. Les chefs militaires les envoyaient en avant-garde pour occuper les villages et confisquer aliments et approvisionnements, afin d'assurer l'ordinaire de la troupe. Ces femmes pouvaient être, aussi, des putains, mais n'y avait-il pas une grande différence entre des prostituées comme ces Indiennes et celles qui, dès la nuit tombée, rôdaient aux alentours de l'Arsenal de Toulon ?

Quand Flora partit pour Nîmes le 5 août 1844, elle se dit que son séjour à Toulon avait été plus que fructueux. Le comité de l'Union ouvrière comptait un directoire de huit membres et comprenait cent dix adhérents, parmi lesquels huit femmes.

XIV

LA LUTTE AVEC L'ANGE

Papeete, septembre 1901

Quand Paul convoqua pour le 23 septembre 1900, à l'hôtel de ville de Papeete, un meeting du Parti Catholique contre « l'invasion des Chinois », bien des gens, dont son ami et voisin de Punaauia, l'ex-soldat Pierre Levergos et même Pau'ura, sa femme, pensèrent que le peintre excentrique et scandaleux était devenu tout à fait fou. L'épicier de Punaauia, Teng le Chinois, ne le saluait plus et refusait de rien lui vendre depuis longtemps. Par ailleurs, Paul lui-même, dans ses moments de lucidité, reconnaissait que la maladie et les médicaments avaient mis à mal son esprit, et qu'il n'était plus capable, bien souvent, de contrôler ses actes. Il se décidait par instinct ou par impulsion, comme les enfants ou les vieillards gâteux. C'est vrai, Koké, tu n'étais plus le même. Cela faisait des mois, un an peut-être, depuis que tu avais peint *D'où venons-nous ? Que sommes-nous ? Où allons-nous ?*, que tu n'avais pas achevé une seule toile. Quand tu n'étais pas terrassé par la maladie, l'alcool ou les drogues, tu consacrais tout ton temps à cette feuille de chou mensuelle, humoristique et pamphlétaire, *Les Guêpes*, organe des colons du Parti Catholique de François Cardella, où tu attaquais férocement le gouverneur Gustave Gallet, les colons protestants avec à leur tête ton vieil ami Auguste Goupil et les commerçants chinois, contre lesquels tu t'acharnais en les accusant d'être l'avant-garde d'une « invasion barbare pire que celle d'Attila », pour remplacer l'autorité française sur la Polynésie par « le péril jaune ».

Quelle folie! Ni Pierre Levergos ni ses autres amis ne comprenaient Paul. Comment avait-il fini par servir de cette façon tapageuse, pour ne pas dire abjecte, les intérêts du pharmacien et propriétaire de la plantation sucrière Atimaono, M. Cardella, et de ces autres colons du Parti Catholique dont la seule raison de haïr le gouverneur Gallet était que ce dernier voulait limiter leur prépotence et leurs abus de seigneurs féodaux en les obligeant à se conformer aux lois? C'était d'autant plus absurde et incompréhensible que, jusqu'à ces derniers mois et pendant toutes ses années à Tahiti, Paul avait été un véritable pestiféré pour ces colons qu'il servait maintenant, méprisé pour sa bohème, ses opinions anarchiques et son intimité avec ces indigènes dont il peuplait ses tableaux! Comment comprendre que, dans *Les Guêpes*, ces Maoris dont il louait tellement, naguère, les mœurs et les croyances anciennes, en regrettant leur remplacement par les occidentales, soient maintenant accusés par leur ancien avocat de vol et de mille autres tares? *Les Guêpes*, dans chaque numéro, reprochait aux

juges leur tolérance envers les aborigènes qui perpétraient des délits contre les familles des colons,
et une indulgence qui leur faisait fermer les yeux
ou infliger des condamnations si légères qu'elles
tournaient la justice en ridicule. Pau'ura recevait
quotidiennement des plaintes des habitants de
Punaauia : « Est-ce vrai que Koké nous déteste,
maintenant ? » « Qu'est-ce qu'on lui a fait ? » Elle
ne savait que leur répondre.

Ce changement d'attitude était imputable à
l'argent. Les colons catholiques t'avaient acheté,
Koké. Avant, tu te débattais dans la dèche et les
ennuis, avec tous ces voyages angoissés à la poste
de Papeete pour voir si tes amis de Paris ne
t'avaient pas envoyé un mandat quelconque, et tes
emprunts à droite et à gauche pour que Pau'ura,
Émile et toi ne creviez pas de faim. Maintenant,
grâce à ce que te payait le Parti Catholique pour
couvrir ces quatre feuillets des *Guêpes* de caricatures et d'invectives, tu n'avais plus de soucis
matériels. Tu avais recommencé à remplir de
nourriture et d'alcools ta petite maison de
Punaauia et à organiser, quand ta mauvaise santé
te le permettait, ces dîners dominicaux qui s'achevaient en orgies faisant rougir de honte même un
Pierre Levergos, qui croyait pourtant avoir tout
vu. Oui, le besoin matériel et la désintégration
progressive de ton cerveau, par la faute de ta
maudite maladie et de ces satanés médicaments,
expliquaient ton incroyable changement en une
année. En était-il ainsi, Koké ? Ou était-ce une
autre façon de te suicider, plus lente mais plus
efficace que la tentative précédente ?

Le meeting du 23 septembre 1900 fut encore pire que ne le craignait Pierre Levergos. Il était venu à contrecœur, pour ne pas décevoir Paul, pour qui il éprouvait de la sympathie, ou peut-être de la compassion, tout en sachant qu'il passerait un mauvais moment. Pierre, qui se flattait d'être plus français que quiconque (il l'avait montré en portant l'uniforme et les armes pour la France), n'approuvait pas la guerre déclarée par le Corse Cardella et autres richards de colons aux commerçants chinois de Tahiti, au nom du patriotisme et de la pureté de la race. Qui aurait avalé ces couleuvres? Pierre Levergos savait, comme tout le monde à Tahiti-nui, que la haine pour les Chinois venait de ce qu'ils avaient brisé le monopole d'importation des produits de consommation locale. Leurs boutiques vendaient à meilleur prix que les magasins de Cardella et des autres colons. Paul était le seul à sembler croire dur comme fer que les Chinois installés à Tahiti depuis deux générations constituaient une menace pour la France, que l'impérialisme jaune voulait s'emparer des positions de celle-ci dans le Pacifique, et que le rêve de tout Jaune était de forniquer avec une femme blanche!

C'est ce genre d'énormités que Pierre Levergos avait entendues de la bouche de Paul au meeting de l'hôtel de ville de Papeete, auquel avaient assisté une cinquantaine de colons catholiques. Plusieurs d'entre eux, fermement alignés derrière François Cardella dans sa lutte contre le gouverneur Gallet, avaient manifesté un peu de gêne à certains passages du discours raciste et chauvin de Paul, comme lorsqu'il avait affirmé, sur un ton dramatique et en gesticulant, à propos des Chinois des îles : « Cette tache jaune sur le drapeau français me fait rougir de honte. »

Après le défilé du public monté sur la tribune pour féliciter l'orateur, Paul et Pierre Levergos allèrent prendre un verre dans l'un des troquets du port, avant de retourner à Punaauia. Koké était très pâle, exténué. Ils durent marcher très lentement, Paul s'appuyant sur sa canne dont la poignée n'était plus un phallus en érection mais une Tahitienne nue. Il boitait plus que de coutume et semblait à tout moment sur le point de s'effondrer. En arrivant au bar Les îles, il se laissa tomber à une table de la terrasse ombragée par un ample parasol, et commanda de l'absinthe. Quel coup de vieux depuis que Pierre Levergos avait fait sa connaissance, à son retour de Paris, en septembre 1895 ! Pendant ces cinq ans, Paul en avait pris dix, si ce n'est davantage. Il n'était plus le vigoureux gaillard de naguère, mais un vieillard à moitié voûté, aux innombrables cheveux blancs. Son visage creusé de rides, marqué d'une barbe grisonnante, arborait une amertume agressive. Même son nez avait l'air plus cassé et plus tordu encore, tel un sarment décrépit. Il faisait de temps en temps des grimaces qui pouvaient être de douleur ou d'exaspération. Ses mains tremblaient, comme celles des ivrognes invétérés.

Pierre Levergos craignait que Paul ne l'interrogeât sur son discours, mais il eut de la chance car, ni pendant leur pot au port, ni plus tard sur le chemin du retour à Punaauia, ni le soir en dînant en plein air, tout en regardant Pau'ura jouer avec le petit Émile, Paul ne fit la moindre allusion à son obsession de ces derniers temps : la politique. Absolument pas. Il parla sans cesse de religion. Dis donc, Koké, tu ne cesserais jamais de déconcerter ton monde. Maintenant, devant un Pierre stupéfait, il disait qu'à sa mort l'humanité se souviendrait de lui comme d'un peintre et d'un réformateur religieux.

— C'est ce que je suis, affirma-t-il avec assurance. Quand on publiera l'essai que je viens de finir, tu comprendras, Pierre. Dans *L'esprit moderne et le catholicisme* je remets à leur place les catholiques, au nom du véritable christianisme.

Pierre Levergos n'en croyait pas ses oreilles. Quel diable d'homme ! Était-ce le même Paul qui dans *Les Guêpes* demandait qu'on expulse des collèges des îles les instituteurs protestants, pour les remplacer par des missionnaires catholiques ? Et le voilà qui écrivait un essai pour remonter les bretelles au catholicisme ! Pas de doute : son cerveau donnait de la bande et sa main droite ne savait plus ce que faisait sa gauche. L'autre suivait son idée : tôt ou tard, l'humanité comprendrait que « le sauvage péruvien » avait été un artiste mystique, et que le tableau le plus religieux des temps modernes était *La vision après le sermon* qu'il avait peint à Pont-Aven, ce petit bourg finistérien, à la fin de l'été 1888. Cette toile avait ressuscité dans l'art moderne l'inquiétude spirituelle et religieuse en rade depuis sa splendeur au Moyen Âge.

Ensuite, Pierre Levergos ne comprit plus un mot du monologue de Koké (qui avait bu trop d'alcool et avait la langue pâteuse) où surgissaient des personnes, des choses, des lieux et des événements qui ne lui disaient rien. Sans doute était-ce que, pour quelque raison, cette nuit tranquille de Punaauia, sans lune, sans chaleur ni insectes, stimulait les souvenirs de Paul.

— Nous sommes en 1900, n'est-ce pas ? fit celui-ci en tapotant le genou de son voisin. Je te parle de l'été 1888. Cela fait douze ans à peine. Un grain de sable dans la trajectoire de Chronos. Mais, vraiment, c'est comme si des siècles s'étaient écoulés depuis.

C'est ce que te disait ce corps maltraité, malade, fatigué et plein de rage que tu traînais dans la vie, à cinquante-deux ans. Quelle différence avec cet autre, robuste, vigoureux, de tes quarante ans, quand, malgré les privations et les contrariétés dues au manque d'argent, qui étaient ton lot depuis que tu avais délaissé les affaires pour la peinture, tu regorgeais d'un optimisme invincible sur ta vocation et ton talent, sur la beauté de la vie et la religion de l'art, une conviction qui aplanissait tous les obstacles. N'idéalisais-tu pas le passé, Paul ? Cet été 1888, lors de ton second séjour à Pont-Aven, tu n'étais pas si bien portant. Ton esprit peut-être, mais pas ton corps, en tout cas. Celui-ci souffrait encore des suites de la malaria et des fièvres contractées à Panama, malgré les dix mois écoulés depuis ton retour en France, en novembre 1887. Rappelle-toi : tu avais peint *La vision après le sermon* au milieu d'une atroce dysenterie, avec ces flots de bile qui te remontaient de l'estomac et te faisaient souffrir, avant de s'épancher par l'anus, assortis de pets bruyants qui faisaient rire toute la pension Gloanec. Quelle honte tu éprouvais en craignant que la jeune, belle, pure et immatérielle Madeleine Bernard pût entendre ces irrépressibles chapelets de vents, héritage des fièvres paludéennes (ou étaient-ce, Paul, les premiers symptômes de la maladie imprononçable?) attrapées durant la malheureuse aventure de Panama et de la Martinique!

Maintenant, tandis que ta langue, comme une bête rétive, essayait à grand-peine d'expliquer tout cela à ce brave Pierre Levergos qui somnolait sur sa chaise, tu ne ressentais plus le moindre courroux contre Émile Bernard. Même si ce dernier, depuis votre rupture de 1891, proclamait *urbi et orbi* que tu avais voulu lui voler la primeur de l'idée d'un « art synthétique ». Comme si tu étais intéressé par ce rôle de fondateur d'écoles probablement oubliées depuis belle lurette ! Tu avais été plus atteint par d'autres propos de ce joli garçon, délicat et fin, de vingt ans plus jeune que toi, frère de la belle Madeleine, qui, dans la fraîcheur de ses dix-huit ans, s'était présenté un jour à la pension Gloanec et t'avait dit en balbutiant : « Votre ami Schuffenecker m'envoie de Concarneau faire votre connaissance. Il dit que vous êtes la seule personne au monde capable de m'aider à devenir un véritable artiste. » Le voilà qui maintenant assurait que tu avais copié sur lui la composition, les idées et les coiffes des Bretonnes statiques de *La vision après le sermon*, qu'il aurait précédé avec son tableau *Les Bretonnes dans la prairie*.

— Des bêtises, mon cher Pierre, affirma-t-il, en donnant du poing sur la table. De ces *Bretonnes dans la prairie*, je ne me rappelle que le titre. Qu'a-t-il bien pu arriver au meilleur de mes disciples pour le voir, soudain, s'emplir d'envie et se mettre à me détester ?

Il lui était arrivé quelque chose de très humain, Paul : il avait compris que *La vision après le sermon* était un chef-d'œuvre. Ce fut trop fort pour lui. Pour se venger, il s'était mis à détester celui qu'il avait tant aimé et admiré. Pauvre Émile ! Qu'était-il devenu ? Mais, à y bien réfléchir, peut-être n'était-ce pas inexact, ce qu'il avait dit. Sans Bernard, tu n'aurais peut-être jamais peint, cet été 1888, dans ta petite chambre étroite de la pension Gloanec, où pullulaient tant de peintres amis qui te considéraient comme leur mentor — Bernard, Laval, Chamaillard, Meyer de Haan —, ce tableau qui décrivait un miracle, ou peut-être seulement une vision. Un groupe de pieuses Bretonnes, après avoir suivi le sermon dominical d'un curé tonsuré au profil rappelant le tien et rejeté dans un coin du tableau, absorbées dans leur prière, en état de ravissement, voyaient devant elles, ou imaginaient peut-être, cet inquiétant épisode de la Genèse : la lutte de Jacob avec l'ange, reconstituée dans une prairie bretonne coupée en deux par un pommier et d'une impossible couleur vermillon. Le véritable miracle de ce tableau, Paul, n'était pas l'apparition de personnages bibliques dans la réalité ou dans l'esprit de ces humbles paysannes. C'étaient les couleurs insolentes, audacieusement antinaturalistes, le vermillon de la terre, le vert bouteille de la tunique de Jacob, le bleu outremer de l'ange, le noir de Prusse des vêtements féminins et ces blancs mouchetés de rose, de vert ou de bleu de la grande file de coiffes et de collets qui s'interposaient, avec le pommier, entre le spectateur et le couple en lutte. Le miracle, c'était l'apesanteur qui régnait à l'intérieur du tableau, cet espace où l'arbre, la vache et les ferventes femmes semblaient en lévitation à l'appel de leur foi. Le miracle, c'était d'avoir réussi dans cette toile à en finir avec le réalisme prosaïque en créant une réalité nouvelle, où l'objectif et le subjectif, le réel et le surnaturel se confondaient, indivisibles. De la belle ouvrage, Paul ! Ton premier chef-d'œuvre, Koké !

Cette foi catholique, tu ne la comprenais pas, alors. Tu l'avais perdue, si tant est que tu l'aies jamais eue. Tu n'étais pas allé en Bretagne à la recherche du catholicisme préservé par l'anti-modernité à tout crin et le passéisme du peuple breton qui, ces années-là, résistait silencieusement, fermement, aux assauts que la IIIe République menait contre le cléricalisme pour imposer en France une sécularisation radicale. Tu y étais allé, comme tu l'avais bien expliqué à ce bon Schuff, en quête de la sauvagerie et du primitivisme qui te semblaient seuls propices à faire fleurir le grand art. La Bretagne rurale t'avait séduit dès l'abord par sa rusticité, ses superstitions, ses rites affirmés et ses coutumes ancestrales, une terre qui tournait allègrement le dos aux efforts de modernisation du gouvernement, et répondait à la sécularisation en multipliant les processions, en remplissant les églises, en célébrant partout des apparitions de la Vierge. Tout cela t'avait enchanté. Pour t'harmoniser avec le milieu, tu revêtais désormais le gilet brodé breton et des sabots de bois que tu avais toi-même taillés et décorés. Tu assistais aux « pardons », ces cérémonies particulièrement populaires à Pont-Aven où les fidèles, en masse, pour beaucoup à genoux, faisaient le tour de l'église en demandant pardon pour leurs péchés ; tu visitais tous les calvaires de la région, à commencer par le plus vénéré, celui de Nizon, et te rendais en pèlerinage à la petite chapelle de Trémalo, avec son très vieux Christ en bois polychrome qui allait t'inspirer un autre tableau religieux : *Le Christ jaune*.

Oui, tous les matériaux pour la peinture antinaturaliste que tu rêvais de faire étaient dispersés dans cette Bretagne où, comme tu pontifiais devant le bon Schuff, « quand mes sabots de bois résonnent sur ce sol de granit, j'entends le ton sourd, mat et puissant que j'essaie de reproduire dans mes peintures ». Tu n'y serais jamais parvenu sans Bernard et sa sœur Madeleine. Sans eux, tu n'aurais jamais commencé à sentir que tu t'imprégnais toi aussi, peu à peu, sans t'en rendre compte au début, de cette foi chez eux si organique, aussi naturelle que leurs traits délicats, leur allure et leur grâce quand ils évoluaient et parlaient. Le frère et la sœur vivaient leur religion vingt-quatre heures sur vingt-quatre. Émile avait parcouru toute la Bretagne et la Normandie à pied, visitant églises, couvents, chapelles, monastères et autres lieux de culte et de piété, sur les traces de ce Moyen Âge, à ses yeux l'époque la plus haute de la civilisation humaine pour son identification avec Dieu et la présence de la religion dans toutes les activités publiques et privées. Bernard n'était pas un dévot, c'était un croyant, spécimen rare pour toi qui, après t'être moqué du jeune homme et de son ardente passion religieuse, t'étais laissé, insensiblement, contaminer par l'intensité avec laquelle Émile vivait sa foi chrétienne.

Un été inoubliable, n'est-ce pas, Paul ? « En effet », s'écria-t-il, en donnant un nouveau coup de poing sur la table. Pau'ura était rentrée dans le faré en portant l'enfant dans ses bras et tous deux devaient déjà dormir, placidement, enroulés au chat. Pierre Levergos somnolait, tassé sur sa chaise, en émettant parfois un ronflement. La nuit était épaisse quand ils s'étaient assis pour manger, mais le vent avait chassé les nuages, et un croissant de lune éclairait maintenant le paysage. Tout en fumant ta pipe, tu pouvais voir le collier de tournesols dorés qui entourait le faré. On t'avait assuré que les tournesols européens ne s'acclimataient pas dans l'humidité tropicale de Tahiti. Mais toi, têtu, tu avais réclamé des graines à Daniel de Monfreid et, avec l'aide de Pau'ura, tu les avais plantées, arrosées et soignées avec amour. Et maintenant ils étaient là, vivants, dressés, lumineux, exotiques. Des tournesols moins éblouissants que ceux de Provence que peignait avec tant d'acharnement le Hollandais fou ; mais ils te tenaient compagnie et, pour quelle raison, Paul ? t'apportaient une sorte d'apaisement spirituel. Ces fleurs exotiques, en revanche, faisaient rire Pau'ura.

Cet été 1888, dans le petit bourg breton traversé par l'Aven, il t'était arrivé des choses extraordinaires. Tu avais compris la foi catholique, lu *Les Misérables*, de Victor Hugo, peint un chef-d'œuvre, *La vision après le sermon*, étais tombé pudiquement amoureux de cette Vierge Marie incarnée qu'était Madeleine Bernard, t'étais pris de tendresse pour son frère Émile. Cet été où, à travers sa fougueuse correspondance, le Hollandais fou te pressait de venir une bonne fois vivre à Arles avec lui. Cet été où, par la faute de Panamá — comme un cheveu sur la soupe —, tu avais eu ces coliques incessantes et lâché ces milliers de pets.

Qu'est-ce qui avait été le plus important dans tout cela ? *Les Misérables*, Koké. Ce roman de Victor Hugo avait été lu par tous les peintres qui partageaient ton ordinaire à la pension de la veuve Marie-Jeanne Gloanec (même elle l'avait lu), Charles Laval, Meyer de Haan, Émile Bernard, Ernest de Chamaillard. Tous en faisaient l'éloge. Mais toi tu hésitais à te plonger dans cette volumineuse histoire qui bouleversait toute la France, des concierges aux ducs, des midinettes aux intellectuels, des artistes aux banquiers. Tu avais finalement succombé aux sollicitations de Madeleine, quand elle t'avait avoué que ce livre « avait remué son âme » et qu'elle en avait eu « les yeux humides tout le temps de sa lecture ». Toi, l'aventure de Jean Valjean ne t'avait pas fait pleurer, mais elle t'avait touché, bien plus que tous les livres que tu avais lus jusqu'alors. Au point qu'en échangeant avec le Hollandais fou vos portraits respectifs, sur ses instances et comme gage de votre prochaine cohabitation à Arles, tu t'étais peint métamorphosé en héros du roman, en Jean Valjean, l'ancien bagnard devenu saint grâce à l'infinie piété de monseigneur Bienvenu, cet évêque qui l'avait converti au bien le jour où il lui avait remis les chandeliers que l'autre voulait lui voler. Ce roman t'avait ébloui, inquiété, alarmé, déconcerté. Existait-il un telle probité morale, capable de survivre à la crasse humaine, une générosité et un désintéressement semblables dans ce monde vil ? La douce Madeleine, les après-midi sans pluie, quand il était possible de s'asseoir pour attendre la tombée de la nuit sur la terrasse de la pension Gloanec, avait un nom pour cela : la grâce. Mais si c'était la main vivifiante de Dieu qui, à travers l'évêque Bienvenu, puis Jean Valjean, faisait triompher le bien sur ce mal qu'à la fin du roman l'implacable Javert emportait au fond de la Seine, chevillé à son âme, quel était le mérite de l'animal humain ?

Dans l'autoportrait envoyé au Hollandais fou tu avais, en personnifiant Jean Valjean, peint l'artiste incompris, condamné à l'exil social par l'aveuglement, le matérialisme et le philistinisme de ses concitoyens. Mais tu avais peut-être, dans cet autoportrait, déjà commencé à peindre ce qui ne deviendrait réalité que des mois plus tard, dans *La vision après le sermon* : le passage de l'historique au transcendant, du matériel au spirituel, de l'humain au divin. Te souvenais-tu des félicitations et des éloges de tes amis de Pont-Aven à l'achèvement du tableau ? Et des paroles de la belle Madeleine : « Cette œuvre m'accompagnera jusqu'à la fin de mes jours, monsieur Gauguin » ?

Ta Madeleine tout esprit s'était-elle rappelé au Caire, alors qu'elle succombait à la tuberculose un an après ce pauvre Charles Laval, *La vision après le sermon* ? Bien sûr que non. Elle avait dû complètement t'oublier, ainsi que le tableau, et en faire autant, probablement, de cet été 1888 à Pont-Aven. Tu n'aurais jamais cru pouvoir retomber amoureux de personne, après Mette Gad, Paul. C'est vrai, vous viviez déjà séparés en ce temps-là, elle à Copenhague avec vos cinq enfants, et toi à Pont-Aven, et tout ce qui restait de votre mariage, c'était un papier et une correspondance jaunie. Mais malgré cela, malgré ton obscure certitude que Mette et toi ne reformeriez jamais une famille, un foyer commun, tu ne t'étais jamais senti sentimentalement libre. Jusque-là, Koké. Tu t'en tenais à la conclusion, en 1888, que l'amour, à la manière occidentale, était une entrave, que pour un artiste l'amour devait avoir exclusivement le contenu physique et sensuel qu'il avait pour les primitifs, sans affecter les sentiments, l'âme. Aussi, quand tu cédais à la tentation de la chair et faisais l'amour — avec des prostituées, surtout —, tu avais l'impression d'un acte hygiénique, d'un divertissement sans lendemain. L'arrivée de Madeleine avec son frère Émile à la pension Gloanec de Pont-Aven, cet été-là, douze ans plus tôt, t'avait rendu cette émotion qui t'étourdissait, t'effrayait et te réduisait au silence, devant ce visage juvénile au teint si blanc, si lisse, ce regard bleu liquide, ce petit corps si harmonieux et si fragile qui irradiait l'innocence et la sainteté quand elle entrait dans la salle à manger, sortait sur la terrasse, ou prenait le frais sur la rive de l'Aven, distraite, regardant les bateaux des pêcheurs lever l'ancre, tandis que tu l'épiais, caché parmi les arbres.

Tu ne lui avais jamais adressé un mot d'amour, ni fait la moindre avance. Parce qu'elle était trop jeunette, parce que tu avais le double de son âge ? Plutôt par une étrange autocensure morale. Le pressentiment qu'en la rendant amoureuse de toi tu allais salir son intégrité, sa beauté spirituelle. Aussi avais-tu dissimulé, en jouant au grand frère qui conseille, en homme expérimenté, la fillette qui fait ses premiers pas dans le monde adulte. Tout le monde n'avait pas réprimé les sentiments qu'inspirait la beauté pâle de Madeleine. Charles Laval, par exemple. Lui avait-il déjà tourné la tête, ce tiède été 1888, en lui récitant des vers d'amour, tandis que, dans ta petite chambre, tu donnais forme et couleurs à *La vision après le sermon* ? Charles et Madeleine avaient-ils vécu une belle passion ? Tu l'espérais. C'était si triste qu'ils soient morts si jeunes, à une année de distance, et elle dans cette terre exotique d'Égypte, si loin de la sienne. Comme tu mourras, toi, Paul.

Ces expériences, *Les Misérables*, ton amour pur pour Madeleine, les discussions avec tes amis peintres chez qui le thème religieux apparaissait fréquemment — tout comme Émile Bernard, le Hollandais Jacob Meyer de Haan, juif converti au catholicisme, était obsédé par la mystique —, avaient été décisives pour t'amener à peindre *La vision après le sermon*. En achevant cette toile, tu étais resté plusieurs nuits éveillé, à écrire, à la clarté de la minuscule lampe à gaz de ta chambre à coucher, des lettres à tes amis. Tu leur disais que tu avais enfin atteint cette simplicité rustique et superstitieuse des gens communs, qui ne distinguaient pas bien, dans leur vie simple et leurs croyances ancestrales, la réalité du rêve, la vérité de l'imagination, l'observation de la vision. Tu assurais à Schuff et au Hollandais fou que *La vision après le sermon* dynamitait le réalisme, inaugurant une époque où l'art, au lieu d'imiter le monde naturel, s'écarterait de la vie immédiate au moyen du rêve et, de la sorte, suivrait l'exemple du Divin Maître, en faisant ce qu'il avait fait : créer. Telle était l'obligation de l'artiste : créer, et non imiter. Dorénavant, les artistes, libérés de leurs attaches serviles, pourraient tout oser dans leur effort pour créer des mondes différents du réel.

En quelles mains était tombée ta *Vision après le sermon* ? Le dimanche 22 février 1891, lors de la vente à l'hôtel Drouot pour réunir les fonds nécessaires à ton premier voyage à Tahiti, *La vision après le sermon* avait été la toile la mieux vendue, à près de neuf cents francs. Dans quelle salle à manger parisienne languissait-elle maintenant ? Tu voulais pour *La vision après le sermon* un cadre religieux, et tu avais proposé de l'offrir à l'église de Pont-Aven. Le curé avait refusé en alléguant que ces couleurs — où avait-on vu en Bretagne cette terre rouge sang? — allaient à l'encontre du recueillement de rigueur dans les lieux de culte. Et le curé de Nizon l'avait repoussée lui aussi, encore plus irrité, en estimant qu'un tel tableau susciterait incrédulité et scandale parmi ses paroissiens.

Comme les choses avaient changé pour toi, Paul, pendant ces douze années, depuis que tu écrivais au bon Schuff : « Une fois réglés les problèmes du coït et de l'hygiène, et s'il peut se concentrer sur son travail en totale indépendance, un homme s'en tire. » Tu ne t'en étais jamais tiré, Paul. Pas davantage aujourd'hui, bien qu'ait pris fin, en raison de tes articles, dessins et caricatures parus dans *Les Guêpes*, l'angoisse de savoir si tu pourrais manger le lendemain. Maintenant, grâce à François Cardella et à ses acolytes du Parti Catholique, tu pouvais manger et boire avec une régularité que tu n'avais pas connue dans toutes ces années à Tahiti. Le puissant Cardella t'invitait très fréquemment dans son imposante maison à deux étages, entourée de terrasses aux balustrades en fer forgé et d'un très vaste jardin protégé par une grille de bois, rue Bréa, ainsi qu'aux réunions politiques dans sa pharmacie de la rue de Rivoli. Étais-tu content ? Non. Tu étais amer et las. Parce que cela faisait plus d'un an que tu n'avais peint une simple aquarelle, ni sculpté le moindre *tupapau* ? Peut-être bien que oui, peut-être bien que non. Quel sens cela avait-il de continuer à peindre ? Tu savais maintenant que toutes tes œuvres dignes de durer faisaient partie de ton histoire passée. Prendre les pinceaux pour produire des témoignages de ta décadence et de ta ruine ? Non, merde !

Il valait mieux investir ce qui restait en toi de créativité et de combativité dans *Les Guêpes*, en attaquant les fonctionnaires envoyés de Paris, les protestants et les Chinois qui donnaient tant de maux de tête au Corse Cardella et à ses amis. Avais-tu parfois des remords d'être devenu un mercenaire au service de gens qui, naguère, te méprisaient et que tu tenais pour méprisables ? Non. Tu avais décidé depuis bien des années que, pour être un artiste, il fallait absolument évacuer toutes sortes de préjugés bourgeois, et les remords en faisaient partie. Le tigre se repentait-il d'avoir déchiré à belles dents le daim dont il se nourrissait ? Le cobra, en hypnotisant et en avalant vivant un oisillon, avait-il des scrupules ? Et même quand, dans un des premiers numéros des *Guêpes*, en avril ou mai 1899, tu avais propagé bruyamment le délirant bobard, emprunté au *Mariage de Loti* — ce roman qui avait enthousiasmé le Hollandais fou —, que c'étaient les Chinois qui avaient apporté la lèpre à Tahiti, tu n'avais pas éprouvé le moindre remords pour cette calomnie.

— Une bonne putain fait bien son travail, mon cher Pierre, fit-il en délirant, sans avoir la force de se lever. Je suis une bonne putain, ose le nier.

Il eut pour toute réponse un ronflement profond de Pierre Levergos. Les nuages avaient à nouveau recouvert la lune et ils se trouvaient dans une obscurité intermittente, interrompue par des éclats de vers luisants.

Flora, ta grand-mère, n'aurait pas approuvé ce que tu faisais, Paul. Bien sûr que non. Cette folle, ce bas-bleu, aurait été du côté de la justice et non de François Cardella, le principal producteur de rhum de Polynésie. Quelle était la justice dans cette île dégueulasse qui ressemblait de moins au moins au monde des anciens Maoris et de plus en plus à la France pourrie? Ta grand-mère Flora aurait essayé de voir de quel côté se trouvait la justice, fourrant son petit nez dans ce fouillis de querelles, d'intrigues, d'intérêts sordides portant le masque de l'altruisme, pour énoncer un verdict foudroyant. C'est pour cela que tu étais morte à quarante et un ans à peine, grand-mère! Lui, en revanche, qui chiait sur la justice, en avait déjà vécu cinquante-trois, douze de plus que sa grand-mère Flora. Tu n'allais pas durer beaucoup plus, Paul. Bah! pour ce qui importait vraiment, la beauté et l'art, ta biographie était terminée.

Quand, le lendemain à l'aube, il fut réveillé par une averse qui le trempa jusqu'aux os, il était toujours sur la même chaise, en plein air, avec un fort torticolis dû à la position de sa tête. Pierre Levergos était parti au milieu de la nuit. Il laissa la pluie le réveiller tout à fait et se traîna à l'intérieur du faré pour s'écrouler sur son lit et dormir jusqu'à midi. Pau'ura et l'enfant étaient sortis.

Depuis qu'il avait cessé de peindre, il n'était plus aussi matinal que jadis. Il traînaillait jusqu'au milieu de la matinée, puis prenait la patache pour Papeete, où il restait jusqu'au soir à préparer le prochain numéro des *Guêpes*. C'était une revue mensuelle de quatre pages, mais comme tout ce qui s'y publiait était de sa main — articles, caricatures, dessins, vers burlesques, blagues et ragots —, chaque numéro représentait pour lui beaucoup de travail. De surcroît, il apportait le matériel à l'imprimerie, corrigeait les couleurs, les épreuves, l'impression, et vérifiait que la revue parvenait bien aux abonnés et aux kiosques à journaux. Tout cela l'amusait et il se donnait à cette tâche avec enthousiasme. Mais il en avait par-dessus la tête des constantes réunions avec François Cardella et ses amis du Parti Catholique, qui finançaient la revue et le payaient. Ils étaient toujours à l'importuner de conseils qui étaient des ordres déguisés. Et ils se permettaient de lui faire des reproches, pour ses critiques excessives envers Gallet, ou pour une virulence jugée insuffisante. Parfois, il les écoutait résigné, en pensant à autre chose. D'autres fois, il perdait patience et pestait; et même, à deux reprises, il avait proposé sa démission. Ils ne l'avaient pas acceptée. Par qui allaient-ils le remplacer, ces plaisantins à peine capables de griffonner une lettre?

Sa vie se serait poursuivie de la sorte jusqu'à Dieu sait quand, si, au début de l'année 1901, ses maux physiques, qui l'avaient laissé tranquille un bon moment, ne s'étaient à nouveau abattus sur lui, avec plus d'acharnement que jamais. Un soir de janvier de cette première année du siècle nouveau, chez François Cardella rue Bréa, au moment où son amphitryon lui présentait une tasse de café avec un doigt de brandy, le cœur de Paul s'était mis à battre la chamade. Il palpitait à toute allure, emballé, et sa poitrine montait et descendait comme un soufflet de forge. Il pouvait à peine respirer. Il souffrit toute la semaine de tachycardie et de râles, pour finir par vomir du sang, ce qui l'obligea à aller à l'hôpital Vaiami.

— Et voilà, docteur Lagrange, que maintenant j'ai aussi des problèmes cardiaques! ironisa-t-il devant le médecin qui l'auscultait.

Ce dernier fit non de la tête. Ce n'était pas une nouvelle maladie, mon ami. C'était celle de toujours, qui poursuivait sa marche inexorable. Maintenant, comme elle l'avait déjà fait avec sa peau, son sang et sa tête, elle commençait à lui démolir le cœur. Il dut, entre janvier et mars 1901, être hospitalisé à trois reprises, toujours pour plusieurs jours, la dernière fois pour deux semaines. Il était bien soigné au Vaiami, car la plupart des médecins, à commencer par le docteur Lagrange qui dirigeait maintenant l'hôpital, appuyaient Cardella dans sa campagne contre les autorités envoyées de métropole. Ils lui installèrent même un pupitre sur son lit pour qu'il puisse préparer les numéros des *Guêpes*.

Mais ces séjours obligés à l'hôpital eurent un effet inattendu. Il réfléchit beaucoup et, soudain, lors d'une nuit blanche, parvint à cette conclusion : tu en avais assez de ce que tu faisais, et des gens pour qui tu le faisais. Tu ne voulais pas te tuer à la tâche pour des imbéciles. Il était malheureux d'en être arrivé là, toi qui étais venu à

Tahiti pour fuir l'argent, et, comme tu en rêvais avec le Hollandais fou là-bas à Arles, quand vous vous entendiez encore bien, pour construire ici un petit Éden de liberté, de beauté, de création et de jouissance, sans les servitudes de la civilisation de l'argent européenne. La Maison du Jouir, comme disait Vincent! comme le destin était étrange et capricieux, Koké!

Tu ne t'en souvenais plus, Paul? Tout avait commencé un an et demi plus tôt, après ton suicide avorté, quand tu peignais *D'où venons-nous? Que sommes-nous? Où allons-nous?*, ton dernier chef-d'œuvre. Des choses avaient commencé à disparaître du faré — disparaissaient-elles ou t'imaginais-tu qu'elles disparaissaient? —, et dans ta tête s'était forgée la certitude que les voleurs étaient des indigènes de Punaauia. Pau'ura disait que non, que tu rêvais. Mais le mécanisme délirant s'était mis en marche, inexorable. Tu avais voulu à tout prix que le tribunal de Papeete inculpe les voleurs, et comme les juges avaient, raisonnablement, refusé d'instruire un procès sur des accusations aussi faibles, tu avais écrit des lettres ouvertes, très dures, pleines de feu et de fiel, accusant l'administration coloniale de collusion avec les indigènes contre les Français. Ainsi était né *Le Sourire (Journal méchant)*, dont le venin divertissait les colons. Ils l'achetaient, ravis, et t'envoyaient des messages de félicitations. Alors Cardella lui-même était venu te rendre visite et t'avait proposé monts et merveilles pour diriger *Les Guêpes*. Tout alla comme sur des roulettes, sans presque t'en rendre compte. Pendant dix-huit mois tu avais mangé et bu, provoqué un petit tremblement de terre dans l'île avec tes diatribes, t'étais distrait, et avais oublié dans ce vertige que tu étais un peintre. Étais-tu content de ton sort ? Non. Allais-tu continuer à travailler pour Cardella ? En aucune façon.

Que ferais-tu alors ? Sortir le plus vite possible de cette maudite île de Tahiti désormais pourrie par l'Europe, qui avait détruit tout ce qui la rendait, jadis, sauvage et respirable. Où traînerais-tu tes os fatigués et ton corps malade, Paul ? Aux Marquises, naturellement. Là-bas, un peuple maori encore libre, indomptable, conservait intacts sa culture, ses coutumes, l'art des tatouages et, au fond des bois, loin du regard occidental, pratiquait encore le cannibalisme sacré. Ce serait un bain lustral, Koké. Dans cette nouvelle atmosphère, fraîche et vierge, la maladie imprononçable serait stoppée. Et peut-être bien que là-bas tu reprendrais les pinceaux, Paul.

Il lui avait suffi de prendre cette décision pour que les choses s'organisent favorablement. On venait de l'autoriser à quitter l'hôpital Vaiami quand, comme une bombe, arriva de Paris la nouvelle qu'on avait relevé de sa charge le gouverneur Gustave Gallet. Les colons pour qui tu travaillais en furent si heureux que tu n'eus guère de mal à leur faire admettre que, après ce triomphe, la parution du journal n'avait plus de sens. Ils te congédièrent avec une bonne gratification.

Quelques jours plus tard, alors que, dans un de ces états fébriles qui précédaient toujours chez lui les grands changements de vie, il s'enquérait des bateaux en partance pour les îles Marquises, Pierre Levergos était venu lui dire qu'Axel Nordman, un Suédois récemment installé à Tahiti, voulait lui acheter son faré de Punaauia. Il l'avait vu, en passant, et s'en était épris. Paul conclut l'affaire en quarante-huit heures, ce qui lui permit d'avoir l'argent du billet et du transport de ses maigres effets personnels ; il put même offrir un peu d'argent à Pau'ura et au petit Émile. La jeune femme avait catégoriquement refusé de l'accompagner aux Marquises. Qu'irait-elle faire là-bas, si loin de sa famille ? C'était un monde très lointain et très dangereux. Koké pouvait mourir à tout moment, et que deviendrait-elle avec son enfant ? Elle préférait retourner dans sa famille.

Cela ne t'affecta guère. À vrai dire, Pau'ura et Émile auraient constitué une gêne pour entreprendre cette nouvelle existence. En revanche, cela te contraria que Pierre Levergos refusât de t'accompagner. Tu lui avais proposé de l'emmener comme cuisinier et de partager avec lui tout ce que tu possédais. Ton voisin n'en démordit pas : il ne bougerait pas d'ici pour tout l'or du monde. Jamais il ne commettrait la folie de te suivre dans cette décision échevelée. Alors Paul le traita de bourgeois, de lâche, de médiocre et de déloyal.

Pierre Levergos était resté un bon moment pensif, sans répondre à tes insultes, mâchant un brin d'herbe dans cette bouche dépeuplée de la moitié de ses dents. Ils étaient assis en plein air, près du grand manguier qui leur faisait de l'ombre. Finalement, sans élever la voix, d'un air tranquille, en martelant ses mots, il te déclara .

— Tu dis partout que tu vas aux Marquises parce que là-bas tu trouveras des modèles moins chers, parce qu'il y a là-bas des terres vierges et une culture moins décadente. Je crois que tu mens. Et tu te mens aussi à toi-même, Paul. Tu pars de Tahiti à cause de tes plaies aux jambes. Ici aucune femme ne veut plus coucher avec toi, tant tu sens mauvais. C'est pour cela que Pau'ura ne veut pas t'accompagner. Tu penses qu'aux Marquises, comme les gens sont plus pauvres qu'ici, tu vas pouvoir t'acheter des jeunesses pour une poignée de bonbons. Un autre rêve de ta part qui tournera au cauchemar, mon voisin, tu verras.

Personne n'alla lui dire adieu au port de Papeete le 10 septembre 1901, quand il monta sur la *Croix-du-Sud*, qui partait pour Hiva Oa. Il emportait avec lui son accordéon, sa collection d'estampes pornographiques, son coffre aux souvenirs, son autoportrait en Christ au Golgotha et une petite peinture de la Bretagne sous la neige. Malgré l'insistance du nouveau propriétaire de sa maison de Punaauia pour qu'il emportât tout, il laissa là quelques toiles et une douzaine de sculptures sur bois de ses *tupapaus* de fantaisie. Comme le lui apprendrait par lettre Axel Nordman, quelques mois plus tard, le nouveau propriétaire de son faré avait jeté à la mer tous ces guignols parce qu'ils faisaient peur à son petit garçon.

XV

LA BATAILLE DE CANGALLO

Nîmes, août 1844

Dans l'étouffante chambrette de l'hôtel du
Gard, à Nîmes, qui sentait le vieux et le pipi de
chat, où du 5 au 12 août 1844 elle passa six jours
et six nuits épouvantables, les pires de toute sa
tournée, Flora fit presque quotidiennement un
angoissant cauchemar. Du haut de leur chaire, les
curés de la ville rameutaient contre elle cette
masse fanatisée remplissant les églises, qui sortait
dans les rues de Nîmes pour la lyncher. En tremblant, elle se cachait dans des vestibules, des
entrées d'immeuble, des coins d'ombre; de son
refuge précaire, elle entendait et apercevait la
foule déchaînée en chasse de l'impie révolutionnaire pour venger le Christ-Roi. Quand on la
découvrait et qu'on se précipitait sur elle, le
visage déformé par la haine, Flora se réveillait,
noyée de sueur et paralysée de peur, dans une
odeur d'encens.

Dès le premier jour à Nîmes, tout alla de travers. L'hôtel du Gard était sale et inhospitalier, et
la nourriture repoussante. (Toi, Florita, qui
n'avais jamais accordé d'importance aux ali-

ments, voilà que tu te surprenais à rêver de bonne cuisine familiale, de soupe épaisse, d'œufs frais et de beurre tout juste sorti de la baratte.) Tes coliques, tes diarrhées et tes douleurs à la matrice, ajoutées à la chaleur insupportable, faisaient de chaque journée un calvaire, aggravé par l'impression que ce sacrifice serait inutile, parce que dans cette gigantesque sacristie tu ne trouverais pas un seul ouvrier intelligent pour servir de relais à l'Union ouvrière.

Elle en trouva un, en vérité, qui n'était pas de Nîmes, mais — bien sûr! — de Lyon. Le seul, sur les quarante mille ouvriers de cet immense marché aux châles de soie, de laine et de coton qui, au cours des quatre réunions qu'elle avait réussi à organiser avec l'aide réticente de deux médecins qu'on lui avait recommandés comme philanthropes, modernes et fouriéristes — les docteurs Pleindoux et de Castelnaud —, ne lui avait pas semblé totalement abruti par les doctrines lénifiantes des curés que les ouvriers nîmois avalaient sans le moindre embarras. Tu croyais avoir tout vu et entendu en matière de bêtise, Andalouse, mais Nîmes te montra que la frontière pouvait s'élargir indéfiniment. Le jour où, lors d'une réunion, elle entendit un mécanicien dire : « Les riches sont nécessaires, c'est grâce à eux qu'il y a des pauvres dans le monde, et nous, nous irons au ciel, mais pas eux », elle fut prise d'abord de fou rire, puis d'un étourdissement. Que les prêches des curés aient convaincu les ouvriers qu'il était bon d'être exploités, car ainsi ils entreraient au Paradis, la démoralisa à un point tel qu'elle demeura longtemps muette, sans même le courage de s'indigner.

Ce n'était qu'à la bataille de Cangallo, cette farce tragi-comique, dans la dernière étape de son séjour à Arequipa, dix ans plus tôt, qu'elle avait vu autant d'idiotie et de confusion accumulées. Avec une différence, Florita, par rapport à Nîmes. Voici deux lustres, quand, aux abords d'Arequipa, gamarristes et orbégosistes perpétraient cette pantomime avec sang et morts, toi, spectatrice privilégiée, tu étudiais cela avec émotion, tristesse, ironie, compassion, en t'appliquant à comprendre pourquoi ces Indiens, ces zambos, ces métis, entraînés dans une guerre civile sans principes, sans idées, sans morale, expression pure et simple des ambitions des caudillos, acceptaient d'être de la chair à canon, un instrument des luttes de factions qui n'avaient rien à voir avec leur sort à eux. Ici, en revanche, devant la muraille de préjugés religieux et de stupidité qui fermait toutes les portes à la parole de la révolution pacifique, tu réagissais d'une façon amère, passionnelle, en laissant la colère troubler ton intelligence.

Était-ce ton mal-être physique qui te rendait si impatiente ? Pareille dépression était-elle provoquée par la fatigue de ces derniers mois où tu avais toujours été par monts et par vaux, logeant dans des pensions médiocres ou des bouis-bouis infâmes comme l'hôtel du Gard ? Tu étais épuisée par ces cauchemars nocturnes où les curés de Nîmes te faisaient lyncher par la populace. Mieux valait ne pas dormir. Elle passait donc une bonne partie de la nuit la fenêtre ouverte, échafaudant l'apocalypse des prêtres nîmois. « Si tu arrives au pouvoir, tu feras un exemple terrible, Florita. Tu les mettras dans ce Colisée romain dont ils sont si fiers, et les feras dévorer par ces mêmes ouvriers que leurs sermons ont transformés en bêtes fauves. » Imaginer ces méchancetés finissait par lui enlever sa mauvaise humeur, la faisait rire comme une petite fille et, alors, elle retournait toujours à Arequipa.

Et si toutes les batailles étaient aussi idiotes que celle à laquelle il t'avait été donné d'assister, dans la Ville Blanche ? Un chaos humain qu'ensuite les historiens, pour satisfaire au patriotisme national, transformaient en cohérentes manifestations de l'idéalisme, du courage, de la générosité, des principes, en gommant tout ce qu'il y avait eu en elles de peur, de stupidité, d'avidité, d'égoïsme, de cruauté et d'ignorance du plus grand nombre, sacrifié sans pitié à l'ambition, la cupidité ou le fanatisme d'une minorité. Dans cent ans, peut-être, cette mascarade, ce carnaval qu'avait été la bataille de Cangallo, figurerait dans les livres d'histoire, et les Péruviens la liraient comme une page exemplaire du passé de la patrie où l'héroïque Arequipa, pour défendre le président élu, le général Orbegoso, se battait hardiment contre les forces putschistes du général Gamarra qui, après des actions aussi sanglantes que sauvages, finissaient par vaincre (mais Arequipa remportait la victoire, magiquement, quelques jours plus tard). Oui, Florita : l'histoire vécue était une cruelle folie, et l'écriture, un flot de bobards patriotiques.

Les troupes gamarristes du général San Román avaient tant tardé à arriver à Arequipa que l'armée orbégosiste, avec à sa tête le général Nieto et le doyen Valdivia, et dont le chef d'état-major était son cousin Clément Althaus, les avait quelque peu oubliées. Au point que le 1er avril 1834, le général Nieto avait autorisé ses soldats à se rendre en ville pour se soûler. Dans la maison de la famille Tristán, rue Santo Domingo, Florita avait entendu toute la nuit les chants, les danses et les cris par lesquels, dans tous les débits de boissons de la ville, les soldats célébraient leur nuit de liberté en buvant de la *chicha* et en mangeant des piments. Les banjos et les guitares assourdissaient Arequipa. Le lendemain, au loin, se profilant sur les crêtes, dans l'air limpide de l'horizon encadré par les volcans, avaient surgi les soldats du général San Román. Protégée du soleil par une ombrelle rouge et jaune et armée d'une longue-vue, Florita les avait vus apparaître et, telle une très lente file de fourmis, s'approcher. Cependant, dans un grand charivari, son oncle don Pío, sa cousine Carmen, sa tante Joaquina et ses autres parents — tantes, cousines, oncles, cousins, familiers et religieux — s'activaient dans toutes les pièces à faire des paquets avec bijoux, argent, vêtements et objets de grande valeur pour aller se réfugier, comme toute la société aréquipègne, dans les monastères, les couvents et les églises. Au milieu de la matinée, alors qu'un épais nuage de poussière lui avait complètement caché la vision des soldats du général San Román, Flora avait vu surgir à cheval, en sueur, armé de pied en

cap, Clément Althaus. Le colonel s'était échappé
un moment du campement pour les prévenir :

— Tous nos hommes sont ivres, même les officiers, Nieto a eu la stupide idée de leur donner
quartier libre, avait-il beuglé de colère. Si San
Román attaque maintenant, nous sommes perdus. Allez tous vous mettre à l'abri au couvent de
Santo Domingo, sans perdre de temps.

Et, jurant en allemand, il était parti au galop.
Ses tantes et ses cousines eurent beau la presser
de les suivre, Flora était restée sur la terrasse de la
maison, avec les hommes. Ils gagneraient Santo
Domingo, tout proche, quand la bataille commen-
cerait. À sept heures du soir éclatèrent les premières décharges de mousqueton. La fusillade se
poursuivit plusieurs heures durant, sporadique,
au loin, sans se rapprocher de la ville. Sur le coup
de neuf heures, un ordonnance était apparu dans
la rue Santo Domingo. Envoyé par le général
Nieto à sa femme, il demandait à celle-ci de courir au couvent le plus proche ; les choses tournaient au vinaigre. Don Pío Tristán lui avait fait
donner à manger et à boire, tandis que l'ordonnance leur racontait ce qui s'était passé. Haletant
de fatigue, il parlait en s'étranglant avec boissons
et nourriture. L'escadron de San Román avait été
le premier à attaquer. Les dragons du général
Nieto s'étaient portés au-devant de lui et avaient
réussi à le contenir. Le combat fut longtemps
équilibré mais, à la nuit tombante, l'artillerie du
colonel Morán s'était trompée de cible, et au lieu
de pointer sur les gamarristes, elle avait envoyé
ses salves de feu et de mitraille contre les dragons

eux-mêmes, faisant de nombreuses victimes. On ne connaissait pas encore l'issue de la bataille, mais la victoire de San Román n'était plus impossible. Prévoyant une invasion de la ville par les troupes ennemies, il fallait que « ces dames et ces messieurs se mettent à l'abri ». Te rappelais-tu, Florita, la débandade générale en entendant ces mots ? Dans la minute, oncles et cousins, suivis des esclaves chargés de tapis, de victuailles et de vêtements, ainsi que de vaisselle d'argent, de faïence ou de porcelaine, prenaient la direction du couvent et de l'église de Santo Domingo, après avoir barricadé leurs portes avec des planches. La nouvelle s'était répandue comme une traînée de poudre, car en allant à son tour se réfugier, Florita avait reconnu d'autres familles de la ville, courant épouvantées vers les enceintes sacrées. Et emportant toutes leurs richesses pour les mettre à l'abri de la cupidité du vainqueur.

Il régnait dans l'église et le couvent de Santo Domingo un désordre indescriptible. Les familles d'Arequipa entassées dans les couloirs, les entrées, les nefs, les cloîtres, les cellules, avec leurs enfants et leurs esclaves étendus par terre, pouvaient à peine bouger. Dans une odeur nauséabonde d'urine et d'excréments, et un charivari assourdissant. Les scènes de panique se mêlaient aux prières et aux litanies entonnées par quelques groupes, tandis que les moines, sautant d'un lieu à l'autre, tâchaient en vain de mettre de l'ordre. Don Pío et sa famille, vu leur rang et leur fortune, eurent le privilège d'occuper le bureau du prieur ; là, la vaste parentèle, malgré l'étroitesse de l'endroit, pouvait au moins se dégourdir les jambes à tour de rôle. La fusillade cessa pendant la nuit, reprit à l'aube puis, peu après, cessa tout à fait. Quand don Pío avait voulu voir ce qui se passait, Flora l'avait suivi. La rue était déserte. La maison des Tristán n'avait pas été envahie. Du haut de la terrasse, dans sa longue-vue, Flora avait vu au loin, par une matinée limpide et une fraîche brise qui avait dissipé la fumée de la poudre, des silhouettes militaires qui se congratulaient. Que se passait-il ? On l'apprit peu après, lorsque déboucha au galop dans la rue Santo Domingo, noirci des pieds à la tête, les mains égratignées et ses cheveux blonds couverts de terre, le colonel Althaus.

— Le général Nieto est encore plus abruti que ses officiers et ses soldats, avait-il rugi en secouant la poussière de son uniforme. Il a accepté la trêve proposée par San Román, alors que nous pouvions les écraser.

Les canons du colonel Morán n'avaient pas seulement causé des pertes sévères chez les dragons de son propre camp — entre trente et quarante morts, avait calculé Althaus —, ils avaient aussi bombardé le campement des cantinières prises pour des gamarristes, tuant et mutilant allez savoir combien de ces femmes, irremplaçables pour les secours et l'approvisionnement de la troupe. Malgré cela, après plusieurs charges à la baïonnette, les soldats de Nieto, enhardis par l'exemple du doyen Valdivia et d'Althaus lui-même, avaient fait reculer l'armée de San Román. Alors, au lieu d'accéder à ce que le curé et l'Allemand lui demandaient — les poursuivre et les anéantir —, Nieto avait accepté la trêve réclamée par l'ennemi. Il était allé vers San Román et ils étaient tombés dans les bras l'un de l'autre en pleurant et en embrassant ensemble le drapeau péruvien ; et après que le gamarriste eut promis de reconnaître Orbegoso comme président du Pérou, cet imbécile de Nieto lui envoyait maintenant de la nourriture et des boissons pour ses soldats affamés. Le doyen Valdivia et Althaus l'avaient assuré qu'il s'agissait d'un stratagème de l'adversaire pour gagner du temps et réorganiser ses forces. Quelle folie d'accepter cette trêve ! Nieto fut inflexible : San Román était un homme d'honneur ; il reconnaîtrait Orbegoso comme chef d'État, et la famille péruvienne serait ainsi réconciliée.

Althaus avait demandé à don Pío, ainsi qu'à d'autres notables d'Arequipa, de destituer Nieto, de prendre en main le commandement militaire et d'ordonner la reprise des hostilités. L'oncle de Flora avait pâli comme un cadavre. Il avait juré qu'il se sentait malade et était allé se mettre au lit. « Tout ce qui préoccupe ce vieil avare c'est son argent », avait marmonné Althaus. Flora avait demandé à son cousin, puisque la guerre avait cessé, de l'emmener au campement. L'Allemand, après un moment d'hésitation, avait accepté et l'avait prise en croupe sur son cheval. Tout, alentour, était en ruine. Les maisons et les fermes avaient été saccagées avant d'être occupées par les cantinières et transformées en abris ou en infirmeries. Des femmes aux bandes ensanglantées cuisinaient sur des fourneaux improvisés, tandis que des soldats blessés demeuraient étendus par terre, sans nul soin, gémissant au milieu d'autres qui, après la fatigue des combats, dormaient à poings fermés. Des chiens en grand nombre rôdaient sur place, flairant les cadavres sous des nuées de vautours. Alors qu'au poste de commandement d'Althaus Flora interrogeait quelques officiers sur les incidents du combat, un parlementaire de San Román était arrivé. Il avait expliqué que, par décision de son état-major, la promesse de leur supérieur de reconnaître Orbegoso comme président était irréalisable : tous ses officiers s'y opposaient. Ainsi donc le combat reprenait. « À cause de ce taré de Nieto, nous avons perdu une bataille qui était gagnée », avait murmuré Althaus à Flora. Et il lui avait donné une mule pour retourner à Arequipa et informer leur famille que la guerre recommençait.

L'aube la surprit, dans sa sordide chambre de l'hôtel du Gard, à rire toute seule au souvenir de cette bataille qui, de confusion en confusion, approchait de son invraisemblable dénouement. C'était son troisième jour dans cette détestable Nîmes et, au milieu de la matinée, elle avait rendez-vous avec le poète-boulanger Jean Reboul, dont Lamartine et Victor Hugo avaient loué les poèmes. Trouverais-tu enfin, chez cet aède issu du monde des exploités, le soutien qui te manquait pour introduire à Nîmes l'idée de l'Union ouvrière et tirer les Nîmois de leur engourdissement ? Il n'en fut rien. En Jean Reboul, le fameux poète ouvrier de France, elle trouva un prétentieux imbu de sa personne — la vanité était la maladie des poètes, Florita, c'était prouvé — qu'elle détesta au bout de dix minutes. Elle eut envie, à un moment, de lui mettre la main sur la bouche pour stopper cette logorrhée. Il l'avait reçue dans sa boulangerie, l'avait fait monter à l'étage et, quand elle lui avait demandé s'il avait entendu parler de sa croisade et de l'Union ouvrière, ce gros plein de soupe bouffi d'orgueil s'était mis à lui énumérer les ducs, académiciens, autorités et professeurs qui lui écrivaient pour vanter son talent et le remercier de ce qu'il faisait pour l'art français. Quand elle tenta de lui expliquer la révolution pacifique qui en finirait avec la discrimination, l'injustice et la pauvreté, cet homme infatué l'interrompit d'une phrase qui la stupéfia : « Mais justement, c'est ce que fait notre Sainte Mère l'Église, madame. » Flora, se contenant, tenta de l'éclairer en lui expliquant que tous les prêtres — juifs, protestants et mahométans, mais principalement les catholiques — étaient les alliés des exploiteurs et des riches parce que, dans leurs sermons, ils maintenaient en état de résignation l'humanité douloureuse par la promesse du Paradis, quand l'important n'était pas cette improbable récompense céleste *post mortem*, mais la société libre et juste qu'on devait construire *hic et nunc*. Le poète-boulanger se rebiffa comme si le diable lui était apparu :

— Vous êtes mauvaise, mauvaise, s'écria-t-il en faisant avec ses mains un geste d'exorcisme. Et vous avez le culot de venir réclamer mon aide, de me demander d'agir contre ma religion ?

Madame-la-Colère finit par exploser, le traitant de traître à ses origines, d'imposteur, d'ennemi de la classe ouvrière et de fausse gloire que le temps se chargerait de démystifier.

La visite au poète-boulanger la laissa si exténuée qu'elle dut s'asseoir sur un banc, à l'ombre des platanes, jusqu'à se calmer un peu. À côté d'elle elle entendit un couple dire, tous deux fort excités, que ce soir ils iraient entendre le pianiste Liszt, à la salle des actes de l'hôtel de ville. Chose curieuse, dans presque toute sa tournée, Liszt et elle avaient coïncidé. Le pianiste semblait te suivre à la trace, Florita. Et si ce soir tu t'accordais un peu de repos et allais l'écouter? Non, il n'en était pas question. Tu ne pouvais perdre ton temps à écouter des concerts, comme les bourgeois.

Elle avait appris le dénouement de la bataille de Cangallo seulement un mois plus tard, à Lima, par le colonel gamarriste Bernardo Escudero, avec qui — ce souvenir chassa Jean Reboul —, dans tes derniers jours à Arequipa, tu avais vécu une romance, n'est-ce pas, Florita? Quelle histoire! Le lendemain de la rupture de la trêve entre orbégosistes et gamarristes, le général Nieto avait ordonné à son armée de se mettre en marche et d'aller débusquer ce traître de San Román. Il avait trouvé les soldats gamarristes à Cangallo, se baignant dans la rivière et se prélassant. Nieto s'était précipité sur eux. Ce serait une rapide victoire. Mais, une fois de plus, les erreurs étaient venues au secours de San Román. Ce fut au tour des dragons de Nieto de se tromper de cible, car,

375

au lieu de faire feu sur les troupes ennemies, ils décimèrent leur propre artillerie, blessant même le colonel Morán. Accablés par ce qu'ils prirent pour un irrésistible assaut des gamarristes, les soldats de Nieto firent demi-tour et se mirent à courir, affolés, battant en retraite en direction d'Arequipa. En même temps, se croyant perdu, le général San Román, qui ignorait ce qui se passait dans le camp adverse, ordonna lui aussi à sa troupe de se retirer à marches forcées au vu de la supériorité de l'ennemi. Dans sa retraite, aussi désespérée et ridicule que celle de Nieto, il ne s'arrêta qu'à Vilque, à quarante lieues de là. L'image de ces deux armées, leur général en tête, se fuyant l'une l'autre car chacune se croyait battue, tu l'avais toujours en mémoire, Florita. Un symbole du chaos et de l'absurdité régnant sur la terre de ton père, cette tendre caricature de république. Parfois, comme maintenant, ce souvenir t'amusait, te semblait représenter, sur une grande échelle, un de ces vaudevilles, un de ces quiproquos moliéresques qu'on croyait ici en France exclusivement réservés à la scène.

Le lendemain de la bataille, apprenant que son rival avait fui lui aussi, San Román fit demi-tour et mena sa troupe occuper Arequipa. Le général Nieto avait eu le temps d'entrer dans la ville, de laisser les blessés dans les églises et les hôpitaux et, avec ce qui lui restait d'armée, de se replier en direction de la côte. Florita avait pris congé de son cousin, le colonel Clément Althaus, les larmes aux yeux. Tu te doutais bien que tu ne reverrais plus ce cher barbare blond. Tu l'avais toi-même aidé à faire ses bagages, avec du linge propre, du thé, du vin de Bordeaux ainsi que du sucre, du chocolat et du pain.

Quand, vingt-quatre heures plus tard, les soldats du général San Román, triomphateur involontaire de la bataille de Cangallo, avaient donc pénétré dans Arequipa, le saccage redouté ne s'était pas produit. Une commission de notables, ayant à leur tête don Pío Tristán, les avait reçus avec drapeaux et orphéon. Comme preuve de solidarité avec l'armée victorieuse, don Pío avait fait au colonel Bernardo Escudero un don de deux mille pesos pour la cause gamarriste.

Le colonel Escudero s'était-il épris de toi, Andalouse? Tu en étais sûre. Et toi aussi tu t'étais éprise de lui, n'est-ce pas? Bon, peut-être. Mais le bon sens t'avait arrêtée à temps. La rumeur publique disait que, depuis trois ans, Escudero était non seulement le secrétaire, l'adjoint, l'aide de camp, mais aussi l'amant de ce surprenant personnage féminin, doña Francisca Zubiaga de Gamarra, appelée Doña Pancha ou la Maréchale et, par ses ennemis, la Virago, épouse du général Agustín Gamarra, ex-président du Pérou élevé à la dignité de maréchal, caudillo et conspirateur professionnel.

Comment séparer l'histoire véritable du mythe de la Maréchale? Tu n'y étais jamais arrivée, Florita. Ce personnage t'avait fascinée, avait enflammé ton imagination comme personne auparavant et c'est peut-être l'image aguerrie de cette femme, qui semblait sortie d'un roman, qui avait fait naître en toi la décision et la force intérieure capables de te transformer en un être aussi libre et résolu qu'un homme, à cette époque. La Maréchale y était parvenue : pourquoi pas Flora Tristan ? Elle devait avoir ton âge quand tu l'avais connue, friser les trente-trois ou trente-quatre ans. Elle était de Cuzco, fille d'Espagnol et de Péruvienne, et Agustín Gamarra, héros de l'indépendance du Pérou — il avait lutté aux côtés de Sucre à la bataille d'Ayacucho —, l'avait connue dans un couvent liménien où ses parents la tenaient recluse. La jeune fille, éprise de lui, s'était échappée du cloître pour le suivre. Ils s'étaient mariés à Cuzco, où Gamarra était préfet. Cette jeune femme de vingt ans ne fut pas l'épouse au foyer, passive, domestique et reproductrice qu'étaient (et on s'attendait à ce qu'elles le soient) les dames péruviennes. Elle avait été la collaboratrice la plus efficace de son mari, son cerveau et son bras droit en tout : l'activité politique, sociale, voire — c'était le fleuron de sa légende — militaire. Elle le remplaçait à la préfecture de Cuzco quand il partait en voyage et, une fois même, elle avait déjoué une conspiration en se présentant à la caserne des conspirateurs habillée en officier, tenant dans ses mains une bourse d'argent et un pistolet chargé : « Que choisissez-vous ? Vous rendre et vous partager cette bourse, ou combattre ? » Ils avaient préféré se rendre. Plus intelligente, plus courageuse, plus ambitieuse et audacieuse que le général Gamarra, doña Pancha chevauchait de conserve avec son mari, montant toujours à cheval avec des bottes, un pantalon et une casaque, et participait aux combats et aux mêlées comme le plus hardi des soldats. Elle était devenue célèbre comme tireuse d'élite. Pendant le conflit avec la Bolivie, c'était elle, à la tête de la troupe, avec son audace sans limites et son courage téméraire, qui avait remporté la bataille de Paria. Après quoi, elle avait fêté la victoire avec ses soldats en dansant des *huaynos* et en buvant de la *chicha*. Elle parlait quechua avec eux et savait dire des jurons. Dès lors, son influence sur le général Gamarra avait été totale. Pendant les trois ans qu'il avait passés à la présidence du Pérou, c'est doña Pancha qui avait exercé le véritable pouvoir. On lui attribuait des intrigues et des cruautés inouïes contre ses ennemis, car son manque de scrupules et de frein était aussi grand que son courage. On disait qu'elle avait beaucoup d'amants et que, alternativement, elle les choyait ou les maltraitait comme s'ils étaient des pantins, ou des chiens de manchon.

De toutes les anecdotes qu'on rapportait sur elle, il y en avait deux que tu n'oubliais pas, car, n'est-ce pas, Florita? tu aurais été ravie d'en être la protagoniste. La Maréchale visitait, en représentant le président, les installations du fort royal Felipe, au port d'El Callao. Soudain, parmi les officiers qui lui rendaient les honneurs, elle en avait découvert un qui, à ce qu'on disait, se flattait d'être son amant. Sans hésiter une seconde, elle se précipita sur lui et lui lacéra le visage d'un coup de fouet. Puis, sans descendre de cheval, elle lui arracha ses galons de ses propres mains :

— Vous n'auriez jamais pu être mon amant,

capitaine, lui lança-t-elle. Je ne couche pas avec des lâches.

L'autre histoire se passait au Palais. Doña Pancha avait offert un dîner à quatre officiers de l'armée. La Maréchale s'était montrée une hôtesse enchanteresse, plaisantant avec ses invités et les servant avec une exquise courtoisie. À l'heure du café et du cigare, elle avait renvoyé les domestiques. Puis fermant les portes, elle avait fait face à l'un de ses hôtes, en adoptant le ton glacial et le regard impitoyable de ses célèbres colères :

— Avez-vous bien dit à vos trois amis ici présents que vous en aviez assez d'être mon amant ? S'ils vous ont calomnié, nous les punirons comme ils le méritent. Mais si c'est vrai, et en voyant votre pâleur je crains que ce ne le soit, ces officiers et moi allons, à coups de fouet, vous écorcher vif.

Oui, Florita, cette Cusquègne, en proie à des crises épisodiques d'épilepsie — il te fut donné d'assister à l'une d'elles — qui, ajoutées à ses souffrances et ses défaites, devaient mettre un terme à ses jours avant l'âge de trente-cinq ans, t'avait donné une inoubliable leçon. Il y avait, donc, des femmes — et, l'une d'elles, dans ce pays attardé, inculte, à moitié sous-développé, au bout du monde — qui ne se laissaient pas humilier, ni traiter comme des esclaves, qui parvenaient à se faire respecter. Qui valaient pour elles-mêmes, et non comme appendices de l'homme, même à l'heure de manier le fouet ou de décharger un pistolet. Le colonel Bernardo Escudero était-il l'amant de la Maréchale ? Cet aventurier espagnol, venu au Pérou, à l'instar de Clément Althaus, pour s'enrôler comme mercenaire dans les guerres intestines et tenter sa chance, était, depuis trois ans, l'ombre de doña Pancha. Quand Florita lui avait posé la question, à brûle-pourpoint, il avait nié, indigné : calomnie des ennemis de Mme de Gamarra, naturellement ! Mais tu n'avais pas été très convaincue.

Escudero n'était pas bel homme, mais débordait de charme. Mince, souriant, galant, il avait plus de culture et de savoir-vivre que les hommes qui l'entouraient, et Flora passa fort agréablement ces quelques jours en sa compagnie, quand Arequipa se pliait, en grinçant des dents, à l'occupation des troupes de San Román. Ils se voyaient matin et soir, faisaient des promenades à cheval, à Tiabaya, aux sources thermales de Yura, sur les pentes du Misti, le volcan tutélaire de la ville. Flora le harcelait de questions sur doña Pancha Gamarra, sur Lima et les Liméniens. Il répondait avec une patience infinie et beaucoup d'esprit. Ses commentaires étaient intelligents et sa galanterie raffinée. Un homme qui inspirait la plus vive sympathie. Et si tu épousais le colonel Bernardo Escudero, Florita ? Et si, comme Pancha Gamarra avec le Maréchal, tu devenais son éminence grise, pour, en usant de ton intelligence et de ta force, entreprendre ces réformes nécessaires à la société afin que les femmes ne soient plus les esclaves des hommes ?

Ce n'était pas une fantaisie passagère. Cette tentation — épouser Escudero, rester au Pérou, être une seconde Maréchale — t'avait saisie au point de te pousser à faire la coquette avec le colonel, comme tu ne l'avais jamais fait auparavant avec aucun homme, ni ne le ferais ensuite, décidée à le séduire. L'imprudent était tombé dans tes filets, en un rien de temps. Fermant les yeux — une brise s'était levée qui atténuait l'ardeur de l'été nîmois —, elle revécut cette conversation de fin de repas. Bernardo et elle seuls, chez les Tristán. Leurs paroles résonnaient sous la haute voûte. Soudain, le colonel lui avait pris la main et l'avait portée à sa bouche, très sérieux : « Je vous aime, Flora. Je suis fou de vous. Vous pouvez faire de moi ce que vous voulez. Laissez-moi rester toujours à vos pieds. » T'étais-tu sentie heureuse de ce triomphe rapide ? Sur le moment, oui. Tes plans ambitieux commençaient à devenir réalité, et à quelle vitesse ! Mais un moment après, quand, en se retirant, dans l'obscur vestibule de la maison de Santo Domingo, le colonel t'avait prise dans ses bras, t'avait serrée contre son corps et avait cherché tes lèvres, le charme s'était rompu. Non, non, mon Dieu, quelle folie ! Jamais, jamais ! Retrouver cela ? Sentir la nuit un corps velu et suant se jucher sur toi et te chevaucher comme une jument ? Le cauchemar était réapparu dans ta mémoire, te terrifiant. Pas pour tout l'or du monde, Florita ! Le lendemain tu avais fait savoir à ton oncle que tu voulais rentrer en France. Et le 25 avril, à la grande surprise d'Escudero, tu quittais Arequipa. Profitant de la caravane d'un commerçant anglais, tu prenais la route d'Islay, puis celle de Lima où, deux mois plus tard, tu embarquerais pour l'Europe.

Cette succession d'images aréquipègnes l'avait distraite du mauvais moment que lui avait fait passer le poète-boulanger Jean Reboul. Elle retourna à l'hôtel du Gard, lentement, au milieu d'une foule qui parlait cette langue régionale qu'elle ne comprenait pas. C'était comme si elle se trouvait dans un pays étranger. Cette tournée lui avait appris que, contrairement à ce qu'on croyait à Paris, le français était loin d'être la langue de tous les Français. Elle voyait, aux carrefours, ces saltimbanques, prestidigitateurs, clowns et diseuses de bonne aventure, qui abondaient dans cette ville presque autant que les mendiants qui tendaient la main, offrant, en échange d'une pièce, « un Ave pour le salut de l'âme de ma bonne dame ». La mendicité était une de ses bêtes noires : dans toutes ses réunions elle avait essayé d'inculquer aux ouvriers cette idée que la mendicité, pratique encouragée par la calotte, était aussi répugnante que la charité ; les deux choses dégradaient moralement le mendiant, en même temps qu'elles donnaient au bourgeois bonne conscience pour continuer à exploiter les pauvres sans remords. Il fallait combattre la pauvreté en changeant la société, pas avec des aumônes. Mais sa détente et sa bonne humeur furent de peu de durée car, sur la route de l'hôtel, elle passa devant le lavoir municipal. Un lieu qui, dès son premier jour à Nîmes, l'avait mise hors d'elle. Comment était-il possible qu'en 1844, dans un pays qui se targuait d'être le plus civilisé du monde, on vît un spectacle aussi cruel, aussi inhumain, et que personne ne fît rien dans cette ville de sacristies et de dévots pour en finir avec pareille iniquité ?

383

Il avait soixante pieds de long et cent de large, et était alimenté par un ruisseau qui sourdait des rochers. C'était le seul lavoir de la ville. Là, trois à quatre cents femmes lavaient et frottaient le linge des Nîmois, et, à cause de l'absurde conformation du lavoir, devaient plonger dans l'eau jusqu'à la taille pour pouvoir savonner et battre leur lessive sur leur planche à laver qui, au lieu d'être penchée vers l'eau, pour que les femmes puissent rester accroupies sur le bord, était tournée du côté opposé, de sorte que les lavandières ne pouvaient s'en servir qu'en s'immergeant. Quel esprit stupide ou pervers avait disposé de la sorte ces planches à laver ? Les malheureuses femmes en étaient difformes, enflées comme des crapauds, avec des boutons et des taches sur la peau. Et le pire, c'est que cette eau où elles passaient tant d'heures était aussi celle des teinturiers de l'industrie locale des châles, une eau chargée de savon, de potasse, de soude, d'eau de Javel, de graisse et de teintures telles que l'indigo, le safran et la garance. Flora avait parlé plusieurs fois avec ces malheureuses qui, restant de dix à douze heures dans l'eau, souffraient de rhumatismes, d'infections à la matrice et se plaignaient de fausses couches et de grossesses difficiles. Le lavoir n'arrêtait jamais. Maintes lavandières préféraient travailler la nuit, car elles pouvaient choisir les meilleurs emplacements, vu qu'il y avait alors peu de teinturiers à la tâche. Malgré leur condition dramatique, et comme elle leur expliquait qu'elle, Flora, œuvrait à améliorer leur sort, elle ne put en convaincre aucune d'assister aux réunions sur l'Union ouvrière. Elle les sentit toujours méfiantes, en même temps que résignées. Lors d'une de ses rencontres avec les docteurs Pleindoux et de Castelnaud, elle leur parla du lavoir. Ils s'étonnèrent que Flora trouvât inhumaines ces conditions de travail. N'étaient-ce pas celles des lavandières du monde entier ? Ils ne voyaient là rien de scandaleux. Naturellement, du moment où elle découvrit comment fonctionnait le lavoir de Nîmes, Flora décida que, tant qu'elle resterait dans cette ville, elle ne donnerait jamais son linge à laver. Elle le laverait elle-même, à l'hôtel.

L'hôtel du Gard n'était pas la pension de Mme Denuelle, n'est-ce pas, Andalouse ? Cette ancienne chanteuse d'opéra, Parisienne en rade à Lima, tenait cet hôtel où Flora avait passé ses deux derniers mois en terre péruvienne. Le capitaine Chabrié le lui avait recommandé, et en effet, Mme Denuelle, à qui il avait parlé de Flora, l'avait reçue avec beaucoup d'égards, lui avait donné une chambre très confortable en lui faisant un prix modique de pension (Don Pío lui avait remis, outre le prix de son billet de bateau, quatre cents pesos pour ses frais). Au cours de ces huit semaines, Mme Denuelle l'avait présentée à la meilleure société, qui venait à sa pension jouer aux cartes, se réunir, bavarder, et Flora avait découvert l'occupation majeure des riches familles de Lima : la frivolité, la vie sociale, les bals, les déjeuners et banquets, les papotages mondains. Curieuse ville que cette capitale du Pérou qui, malgré ses quatre-vingt mille habitants à peine, ne pouvait être plus cosmopolite. Dans ses ruelles coupées par des rigoles où les habitants jetaient leurs ordures et vidaient leurs pots de chambre, se promenaient les marins des bateaux amarrés au port d'El Callao, de toute origine, Anglais, Américains, Hollandais, Français, Allemands, Asiatiques, de sorte que chaque fois qu'elle sortait visiter les innombrables couvents et les églises coloniales, ou faire le tour de la Grand-Place, coutume sacrée des élégants, Flora entendait autour d'elle plus de parlers que sur les grands boulevards de Paris. Entourée de vergers — orangers, bananiers et palmiers —, avec de vastes maisons à un seul étage, une ample galerie pour prendre le frais — ici il ne pleuvait jamais — et deux grandes cours, l'une pour les maîtres, l'autre pour les esclaves, cette petite ville d'apparence provinciale, avec sa forêt de clochers défiant le ciel toujours gris, avait la société la plus mondaine, futile et sensuelle que Flora puisse imaginer.

Entre les amis de Mme Denuelle et ses propres parents (elle avait rapporté d'Arequipa des lettres pour eux), Flora avait passé ces deux mois accablée d'invitations dans des maisons magnifiques où l'on donnait de somptueux dîners. Et puis elle alla au théâtre, à la corrida (elle avait vu dans ce détestable spectacle un taureau étriper un cheval et encorner un torero), aux combats de coqs, à la promenade sur la corniche d'Amancaes, au Paseo de Aguas où les familles se rendaient, à pied ou en calèche, pour se montrer, se reconnaître, intriguer, se lier d'amitié ou d'amour, et aussi aux processions, aux messes (les dames en entendaient deux ou trois chaque dimanche), aux bains de mer de Chorrillos, et enfin visita les cachots de l'Inquisition aux terrifiants instruments de torture pour arracher aux accusés leurs aveux. Elle avait connu tout le monde, du président de la République, le général Orbegoso, aux généraux les plus prestigieux — certains d'entre eux, comme Salaverry, jeunots et presque imberbes, sympathiques et galants, mais d'une inculture prodigieuse —, et même un éminent intellectuel, le prêtre Luna Pizarro, qui l'avait invitée à une séance du Congrès.

Elle avait été fort impressionnée par les Liméniennes de la bonne société. Il est vrai qu'elles semblaient aveugles et sourdes à la misère qui les entourait, dans ces rues pleines de mendiants et d'Indiens nu-pieds qui, accroupis et immobiles, semblaient attendre la mort tandis que défilaient devant eux, sans le moindre embarras, élégances et richesses. Mais quelle liberté était celle de ces femmes ! En France, c'était inconcevable. Habillées dans la toilette typique de Lima, portant sur une robe étroite ce voile astucieux et suggestif entourant épaules, bras et tête, qui dessinait les formes de façon délicate et couvrait les trois quarts du visage, ne laissant qu'un œil à découvert, les Liméniennes, en même temps qu'elles feignaient d'être toutes belles et mystérieuses, se rendaient aussi invisibles. Personne ne pouvait les reconnaître — à commencer par leur mari, comme elles s'en flattaient — et cela leur donnait une audace inouïe. Elles sortaient seules dans la rue — bien que suivies à distance par une esclave — et étaient ravies de faire des surprises ou de se moquer coquinement des connaissances croisées sur la chaussée et qui ne pouvaient les identifier. Elles fumaient toutes, pariaient de fortes sommes au jeu, et affichaient une coquetterie permanente, parfois démesurée, devant les messieurs. Mme Denuelle l'avait informée des amours clandestines, des intrigues amoureuses auxquelles étaient mêlés époux et épouses et qui, parfois, si le scandale éclatait, débouchaient sur des duels au sabre ou au pistolet sur les rives du Rímac au cours langoureux. Outre qu'elles sortaient seules, les Liméniennes montaient à cheval habillées en homme, jouaient de la guitare, chantaient et dansaient, même les vieilles, avec une impudence souveraine. En voyant ces femmes émancipées, Florita était bien embarrassée quand, dans des réunions et des soirées, elles lui demandaient, la lippe gourmande et le regard brillant, de leur raconter « les choses terribles que faisaient les Parisiennes ». Les Liméniennes avaient une prédilection maladive pour les petits souliers de satin, de forme audacieuse et de toutes les couleurs, un élément clé de leurs techniques de séduction. Elles t'en avaient offert une paire, que tu allais donner, des années plus tard, à Olympe, en gage d'amour.

Au bout de quatre semaines, Flora avait vu surgir à la pension Denuelle le colonel Bernardo Escudero. De passage dans la capitale, escortant la Maréchale qui, tombée aux mains des vainqueurs à Arequipa, attendait à El Callao le bateau qui l'emmènerait en exil au Chili où, bien entendu, le militaire espagnol l'accompagnerait aussi. Son mari, le général Gamarra, avait fui en Bolivie, après que sa rébellion contre Orbegoso se fut terminée — à Arequipa, justement — de façon spectaculaire. La Maréchale et Gamarra étaient entrés dans la ville conquise pour eux, de la façon bouffonne qu'on a vue, par le général San Román, quelques jours après le départ de Flora. Les troupes gamarristes multipliaient les exactions, ce qui avait enflammé la population aréquipègne. Deux bataillons gamarristes, avec à leur tête le sergent-major Lobatón, avaient alors décidé de se soulever contre Gamarra et de se rallier à Orbegoso. Ils s'étaient emparés des postes de commandement, et avaient acclamé leur ancien ennemi, le président constitutionnel. Le peuple d'Arequipa, en entendant les coups de feu, avait mal interprété ce qui se passait et, excédé par l'occupation, armé de pierres, de couteaux et de fusils de chasse, s'était élancé contre les insurgés en les croyant encore gamarristes. L'erreur dissipée, il était trop tard, car les insurgés avaient déjà lynché Lobatón et ses principaux collaborateurs. Alors, plus furieux encore, ils avaient attaqué l'armée, déconcertée, de Gamarra et de San Román, qui partit en débandade devant l'assaut populaire. Les soldats avaient changé de camp ou pris la poudre d'escampette. Le général Gamarra avait réussi à fuir, déguisé en femme, et, avec une petite suite, avait demandé l'asile à la Bolivie. La Maréchale, quant à elle, que la foule en furie cherchait à lyncher, avait sauté du toit de la demeure où elle logeait dans une maison voisine où, quelques heures après, elle était capturée par les troupes régulières d'Orbegoso. Toujours habile à s'adapter rapidement aux nouvelles circonstances politiques, don Pío Tristán présidait maintenant le Comité du Gouvernement provisoire d'Arequipa, qui s'était déclaré orbégosiste et avait placé la ville sous les ordres du président constitutionnel. Ce comité avait décidé d'exiler la Maréchale, et le gouvernement de Lima avait entériné la décision.

Florita avait prié Bernardo Escudero de lui faire connaître doña Pancha. Elle la rencontra à bord du bateau anglais *William Rusthon*, qui lui servait de prison. Bien que sous le coup de la défaite, et à demi détruite (elle devait mourir quelques mois plus tard), il suffit à Flora de voir cette femme de taille moyenne, robuste, à la chevelure rebelle et aux yeux vifs, et de croiser son regard orgueilleux, plein de défi, pour sentir la force de sa personnalité.

— Je suis la sauvage, la féroce, la terrible doña Pancha qui mange tout crus les enfants, avait plaisanté la Maréchale, de sa voix brusque et sèche. — Elle était vêtue avec une élégance criarde, et portait des bagues à tous les doigts, des boucles d'oreilles en diamants et un collier de perles. — Ma famille m'a demandé de m'habiller ainsi, à Lima, et j'ai voulu lui faire plaisir. Mais à vrai dire, je me sens plus à l'aise en bottes, casaque et pantalon, et sur le dos d'un cheval.

Elles discutaient cordialement sur le pont quand, soudain, doña Pancha avait pâli. Ses mains, sa bouche, ses épaules s'étaient mises à trembler, tandis qu'elle tournait de l'œil et qu'une écume blanche montait à ses lèvres. Escudero et les dames qui l'accompagnaient avaient dû la porter jusqu'à sa cabine.

— Depuis le désastre d'Arequipa, les crises se répètent tous les jours, lui avait-il raconté, ce soir-là. Et parfois plusieurs fois par jour. Elle a bien regretté de ne pas bavarder davantage avec vous. Elle m'a demandé de vous inviter à revenir sur le bateau demain.

Flora était revenue, et s'était trouvée en face d'une femme défaite, d'un spectre aux lèvres exsangues, aux yeux enfoncés, aux mains tremblantes. En une nuit elle avait pris plusieurs années. Elle parlait même avec difficulté.

Ce n'était pourtant pas son dernier souvenir de Lima. Elle avait aussi visité l'hacienda Lavalle, la plus grande et la plus riche de la région, à deux lieues de la capitale. Son propriétaire, M. Lavalle, un homme exquis et fort raffiné, s'était adressé à elle en bon français. Il lui avait fait parcourir la plantation sucrière, les moulins à eau où la canne était triturée, les chaudrons de la raffinerie où l'on séparait le sucre de la mélasse. Flora voulait à tout prix le faire parler de ses esclaves. Ce n'est qu'à la fin de la visite que M. Lavalle avait abordé ce sujet :

— Le manque d'esclaves ruine tous les agriculteurs, s'était-il plaint. Figurez-vous, j'en avais mille cinq cents et il m'en reste à peine neuf cents. Par manque d'hygiène, négligence, paresse, et à cause de leurs coutumes barbares, ils sont tout le temps malades et tombent comme des mouches.

Flora avait osé insinuer que c'était, peut-être, l'existence misérable qu'ils menaient et l'ignorance due à l'absence totale d'éducation qui expliquaient les maladies des esclaves.

— Vous ne connaissez pas les nègres, avait répliqué M. Lavalle. Ils laissent mourir leurs enfants, tellement ils sont paresseux. Leur indolence est sans limites. Ils sont pires que les Indiens, encore. Sans le fouet, on n'en obtient rien.

Flora n'avait pu se contenir davantage. Elle s'était écriée que l'esclavage était une aberration humaine, un crime contre la civilisation, et que, tôt ou tard, au Pérou aussi, il serait aboli, comme en France.

M. Lavalle l'avait regardée longuement, déconcerté, comme s'il découvrait une autre personne à côté de lui.

— Regardez ce qui s'est passé dans l'ancienne colonie française de Saint-Domingue depuis qu'on a émancipé les esclaves, avait-il répondu enfin, gêné. C'est le chaos total et le retour à la barbarie. Là-bas, les nègres se bouffent entre eux.

Et, pour lui montrer à quelles extrémités pouvaient aller ces gens, il l'avait conduite aux cachots de l'hacienda. Dans une cellule à demi plongée dans l'obscurité, au sol recouvert de paille — on aurait dit la tanière de quelque fauve —, il lui avait montré deux jeunes Noires, totalement nues, enchaînées au mur.

— Pourquoi croyez-vous qu'elles soient ici ? lui avait-il dit triomphalement. Ces monstres ont tué leurs propres filles à la naissance.

— Je les comprends fort bien, avait rétorqué Flora. Dans leur cas, j'aurais rendu le même service à ma fille. De la libérer, fût-ce par la mort, d'une vie d'enfer, d'une vie d'esclave.

Était-ce là, dans cette hacienda sucrière des environs de Lima, devant ce monsieur si distingué, esclavagiste et féodal, qu'avait commencé, Florita, ta carrière d'agitatrice et de rebelle ? En tout cas, sans ce voyage au lointain Pérou, sans les expériences vécues là-bas, tu ne serais pas ce que tu étais maintenant. Et qu'étais-tu maintenant, Andalouse ? Une femme libre, certes. Mais une révolutionnaire qui avait échoué sur toute la ligne. Du moins ici, à Nîmes, cette ville de culs-bénits qui empestait l'encens. Car le 17 août, jour de son départ pour Montpellier, en dressant le bilan de son séjour, elle ne pouvait parvenir à un résultat plus lamentable. Seulement soixante-dix exemplaires de *L'Union ouvrière* vendus ; la centaine qu'elle avait apportée en plus, elle avait dû la laisser chez le docteur Plaindoux. Et elle n'avait pu constituer de comité. Dans les quatre assemblées qu'elle avait tenues, personne dans l'assistance ne s'était senti le courage de travailler pour l'Union ouvrière. Bien entendu, nul n'alla lui dire au revoir à la gare le matin de son départ.

Mais quelques jours plus tard, à Montpellier, par une lettre effrayée du gérant de l'hôtel du Gard, elle sut qu'après tout quelqu'un s'était intéressé à elle à Nîmes, heureusement après son départ. C'était le commissaire local, accompagné de deux gendarmes, qui s'était présenté à l'établissement avec un ordre signé par le maire de

Nîmes, ordonnant son expulsion immédiate de la ville « pour incitation des ouvriers nîmois à demander une augmentation de salaire ».

La nouvelle la fit éclater de rire et elle fut tout le jour de bonne humeur. Allons, allons, Florita, tu n'étais pas une révolutionnaire si minable que ça, finalement.

XVI

LA MAISON DU JOUIR

Atuona (Hiva Oa),
juillet 1902

Quand, à l'aube du 16 septembre 1901, la *Croix-du-Sud* jeta l'ancre devant Atuona, dans l'île de Hiva Oa, et que Paul, du pont du bateau, aperçut dans le petit port le groupe des gens qui les attendaient — un gendarme en uniforme blanc, des missionnaires à longue bure et chapeau de paille, une nuée de gosses indigènes à moitié nus —, il éprouva un grand bonheur. Parce que son rêve d'atteindre les îles Marquises devenait enfin réalité et qu'ici s'achevait l'horrible traversée de six jours et six nuits depuis Tahiti, sur cet immonde et étouffant rafiot où il avait à peine pu fermer l'œil, car il avait passé son temps à tuer des fourmis et des cafards, et à chasser les rats venus rôder dans sa cabine à la recherche de nourriture.

Sitôt débarqué dans ce trou minuscule qu'était Atuona — un hameau d'un millier de personnes entouré de collines boisées et de deux montagnes abruptes couronnées de verdure —, il fit la connaissance, sur le quai même, d'un prince en personne ! C'était l'Annamite Ky Dong, un nom de guerre adopté quand, dans son pays, le Viêt Nam, il avait décidé de renoncer à sa carrière dans l'administration coloniale française pour se consacrer à l'agitation politique, la lutte anti-colonialiste et même, semble-t-il, le terrorisme. Ce fut, du moins, la sentence du tribunal de Saigon, qui le jugea pour subversion et le condamna à la réclusion à perpétuité dans l'île du Diable, en lointaine Guyane. Avant de s'autobaptiser Ky Dong, le prince Nguyen Van Cam avait fait des études de littérature et de sciences, à Saigon et en Algérie. De là, il était retourné au Viêt Nam entamer la magnifique carrière à laquelle il avait renoncé pour lutter contre l'occupation française. Comment avait-il échoué à Atuona ? Grâce à la bête noire des *Guêpes*, l'ex-gouverneur Gustave Gallet, qui l'avait connu à Papeete, lors d'une escale du bateau qui emmenait l'Annamite purger sa peine à l'île du Diable. Impressionné par la culture, l'intelligence et les manières raffinées de Ky Dong, le gouverneur lui avait sauvé la vie : il l'avait nommé infirmier au dispensaire d'Atuona. Il y avait trois ans de cela. L'Annamite prenait son sort avec une philosophie tout orientale. Il savait qu'il ne repartirait pas d'ici, sauf pour être conduit dans cet enfer de la Guyane. Il s'était marié à une Maorie de Hiva Oa. Il parlait couramment sa langue et avait de bons rapports avec tout le monde. Mince, discret, d'une élégance naturelle un peu sinueuse, il exerçait scrupuleusement ses fonctions d'infirmier et, au milieu de ces gens incultes, il tâchait par tous les moyens de conserver son inquiétude intellectuelle et sa sensibilité.

Il savait que le nouvel arrivé de Papeete était un

artiste et il s'offrit à l'aider à s'installer et à l'informer sur l'endroit où (« dans un acte d'une extraordinaire témérité », lui avait-il dit) M. Gauguin avait décidé de s'enterrer. Et il le fit. Son amitié et ses conseils furent inestimables pour Paul. Du port il le conduisit, tout au bout de l'unique ruelle de terre envahie par les broussailles qu'était Atuona, au faré de Matikana, un Sino-Maori de ses amis qui tenait pension. Il garda ses malles et ses valises dans sa propre maison, en attendant que Koké acquière un terrain et bâtisse sa demeure. Et il le présenta à ceux qui allaient devenir dès lors ses amis à Atuona : l'Américain Ben Varney, ex-baleinier qui, à la suite d'une cuite, était demeuré en rade à Hiva Oa où il tenait l'unique épicerie, et le Breton Émile Frébault, agriculteur, commerçant, pêcheur et joueur d'échecs acharné.

Acheter un terrain dans cette minuscule localité entourée de bois était fort difficile. Toutes les terres de la circonscription appartenaient à l'évêché et le terrible évêque Joseph Martin, autoritaire et têtu, engagé dans une lutte sans merci pour sauver la population indigène du vice de l'alcool qui la minait, ne vendrait jamais un terrain à un étranger de piètre vertu.

Suivant la stratégie échafaudée par Ky Dong — dont les lectures, la bonne humeur et l'élégance spirituelle lui faisaient passer d'excellents moments —, Paul fut un catholique fervent, allant quotidiennement à la messe, dès le lendemain de son arrivée à Atuona. Dans l'église, on l'apercevait toujours au premier rang, suivant l'office avec dévotion, et il se confessait et communiait fréquemment. Il assistait aussi, certains soirs, au rosaire. Sa piété et la correction de sa conduite, ces premiers temps à Hiva Oa, convainquirent l'évêque qu'il était une personne respectable. Et monseigneur Joseph Martin, dans un geste qu'il regretterait ensuite amèrement, accepta de lui vendre, pour une somme modique, un joli terrain à la périphérie d'Atuona. Il avait derrière lui la baie des Traîtres, nom que les habitants détestaient mais qu'ils continuaient à utiliser pour désigner la plage et l'embarcadère, et, devant, les deux superbes sommets du Temêtu et du Feani. À sa porte coulait le Maké-Maké, l'un de la vingtaine de ruisseaux formés par les cascades de l'île. Dès qu'il eut, pour la première fois, embrassé ce spectacle grandiose, Paul pensa à Vincent. Mon Dieu, c'était là, Koké, c'était là. Le lieu auquel rêvait le Hollandais fou à Arles. Cet endroit primitif, tropical, dont il n'avait cessé de parler pendant l'automne passé ensemble en 1888, et où il voulait installer l'Atelier du Sud, cette communauté d'artistes dont tu serais le maître et où tout appartiendrait à tous, car l'argent corrupteur y serait aboli. Un lieu où, dans un cadre unique de liberté et de beauté, le fraternel groupe d'artistes vivrait en se vouant à créer un art impérissable, des toiles et des sculptures dont la vitalité traverserait glorieusement les siècles. Quels hurlements d'enthousiasme tu aurais poussés, Vincent, si tu avais vu cette lumière encore plus blanche que celle de Provence, cette éruption de bougainvillées, de fougères, d'acacias, de cocotiers, de plantes grimpantes et d'arbres à pain que Koké, ébloui, contemplait!

Paul n'eut pas plus tôt signé le contrat de vente avec l'évêché, qui le rendait maître du terrain, qu'il oublia messes et rosaires et, luttant contre ses maux croissants — douleurs aux jambes et dans le dos, difficulté à marcher, plus une mauvaise vue qui empirait de jour en jour et des palpitations qui lui coupaient la respiration —, se livra corps et âme à la construction de « La Maison du Jouir », nom duquel, dans leurs fantaisies vieilles de quinze ans, à Arles, ils avaient baptisé, le Hollandais fou et lui, cet imaginaire Atelier du Sud. Il reçut un coup de main efficace de Ky Dong, d'Émile Frébault, d'un indigène à barbe blanche appelé Tioka qui serait dès lors son voisin, et même du gendarme de l'île, Désiré Charpillet, avec qui Koké devait s'entendre à merveille.

La Maison du Jouir fut achevée en six semaines. Elle était en bois, nattes et paille tressée et, comme ses farés de Mataiea et de Punaauia, elle avait deux étages. Celui d'en bas, deux cubes parallèles séparés par un espace ouvert qui servirait de salle à manger, abritait la cuisine et l'atelier de sculpture. En haut, sous un toit conique en paille, se trouvaient l'atelier de peinture, la petite chambre à coucher et le cabinet de toilette. Paul sculpta un panneau de bois pour l'entrée, en gravant au linteau *Maison du Jouir*, et deux longs panneaux verticaux qui flanquaient cet écriteau, avec des femmes nues dans des poses voluptueuses, des animaux et une verdure stylisés, ainsi que des invocations qui mirent en émoi tant la mission catholique (la plus nombreuse) que la petite mission protestante de Hiva Oa : *Soyez mystérieuses* et *Soyez amoureuses et vous serez heureuses*. Dès qu'il apprit qu'il avait eu l'audace de décorer sa demeure de ces obscénités, l'évêque Joseph Martin devint son ennemi. Et quand il sut que, outre un accordéon, une guitare et une mandoline, son atelier exhibait sur ses murs quarante-cinq photos pornographiques aux postures sexuelles échevelées, il le condamna dans un de ses sermons dominicaux comme une présence maligne, que tous les gens de l'île devaient éviter.

Paul se moquait des crises de nerfs de l'évêque, mais le prince annamite lui fit remarquer que l'inimitié de monseigneur Martin pouvait lui occasionner des problèmes, car il était rancunier, et de surcroît infatigable et influent. Ils se retrouvaient tous les après-midi à la Maison du Jouir, que Koké avait bien pourvue en victuailles et boissons achetées dans l'unique magasin d'Atuona, celui de Ben Varney. Il engagea deux domestiques, Kahui, un cuisinier à moitié chinois, et un jardinier maori, Matahaba, à qui il donna des instructions précises pour acclimater ici aussi les tournesols, comme il l'avait fait à Punaauia. Ces tournesols finirent par illuminer son jardin. Le souvenir du Hollandais fou ne t'abandonna pas un instant, ou presque, durant tes premiers mois à Atuona : pourquoi, Koké ? Tu avais réussi à te le sortir de la tête durant près de trois lustres, et ce n'était pas plus mal, sans doute, car le souvenir de Vincent t'incommodait, t'angoissait et aurait gâché ton travail. Mais ici, aux Marquises, parce que tu peignais peu, ou que tu te sentais fatigué et malade, tu ne voyais plus comment empêcher l'image de ce brave Vincent, de ce pauvre Vincent, de cet insupportable Vincent, avec son obséquiosité et ses folies, d'envahir tout le temps ta conscience. Et les épisodes, anecdotes, discussions, aspirations, rêves de ces huit semaines de difficile coexistence là-bas en Provence — quinze ans déjà ! —, tu les revivais avec une lucidité que tu n'avais pas pour des faits survenus à peine quelques jours plus tôt, que tu oubliais totalement. (Par exemple, tu avais fait répéter deux fois à Ben Varney, en une même semaine, l'histoire de la cuite qui l'avait fait se réveiller dans la baie des Traîtres alors que son bateau baleinier avait déjà levé l'ancre, le laissant en rade ici sans un centime, sans papiers et sans connaître un mot de français ni de marquisien.)

Maintenant tu avais pitié du Hollandais fou, et te le rappelais même avec tendresse. Mais, ce mois d'octobre 1888, quand, en accédant à ses exhortations et aux pressions de Théo Van Gogh pour que tu répondes aux appels de son frère, tu étais allé vivre avec lui à Arles, tu en étais venu à le détester. Pauvre Vincent ! Il s'était fait une telle joie de ta venue, avec l'idée que lui et toi seriez les pionniers de cette communauté d'artistes — un véritable monastère, un Éden en miniature — qui le faisait fantasmer, que l'échec de son projet en avait fini avec sa santé mentale, l'avait rendu fou, l'avait tué.

De tous les voyages cauchemardesques que

Paul avait faits dans sa vie, figuraient marquées d'une pierre noire ces quinze heures, et les six changements de train, qu'il lui avait fallu pour aller de Pont-Aven, en Bretagne, à Arles, en Provence. Il était parti à contrecœur de Pont-Aven, où il laissait bon nombre de peintres et d'amis qui le considéraient comme leur maître, et surtout Émile Bernard et sa sœur, la douce Madeleine. Il était arrivé en gare d'Arles, moulu de fatigue, à cinq heures du matin, le 23 octobre 1888, et pour ne pas réveiller Vincent à cette heure, s'était réfugié dans un petit café contigu. À sa grande surprise, dès qu'il l'avait vu, le patron l'avait reconnu : « Ah! l'artiste ami de Vincent! » Le Hollandais fou lui avait montré l'autoportrait que Paul lui avait envoyé, où il incarnait Jean Valjean, le héros des *Misérables*. Le bistrotier, l'aidant à porter ses valises et ses affaires, l'avait conduit jusqu'à la place Lamartine, hors les murs de la ville, au pied de la porte de la Cavalerie, une de celles qui donnaient sur la ville ancienne, non loin du théâtre antique et des arènes romaines. À un angle de la place Lamartine, le plus proche des berges du Rhône, se trouvait la Maison Jaune que le Hollandais fou avait louée quelques mois plus tôt, pour le recevoir. Il l'avait peinte, meublée, décorée et avait couvert ses murs de tableaux, travaillant jour et nuit et se souciant scrupuleusement du moindre détail, afin que Paul se sentît à son aise et eût envie de peindre.

Mais tu ne t'étais pas senti à ton aise dans la Maison Jaune, Paul. Cette profusion de couleurs t'aveuglait et te donnait le tournis, elles t'agressaient de partout; tu étais, de surcroît, incommodé par l'obséquiosité et la gentillesse empressée de Vincent à t'accueillir et à vouloir savoir à tout prix si tu approuvais ce déploiement décoratif de la Maison Jaune. À vrai dire, cela avait provoqué chez toi appréhension et angoisse. Ce Vincent était si excessivement affectueux que, dès le premier jour, tu avais senti qu'avec quelqu'un comme lui ta liberté serait vite écornée, que tu n'aurais pas de vie personnelle, qu'il envahirait ton intimité en geôlier expansif. Cette Maison Jaune pouvait vraiment devenir, pour un homme aussi libre que toi, une prison.

Mais maintenant, vu de loin, en te rappelant tout cela depuis cette Maison du Jouir à la majestueuse perspective, le Hollandais fou, surexcité, infantile, dépendant de toi comme un malade du médecin qui lui sauvera la vie, t'apparaissait surtout comme un être pitoyable et bon, d'une infinie générosité, dépourvu de jalousie, de rancœur, de prétention, voué à l'art corps et âme, vivant comme un clochard sans s'en inquiéter le moins du monde, hypersensible, obsédé, vacciné contre toute forme de bonheur. Il s'était accroché à toi comme un naufragé à une planche de salut, il te prenait pour un sage et un homme fort, capable de lui apprendre à survivre dans cette jungle. Voilà la responsabilité qu'il faisait peser sur toi, Paul! Vincent, qui s'y entendait en art, en couleurs, en toiles, ne comprenait absolument rien à la vie. C'est pour cela qu'il fut toujours malheureux, pour cela qu'il perdit la tête et finit par se tirer un coup de feu dans le ventre à trente-sept ans. Quelle injustice que ces corbeaux frivoles, ces Parisiens oisifs aient maintenant rejeté sur toi la faute de la tragédie de Vincent ! Alors que c'est toi qui, en ces deux mois de coexistence à Arles, t'étais trouvé au bord de la folie, à deux doigts, même, de perdre la vie pour le Hollandais.

Dès le départ, tout était allé assez mal à la Maison Jaune. À commencer par le désordre, que Paul détestait et qui était l'élément naturel dans lequel évoluait Vincent. Ils avaient fait une stricte distribution des tâches : Paul faisait la cuisine, le Hollandais les courses, et tous deux, un jour l'un, un jour l'autre, se chargeaient du ménage. En réalité, Paul nettoyait et Vincent salopait. Le premier motif de dispute avait été la bourse commune. Dans une préfiguration de cette propriété collective qu'instaurerait la future communauté d'artistes, l'Atelier du Sud qu'ils fonderaient dans un pays exotique, ils avaient ouvert une cagnotte, où ils déposaient l'argent que leur envoyait de Paris Théo Van Gogh. Avec un carnet et un crayon pour que chacun puisse noter la quantité qu'il prélevait. Paul avait fini par protester : Vincent se taillait la part du lion, surtout avec ce qu'il notait, euphémiquement, comme « activités hygiéniques », les passes avec Rachel, une jeune prostituée filiforme, son habituée au bordel de Mme Virginie, situé non loin de la Maison Jaune, dans une des ruelles qui débouchaient sur la place Lamartine.

Le quartier rouge d'Arles avait été un autre motif de discussion. Paul reprochait à Vincent de ne faire l'amour qu'avec des prostituées ; lui, en revanche, au lieu de payer, préférait séduire les femmes. Ce qui, d'ailleurs, s'était révélé assez facile avec les Arlésiennes que sa prestance, son bagout, son exubérance désinvolte enchantaient. Vincent lui avait assuré qu'avant l'arrivée de Paul, il allait chez Mme Virginie deux fois par mois ; c'étaient, maintenant, deux fois par semaine. Cette fureur sexuelle toute récente l'angoissait ; il était convaincu que l'énergie qu'il mettait à « forniquer » (il employait ce mot d'ex-prédicateur luthérien) était autant de perdu pour son travail d'artiste. Paul se moquait des préjugés puritains de l'ex-pasteur. Il pensait, au contraire, que rien ne disposait aussi bien à prendre les pinceaux qu'une verge satisfaite.

— Non, non, s'exaspérait le Hollandais fou. Mes meilleures toiles, je les ai peintes dans mes moments de totale abstinence sexuelle. Ma peinture spermatique ! Je l'ai peinte avec toute cette énergie sexuelle que j'ai répandue, non sur les femmes, mais sur mes toiles.

— Quelle idiotie, Vincent ! Ou alors c'est que moi j'ai de l'énergie sexuelle à revendre, pour mes peintures et pour mes femmes.

Ils avaient plus de désaccords que d'affinités, et pourtant, parfois, quand tu l'entendais parler avec tant de candeur et d'illusions de cette communauté d'artistes-moines, à l'écart du monde, réfugiés dans un pays lointain et primitif, sans liens avec la civilisation matérialiste, voués corps et âme à la peinture et plongés dans une fraternité sans ombres, tu te laissais entraîner par le rêve de ton ami. Il était émouvant, pour sûr ! Il y avait quelque chose de beau, de noble, de désintéressé, de généreux, dans ce désir du Hollandais de fonder cette petite société d'artistes purs, de créateurs, de rêveurs, de saints laïques, consacrés à l'art comme les chevaliers du Moyen Âge se consacraient à lutter pour un idéal ou pour une dame, un rêve guère différent, peut-être, de ceux de ta propre grand-mère quand, à demi morte, elle parcourait la France en essayant de recruter des adeptes pour cette révolution qui en finirait avec les maux de l'humanité. Ta grand-mère Flora et le Hollandais fou se seraient bien entendus, Koké.

Même sur l'Atelier du Sud ils avaient eu des désaccords. Un soir, à la terrasse du café du Forum, où ils prenaient comme de coutume une absinthe après avoir dîné, Vincent avait proposé à Paul d'inviter le peintre Seurat à intégrer la communauté d'artistes. « Ce fabricant de petits points qui se fait passer pour un créateur ? s'était-il écrié. Jamais. » En revanche, il avait proposé de remplacer ce pointilliste par Puvis de Chavannes, que Vincent détestait autant que Paul détestait Seurat. La discussion s'était prolongée jusqu'au petit matin. Mais si tu oubliais vite les disputes, Paul, il n'en allait pas de même de Vincent. Il demeurait pâle, angoissé, ruminant l'affaire pendant plusieurs jours. Pour le Hollandais fou rien n'était contingent, banal, tout touchait un centre névralgique de l'existence, les grands problèmes : Dieu, la vie, la mort, la folie, l'art.

Si tu devais remercier le Hollandais fou de

quelque chose, c'est de t'avoir ouvert, pour la première fois, l'horizon de la Polynésie. Grâce à un petit roman tombé entre ses mains et qui l'avait ravi, *Rarahu ou Le mariage de Loti*, d'un officier de la marine marchande française, Pierre Loti. Le récit se passait à Tahiti et décrivait un paradis terrestre d'avant la chute, avec une nature belle et fertile, des gens libres, sains, sans préjugés ni malice, qui se donnaient à la vie et au plaisir avec naturel, de façon spontanée, pleins d'enthousiasme primitif. La vie avait de ces paradoxes, n'est-ce pas, Koké? C'était Vincent qui rêvait de fuir la décadente Europe de l'argent pour un monde exotique, en quête de cette force élémentaire et religieuse dont la civilisation avait amputé l'Occident. Mais lui n'avait pu échapper à la prison européenne, alors que, toi, tu étais allé jusqu'à Tahiti, et maintenant aux Marquises, réalisant ce rêve du Hollandais fou.

— Je t'ai fait plaisir, j'ai réalisé ton rêve, Vincent, cria-t-il à tue-tête. Et voilà la Maison du Jouir, la Maison de l'Orgasme, dont tu me cassais tant les pieds à Arles. Ça ne s'est pas passé comme nous le pensions. Tu te rends compte, hein, Vincent?

Il n'y avait personne alentour, et personne ne pouvait te répondre. Seuls étaient là le chat et le chien que tu venais d'incorporer à cette maison d'Atuona récemment achevée, et qui te regardaient, attentifs, comme s'ils comprenaient la signification de ces rugissements que tu lançais dans le vide et qui, sans doute, effrayaient coqs, chats et petits chevaux sauvages dans les bois de Hiva Oa.

Ils avaient aussi beaucoup parlé et discuté de religion à Arles. Quelle différence entre l'éducation protestante, puritaine de Vincent et ta formation catholique, toi qui avais passé dix ans, de 1854 à 1864, au petit séminaire de La Chapelle-Saint-Mesmin, près d'Orléans, avec pour guide spirituel monseigneur Dupanloup! Laquelle était la meilleure, Koké, pour affronter la vie? Celle de Vincent était plus intense, plus austère, stricte et froide, plus honnête, mais aussi plus inhumaine. Le catholicisme était plus cynique, plus arrangeant avec la nature corrompue de l'homme, plus luxueux et créatif du point de vue culturel et artistique, et probablement plus humain, plus près de la réalité, de la vie possible. Te souviens-tu de ce soir de pluie et de mistral où, enfermés tous deux dans la Maison Jaune, le Hollandais fou s'était mis à parler du Christ comme d'un artiste? Tu ne l'avais pas une seule fois interrompu, Paul. Le Christ était le plus grand des artistes, disait Vincent. Mais qui avait méprisé le marbre, la glaise, la peinture, et préféré œuvrer sur la chair vive des êtres humains. Il n'avait pas fait de statues, de tableaux, de poèmes. Il avait fait des êtres immortels, créé les instruments grâce auxquels hommes et femmes pouvaient faire de leur vie une parfaite et très belle œuvre d'art. Vincent avait parlé longtemps, en buvant son absinthe à petites gorgées, et en disant parfois des choses que tu n'arrivais pas à déchiffrer. Mais tu avais bien compris, sans jamais l'oublier, ce qu'à l'aube Vincent avait rugi, les larmes aux yeux :

— Je veux que ma peinture réconforte spirituellement les êtres humains, Paul. Comme les réconfortait la parole du Christ. Le « halo » suggérait l'éternel dans la peinture classique. Ce « halo », c'est ce que maintenant je tente de remplacer par l'irradiation et la vibration de la couleur dans mes peintures.

Dès lors, Paul, bien que tu n'aies jamais été très emballé par ce spectacle de lumières aveuglantes, ces feux d'artifice qu'étaient les tableaux de Vincent, tu avais considéré ces couleurs démesurées et violentes avec plus de respect qu'auparavant. Il y avait chez le Hollandais fou une vocation de martyr qui te donnait, parfois, des frissons.

Malgré son piètre état de santé, l'installation à Atuona, la construction de la Maison du Jouir, ses nouveaux amis redonnèrent courage à Koké. Les premières semaines dans sa nouvelle résidence il se trouva bien, plein de projets. Mais, la mort dans l'âme, il comprit progressivement que les Marquises, si elles avaient été un temps le Paradis, avaient maintenant cessé de l'être. Comme Tahiti. Les femmes du pays étaient très belles, pour sûr, plus encore que les Tahitiennes. Du moins, c'est ce qu'il lui semblait. Car Ky Dong, le gendarme Désiré Charpillet, Émile Frébault et son voisin Tioka lui disaient, en riant, que sa mauvaise vue le trahissait, parce que beaucoup des délurées qui se rendaient à la Maison du Jouir pour regarder ses photos pornographiques — sa collection était devenue célèbre dans tout Hiva Oa — et qu'il photographiait et pelotait effrontément devant leur mari, n'étaient pas toujours jeunes et séduisantes comme il le croyait, mais vieilles et laides, certaines au corps abîmé par l'éléphantiasis, au visage rongé de lèpre et de syphilis, ces maladies qui faisaient des ravages dans la population indigène. Tu t'en moquais. Pas vu, pas pris. Assurément, tes pauvres yeux y voyaient de moins en moins. Bah! n'avais-tu pas soutenu depuis longtemps que l'artiste véritable ne cherche pas ses modèles dans le monde extérieur, mais dans la mémoire, ce monde privé et secret qu'on peut contempler avec une conscience qui était chez toi en meilleur état que tes pupilles? C'était le moment de vérifier si ta théorie fonctionnait, Koké.

Cela avait été le motif d'âpres discussions avec Vincent, là-bas à Arles. Le Hollandais fou se proclamait peintre réaliste et disait que l'artiste devait sortir en plein air et planter son chevalet au milieu de la nature afin d'y trouver l'inspiration. Pour ne pas le contrarier, ses premières semaines en Provence, Paul y avait consenti. Les deux amis allaient avec leur chevalet, leur palette et leurs peintures s'installer matin et soir aux Alyscamps, la grande nécropole romaine et paléo-chrétienne, et avaient peint, chacun, plusieurs toiles de la grande allée aux tombes et aux sarcophages, bordée de bruissants platanes, qui menait à la petite église de Saint-Honorat. Mais peu après, les pluies et les rafales du mistral avaient rendu impossibles ces peintures en plein air, et ils avaient dû s'enfermer dans la Maison Jaune, pour travailler en puisant leurs sujets dans leurs souvenirs et leur imagination au lieu du monde naturel, comme le souhaitait Paul.

410

Ce qui te contraria le plus fut de devoir convenir que, du moins dans cette île des Marquises, il ne restait pas trace de cannibalisme. Une pratique qui ne te semblait ni sauvage ni réprouvable — en t'entendant parler, tes nouveaux amis se grattaient la tête, le poil hérissé —, mais virile, naturelle, signe d'une culture fougueuse, jeune et créative, en constante recréation d'elle-même, non contaminée par le conformisme et la décadence. Personne ne croyait, à Atuona, que les Marquisiens mangeassent encore de la chair humaine, ni dans cette île ni dans les autres ; en un lointain passé, sans doute, mais plus maintenant. Son voisin Tioka le lui affirma, et ce fut corroboré par tous les indigènes qu'il interrogea, parmi lesquels un couple de l'île de Tahuata où il y avait beaucoup de rouquins. La femme de Haapuani — on l'appelait le Sorcier —, Tohotama, était rousse. Sa longue chevelure balayait ses épaules jusqu'à la taille et avait, au plus fort des heures ensoleillées, des reflets roses. Tohotama allait devenir son modèle préféré à Atuona. Plus encore que Vaeoho, une jeunesse de quatorze ans — l'âge de tes amours, Koké —, devenue sa femme trois mois après son installation à Hiva Oa.

Pour obtenir Vaeoho, il avait fallu partir à l'intérieur de l'île, dans la vallée de Hanaupe, le seul voyage que le corps meurtri de Koké lui eût permis de faire à Hiva Oa. Accompagné de Ky Dong, grand connaisseur des coutumes des îles, et de Tioka, parfaitement bilingue. Le hasardeux trajet de dix kilomètres à dos de bête, à travers des bois touffus et humides peuplés de guêpes et de moustiques qui lui avaient boursouflé la peau, fit de Paul une ruine. La petite était la fille du chef local d'un minuscule hameau indigène, Hekeani, et le marchandage avec le cacique dura plusieurs heures. Finalement, pour pouvoir emmener la fille, il consentit à honorer une liste de cadeaux qu'il acheta à la boutique de Ben Varney et qui lui coûtèrent plus de deux cents francs. Il ne le regretta pas. Vaeoho était belle, diligente, souriante, et elle accepta de lui apprendre la langue du pays, car le maori d'ici était différent du tahitien. Bien qu'il la fît poser parfois, Koké préférait comme modèle la rousse Tohotama, excité par ses seins turgescents, ses larges hanches, ses grosses cuisses. Quelque chose qui ne lui arrivait plus aussi fréquemment que jadis. Avec Tohotama, oui. Quand elle venait poser, il s'arrangeait toujours pour la caresser, ce à quoi elle se prêtait sans enthousiasme, l'air ennuyé. Jusqu'à ce qu'un après-midi où il avait l'estomac pas mal imbibé d'absinthe, il finit par la pousser sur le lit de l'atelier. Tandis qu'il lui faisait l'amour, il entendait dans son dos chuchoter et rire sa jeune femme, Vaeoho, et le Sorcier Haapuani, le mari de Tohotama, amusés par le spectacle.

Les Marquisiens étaient plus spontanés et plus libres que les Tahitiens en matière sexuelle. Mariées ou célibataires, les femmes se moquaient des hommes et se collaient à eux sans faire de façons, malgré les permanentes campagnes des missions catholique et protestante pour les soumettre aux normes de la décence chrétienne. Les

412

hommes restaient assez insoumis. Et certains, comme le mari de Tohotama, n'hésitaient pas à défier les Églises en s'habillant en *mahu*, en homme-femme, avec une coiffure florale sur la tête, et les chevilles, les poignets et les bras couverts d'ornements féminins.

Une autre déception pour Paul dans sa nouvelle patrie fut d'apprendre que l'art du tatouage, dans lequel les Marquisiens avaient excellé plus que quiconque dans toute la Polynésie, était en voie d'extinction. Les missionnaires catholiques et protestants l'interdisaient avec acharnement, comme une manifestation de barbarie. Rares étaient les indigènes qui se tatouaient encore à Atuona, où ils encouraient les foudres des curés et des pasteurs. Ils le faisaient encore à l'intérieur de l'île, dans les petits hameaux perdus au cœur de ces bois intriqués où, par malheur, ton état de santé calamiteux ne te permettait plus d'aller vérifier la chose. Quelle frustration, Koké! Les avoir là, à quelques kilomètres, et ne pouvoir aller à la rencontre de ces tatoueurs. Il ne put même pas visiter, dans la vallée de Taaoa, les ruines d'Upeke et ses grand *tikis*, ou idoles de pierre, parce que les deux fois où il avait tenté de monter jusque là-bas à cheval, la fatigue et les douleurs l'avaient fait s'évanouir. D'être ici, tout près de ces enclaves où survivait cet art magnifique du tatouage, une sagesse codifiée et occulte du peuple maori, où chaque figure était un palimpseste qu'il fallait déchiffrer, et de ne pouvoir aller jusqu'à elles par la faute de la maladie imprononçable, le mettait en rage, ruinait son sommeil, et le faisait certaines nuits sangloter.

La décadence était arrivée ici aussi, malheureusement. Monseigneur Joseph Martin, convaincu que la prolifération des maladies et des infections parmi les indigènes était due à l'alcool, avait prohibé celui-ci. L'épicerie de Ben Varney ne vendait de vin et de spiritueux qu'aux Blancs. Mais le remède était pire que le mal. Comme ils ne pouvaient le faire avec du vin, les Marquisiens de Hiva Oa se soûlaient avec de l'alcool d'orange et autres fruits qu'ils distillaient dans des alambics clandestins et qui leur brûlait les entrailles. Indigné, Koké combattit la prohibition en remplissant la Maison du Jouir de bonbonnes de rhum dont il offrait un verre à tous les indigènes qui venaient lui rendre visite.

Il se sentait très fatigué et, pour la première fois de sa vie depuis qu'il avait découvert — quand il travaillait encore à la Bourse, à Paris — que sa vocation était la peinture, dépourvu de l'envie de s'asseoir devant son chevalet et de prendre les pinceaux. Ce n'étaient pas seulement son malaise physique, les plaies brûlantes de ses jambes, sa vue déclinante et ses palpitations qui le rendaient oisif, sirotant son absinthe à l'eau sur laquelle il faisait fondre un carré de sucre. C'était aussi l'impression d'inutilité. Pourquoi tous ces efforts et ce gaspillage du peu d'énergie qui te restait sur des toiles qui, lorsque tu les aurais terminées et qu'au bout d'un interminable voyage elles arriveraient en France, moisiraient dans les caves du galeriste Ambroise Vollard, ou dans la mansarde de Daniel de Monfreid, attendant que, peut-être, un boutiquier veuille bien les acquérir pour quelques francs afin de décorer sa maison flambant neuve ?

Un jour, Vaeoho, pendant sa leçon de marquisien, lui dit, moitié en français, moitié en maori, une phrase qu'il ne comprit pas. Ou que tu ne voulus pas comprendre, Koké. Il la lui fit répéter plusieurs fois, jusqu'à ne plus avoir le moindre doute sur son sens : « Chaque jour tu es plus vieux. Bientôt je serai veuve. » Il se planta devant son miroir et se regarda jusqu'à en avoir mal aux yeux.

Il décida alors de peindre son dernier autoportrait. Le témoignage de sa décadence, dans ce coin perdu du monde, entouré de Marquisiens qui, comme lui, s'enfonçaient dans la ruine, l'inaction, la dégradation, la démoralisation. Il plaça le miroir près du chevalet et travailla plus de deux semaines, s'efforçant de jeter sur la toile cette image que ses pupilles abîmées captaient avec difficulté, et qui semblait fuir, s'estomper : un homme vaincu mais pas encore mort, contemplant sa prochaine, son irrémédiable fin avec sérénité et une certaine sagesse inscrite dans ce regard serein, derrière d'humiliantes lunettes, où apparaissait, résumée, une intense vie d'aventures, de folies, de quêtes, d'échecs, de combats. Une vie qui arrivait, enfin, à son terme, Paul. Tu avais les cheveux blancs et courts, tu étais mince et paisible, attendant avec un courage tranquille l'assaut final. Tu n'en étais pas très sûr, mais tu avais l'impression que, parmi les innombrables autoportraits que tu avais faits — en paysan breton, en Inca péruvien sur l'anse d'une poterie, en

415

Jean Valjean, en Christ au jardin des Oliviers, en bohémien, en romantique —, celui-ci, celui de l'adieu, celui de l'artiste au bout de sa route, était le plus ressemblant.

Peindre cet autoportrait te rappela le portrait que, pendant ces semaines où vous aviez été confinés par la pluie et le mistral dans la Maison Jaune d'Arles, tu avais fait de Vincent peignant des tournesols, la fleur qui obsédait le Hollandais. Il la peignait sans relâche et s'y référait souvent quand il exposait ses théories sur la peinture. Ces fleurs ne suivaient pas le mouvement du soleil par hasard ou par une aveugle injonction des lois physiques. Il y avait en elles quelque chose du feu de l'astre roi, et si on les observait avec la même dévotion, la même obstination que Vincent, on remarquait le « halo » qui les entourait. En les peignant, il faisait en sorte que, sans cesser d'être des tournesols, elles fussent aussi des torches, des candélabres. Quelles folies ! En te montrant la Maison Jaune pour la première fois, le Hollandais fou t'avait désigné avec orgueil les tournesols peints par lui, littéralement incandescents, qui déversaient sur ton lit leur or liquide. Tu avais eu peine à réprimer une moue contrariée. C'est pour cela que tu l'avais peint entouré de tournesols. Le portrait n'avait pas — de propos délibéré — la lumière vibrante que Vincent imposait à ses toiles. C'était, au contraire, quelque chose d'opaque, de mat, et les fleurs autant que le peintre brillaient d'un éclat estompé, aux contours effacés. Plus qu'un être humain bien dessiné et consistant, Vincent était une masse, une figure rigide, disséquée, en proie à une insupportable tension, sur le point d'éclater, de crépiter : un homme-volcan. La rigidité du bras droit, surtout, qui soutenait le pinceau, révélait l'effort surhumain qu'il devait faire pour continuer à peindre. Et cela se lisait dans son visage froncé, dans son regard hébété qui semblait dire : « Je ne peins pas, je m'immole. » Vincent n'avait pas du tout aimé ce portrait. Quand tu le lui avais montré, il l'avait observé un long moment, très pâle, en se mordant la lèvre inférieure, le tic qui l'assaillait dans ses mauvais moments. Il avait, finalement, murmuré : « Oui, c'est bien moi. Mais fou. »

Ne l'étais-tu pas, Vincent ? Bien sûr que si. Paul s'en était convaincu en notant les soudains changements d'humeur qui affectaient son ami, la vitesse avec laquelle il pouvait passer de la flatterie la plus mielleuse à l'agressivité, aux divagations, aux brouilles pour des vétilles. Après chaque discussion il tombait en léthargie, dans une immobilité telle que Paul, alarmé, devait le secouer par des cajoleries, un verre d'absinthe, ou en l'entraînant chez Mme Virginie coucher avec Rachel.

Alors tu l'avais décidé : il était temps de partir. Cette coexistence finirait mal. Avec tact, tu avais tenté de l'y préparer, laissant tomber dans votre conversation à table que, pour des raisons familiales, peut-être devrais-tu partir d'Arles avant la fin de l'année que vous étiez convenus de passer ensemble. Il aurait mieux valu ne rien dire, Paul. Le Hollandais avait aussitôt senti que ta décision de le quitter était déjà prise, et il était entré dans un état de nervosité hystérique, un véritable bouleversement mental. On aurait dit un amant désespéré par l'abandon de l'être aimé. Il te priait, t'implorait de rester toute l'année avec lui, des larmes dans les yeux et la voix brisée, ou bien cessait de te parler des jours entiers, te regardant avec rancœur et haine, comme si tu lui avais causé un mal irréparable. Tu éprouvais parfois une infinie pitié pour cet être désemparé, désarmé devant le monde, qui s'accrochait à toi parce qu'il te sentait fort, un lutteur. Mais d'autres fois, tu t'indignais : n'avais-tu pas assez de problèmes pour te mettre en plus sur le dos ceux du Hollandais fou ?

Les choses s'étaient précipitées quelques jours avant la nuit de Noël 1888. Paul s'était réveillé soudain dans sa chambre de la Maison Jaune avec une sensation d'oppression. Dans la faible clarté qui entrait par la fenêtre, il avait distingué la silhouette de Vincent, au pied de son lit, qui l'observait. Il s'était redressé, effrayé : « Que se passe-t-il, Vincent ? » Sans dire un mot, son ami était sorti de la pièce comme une ombre. Le lendemain, il lui avait juré qu'il ne se souvenait pas d'être entré dans sa chambre ; c'était, sans doute, un acte de somnambulisme. Deux jours après, la veille de Noël, au café de la place du Forum, Paul lui avait annoncé que, bien malgré lui, il devait partir. Des affaires familiales exigeaient sa présence à Paris. Il s'en irait dans quelques jours et, si tout s'arrangeait, peut-être reviendrait-il plus tard faire un autre séjour avec lui. Vincent l'avait écouté, muet, acquiesçant de temps à autre avec des hochements de tête exagérés. Ils burent un bon moment, sans parler. Soudain, le Hollandais saisit son verre à demi vide et le lui lança au visage, furieusement. Paul réussit à l'esquiver. Il se leva et partit à grandes enjambées à la Maison Jaune, fourra dans un sac deux ou trois effets de première nécessité et, en sortant, il dit à Vincent, qui venait de le rejoindre, qu'il s'en allait à l'hôtel et viendrait le lendemain prendre le reste de ses affaires. Il lui avait parlé sans rancune :

— Je le fais pour nous deux, Vincent. Ce verre pourrait me blesser au visage la prochaine fois que tu me le lancerais. Et je ne sais si alors je me contiendrais, comme ce soir. Ou si je ne me jetterais pas sur toi pour te tordre le cou. Notre amitié ne doit pas finir ainsi.

Pâle comme un mort, les yeux rougis, Vincent le regardait fixement sans rien dire. Depuis quelque temps, il avait coutume de se raser le crâne comme une jeune recrue ou comme un bonze, et quand la tristesse ou la rage l'habitait, comme maintenant, son crâne semblait lui aussi palpiter, comme ses tempes et son menton.

Paul était parti et — tu t'en souvenais fort bien —, dans la rue, le froid de l'hiver l'avait glacé jusqu'aux os. En marchant sous les murailles de la ville, il avait entendu des chants de Noël s'élever de quelques maisons. Il se rendait près de la gare, dans un hôtel bon marché dont il connaissait la patronne. En traversant la petite place Victor-Hugo, il avait entendu des pas dans son dos, qui se rapprochaient. Se retournant, avec un mauvais pressentiment, il avait vu, en effet, à quelques mètres, Vincent, un rasoir à la main et pieds nus, le foudroyant de ses yeux terribles.

— Qu'est-ce qu'il y a ? Qu'est-ce que ça veut dire ? lui avait-il crié.

Le Hollandais avait fait demi-tour et s'était mis à courir. Avais-tu mal fait, Paul, de ne pas alerter immédiatement les gendarmes sur l'état de ton ami ? Oui, sans doute. Mais comment diable imaginer que ce pauvre Vincent, après cette tentative avortée de t'agresser, allait se couper la moitié de l'oreille gauche et apporter ce bout de chair sanguinolent, enveloppé dans du papier journal, à Rachel, sa petite putain de chez Mme Virginie ? Puis aller s'écrouler sur son propre lit, la tête enveloppée de serviettes ? Le lendemain, quand tu entrerais dans la Maison Jaune — entourée de policiers et de curieux —, tu la verrais toute barbouillée de sang, les draps, les murs, les tableaux. Comme si le Hollandais fou, non content de se couper l'oreille, avait, dans un rituel barbare, baptisé de son sang toute la scène de sa mutilation. Et, maintenant, ces immondes dandys parisiens rejetaient sur toi la faute de cette tragédie. Car le Hollandais, depuis cette énormité, n'avait plus relevé la tête. D'abord enfermé à l'hôtel-Dieu d'Arles, puis, un an durant, au sanatorium de Saint-Rémy, et finalement, le dernier mois de sa vie, dans le petit bourg d'Auvers-sur-Oise, où il avait fini par se tirer une balle dans le ventre, si maladroitement que son agonie avait duré tout un jour dans d'atroces douleurs. Maintenant, ces Parisiens oisifs, qui ne lui avaient jamais acheté un seul tableau de son vivant, avaient décrété *post mortem* que Vincent était un génie. Et que toi, pour ne pas l'avoir sauvé ce soir de Noël, tu étais son bourreau et son destructeur. Canailles !

Découvriraient-ils de même, après ta mort, que tu étais aussi un génie, Paul ? Tes tableaux se vendraient-ils alors aux mêmes prix forts que ceux du Hollandais fou ? Tu pensais que non. Par ailleurs, cela ne t'importait plus autant d'être un artiste reconnu, célèbre, immortel. Et cela ne serait pas. Atuona était trop loin de Paris pour qu'en cette ville où l'on décidait du prestige et de la mode artistique, ces frivoles s'intéressent à ce que tu avais fait. Ce qui accaparait ton attention maintenant, ce n'était pas la peinture, mais la maladie imprononçable qui, quatre mois après ton arrivée à Hiva Oa, avait à nouveau frappé, féroce.

Les plaies lui mangeaient les jambes et souillaient ses bandes si vite qu'à la fin il n'avait plus le courage de les changer. C'est lui qui était obligé de le faire parce que Vaeoho, dégoûtée, s'y était refusée, le menaçant de le quitter s'il l'obligeait à le soigner. Il conservait ses pansements sales deux ou trois jours, sentant mauvais, couvert de mouches qu'il était également fatigué de chasser. Le docteur Buisson, directeur du dispensaire de Hiva Oa, qu'il avait connu à Papeete, le piquait à la morphine et lui donnait du laudanum. Cela calmait ses douleurs, mais le maintenait dans un état de somnambulisme hébété, avec le pressentiment aigu d'une détérioration rapide de son esprit. Allais-tu finir, Paul, comme le Hollandais fou ? En juin 1902 il lui fut presque impossible de marcher, si grande était la douleur dans ses jambes. Il ne lui restait presque plus d'argent de la vente de sa maison de Punaauia. Il investit ses dernières économies dans l'achat d'une carriole tirée par un poney que, chaque après-midi, vêtu d'une chemise verte et d'un paréo bleu, portant sa casquette parisienne et une nouvelle canne qu'il s'était fabriquée, avec pour pommeau — à nouveau — un phallus en érection, il conduisait, en passant par la mission protestante et les beaux tamariniers du pasteur Vernier, jusqu'à la baie des Traîtres. Elle grouillait à cette heure de gosses se baignant dans la mer ou montant à cru les petits chevaux sauvages qui hennissaient et sautaient sur les vagues turbulentes. Devant la baie, l'îlot désert de Hanakee ressemblait à un cachalot endormi, un grand cétacé de ceux que venaient pêcher jadis, depuis l'Amérique du Nord, ces baleiniers dont les habitants de Hiva Oa avaient encore une peur panique. Car, à ce qu'on racontait, l'équipage de ces bateaux avait coutume de soûler les indigènes pour ensuite les enlever et les emmener avec eux, comme esclaves. C'est avec un de ces baleiniers que s'était produit cet épisode qui donnait à la baie son nom infâme. Las de ces enlèvements, les indigènes de Hiva Oa auraient accueilli avec fêtes, danses et banquets de poisson cru et de cochon sauvage l'équipage d'un de ces bateaux. Et, au milieu du festin, ils les avaient tous égorgés. « Avouez qu'ils les ont mangés ! rugissait Koké, exalté, chaque fois qu'il entendait cette histoire. Bravo ! Bien fait pour eux ! Drôlement bien fait ! » Peu avant le crépuscule, Koké retournait à la Maison du Jouir en traversant l'unique rue d'Atuona. Il la parcourait très lentement, en contenant son poney, du débarcadère jusqu'à la pension du Sino-Maori Matikana, saluant cérémonieusement tout le monde, bien que ses yeux fussent désormais incapables d'identifier les gens.

À son arrivée, parce qu'ils avaient entendu parler de lui comme de l'éditeur des *Guêpes*, les catholiques de l'île l'avaient reçu à bras ouverts. Mais ensuite, sa vie dissipée, ses soûleries, son intimité avec les indigènes, les rumeurs scélérates sur la Maison du Jouir en avaient fait à leurs yeux un réprouvé. Les protestants, qu'il avait tant attaqués dans les *Guêpes*, le regardaient de loin, avec ressentiment. Mais le brusque départ du docteur Buisson, muté à Papeete à la mi-juin, le poussa à se rapprocher du pasteur protestant, Paul Vernier, qu'il avait personnellement attaqué dans sa revue. Ky Dong et Tioka l'avaient mené à lui, en lui disant que c'était la seule personne à Atuona qui avait des connaissances en médecine et pouvait l'aider. Le pasteur Vernier, homme doux et généreux, le reçut sans une ombre de rancune pour les offenses essuyées, et fit en effet son possible pour l'aider, avec des onguents et des calmants pour ses jambes. Relativement efficaces car, en juin 1902, il fut à nouveau capable de faire de courtes promenades debout sur ses pieds.

Pour célébrer son amélioration momentanée, le gendarme Désiré Charpillat eut l'idée de le nommer — puisque c'était un artiste — juge du traditionnel concours musical disputé le 14 juillet par les chœurs des deux collèges de l'île, le catholique et le protestant. La rivalité entre les deux missions se manifestait dans les choses les plus insignifiantes. Essayant de ne pas empoisonner davantage cette rivalité, Paul opta pour un jugement de Salomon : il classa les deux concurrents ex aequo. Mais ce verdict laissa insatisfaites les deux Églises, pareillement fâchées contre lui. De sorte qu'il rentra à la Maison du Jouir au milieu des récriminations et de l'hostilité générale.

Mais, quand la carriole tirée par le poney arriva chez lui, il eut une agréable surprise. Son voisin Tioka, le Maori à la barbe blanche, était là qui l'attendait. Très sérieux, il lui dit qu'après tout ce temps écoulé, il le considérait comme un véritable ami, et venait lui proposer de célébrer la cérémonie de l'amitié réciproque. C'était fort simple. Elle consistait à échanger leurs noms respectifs, sans perdre celui d'origine. Ainsi firent-ils, et dès lors son voisin se fit appeler Tioka-Koké, et lui Koké-Tioka. Tu étais devenu, Paul, un parfait Marquisien.

XVII

DES MOTS POUR CHANGER
LE MONDE
Montpellier, août 1844

Flora s'était promis que son séjour à Montpellier, où elle était arrivée le 17 août 1844, en provenance de Nîmes, serait de tout repos. Elle avait besoin de récupérer. Elle était épuisée ; sa dysenterie durait déjà depuis deux mois, et elle sentait chaque nuit dans sa poitrine, avec de forts élancements, la balle logée près de son cœur. Mais le destin en avait décidé autrement. À l'hôtel du Cheval Blanc, où on lui avait réservé une chambre, on lui claqua la porte au nez en découvrant qu'elle voyageait seule. « Comme dans tous les établissements décents, nous n'admettons de dames qu'accompagnées de leurs parents ou de leur époux », la chapitra le directeur.

Elle allait lui répondre « On m'a pourtant dit à Nîmes que l'hôtel du Cheval Blanc était tout bonnement le bordel de Montpellier », quand un voyageur de commerce arrivé en même temps qu'elle s'avança pour se porter caution de la dame. L'hôtelier hésitait. Flora était sur le point de s'émouvoir, quand elle remarqua que ce galant homme insistait pour prendre une seule chambre pour eux deux. « Mais vous me prenez pour une putain ? » lui lança-t-elle, en même temps qu'elle lui administrait une gifle sonore. Le malheureux en resta comme deux ronds de flan, à se frotter la joue. Elle était partie dans les rues de Montpellier, portant ses valises, chercher un abri. Elle ne le trouva qu'à midi, justement à l'hôtel du Midi, un établissement en construction dont elle se trouva être l'unique cliente. Les sept jours passés dans cette ville, elle eut quotidiennement dans les oreilles le bruit et le trafic des maçons et des ouvriers du bâtiment qui, sur leurs échafaudages, refaisaient et agrandissaient les lieux. Elle était si fatiguée que, malgré ce vacarme, elle renonça à se chercher une autre auberge.

Les quatre premiers jours elle ne tint aucune réunion avec les ouvriers ni avec les saint-simoniens et les fouriéristes locaux pour lesquels elle avait des lettres de recommandation. Mais ce ne furent pas des jours de repos. Son ventre gonflé et ses crampes la tourmentaient à un point tel qu'elle dut consulter un médecin. Le docteur Amador, recommandé par l'hôtel, était espagnol et Flora fut heureuse de parler avec lui cette langue que, depuis son retour du Pérou, dix ans plus tôt, elle avait eu à peine l'occasion de pratiquer. Le docteur Amador, adepte de l'homéopathie, qu'il appelait, le regard extatique, « la science nouvelle », était un quinquagénaire fin et cultivé, grand et brun, sympathisant saint-simonien et convaincu que la « théorie des fluides » de Saint-Simon, clé pour comprendre l'évolution de l'histoire, expliquait aussi le corps humain. « La technique et la science économique sont les forces transformatrices de la société, doña Flora », lui disait-il d'une voix de baryton. Il était agréable de bavarder avec lui. Fidèle à sa foi dans l'homéopathie, selon laquelle le mal se soigne par le mal, il lui prescrivit une préparation d'arsenic et de soufre que Flora but avec appréhension, craignant de s'empoisonner. Mais dès le second jour, elle éprouva une amélioration notable.

Cet homme attentif et respectueux, qui t'écoutait avec déférence même quand il n'était pas d'accord avec toi, ressemblait aux premiers « hommes modernes » dont, grâce à ton audace et ton opiniâtreté, tu avais fait connaissance à Paris début 1835 à ton retour du Pérou, après cette diabolique traversée en bateau où tu avais été sur le point d'être violée par un passager culotté et pervers, le Fou Antonio. Tu te rappelles, Florita ? La nuit il essayait de forcer la porte de ta cabine, sans que le capitaine du navire le rappelle à l'ordre ; il devait être habitué à voir ses passagers assaillir les femmes qui voyageaient seules. Tu lui en avais fait reproche, et le capitaine Alencar, en guise d'excuse, t'avait sorti cette édifiante idiotie : « Vous êtes la première dame que je vois voyager seule en trente ans de carrière. » Infernal retour en France, par la faute du mal de mer et du Fou Antonio !

Mais qu'importait cette épreuve dans ces premiers mois de Paris, où tu avais loué un petit appartement rue Chabanais ? La modeste pension de l'oncle Pío Tristán te permettait de vivre décemment. Pleine de fougue et d'illusions, après cette année passée au Pérou, plus riche d'enseignement que cinq ans en Sorbonne, tu étais rentrée en France décidée à être *différente*, à briser les chaînes, à vivre pleinement et libre, résolue à combler les lacunes de ton esprit, à cultiver ton intelligence, et surtout à faire des choses, beaucoup de choses, pour améliorer la vie des femmes.

C'est dans cet état d'esprit que tu avais écrit, peu après ton arrivée à Paris, ton premier livre. Qui était plutôt, à vrai dire, une brochure de quelques pages : *Nécessité de faire un bon accueil aux femmes étrangères*. Maintenant ce texte romantique, sentimental, plein de bonnes intentions au sujet du mauvais accueil, ou de l'absence d'accueil, des étrangères en France, te faisait honte par sa naïveté. Proposer la création d'une société pour aider les étrangères à s'installer à Paris, leur trouver un logement, leur présenter des gens et offrir consolation à celles qui en avaient besoin ! Une société dont les membres prêteraient serment et auraient un hymne et des insignes avec les trois devises de l'institution : Vertu, Prudence et Propagande contre le Vice ! S'étouffant de rire — ce que tu étais sotte alors, Florita —, elle s'étira dans le lit de son étroite chambre à l'hôtel du Midi. Tu n'avais pu échapper, toi non plus, à l'épidémie de constitution de sociétés qui affectait la France.

C'était un texte juvénile, qui dénotait ton inculture, et l'imprimeur Delaunay, au Palais-Royal, avait dû le corriger du début à la fin en raison de la quantité de fautes d'orthographe de ton manuscrit. Ne pouvait-il se racheter en rien, à l'heure de ta maturité ? Quelque chose, oui, restait de lui. Par exemple ta profession de foi — « Une croyance, une religion, la plus belle et la plus sainte : l'amour de l'humanité » — et tes attaques contre le nationalisme : « Notre patrie doit être l'univers. » Créer des sociétés était l'obsession des saint-simoniens et des fouriéristes. Étais-tu donc déjà en relation avec eux quand ta brochure était parue ?

Seulement par des lectures. Tu avais beaucoup lu dans ton petit appartement de la rue Chabanais, et ensuite dans celui de la rue du Cherche-Midi, en 1835, 1836 et 1837, malgré les maux de tête que te donnait André Chazal. Tu essayais d'assimiler ces idées, ces philosophies, ces doctrines qui représentaient la modernité, et où tu voyais l'arme la plus efficace pour parvenir à l'émancipation de la femme. Du *Globe* des saint-simoniens à *La Phalange* des fouriéristes, en passant par toutes les brochures, livres, articles et textes de conférences que tu pouvais te procurer, tu voulais tout lire. Des heures et des heures à prendre des notes, à établir des fiches, à faire des résumés, dans ta maison ou dans les deux cabinets de lecture auxquels tu t'étais abonnée. Avec quel espoir tu cherchais à entrer en contact avec les saint-simoniens et les fouriéristes, les deux courants qui, ces années-là — tu ne connaissais pas encore les idées d'Étienne Cabet ni celles de l'Écossais Robert Owen —, te semblaient les plus avancés pour atteindre ton objectif : l'égalité de droits entre homme et femme.

Le philosophe et économiste Claude Henri de

Rouvray, comte de Saint-Simon, visionnaire de la « société de producteurs et sans frictions », était mort en 1825 et son héritier, le svelte, élégant, raffiné et cultivé Prosper Enfantin, demeurait à la tête des saint-simoniens jusqu'à aujourd'hui. Il avait été l'un des premiers à qui tu avais envoyé ta brochure avec une pieuse dédicace. Enfantin t'avait invitée à une réunion d'adeptes à Saint-Germain-des-Prés. Te souviens-tu de ton éblouissement en serrant la main de ce prêtre laïque qui faisait défaillir les Parisiennes ? Il était beau garçon, loquace, charismatique. Il avait fait de la prison, à la suite de la première expérience de société saint-simonienne à Ménilmontant où, pour encourager la solidarité entre les compagnons et abolir l'individualisme, Enfantin avait dessiné ces uniformes fantaisistes : des tuniques qui se boutonnaient dans le dos, de sorte qu'on ne pouvait les fermer qu'avec l'aide d'une autre personne. Prosper Enfantin avait voyagé jusqu'en Égypte, à la recherche de la femme-messie qui, selon la doctrine, serait la rédemptrice de l'humanité. Il ne l'avait pas trouvée et continuait à la chercher. Maintenant, ces simagrées féministes des saint-simoniens te semblaient peu sérieuses, un jeu luxueux et frivole. Mais en 1835 elles te touchaient jusqu'au fond de l'âme, Florita. Avec quel respect tu observais la chaise vide qui, près de celle du Père Enfantin, présidait aux réunions saint-simoniennes ! Comment ne pas être émue en découvrant que tu n'étais pas seule et qu'à Paris, d'autres, comme toi, trouvaient intolérable que la femme fût considérée comme un être inférieur, sans droits, un citoyen de seconde classe ? Tu ne pouvais oublier que c'est devant cette chaise vide des cérémonies des disciples de Saint-Simon que tu avais commencé à te dire, en secret, comme en priant : « La salvatrice de l'humanité, ce sera toi, Flora Tristan. »

Mais pour être la femme-messie des saint-simoniens il fallait constituer un couple — se mettre au lit, tout simplement — avec Prosper Enfantin. Cela tentait maintes Parisiennes. Pas toi. Ton zèle réformiste s'arrêtait là. La liberté sexuelle que ces mouvements prêchaient te semblait — même si tu ne le disais pas — un alibi du libertinage, et en cela tu n'étais pas disposée à les suivre. Parce que la vie sexuelle devait t'inspirer constamment, jusqu'au jour où tu ferais la connaissance d'Olympe Maleszewska, le même dégoût qu'au souvenir d'André Chazal.

Si le comte de Saint-Simon était mort depuis longtemps, Charles Fourier, en revanche, cette année 1835, était vivant. Il avait 63 ans et il lui en restait deux à vivre. Tu l'avais connu, Florita. Et neuf ans après, malgré tout le mal que tu pensais alors de ses disciples, de ces phalanstériens théoriques et inactifs, tu l'évoquais souvent, comme à Dijon, il y avait peu, et toujours avec admiration. Et, bien que tu ne l'aies guère fréquenté, avec une tendresse filiale. Il avait été la première personne à qui tu aies envoyé *Nécessité de faire bon accueil aux femmes étrangères*, en lui proposant ta collaboration en des mots exaltés : « Maître, vous trouverez en moi une force peu commune parmi les gens de mon sexe, une urgence à faire le bien. »

Et, surprise de taille, le noble vieillard à la redingote bien repassée, au beau regard clair, était venu en personne, au 42, rue du Cherche-Midi, te remercier de ton livre et te féliciter pour tes idées rénovatrices et ton esprit de justice. Un des jours les plus heureux de ta vie, Florita !

Tu avais eu de grandes difficultés à comprendre certaines de ses théories (par exemple, qu'il existait un ordre social équivalent à celui de l'univers physique découvert par Newton, ou encore le passage de l'humanité par huit états de sauvagerie et de barbarie avant d'arriver à l'Harmonie, où elle atteindrait le bonheur), avais lu la *Théorie des quatre mouvements*, *Le nouveau monde industriel et sociétaire*, et d'innombrables articles parus dans *La Phalange* et autres publications fouriéristes. Mais c'était surtout lui, et la limpidité morale resplendissante qui émanait de sa personne, la frugalité de sa vie — il vivait seul, dans un fort modeste appartement de la rue Saint-Pierre, à Montmartre, bourré de livres et de papiers, où tu lui avais apporté un jour, comme cadeau, un sablier —, sa bienveillance, son horreur de toute forme de violence et sa confiance à tout crin en la bonté intrinsèque de l'être humain, qui, dans les années 1835-1837, t'avaient fait te sentir la disciple de ce sage généreux. Fourier lui aussi était contre le mariage, et il croyait comme toi que cette malheureuse institution faisait de la femme un objet d'usage, sans dignité ni liberté. Sa théorie selon laquelle, en organisant le monde en phalanstères, des unités de quatre cents familles chacune, sans exploiteurs ni exploités, où le tra-

432

vail et ses fruits seraient répartis de manière équi-
table, en rémunérant davantage les occupations
les plus ingrates et moins les plus agréables, et où
régnerait l'égalité la plus totale entre hommes et
femmes, t'avait séduite au début. Cette doctrine
donnait une forme concrète à tes aspirations à la
justice pour l'humanité.

Mais tu n'avais jamais pu accepter ces aspects
de la philosophie de Fourier qui touchaient au
sexe. Était-ce ta faute ? Olympe croyait que oui.
Tu comprenais les intentions altruistes du maître :
que personne, en raison de ses vices ou de ses
manies, ne se trouve exclu de la société ni du
bonheur. D'accord. Mais était-ce bien réaliste,
cette constitution de phalanstères par affinités
sexuelles, réunissant les invertis, les saphiques,
ceux qui jouissaient en recherchant ou en infli-
geant la douleur, les voyeurs et les onanistes, en
petites enclaves où ils se sentiraient normaux ?
Bien que démunie d'arguments pour la réfuter, la
seule idée de cette thèse te faisait rougir. Et tu
soupçonnais cette proposition d'être trop osée
pour être réaliste. De surcroît, imaginer la vie
dans ces phalanstères d'excentriques sexuels, pra-
tiquant ce que le maître Fourier appelait « l'orgie
noble », te donnait des frissons. Olympe avait raison quand, en jouant avec ton corps sur le lit, elle
te faisait rougir des pieds à la tête par ses caprices : « Tu es une puritaine, Florita, une nonne
laïque. »

Bien entendu, tu partageais l'affirmation de
Fourier selon laquelle la civilisation est en rapport directement proportionnel avec le degré

d'indépendance dont jouissent les femmes. Tu continuais à t'interroger, en revanche, sur l'assurance absolue du vieillard concernant la durée du monde et les transmigrations des âmes. Il te semblait, décidément, que cela ressortissait davantage à la superstition qu'à la science.

Mais ton cœur se serrait encore, en imaginant le vieux sage, chaque midi, quitter à la hâte les petits bistrots du Palais-Royal où il allait écrire et lire, pour remonter la colline de Montmartre et se disposer à attendre, dans sa maisonnette de la rue Saint-Pierre, le fameux magnat éclairé aux intentions généreuses. Tes yeux se remplissaient immanquablement de larmes en pensant à toutes ces années pendant lesquelles, avec sa foi indestructible en la bonté innée des êtres humains, Charles Fourier avait attendu chez lui, chaque jour de midi à deux heures, le visiteur qui ne vint jamais. Y avait-il quelque chose de plus pathétique que cette si longue et si vaine attente ?

Les disciples de Fourier, à commencer par Victor Considerant, le directeur de *La Phalange*, ne pensaient pas ainsi. Encore maintenant, en 1844, sept ans après la mort du maître, ils croyaient à des capitalistes capables d'actes magnanimes. Magnanimes ? Suicidaires, plutôt. Car, dans l'hypothèse où le phalanstérianisme triompherait, le capitalisme disparaîtrait de la surface de la terre. Mais cela n'arriverait pas, et toi, Florita, malgré ta piètre science, tu comprenais clairement pourquoi. Les capitalistes pouvaient bien être mauvais et égoïstes, ils savaient ce qui leur convenait. Ils ne financeraient jamais l'échafaud où on leur couperait le cou. C'est pourquoi tu ne croyais plus dans les fouriéristes, tu les regardais plutôt avec commisération. Malgré cela, tu avais gardé de bonnes relations avec Victor Considerant qui, depuis 1836, t'avait publié dans *La Phalange* des lettres et des articles, parfois très critiques envers sa propre revue. Et, bien que conscient que tu n'étais plus à leurs côtés, il t'avait donné des lettres de recommandation pour cette tournée en France.

Quand le docteur Amador, l'homéopathe de Montpellier, que Flora vit plusieurs fois cette semaine, l'entendait déblatérer contre les fouriéristes et les saint-simoniens, en les traitant de « débiles » et de « bourgeois », il raillait son « esprit incendiaire ». Flora remarquait chez l'Espagnol — il parlait en caressant ses rouflaquettes chenues et bien soignées qui lui descendaient jusqu'à la mâchoire — une attirance visible pour sa personne. Cela n'était pas sans te flatter, Andalouse. Pourtant, cette relation cordiale finit assez brusquement le jour où tu appris, par Amador lui-même, que celui-ci, dans ses cours de la faculté de médecine de l'université de Montpellier, n'enseignait pas l'homéopathie, inacceptable pour l'ordre des médecins, mais la médecine allopathique ou traditionnelle, pour laquelle — il te l'avait dit catégoriquement — il éprouvait le dédain que méritent les vieilles lunes, les idées mangées aux mites.

— Comment pouvez-vous enseigner quelque chose à quoi vous ne croyez pas, et par-dessus le marché être payé pour ça ? lui décocha, scandalisée, Madame-la-Colère. C'est une incohérence, une immoralité.

— Bon, bon, ne soyez pas si sévère, fit-il en temporisant, surpris d'une réaction si vive. Mon amie, il faut bien vivre. On ne peut pas toujours être absolument cohérent et moral dans la vie, à moins d'avoir une vocation de martyr.

— Moi je dois l'avoir, affirma Madame-la-Colère. Parce que je tâche toujours d'agir en droite ligne, en accord avec mes convictions. Je perdrais la face si je devais enseigner des choses auxquelles je ne crois pas, simplement pour justifier un salaire.

Ce fut la dernière fois qu'ils se virent. Cependant, bien qu'échaudé, sans doute, par les critiques de Flora, le docteur Amador lui envoya à l'hôtel du Midi un charpentier. André Médard était un garçon vif et sympathique. Il avait formé une société ouvrière de secours mutuel, à laquelle il l'invita.

— Pourquoi avez-vous décidé de ne pas parler à Montpellier, madame?

— Parce qu'on m'a assuré que je ne trouverais pas ici un seul ouvrier intelligent, lui dit Flora en le provoquant.

— Il y a ici quatre cents ouvriers intelligents, madame, répliqua en riant le garçon. Je suis l'un d'eux.

— Avec quatre cents ouvriers intelligents, je ferais la révolution dans toute la France, mon petit, lui rétorqua Flora.

La réunion qu'André Médard lui avait organisée, avec seize hommes et quatre femmes, fut excellente. Ils étaient peu informés, mais curieux, avec l'envie de l'entendre, et ils manifestèrent de l'intérêt pour l'Union ouvrière et les Palais ouvriers. Ils achetèrent quelques exemplaires de son livre et acceptèrent de constituer un comité de cinq membres, dont une femme, pour promouvoir le mouvement à Montpellier. Ils racontèrent à Flora des choses qui la surprirent. Sous son apparence tranquille, de prospère cité bourgeoise, Montpellier était, d'après eux, une poudrière. Il n'y avait pas de travail et maints chômeurs déambulaient dans les rues, défiant l'interdiction des autorités et jetant des pierres parfois sur les voitures et les maisons des riches, nombreux dans la ville.

— Si nous ne nous hâtons pas de changer la situation pacifiquement, grâce à l'Union ouvrière, la France, peut-être l'Europe tout entière, exploseront, affirma Flora au terme de la réunion. La boucherie sera terrible. Au travail, mes amis!

À la différence de ses premiers jours à Montpellier, détendus, les trois derniers furent d'une activité débordante, grâce à la préparation homéopathique du docteur Amador, qui la faisait se sentir euphorique et pleine d'énergie. Elle essaya de visiter la prison, sans succès, et parcourut les librairies en y déposant *L'Union ouvrière*. Finalement, elle se réunit avec une vingtaine de fouriéristes locaux. Comme toujours, elle fut déçue. C'étaient des gens de métier et des bureaucrates incapables de passer de la théorie à l'action, avec une méfiance innée envers les ouvriers, chez qui ils semblaient voir un danger futur pour leur tranquillité bourgeoise. À l'heure des questions, un avocat, maître Saissac, réussit à la faire sortir de ses gonds, en lui reprochant d'« outrepasser les fonctions de la femme, qui ne devait jamais abandonner le soin du foyer pour la politique ». L'avocat s'offensa quand elle le taxa de « préhistorique, pré-citoyen, troglodyte social ».

Maître Saissac avait quelque chose du visage parcheminé, jaunâtre, vieilli par la pénurie, l'amertume et la rancœur, d'André Chazal, dans ces années 1835-1837. Flora avait dû revoir ce dernier plusieurs fois et l'affronter, en une guerre dont il lui restait comme souvenir cette balle dans la poitrine que les bons docteurs Récamier et Lesfranc n'avaient pas réussi à extraire. Entre 1835 et 1837, Chazal avait enlevé à trois reprises la pauvre Aline (et deux fois Ernest-Camille), faisant de cette fillette l'être triste, mélancolique et craintif qu'elle était maintenant. Et à chaque fois les tribunaux cauchemardesques, auxquels Flora faisait appel pour réclamer la garde de ses deux enfants, lui avaient donné raison à lui, bien qu'il fût fainéant, alcoolique, vicieux, dégénéré, un pauvre diable qui vivait dans un taudis nauséabond, où ces deux enfants ne pouvaient mener qu'une existence indigne. Et pourquoi ? Parce que André Chazal était le mari, celui qui détenait le pouvoir et les droits, bien qu'il fût un déchet humain capable de chercher son plaisir dans le corps de sa propre fille. Toi, en revanche, qui avais réussi, par tes efforts, à t'éduquer et à publier, à mener une existence convenable, toi qui aurais pu assurer à ces deux enfants une bonne éducation et une vie décente, tu avais toujours été mal vue par ces juges qui avaient dans la tête que toute femme indépendante était une putain. Misérables !

Comment étais-tu parvenue, Florita, en ces années frénétiques, tout en affrontant devant les tribunaux et dans les rues André Chazal, à écrire les *Pérégrinations d'une paria* ? Ces mémoires de ton voyage au Pérou étaient sortis en deux volumes, à Paris, début 1838, et t'avaient fait connaître en quelques semaines dans les milieux intellectuels et littéraires français. Tu les avais écrits grâce à cette énergie indomptable que tu ne commençais à perdre que ces derniers mois, pendant cette tournée

Un livre écrit à la sauvette, entre deux convocations aux commissariats, devant les juges d'instruction, et des citations à comparaître, pour répondre aux instances affolées de Chazal qui voulait — il l'avait avoué lui-même devant le tribunal qui devait le juger pour tentative d'assassinat — non point tant te ravir la garde des enfants, que se venger, se venger de cette femme effrontée qui, bien que son épouse devant la loi, avait osé l'abandonner et se targuer devant le monde entier, dans ses articles et ses livres, de ses exploits indignes, fuir du foyer, se rendre au Pérou en se faisant passer pour célibataire et se laisser courtiser par d'autres hommes, et qui, en outre, le calomniait en le présentant devant l'opinion publique comme un être violent et brutal.

Et en effet André Chazal s'était vengé. En violant la pauvre Aline, à dessein, en sachant que ce crime blesserait la mère autant que la fille. Elle ressentait encore le vertige de ce matin d'avril 1837 où elle avait reçu la lettre d'Aline. La fillette l'avait confiée à un porteur d'eau serviable qui l'avait remise à Flora en personne. Folle de rage, elle était allée récupérer ses enfants et avait dénoncé à la police le violeur incestueux. Ce dernier l'avait agressée, en pleine rue, avant d'être appréhendé par les agents. L'incroyable — n'est-ce pas, Florita ? — était que, grâce aux habiletés rhétoriques de l'avocat Jules Favre, le procès, au lieu de porter sur le viol et l'inceste commis par son mari, tourna autour de la personnalité atypique, de douteuse moralité et de conduite blâmable, de Flora Tristan ! Le tribunal déclara que le viol « n'avait pas été prouvé » et ordonna que les enfants fussent placés dans un internat où leurs parents pourraient leur rendre visite séparément. Telle était en France la justice pour les femmes, Florita. De là ta croisade, Andalouse.

L'apparition des *Pérégrinations d'une paria* lui avait rapporté du prestige et quelque argent — deux éditions avaient été épuisées en peu de temps —, mais aussi des problèmes. Le scandale qu'avait provoqué ce livre à Paris — aucune femme n'avait mis à nu sa vie privée, ni revendiqué sa condition de « paria », ni proclamé sa révolte contre la société, les conventions et le mariage avec autant de franchise que tu l'avais fait — n'était rien comparé à celui suscité au Pérou lorsque parvinrent les premiers exemplaires à Lima et Arequipa. Tu aurais aimé être là, voir et entendre ce que disaient ces messieurs furieux qui lisaient le français, en se voyant peints de façon aussi crue. Cela t'amusa d'apprendre qu'à Lima les bourgeois avaient mis le feu à ton effigie au Teatro Central, et que ton oncle, don Pío Tristán, avait présidé une cérémonie sur la place d'armes d'Arequipa, où l'on avait brûlé symboliquement un exemplaire des *Pérégrinations d'une paria* pour avoir dénigré la bonne société aréquipègne. Ce qui fut moins drôle, c'est que don Pío te coupât la petite rente qui te permettait de vivre jusqu'à présent. L'émancipation n'était pas gratuite, Florita.

Ce livre fut sur le point de te coûter la vie. André Chazal ne t'avait pas pardonné le portrait cruel que tu y avais fait de lui. Il avait ruminé son crime des semaines et des mois. Dans son taudis de Montmartre on trouva des dessins de tombes et d'épitaphes pour « La Paria », datés de l'époque de la publication des *Pérégrinations*... En mai de cette année-là, il avait acheté deux pistolets, cinquante balles, de la poudre, du plomb et des capsules, sans se soucier de détruire les reçus. Depuis, il se vantait devant d'autres graveurs amis, au bistrot, qu'il ferait bientôt justice de ses propres mains « à cette Jézabel ». Certains dimanches, il emmena le petit Ernest-Camille le voir essayer ses pistolets, en tirant à blanc. Tout le mois d'août 1838, tu l'avais vu rôder autour de ta maison, rue du Bac. Bien que tu aies alerté la police, celle-ci ne fit rien pour te protéger. Le 10 septembre, André Chazal avait quitté son taudis montmartrois et était allé déjeuner, bien tran-

441

quillement, dans un petit restaurant à cinquante
mètres de ta maison. Il avait mangé calmement,
concentré dans la lecture d'un livre de géométrie
sur lequel, d'après le patron de l'établissement, il
portait des notes. À trois heures et demie de
l'après-midi, alors que tu rentrais chez toi à pied,
accablée par la chaleur de l'été, tu avais aperçu au
loin Chazal. Tu l'avais vu s'approcher et avais tout
de suite su ce qui allait se passer. Mais un sursaut
de dignité ou d'orgueil t'avait empêchée de courir.
Tu avais continué à avancer, la tête bien haute. À
trois mètres de toi, Chazal leva un des deux pistolets qu'il avait dans les mains et tira. Tu tombas à
terre, sous l'effet de la balle qui était entrée dans
ton corps par une aisselle et était restée prisonnière de ta poitrine. Au moment où Chazal
s'apprêtait à décharger son second pistolet, en te
visant, tu avais réussi à te lever et à courir jusqu'à
une boutique proche, et là tu t'étais évanouie. Tu
avais appris ensuite que Chazal, ce faible, n'avait
pas réussi à tirer la seconde fois et qu'il s'était
livré à la police sans résistance. Il purgeait maintenant une peine de vingt ans de travaux forcés.
Tu t'étais libérée de lui, Florita. Pour toujours. La
justice t'avait même autorisée à enlever le nom de
Chazal à Aline et Ernest-Camille pour le remplacer par celui de Tristan. Une libération tardive,
mais certaine. Sauf que Chazal t'avait laissé, en
souvenir, cette balle qui pouvait te tuer à tout
moment, au moindre déplacement vers ton cœur.
Les docteurs Récamier et Lisfranc, malgré tous
leurs efforts, en dépit des sondes qu'ils te mettaient dans l'organisme, n'avaient pu extirper le

projectile. La tentative d'assassinat avait fait de toi une héroïne, et, tout le temps de ta convalescence, la maisonnette de la rue du Bac devint un lieu à la mode. On y voyait défiler les célébrités de Paris, de George Sand à Eugène Sue, de Victor Considerant à Prosper Enfantin, venus prendre des nouvelles de ta santé. Tu étais devenue plus célèbre qu'une chanteuse de l'Opéra ou une trapéziste du cirque, Florita. Mais la mort du petit Ernest-Camille, soudaine et cruelle comme un tremblement de terre, vint troubler ce qui semblait être la fin de tes malheurs et une étape de paix et de succès dans ton existence.

Les docteurs Récamier et Lisfranc avaient été si affectueux et si dévoués à ton égard qu'avant d'entreprendre ce voyage de promotion de l'Union ouvrière tu avais rédigé un testament olographe, leur faisant don de ton corps en cas de décès, pour qu'ils l'utilisent dans leurs recherches cliniques. Ta tête, tu l'avais destinée à la Société phrénologique de Paris, en souvenir des séances auxquelles tu avais assisté et qui t'avaient laissé une impression des plus favorables sur cette science nouvelle.

Malgré la recommandation des docteurs de mener une vie tranquille, en pensant au métal glacé logé dans ta poitrine, tu n'avais pas plus tôt pu te lever et sortir que ta vie avait pris un rythme vertigineux. Comme maintenant tu étais célèbre, les salons se disputaient ta présence. De la même façon qu'à Arequipa, tu avais commencé à mener la vie mondaine de Paris : réceptions, galas, thés, réunions. Tu t'étais même laissé entraîner au bal déguisé de l'Opéra, qui t'émerveilla par sa magnificence. Ce soir-là tu avais fait la connaissance d'une femme mince au regard pénétrant — une beauté gothique — qui t'avait baisé la main et dit, avec un tendre accent : « Je vous admire et vous envie, madame Tristan. Je m'appelle Olympe Maleszewska. Pourrions-nous être amies ? » Elles allaient l'être, et de quelle intime façon ! peu après.

N'était ta nature, Florita, tu aurais pu devenir une femme en vue, grâce à la popularité dont tu avais joui quelque temps, après la publication des *Pérégrinations d'une paria* et la tentative d'assassinat. Tu serais maintenant une George Sand, une dame du grand monde, fêtée et respectée, avec une vie mondaine intense, et qui, en outre, dénoncerait l'injustice dans ses écrits. Une socialiste de salon respectée, voilà ce que tu serais. Mais, pour ton bien, et aussi pour ton mal, tu n'étais pas cela. Tu avais immédiatement compris qu'une sirène des salons parisiens ne serait jamais capable de changer d'un iota la réalité sociale, ni d'exercer la moindre influence sur les affaires publiques. Il fallait agir. Comment, comment ?

Il t'avait semblé, alors, que c'était en écrivant, qu'idées et paroles seraient suffisantes. Comme tu te trompais ! Les idées étaient essentielles, mais si elles n'étaient pas accompagnées d'une action résolue des victimes — les femmes et les ouvriers —, les belles paroles partiraient en fumée et ne sortiraient jamais des potinières parisiennes. Mais voici huit ou neuf ans, tu croyais que les paroles imprimées dénonçant le mal suffiraient à mettre en mouvement le changement social. Aussi avais-tu écrit dans l'urgence, avec passion, sur tous les sujets, te brûlant les yeux à la clarté d'une lampe à gaz dans ton petit appartement de la rue du Bac, du haut duquel tu apercevais les tours carrées de Saint-Sulpice et entendais ses cloches, qui faisaient vibrer les vitres de ta chambre. Tu avais rédigé un manifeste pour l'*Abolition de la peine de mort*, que tu avais fait imprimer et apporté en personne à la Chambre des députés, sans que ces derniers y attachent la moindre importance. Et tu avais écrit *Méphis*, un roman sur l'oppression sociale de la femme et l'exploitation de l'ouvrier, que peu de gens avaient lu et que la critique avait trouvé fort mauvais. (Peut-être l'était-il. Peu importait : l'essentiel n'était pas l'esthétique, qui berçait les lecteurs d'un sommeil agréable, mais la réforme de la société.) Tu avais écrit des articles dans *Le Voleur*, dans *L'Artiste*, dans *Le Globe* et dans *La Phalange*, et tu avais donné des conférences pour condamner l'achat-vente de la femme qu'était le mariage et réclamer le droit au divorce, te heurtant à la surdité des politiciens et à l'indignation des catholiques.

Quand le réformateur social anglais Robert Owen avait visité la France, en 1837, toi, qui connaissais à peine ses expériences de mouvement coopératif et de société industrielle et agricole régulée par la science et la technique à New Lanark, en Écosse, tu étais allée le trouver. Tu l'avais soumis à un interrogatoire si prolixe sur ses théories que tu l'avais amusé. Au point qu'il t'avait rendu ta visite, en frappant à ta porte rue du Bac, comme l'avait fait Fourier quand tu vivais rue du Cherche-Midi. Owen, âgé de soixante-six ans, était moins sage et rêveur que Fourier, plus pragmatique, et donnait l'impression de quelqu'un qui exécutait ses projets. Vous aviez discuté et étiez tombés d'accord. Il t'avait encouragée à aller voir de tes propres yeux, à New Lanark, les résultats de cette petite société qui, remplaçant la cupidité par la solidarité et impulsant l'éducation gratuite, sans châtiments corporels des enfants, et avec des coopératives d'achat pour les ouvriers où les produits étaient vendus à prix coûtant, forgeait une communauté de gens sains et heureux. L'idée de retourner en Angleterre, pays dont tu te souvenais avec horreur depuis le temps où tu servais dans la famille Spence, t'avait séduite et effrayée. Mais le petit ver avait continué à te ronger l'esprit. Ne serait-ce pas magnifique d'aller là-bas, de tout étudier et vérifier sur la question sociale, comme au Pérou, puis d'en tirer un livre de dénonciation qui ébranlerait jusqu'aux fondations de l'empire britannique, cette société imprégnée d'hypocrisie et de mensonge ? Sitôt conçu ce projet, tu avais commencé à chercher comment le mettre en pratique.

Ah ! Florita, dommage que ton corps ait privé ton esprit de l'agilité qui te permettait, sept ans auparavant, d'entreprendre tant de choses à la fois, sans dormir ni manger s'il le fallait. Maintenant, les efforts que tu t'imposais exigeaient de toi une immense volonté pour surmonter ta fatigue, cette drogue qui engourdissait et détruisait tes os, tes muscles, et t'obligeait à t'étendre, sur un lit, dans un fauteuil, deux ou trois fois par jour, en sentant que la vie filait entre tes doigts.

Elle était justement dans cet état de fatigue, après une seconde réunion avec un groupe de fouriéristes de Montpellier, à leur demande. Elle s'était rendue au rendez-vous, intriguée. Ils avaient fait une petite collecte et lui avaient remis vingt francs pour l'Union ouvrière. Ce n'était pas beaucoup, mais c'était mieux que rien. Elle avait discuté et plaisanté avec eux, jusqu'à ce qu'une soudaine lassitude l'oblige à prendre congé et à rentrer à l'hôtel du Midi.

Deux lettres l'y attendaient. Elle ouvrit d'abord celle d'Éléonore Blanc. La fidèle Éléonore, toujours aussi active et affectueuse, lui rendait compte en détail des activités du comité de Lyon, des nouveaux adhérents, des réunions, des collectes, de la vente de son livre, des efforts pour attirer les ouvriers. L'autre était de son ami, l'artiste Jules Laure, avec qui elle avait une relation étroite. Dans les salons parisiens on disait qu'ils étaient amants et que Jules Laure l'entretenait. La première chose était fausse, car, quand Jules Laure, après avoir peint son portrait, quatre ans plus tôt, lui avait déclaré son amour, Flora, avec une cruelle franchise, l'avait repoussé. Elle lui avait demandé, de façon catégorique, de ne pas insister : sa mission, son combat, étaient incompatibles avec une passion amoureuse. Pour se vouer corps et âme à changer la société, elle avait renoncé à la vie sentimentale. Pour incroyable que cela semblât, Jules Laure l'avait comprise. Il l'avait priée, puisqu'ils ne pouvaient être amants, de rester amis, frères et compagnons. Et c'est ce qu'ils étaient. Chez le peintre, Flora avait trouvé quelqu'un qui la respectait et l'aimait, un confident et un allié, qui lui offrait son amitié et son appui dans ses moments de découragement. En outre, Jules Laure, qui jouissait d'une très bonne situation économique, l'aidait parfois à surmonter ses problèmes matériels. Il n'avait jamais recommencé à lui parler d'amour, ni même essayé de lui prendre la main.

Sa lettre contenait de mauvaises nouvelles. Le propriétaire de son appartement, 100, rue du Bac, l'avait mise à la rue parce qu'elle n'avait pas payé son loyer depuis plusieurs mois. Il avait jeté sur le trottoir son lit et toutes ses affaires. Quand Jules Laure avait été mis au courant et avait couru les récupérer pour les mettre dans un garde-meubles, plusieurs heures s'étaient écoulées. Il craignait qu'une grande partie de ce qui lui appartenait n'ait été volée par les gens du voisinage. Flora en fut un moment hébétée. Son cœur battait la chamade sous l'effet de l'indignation. Les yeux fermés, elle imagina l'ignoble opération, les déménageurs engagés par ce porc en gabardine qui sentait l'ail en train de sortir des meubles, des cartons, des vêtements, des papiers, de les faire rouler dans l'escalier, de les entasser sur les pavés de la rue. Il lui fallut un certain temps pour pouvoir enfin pleurer et se soulager, insultant à haute voix ces « misérables canailles », ces « rentiers dégoûtants », ces « immondes harpies ». « Nous brûlerons vifs tous les propriétaires », rugissait-elle, en imaginant aux quatre coins de Paris les bûchers fumants où rôtissaient ces déchets d'humanité. Jusqu'à ce que, à force d'échafauder des horreurs, elle éclatât de rire. Une fois de plus ces imaginations malveillantes l'avaient calmée : c'était un jeu qu'elle pratiquait depuis son enfance rue du Fouarre et qui lui faisait toujours de l'effet.

Mais aussitôt après, oubliant qu'elle était restée sans foyer et avait perdu sans doute une bonne partie de ses maigres biens, elle se mit à réfléchir à la façon de donner aux révolutionnaires une sécurité minimale en matière d'habitat et de nourriture, quand ils partaient faire des adeptes et prêcher la réforme sociale. Minuit la trouva travaillant, dans sa petite chambre d'hôtel, à la lumière d'une lampe à huile crépitante, sur un projet de « refuges » pour révolutionnaires qui, à la façon des couvents et des maisons des jésuites, les accueilleraient toujours, avec un lit et une assiette de soupe chaude, quand ils iraient de par le monde prêcher la révolution.

XVIII

LE VICE TARDIF

Atuona, décembre 1902

— Vous avez toujours voulu être peintre, Paul ?
demanda soudain le pasteur Paul Vernier.

Ils avaient bu, dégusté la splendide « omelette
baveuse » du maître de céans et examiné les problèmes que, d'après Ben Varney et Ky Dong, ne
manqueraient pas de poser à Paul ses défis à
l'autorité, avec ses exhortations aux Marquisiens
à ne pas payer leurs impôts. Ils avaient ri et plaisanté sur la rogne de l'évêque Martin lorsqu'il
apprendrait que Koké venait d'installer dans son
jardin deux sculptures de bois qui évoquaient ce
qui pouvait le plus offenser l'homme d'église : la
figure à cornes en prière avait le visage de monseigneur et s'intitulait *Père Paillard*, et la femme
aux grandes mamelles et aux hanches exhibées
avec obscénité, *Thérèse*, comme la domestique
qui, selon la *vox populi* à Atuona, était la maîtresse de l'évêque. Ils avaient discuté pour savoir
si le mystérieux bateau qui avait croisé au large
de l'île, dans la pluie et le brouillard, était un de
ces baleiniers américains porteurs de malheur,
qui inquiétaient tant les indigènes de Hiva Oa car

450

ils enlevaient les gens de l'île pour les incorporer de force à l'équipage. Mais, se rangeant aux arguments de Frébault et de Ben Varney selon lesquels les baleiniers ne venaient plus, puisqu'il n'y avait plus de baleines par ici, ils avaient décrété que le bateau aperçu n'existait pas, que c'était un vaisseau fantôme.

La brusque question du pasteur protestant d'Atuona déconcerta Paul. Ils bavardaient dans le jardin trempé de la Maison du Jouir. Heureusement, il avait cessé de pleuvoir. Les nuages, en s'écartant voici une heure, avaient dénudé un ciel d'azur très pur et un soleil éclatant. Toute la semaine avait connu des pluies diluviennes et cette parenthèse de beau temps réjouissait les cinq amis de Paul : Ky Dong, Ben Varney, Émile Frébault, son voisin Tioka et le chef de la mission protestante. Le pasteur Vernier était le seul à ne pas boire d'alcool. Les autres caressaient dans leurs mains un verre d'absinthe ou de rhum et avaient l'œil allumé.

— Votre vocation d'artiste vous est-elle venue dès l'enfance ? insista Vernier. Ce thème des vocations m'intéresse beaucoup. Qu'elles soient religieuses ou artistiques. Car je crois qu'il y a entre les deux beaucoup de choses en commun.

Le pasteur Vernier était sec, sans âge, et parlait avec une grande douceur, en caressant les mots. Il avait une passion pour les âmes et les fleurs ; son jardin, étendu au pied des deux beaux tamariniers de la mission que Koké apercevait de son atelier, était le plus soigné et le plus odorant d'Atuona. Il rougissait chaque fois que Paul ou les autres disaient des gros mots ou mentionnaient le sexe. Il regardait Koké avec un véritable intérêt, comme si le thème de la vocation lui importait vraiment.

— Eh bien, ce vice m'est tombé dessus fort tard, fit Paul après réflexion. Jusqu'à trente ans, je ne crois pas avoir dessiné même un marmouset. Les artistes étaient tous à mes yeux des bohèmes et des pédérastes. J'avais du mépris pour eux. Quand j'ai quitté la marine, à la fin de la guerre, je ne savais que faire dans la vie. Mais la seule chose qui ne me passait pas par la tête, c'était de devenir peintre.

Tes amis se mirent à rire, croyant que tu leur faisais une de tes blagues habituelles. Mais c'était tout à fait vrai, Paul. Même si personne ne le comprenait, à commencer par toi-même. Le grand mystère de ta vie, Koké. Tu l'avais sondé mille et une fois, sans jamais trouver d'explication. Portais-tu depuis le berceau ce petit ver dans tes entrailles ? Attendait-il le moment opportun, l'occasion de se manifester ? Ky Dong, qui disparaissait dans son paréo à fleurs, venait de le suggérer :

— Il est impossible qu'une vocation de peintre apparaisse sans préavis dans l'existence d'un homme mûr, Paul. Dis-nous la vérité.

Même si tes amis ne te croyaient pas, c'était la vérité. Il n'y avait pas trace dans ton souvenir du moindre intérêt pour la peinture, ni pour aucun art, dans les années où tu parcourais les mers du monde sur des bateaux de la marine marchande, ni après, quand tu faisais ton service militaire sur le *Jérôme-Napoléon*. Et pas davantage avant, dans l'internat de monseigneur Dupanloup à Orléans. Ta mémoire était défaillante ces derniers temps, mais tu étais sûr de cela : collégien ou marin, tu n'avais jamais peint la moindre ébauche, ni visité un quelconque musée ni pénétré dans aucune galerie. Et lorsqu'on t'avait libéré du service militaire et que t'étais allé vivre à Paris chez ton tuteur Gustave Arosa, tu n'avais pas prêté grande attention non plus aux tableaux accrochés aux murs ; tu ne regardais avec curiosité que les figurines en terre cuite des anciens Incas que possédait ton tuteur, mais était-ce pour des raisons artistiques ou parce qu'elles te rappelaient les petites silhouettes des tissages préhispaniques qui t'intriguaient tant, enfant, chez ton grand-oncle don Pío Tristán à Lima ?

— Et que faisais-tu alors, entre vingt et trente ans ? lui demanda Ben Varney.

L'ex-baleinier et propriétaire du bazar d'Atuona était congestionné, les yeux exorbités. Mais sa voix n'était pas encore celle d'un homme ivre.

— J'étais agent de change, financier, banquier, dit Paul. Et pour difficile à croire que ce soit, je m'en acquittais bien. Si j'avais poursuivi dans cette voie, je serais peut-être millionnaire. Un grand bourgeois qui fume des cigares et entretient deux ou trois maîtresses. Pardon, pasteur.

Ils s'esclaffèrent. Le rire du gigantesque Frébault, que Paul avait baptisé Poséidon en raison de sa corpulence et de sa passion pour la mer, semblait charrier des pierres dans sa bouche. Même le hiératique Tioka qui caressait sa longue barbe blanche comme s'il ruminait philosophiquement tout ce qu'il entendait, les accompagna. Ils ne t'imaginaient pas en homme d'affaires, toi, sauvage comme tu l'étais, Paul. Cela n'avait rien d'étrange. Maintenant, tu avais toi-même du mal à le croire, bien que tu l'aies vécu. Mais était-ce bien toi, ce jeune homme de vingt-trois ans que Gustave Arosa avait convaincu, au cours d'une discussion des plus sérieuses, en sirotant du cognac dans sa demeure de Passy, de se consacrer aux affaires de la Bourse, où l'on pouvait faire fortune, comme c'était son cas? Tu avais accepté l'idée de bonne grâce et lui avais été reconnaissant — tu ne le haïssais pas encore, tu ne voulais pas encore savoir que ta mère avait été la maîtresse de ce richard — de te dénicher un poste au bureau de son associé, Paul Bertin, un courtier réputé sur la place de Paris. Comment aurait-ce été toi, ce timide jeune homme bon chic bon genre, qui arrivait au bureau avec une ponctualité maladive et, sans se distraire un instant, se livrait des heures et des heures, corps et âme, à ce métier difficile qui consistait à trouver des clients voulant bien confier leur argent et leur patrimoine à l'agence Bertin, pour l'investir dans la Bourse de Paris. N'importe qui t'ayant fréquenté ces dix dernières années aurait-il pu concevoir qu'entre 1872 et 1874 tu avais été un employé modèle, que son patron, Paul Bertin, si sec et si renfrogné, félicitait parfois pour son zèle, et pour cette vie ordonnée qui, à la différence de celle de tes collègues, évitait la dissipation des cafés et des bars où ils se précipitaient tous à la fermeture des bureaux. Toi, non. Tu étais un homme sérieux, tu regagnais ta petite chambre louée rue La Bruyère et, après avoir dîné frugalement dans quelque restaurant du voisinage, tu t'asseyais encore à ta table boiteuse et grinçante pour vérifier les dossiers de ton employeur.

— C'est à ne pas y croire, Paul, s'écria le pasteur Vernier en haussant le ton pour couvrir le bruit lointain du tonnerre. Vous avez été cet homme-là dans votre jeunesse ?

— Un apprenti bourgeois dégoûtant, pasteur. Moi non plus je n'arrive pas à y croire maintenant.

— Et comment ce changement est-il arrivé ? intervint Frébault de sa voix de stentor.

— Tu veux dire ce miracle, le reprit Ky Dong. (Le prince annamite regardait Paul, intrigué, l'air concentré.) Comment cela s'est-il passé ?

— J'y ai beaucoup réfléchi et je crois avoir maintenant une réponse claire.

Paul retint dans sa bouche, avec délectation, une douce et piquante gorgée d'absinthe, puis il tira sur sa pipe avant de poursuivre :

— Le corrupteur, celui qui a foutu en l'air ma carrière de bourgeois, c'est le bon Schuff.

Les épaules tombantes, le regard de chien battu, la démarche lasse, un accent alsacien qui prêtait à sourire : Claude-Émile Schuffenecker. Le bon Schuff. Comment imaginer un seul instant, Paul, que cet homme timide, bienveillant, mal fichu et rondouillard, entré lui aussi à l'agence Bertin — il était mieux formé que toi, il avait fait des études de commerce et avait même un diplôme — allait avoir une telle influence sur ta vie ? Ce collègue aimable, cordial, timoré, pusillanime, te regardait avec respect et enviait ta personnalité forte et décidée. Il te l'avait dit en rougissant. Vous étiez devenus bons amis. Ce n'est qu'après plusieurs semaines que tu allais découvrir que ce collègue effacé et complexé abritait, sous son allure si peu flatteuse, deux passions, qu'il t'avait révélées au fur et à mesure que se tissait votre amitié : l'art et les religions orientales, principalement le bouddhisme, sur lequel Claude-Émile avait beaucoup lu. Cela l'intéressait-il toujours d'atteindre le nirvana ? Mais c'est sa façon de parler de la peinture et des peintres qui t'avait surpris, intrigué, et progressivement contaminé. Pour le bon Schuff, les artistes étaient des êtres d'une autre espèce, moitié anges, moitié démons, différents en essence des hommes communs. Les œuvres d'art constituaient une réalité à part, plus pure, plus parfaite, plus ordonnée, que ce monde sordide et vulgaire. Entrer dans l'orbite de l'art c'était accéder à une autre vie, où non seulement l'esprit, mais aussi le corps, s'enrichissait et jouissait à travers les sens.

— Le bon Schuff me pervertissait et je ne m'en rendais pas compte ! fit Paul en levant son verre à la santé du bon Schuff. Il m'entraînait dans les galeries, les musées, les ateliers d'artistes. Il me fit entrer au Louvre pour la première fois, pour le voir copier les classiques. Et un beau jour, je ne sais ni quand ni comment, à mes moments de liberté, en cachette, je me suis mis à dessiner. Tout a commencé là. Mon vice tardif. Je me rappelle cette impression de faire quelque chose de mal, comme quand j'étais enfant, à Orléans chez l'oncle Zizi, et que je me masturbais ou épiais la bonne qui se déshabillait. Incroyable, non? Un jour il m'a fait acheter un chevalet. Un autre, il m'a appris la peinture à l'huile. Je n'avais jamais tenu un pinceau jusque-là. Il m'a fait préparer les couleurs, les mélanger. Il m'a perverti, je vous dis! Avec son air de sainte nitouche, mine de rien, le bon Schuff a provoqué un cataclysme dans ma vie. C'est par la faute de cet Alsacien rondouillard que me voilà ici, dans ce bout du monde.

Mais l'épisode décisif n'aurait-il pas été plutôt, au lieu du bon Schuff, cette visite que tu avais faite à la galerie Vivienne, où l'on exposait l'*Olympia* de Manet?

— C'est comme si j'avais été frappé par la foudre, comme si j'avais vu une apparition, expliqua Paul. L'*Olympia* d'Édouard Manet. Le tableau le plus impressionnant que j'aie jamais vu. J'ai pensé : « Peindre comme ça c'est être un centaure, un Dieu. » J'ai pensé : « Il faut que je devienne peintre, moi aussi. » Je ne me rappelle plus très bien, mais c'est quelque chose comme ça qui s'est passé.

— Un tableau peut-il changer la vie d'un homme? dit Ky Dong en le regardant avec scepticisme.

Les cuivres infernaux des éclairs et du tonnerre résonnaient à nouveau sur leur tête, et le vent secouait furieusement tous les arbres d'Atuona. Mais la pluie n'était pas encore revenue. Un épais brouillard cachait derechef le soleil. Les masses feuillues du Temêtu et du Feani avaient disparu. Les amis se turent, jusqu'à ce qu'un nouvel interlude de la tempête leur permît de s'entendre.

— À moi ça me l'a changée, ça me l'a foutue par terre, affirma Paul, brusquement furieux. Ça m'a bouleversé, m'a donné des cauchemars. D'un seul coup, je ne me suis plus senti sûr de rien, pas même du sol que je foulais. Vous n'avez pas vu la photo de l'*Olympia* dans mon atelier ? Je vais vous la montrer.

Il traversa en pataugeant le jardin bourbeux et monta à l'étage de la Maison du Jouir. Le vent secouait le léger escalier extérieur comme s'il allait l'arracher. La photo jaunie et un peu floue de l'*Olympia* était accrochée au-dessus de la série d'estampes et de clichés de sa vieille collection : Holbein, Dürer, Rembrandt, Puvis de Chavannes, Degas, quelques estampes japonaises, la reproduction d'un bas-relief du temple javanais de Borobudur. Lorsqu'il s'était mis à pleuvoir à verse, sept jours plus tôt, il avait décroché les photos pornographiques et les avait glissées sous son matelas, pour les sauver de la pluie, qui avait traversé les bambous et mouillé toute la pièce. Plusieurs de ces photos, trempées, allaient perdre maintenant toutes leurs couleurs déjà bien passées. Celle de l'*Olympia* était la plus ancienne. Tu l'avais cherchée avidement, après cette exposition rue Vivienne, et ne t'en étais jamais plus séparé.

Ses amis l'examinèrent, se la passant de main en main, et, naturellement, en découvrant le lumineux corps nu de Victorine Meuret (Koké leur raconta qu'il l'avait connue, et que le modèle n'était que le pâle reflet de son image, que Manet l'avait transfigurée), défiant de son regard de femme libre et supérieure le monde entier, tandis que sa bonne noire lui présentait un bouquet de fleurs, le pasteur Vernier rougit jusqu'aux oreilles. Craignant sans doute que ce nu ne préludât à quelque chose de pire, il saisit un prétexte pour s'en aller.

— Le ciel ne va pas tarder à nous tomber à nouveau sur la tête, dit-il en montrant les formations menaçantes de nuages sombres qui avançaient sur Atuona. Je ne veux pas arriver à la mission à la nage, nous avons un service cet après-midi. Mais avec cette tempête, je le crains, personne ne viendra. Il ne doit pas rester une seule plante sur pied dans mon jardin. Au revoir tout le monde. Délicieuse votre omelette, Paul.

Il partit, en titubant dans la boue, et en évitant de regarder, en passant près d'elles, les grotesques figures du *Père Paillard* et de *Thérèse*. Tioka ne quittait pas la photo des yeux et, au bout d'un moment, toujours caressant sa barbe neigeuse, il demanda dans son français hésitant :

— Une déesse ? Une putain ? Elle est quoi, Koké ?

— Les deux à la fois et bien d'autres choses encore, dit Paul sans rire comme ses compagnons. C'est ce qu'il y a d'extraordinaire dans cette image. Être mille femmes à la fois, en une seule. Pour tous les appétits, pour tous les rêves. La seule femme qui ne m'ait jamais lassé, mes amis. Bien que maintenant je puisse à peine la voir. Mais je la porte ici, ici, et ici.

Il prononça ces mots tout en se touchant la tête, le cœur et le sexe. Ses amis se remirent à rire en le regardant faire.

Comme l'avait annoncé Vernier, le ciel continua de s'obscurcir précipitamment. On ne voyait plus la colline du cimetière, à son tour, mais on entendait rugir la rivière Maké-Maké, aux eaux gonflées. Quand la pluie redoubla, ils coururent se réfugier, leur verre à la main, dans l'atelier de sculpture, plus sec que le reste de la Maison du Jouir. Ils étaient trempés. Ils se blottirent sur le seul banc et le canapé éventré. Paul remplit leur verre à nouveau. Tout en le faisant, il remarqua que l'orage avait cassé ses tournesols et il en fut peiné, pour eux et pour le Hollandais fou. Ky Dong s'étonna de ne pas avoir vu Vaeoho de tout le jour : où était-elle passée, sous ce déluge?

— Elle est allée dans sa famille, au village de Hanaupe. Elle est enceinte et préfère accoucher là-bas. En réalité, elle profite de ce prétexte pour se débarrasser de moi. Je ne crois pas qu'elle revienne. Elle en a marre de tout ça, et elle a peut-être raison.

Ses amis se regardèrent, gênés. Marre de toi et de tes plaies, Paul. Ta vahiné ne pouvait dissimuler son dégoût et tu n'avais pas besoin de la voir pour t'en rendre compte. Son visage se décomposait chaque fois que tu voulais la toucher. Bah! pauvre fille. Tu étais devenu un objet d'horreur, une ruine ambulante, Koké. Mais en ce moment, le corps réchauffé par l'absinthe et discutant avec tes amis, tu voulais malgré la fureur du ciel te sentir bien. Ce n'est pas quelques tournesols écrasés qui allaient te gâcher la vie plus qu'elle ne l'était déjà, Koké.

— Depuis des années que je vis ici, je n'ai jamais vu pleuvoir comme ça, dit Ky Dong en montrant le ciel.

Les trombes d'eau secouaient le toit de bambou et de feuilles de palmier tressées, et semblaient sur le point de l'arracher. Le feu des éclairs zébrait l'horizon à chaque seconde et aussitôt après toutes les montagnes de Hiva Oa disparaissaient alentour, effacées par de noirs nuages fracassants. On ne voyait même pas le magasin de Ben Varney, pourtant si proche. La mer, dans leur dos, semblait démontée. Était-ce la fin du monde, Koké?

— Moi non plus je n'ai jamais quitté cette île, et je n'ai jamais vu pleuvoir comme ça, dit Tioka. Ça annonce quelque chose de vilain.

— Plus vilain que ce déluge? se moqua Ben Varney d'une voix pâteuse, puis se tournant vers Paul : Autrement dit tu as vu ce tableau et tu as tout jeté par-dessus bord pour te consacrer à la peinture, c'est ça? Tu n'es pas un sauvage, Paul, tu es un fou.

L'épicier était très comique, avec ses épais cheveux roux se dressant comme une haie au-dessus de son front. Il riait, amusé et incrédule.

— Ça n'a pas été si facile, dit Paul. J'étais marié. Et tout à fait sérieusement. J'avais un foyer des plus bourgeois, une femme qui me comblait d'enfants. Comment tout jeter par-dessus bord, du jour au lendemain? Et les responsabilités? Et la morale? Et le qu'en-dira-t-on? Je croyais à tout cela, alors.

461

— Toi, marié ? fit, surpris, Ky Dong. En bonne et due forme, Koké ?

Oui, et bien plus encore. T'étais-tu épris à ce point, Paul, de Mette Gad, cette jeune Danoise cultivée, élancée, cette Viking aux longs cheveux blonds venue se promener à Paris, cet hiver 1872 ? Tu ne te le rappelais absolument pas. Mais peut-être bien que si, que tu t'étais épris de la Viking. Car tu l'avais invitée, courtisée, tu lui avais déclaré ton amour et l'avait demandée proprement en mariage, ce à quoi l'horrible famille de Mette, bourgeoise, très bourgeoise, de Copenhague, après bien des hésitations et une enquête pointilleuse sur le prétendant, avait consenti. Cela avait été une noce en règle, à la mairie du XIᵉ et à l'église luthérienne de Paris, pour satisfaire ces Scandinaves chichiteux. Avec champagne, orchestre, ribambelle d'invités et généreux cadeaux de ton tuteur, Gustave Arosa, et de ton chef, Paul Bertin. Et après une courte lune de miel à Deauville, installation dans le petit appartement de la place Saint-Georges, où tu avais suspendu le tissage péruvien ancien que t'avaient offert ta sœur María Fernanda et son fiancé colombien, Juan Uribe. Tu faisais tout ce qui convenait à un jeune courtier en Bourse doté d'un brillant avenir. Ainsi étais-tu alors, Paul. Tu travaillais dur, tu gagnais bien ta vie, en 1873 tu avais reçu trois mille francs de prime — plus qu'aucun de tes collègues de l'agence Bertin — et Mette, heureuse, décorait la maison et bouillait d'impatience d'être mère. En 1874, lorsque était né votre aîné, baptisé Emil (du nom de son parrain, le bon Schuff, quoique sans le e final, en souvenir de ses ancêtres nordiques), tu avais reçu une nouvelle gratification de trois mille francs. Une petite fortune, que Mette s'empressa joyeusement de dilapider en achats et amusements divers, sans se douter que le ver était déjà dans le fruit. Son diligent et affectueux mari gribouillait en cachette, en effet, et avait commencé à suivre des cours de dessin et de peinture en compagnie de Schuff, à l'école Colarossi. Quand elle l'avait découvert, ils n'habitaient plus place Saint-Georges, mais dans un quartier encore plus élégant, rue de Chaillot dans le XVIe, un magnifique appartement que Paul s'était résigné à louer, pour satisfaire la folie des grandeurs de Mette, tout en la prévenant que c'était au-dessus de leurs moyens.

La Viking avait découvert le vice secret à cause d'un autre personnage décisif dans ta vie ces années-là : Camille Pissarro. Né dans une île des Caraïbes, Saint-Thomas, où il avait appuyé une révolte d'esclaves qui avait fait de lui un pestiféré, Camille était venu en Europe et y poursuivait, imperturbable, sa carrière d'artiste d'avant-garde, en compagnie de ses amis du groupe appelé impressionniste, sans s'angoisser le moins du monde du peu d'acheteurs de ses toiles. Il fréquentait des intellectuels libertaires, comme Kropotkine, qui lui rendait visite, et il disait de lui-même qu'il était « un anarchiste bénin, qui ne pose pas de bombes ». Paul l'avait connu chez son tuteur, Gustave Arosa, qui lui avait acheté un paysage, et ils s'étaient depuis lors beaucoup vus. Il

463

lui avait acheté, lui aussi, un tableau. En raison de ses maigres ressources, Pissarro ne pouvait vivre à Paris. Il avait une petite maison à la campagne, près de Pontoise, où, patriarche biblique doté de la patience de Job, il élevait ses sept enfants, qui l'adoraient, et supportait sa femme, Julie, ex-domestique au caractère autoritaire. Elle le dénigrait devant ses amis, lui reprochant son incapacité à gagner de l'argent. « Tu ne peins que des paysages, qui ne plaisent à personne, le grondait-elle devant Paul et Mette qu'ils invitaient à passer les fins de semaine à Pontoise. Peins plutôt des portraits, des fêtes champêtres ou des nus, comme Renoir ou Degas. Ils s'en tirent mieux que toi, non ? »

Un dimanche, tandis qu'ils buvaient une tasse de chocolat, Camille Pissarro avait laissé tomber, sur un ton qui semblait sincère, que Paul avait un « véritable tempérament d'artiste ». Mette Gad en fut surprise. Qu'est-ce que cela signifiait ?

— Est-ce vrai ce qu'a dit Pissarro ? demanda-t-elle à son mari quand ils furent de retour à Paris. L'art t'intéresse ? Tu ne m'en as jamais parlé.

Le trouble, l'impression d'être en faute, une petite vipère te parcourant de la tête aux pieds, Paul. Non, ma belle, seulement un passe-temps. Plus sain et plus sensible que de passer ses soirées dans les bars ou les cafés à jouer aux dominos avec les amis. N'est-ce pas, ma Viking ? Elle, sur une moue inquiète : Oui, bien sûr. Intuition de femme, Paul. Devinait-elle le début de la décomposition de son foyer ? Savait-elle déjà que cette intruse finirait pas détruire leur ménage et son rêve de devenir une bourgeoise riche et mondaine dans la Ville lumière ?

Après cet épisode, tu t'étais senti curieusement libéré, en droit d'exhiber ton vice flambant neuf devant ta femme et tes amis. Pourquoi un talentueux agent de la Bourse de Paris n'aurait-il pas le droit de cultiver au grand jour, à ses moments perdus, un passe-temps artistique, comme d'autres s'intéressent au billard et aux chevaux ? En 1876, dans un geste audacieux, tu avais demandé à ta sœur María Fernanda et à son jeune mari, Juan Uribe, de te prêter le tableau que tu leur avais offert pour leur mariage, *Le bois de Viroflay*, et tu l'avais présenté au Salon. Parmi des milliers d'aspirants, il avait été accepté. Le plus heureux de tous avait été Camille Pissarro qui, dès lors, te présentait comme son disciple en t'emmenant au café La Nouvelle Athènes, à Clichy, quartier général de ses amis. Les impressionnistes venaient de faire leur seconde exposition collective. Tandis que l'imposant Degas, le grincheux Monet et le jovial Renoir bavardaient avec Pissarro — un tonneau humain à barbe blanche, toujours de bonne humeur —, tu restais silencieux, honteux devant ces artistes de n'être qu'un courtier de Bourse. Quand, un soir, surgit à La Nouvelle Athènes Édouard Manet, l'auteur d'*Olympia*, tu avais pâli comme sur le point de t'évanouir. Accablé par l'émotion, tu avais à peine pu balbutier un bonjour. Que tu étais différent, alors, Koké ! Si loin encore de devenir ce que tu étais maintenant ! Mette ne pouvait se plaindre, car tu continuais à gagner beaucoup d'argent. En

1876, tu avais reçu, en plus de ton salaire, une gratification de trois mille six cents francs, et l'année suivante, à la naissance d'Aline, tu avais changé de maison. Le sculpteur Jules-Ernest Bouillot t'avait loué un appartement et un petit atelier à Vaugirard. C'est là que tu avais commencé à modeler l'argile et à tailler le marbre sous la direction du maître de maison. La tête de Mette que tu avais sculptée à si grand-peine, était-ce une pièce acceptable? Tu ne t'en souvenais pas.

— Ce devait être difficile cette double vie, observa Ky Dong. Courtier en Bourse plusieurs heures par jour et, dans les moments creux, la peinture et la sculpture. Ça me rappelle mon époque de conspirateur, en Annam. Le jour, un fonctionnaire comme il faut de l'administration coloniale. Et, la nuit, l'insurgé. Comment le pouvais-tu, Paul?

— Je ne le pouvais pas, dit Paul. Mais qu'y faire? J'étais un bourgeois pétri de principes. Comment envoyer au diable tout ce que je portais sur le dos, femme, enfants, sécurité, bonne réputation? Par chance, j'avais l'énergie d'un volcan. Quatre heures de sommeil me suffisaient.

— Je vais te donner un conseil, maintenant que je suis soûl, l'interrompit Ben Varney, changeant brusquement de sujet. Il avait la voix hésitante et ses yeux, surtout, révélaient son ivresse. Cesse de te heurter aux autorités d'Atuona, parce que ça va aller mal pour toi. Ils sont puissants et nous, pas. Nous ne pourrons pas t'aider, Koké.

Paul haussa les épaules et but une gorgée

d'absinthe. Il eut du mal à quitter cet homme de trente-deux, trente-trois, trente-quatre ans qu'il avait été, là-bas, à Paris, partagé entre ses obligations familiales et cette passion artistique tardive qui s'était installée dans sa vie et le dévorait avec la voracité d'un ver solitaire. De quoi Varney voulait-il parler ? Ah, oui ! de ta campagne pour que les Maoris ne paient pas « l'impôt vicinal ». Tes amis s'étaient aussi inquiétés quand tu avais expliqué aux indigènes que, s'ils habitaient loin d'Atuona, ils n'avaient pas l'obligation de conduire leurs enfants à l'école. Et qu'était-il arrivé ? Rien du tout.

La tempête avait englouti le paysage alentour. La mer voisine, les toitures d'Atuona, la croix du cimetière sur les pentes de la colline avaient disparu derrière des gazes blanches de plus en plus épaisses. Et qui les cernaient. Le Maké-Maké, tout proche, en crue, commençait à déborder, bousculant les pierres de son lit. Paul pensa aux milliers d'oiseaux, aux chats sauvages et aux coqs chanteurs de Hiva Oa que l'ouragan assassinait.

— Puisque Ben a abordé le sujet, moi aussi j'oserais te donner un conseil, dit Ky Dong avec beaucoup de tact. Quand, au début de l'année scolaire, tu es allé à la baie des Traîtres informer les Maoris qui confiaient leurs enfants aux curés et aux bonnes sœurs qu'ils n'étaient pas obligés de le faire s'ils habitaient dans des hameaux éloignés, je t'avais prévenu : « Tu fais quelque chose de grave. » Par ta faute, le nombre d'élèves dans les écoles a diminué d'un tiers, peut-être plus. L'évêque et les curés ne te le pardonneront pas.

Mais cette histoire d'impôts, c'est encore pire. Ne fais pas de sottises, l'ami.

Tioka sortit de sa sévère immobilité et se mit à rire, ce qu'il faisait rarement :

— Les familles maories qui devaient parcourir la moitié de l'île pour amener leurs enfants au collège te sont reconnaissantes de leur avoir révélé cette dispense, Koké, murmura-t-il, comme pour saluer une plaisanterie. L'évêque et le gendarme nous avaient menti.

— C'est ce que font les curés et les policiers, mentir, dit en riant Koké. Mon maître Camille Pissarro, qui me méprise maintenant parce que je vis au milieu de gens primitifs, serait ravi de m'entendre. C'était un anarchiste. Il détestait la soutane et l'uniforme.

Un coup de tonnerre prolongé, aux roulements rauques, empêcha le prince annamite de dire ce qu'il voulait. Ky Dong resta la bouche ouverte, attendant une accalmie des éléments. Et comme elle ne venait pas, il parla assez fort pour se faire entendre au milieu de la tempête :

— L'affaire des impôts est bien pire, Paul. Ben a raison, tu te montres imprudent, insistait-il à sa façon douce, féline, ronronnante. Conseiller aux indigènes de ne pas payer l'impôt c'est de l'incitation à l'émeute, de la subversion.

— Tu es contre la subversion, toi, le condamné de l'île du Diable pour avoir voulu séparer l'Indochine de la France ? lança Paul dans un éclat de rire.

— Je ne suis pas seul à le dire, rétorqua l'ex-terroriste, d'un air grave. Beaucoup le disent au village.

— Moi je l'ai entendu dire de la bouche du nouveau gendarme, dans ces mêmes termes, intervint Frébault en agitant ses grosses mains. Il te tient à l'œil, Koké.

— Claverie, ce fils de pute ? Dommage qu'on ait remplacé le sympathique Charpillet par cet abruti, fit Paul en feignant de cracher. Savez-vous depuis quand ce gendarme me déteste ? Depuis qu'il m'a surpris à me baigner nu dans la rivière, à Mataiea, un mois après mon arrivée à Tahiti. Cette canaille m'a mis à l'amende. Mais le pire n'est pas là, c'est d'avoir brisé mon rêve : Tahiti n'était donc pas le paradis terrestre. Il y avait des gens en uniforme qui empêchaient les êtres humains de mener leur vie en liberté.

— On te parle sérieusement, intervint Ben Varney. Ce n'est pas pour te casser les pieds ni nous mêler de ce qui ne nous regarde pas. Nous sommes tes amis, Paul. Tu peux avoir des problèmes. L'affaire des écoles était déjà chose sérieuse. Mais cette histoire d'impôts est pire que tout.

— Pire que tout, répéta Ky Dong. Si les indigènes t'écoutent et cessent de payer leurs impôts, tu iras en prison comme subversif. Et qui sait si tu auras la chance que j'ai eue. Cela fait à peine un an que tu es ici et tu t'es déjà fait des ennemis. Tu ne voudrais pas finir tes jours à l'île du Diable, dis ?

— C'est peut-être là-bas, en Guyane, que se trouve ce que je cherche partout sans le trouver, fit Paul devenu grave et le regard rêveur. Buvons, mes amis. Ne nous soucions pas du lendemain. Et puis, tout indique, là-haut, que la fin du monde vient de commencer aux Marquises.

Tonnerres et éclairs avaient repris leur retentissant concert et toute la Maison du Jouir tremblait et vacillait, comme si les trombes d'eau et les rafales de vent brûlant allaient la mettre en pièces et l'emporter dans les airs à tout moment. Les eaux de la rivière voisine, sorties de leur lit, commençaient à noyer le jardin. C'étaient des amis, Paul. Ils s'inquiétaient de ton sort. Ils disaient vrai : tu n'étais rien, à peine un apprenti sauvage sans argent et sans gloire, que curés, juges et gendarmes pouvaient anéantir quand ils le souhaiteraient. Le gendarme Claverie, qui était aussi juge et autorité politique de l'île de Hiva Oa, t'avait donné cet avertissement : « Si vous continuez à pousser les indigènes à l'émeute, tout le poids de la loi va vous tomber dessus et vos pauvres os n'y résisteront pas, vous voilà prévenu. » Bien, merci du conseil, Claverie. Pourquoi te chercher de nouvelles embrouilles, Koké ? N'était-ce pas trop bête ? Peut-être. Mais ce n'était pas juste d'imposer un « impôt vicinal » aux misérables habitants d'une petite île où l'État n'avait pas construit un mètre de routes, de sentiers ou de voies, et où, dès qu'on sortait d'Atuona, on affrontait de partout une forêt abrupte et dense. Tu l'avais bien vu lors de ce voyage cauchemardesque, quand tu t'étais rendu à dos de mulet jusqu'à Hanaupe, pour négocier ton mariage avec Vaeoho. C'est pour cette raison que tu ne pouvais pas bouger d'ici, Koké. C'est pour cette raison que tu n'avais pu aller jusqu'à la vallée de Taaoa, voir

les ruines aux *tikis* d'Upeké, alors que tu le dési-
rais tellement. Une sacrée escroquerie, cet impôt !
Qui empochait l'argent qui n'était pas investi ici ?
Un ou plusieurs de ces parasites repoussants qui
composaient l'administration coloniale, en Polynésie, ou là-bas en métropole. Qu'ils aillent tous
se faire foutre ! Tu continuerais à conseiller aux
Maoris de refuser de payer. Leur donnant
l'exemple, tu avais écrit aux autorités en leur
exposant les raisons pour lesquelles tu ne le ferais
pas toi non plus. Tu avais bien fait, Paul ! Ton ex-
maître anarchiste, Camille Pissarro, approuverait
ton action. Et là-bas, au ciel ou en enfer, l'agitatrice en jupons, ta grand-mère Flora, devait
t'applaudir.

Camille Pissarro avait lu quelques livres et brochures de Flora Tristan et en parlait avec tant de
respect qu'il t'avait fait t'intéresser pour la première fois à cette grand-mère maternelle dont tu
ne savais rien. Ta mère ne t'en avait jamais parlé.
Lui gardait-elle rancune ? À juste titre : elle ne
s'était jamais occupée de sa fille Aline. Qu'elle
avait laissée aux mains des nourrices, tandis
qu'elle faisait la révolution. Mais tu n'avais pu lire
grand-chose de ta grand-mère Flora. Tu n'avais le
temps de rien faire d'autre, le jour, que de courir
derrière les clients de l'agence pour les informer
de l'état de leurs actions, et, à tous tes moments
libres — surtout ces heureuses fins de semaine, à
Pontoise, chez les Pissarro —, que de peindre,
peindre, avec une véritable fureur. En 1878, on
avait inauguré le musée d'Ethnographie, au palais
du Trocadéro. Tu t'en souvenais fort bien, parce

que là, pour la première fois, en observant les figurines de terre cuite des anciens Péruviens — ces noms mystérieux! *mochicas*, *chimús* —, tu avais eu la révélation de ce qui deviendrait pour toi, des années plus tard, un article de foi : ces cultures exotiques, primitives, brillaient d'une force, d'une puissance spirituelle dont était dépourvu l'art contemporain. Tu te rappelais, surtout, une momie vieille de plus de mille ans, aux longs cheveux, aux dents très blanches et aux os noircis, qui provenait de la vallée de l'Urubamba. Pourquoi cette tête de mort que tu appelais Juanita t'avait-elle enchanté, Paul? Tu étais allé bien des fois la contempler et, un après-midi, profitant de l'inattention du gardien, tu l'avais embrassée.

L'incroyable, Paul, c'est qu'à cette époque où la peinture t'importait déjà plus que tout, les patrons du milieu de la Bourse se disputaient ta personne comme une valeur sûre. En 1879, tu avais accepté une proposition de mutation et dans la nouvelle agence tu avais fait du si bon travail que la prime, cette année-là, avait représenté une fortune : trente mille francs. Quelle joie pour la Viking! Mette avait aussitôt décidé de renouveler le mobilier et de refaire la tapisserie du salon et de la salle à manger. Cette année-là, par l'entremise de Camille Pissarro, tu avais présenté à la quatrième exposition impressionniste un buste de marbre de ton fils Emil. La sculpture n'avait rien de spectaculaire, mais depuis, tout le monde — public et critiques — t'avait considéré comme membre du groupe. Content de ces progrès, hein, Paul?

— Je n'avais pas le temps d'être content, tant ma vie était frénétique, dit Koké. Mais je me démenais, ça oui. Et j'ai dépensé la part que m'avait laissée la Viking, sur cette prime fabuleuse, à acheter des tableaux de mes amis. Ma maison s'est remplie de Degas, de Monet, de Pissarro et de Cézanne. Le jour le plus émouvant de cette année, je le dois au maître Degas : il me proposa d'échanger avec moi un tableau. Il me traitait comme son égal, vous vous rendez compte !

C'est aussi cette année-là qu'était né Clovis, ton troisième enfant. En 1880 tu avais participé à la cinquième exposition impressionniste en présentant huit toiles. Et cette année-là, pour la première fois, Édouard Manet t'avait fait un compliment, de façon indirecte : « Je ne suis qu'un amateur, qui étudie l'art la nuit et les jours de fête », avais-tu dit, à La Nouvelle Athènes. « Non, t'avait repris Manet énergiquement. Les amateurs sont ceux qui peignent mal. » Tu en étais resté étourdi et heureux. En 1881, le bon Schuff, qui avait investi tout son patrimoine et ses économies dans une obscure entreprise qui exploitait une nouvelle technique pour traiter l'or, avait commencé à gagner beaucoup d'argent ; il s'était alors marié avec la belle et pauvrette Louise Monn, qui avait pensé ainsi faire une bonne affaire. Elle ne s'était pas trompée. Le bon Schuff avait renoncé à la Bourse pour se consacrer à l'art. Mette s'était effrayée : ne serais-tu pas en train de penser, toi aussi, à une bêtise pareille, Paul ? Les disputes conjugales étaient devenues quotidiennes :

— Pourquoi m'avoir trompée en me cachant ton goût pour la peinture ?

— Parce que je me le cachais aussi à moi-même, Mette.

Dans le petit atelier loué au peintre Félix Jobbé-Duval, volant des heures à la Bourse, tu sculptais le marbre, le bois, et peignais avec obstination. Les histoires de Jobbé-Duval sur sa terre, la Bretagne, et sur les Bretons, peuple primitif et traditionnel, fidèle à son passé, qui résistait à l'« industrialisation cosmopolite », te mirent en appétit. Tu commenças alors à rêver de fuir Paris, cette mégalopole, pour une terre où le passé serait encore présent, et l'art non séparé de la vie ordinaire. Tu avais peint dans ce même atelier des tableaux dont tu étais encore fier : *Intérieur de peintre, rue Corail*, *Étude de nu*, *Suzanne à la couture*, que tu avais présentés à l'exposition impressionniste, et le meilleur de tous : *Le petit rêveur : une étude*. En 1881, quand Mette donnait le jour à votre quatrième enfant, Jean-René, la galerie Durand-Ruel t'avait acheté trois tableaux pour mille cinq cents francs, et un célèbre écrivain, Joris-Karl Huysmans, t'avait consacré un article élogieux. La vie te souriait, Paul.

— Oui, oui, et tenez-vous bien, les industries et les banques avaient commencé à faire faillite, rugit-il, exalté, en essayant de se faire entendre au milieu du tonnerre. La France allait à la banqueroute, mes amis. Les Bourses fermaient aussi, les unes après les autres. Merci, mon Dieu ! Merci de résoudre mon problème !

Ses amis le regardaient sans comprendre. Tu

leur avais expliqué que cette catastrophe économique ruinait tous les Français, sauf toi. Pour toi cela représentait l'émancipation. La tragédie économique avait entraîné comme séquelle une grande agitation politique. On poursuivait les anarchistes, et Kropotkine avait été mis en prison. Camille Pissarro s'était caché et un vent de panique avait soufflé sur maints foyers pauvres et bourgeois. Mais toi, Paul, totalement indifférent à ces événements, tu continuais à peindre, fou d'impatience. Quand la Bourse de Lyon avait fermé, Mette avait eu une crise de nerfs et s'était mise à pleurer comme si un être cher était mort. Quand celle de Paris avait fermé, elle était restée plusieurs jours sans manger ; elle avait maigri et perdu ses couleurs. Toi, tu étais très content. Cette année-là, à la septième exposition impressionniste, tu avais présenté onze peintures à l'huile, un pastel et une sculpture. Quand ton chef de l'Agence financière, en août 1833, t'avait fait appeler pour te dire, la voix tremblante et l'air contrit, qu'en raison de la conjoncture critique, « il ne pouvait te retenir », ta réaction l'avait cloué de surprise : tu lui avais baisé les mains. En même temps que tu lui disais avec euphorie : « Merci, patron, vous venez de faire de moi un véritable artiste. » Fou de joie, tu avais couru informer Mette que, dorénavant, tu ne remettrais plus jamais les pieds dans un bureau. Tu te consacrerais entièrement à la peinture. Silencieuse, livide, après avoir interminablement battu des paupières, Mette avait roulé à tes pieds, inconsciente.

— À cette époque, j'avais beaucoup changé, ajouta Paul, réjoui. Je buvais plus qu'avant. Du cognac à la maison et de l'absinthe à La Nouvelle Athènes. Je passais de longs moments seul, à jouer de l'accordéon, parce que cela me stimulait pour peindre. Et j'ai commencé à m'habiller à la façon bohème, extravagante, pour provoquer les bourgeois. J'avais trente-cinq ans. Ma véritable vie avait commencé, mes amis.

Soudain le tonnerre cessa et la pluie se calma un peu. Les trente cascades qui tombaient sur Atuona les jours de pluie depuis les monts Temêtu et Feani s'étaient multipliées, et le Maké-Maké débordait sur ses deux rives. Bientôt une montée d'eau envahit l'atelier et le noya. Montrant l'épais brouillard qui les entourait, Ben Varney chantonna : « C'est comme d'être sur un baleinier. » Ils furent, en quelques minutes, atteints par le torrent de boue jusqu'aux chevilles. Trempés, ils gagnèrent l'extérieur. Toute la zone était inondée et un nouveau fleuve venait de se former et, drainant branches, troncs, herbes, boue, boîtes de conserve, se précipitait dans la rue principale, emportant avec lui le jardin de la Maison du Jouir.

— Savez-vous ce qu'est cette masse, là-bas ? fit Tioka en montrant des taches plus denses que les nuées basses stagnant sur Atuona. Ce que le torrent emporte vers la mer ? Ma maison. J'espère qu'il n'emporte pas aussi ma vahiné et mes enfants.

Il parlait sans émotion, avec ce tranquille stoïcisme des Marquisiens qui avait tellement impressionné Koké depuis son premier jour à Hiva Oa. Tioka leur fit un geste d'adieu et s'éloigna, de l'eau jusqu'aux genoux. Le rideau de pluie et les nuages l'avalèrent en un rien de temps. Ky Dong, Poséidon Frébault et Ben Varney eurent une réaction plus nerveuse. La peur et la surprise avaient dissipé chez eux, en quelques secondes, l'effet de l'alcool. Qu'allaient-ils faire ? Le mieux était de se hâter d'aller voir l'état de leur famille et, peut-être, de se réfugier sur la colline du cimetière. Ils étaient, dans cette plaine, bien plus exposés aux assauts de l'ouragan. Et si, par-dessus le marché, survenait un raz-de-marée, adieu Atuona.

— Il faut monter avec nous, Paul, insista Ky Dong. Cette baraque ne va pas résister. Ce n'est pas un orage. C'est un ouragan, un cyclone. Tu seras plus à l'abri avec nous là-haut, au cimetière.

— Avec mes jambes, vous voulez que je plonge dans cette boue ? fit-il en riant. Mais voyons, mes amis, je ne peux même pas marcher. Partez, allez, vous. Je reste ici à attendre. La fin du monde est mon élément, messieurs.

Il les vit partir, courbés, pataugeant dans l'eau jusqu'aux genoux, en direction du sentier maintenant disparu qui était l'épine dorsale d'Atuona, une fois passée cette haie d'arbustes. Arriveraient-ils sains et saufs ? Oui, ils avaient l'expérience de ce climat. Et toi, Paul ? Ky Dong avait dit vrai ; la Maison du Jouir était une fragile construction de bambou, de feuilles de palmier et de poutres de bois qui avaient, par miracle, résisté jusqu'à présent au vent et à l'eau. Si la chose durait, elle allait être mise en pièces et entraînée par le courant, et toi avec elle. Était-ce là une façon acceptable de mourir ? Un peu ridicule, peut-être. Mais il n'était pas moins ridicule de mourir de pneumonie. Ou en s'en allant par petits bouts à cause de la maladie imprononçable. Comme il n'y avait plus un seul coin de sec dans sa Maison du Jouir, il alla en traînant les pieds — ses jambes lui faisaient bien mal maintenant — se servir un autre verre d'absinthe. Il prit son accordéon imbibé d'eau et commença à jouer, de façon mécanique. Il avait appris à maîtriser ce difficile instrument dans sa jeunesse, sur les bateaux, quand il servait dans la marine marchande. Sa musique remplissait les vides de son esprit, l'apaisait dans ses crises d'exaspération ou d'abattement et, quand il était absorbé par un tableau ou une sculpture — rarement, maintenant que sa vue était devenue si mauvaise —, elle lui remontait le moral, lui donnait des idées, un peu de son ancienne volonté d'atteindre la fugitive perfection. Inattendu de mourir ainsi, hein, Paul ? Dans une petite île perdue, au milieu du Pacifique. Les Marquises, la région la plus lointaine du monde. Bon, il y avait longtemps que tu l'avais décidé : mourir parmi les sauvages, comme un autre sauvage. Mais alors, il se rappela la vieille aveugle qui l'avait fait se sentir étranger.

Elle était apparue quelques semaines plus tôt, s'appuyant sur une canne, venue de nulle part, à l'heure du crépuscule, quand Koké se penchait du second étage pour contempler, en forçant sur sa pauvre vue, l'îlot désolé de Hanakee et la baie des

Traîtres, auxquels le soleil couchant donnait des teintes roses. La vieille aveugle était entrée dans le jardin, au milieu des aboiements du chien et des miaulements des deux chats, en proférant des exclamations en maori qui avaient signalé à Koké sa présence. On aurait dit un être informe plus qu'une femme. Elle était enveloppée dans des chiffons probablement ramassés aux ordures, raccommodés et tenus par des bouts de ficelle. S'aidant de sa canne, avec laquelle elle donnait de rapides petits coups à droite et à gauche, elle avait trouvé le chemin de la maison et, mystérieusement, celui de Paul qui venait à sa rencontre. Ils se retrouvèrent face à face, dans l'atelier de sculpture, là où Koké était maintenant, mort de froid et combattant sa peur à coups d'absinthe. Était-elle aveugle ou le feignait-elle ? Quand il l'avait eue tout près de lui, il avait remarqué la cornée blanche de ses yeux. Oui, elle était aveugle. Avant que Paul n'ouvrît la bouche, la femme, sentant sa présence, avait levé la main et touché sa poitrine nue. Elle l'avait palpé calmement, ses bras, ses épaules, son nombril. Puis, ouvrant son paréo, son ventre, et elle avait saisi ses testicules et son pénis. Elle les avait soupesés, comme les soumettant à un examen. Alors son visage s'était tordu sur une grimace et elle s'était écriée, dégoûtée : « Popa'a. » C'était une expression que Koké connaissait ; les Maoris désignaient ainsi les Européens. Sans rien dire d'autre, sans attendre la nourriture ou le cadeau qu'elle était venue chercher, la vieille aveugle avait fait demi-tour et était repartie en tâtonnant. C'est ce que tu étais pour eux : un étranger au phallus calotté. Tu avais échoué en cela aussi, Koké.

Il se réveilla le lendemain matin, les bras autour de son accordéon. Il était resté endormi sur la table, les verres et les bouteilles maintenant roulés à terre. L'eau commençait à se retirer de son atelier, mais autour de Koké tout était désolation et désastre. Cependant, bien qu'ayant sa toiture en partie éventrée, la Maison du Jouir avait résisté à l'ouragan. Et là-haut, dans un ciel d'azur pâle, un soleil renaissant réchauffait à nouveau la terre.

XIX

LA VILLE-MONSTRE

Béziers et Carcassonne,
août-septembre 1844

Parfois, Flora comparait son voyage dans le sud de la France à celui de Virgile et de Dante en enfer, parce qu'il y avait toujours dans son périple une ville plus sale, plus laide et plus lâche que les précédentes. Dans l'écœurante Béziers, par exemple, où elle avait passé la nuit à l'insupportable hôtel des Postes où pas un seul des garçons, même le maître d'hôtel, ne parlait français, seulement l'occitan, elle n'avait eu l'autorisation de tenir une réunion dans aucune usine ni aucun atelier. Patrons et travailleurs lui avaient fermé toutes les portes par peur des autorités. Et les huit seuls ouvriers qui acceptèrent de discuter avec elle le firent en prenant tant de précautions — ils arrivèrent à l'hôtel à la nuit tombée, en entrant par la porte de derrière — et en craignant tellement de perdre leur travail que Flora ne tenta même pas de leur suggérer de créer un comité de l'Union ouvrière.

Elle resta à Béziers à peine deux jours, les derniers d'août 1844. Quand elle prit le bateau-courrier pour Carcassonne, elle eut l'impression de sortir de prison. Pour ne pas avoir le mal de mer, elle resta sur le pont, mêlée aux passagers sans cabine. Là elle apaisa une bagarre, qui faillit finir à coups de poing, entre un spahi, soldat colonial récemment rentré d'Algérie, et un jeune homme de la marine marchande; elle les avait invités, en effet, à comparer leur métier respectif en demandant lequel était le plus utile à la société. Le marin dit que les bateaux transportaient des passagers et des produits et facilitaient le commerce; en revanche, à quoi servaient les soldats, si ce n'est à tuer? Le spahi, indigné et exhibant ses cicatrices, rétorqua que l'armée venait de gagner à la France, en Afrique du Nord, une colonie trois fois plus grande que la métropole. Quand il se mit en colère et commença à proférer des injures, Flora le fit taire :

— Vous êtes la preuve vivante que l'armée française continue à abrutir les conscrits comme aux temps de Napoléon.

Il manquait six heures pour atteindre Carcassonne. Elle s'assit sur un banc de la poupe, se blottit contre des cordages et s'endormit sur-le-champ. Elle rêva d'Olympe. La première fois que tu rêvais d'elle, Florita, depuis que tu avais quitté, sept mois plus tôt, la capitale.

Un rêve agréable, tendre, légèrement excitant, nostalgique. Tu n'avais que de bons souvenirs de cette amie, à qui tu devais tant. Mais tu ne regrettais pas d'avoir rompu avec Olympe aussi brusquement que tu l'avais fait à ton retour d'Angleterre, à l'automne 1839, car cela aurait été te repentir de ta croisade en vue de transformer le

482

monde par l'intelligence et l'amour. Bien que l'ayant connue à ce bal de l'Opéra auquel tu avais assisté déguisée en gitane, et où cette femme svelte, aux yeux incisifs, t'avait baisé la main, ton amitié avec Olympe Maleszewska n'avait commencé que quelques mois plus tard. Elle était la petite-fille d'un célèbre orientaliste, professeur en Sorbonne, et œuvrait à l'émancipation de la Pologne du joug impérial russe. Elle collaborait au Comité national polonais, qui regroupait les exilés en France, et avait épousé l'un de ses leaders, Léonard Chodzko, fonctionnaire à la bibliothèque Sainte-Geneviève, historien et patriote. Mais Olympe était surtout une dame du monde. Elle avait un salon fort connu, fréquenté par hommes de lettres, artistes et politiques, et quand Flora avait reçu une invitation à ces soirées du jeudi, elle y était allée. La maison était élégante, l'attention raffinée et l'on y voyait quantité de gens célèbres. Là, l'actrice à la mode, Marie Dorval, côtoyait George Sand, et Eugène Sue le « Père » des saint-simoniens, Prosper Enfantin. Olympe s'occupait de ses hôtes avec une sympathie et un tact exquis. Elle s'était montrée très affectueuse avec toi, te couvrant d'éloges devant ses amis. Elle avait lu *Pérégrinations d'une paria*, et son admiration pour ton livre semblait sincère.

Comme Olympe avait beaucoup insisté pour te faire revenir à son salon, tu l'avais fait à plusieurs reprises, et toujours avec grand plaisir. La troisième ou quatrième fois, dans son boudoir, Olympe, qui t'avait aidée à te débarrasser de ton manteau et te lissait les cheveux — « Je ne vous ai

jamais vue aussi radieuse qu'aujourd'hui, Flora »
—, t'avait soudain prise à la taille, serrée contre son
corps et baisée sur les lèvres. De façon si inattendue
que, toi, embrasée de la tête aux pieds, tu n'avais su
que faire. (La première fois de ta vie que cela t'arrivait, Florita.) Rouge, l'esprit en déroute, tu étais
restée immobile, à regarder Olympe sans rien dire.
« Si vous ne vous en étiez pas rendu compte, maintenant vous le savez, que je vous aime », fit Olympe
en riant. Et, te prenant par la main, elle t'avait
entraînée à la rencontre des autres invités.

Tu t'étais bien des fois demandé pourquoi ce
soir-là, au lieu de réagir comme tu l'aurais fait s'il
s'était agi non d'Olympe mais d'un homme
t'embrassant à l'improviste — tu l'aurais giflé, tu
aurais quitté cette maison sur-le-champ —, tu
étais restée là, troublée, déconcertée, mais sans
t'irriter, sans désirer partir. Simple curiosité ou
quelque chose d'autre ? Que signifiait cela, Andalouse ? Qu'allait-il arriver maintenant ? Quand,
deux heures plus tard, tu avais annoncé ton
départ, la maîtresse de maison t'avait prise par le
bras et menée au boudoir. Elle t'avait aidée à
remettre ton manteau et ton petit chapeau à voi-
lette. « Vous n'êtes pas fâchée après moi, n'est-ce
pas, Flora ? t'avait-elle murmuré à l'oreille, d'une
voix chaude. — Je ne sais si je suis fâchée ou non.
Plutôt déroutée. C'est la première fois qu'une
femme m'embrasse sur la bouche. — Je vous aime
depuis que je vous ai vue ce soir-là à l'Opéra,
t'avait dit Olympe en te regardant dans les yeux.
Pouvons-nous nous voir seule à seule, pour mieux
nous connaître ? Je vous en prie, Flora. »

Elles s'étaient vues, avaient pris le thé ensemble, s'étaient promenées en fiacre dans Neuilly, et Flora, en lui racontant ses expériences conjugales avec André Chazal, avait fait monter des larmes aux yeux ardents de son amie. Tu lui avais avoué que, depuis ton mariage, tu avais toujours éprouvé une répugnance instinctive pour l'acte sexuel, et que c'est pour cela que tu n'avais jamais eu d'amant. Avec une délicatesse et une douceur infinies, Olympe, te baisant les mains, t'avait priée de la laisser te montrer à quel point le plaisir pouvait être doux et agréable entre deux amies qui s'aimaient. Depuis lors, en se disant bonjour ou au revoir, elles cherchaient leurs lèvres.

Elles avaient fait l'amour pour la première fois peu de temps après, dans une petite maison de campagne, près de Pontoise, où les Chodzko passaient l'été et certaines fins de semaine. Les peupliers voisins, bercés par le vent, dégageaient un murmure complice; on entendait gazouiller les oiseaux et, dans cette pièce chauffée par le feu crépitant de la cheminée, l'atmosphère amollissante, grisante, avait lentement dissipé les préventions de Flora. Tout en lui faisant boire, de sa bouche, des gorgées de champagne, son amie l'aidait à se déshabiller. Olympe s'était prestement dénudée à son tour et, prenant Flora dans ses bras, elle l'avait fait s'étendre sur le lit, en lui murmurant des mots de tendresse. Après l'avoir contemplée avec minutie et dévotion, elle s'était mise à la caresser. Elle t'avait fait jouir, Florita, oh oui, beaucoup, sitôt passés les premiers moments de trouble et de crainte. Elle t'avait fait te sentir belle, désirable, jeune, femme. Olympe t'avait enseigné qu'il n'y avait pas de raison d'avoir peur du sexe, ni d'en concevoir du dégoût, que s'abandonner au désir, se perdre dans la sensualité des caresses, dans l'ivresse de la jouissance corporelle, était une façon intense et exaltante de vivre, dût-elle durer seulement quelques heures, ou quelques minutes. Quel délicieux égoïsme, Florita ! La découverte du plaisir physique, d'une volupté sans violence, entre deux êtres égaux, t'avait fait te sentir plus complètement et plus librement femme. Mais, même les fois de plus grand bonheur avec Olympe, tu n'avais jamais pu éviter, en te livrant au pur plaisir du corps, d'éprouver un sentiment de faute, l'impression de dilapider ton énergie et ta force morale.

Cette relation avait duré moins de deux ans. Aucune dispute, dans le souvenir de Flora, aucune froideur ni rudesse n'étaient venues l'enlaidir. Il est vrai qu'elles ne se voyaient pas beaucoup, car toutes deux avaient de multiples occupations et Olympe, en outre, un mari et un foyer à tenir, mais, quand elles le faisaient, tout allait toujours merveilleusement bien. Elles s'amusaient et jouissaient ensemble comme deux gamines énamourées. Olympe était plus frivole et mondaine que Flora et, hormis la tragédie de la Pologne sous le joug, elle ne s'intéressait pas aux affaires sociales, ni au sort des femmes et des ouvriers. Et la Pologne l'intéressait à cause de son mari, qu'elle aimait beaucoup, à sa façon très libre. Mais elle était d'une infatigable vitalité et, avec toi, infiniment affectueuse. Flora avait plaisir à l'entendre rapporter les intrigues et les potins du grand monde, parce qu'elle le faisait avec grâce et ironie. Et puis Olympe était une femme cultivée, qui avait beaucoup lu et connaissait l'histoire, l'art et la politique, des matières qui la passionnaient, de sorte que dans le domaine intellectuel également Flora avait beaucoup gagné à cette amitié. Elles avaient fait l'amour plusieurs fois dans la petite maison de Pontoise, mais aussi dans l'appartement parisien d'Olympe, ou dans celui de Flora rue du Bac. Et une fois, déguisées toi en nymphe et elle en Silène, dans une auberge en bordure de la forêt de Marly, où les écureuils venaient aux fenêtres manger des cacahuètes dans leurs mains. Quand, en 1839, Flora était partie à Londres pour quatre mois, afin d'écrire un livre sur la situation des pauvres dans cette citadelle du capitalisme, elles s'étaient écrit deux ou trois fois par semaine des lettres passionnées, en se disant combien elles se languissaient l'une de l'autre et se désiraient, et qu'elles comptaient les jours, les heures, les minutes qui les séparaient de leurs retrouvailles. « Je te mange de baisers et de caresses dans tous mes rêves, Olympe. J'adore la couleur sombre de tes cheveux, de ton pubis. Depuis que je te connais, je déteste les femmes blondes. » Pensais-tu ces phrases enflammées que, de Londres, tu écrivais à Olympe, tandis que, déguisée en homme, tu visitais usines, bars, quartiers misérables et bordels pour étayer ta haine de ce paradis des riches et enfer des pauvres ? Oui, chaque mot en était sincère. Mais alors, Andalouse, pourquoi, dès ton retour à Paris, avoir le soir même de ton arrivée fait savoir à Olympe que cette relation était terminée, que vous ne deviez plus jamais vous revoir ? Olympe, toujours si sûre d'elle, si femme du monde, avait écarquillé les yeux, ouvert la bouche et pâli. Mais elle n'avait rien dit. Elle te connaissait et savait que ta décision était sans appel. Elle te regardait en se mordant les lèvres, dévastée.

— Ce n'est pas que je ne t'aime pas, Olympe. Je t'aime, tu es la seule personne au monde que j'aie aimée. Je te serai toujours reconnaissante de ces deux années de bonheur que je te dois. Mais j'ai une mission. Je ne pourrais l'accomplir avec mes sentiments et mon esprit partagés entre mes obligations et toi. Ce que je vais faire exige que rien ni personne ne me distraie. Pas même toi. Je dois me livrer corps et âme à cette tâche. Je n'ai pas beaucoup de temps, mon amour. Et je ne connais personne en France qui puisse me remplacer. Cette balle, ici, peut me faire disparaître à tout moment. Je veux au moins laisser les choses en bonne voie. Ne m'en veux pas, pardonne-moi.

Elles ne s'étaient pas revues. Entre-temps, tu avais écrit ta terrible diatribe contre l'Angleterre — *Promenades dans Londres* —, ton petit livre de *L'Union ouvrière*, et tu étais ici maintenant, aux confins des Pyrénées françaises, à Carcassonne, à essayer de mettre en marche la révolution universelle. N'avais-tu pas des regrets d'avoir abandonné de la sorte la tendre Olympe, Florita ? Non. C'était ton devoir d'agir comme tu l'avais fait. Libérer les exploités, unir les ouvriers, obtenir l'égalité pour les femmes, faire justice aux victimes de ce monde si mal fait était plus important que le merveilleux égoïsme de l'amour, que cette indifférence suprême envers le prochain où vous plongeait le plaisir. Le seul sentiment qui occupait ta vie, désormais, c'était l'amour de l'humanité. Même pour ta fille Aline il ne restait pas de place dans ton cœur si occupé, Florita. Aline se trouvait à Amsterdam, travaillant comme petite main chez une couturière, et il se passait souvent des semaines sans que tu penses à lui écrire.

Le soir même où Flora était arrivée à Carcassonne, elle eut une rencontre désagréable avec les fouriéristes locaux qui, M. Escudié à leur tête, avaient organisé sa visite. Ils lui avaient retenu une chambre à l'hôtel Bonnet, au pied des remparts. Elle était déjà couchée quand des coups à la porte de sa chambre la réveillèrent. Le gérant de l'hôtel se confondait en excuses : des messieurs insistaient pour la voir. Il était très tard, qu'ils reviennent demain. Mais comme ils n'en démordaient pas, elle enfila une robe de chambre et sortit à leur rencontre. La douzaine de fouriéristes venus lui souhaiter la bienvenue était ivre. Elle eut un geste de dégoût. Ces bohèmes prétendaient-ils faire la révolution en sablant le champagne, en s'imbibant de bière ? L'un d'eux qui, bafouillant et le regard vitreux, voulait à tout prix lui montrer les églises et les remparts médiévaux au clair de lune s'entendit répondre :

— Que m'importent les vieilles pierres alors

qu'il y a tant d'êtres humains qui ont des problèmes à résoudre! Sachez que j'échangerais sans hésiter la plus belle église de la chrétienté contre un seul ouvrier intelligent.

Ils la virent dans une telle colère qu'ils partirent.

Tout au long de la semaine passée dans cette ville, ces phalanstériens de Carcassonne — avocats, experts agricoles, médecins, journalistes, pharmaciens, fonctionnaires, qui s'appelaient eux-mêmes les *chevaliers* — furent pour elle une source permanente de problèmes. Avides de pouvoir, ils projetaient une action armée dans tout le midi de la France. Ils disaient avoir gagné à leur cause beaucoup de militaires et des garnisons entières. Dès la première réunion, Flora les critiqua avec véhémence. Leur radicalisme, leur dit-elle, servirait dans le meilleur des cas à remplacer au gouvernement des bourgeois par d'autres, sans modifier le système social, et, dans le pire des cas, il provoquerait une répression sanglante qui ruinerait le mouvement ouvrier naissant. L'important était la révolution sociale, non le pouvoir politique. Leurs plans de conspiration, leurs fantasmes de violence plongeaient les travailleurs dans la confusion, les éloignaient de leurs objectifs, les faisaient s'épuiser dans une action subversive à caractère purement politique, où ils s'exposaient à être décimés par l'armée, dans un sacrifice inutile pour la cause. Les *chevaliers* avaient de l'influence sur le milieu ouvrier, et ils assistèrent aux réunions de Flora avec les travailleurs des filatures et des fabriques de tissus. Leur présence intimidait les pauvres qui, devant ces bourgeois, osaient à peine émettre une opinion. Au lieu d'expliquer les buts de l'Union ouvrière, tu devais t'exténuer, des heures durant, à porter la contradiction à ces politicards qui enflammaient les ouvriers avec leurs plans de soulèvement armé, en vue duquel, disaient-ils, ils avaient caché dans des lieux stratégiques quantité de fusils et de barils de poudre. La perspective de prendre le pouvoir par la force excitait malheureusement beaucoup les travailleurs.

— Quelle différence peut-il y avoir entre un gouvernement de fouriéristes et celui de maintenant ? rugissait Madame-la-Colère, indignée. Quelle amélioration peut représenter pour les ouvriers d'être exploités par vous ou par les autres ? Il ne s'agit pas de prendre le pouvoir à tout prix, mais d'en finir une bonne fois avec l'exploitation et l'inégalité.

La nuit venue, elle rentrait à l'hôtel Bonnet aussi épuisée qu'à Londres, cet été 1839 où, du matin au soir, au mépris des conseils médicaux, Flora s'était vouée, au pas de charge, à tout étudier dans cette monstrueuse ville de deux millions d'habitants, capitale du plus grand empire de la planète, siège des usines les plus modernes et des fortunes les plus considérables, pour montrer au monde comment cette façade de prospérité, de luxe et de puissance recouvrait la plus abjecte exploitation, les pires iniquités, et la douleur d'une humanité subissant vilenies et exactions afin de rendre possible la vertigineuse richesse d'une poignée d'aristocrates et de propriétaires.

La différence, Flora, c'était qu'en 1839, malgré cette balle logée dans ta poitrine, il ne te fallait pas plus de quelques heures de sommeil pour récupérer et être aussitôt prête à une autre passionnante journée londonienne, à t'aventurer dans ces antres où aucun touriste ne mettait les pieds, invisibles qu'ils étaient dans les chroniques des voyageurs, qui se délectaient plutôt à décrire les beautés des salons et des clubs, le soin apporté à l'entretien des parcs, l'éclairage public au gaz du West End et les sortilèges des bals, banquets, dîners où les parasites de la noblesse choyaient leur oisiveté. Maintenant tu te levais aussi fatiguée qu'au coucher et, toute la journée, devais recourir à ton obstination cyclopéenne que, par bonheur, tu conservais intacte, pour accomplir le programme que tu t'étais imposé. Ce n'était pas la balle qui te tourmentait le plus ; c'étaient les coliques et la douleur à la matrice, contre lesquelles les calmants étaient désormais sans effet.

Malgré toute la haine que tu avais pu ressentir pour Londres et l'Angleterre depuis le temps où tu y avais été employée des Spence, il te fallait bien reconnaître que, sans ce pays, sans les travailleurs anglais, écossais et irlandais, tu ne serais probablement jamais arrivée à te rendre compte que la seule façon d'émanciper la femme et d'obtenir pour elle l'égalité avec l'homme était de lier sa lutte à celle des ouvriers, les autres victimes, les autres exploités, l'immense majorité de l'humanité. L'idée lui était venue à Londres, grâce au mouvement chartiste, qui réclamait l'adoption légale d'une Charte du Peuple, établissant le suf-

frage universel, le scrutin secret, le renouvelle-
ment annuel du Parlement, avec un salaire pour
les parlementaires, car ainsi seulement les travailleurs pourraient aspirer à y siéger. Quoiqu'il exis-
tât depuis 1836, à l'arrivée de Flora à Londres, en
juin 1839, le mouvement chartiste était en plein
apogée. Elle avait suivi ses défilés et meetings, ses
collectes de signatures, et s'était informée sur son
excellente organisation, avec des comités dans les
bourgs, les villes et les usines. Tu avais été
impressionnée. L'excitation te maintenait éveillée
des nuits entières, occupée à revivre ces marches
de milliers et de milliers d'ouvriers dans les rues
londoniennes. Une véritable armée civile. Qui
pourrait s'opposer à eux si tous les exploités, tous
les pauvres du monde s'organisaient comme les
chartistes ? Femmes et ouvriers, ensemble,
seraient invincibles. Une force capable de révolu-
tionner l'humanité sans tirer un seul coup de feu.

Quand elle avait appris que la Convention
nationale du mouvement chartiste avait lieu ces
jours-là à Londres, elle s'était enquise du lieu de
la réunion. Et non sans audace, elle s'était présentée à la Doctor Johnson's Tavern, un bar qui ne
payait pas de mine, dans une impasse de Fleet
Street. À l'intérieur d'une vaste salle enfumée et
humide, mal éclairée, sentant la bière bon marché
et le chou bouilli, s'entassait une centaine de dirigeants chartistes, parmi lesquels les principaux
leaders, O'Brien et O'Connor. Ils discutaient de
l'opportunité de décréter une grève générale pour
appuyer la Charte du Peuple. Quand ils t'avaient
demandé qui tu étais et ce que tu faisais là, tu leur

avais expliqué, sans tremblement dans la voix, que tu apportais le salut des ouvriers et des femmes de France à leurs frères britanniques. Ils t'avaient regardée avec étonnement, mais ne t'avaient pas expulsée. Il y avait aussi une petite poignée d'ouvrières, qui examinaient avec méfiance tes vêtements bourgeois. Pendant plusieurs heures, tu les avais écoutés discuter, échanger des propositions, voter des motions. Tu te sentais en transe. Oui, cette force, multipliée dans toute l'Europe, changerait le monde, apporterait le bonheur aux déshérités. Quand, à un moment de la séance, O'Brien et O'Connor avaient demandé si la déléguée française voulait s'adresser à l'assemblée, tu n'avais pas hésité une seconde. Tu étais montée sur l'estrade des orateurs et, dans ton anglais hésitant, tu les avais félicités et encouragés à continuer à donner cet exemple d'organisation et de lutte à tous les pauvres du monde. Tu avais conclu ta brève allocution sur une harangue qui avait complètement déconcerté tes auditeurs, épris de méthode pacifique : « Incendions les châteaux, *brothers* ! »

Tu riais maintenant en te rappelant ces mots, Florita. Parce que tu ne croyais pas à la violence. Tu avais lancé cet appel incendiaire pour exprimer par une image dramatique l'émotion qui t'avait saisie. Quel privilège d'être là, au milieu de ces frères exploités qui commençaient à relever la tête ! Tu étais pour l'amour, pour les idées, pour la persuasion, contre les balles et les échafauds. C'est pourquoi tu étais exaspérée par ces effrayants bourgeois de Carcassonne, pour qui tout se résoudrait en levant des régiments et en dressant la guillotine sur les places publiques. Que pouvait-on attendre de gens aussi stupides ? La bourgeoisie était indécrottable, son égoïsme l'empêcherait toujours de voir la vérité générale. Toi, en revanche, maintenant plus que jamais, tu avais la certitude d'être sur le bon chemin. Rapprocher les femmes des ouvriers, organiser les uns et les autres en une alliance qui franchirait les frontières et qu'aucune police ni armée, aucun gouvernement, ne pourraient anéantir. Alors, le ciel cesserait d'être une abstraction, il échapperait aux sermons des curés et à la crédulité des fidèles, il deviendrait l'histoire, la vie de tous les jours et pour tous les mortels. « Je t'admire, Florita, s'écria-t-elle enthousiaste. Oh, mon Dieu, il suffirait que tu envoies dix femmes comme moi dans ce monde pour que sur terre règne la justice. »

Parmi les fouriéristes de Carcassonne, le plus m'as-tu-vu était Hugues Bernard. Militant dans des sociétés secrètes en France et carbonaro en Italie, il voulait à tout prix la guerre civile. Éloquent et séducteur, il fascinait les ouvriers. Flora l'affronta ; elle le traita de « charmeur de serpents », d' « illusionniste », de « corrupteur des travailleurs avec sa salive démagogique ». Au lieu d'en être offensé, Hugues Bernard la suivit jusqu'à son hôtel, l'accablant de flatteries : elle était la femme la plus intelligente qu'il eût connue, la seule qu'il aurait pu épouser. S'il n'était pas certain d'être repoussé, il tenterait de faire sa conquête. Flora finit par rire. Mais, pour couper court à ses coquetteries, elle choisit de le tenir à distance. Escudié lui aussi, le meneur des *chevaliers*, s'évertua à gagner son amitié. C'était un homme mystérieux et lugubre, en habits de deuil, avec des éclairs de génie.

— Vous seriez un bon révolutionnaire, Escudié, si vous aviez un peu plus d'amour et un peu moins d'appétits.

— Vous avez mis dans le mille, Flora, fit en acquiesçant le svelte et cadavérique fouriériste, tout sérieux, l'air méphistophélique. C'est le grand problème de ma vie : les appétits. La chair.

— Oubliez la chair, Escudié. Pour la révolution il n'est besoin que de l'esprit, de l'idée. La chair est un obstacle.

— Plus facile à dire qu'à faire, Flora, affirma le phalanstérien en adoptant un ton élégiaque, et avec un regard qui l'inquiéta. Ma chair est un composé de toutes les légions infernales. Si vous vous penchiez sur le monde de mes désirs, vous qui semblez si pure tomberiez raide morte d'épouvante. Avez-vous lu, par hasard, le marquis de Sade ?

Flora sentit ses jambes fléchir. Elle s'arrangea pour détourner la conversation, craignant qu'Escudié, lancé sur cette voie, ne lui révèle son enfer secret, le fond lubrique de son âme où, à en juger par ses pupilles brusquement canailles, devait nicher plus d'un démon. Cependant, dans un mouvement inhabituel chez elle, elle se mit soudain à faire des confidences au macabre fouriériste. Elle était une femme libre, et avait abondamment montré en ses quarante et une années de vie qu'elle n'avait peur de rien ni de personne.

Mais, malgré son aventure passagère avec Olympe, le sexe continuait à provoquer chez elle un malaise diffus, car la vie lui avait montré, à maintes reprises, qu'en même temps qu'exaltation et jouissance le désir charnel était aussi une pente par laquelle l'homme ne tardait pas à rejoindre la bête, les formes les plus sauvages de la cruauté et de l'injustice contre la femme. Elle l'avait su dès son jeune âge, grâce à André Chazal, qui avait abusé de son épouse puis de sa propre fille, mais surtout elle l'avait vu et touché du doigt avec un effroi qui ne s'effacerait jamais de sa mémoire, lors de son voyage à Londres en 1839. Des scènes si honteuses que les éditeurs de *Promenades dans Londres* l'avaient obligée à les atténuer et qu'ensuite, une fois le livre publié, pas un seul critique n'avait osé les commenter. Contrairement aux *Pérégrinations d'une paria*, partout célébrées, sa dénonciation des plaies de la métropole londonienne avait été lâchement passée sous silence par les intellectuels parisiens. Mais qu'est-ce que cela pouvait te faire, Florita ? N'était-ce pas le signe que tu étais dans la bonne voie ? « Oui, oui, sans doute », l'encouragea Escudié.

L'idée de s'habiller en homme lui avait été donnée, peu après son arrivée à Londres, par un ami oweniste qui l'avait vue se désoler en apprenant que l'entrée au Parlement britannique était interdite aux femmes. Un diplomate turc lui avait fourni le déguisement. Elle avait dû faire quelques ajustements au pantalon bouffant et au turban, et bourrer les babouches de papier. Malgré son inquiétude en franchissant le portail de l'imposant édifice au bord de la Tamise, cœur du pouvoir impérial britannique, ensuite, en écoutant les interventions des députés, elle avait tout à fait oublié sa fallacieuse identité. La plupart des parlementaires lui avaient fait une impression pénible, par leur vulgarité et leur façon grossière de s'affaler sur leurs sièges en gardant leur chapeau sur la tête. Pourtant, en entendant Daniel O'Connell, le leader des indépendantistes irlandais, le premier Irlandais catholique à occuper un siège à la Chambre des Communes, qui avait échafaudé une stratégie de lutte non violente contre le colonialisme anglais, elle avait été émue. Cet homme laid, à l'apparence de cocher endimanché, devenait quand il parlait — en faveur de l'abolition de l'esclavage et du suffrage universel — beau, lumineux de dignité et d'idéalisme. C'était un orateur si brillant que tout le monde l'écoutait avec beaucoup d'attention. C'est en entendant O'Connell que Flora avait eu l'idée du Défenseur du Peuple, qu'elle avait incorporé à son projet d'Union ouvrière : le mouvement des femmes et des travailleurs enverrait au Congrès un porte-parole, en lui payant un salaire, afin qu'il y défendît les intérêts des pauvres.

Elle s'était souvent déguisée en homme au cours de ces quatre mois. Elle s'était proposé de rendre compte de la vie que menaient les cent mille prostituées qui, à ce qu'on disait, faisaient le trottoir londonien, et de ce qui se passait dans les bordels de la ville, et elle n'aurait jamais pu explorer ces antres sans dissimuler son sexe sous un pantalon et une redingote d'homme. Même ainsi,

498

il était dangereux de pénétrer dans certains quartiers. Le soir où elle avait parcouru Waterloo Road, depuis son début dans la banlieue jusqu'à Waterloo Bridge, les deux amis chartistes qui l'accompagnaient s'étaient armés de cannes afin de décourager la myriade de voleurs et de malfrats qui pullulaient au milieu des entremetteuses, des souteneurs et des putains. Ils tenaient le haut du trottoir, maison par maison, et, profitant de l'absence de policiers, ils assaillaient, à la vue de tous, les clients solitaires. La marchandise s'offrait impudemment aux passants qui, à pied, à cheval ou en voiture, circulaient sur la chaussée, examinant le matériel disponible. En théorie, l'âge minimal pour ce commerce humain était de douze ans. Mais Flora aurait juré que parmi ces misérables petits squelettes ambulants, outrageusement maquillés et à demi nus que les entremetteuses et les maquereaux proposaient, il y avait des fillettes et des garçons de dix, voire de huit ans, des gosses à la mine ahurie, au regard stupide, qui semblaient ne rien comprendre à ce qui leur arrivait. L'effronterie et l'obscénité avec lesquelles ils proposaient leurs services (« Cette poupée-là, vous pouvez la prendre par son petit cul, *sir* », « Ce tendron accepte le fouet sur les fesses et pour tailler une pipe c'est une artiste, patron ») lui avaient donné des bouffées de haine. Elle avait été sur le point de s'évanouir. En parcourant l'interminable avenue, cachée dans les creux d'ombre entre les loupiotes rougeâtres des maisons de prostitution, en entendant ces répugnants dialogues et les voix avinées des ivrognes, tu avais l'impression d'une fantasmagorie macabre, d'un sabbat médiéval. N'était-ce pas là ce qui se rapprochait le plus, sur terre, de l'enfer ? Pouvait-il y avoir quelque chose de plus démoniaque que le destin de ces fillettes et de ces garçons offerts pour quelques centimes à la lubricité de ces dégoûtants ?

Eh oui, il pouvait y avoir pire, Florita. Pire que le territoire de prostitution de l'East End, de ces filles et garçons bien souvent enlevés dans les campagnes et les villages pour être vendus aux bordels et maisons de rendez-vous londoniens par des bandes spécialisées dans ce négoce, il y avait les *finishes* du West End, du Londres central, celui des divertissements élégants. C'est là, Florita, que tu avais touché du doigt le comble de l'iniquité. Les *finishes* étaient les tavernes-bordels, les bars à putes où les riches, les nobles, les privilégiés de cette société de maîtres et d'esclaves prétendument libres allaient *to finish* leurs nuits d'orgie. Tu y étais allée habillée en gandin, avec un jeune homme de la légation française qui avait lu tes livres et t'avait prêté ta tenue masculine, non sans essayer auparavant de te dissuader car, t'avait-il assuré, l'expérience allait t'épouvanter. Il avait tout à fait raison. Toi, qui croyais avoir tout vu sur l'animalisation de l'être humain, tu ne savais pas encore à quels extrêmes pouvait atteindre l'outrage fait à la femme.

Les demoiselles des *finishes* n'étaient pas les prostituées affamées, souvent tuberculeuses, de Waterloo Road. C'étaient des courtisanes bien vêtues, aux couleurs criardes, aux bijoux voyants, au maquillage outrancier, qui, à partir de minuit, disposées en rang comme des danseuses de music-hall, accueillaient les richards qui avaient dîné, ou sortaient du théâtre et du concert, et venaient finir la fête dans ces cénacles de luxe, buvant, dansant et, pour certains, montant dans les cabinets particuliers de l'étage avec une ou deux filles pour leur faire l'amour, les fouetter ou se faire fouetter par elles, ce qu'on appelait en France le « vice anglais ». Mais, dans les *finishes*, le véritable divertissement n'était pas le lit ni le fouet, mais l'exhibitionnisme et la cruauté. Cela débutait à deux ou trois heures du matin, quand les lords et les rentiers avaient ôté jaquettes, cravates, gilets et bretelles, et que les offres commençaient. Ils offraient des guinées sonnantes et trébuchantes aux femmes — jeunes filles, adolescentes, enfants — pour leur faire absorber les boissons qu'ils leur préparaient. Ils les leur enfournaient dans l'estomac, tout réjouis, en se tapant sur le dos les uns les autres, secoués par le rire. Ils leur donnaient à boire au début du gin, du cidre, de la bière, du whisky, du cognac, du champagne, mais bien vite mélangeaient à l'alcool vinaigre, moutarde, piment et cochonneries pires encore, pour voir les femmes qui, afin d'empocher ces quelques guinées, vidaient les verres d'un trait, rouler à terre avec des grimaces de dégoût, en se tordant le ventre et en vomissant. Alors les plus ivres ou les plus pervers, au milieu des applaudissements, excités par leurs acolytes, dégrafaient leur braguette et leur pissaient dessus, tandis que les plus audacieux se mastur-

501

baient sur elles pour les barbouiller de sperme. Quand, à six ou sept heures du matin, les noctambules, harassés de fête et rassasiés de boisson et de méchanceté, sombraient dans la stupeur imbécile des ivrognes, leurs laquais entraient dans l'établissement pour les traîner jusqu'à leurs fiacres et leurs berlines et les emmener cuver leur cuite dans leurs élégantes demeures.

Tu n'avais jamais autant pleuré, Flora Tristan. Même en apprenant qu'André Chazal avait violé Aline, tu n'avais pas pleuré comme après ces deux nuits blanches dans les *finishes* londoniens. C'est alors que tu avais décidé de rompre avec Olympe pour consacrer tout ton temps à la révolution. Tu n'avais jamais éprouvé pareille compassion, pareille amertume, pareille rage. Tu revivais ces sentiments pendant cette nuit d'insomnie à Carcassonne où tu pensais à ces courtisanes de treize, quatorze ou quinze ans — dont tu aurais pu faire partie si on t'avait enlevée tandis que tu travaillais pour les Spence — ingurgitant ces épouvantables potions pour une guinée, laissant le poison liquide leur démolir les entrailles pour une guinée, permettant qu'on leur crache, qu'on leur pisse dessus, qu'on les arrose de sperme pour une guinée, pour que les richards d'Angleterre aient un moment d'animation dans le vide de leur existence stupide. Pour une guinée ! Mon Dieu, mon Dieu, si tu existais, tu ne pouvais être assez injuste pour ôter la vie à Flora Tristan avant qu'elle ait mis en marche l'Union ouvrière universelle, qui en finirait avec tous les maux de cette vallée de larmes. « Donne-moi cinq ans, huit ans encore. Cela me suffira, mon Dieu. »

Carcassonne n'était pas une exception à la règle, bien entendu. Dans les fabriques de drap, dont on lui interdit l'entrée, les hommes gagnaient entre un franc cinquante et deux francs la journée et les femmes, pour le même travail, la moitié. Les horaires allaient de quatorze à dix-huit heures quotidiennes. Dans les soieries et les filatures de laine des enfants de sept ans travaillaient pour huit centimes par jour. Le climat d'hostilité contre elle était très grand. Toute la région avait eu connaissance de sa tournée et, dernièrement, dans les villes, les ennemis affûtaient leurs couteaux pour la recevoir. Flora découvrit que les patrons faisaient circuler à Carcassonne des feuilles volantes l'accusant d'être « une bâtarde, une agitatrice et une corruptrice, qui avait abandonné son mari et ses enfants, avait eu des amants et était maintenant saint-simo-nienne et communiste icarienne ». Cette dernière chose la fit rire. Comment pouvait-on être à la fois saint-simonienne et icarienne? Les deux groupes se détestaient. Tu avais été sympathisante de Saint-Simon voici quelques années, certes, mais c'était déjà ta préhistoire. Bien qu'ayant lu le roman *Voyage en Icarie*, d'Étienne Cabet (tu en avais la première édition, de 1840, dédicacée par lui), qui lui avait valu tant d'adeptes en France, tu n'avais jamais éprouvé la moindre sympathie pour Cabet ni pour ses disciples, ces transfuges de la société qui s'appelaient « communistes ». Au contraire, tu les avais toujours critiqués, oralement et dans tes articles, pour être prêts, sous la houlette de leur inspirateur, cet aventurier, ce carbonaro et procureur en Corse avant de devenir prophète, à se rendre dans quelque pays lointain — l'Amérique, la forêt africaine, la Chine — afin d'y fonder, loin du reste du monde, la république parfaite que décrivait le *Voyage en Icarie*, sans argent, sans hiérarchies, sans impôts, sans autorité. Y avait-il quelque chose de plus égoïste et de plus lâche que ces rêves de désertion? Non, il ne fallait pas fuir ce monde imparfait pour fonder une retraite céleste réservée à un petit groupe d'élus, là-bas au loin, où personne d'autre n'arriverait. Il fallait lutter contre les imperfections de ce monde dans ce monde même, l'améliorer, le changer jusqu'à en faire une patrie heureuse pour tous les mortels.

Le troisième jour à Carcassonne se présenta à l'hôtel Bonnet un homme d'âge déjà mûr, qui ne voulut pas donner son nom. Il lui avoua être policier, chargé par ses chefs de la suivre à la trace. Il était affable et un peu timide, parlait un français imparfait et, à ta grande surprise, connaissait les *Pérégrinations d'une paria* dont il se déclara admirateur. Il l'avertit que les autorités de toute la région avaient reçu des instructions pour lui rendre la vie impossible et lui aliéner les gens, car on la tenait pour une agitatrice prêchant dans le monde du travail la subversion contre la monarchie. Mais, quant à lui, Flora n'avait rien à redouter : il ne ferait jamais la moindre démarche qui puisse lui nuire. Il se montrait si ému en lui disant ces mots que Flora, dans un élan, l'embrassa au front : « Vous ne savez pas le bien que ça me fait de vous entendre, mon ami. »

Cela lui remonta le moral, au moins pour quelques heures. Mais la réalité redevint présente quand un rendez-vous avec un avocat influent fut brusquement annulé. Maître Trinchant lui fit remettre un petit mot très sec : « Informé de vos loyautés icariennes communistes, je refuse de vous recevoir. Nous n'aurions qu'un dialogue de sourds. » « Mais ma tâche n'est autre que de tenter d'ouvrir les oreilles des sourds et les yeux des aveugles », lui répondit Madame-la-Colère.

Elle n'étais pas abattue, mais cela ne lui faisait pas de bien de se rappeler ses visites aux bordels et aux *finishes* de Londres. Maintenant, ce souvenir ne la quittait plus. Bien que dans son parcours des sous-mondes du capitalisme elle ait vu de tristes choses, rien ne lui avait autant soulevé le cœur que le trafic de ces malheureuses. Mais elle n'oubliait pas, pour autant, ses visites, en compagnie d'un ecclésiastique de l'Église anglicane, dans les quartiers ouvriers de la périphérie londonienne, cette succession de cagibis infects avec des métiers à tisser toujours en action, remplis d'enfants nus traînant leurs os dans la pestilence, et les plaintes, répétées par toutes les bouches, comme un refrain : « À trente-huit, quarante ans, hommes et femmes, nous sommes considérés comme inutilisables et renvoyés des fabriques. Qu'est-ce qu'on va manger, *milady* ? La nourriture et les vêtements usagés que nous offrent les paroisses ne suffisent même pas aux enfants. » Dans la grande usine à gaz de la Horsferry Road Westminster tu avais failli mourir asphyxiée pour avoir tenu à voir de près comment ces ouvriers couverts d'un simple caleçon grattaient le coke de hauts fourneaux qui t'avaient fait penser aux forges de Vulcain. Il t'avait suffi de cinq minutes là pour être inondée de sueur et sentir la chaleur t'arracher la vie. Eux restaient des heures, à rôtir, et ensuite, quand ils vidaient l'eau sur les chaudrons propres, ils avalaient une fumée épaisse qui devait leur noircir les entrailles en même temps que la peau. Au bout de ce supplice, ils pouvaient se laisser tomber, deux par deux, sur des matelas, pour un couple d'heures. Le chef d'équipe t'avait dit qu'aucun ne supportait plus de sept ans ce métier, avant de contracter la tuberculose. Tel était le prix des trottoirs éclairés aux lampadaires à gaz d'Oxfort Street, au cœur du West End, l'avenue la plus élégante du monde !

Les trois prisons que tu avais visitées, Newgate, Coldbath Fields et Penitenciary, étaient moins inhumaines que les antres ouvriers. Tu avais eu des frissons de voir les instruments de torture médiévaux qui accueillaient les détenus dans le pavillon d'entrée à Newgate. Mais les cellules, individuelles ou collectives, étaient propres et les prisonniers et prisonnières — voleurs et voleuses pour la plupart — mangeaient mieux que les travailleurs des usines. À Newgate le directeur t'avait permis de bavarder avec deux assassins, condamnés à la potence. Le premier, renfrogné, s'était enfermé dans un mutisme total et tu n'avais pu en tirer un seul mot. Mais le second, souriant, jovial, heureux de pouvoir briser l'obligation de silence pour quelques minutes, semblait incapable de tuer une mouche. Et pourtant il avait coupé en morceaux un officier de l'armée. Comment avait-il pu agir ainsi, alors qu'il était si mesuré, si sympathique ? Le docteur John Ellistson, aux longues rouflaquettes, professeur de médecine et disciple fanatique de Franz Joseph Gall, fondateur de la science phrénologique, te l'avait expliqué

— Parce que ce garçon a deux protubérances extrêmement développées à la base postérieure du crâne : les petits os de l'orgueil et de la honte. Touchez-les, madame. Ici, ici. Les sentez-vous ? Il était fatalement condamné à tuer.

Flora n'avait osé critiquer que deux choses dans le système pénal anglais : l'obligation de silence, qui contraignait les détenus à ne jamais ouvrir la bouche — un seul mot à voix haute entraînait des châtiments très sévères —, et l'interdiction de travailler. Le gouverneur de Coldbath Fields, ancien soldat colonial et homme cultivé, lui avait assuré que le silence favorisait le rapprochement avec Dieu, les transes mystiques, le repentir et la volonté de se racheter. Quant au travail, le sujet avait été débattu au Parlement. On avait estimé que permettre aux détenus de travailler serait injuste envers les ouvriers, auxquels les délinquants feraient une concurrence déloyale en louant leur besogne pour des salaires plus bas. En Angleterre il n'y avait pas de limite d'âge pour être jugé et, dans les trois prisons, Flora avait vu des enfants de huit et neuf ans purger des peines pour de petits larcins.

Mais bien qu'il fût pitoyable de voir ces gosses derrière les barreaux, Flora s'était dit que cela

valait peut-être mieux pour eux; au moins mangeaient-ils et dormaient-ils sous un toit, dans des
cellules propres. En revanche, à Saint-Gilles, dans
les immeubles limités par Oxford Street et Totten-
ham Court Road, le quartier des Irlandais —
Bainbridge Street —, les enfants mouraient littéralement de faim. Vêtus de haillons, ils dormaient
quasiment en plein air, sous des abris de carton et
de ferraille qui ne les protégeaient pas de la pluie.
Au milieu de flaques d'eau souillée, d'émanations
putrides, de boue, de mouches et de toutes sortes
de parasites — cette nuit-là, à sa pension, Flora
avait découvert que sa visite au quartier des Irlandais avait rempli ses vêtements de poux —, elle
avait eu l'impression d'un parcours de cauchemar, parmi des squelettes ambulants, des vieillards recroquevillés sur des tas de paille et des
femmes en guenilles. Il y avait des ordures partout et des rats couraient entre les pieds des gens.
Même ceux qui avaient du travail n'arrivaient pas
à nourrir leur famille. Tous dépendaient, pour ce
faire, des distributions de nourriture des églises.
Comparé à la misère et au délabrement des Irlandais, le quartier des Juifs misérables de Petticoat
Lane lui sembla moins lugubre. Bien que la pauvreté fût extrême, il y avait un commerce actif de
fripiers dans quantité de boutiques et de caves, où
l'on proposait aussi, avec force simagrées et au
grand jour, des putains juives à moitié nues. Et le
marché de Field Lane, où l'on endait à vil prix
tous les mouchoirs volés dans les rues de Londres
— il fallait entrer dans cette ruelle sans bourse,
montre ni broche —, lui avait semblé plus

humain, et même sympathique, avec son tohu-
bohu intense et la rumeur des pittoresques discussions entre vendeurs et clients en plein marchandage.

À l'asile d'aliénés de Bethleen Hospital une
chose t'avait glacé les sangs, Florita. Aucun de tes
amis chartistes ou owenistes ne partageait ta
thèse selon laquelle la folie était une maladie
sociale, un produit de l'injustice et une manifestation obscure, instinctive, de révolte contre
les pouvoirs établis. Aussi personne ne t'avait
accompagnée dans tes visites aux asiles psychiatriques de Londres. Le Bethleen Hospital était
ancien, très propre, bien entretenu, avec des jardins soignés. Le directeur t'avait dit soudain, au
cours de ta visite, qu'ils avaient là un compatriote
à toi, un marin français du nom de Chabrié. Vou-
drais-tu le voir ? Cela t'avait coupé le souffle. Se
pouvait-il que ce brave Zacharie Chabrié du *Mexicain*, à qui tu avais joué ce mauvais tour à Arequipa pour te libérer de son amour, ait fini ici,
fou ? Tu avais vécu des instants d'angoisse infinie,
jusqu'à l'arrivée de ce personnage. Ce n'était pas
lui, mais un beau garçon qui se prenait pour
Dieu. Il te l'avait expliqué, dans un français fleg-
matique et feutré : il était le nouveau Messie,
envoyé sur terre « pour faire cesser les servitudes,
pour sauver la femme de l'homme et le pauvre du
riche ». « Nous sommes tous les deux dans le
même combat, mon bon ami », lui dit Flora en
souriant. Il avait acquiescé d'un clin d'œil
complice.

Ce voyage en Angleterre de 1839 avait été une

expérience instructive, malgré l'immense fatigue. Tu en avais tiré non seulement ton livre *Promenades dans Londres*, publié début mai 1840, qui avait effrayé les journalistes et les critiques bourgeois par son radicalisme et sa franchise (non le public, en revanche, qui avait épuisé deux éditions en quelques mois). Mais également ton idée de l'alliance entre les deux grandes victimes de la société, les femmes et les ouvriers, ainsi que ton petit livre *L'Union ouvrière*, et cette croisade. Cinq ans déjà, Andalouse, consacrés, dans un effort surhumain, à réaliser ce projet!

Y parviendrais-tu? Si ton organisme tenait le coup, oui. Si Dieu t'accordait encore quelques petites années de vie, oui, sûrement. Mais tu n'étais pas certaine d'avoir le temps pour toi. Peut-être parce que Dieu n'existait pas et ne pouvait, par conséquent, t'exaucer, ou encore parce qu'il existait mais était trop occupé à des choses transcendantes pour se soucier de détails matériels si importants pour toi, comme tes coliques et ta matrice enflammée. Chaque jour, chaque nuit, tu te sentais plus faible. Pour la première fois, tu étais taraudée par la prémonition d'un échec.

Dans sa dernière réunion à Carcassonne, un des *chevaliers* auquel Flora n'avait guère prêté attention, l'avocat Théophile Marconi, se proposa, spontanément, pour organiser un comité de l'Union ouvrière dans la ville. Bien que réticent au début, il avait été finalement convaincu que la stratégie de Flora était plus solide que les tentatives de conspiration et de guerre civile de ses amis. L'association des femmes et des ouvriers pour changer la société lui semblait quelque chose d'intelligent et de réaliste. Après la réunion avec Marconi, un jeune ouvrier au visage malicieux, nommé Lafitte, l'escorta jusqu'à son hôtel et la fit rire avec un plan qu'il avait échafaudé pour, d'après ce qu'il lui avoua, flouer les bourgeois phalanstériens. Il se ferait passer pour fouriériste et proposerait aux *chevaliers* un investissement destiné à doubler leur capital en acquérant, à un prix ridicule, des métiers à tisser volés. Quand il aurait ramassé l'argent, il les narguerait : « Votre cupidité vous a perdus, messieurs. Cet argent ira dans les caisses de l'Union ouvrière, pour la révolution. » Il blaguait, mais une lueur dans ses yeux inquiéta Flora. Et si la révolution devenait un négoce pour quelques petits malins ? Le sympathique Lafitte, en prenant congé, lui demanda la permission de lui baiser la main. Elle la lui tendit en riant, le traitant d' « apprenti homme du monde ».

La dernière nuit dans la ville fortifiée, elle rêva à la cuillère de fer et à son tintement d'outre-tombe. C'était un souvenir persistant qui, d'une certaine façon, symbolisait finalement son voyage en Angleterre : le tintement de cette cuillère métallique, reliée par une chaîne aux bouches d'incendie, dans maints carrefours londoniens, où les misérables venaient étancher leur soif. L'eau que ces pauvres buvaient était contaminée, car avant d'arriver au réservoir elle avait traversé les égouts de la ville. La musique de la pauvreté, Florita. Tu l'avais dans les oreilles depuis cinq ans. Parfois tu te disais que ce tintement t'accompagnerait jusque dans l'autre monde.

XX

LE SORCIER DE HIVA OA

Atuona, Hiva Oa, mars 1903

— Ce qui me surprend le plus, de toute l'histoire de ta vie, fit Ben Varney en regardant Paul comme s'il voulait le déchiffrer, c'est que ta femme ait supporté cette folie.

Paul n'écoutait que d'une oreille. Il essayait d'évaluer les dégâts provoqués à Atuona par l'ouragan. Auparavant, de cet étage de l'épicerie de Ben Varney où ils bavardaient, on ne voyait que la tour en bois de la mission protestante. Mais les vents dévastateurs avaient arraché quelques arbres, renversé et mutilé plusieurs autres, de sorte qu'on pouvait apercevoir maintenant, de cette hauteur, toute la façade de l'église et la jolie maisonnette du pasteur Paul Vernier. Ainsi que les deux beaux tamariniers qui la flanquaient, à peine endommagés par la tourmente. Tout en regardant le spectacle, Paul imaginait le sentier qui menait à la plage : il devait être impraticable avec toute la boue, les pierres et les branches, les feuilles et les troncs poussés là par l'ouragan. Il allait falloir beaucoup de temps pour qu'il soit nettoyé, et donc, Koké, pour que tu puisses

512

reprendre tes promenades au crépuscule vers la baie des Traîtres. Était-il vrai que les pacifiques Marquisiens avaient tendu cette embuscade à l'équipage du baleinier ? Et qu'ils les avaient tués et dévorés ?

— Je veux dire, qu'elle soit restée avec toi malgré le désastre financier que signifiait ta lubie de devenir peintre, insista l'épicier. (Depuis qu'il en avait entendu parler, il harcelait sans cesse Paul pour avoir plus de détails.) Comment a-t-elle pu te supporter ?

— Elle ne m'a pas supporté longtemps, seulement deux ans, fis-tu en te résignant à lui répondre. Que pouvait-elle faire d'autre ? La Viking n'avait d'autre solution. Mais dès qu'il s'en présenta une, elle me quitta. Ou plutôt, elle s'arrangea pour me faire quitter la maison.

Ils se trouvaient sur la terrasse de Ben, au-dessus du magasin. À l'intérieur, on entendait parler en marquisien la femme de Varney, avec des enfants. Au ciel de Hiva Oa débutait le grand feu d'artifice — bleu, rouge, rose — de tous les crépuscules. Le cyclone de décembre avait fait peu de victimes à Atuona, mais beaucoup de dégâts : renversé des cabanes, arraché des toitures, des arbres, et transformé l'unique rue du hameau en un bourbier troué et suppurant de terre véreuse. Mais la maison en bois de l'Américain, tout comme la Maison du Jouir, avait tenu le coup, avec de légers dommages sitôt réparés. Le plus sinistré des amis était Tioka, le voisin de Koké, dont la cabane entière avait été emportée dans la crue du Maké-Maké. Mais sa famille était indemne. Maintenant le robuste vieillard à barbe blanche et les siens travaillaient sans relâche à construire une autre maison sur le bout de terrain que Koké leur avait offert à l'intérieur de son lopin.

— Il est possible que je ne connaisse pas grand-chose à l'art, admit l'épicier. Je n'en connais même, à vrai dire, rien de rien. Mais il faut reconnaître que c'est assez difficile à comprendre, pour une intelligence normale. Avoir une vie assurée et prospère, et tout plaquer, à trente ans et des poussières, pour se lancer dans une carrière d'artiste, et alors qu'on a une femme et cinq enfants ! Est-ce que ça ne s'appelle pas une folie ?

— Sais-tu une chose, Ben ? Si j'étais resté à la Bourse, j'aurais fini par assassiner Mette et mes enfants, au risque d'avoir, comme le bandit Prado, la tête coupée par la guillotine.

Ben Varney se mit à rire. Mais tu ne plaisantais pas, Koké. Quand, en août 1883, tu t'étais trouvé sans emploi, tu avais touché tes limites. De consacrer une bonne partie de tes journées à faire quelque chose que tu détestais, puisque cela t'empêchait de prendre les pinceaux — ce qui t'importait le plus, désormais, dans la vie —, te mettait dans un état tel qu'il t'aurait mené — tu en étais sûr — au suicide ou au crime. C'est pourquoi tu t'étais senti si heureux de perdre cet emploi, tout en sachant qu'entreprendre une autre vie exigerait de toi, et surtout de Mette, beaucoup de sacrifices. Il en avait été ainsi. C'était le moment ou jamais, Koké, pour un petit démon cruel et méfiant, de vérifier si tu avais une vocation d'artiste, et, plus encore, si tu méritais d'avoir du talent. Vingt ans après, bien que tu aies surmonté toutes les épreuves avec succès, voilà que cette divinité abusive remettait ça. En t'en imposant une nouvelle, la plus infâme : la détérioration de ta vue. Comment pouvais-tu passer cet examen de la semi-cécité en étant peintre ? Pourquoi cet acharnement du sort contre toi ?

Peu après le tout dernier accouchement de Mette, en décembre 1883 — ce benjamin, Paul Rollon, serait toujours appelé Pola —, la famille Gauguin avait quitté Paris pour s'installer à Rouen. Tu avais dans l'idée que la vie là-bas serait meilleur marché et que tu gagnerais de l'argent en vendant tes tableaux aux prospères Rouennais et en faisant leur portrait. Toujours tes chimères, Koké. Tu n'avais pas vendu la moindre toile et on ne t'avait pas commandé un seul portrait. Et, pendant ces huit mois passés dans le minuscule appartement du quartier médiéval, tu avais chaque jour entendu Mette maudire son sort, pleurer et te reprocher de lui avoir caché cette vocation d'artiste qui vous avait ruinés. Mais, ces querelles domestiques, tu t'en souciais comme d'une guigne, Koké.

— J'étais libre et heureux, Ben, fit Paul en riant. Je peignais des paysages normands, des bateaux et des pêcheurs dans le port. Rien que des croûtes, évidemment. Mais j'avais la certitude de devenir bientôt un bon peintre. J'étais à un tournant. Quel enthousiasme coulait dans mes veines, Ben !

— Moi, à la place de Mette, je t'aurais empoisonné, rétorqua l'ex-baleinier. Mais enfin, si tu avais été un bon mari, tu ne serais jamais venu aux Marquises. Sais-tu quoi? Si quelqu'un écrivait notre vie d'hommes échoués ici, ce serait une histoire formidable. Tu te rends compte, Ky Dong, toi, ou moi-même.

— Le plus original c'est ton histoire, Ben, dit Paul. Car manquer son bateau à la suite d'une cuite, c'est quelque chose, non? Si du moins cela s'est bien passé de cette façon.

L'Américain acquiesça, en faisant une moue qui plissa son visage rougeaud couvert de taches de rousseur.

— La vérité, c'est que mes compagnons m'ont soûlé pour pouvoir partir sans moi, fit-il sans amertume, comme s'il parlait d'un autre. Sur le baleinier on me tenait pour un emmerdeur, je crois. Comme on te considère, toi, ici. On se ressemble, Koké. C'est pour cela sans doute que je t'apprécie tant. À propos, où en est ton sac d'embrouilles avec les autorités?

— Que je sache, le procès est ajourné, fit Paul en crachant en direction des palmiers alentour. Le cyclone a peut-être envoyé valdinguer les dossiers. Ils ne peuvent plus me faire de mal. La Nature a défendu l'art contre curés et gendarmes. Le cyclone m'a absous, Ben!

En juillet 1884, Mette Gad était montée sur un bateau, dans le port de Rouen, qui l'avait conduite au Danemark avec trois de ses enfants, en laissant Paul dans la capitale normande en charge de Clovis et de Jean. À Copenhague, les choses allèrent mieux pour la Viking. Sa famille lui avait trouvé du travail comme professeur de français. Ce qui fait — les rêves, Koké, toujours les rêves — que tu avais décidé de te transporter là-bas afin de gagner le Danemark à l'impressionnisme.

— Qu'est-ce que l'impressionnisme ? voulut savoir Ben.

Ils buvaient du brandy et l'épicier était déjà éméché. Paul, en revanche, bien qu'il eût bu davantage que lui, se sentait parfaitement dispos. Dans son dos, de la colline de la mission catholique, le vent leur apportait les cantiques du chœur du collège des sœurs de Saint-Joseph-de-Cluny. Elles répétaient toujours à cette heure. Des cantiques qui n'avaient plus l'air religieux, parce qu'ils s'étaient imprégnés de la joie et du rythme sensuel de la vie marquisienne.

— Un mouvement artistique dont, j'imagine, plus personne ne se souvient à Paris, fit Koké en haussant les épaules. Et maintenant, Ben, le dernier verre. Il se fait tard et avec mes fichus yeux je vais avoir du mal à trouver mon chemin.

Ben Varney l'aida à descendre l'escalier, à traverser le jardin clôturé de grillages et à monter dans sa carriole. Dès qu'il le sentit à bord, le poney se mit en marche. Il connaissait la route par cœur et avançait prudemment dans la semi-clarté du crépuscule, en esquivant les obstacles. Tu n'avais, heureusement, pas à le guider, Paul ; tu n'aurais pas pu, car dans cette pénombre tes yeux rongés par la maladie imprononçable ne distinguaient ni les dos-d'âne ni les nids-de-poule. Tu te sentais bien. Aveugle et content, Koké. L'atmosphère était tiède, bienfaisante, avec une douce brise parfumée de santal. Cela avait été une rude épreuve pour ton orgueil. Devoir habiter au 29 Frederiksbergalle, chez la mère de Mette, nourri, blanchi et humilié par ta belle-mère, les oncles, tantes, sœurs, frères, et même les cousins de ta femme. Aucun ne pouvait comprendre, et encore moins accepter, que tu aies abandonné les finances et la vie bourgeoise pour devenir bohème, pour eux synonyme d'artiste. Ils t'avaient exilé dans la mansarde où, à cause de ton allure minable et excentrique — que tu avais d'ailleurs exagérée, en te vissant sur la tête à l'époque, en représailles contre ta belle-famille, une toque de fourrure rouge —, tu devais rester enfermé tandis que Mette enseignait le français à la jeunesse dorée de la société danoise, car tu courais le risque de les offenser par ton apparence inconvenante et de les faire fuir. Les choses ne s'étaient pas améliorées quand Mette, les enfants et toi aviez quitté la maison de ta belle-mère pour aller vivre — grâce à la vente d'un tableau de ta collection d'impressionnistes — dans une maisonnette au 51, rue Norregada, un quartier sordide de Copenhague, ce qui avait fourni à Mette de nouveaux arguments pour être en colère contre toi et se lamenter sur son sort.

Et puis cette épreuve de l'humiliation et de la solitude dans un pays dont tu ne parlais pas la langue, où tu n'avais pas eu un seul ami, un seul acheteur pour tes tableaux. Alors que tu travaillais sans relâche et avec furie : skieurs dans le parc glacé de Frederiksberg, les arbres du parc de l'Est, ton premier autoportrait. Céramiques, bois, dessins, innombrables esquisses. Un des rares artistes danois à s'intéresser à ce que tu faisais, Theodor Philipsen, était venu regarder tes toiles. Pendant une heure, vous aviez bavardé. Tu t'étais soudain entendu dire au Danois que, pour toi, la sensation était plus importante que la raison. D'où avais-tu tiré pareille théorie? Tu l'inventais au fur et à mesure que tu la disais. La peinture devait être l'expression de la totalité de l'être humain : son intelligence, son adresse artisanale, sa culture, mais aussi ses croyances, ses instincts, ses désirs et ses haines. « Comme chez les primitifs. » Philipsen n'avait pas attaché la moindre importance à ce que tu avais dit; il était aimable et terne, comme tous les Nordiques. Mais toi, si. Tu avais lâché cela sans préméditation; puis, en y réfléchissant, tu allais découvrir que cette formule résumait ton credo esthétique. Jusqu'à aujourd'hui, Koké. Car derrière les infinies affirmations et rejets sur des questions artistiques que tu énonçais et écrivais toutes ces années-là, le noyau inamovible restait le même : l'art occidental était entré en décadence parce qu'il s'était séparé de cette totalité de l'existence qui se manifestait dans les cultures primitives. Où l'art, inséparable de la religion, faisait partie de la vie quotidienne, comme de manger, se parer, chanter et faire l'amour. Tu voulais rétablir dans tes tableaux cette tradition interrompue.

Quand il arriva à la Maison du Jouir, dont les abords, depuis le cyclone de décembre, avaient cessé d'être boisés pour devenir un terrain vague parsemé de maigres arbres et de troncs abattus, il faisait déjà nuit. Un des traits de Hiva Oa : la nuit tombe à l'instant, comme un rideau qui efface la scène. Une agréable surprise. Il y avait là Haapuani et sa femme Tohotama, assis près des caricatures du *Père Paillard* et de *Thérèse*, survivantes de l'ouragan. Ils venaient d'arriver de Tahuate, l'île aux rouquins, comme l'était Tohotama. À quoi devait-il cette agréable visite ?

Haapuani hésita et échangea un long regard avec sa femme, avant de lui répondre, sans joie :

— J'accepte ta proposition. La nécessité m'oblige, Koké.

Depuis qu'il l'avait connu, peu après son arrivée à Atuona, Paul avait voulu peindre Haapuani. Sa personnalité l'intriguait. Il avait été prêtre d'un village maori, à Tahuate, avant l'arrivée des missionnaires français. Nul ne savait vraiment s'il vivait maintenant à Hiva Oa, ou dans son île d'origine, ou bien allant et venant entre les deux. Il disparaissait pour de longues périodes et, au retour, ne disait mot de ses errances. Les indigènes de Hiva Oa lui attribuaient un savoir et des pouvoirs traditionnels, en raison de son ancien métier que, d'après Ky Dong, il pratiquait encore en secret, en cachette de l'évêque Martin, du pasteur Vernier et du gendarme Claverie. Koké l'admirait pour son audace. Car Haapuani, malgré son âge — il devait avoir dans les cinquante ans —, se présentait parfois à la Maison du Jouir habillé et paré comme un *mahu*, un homme-femme, ce qui, bien que laissant indifférents les Maoris, pouvait lui attirer les foudres des deux Églises et de l'autorité civile. Haapuani ne s'était jamais opposé à ce que la belle et plantureuse Tohotama posât — elle l'avait fait souvent —, mais il n'avait jamais accepté que Koké fasse son portrait à lui. Chaque fois que tu le lui avais proposé, il s'était mis en colère. Le cyclone l'avait fait changer d'avis, car s'il avait causé des dommages à Hiva Oa, il avait véritablement ravagé Tahuate, détruisant maisons et fermes et provoquant la mort de dizaines de personnes, dont plusieurs parents de l'ancien sorcier. Haapuani te l'avoua : il avait besoin d'argent. À en juger par sa voix et son expression, cela lui en avait coûté de faire cette démarche.

Mais est-ce que tes misérables yeux allaient te permettre de le peindre ?

Sans plus balancer, Koké accepta avec enthousiasme. Ils se mirent aussitôt d'accord, après quoi Paul avança à Haapuani quelque argent. Il éprouvait une telle excitation à la perspective de peindre cette toile qu'il passa une bonne partie de la nuit éveillé, à se tourner et se retourner dans son lit tandis qu'il entendait miauler les chats sauvages et contemplait, dans un ciel chargé de nuages, les apparitions de la lune. Haapuani savait bien plus de choses qu'il ne voulait l'admettre. Koké l'avait sondé, quand il venait accompagner Tohotama à ses séances de pose. Il n'avait jamais accepté de rien lui révéler sur son passé de prêtre maori. Il avait toujours nié qu'on pratiquât encore le cannibalisme dans certaines îles éloignées de l'archipel. Mais Koké, obsédé par le sujet, n'était pas convaincu par ces dénégations. En revanche, il avait parfois réussi à vaincre la résistance du sorcier à parler de l'art des tatouages, que l'évêque Martin et le pasteur Vernier croyaient avoir aboli. Mais il persistait encore dans les hameaux et les bois perdus de toutes les Marquises, préservant, dans ces lointaines solitudes, sur les peaux cuivrées des hommes et des femmes maoris, l'antique sagesse, la foi et les traditions exorcisées par les missionnaires. Lors de son seul voyage à l'intérieur de Hiva Oa, vers le village de Hanaupe, dans la vallée de Hekeani, pour négocier l'achat de Vaeoho, Koké l'avait vérifié : hommes et femmes du hameau arboraient leurs tatouages sans la moindre inquiétude. Et il avait bavardé, à l'aide d'un interprète, avec le tatoueur du village, un vieillard souriant qui lui avait montré la délicatesse et la sûreté d'artiste avec lesquelles il imprimait sur la peau humaine ces symétriques dessins labyrinthiques. Haapuani qui, chaque fois que Koké l'interrogeait sur les croyances marquisiennes, se hérissait comme un chat, s'enhardissait parfois à lui expliquer le sens des tatouages, et même, un jour, dessinant sur un papier avec la facilité d'un tatoueur expérimenté, lui avait expliqué le faisceau d'allusions enfermé dans certains dessins — les plus anciens, d'après lui —, ceux qui servaient à protéger les guerriers au combat, ceux qui donnaient la force de résister aux embûches des esprits malins, ceux qui garantissaient la pureté de l'âme.

Le sorcier se présenta le lendemain matin à la Maison du Jouir, peu après le lever du soleil. Koké l'attendait dans son atelier. Le ciel était limpide au voisinage d'Atuona, malgré une accumulation de nuages sombres à l'horizon, vers l'île déserte des Brebis, et des éclairs rougeâtres et vipérins qui annonçaient la tempête. Quand il plaça Haapuani dans la meilleure position pour recevoir la clarté naissante, son cœur se serra. Quel malheur, Koké ! Tu distinguais à peine quelque chose de plus qu'une masse, diffuse sur les bords, et des touches de tonalité et de profondeur diverses. Voilà ce qu'étaient maintenant devenues pour tes yeux les couleurs : des taches, des brumes. N'était-il pas inutile de faire cette tentative, Koké ?

— Non, putain, non ! murmura-t-il en s'approchant davantage du sorcier, comme s'il allait l'embrasser ou le mordre. Même si je deviens tout à fait aveugle, ou que je meurs de rage, je te peindrai, Haapuani.

— Il vaut mieux garder ton calme, Koké, lui conseilla le Maori. Puisque tu veux tellement savoir ce que pensent les Marquisiens, voici notre croyance principale : ne jamais devenir furieux, sauf devant l'ennemi.

Tohotama, qui se trouvait quelque part — tu ne l'avais pas entendue arriver —, lâcha un petit rire, comme si tout cela était un jeu. Mette avait elle aussi cette habitude irritante : banaliser les choses importantes en faisant une plaisanterie ou en éclatant de rire. Bien que vous ne soyez jamais devenus amis, le peintre danois Philipsen s'était bien conduit avec toi. Après cette visite au 51, rue Norregada pour voir tes tableaux, il en avait touché un mot à ses relations afin qu'une Société des Amis de l'Art du Danemark patronne une exposition de ta peinture. Elle fut inaugurée le 1er mai 1884, avec une assistance rare quoique distinguée. Des dames et des messieurs, attentifs et cérémonieux, avaient paru s'intéresser à tes toiles et t'avaient posé des questions dans un français léché. Personne, cependant, n'avait acheté le moindre tableau, et aucun compte rendu, ni favorable ni hostile, n'avait paru dans la presse de Copenhague, ce qui fait que l'exposition fut fermée au bout de cinq jours. Tu dirais plus tard que les autorités, académiques et conservatrices, l'avaient fait fermer, scandalisées par tes audaces esthétiques. Mais il n'en était rien. La vérité, c'était que ta seule exposition durant ton séjour à Copenhague avait dû fermer ses portes par manque de public et en raison de l'échec commercial.

Le pire n'avait pas été ta frustration, mais l'indignation envers toi de la famille de Mette après pareil fiasco. Comment ! cet hurluberlu bohème abandonnait sa position et son respectable travail de financier au nom de l'Art, et voilà ce qu'il peignait ! La comtesse Moltke avait fait savoir que si ce personnage grotesquement habillé et efféminé, avec son inénarrable toque rouge, restait à Copenhague, elle cesserait de payer son collège à Emil, l'aîné des Gauguin, ce qu'elle assumait, par charité, depuis six mois. Et la Viking, pâle et sanglotante, s'était risquée à te dire que, si tu ne partais pas, les gosses des diplomates auxquels elle enseignait le français avaient menacé de se chercher un autre professeur. Et alors les enfants et elle allaient mourir de faim. Ils t'avaient jeté de

Copenhague comme un chien, Koké! Tu n'avais eu d'autre solution que de rentrer à Paris par le train, en troisième classe, en emmenant avec toi le petit Clovis, alors âgé de six ans, ce qui soulageait Mette d'une bouche à nourrir. La séparation, en ce début de juin 1885, avait été un chef-d'œuvre d'hypocrisie. Elle et toi aviez simulé une séparation momentanée, exigée par les circonstances, en vous disant que, sitôt la situation revenue au beau, vous vous retrouveriez. Cependant, tu savais parfaitement au fond de toi, et peut-être aussi Mette, que la séparation serait longue, sans doute définitive. N'est-ce pas, Koké? Eh bien! seulement jusqu'à un certain point. Car s'il est vrai que pendant ces dix-huit ans vous ne vous étiez vus qu'une fois et pour quelques jours — elle ne t'avait pas laissé la toucher —, légalement la Viking restait ta femme. Cela faisait combien de mois, déjà, que Mette ne t'écrivait plus, Koké?

Il avait débarqué à Paris sans un centime en poche, avec la charge de l'enfant, et était allé loger chez le bon Schuff, rue Boulard, dans cet appartement d'où tu apercevais les tombes du cimetière Montparnasse. Tu avais trente-sept ans, Koké. Commençais-tu à être un peintre véritable? Pas encore. Comme il n'y avait pas là assez de place pour travailler, tu dessinais et peignais dans les rues, debout près d'un châtaignier du Luxembourg, assis sur les bancs des parcs, au bord de la Seine, sur des cahiers et des toiles que t'offrait l'ami Schuff qui, à l'insu de Louise, sa femme, te glissait parfois quelques francs dans la poche pour qu'à la mi-journée tu puisses t'asseoir un moment à la terrasse d'un café. Était-ce cet été 1885 que, certaines nuits d'insomnie, tu t'étais effrayé en pensant que, peut-être bien, tout ce que tu faisais n'était qu'une monumentale erreur, une folie que tu allais regretter ? Non, la période d'extrême désespoir était venue après. En juillet, grâce à la vente d'un autre tableau de la collection d'impressionnistes (il t'en restait fort peu et tous aux mains de Mette), tu étais parti pour Dieppe. Une colonie de peintres de tes amis, dont Degas, passait l'été là-bas. Ils se retrouvaient dans une maison extraordinairement luxueuse et originale, le Chalet du Bas-Fort-Blanc, qui appartenait au peintre Jacques-Émile Blanche. Tu étais allé leur rendre visite, en croyant que ces camarades allaient t'accueillir à bras ouverts ; mais ils te fermèrent leur porte et tu avais découvert Degas et Blanche t'épiant derrière les rideaux, tandis que le majordome t'éconduisait. Depuis lors, tous deux t'avaient évité comme quelqu'un d'imprésentable. Tu l'étais, Koké. Tu rôdais, seul comme une âme en peine, sur le port et ses falaises, avec ton chevalet, tes peintures et tes cartons, peignant des baigneuses, des plages de sable, de hauts récifs. Tes tableaux étaient mauvais. Tu te sentais dans la peau d'un chien galeux. Comment t'étonner que Degas, Blanche et les autres peintres de Dieppe t'aient évité ? Tu étais habillé comme un mendiant, car c'est ce que tu étais devenu.

Le pire était encore à venir, Koké. Et il vint avec l'hiver, à ton retour à Paris, de nouveau sans argent. Ta sœur María Fernanda te rendit Clovis, dont elle s'était chargée à contrecœur pendant ton séjour à Dieppe. Les Schuffenecker ne pouvaient plus t'héberger. Tu avais alors loué une misérable chambre dans la rue Cail, près de la gare de l'Est, sans meubles. Tu t'étais procuré au marché aux puces un petit lit pour Clovis. Toi tu dormais par terre, tremblant de froid sous une simple couverture. Tu n'avais que des vêtements d'été et Mette ne t'envoya jamais ceux d'hiver que tu avais laissés à Copenhague. Les derniers mois de 1885 et le début de l'année 1886 furent glacés, avec d'abondantes chutes de neige. Clovis contracta la varicelle et tu ne pus même pas lui acheter des médicaments ; il survécut parce que, sans doute, il avait le même sang vigoureux que toi, et un esprit rebelle qui savait faire face à l'adversité. Tu le nourrissais de quelques poignées de riz et toi, bien souvent, mangeais à peine un croûton de pain. Alors — quel désespoir, Koké ! — tu avais dû cesser de peindre pour que l'enfant et toi puissiez remonter la pente. Tu en étais à penser que la solution était peut-être de te jeter du haut d'un pont dans les eaux glacées de la Seine, l'enfant dans les bras, quand tu avais trouvé du travail : colleur d'affiches publicitaires dans les gares de Paris. À la bonne heure, Koké ! C'était un travail dur, exposé au froid et au vent, qui te barbouillait de colle des pieds à la tête, mais, en quelques semaines, il t'avait permis d'épargner suffisamment pour placer Clovis dans une modeste pension, à Antony, aux environs de Paris.

Cet hiver 1885-1886, quand tu fus sur le point de rendre les armes, avait-il été le pire moment de ta vie ? Non. Le pire, c'était celui-ci, où tu avais pourtant un toit pour dormir et — grâce à Daniel de Monfreid et au galeriste Ambroise Vollard — un peu d'argent qui te permettait de manger et de boire. Car rien, pas même cet horrible hiver dix-huit ans plus tôt, ne se comparait à l'impuissance qui était jour après jour la tienne, quand tu t'efforçais, à tâtons presque, de jeter sur la toile les couleurs et les formes suggérées par la présence de Haapuani. Sa seule présence, car tout ce que tu voyais de lui, pratiquement, n'était qu'une silhouette sans visage. Cela ne t'importait guère. Tu abritais dans ta mémoire, bien net, le visage plein de grâce, malgré les années, du mari de Tohotama, et aussi l'idée de ce que devait être le tableau. Un beau sorcier qui est, en même temps, un *mahu*. Un être coquet et distingué, avec des fleurs dans ses longs et raides cheveux féminins, enveloppé dans une grande cape rouge flottant sur ses épaules, une feuille dans sa main droite dénonçant ses connaissances secrètes du monde végétal — philtres d'amour, potions curatives, poisons, décoctions magiques — et, derrière lui, comme toujours dans tes tableaux (pourquoi, Koké ?), deux femmes immergées dans la végétation — réelles ou peut-être fantastiques, blotties dans de mystérieuses capuches masculines d'allure monacale et médiévale —, l'observant, fascinées ou effrayées par sa conduite mystérieuse et équivoque, et son insolente liberté. Il fallait qu'il y ait aussi un chien, aux pieds du sorcier, à l'étrange ossature, issu peut-être de l'enfer maori. Un coq noir, un fleuve blanc-bleu ; et un ciel de crépuscule surgissant au fond, entre les arbres. Tout cela, tu le voyais fort bien dans ton esprit, mais pour le faire passer sur la toile, tu avais besoin de consulter à tout moment Haapuani lui-même, ou Tohotama, ou Tioka qui venait, parfois, te regarder travailler, sur les couleurs, et les mélanges que tu faisais plus ou moins par intuition, sans pouvoir en vérifier le résultat. Ils avaient de la bonne volonté, mais ne disposaient ni des paroles ni des connaissances nécessaires pour répondre à tes questions. L'idée que leurs informations inexactes puissent gâcher ton travail te torturait. Tu progressais très lentement. Avançais-tu ou reculais-tu? Comment le savoir? Quand l'impuissance t'arrachait un gémissement, une crise de larmes et de jurons, Haapuani et Tohotama restaient à côté de toi, sans bouger, respectueux, à attendre que tu te calmes et reprennes le pinceau.

Alors Paul se souvint qu'en cet hiver si dur dix-huit ans plus tôt, alors qu'il collait des affiches dans les gares de chemin de fer de Paris, le hasard lui avait mis entre les mains un petit livre qu'il avait trouvé, oublié ou jeté là par son possesseur, sur une chaise de café, près de la gare de l'Est, où il s'asseyait pour boire une absinthe à la fin de sa journée de travail. Son auteur était un Turc, l'artiste, philosophe et théologien Mani Velibi-Zumbul-Zadi qui, dans cet essai, avait mêlé ses trois vocations. La couleur, d'après lui, exprimait quelque chose de plus caché et de plus subjectif que le monde naturel. Elle était une manifestation de la sensibilité, des croyances et des fantaisies humaines. La mise en valeur et l'usage des couleurs traduisaient la spiritualité d'une époque, les anges et les démons des personnes. Aussi les artistes authentiques ne devaient-ils pas se sentir tenus par un quelconque mimétisme pictural face au monde naturel : bois vert, ciel bleu, mer grise, nuage blanc. Ils avaient pour obligation d'user des couleurs en accord avec des exigences intimes ou le simple caprice personnel : soleil noir, lune solaire, cheval bleu, flots émeraude, nuages verts. Mani Velibi-Zumbul-Zadi disait aussi — enseignement des plus conséquents à cette heure, Koké — que les artistes, pour préserver leur authenticité, devaient s'abstraire des modèles et peindre en se fiant exclusivement à leur mémoire. Ainsi leur art matérialiserait-il mieux leurs vérités secrètes. C'est ce que, vu l'état de tes yeux, tu étais en train de faire, Koké. Le *Sorcier de Hiva Oa* serait-il ta dernière œuvre de peintre? La question te donnait des nausées de tristesse et de rage.

— Quand je finirai ce tableau, je ne reprendrai plus les pinceaux, Haapuani.

— Tu veux dire que, pour m'avoir peint, je vais t'enterrer, Koké?

— En quelque sorte. Tu vas m'enterrer et moi, en revanche, je vais t'immortaliser. Tu seras gagnant, Haapuani.

— Je peux te poser une question, Koké? — Tohotama était restée muette et immobile toute la matinée, au point que Paul n'avait pas remarqué sa présence.

— Pourquoi as-tu mis cette cape rouge sur les épaules de mon mari? Haapuani ne s'habille jamais comme ça. Et je ne connais personne non plus, à Hiva Oa ou à Tahuata, qui le fasse.

— Eh bien ! c'est cela que je vois sur les épaules de ton mari, Tohotama. (Koké se sentit revivre en entendant la voix épaisse et profonde de la jeune femme, qui correspondait si bien à sa robuste anatomie, ses cheveux roux, ses seins turgescents, ses larges hanches, ses grosses et luisantes cuisses, toutes ces belles choses qu'il ne pouvait maintenant que se rappeler.) Je vois tout le sang versé par les Maoris au long de leur histoire. En luttant entre eux, en se disputant la nourriture et la terre, en se défendant contre des envahisseurs en chair et en os ou contre des démons de l'autre monde. Dans cette cape rouge, il y a toute l'histoire de ton peuple, Tohotama.

— Je ne vois qu'une cape rouge que jamais personne n'a mise ici, insista-t-elle. Et les capuches de ces deux-là ? Ce sont des femmes, Koké ? Ou des hommes ? Pas des Marquisiens en tout cas. On n'a jamais vu dans ces îles une femme ou un homme qui se mette ça sur la tête.

Il sentit le désir de la caresser, mais il n'en fit rien. Tu tendrais les bras vers elle et ne trouverais que le vide, car elle t'esquiverait facilement. Alors le ridicule t'envahirait. Mais de l'avoir désirée, ne fût-ce qu'un instant, te réjouit, car une des conséquences de la progression sur ton corps de la maladie imprononçable était le manque de désir. Tu n'étais pas tout à fait mort, Koké. Un peu de patience et d'obstination encore, et tu achèverais ce maudit tableau.

Après tout, c'était peut-être vrai, ce qu'au séminaire de La Chapelle-Saint-Mesmin, dans ton enfance à Orléans, aimait à répéter monseigneur Dupanloup dans son enseignement religieux, quand il exaltait les héros de la chrétienté : c'était en tombant au plus bas que l'âme pécheresse pouvait prendre le plus d'élan, pour atteindre au plus haut, comme chez Robert le Diable, le méchant absolu qui avait fini saint. C'est ce qui t'était arrivé après cet atroce hiver 1885-1886 à Paris, où tu avais senti que tu t'enfonçais dans la fange. À partir de là, tu avais commencé à t'élever vers la surface, vers l'air pur, peu à peu. Ce miracle avait un nom : Pont-Aven. Beaucoup de peintres et d'amateurs d'art parlaient de la Bretagne, de la beauté de ses paysages sauvages, de son isolement, de ses tempêtes romantiques. Pour toi, l'attrait de la Bretagne combinait deux raisons : une idéale et l'autre pratique. À Pont-Aven, petit bourg perdu du Finistère, tu trouverais encore une culture archaïque, des gens qui, au lieu de renoncer à leur religion, à leurs croyances et leurs coutumes traditionnelles, s'y accrochaient avec un souverain mépris envers les efforts de l'État et de Paris pour les intégrer à la modernité. D'un autre côté, tu pourrais y vivre avec peu d'argent. Même si les choses n'avaient pas tout à fait répondu à ton attente, ton départ pour Pont-Aven — treize heures de train, par la route de Quimperlé —, en cet ensoleillé mois de juillet 1886, avait été jusqu'alors la décision la plus pertinente de ta vie.

Car c'est à Pont-Aven que tu avais commencé, vraiment, à être un peintre. Un grand peintre,

Koké. Même si les snobs et les esprits frivoles de Paris l'avaient oublié à cette heure. Il se rappelait fort bien son arrivée, moulu après ce long voyage, sur la petite place triangulaire de ce pittoresque village de carte postale, au milieu d'une vallée fertile flanquée de collines boisées et couronnée par un bois dédié à l'Amour, sur lequel flottait, dans l'air salé de l'après-midi, la présence de la mer. Il y avait là de quoi loger les richards, ces Américains et ces Anglais en quête de couleur locale : l'hôtel des Voyageurs et le Lion d'Or. Ce n'étaient pas ces hôtels que tu étais venu chercher là, toi, mais la modeste auberge de Mme Gloanec qui, insensée ou sainte, accueillait dans sa pension les artistes dans le besoin et acceptait — femme magnifique ! — de recevoir, à défaut d'argent payant le gîte et le couvert, les tableaux qu'ils peignaient. La meilleure décision de ta vie, Koké ! Une semaine après ton installation à la pension Gloanec, tu t'habillais déjà en pêcheur breton — sabots, casquette, gilet brodé, casaque bleue — et tu étais devenu, plus que par ta peinture, par ta séduction naturelle, ton verbe exubérant, ta foi cyclopéenne en toi-même et sans doute aussi par ton âge, le chef de file de la demi-douzaine de jeunes artistes qui logeaient là grâce à la bonté ou à la stupidité de la merveilleuse veuve Gloanec. Tu étais enfin sorti de l'abîme, Paul. Maintenant, à toi les chefs-d'œuvre !

Deux ou trois jours plus tard, Tohotama interrompit à nouveau le travail de Koké par des exclamations en maori marquisien, qu'il ne comprit pas, à l'exception du mot *mahu* perdu au milieu des phrases. Dans le monde d'ombres et de clartés contrastées qui était désormais le sien, il se rendit compte que, piqué par la curiosité, Haapuani abandonnait l'endroit où il posait pour s'approcher du tableau, voir ce qui excitait Tohotama. Et c'était qu'au lieu de le montrer avec un paréo à la taille ou nu, sur la toile le sorcier exhibait, sous sa cape rouge, une espèce de tunique enserrant comme un gant son corps svelte, un vêtement fort court qui laissait à découvert ses si féminines jambes galbées. Haapuani observa la toile un bon moment sans rien dire. Puis il reprit la pose que Koké lui avait indiquée.

— Tu ne m'as rien dit sur ton portrait, fit Paul en reprenant le minutieux, l'impossible travail. Comment tu le trouves ?

— Tu vois partout du *mahu*, fit le sorcier en esquivant la réponse. Où il y en a et aussi où il n'y en a pas. Tu ne vois pas le *mahu* comme une chose naturelle, mais comme un démon. Tu ressembles en cela aux missionnaires, Koké.

Était-ce vrai ? Oui, il t'était arrivé quelque chose de curieux voici deux mois, quand tu avais peint *La sœur de charité*, ce tableau pour lequel Tohotama précisément avait posé. Finalement, ce n'avait pas été un tableau sur la religieuse mais sur l'homme-femme qui se trouve devant elle, ce dont tu avais été à peine conscient en le peignant. Pourquoi cette obsession du *mahu* ?

— Pourquoi ne me dis-tu pas comment tu as trouvé ton portrait ? dit Koké, insistant.

— Tout ce que je sais, rétorqua le Maori, c'est que je ne suis pas celui qui est peint là.

— Celui qui est là c'est le Haapuani que tu portes à l'intérieur, lui expliqua Koké. Celui qui a dû se cacher au fond de toi pour ne pas être découvert par les curés et les gendarmes. Que tu me croies ou pas, je t'assure que celui qui est peint ici c'est toi. Et pas seulement toi. Le véritable Marquisien, celui qui est en train de disparaître, celui dont il ne restera bientôt plus trace. À l'avenir, pour savoir comment étaient les Maoris, les gens consulteront mes peintures.

Tohotama éclata d'un rire franc, joyeux et insouciant qui enrichissait la matinée, et Haapuani se mit à rire aussi, mais à contrecœur. Ce soir-là, après le départ du couple, Tioka, venu bavarder avec lui — il passait deux fois par jour à la Maison du Jouir pour voir si Koké n'avait besoin de rien —, resta longtemps à observer la toile. Pour mieux la voir, il approcha une des torches de l'entrée. Paul ne lui posa aucune question. Au bout d'un moment, son voisin, habituellement avare de paroles, lui donna son sentiment :

— Dans beaucoup de toiles, tu as peint les femmes de ces îles avec des muscles et des corps d'homme, affirma-t-il, intrigué. Mais ici tu as fait le contraire : tu as peint Haapuani comme si c'était une femme.

Si ce que Tioka disait était exact, *Le sorcier de Hiva Oa* était plus ou moins conforme à ce que tu avais conçu, bien que tu l'aies peint presque tout le temps à l'aveuglette, avec de petits intervalles où la luminosité du jour, ton effort de volonté ou le petit dieu compatissant éclairaient ta vision et où tu pouvais, pendant quelques minutes, corriger des détails, accentuer ou adoucir les couleurs. Ce n'est pas seulement la vue qui te faisait défaut. Le poignet aussi. Le tremblement de ta main était parfois si fort que tu devais t'allonger un moment sur le lit, jusqu'à ce que ton corps s'apaise et que cessent ces incontrôlables mouvements de tes muscles. C'étaient seulement tes chefs-d'œuvre, Koké, que tu avais peints dans cet état d'incandescence. *Le sorcier de Hiva Oa* était-il un chef-d'œuvre ? Si tes yeux pouvaient voir correctement la toile, ne fût-ce que quelques secondes, tu le saurais. Mais tu resterais toujours dans le doute.

Lors de la séance suivante, Tohotama lui parla du tableau. Pourquoi étais-tu toujours si intéressé par les *mahus*, les hommes-femmes, Koké ? Il lui donna une sotte explication — « ils sont pittoresques, hauts en couleur, exotiques, Tohotama » —, mais la question tourna dans sa tête tout le jour. Et il continua d'y penser pendant la nuit, dans son lit, après avoir soupé d'un peu de fruits, changé son pansement aux jambes et avalé contre la douleur quelques gouttes de laudanum dans un verre d'eau. Pourquoi, Koké ? Peut-être parce que dans ce *mahu* fugitif, à moitié invisible et pourchassé, abhorré comme une aberration et un péché par curés et pasteurs, survivait le dernier trait indompté de ce sauvage Maori dont bientôt, grâce à l'Europe, il ne resterait plus trace. Le Marquisien primitif serait absorbé et digéré par la culture chrétienne et occidentale. Cette culture que tu avais défendue avec tant de verve et de brio, tant d'exagérations et de calomnies, à

Tahiti, dans *Les Guêpes* et *Le Sourire*, Koké. Absorbé et digéré comme l'avait déjà été le Tahitien. Remis dans le rang, quant à la religion, la langue, la morale et, bien entendu, le sexe. Dans un avenir très proche, les choses seraient aussi claires pour les Marquisiens qu'elles l'étaient pour un quelconque Européen, croyant et bourgeois. Il y avait deux sexes et cela suffisait, non? Bien différenciés et séparés par un abîme infranchissable : homme et femme, mâle et femelle, verge et vagin. L'ambiguïté, en matière d'amour et de désir, était, comme en matière de foi, une manifestation de barbarie et de vice, aussi dégradante pour la civilisation que l'anthropophagie. L'homme-femme, la femme-homme étaient des anormalités qu'il fallait exorciser, comme Dieu le Père l'avait fait avec Sodome et Gomorrhe. Malheur aux rares *mahus* qui restaient dans ces îles ! Les colons et les administrateurs coloniaux, dans leur hypocrisie, les recherchaient comme domestiques, en raison de leur bonne réputation en tant que cuisiniers, lavandiers, gardes d'enfants ou gardiens des foyers. Mais pour ne pas se faire mal voir des religieux, ils leur interdisaient toute parure, tout vêtement féminin. Quand, avec beaucoup d'appréhension et de peur d'être découverts, probablement, ils piquaient des fleurs dans leurs cheveux, se mettaient des bracelets aux poignets et aux chevilles, quand ils se paraient comme des jeunes filles et osaient se montrer ainsi, de façon fugace, les *mahus* ne se doutaient pas que c'étaient là les derniers éclats d'une culture à l'agonie. Cette façon saine, spontanée, libre, des

primitifs de s'accepter avec tout ce qu'ils portaient en eux — leurs désirs et leurs fantaisies —
avait ses jours comptés. *Le sorcier de Hiva Oa* était
une pierre tombale, Koké.

Malgré ce que t'avait dit cette vieille Maorie
aveugle en touchant ton pénis encapuchonné, tu
étais plus près d'eux que de gens comme monseigneur Martin ou le gendarme Jean-Pierre
Claverie. Ou que de ces colons abrutis par l'ignorance et la cupidité auxquels tu avais servi de
mercenaire, à Papeete. Car toi tu comprenais les
sauvages. Tu les respectais. Tu les enviais. Tandis
que pour tes prétendus compatriotes tu n'avais
que mépris.

De cela au moins tu étais sûr, Koké. Ta peinture
n'était pas celle d'un Européen moderne et civilisé. Personne ne se tromperait à ce sujet. Bien
que t'en doutant vaguement depuis longtemps,
c'est en Bretagne, d'abord à Pont-Aven, puis au
Pouldu, que tu l'avais compris en toute certitude.
L'art devait rompre ce moule étroit, ce minuscule
horizon où avaient fini par l'emprisonner les
artistes et les critiques, les académiciens et les
collectionneurs de Paris, pour s'ouvrir au monde,
se mêler aux autres cultures, respirer d'autres
airs, voir d'autres paysages, connaître d'autres
valeurs, d'autres races, d'autres croyances,
d'autres formes de vie et de morale. Ce n'est
qu'ainsi qu'il retrouverait la vigueur que l'existence molle, frivole et mercantile des Parisiens
lui avait retirée. Tu l'avais fait, toi, en partant à
la rencontre du monde, en allant chercher,
apprendre, t'enivrer de ce que l'Europe mécon-

naissait ou refusait. Cela t'avait coûté cher, mais vraiment, tu ne le regrettais pas, Koké, hein?

Tu ne le regrettais pas. Tu étais fier d'être arrivé jusqu'ici, même si c'était dans cet état. Peindre avait un prix et tu l'avais payé. Quand, après les mois d'été et d'automne passés à Pont-Aven, tu étais revenu à Paris affronter l'hiver, tu étais une autre personne. Tu avais changé de peau et d'esprit; tu étais euphorique, sûr de toi, fou de joie d'avoir enfin découvert ton chemin. Et avide d'énormités et de scandale. Une des premières choses que tu avais faites, à Paris, ce fut d'attaquer la belle Louise, la femme de ce bon Schuff, avec qui tu ne t'étais permis jusqu'alors que quelques galanteries. Imbu, maintenant, de ce nouveau naturel turbulent, téméraire, iconoclaste, anarchique, tu avais profité de la première occasion de vous retrouver tous deux seuls — Schuff donnait son cours de dessin à l'académie des Beaux-Arts — pour sauter sur Louise. Pouvait-on dire que tu avais abusé d'elle, Paul? Ce serait excessif. Tu l'avais échauffée, puis convaincue. Car Louise n'avait résisté qu'au début, plus pour garder les formes que par conviction. Et elle n'avait jamais paru se repentir, ensuite, de ce faux pas.

— Vous êtes un sauvage, Paul. Comment osez-vous poser vos mains sur moi?

— Tu l'as dit, ma belle, je suis un sauvage. Ma morale n'est pas celle des bourgeois. Maintenant, mes instincts ordonnent mes actes. Grâce à cette nouvelle philosophie je serai un grand artiste.

Une déclaration de principes, Koké, qui s'était révélée prophétique. Ce bon Schuff était-il au courant de ta trahison? S'il l'avait apprise, il était capable de t'avoir pardonné. Un être supérieur, cet Alsacien. Bien meilleur que toi, sans doute, pour la morale civilisée. C'est pourquoi, sans doute, le bon Schuff avait toujours été un mauvais peintre.

Le lendemain, après d'ultimes retouches, Koké paya à Haapuani ce qu'il lui devait. Le tableau était terminé. L'était-il? Tu l'espérais bien. Tu n'avais plus de forces, en tout cas, ni dans ton corps ni dans ta tête pour le travailler encore.

XXI

LA DERNIÈRE BATAILLE

Bordeaux, novembre 1844

Quand, ce funeste 24 septembre 1844, peu après son arrivée à Bordeaux, Flora Tristan accepta cette invitation à assister, d'une loge du Grand Théâtre, au concert du pianiste Franz Liszt, elle ne se doutait pas que cet événement mondain, où les dames bordelaises brillaient de tous leurs bijoux et de toutes leurs parures, serait sa dernière activité publique. Les semaines qui lui restaient, elle les passerait dans un lit et au domicile de deux saint-simoniens, rien de moins, les époux Élise et Charles Lemonnier, auxquels un an plus tôt elle avait refusé d'être présentée parce qu'elle les considérait comme trop bourgeois. Paradoxes, Florita, paradoxes jusqu'à ton dernier souffle !

Elle ne se sentait pas mal en arrivant à Bordeaux ; seulement fatiguée, irritée et déçue parce que, depuis son départ de Carcassonne, à Toulouse comme à Agen, les préfets et commissaires du royaume lui avaient rendu la vie difficile, faisant irruption dans ses réunions avec les ouvriers, les interdisant, voire les dispersant à coups de bâton. Son pessimisme venait moins de sa santé que des autorités, décidées à l'empêcher par tous les moyens d'achever sa tournée.

Comment imaginer, à ton retour de Londres cinq ans plus tôt, avec tout cet enthousiasme à l'idée de forger la grande alliance des femmes et des ouvriers et de transformer la société par l'union des travailleurs qui t'avait jetée frénétiquement dans l'action, que tu finirais traquée par un pouvoir qui te tenait pour un suppôt de la subversion, toi, alors que tu étais une pacifiste pure et dure ? Tu étais revenue à Paris pleine de projets et de rêves, et aussi de bonne santé. Tu lisais assidûment les deux principales revues ouvrières, *L'Atelier* et *La Ruche Populaire* (les seules qui aient fait l'éloge de tes *Promenades dans Londres*), et les œuvres des divers messies, philosophes, doctrinaires et théoriciens du changement social, que tu cherchais aussi à rencontrer, ce qui, plus qu'instructif, s'était révélé troublant et chaotique. Que d'excentriques, parmi les socialistes et les réformateurs anarchistes, que de cinglés prêchant un vrai délire mental ! Ainsi ce Ganneau, charismatique sculpteur — son seul souvenir te faisait éclater de rire — aux airs de croque-mort, fondateur de l'*évadisme*, doctrine fondée sur l'idée de l'égalité entre les sexes et promoteur de la libération de la femme, que, l'espace de quelques semaines et fort naïvement, tu avais pris au sérieux. Le respect dans lequel tu le tenais vola en éclats le jour où ce sombre personnage aux yeux fanatiques et aux interminables mains t'avait expliqué que le nom de son mouvement, *éva-*

disme, provenait du couple primordial — Ève et Adam — et qu'il se faisait appeler Mapah par ses disciples en hommage à la famille, car c'était un mot-valise alliant maman et papa. C'était un imbécile, ou alors un fou à lier.

Ce harcèlement policier avait fait capoter ce qui aurait pu être une visite profitable de Toulouse, du 8 au 19 septembre. Le lendemain de son arrivée Flora était en réunion avec une vingtaine d'ouvriers à l'hôtel des Postes, rue de la Pomme, quand le commissaire Boisseneau avait fait irruption dans la salle. Cet homme ventru, à la moustache hirsute et à l'œil revêche, l'avait avertie sans même ôter son chapeau melon ni la saluer :

— Vous n'êtes pas autorisée à venir prêcher la révolution à Toulouse.

— Je ne viens pas faire la révolution, mais la différer, monsieur le commissaire. Lisez mon livre avant de me juger, lui avait rétorqué Flora. Depuis quand une femme seule fait-elle peur aux commissaires et préfets de la plus puissante monarchie d'Europe ?

Le fonctionnaire s'était retiré des plus sèchement : « Vous voilà prévenue. »

Ses tentatives pour parler avec le préfet de Toulouse avaient été vaines. L'interdiction avait découragé ses contacts dans la ville. Elle put à peine tenir une rencontre secrète, dans une auberge du quartier Saint-Michel, avec huit artisans du cuir. Pleins d'appréhension à l'idée d'être découverts par la police, ils l'écoutaient avec des yeux terrifiés, sans quitter du regard la porte d'entrée. Sa visite à *L'Émancipation*, journal qui se proclamait démocrate et républicain, avait été un autre échec : les journalistes la regardaient comme si elle vendait des poudres contre les hallucinations ou le mauvais œil, sans prêter la moindre attention à son exposé détaillé sur les objectifs de l'Union ouvrière. Quelqu'un lui avait demandé si elle était gitane. Ce fut le comble quand le plus culotté de ces *chevaliers*, un rédacteur du nom de Riberol, maigre comme un manche à balai, le regard libidineux, se mit à lui faire de l'œil et à lui susurrer des phrases à double sens.

— Vous cherchez à me séduire, pauvre imbécile ? l'avait interrompu à voix haute Madame-la-Colère. Vous êtes-vous jamais regardé dans une glace, malheureux ?

Elle était partie en claquant la porte. Ta fureur était retombée au souvenir — quel dédommagement, Florita ! — du visage empourpré de honte de Riberol que ton impulsive réaction avait laissé la bouche ouverte, au milieu des rires de ses collègues.

À Agen où tu étais restée quatre jours, les choses ne s'étaient pas mieux passées qu'à Toulouse, toujours par la faute de la police. Il y avait dans la ville plusieurs sociétés ouvrières de secours mutuel, prévenues de son arrivée, depuis Paris, par l'aimable Agricol Perdiguier, justement surnommé « Avignonnais la Vertu » : cet esprit magnanime, en désaccord avec les idées de Flora, l'avait pourtant aidée comme personne. Les amis de Perdiguier lui avaient ménagé des rencontres avec diverses corporations. Mais seule la première avait eu lieu. La réunion rassemblait une quinzaine de charpentiers et de typographes, dont deux à l'esprit vif se montrèrent résolus à constituer un comité. Ils l'avaient accompagnée rendre visite à la gloire locale, le poète-coiffeur Jasmin, en qui Flora avait mis beaucoup d'espoir. Mais, bien entendu, les flatteries de la bourgeoisie avaient aussi transformé cet ancien poète populaire en quelqu'un de vaniteux et de stupide. Pas un seul, apparemment, n'échappait à ce destin. Il ne tenait plus à se rappeler ses origines prolétaires et adoptait des poses olympiennes. Il était rondouillard, mou, ridiculement coquet. Il assomma Flora en lui racontant la réception que lui avaient ménagée à Paris des écrivains éminents tels que Nodier, Chateaubriand et Sainte-Beuve, et l'émotion qui l'avait paralysé en récitant ses « poèmes gascons » devant Louis-Philippe lui-même. Sa Majesté, émue de l'entendre, avait essuyé une larme. Quand Flora lui expliqua le but de sa visite et réclama son aide pour l'Union ouvrière, le poète-coiffeur fit une grimace épouvantée : jamais !

— Je n'appuierai jamais vos idées révolutionnaires, madame. Trop de sang a déjà été répandu en France. Pour qui me prenez-vous ?

— Pour un travailleur conséquent et loyal envers ses frères, monsieur. À ce que je vois, je me suis trompée. Vous n'êtes qu'un saltimbanque, un pantin de plus parmi les bouffons de la bourgeoisie.

— Dehors, hors de chez moi ! lui fit ce Jasmin bouffi de prétention en lui montrant la porte. Méchante femme !

Ce même après-midi, le commissaire était venu l'informer à son hôtel qu'il ne lui permettrait aucune autre réunion dans la ville. Flora avait décidé de passer outre. Elle s'était présentée à l'auberge de la rue du Temple où l'attendaient quarante travailleurs de différents corps de métier, surtout des cordonniers et des tailleurs de pierre. Elle exposait ses thèses depuis seulement dix minutes quand l'auberge fut cernée par une vingtaine de sergents de ville et une cinquantaine de soldats. Le commissaire, un quadragénaire robuste armé d'un ridicule porte-voix où il poussait des cris de stentor, avait ordonné à l'assistance de sortir un par un, pour relever au fur et à mesure nom et domicile. Flora les avait priés de ne pas bouger. « Mes frères, obligeons la force publique à nous faire sortir ; que le scandale éclate et que l'opinion publique soit informée de cet abus de pouvoir. » Mais la plupart, craignant de perdre leur emploi, avaient obéi et étaient sortis en file, la casquette à la main, la tête basse. Il n'en était resté que sept, qui s'étaient mis autour d'elle. Alors les sergents étaient entrés et les avaient matraqués en les insultant. Puis les avaient jetés dehors sans ménagement. Mais elle, ils ne l'avaient pas touchée, dédaignant de répondre à ses véhémentes protestations : « Frappez-moi aussi, bande de lâches ! »

— La prochaine fois que vous ne respecterez pas l'interdiction, vous irez au cachot, avec les voleuses et les prostituées d'Agen, l'avait menacée de sa grosse voix le commissaire ; il gesticulait avec son porte-voix comme un jongleur de cirque.

Vous savez désormais à quoi vous en tenir, madame.

Cela avait refroidi les mutuelles et corporations d'Agen, qui annulèrent toutes les rencontres programmées. Personne n'accepta sa suggestion de tenir des réunions clandestines à effectif restreint. Si bien que les derniers jours de Flora à Agen avaient été voués à la solitude, l'ennui et la frustration. Plus que par le commissaire et ses chefs, elle était indignée par la couardise des ouvriers. Au premier coup de semonce des autorités, ils filaient comme des lapins !

La veille de son départ pour Bordeaux il lui était arrivé quelque chose de curieux. Elle avait trouvé dans le petit secrétaire de sa chambre, à l'hôtel de France, une très jolie montre en or, oubliée par quelque client. Alors qu'elle s'apprêtait à la rapporter à la réception, elle fut saisie par la tentation : « Et si je la gardais pour moi ? » Non par convoitise, ce dont à ce moment de sa vie elle était parfaitement dépourvue. Mais plutôt pour savoir : quel effet cela faisait-il aux voleurs qui commettaient leur méfait ? Éprouvaient-ils peur, joie, remords ? Ce qu'elle avait ressenti, les heures suivantes, avait été tout à la fois de l'abattement, du mécontentement, une peur panique et une impression de ridicule. Elle avait décidé de la rendre au moment de partir. Mais n'avait pu attendre si longtemps. À sept heures, l'angoisse était si intense qu'elle était descendue remettre la montre entre les mains du directeur de l'hôtel, en disant, faussement, qu'elle venait de la trouver. Tu n'aurais pas été une bonne voleuse, Andalouse.

À y bien réfléchir, Florita, ta tournée n'avait pas été si inutile. Cette mobilisation de commissaires et de préfets ces dernières semaines pour t'empêcher de rencontrer les ouvriers n'indiquait-elle pas que ton mouvement commençait à prendre ? Tu gagnais à ta cause peut-être plus de prosélytes que tu ne le pensais. Les graines que tu semais sur ton passage produiraient tôt ou tard un grand mouvement. Français, européen, universel. En un an et demi d'action politique, tu étais déjà devenue une ennemie du pouvoir, une menace pour le royaume. Quel succès, Florita ! Tu ne devais pas te déprimer, au contraire. Que de progrès depuis cette réunion à Paris organisée le 4 février 1843 par le magnifique Gosset, « le père des forgerons », pour te permettre de parler pour la première fois de l'Union ouvrière à un groupe de travailleurs parisiens ! Un an et demi ce n'était pas beaucoup. Mais avec toute cette fatigue dans tes os et tes muscles, cela te paraissait un siècle.

Tu avais oublié bien des choses de ces derniers dix-huit mois, si riches en épisodes, en enthousiasmes et aussi en échecs, mais tu n'oublierais jamais ta première intervention publique pour expliquer tes idées dans cette mutuelle ouvrière patronnée par Gosset, sous la présidence d'Achille François, une légende parmi les teinturiers du cuir parisiens. Ta nervosité était si grande que tu en avais mouillé ta culotte, ce que, par chance, nul n'avait remarqué. On t'avait écoutée, posé des questions, une discussion avait éclaté, pour aboutir finalement à la constitution d'un comité de sept personnes comme noyau organisateur du mouvement. Que tout cela t'avait semblé facile alors, Florita! Un mirage. Lors des réunions suivantes avec ce premier comité, les choses avaient dégénéré, car on critiquait ton texte, pas encore imprimé, de *L'Union ouvrière*. Et d'abord parce que tu avais parlé du « pitoyable état matériel et moral » des ouvriers de France. Cela leur semblait défaitiste, démoralisant, même si c'était la vérité. En t'entendant traiter ceux qui te critiquaient de « brutes et d'ignorants qui ne voulaient pas être sauvés », Gosset, le « père des forgerons », t'avait fait la leçon, et tu t'en souviendrais longtemps :

— Ne vous laissez pas gagner par l'impatience, Flora Tristan. Vous êtes au début du combat. Prenez exemple sur Achille François. Il travaille de six heures du matin à huit heures du soir pour donner à manger aux siens, puis de huit heures à deux heures du matin, pour ses frères ouvriers. Est-il juste de le traiter de « brute et d'ignorant » parce qu'il se permet de n'être pas d'accord avec vous ?

Le « père des forgerons », lui, n'était ni brute ni ignorant, en tout cas. C'était plutôt un puits de science qui, dans les premières semaines de ton apostolat, à Paris, t'avait appuyée plus que personne. Tu en étais venue à le considérer comme un maître, un père spirituel. Mais Mme Gosset n'avait pas compris cette sublime camaraderie. Un beau soir, furibonde et les poings sur les hanches, elle s'était présentée chez Achille François, où se tenait une réunion, et, telle une furie grecque, s'était précipitée sur toi en t'agonisant d'injures. Crachant sa salive et écartant vivement de son visage ses cheveux de sorcière, elle avait menacé de te dénoncer à la justice si tu persistais à vouloir lui prendre perfidement son mari! La vieille Gosset croyait que tu voulais tourner la tête de ce dirigeant ouvrier, ce vieillard! Ah, Florita, quel rire! Oui, quel rire! Mais cette scène de vaudeville prolétaire t'avait appris que rien n'était facile, et encore moins de lutter pour la justice et l'humanité. Et aussi que, dans certains cas, bien que pauvres et exploités, les ouvriers ressemblaient fort aux bourgeois.

Ce concert de Liszt à Bordeaux, fin septembre 1844, auquel tu assistas plus par curiosité que par goût pour la musique (quel tête avait ce pianiste qui, depuis six mois, croisait ta route sur les chemins de France?), s'acheva comme un autre vaudeville: une syncope soudaine qui te fit rouler à terre et attira tous les regards de l'auditoire — parmi lesquels celui, furieux, du propre pianiste interrompu — vers ta loge du Grand Théâtre. Et qui culmina avec l'article de ce journaliste égaré, qui profitait de ton évanouissement pour te présenter comme une sylphide mondaine: « Admirablement belle, taille élégante et légère, air orgueilleux et vif, yeux pleins du feu de l'Orient, longue chevelure noire qui pourrait lui servir de manteau, joli teint olivâtre, dents blanches et fines, Mme Flora Tristan, écrivain et réformatrice sociale, fille de l'éclair et de l'ombre, a été prise hier soir d'un vertige, peut-être provoqué par les transes dans lesquelles l'ont plongée les sublimes arpèges du maître Liszt. » Tu avais rougi jusqu'à la racine des cheveux en lisant cette stupide frivolité, à ton réveil dans ce lit moelleux. Où étais-tu, Florita ? Cette élégante chambre parfumée de fleurs fraîches, aux délicats rideaux filtrant la lumière, n'avait rien à voir avec ta modeste petite chambre d'hôtel. C'était la résidence de Charles et Élise Lemonnier qui, la veille, après ta syncope au Grand Théâtre, avaient insisté pour t'amener chez eux. Ici tu serais mieux soignée qu'à l'hôtel ou à l'hôpital. Et ce fut le cas. Charles était avocat et professeur de philosophie, et son épouse Élise animatrice d'écoles professionnelles pour enfants et adolescents. Saint-simoniens convaincus, amis du « Père » Prosper Enfantin, idéalistes, cultivés, généreux, ils se consacraient à la fraternité universelle et au « nouveau christianisme » prêché par Saint-Simon. Ils ne te gardaient pas la moindre rancune pour l'affront que tu leur avais infligé l'année précédente en refusant de faire leur connaissance. Ils avaient lu tes livres et t'admiraient.

Le comportement du couple envers Flora, les semaines suivantes, ne pouvait être plus prévenant. Ils lui donnèrent la meilleure chambre de la maison, firent venir un prestigieux médecin de Bordeaux, le docteur Mabit fils, et engagèrent une infirmière, Mlle Alphine, pour assister la malade de jour comme de nuit. Ils acquittèrent le prix des consultations et des médicaments, et ne permirent même pas à Flora d'envisager de les dédommager de ces dépenses.

Le docteur Mabit fils signala qu'il pouvait s'agir du choléra. Le lendemain, après un nouvel examen, il rectifia son diagnostic en estimant qu'il s'agissait plutôt, probablement, d'une fièvre typhoïde. Malgré l'état d'exténuation totale de la malade, il se déclara optimiste. Il la mit à la diète, lui prescrivit un repos absolu, des frictions et des massages, ainsi qu'une potion reconstituante qu'elle devait prendre jour et nuit, toutes les demi-heures. Les deux premiers jours, Flora réagit favorablement à ce régime. Mais elle eut le troisième jour une congestion cérébrale, avec une fièvre très élevée. Pendant des heures elle demeura en état de semi-inconscience, délirant. Les Lemonnier convoquèrent une assemblée de médecins, présidée par une éminence locale, le docteur Gintrac. Ces médecins de faculté, après l'avoir examinée et avoir échangé entre eux leurs avis, firent part de leur perplexité. Ils pensaient, néanmoins, qu'en dépit de la gravité de son cas, elle pouvait être sauvée. Il ne fallait pas perdre espoir ni permettre à la malade de se rendre compte de son état. Ils prescrivirent des saignées et des ventouses, et de nouvelles potions, cette fois toutes les quinze minutes. Pour aider la garde-malade, Mlle Alphine, qui s'occupait de Flora avec un dévouement religieux, les Lemonnier engagèrent une autre infirmière de nuit. Quand, lors de l'un des moments de lucidité de leur hôte, les maîtres de maison demandèrent à Flora si elle ne voulait pas recevoir la visite de quelque membre de sa famille — votre fille Aline, peut-être? —, elle n'hésita pas : « Éléonore Blanc, de Lyon. C'est aussi ma fille. » L'arrivée d'Éléonore à Bordeaux — ce visage tant aimé, si pâle et si tremblant, se penchant plein d'amour sur son lit — rendit à Flora sa confiance, la volonté de lutter et l'amour de la vie.

Au début de sa campagne pour l'Union ouvrière, un an et demi plus tôt, *La Ruche Populaire* s'était fort bien comportée envers elle, contrairement à l'autre journal ouvrier, *L'Atelier*, qui, d'abord, l'avait ignorée, puis ridiculisée en l'accusant de vouloir devenir « une O'Connell en jupons ». *La Ruche*, en revanche, avait organisé deux débats, à l'issue desquels quatorze des quinze présents avaient voté en faveur d'un appel aux ouvriers et ouvrières de France, rédigé par Flora, les invitant à s'unir dans la future Union ouvrière. Bien qu'elle eût rapidement surmonté sa peur initiale de parler en public — elle le faisait avec aisance et était excellente au moment des discussions —, elle restait toujours sur un sentiment de frustration, parce que dans ces réunions rares étaient les femmes à participer, malgré ses exhortations à le faire. Quand elle parvenait à en convaincre quelques-unes, elle les voyait si intimidées et inhibées qu'elle éprouvait pour elles de la pitié — en même temps que de la colère. Elles n'osaient presque jamais ouvrir la bouche et, quand l'une d'elles le faisait, elle regardait d'abord les hommes présents comme pour demander leur autorisation.

La publication de *L'Union ouvrière*, en 1843, fut une véritable prouesse, dont tu te sentais encore fière maintenant, dans les moments où tu t'évadais de tes souffrances et de cette indifférence totale envers l'entourage où te plongeait la maladie. Éditer ce petit livre qui en était déjà à sa troisième édition et qui circulait dans des centaines de mains ouvrières avait été, n'est-ce pas, Andalouse? un triomphe du caractère contre l'adversité. Tous les éditeurs que tu connaissais à Paris avaient refusé de le publier sous des prétextes futiles. La vérité, c'est qu'ils craignaient de s'attirer des problèmes avec les autorités.

Alors, un matin où tu contemplais de ton balconnet de la rue du Bac les tours massives de l'église Saint-Sulpice — l'une d'elles inachevée —, tu t'étais rappelé l'histoire (ou la légende, Florita?) du curé Jean-Baptiste Languet de Geray qui, un beau jour, avait voulu ériger une des plus belles églises de Paris avec la seule aide de la charité. Et, sans plus attendre, il s'était mis à mendier de porte en porte. Pourquoi ne ferais-tu pas de même pour imprimer un livre qui pouvait devenir l'Évangile du futur pour les femmes et les ouvriers du monde entier? Tu n'avais pas plus tôt conçu cette idée que tu rédigeais déjà un « Appel à toutes les personnes d'intelligence et de dévouement ». Tu l'avais fait précéder de ta signature, suivie de celles de ta fille Aline, de ton ami le peintre Jules Laure, de ta domestique Marie-Madeleine et de ton homme à tout faire, Noël Taphanel et, sans perdre de temps, tu avais entrepris de le faire circuler dans toutes les maisons d'amis et de connaissances, afin qu'ils apportent leur collaboration financière au livre. Comme tu étais encore robuste et forte, Flora! Tu pouvais trotter de douze à quinze heures dans tout Paris, apportant et rapportant cet appel — tu l'avais montré à plus de deux cents personnes —, appuyé finalement par des gens aussi connus que Béranger, Victor Considerant, George Sand, Eugène Sue, Pauline Roland, Frédérick Lemaître, Paul de Kock, Louis Blanc et Louise Collet. Mais d'autres personnages importants te claquèrent la porte au nez, comme Delacroix, David d'Angers, Mlle Mars et, bien entendu, Étienne Cabet, le communiste icarien, qui voulait avoir le monopole du combat pour la justice sociale dans l'univers tout entier.

Cette année 1843, le profil des personnes qui défilaient dans son appartement de la rue du Bac avait changé du tout au tout. Flora recevait le jeudi après-midi. Auparavant, les visiteurs étaient des employés animés de curiosité intellectuelle, des journalistes et des artistes ; mais, au début de 1843, ce furent principalement des dirigeants de mutuelles et de sociétés ouvrières, et quelques fouriéristes et saint-simoniens, qui se montraient généralement assez critiques envers ce qu'ils qualifiaient de radicalisme excessif chez Flora. Les Français n'étaient pas les seuls à faire leur apparition dans l'étroit domicile de la rue du Bac, pour prendre la tasse de chocolat fumant qu'elle offrait à ses invités en leur disant, sans sourciller, qu'il venait de Cuzco. On trouvait aussi, parfois, quelque chartiste ou oweniste anglais de passage à Paris, et un soir apparut un socialiste allemand réfugié en France, Arnold Ruge. C'était un homme grave et intelligent, qui l'avait écoutée avec attention, en prenant des notes. Il avait été très impressionné par la thèse de Flora sur la nécessité de constituer un grand mouvement international qui unirait les ouvriers et les femmes du monde entier pour en finir avec l'injustice et l'exploitation. Il lui avait posé beaucoup de questions. Il parlait un français impeccable et avait demandé à Flora la permission de revenir la semaine suivante, accompagné d'un ami allemand, un jeune philosophe également réfugié, du nom de Karl Marx, avec qui, il en était sûr, elle s'entendrait à merveille, car il avait des idées semblables aux siennes sur la classe ouvrière, à laquelle il attribuait lui aussi une fonction rédemptrice pour l'ensemble de la société.

Arnold Ruge était revenu, en effet, la semaine suivante, avec six camarades allemands, tous exilés, parmi lesquels le socialiste Moses Hess, très connu à Paris. Aucun d'eux n'était Karl Marx, retenu par la préparation du dernier numéro d'une revue qu'il publiait avec Ruge et qui était la tribune du groupe : les *Annales franco-allemandes*. Tu devais pourtant faire sa connaissance peu après, en des circonstances pittoresques, dans une petite imprimerie de la rive gauche de la Seine, la seule qui eût accepté d'imprimer *L'Union ouvrière*. Tu surveillais l'impression de ces pages, sur la vieille presse à pédales du local, quand un jeune énergumène à longue barbe, suant et congestionné par la mauvaise humeur, s'était mis à protester, dans un français guttural horripilant et postillonnant. Pourquoi l'imprimerie ne tenait-elle pas ses engagements envers lui et différait-elle l'impression de sa revue pour privilégier « les étalages littéraires de cette dame qui venait d'arriver » ?

Naturellement, Madame-la-Colère s'était levée de sa chaise et était allée à sa rencontre :

— Étalages littéraires, avez-vous dit? s'écria-t-elle en élevant la voix autant que cet énergumène. Sachez, monsieur, que mon livre s'appelle *L'Union ouvrière* et qu'il peut changer l'histoire de l'humanité. De quel droit venez-vous pousser ces cris de chapon?

Le personnage vociférant avait marmonné quelque chose en allemand, puis admis qu'il ne connaissait pas cette expression. Que signifiait « un chapon »?

— Consultez un dictionnaire et perfectionnez votre français, lui conseilla Madame-la-Colère en riant. Et profitez-en pour vous couper cette barbe de porc-épic qui vous donne un aspect si sale.

Rouge d'impuissance linguistique, l'homme lui avait dit qu'il ne comprenait pas non plus « porc-épic » et que, dans ces conditions, cela n'avait pas de sens de poursuivre la discussion, madame. Il avait pris congé en faisant une courbette compassée. Puis Flora avait appris par le propriétaire de l'imprimerie que cet étranger irritable était Karl Marx, l'ami d'Arnold Ruge. Elle s'amusa à imaginer la surprise du bonhomme s'il se présentait un jour avec lui, un jeudi, aux réunions de la rue du Bac et entendait Flora dire en lui tendant la main : « Ce monsieur et moi sommes de vieilles connaissances. » Mais Arnold Ruge ne l'avait jamais mené chez elle.

Les deux semaines passées par Éléonore Blanc à Bordeaux, où elle ne quitta pas le chevet de Flora, firent penser aux médecins que la malade avait entrepris une lente mais effective récupération. On la sentait plus animée, malgré son extrême amaigrissement et ses souffrances physiques. Elle avait de très fortes douleurs au ventre et à la matrice, ainsi que, parfois, à la tête et au dos. Les praticiens lui prescrivirent un peu d'opium, qui la calmait et la maintenait dans un état de torpeur pendant plusieurs heures. Dans ses intervalles de lucidité, elle bavardait avec désinvolture et sa mémoire semblait bien fonctionner. (« As-tu suivi mon conseil, Éléonore, de te demander toujours le pourquoi de tout ? — Oui, madame, je le fais tout le temps et ainsi j'apprends beaucoup. ») Dans une de ces périodes, elle dicta une petite lettre affectueuse à sa fille Aline qui, alertée par les Lemonnier sur sa maladie, lui avait adressé, d'Amsterdam, des pages émues. Par ailleurs, Flora demandait à Éléonore des informations détaillées sur le comité de Lyon de l'Union ouvrière, qui devait, insistait-elle, servir de phare à tous les comités créés jusqu'à présent.

— Quelles chances a-t-elle de s'en tirer ? demanda Charles Lemonnier. devant Éléonore, au docteur Gintrac.

— Il y a quelques jours, je vous aurais répondu : très peu, marmonna le médecin, en nettoyant son monocle. Je me sens maintenant plus optimiste. Disons, cinquante pour cent. Ce qui m'inquiète, c'est cette balle dans sa poitrine. À cause de sa faiblesse, il pourrait se produire un déplacement de ce corps étranger. Cela lui serait fatal.

Au bout de deux semaines, Éléonore, bien malgré elle, dut retourner à Lyon. Sa famille et son travail la réclamaient, ainsi que ses compagnons du comité de l'Union ouvrière, dont elle était, suivant en cela les ordres de Flora, et sans vanité aucune, la locomotive. Elle garda un parfait sang-froid en prenant congé de la malade, à qui elle promit de revenir quelques semaines plus tard. Mais dès qu'elle sortit de sa chambre, elle éclata en sanglots que les raisonnements et les consolations d'Élise Lemonnier furent impuissants à calmer. « Je sais que je ne verrai plus madame », répétait-elle, les lèvres exsangues à force de les mordre.

Et, en effet, aussitôt après le départ d'Éléonore pour Lyon, l'état de Flora empira. Elle fut prise de vomissements de bile qui laissaient dans la pièce une vilaine odeur persistante, à laquelle seule Mlle Alphine, en son infinie patience, résistait ; elle nettoyait tout et se chargeait aussi, matin et soir, de la toilette de la malade. De temps en temps, Flora était secouée de spasmes qui la jetaient hors de son lit, en proie à une force disproportionnée pour son corps, qui chaque jour devenait plus maigre, jusqu'à faire d'elle un squelette aux yeux creusés et aux bras comme des allumettes. Les deux infirmières et les Lemonnier réussissaient à grand-peine à la maîtriser pendant ces crises.

Mais la plupart du temps, grâce à l'opium, elle restait à demi inconsciente, les yeux grands ouverts et un éclat d'épouvante dans les pupilles, comme si elle avait des visions. Elle se lançait parfois dans des monologues incohérents, où elle parlait de son enfance, du Pérou, de Londres, d'Arequipa, de son père, des comités de l'Union ouvrière, ou bien engageait d'ardentes polémiques avec de mystérieux adversaires. « Ne pleurez pas pour moi », l'entendirent dire un jour Élise et Charles, alors qu'ils lui tenaient compagnie, assis à son chevet. « Imitez-moi, plutôt. »

Depuis l'apparition de *L'Union ouvrière*, en juin 1843, les réunions de Flora avec des sociétés ouvrières, dans des quartiers du centre ou de la périphérie de Paris, avaient été quotidiennes. Elle n'avait plus besoin de les solliciter ; elle s'était fait connaître dans le milieu et se voyait inviter par maintes organisations corporatives et d'entraide mutuelle, et quelquefois aussi par des groupes socialistes, fouriéristes et saint-simoniens. Un club de communistes icariens avait même fait une pause dans ses collectes destinées à acheter des terres au Texas, où ils se proposaient de bâtir l'Icarie, le paradis projeté par Étienne Cabet, afin de venir écouter ses théories. Cette réunion avec les Icariens s'était achevée dans un énorme brouhaha.

Ce qui déconcertait le plus Flora dans ces fiévreuses assemblées, qui pouvaient se prolonger jusque tard dans la nuit, c'était que bien souvent, au lieu de débattre des grands sujets qu'elle proposait — les Palais ouvriers pour vieillards malades et victimes d'accidents, l'instruction universelle et gratuite, le droit au travail, le Défenseur du Peuple —, on perdait son temps en vétilles et banalités, pour ne pas dire stupidités. Presque inévitablement un ouvrier reprochait à Flora d'avoir critiqué dans son livre les travailleurs qui « allaient dans les bars boire au lieu de consacrer l'argent gaspillé en alcool à acheter du pain pour leurs enfants ». Lors d'une réunion, dans une mansarde de l'impasse Jean-Auber, près de la rue Saint-Martin, un charpentier appelé Roly lui avait lancé : « Vous avez commis une véritable trahison en dénonçant à la bourgeoisie les vices ouvriers. » Flora lui avait répondu que la vérité devait être l'arme principale des prolétaires, tout comme l'hypocrisie et le mensonge étaient toujours celles des bourgeois. En tout cas, quelle qu'en soit la gêne provoquée, elle continuerait de traiter de vicieux le vicieux et de stupide le stupide. La vingtaine de travailleurs qui l'écoutaient n'en avaient pas été très convaincus, mais, craignant un de ces accès de colère sur lesquels couraient déjà des légendes à Paris, aucun ne l'avait réfutée et ils l'avaient même gratifiée d'applaudissements forcés.

Te souviens-tu, Flora, dans cette brume vaporeuse, londonienne, où tu flottes, de ton extravagante idée d'un *Hymne de l'Union ouvrière* pour accompagner ta grande croisade, tout comme *La Marseillaise* avait accompagné la Grande Révolution de 1789 ? Oui, tu t'en souviens, faiblement, ainsi que de la façon grotesque, carnavalesque, dont tout cela avait fini. La première personne à laquelle tu t'étais adressée pour lui demander de rédiger l'*Hymne de l'Union ouvrière* avait été Béranger. L'illustre chansonnier t'avait reçue chez lui à Passy, où il déjeunait avec trois invités. Mi-impressionnés, mi-moqueurs, les quatre hommes t'avaient écoutée dire combien il était indispensable de disposer le plus tôt possible, pour entreprendre la révolution sociale pacifique, de cet Hymne qui toucherait les ouvriers et les inciterait à la solidarité et à l'action. Béranger avait décliné l'offre en expliquant qu'il lui était impossible d'écrire sur commande, sans inspiration. Et le grand Lamartine avait également refusé, en indiquant que tu prêchais ce qu'il avait déjà annoncé dans sa visionnaire *Marseillaise de la Paix*.

Alors Flora avait eu la mauvaise idée de lancer un concours de « Chant pour célébrer la fraternité humaine ». Le prix en serait une médaille offerte par le toujours généreux Eugène Sue. Erreur fatale, Andalouse ! Une centaine de poètes et de compositeurs prolétariens avaient concouru, décidés à gagner la médaille et la renommée par tous les moyens, y compris l'intrigue, à défaut de talent. Tu n'aurais jamais imaginé que la vanité que tu prenais, naïvement, pour un vice bourgeois, pût inspirer tant d'embrouilles, de calomnies, de coups bas parmi les concurrents populaires, pour se disqualifier les uns les autres et remporter le prix. Tu avais rarement pris autant de colères, poussé autant de cris, jusqu'à en perdre la voix, que par la faute de ces poétaillons et de ces musicastres. Le jour où le jury accablé décerna le prix à M. A. Thys, on découvrit que l'un des concurrents dépités, un poète du nom de Ferrand, sympathique crétin qui se présentait lui-même, fort sérieusement, comme « Grand Maître de l'Ordre Lyrique des Templiers », avait, en apprenant qu'un autre était le lauréat, chapardé la médaille et les livres du prix. Tu en riais, Florita ? Tu n'étais donc pas au plus mal, s'il te restait des forces pour sourire, fût-ce en rêvant et sous l'effet de l'opium.

Tu entendais vaguement parler, mais tu n'étais pas assez concentrée ni lucide pour savoir ce qu'on disait. C'est pourquoi, le 11 novembre 1844, quand cet audacieux thuriféraire des fidèles catholiques, qui disait s'appeler Stouvenel, se présenta avec un curé chez Charles et Élise Lemonnier pour t'administrer l'extrême-onction, en assurant que tu étais croyante et avais fait appel à lui par le passé, tu ne pus te défendre et — Madame-la-Colère désormais sans voix, sans forces et sans conscience — chasser de ta chambre l'imposteur et le curé. Surpris, trompés, Élise et Charles Lemonnier, toujours tolérants envers toutes les croyances, se laissèrent embobiner et les firent entrer, et disposer à leur guise de ton corps inerte. Par la suite, quand Éléonore Blanc, indignée, leur fit savoir que madame n'aurait jamais permis une telle pantomime obscurantiste si elle avait gardé toute sa tête, les Lemonnier en furent affligés et irrités. Mais le faux Stouvenel et le corbeau ensoutané avaient déjà atteint leur but, et faisaient courir dans les rues et sur les places de Bordeaux ce mensonge selon lequel Flora Tristan, apôtre des femmes et des ouvriers, avait réclamé sur son lit de mort les secours de notre Sainte Église pour entrer dans la vie éternelle en paix avec le Seigneur. Pauvre Florita !

Dès qu'elle avait eu entre les mains les premiers exemplaires de *L'Union ouvrière*, Flora les avait adressés à toutes les sociétés corporatistes et mutualistes dont elle avait obtenu l'adresse. Et elle distribua un prospectus sur le livre dans trois mille ateliers et usines de toute la France. Te rappelles-tu combien de lettres tu avais reçues des lecteurs de ton livre-manifeste? Quarante-trois. Toutes avec des mots d'encouragement et d'espoir, malgré l'interrogation craintive de certains sur l'obstacle représenté par ta condition de femme. Était-ce fondé, Florita? Pas tellement, à vrai dire. Car tu avais pu, tant bien que mal, ces huit derniers mois, faire beaucoup de propagande en faveur de l'alliance des travailleurs et des femmes, et installé bon nombre de comités. Tu n'aurais guère fait mieux si au lieu de jupes tu avais porté des pantalons. Une des lettres reçues venait d'un ouvrier icarien de Genève, qui commandait vingt-cinq exemplaires pour ses compagnons d'atelier. Une autre, du serrurier Pierre Moreau d'Auxerre, organisateur de mutuelles, le premier à t'inciter à quitter Paris et à entreprendre une grande tournée dans toute la France, dans toute l'Europe, pour propager tes idées et mettre en marche l'Union ouvrière.

Il t'avait convaincue. Tu avais commencé aussitôt les préparatifs. C'était une grande idée, tu le ferais. C'est ce que tu avais dit au brave Moreau, et à tous ceux qui t'écoutaient, et à toi-même, dans la frénésie de ces mois de préparatifs : « On a beaucoup parlé des ouvriers, dans des débats, en chaire, dans des assemblées. Mais personne n'a essayé de parler avec eux. Moi je vais le faire. J'irai les chercher dans leurs ateliers, dans leurs maisons, dans les tavernes au besoin. Et là, devant leur misère, je les attendrirai sur leur sort et les obligerai malgré eux à sortir de l'épouvantable misère qui les dégrade et les tue. Et je les ferai s'unir à nous, les femmes. Et les obligerai à lutter. »

Tu l'avais fait, Florita. Malgré la balle logée près de ton cœur, malgré tes malaises et tes fatigues, et ce mal abominable, anonyme, qui minait tes forces, tu l'avais fait au long de ces huit derniers mois. Si les choses n'avaient pas mieux tourné, ce n'était pas faute d'effort, de conviction, d'héroïsme, d'idéalisme. Il est vrai que dans cette vie les choses ne tournaient jamais aussi bien que dans les rêves. Dommage, Florita !

Comme ses douleurs, malgré l'opium, la faisaient rugir et se tordre, le 12 novembre 1844 les médecins lui firent poser des cataplasmes sur le ventre et des ventouses dans le dos. Sans la soulager le moins du monde. Le 14, ils annoncèrent qu'elle était à l'agonie. Après avoir gémi et hurlé pendant une demi-heure, dans un état d'exaltation fiévreuse — votre dernier combat, Madame-la-Colère — elle tomba dans le coma. À dix heures du soir elle était morte. Elle avait quarante et un ans et ressemblait à une vieille femme. Les époux Lemonnier coupèrent deux mèches de ses cheveux, une pour Éléonore Blanc, l'autre pour Aline.

Une brève dispute surgit entre les Lemonnier et Éléonore au sujet des dispositions de Flora sur ses restes, qu'ils connaissaient tous les trois. Éléonore était d'avis, conformément aux dernières volontés de madame, de faire don de sa tête au président de la Société Phrénologique de Paris, et de son corps au docteur Lisfranc pour qu'il en pratique l'autopsie à l'hôpital de la Pitié devant ses élèves. Et de jeter ensuite ses restes à la fosse commune, sans aucune cérémonie.

Mais Charles et Élise Lemonnier firent valoir que cette décision testamentaire ne devait pas être respectée, au nom de la cause que Flora avait servie avec tant de courage et de générosité. Il fallait permettre aux femmes et aux ouvriers, ceux de maintenant et ceux de demain, d'aller s'incliner sur sa tombe pour lui rendre hommage. Éléonore finit par se rendre à leurs arguments. Aline ne fut pas consultée.

Les Lemonnier confièrent à un artiste bordelais le soin du masque mortuaire de la défunte et achetèrent, pour recevoir ses restes, une tombe dans l'ancien cimetière de La Chartreuse. Son corps fut veillé deux jours durant, mais il n'y eut aucune cérémonie religieuse, et aucun prêtre ne fut admis à la veillée funèbre.

L'enterrement eut lieu le 16 novembre, peu avant midi. Le cortège sortit de la rue Saint-Pierre, du domicile des Lemonnier, et, à pied, sous un ciel gris et pluvieux, parcourut à pas lents les rues du centre de Bordeaux jusqu'à La Chartreuse. Il était composé de quelques écrivains, journalistes, avocats, d'un bon nombre de femmes du peuple et d'une centaine d'ouvriers. Ces derniers se relayaient pour porter le cercueil, qui ne pesait presque rien. Les cordons du poêle étaient tenus par un charpentier, un tailleur de pierre, un forgeron et un serrurier.

Lors de la cérémonie au cimetière, les Lemonnier remarquèrent la présence, un peu à l'écart du cortège, du prétendu Stouvenel, celui qui avait fait entrer le curé chez eux. C'était un homme mince, strictement vêtu de sombre. Malgré tous ses efforts, il ne parvenait pas à retenir ses larmes. Il semblait décomposé par la douleur. Quand l'assistance fut dispersée, les Lemonnier s'approchèrent pour lui demander des comptes. Ils furent impressionnés par sa maigreur et sa pâleur.

— Vous nous avez menti, monsieur Stouvenel, lui dit Charles d'un ton sévère.

— Ce n'est pas mon nom, répondit-il, tremblant, en éclatant en sanglots. Je vous ai menti pour son bien. C'est la personne que j'ai le plus aimée au monde.

— Qui êtes-vous? demanda Élise Lemonnier.

— Mon nom est sans intérêt, dit l'homme d'une voix empreinte de souffrance et d'amertume. Elle me connaissait sous un vilain surnom, inventé à l'époque pour me ridiculiser par les gens de cette ville : le Divin Eunuque. Vous pouvez rire de moi, quand j'aurai le dos tourné.

XXII

LES CHEVAUX ROSES

Atuona, Hiva Oa, mai 1903

Il sut que sa vie entrait dans la dernière ligne droite quand, au début de l'année 1903, il remarqua que, dernièrement, il n'avait plus besoin d'user de ruse et de flatterie pour attirer à la Maison du Jouir les gamines du collège Sainte-Anne, que dirigeaient ces six petites nonnes de l'ordre des Sœurs de Cluny qui, lorsqu'elles le rencontraient dans Atuona, faisaient le signe de la croix. Car les filles, plus fréquemment cette fois, et en plus grand nombre, s'échappaient de l'école pour lui rendre clandestinement visite. Ce n'est pas toi qu'elles venaient voir, bien sûr, tout en sachant parfaitement que, si elles entraient dans la maison et se mettaient à portée de tes mains, toi, plus pour accomplir un rite que pour le plaisir, maintenant que tu étais un homme à moitié aveugle et invalide, tu leur caresserais les seins, les fesses, le sexe, et les inciterais à se déshabiller. Tout cela déclenchait chez elles des galopades, de petits cris, une joyeuse excitation, comme si elles pratiquaient avec toi un sport plus risqué que de fendre les eaux de la baie des Traîtres avec une pirogue maorie. Pour dire le vrai, elles venaient voir tes photos pornographiques. Qui avaient dû devenir un objet mythique, le symbole même du péché, pour les professeurs et les élèves des écoles de la mission catholique et de la petite école protestante, ainsi que pour tous les habitants d'Atuona. Et elles venaient aussi, bien sûr, rire aux éclats devant les figures du jardin qui ridiculisaient monseigneur Joseph Martin — *Père Paillard* — et sa gouvernante et maîtresse supposée, *Thérèse*.

Pourquoi, Koké, ces gamines seraient-elles venues si librement à la Maison du Jouir si elles t'avaient encore tenu pour dangereux, comme les premiers mois, comme la première année de ton séjour à Hiva Oa ? Dans l'état pitoyable où tu te trouvais, il n'y avait plus aucun risque pour ces petites Marquisiennes : ni celui de perdre leur virginité, ni celui d'être engrossées. Tu n'aurais pu leur faire l'amour quand bien même elles te l'auraient permis, car depuis quelque temps déjà tu n'avais plus d'érection, ni une once de désir sexuel. Seulement des picotements, d'affolantes démangeaisons sur les jambes, seulement des élancements dans tout le corps et ces crises de palpitations qui te coupaient le souffle.

Le pasteur Vernier l'avait persuadé d'interrompre, pour un temps du moins, les piqûres de morphine, auxquelles l'organisme de Koké s'était habitué, car elles ne faisaient plus d'effet contre la douleur. Obéissant, il avait confié la seringue à l'épicier Ben Varney, pour ne pas avoir la tentation sous la main. Mais les cataplasmes et les frictions d'un onguent à la moutarde commandé à Papeete n'atténuaient pas ses plaies brûlantes aux deux jambes, dont la puanteur, de surcroît, attirait les mouches. Seules les gouttes de laudanum le calmaient, le plongeant dans une torpeur végétale dont il sortait à peine quand venait le voir un de ses amis — son voisin Tioka, qui avait maintenant reconstruit sa maison, l'Annamite Ky Dong, le pasteur Vernier, Frébault et Ben Varney —, ou quand faisaient irruption, comme une bande d'oiseaux, les gamines du collège des Sœurs de Cluny pour contempler, les pupilles enflammées et bourdonnant comme des frelons, les accouplements des cartes postales érotiques de Port-Saïd.

La présence de ces filles malicieuses et coquines dans la Maison du Jouir était une bouffée de jeunesse autour de toi, quelque chose qui te distrayait, l'espace d'un moment, de tes infirmités et te mettait un peu de baume au cœur. Tu laissais les petites circuler dans toutes les pièces, fouiller, fouiner partout, et tu ordonnais à tes domestiques de leur offrir à boire et à manger. Les Sœurs de Cluny leur donnaient une éducation en règle ; autant que tu aies pu t'en rendre compte, aucune de ces visiteuses clandestines n'avait emporté d'objet ou de dessin en souvenir de la Maison du Jouir.

Un jour, encouragé par le beau temps et un fléchissement du prurit de ses jambes, il s'était fait porter, aidé par ses deux domestiques, à sa carriole tirée par le poney, et il était parti faire une promenade ; en descendant vers la plage, la vision du soleil se réverbérant sur l'îlot voisin de Hanakee — cachalot immobile et éternel — , avant de se coucher, l'émut aux larmes. Et il regretta avec plus de nostalgie que jamais sa santé perdue. Comme tu aurais aimé, Koké, pouvoir grimper sur ces montagnes, le Temêtu et le Feani, aux pentes boisées et escarpées, et explorer leurs vallées profondes, à la recherche de hameaux perdus, où tu aurais vu opérer les tatoueurs secrets qui t'auraient invité à quelque festin d'anthropophagie rajeunissante. Car, tu le savais, rien de cela n'avait disparu dans l'intimité profonde des forêts inaccessibles à l'autorité de monseigneur Martin, et du pasteur Vernier, et du gendarme Claverie. Au retour, en parcourant la rue qui était l'épine dorsale d'Atuona, ses faibles yeux perçurent, sur le terrain vague jouxtant les constructions de la mission catholique — l'école des garçons, celle des filles, l'église et la résidence de l'évêque Joseph Martin —, quelque chose qui l'amena à arrêter son poney et à s'approcher. Disposées en cercle et surveillées par une des nonnettes, un groupe d'élèves parmi les plus petites jouaient dans un joyeux brouhaha. Ce n'était pas la brume de chaleur qui déformait ces profils, ces silhouettes engoncées dans les grands tabliers missionnaires des écolières, qui, sitôt que la fillette « en punition », au milieu, s'approchait pour demander quelque chose à une de ses compagnes, changeaient à toute vitesse de position dans le cercle; c'était sa vue déclinante qui brouillait la vision de ce jeu enfantin. Que demandait la fillette « en punition » à ses petites compagnes du cercle, dont elle s'approchait, et qu'est-ce que celles-ci lui répondaient en la renvoyant ? Il était évident qu'il s'agissait de formules, que les unes et les autres répétaient mécaniquement. Elles ne jouaient pas en français, mais dans le maori marquisien que Koké comprenait mal, surtout dans la bouche des enfants. Mais il devina immédiatement de quel jeu il s'agissait, ce que demandait la fille « punie » en sautant de l'une à l'autre dans le cercle, et comment elle était toujours rejetée avec le même refrain :

— C'est ici le Paradis ?

— Non, mademoiselle, pas ici. Allez demander un peu plus loin.

Une bouffée de chaleur l'envahit. Pour la seconde fois de la journée, ses yeux s'emplirent de larmes.

— Elles jouent au Paradis, n'est-ce pas, ma sœur ? demanda-t-il à la religieuse, une petite et mince bonne femme, qui flottait dans son habit à grands plis.

— Un lieu où vous n'entrerez jamais, lui rétorqua la nonnette en lui faisant de son petit poing une sorte d'exorcisme. Partez, ne vous approchez pas de ces fillettes, je vous en prie.

— Moi aussi je jouais, enfant, à ce jeu, ma sœur.

Koké fouetta son poney et le dirigea vers la rumeur du Maké-Maké, au bord duquel se trouvait la Maison du Jouir. Pourquoi t'attendrissais-tu en découvrant que ces petites Marquisiennes jouaient, elles aussi, au jeu du Paradis ? Parce qu'en les voyant, ta mémoire te renvoyait, avec cette netteté des choses qui échapperait à jamais à tes yeux désormais, ta propre image, en culotte courte, bavoir et cheveux bouclés, courant aussi, comme enfant « en punition », au centre d'un cercle de petits cousins et cousines, et de gosses du voisinage dans le quartier de San Marcelo, demander à droite et à gauche, dans ton espagnol liménien : « C'est ici le Paradis ? — Non, un peu plus loin, monsieur, demandez là-bas », tandis que dans ton dos les enfants changeaient de place sur la circonférence. La maison des familles Echenique et Tristán, une des belles demeures coloniales du centre de Lima, était pleine de domestiques et de majordomes indiens, métis et noirs. Dans la troisième cour, que ta mère vous avait interdite, à ta sœur María Fernanda et à toi, on tenait enfermé un fou de la famille, dont les cris soudains terrifiaient les petits de la maison. Ils te terrifiaient toi aussi, mais de surcroît te fascinaient. Le jeu du Paradis ! Tu n'avais toujours pas trouvé, Koké, ce lieu hors d'atteinte. Existait-il ? Était-ce un feu follet, un mirage ? Tu n'allais pas le trouver non plus dans l'autre vie, car, comme venait de le prophétiser cette sœur de Cluny, on t'avait plutôt réservé, dans l'au-delà, à tous les coups, une place en enfer. Quand, échauffés et las de jouer au Paradis, María Fernanda et toi gagniez le salon de la maison, rempli de miroirs ovales et de tableaux, de tapis et de fauteuils moelleux, vous ne manquiez pas d'y retrouver, assis près de l'immense fenêtre aux jalousies de bois d'où on pouvait épier la rue sans être vu, ton grand-oncle don Pío Tristán, buvant immanquablement sa tasse de chocolat

fumant dans laquelle il trempait ces biscuits liméniens appelés *biscotelas*. Il t'en offrait toujours un,
avec son sourire bonasse : « Viens ici, Pablito,
petit chenapan ! »

La maladie au nom imprononçable s'aggrava
rapidement à partir du début de l'année 1903. En
même temps que le combat de Paul contre l'autorité, personnifiée par le gendarme Jean-Pierre
Claverie, s'envenimait et t'enfermait dans un
dédale judiciaire. Si bien qu'un beau jour tu
compris que Ben Varney et Ky Dong n'exagéraient pas : au train où allaient les choses, tu finirais en prison et tous tes maigres biens seraient
confisqués.

En janvier 1903 arriva à Atuona un de ces juges
volants que le pouvoir colonial dépêchait dans les
îles de temps en temps, pour résoudre les affaires
judiciaires en suspens. Maître Horville, un magis-
trat ennuyé qui suivait à la lettre les conseils et les
avis de Claverie, s'occupa avant tout du cas des
vingt-neuf indigènes d'un petit village côtier, dans
la vallée de Hanaiapa, au nord de l'île. Claverie et
monseigneur Martin les accusaient, à la suite
d'une dénonciation, de s'être soûlés et d'avoir
fabriqué de l'alcool clandestin, en violation de la
norme qui interdisait aux autochtones la consommation de boissons alcoolisées. Koké assuma
alors la défense des accusés, annonçant qu'il les
représenterait devant le tribunal. Mais il ne put
exercer son action de défenseur. Le jour de
l'audience, il se présenta vêtu comme un Marquisien, avec seulement son paréo, la poitrine nue et
tatouée, et nu-pieds. D'un air de défi, il s'assit par

terre, au milieu des accusés, les jambes croisées à la façon indigène. Après un long silence, le juge Horville, qui le foudroyait du regard, l'expulsa de la salle en l'accusant de manquer de respect au tribunal. Qu'il aille donc s'habiller à l'européenne s'il voulait assumer la défense des inculpés. Mais quand Paul revint, trois quarts d'heure plus tard, avec pantalon, chemise, cravate, veston, souliers et chapeau, le juge avait déjà rendu son verdict, condamnant les vingt-neuf Maoris à cinq jours de prison et cent francs d'amende. Koké en fut si contrarié qu'à la porte du local où avait eu lieu le procès — le bureau de Poste — il se mit à vomir du sang et perdit connaissance pendant plusieurs minutes.

Quelques jours après, l'ami Ky Dong vint à la Maison du Jouir, tard dans la soirée, après l'extinction des feux à Atuona, avec une nouvelle alarmante. Il n'en avait pas eu directement connaissance, mais la tenait de leur ami commun, le négociant Émile Frébault qui, à son tour, était compère du gendarme Claverie, avec qui il partageait la passion des banquets de *tamara'a*, ce mets cuit sous de la terre avec des pierres chaudes. La dernière fois qu'ils étaient partis ensemble à la pêche, le gendarme, fou de joie, avait montré à Frébault un communiqué des autorités de Tahiti l'autorisant à « entreprendre au plus tôt la procédure à l'encontre du sieur Gauguin, jusqu'à le plier ou l'annihiler, car celui-ci, en s'en prenant à l'école obligatoire et au paiement des impôts, sape le travail de la mission catholique et pousse à la révolte les indigènes que la

France s'est engagée à protéger ». Ky Dong avait noté cette phrase, qu'il lut avec lenteur à la lumière d'un crasset. Tout était suave et félin chez ce prince annamite ; il évoquait pour Koké un chat, une panthère ou un léopard. Ce bon ami avait-il été terroriste ? Comment croire qu'un homme aux manières si douces et au parler si délicat ait pu poser des bombes ?

— Que peuvent-ils me faire ? dit-il enfin en haussant les épaules.

— Bien des choses et toutes fort graves, répondit Ky Dong, lentement et d'une voix si basse que Paul avança la tête pour l'entendre. Claverie te hait de toute son âme. Il est heureux d'avoir reçu cet ordre, qu'il a dû lui-même chercher à obtenir. Frébault le pense aussi. Prends soin de toi, Koké.

Comment aurais-tu pu prendre soin de toi, malade, sans influence et sans ressources ? Dans l'état de somnambulisme abruti où le plongeaient chaque jour davantage le laudanum et la maladie, il attendit la suite des événements, comme si la personne contre laquelle allait se déchaîner cette intrigue n'avait pas été lui mais son double. Depuis quelque temps, il se sentait de plus en plus détaché, plus absent, flottant comme un fantôme. Il reçut au bout de deux jours une citation à comparaître. Jean-Pierre Claverie lui avait intenté un procès pour avoir diffamé l'autorité, c'est-à-dire le gendarme lui-même, dans la lettre où il annonçait qu'il ne paierait pas l'impôt vicinal, afin de donner l'exemple aux indigènes. Avec une hâte sans précédent dans l'histoire de la justice française, le juge Horville le convoquait au tribunal le 31 mars, toujours au bureau de Poste, où l'action en justice serait examinée. Koké dicta au pasteur Paul Vernier un petit mot sollicitant un sursis pour pouvoir préparer sa défense. Maître Horville repoussa la demande. L'audience du 31 mars 1903, qui eut lieu à huis clos, dura moins d'une heure. Paul dut reconnaître l'authenticité de la lettre en question et les termes durs à l'encontre du gendarme. Son plaidoyer, désordonné, confus, et sans grand fondement juridique, s'acheva tout net, quand un spasme au ventre l'obligea à se plier en deux et à se taire. L'après-midi même le juge Horville lui lut la sentence : cinq cents francs d'amende et trois mois de prison ferme. Quand Paul manifesta sa décision de faire appel de la condamnation, Horville, méprisant et menaçant, lui assura qu'il ferait personnellement en sorte que le tribunal de Papeete traitât l'appel en un temps record, en alourdissant l'amende et le temps de prison.

— Tes jours sont comptés, sale vermine, fit dans son dos le gendarme Claverie au moment où il se juchait avec difficulté dans sa carriole, en trébuchant sur le siège, pour rentrer à la Maison du Jouir.

« Le pire, c'est que Claverie a raison », pensa-t-il. Il sentit des frissons à l'évocation de ce qui s'annonçait. Comme tu n'étais pas en état de payer l'amende, l'autorité, c'est-à-dire le gendarme lui-même, prendrait possession de tous tes biens. Les peintures et sculptures qu'abritait encore la Maison du Jouir seraient mises sous séquestre puis vendues aux enchères par les autorités coloniales, sans doute à Papeete, et adjugées pour quelques centimes à des gens horribles. Alors, avec le peu d'énergie qui lui restait, Koké entreprit de sauver ce qui pouvait encore être sauvé. Mais il n'eut pas la force suffisante pour faire les paquets et, par l'intermédiaire de Tioka, demanda l'aide du pasteur Vernier. Le chef de la mission protestante d'Atuona fut, comme toujours, un modèle de compréhension et d'amitié. Il apporta de la ficelle, des cartons et du papier d'emballage, puis aida à préparer les paquets avec un lot de quatorze tableaux et onze dessins pour les envoyer à Paris chez Daniel de Monfreid, par le prochain bateau qui devait faire escale à Hiva Oa dans quelques semaines, le 1er mai 1903. Paul Vernier lui-même, aidé de Tioka et de deux neveux de ce dernier, porta les paquets nuitamment, quand personne ne pouvait les voir, à la mission protestante. Le pasteur promit à Paul qu'il se chargerait lui-même de les transporter jusqu'au port, de faire l'expédition et de s'assurer de leur bonne installation dans les soutes du navire. Tu n'avais pas le moindre doute, ce brave homme tiendrait parole.

Pourquoi n'envoyas-tu pas à Daniel de Monfreid *tous* les tableaux, dessins et sculptures de la Maison du Jouir, Koké? Il se le demanda bien souvent les jours suivants. Peut-être pour ne pas rester plus seul que tu ne l'étais déjà, en cette fin de course. Mais quelle compagnie attendre de ces images entassées dans ton atelier, où tes yeux pouvaient à peine distinguer les couleurs et les lignes, certaines masses et taches informes? Il était absurde qu'un peintre perde la vue, instrument essentiel de sa vocation et de son travail. Quel acharnement sur un pauvre diable moribond, salaud de Dieu! Avais-tu donc été si méchant en tes cinquante-cinq années de vie, pour être puni de la sorte? Peut-être bien que oui, Paul. Mette le croyait, et te l'avait dit dans la dernière lettre qu'elle t'avait écrite, voici un, deux ans? Méchant avec elle, méchant avec tes enfants, méchant avec tes amis. L'avais-tu été, Koké? La plupart de ces tableaux avaient été peints des mois plus tôt, quand tes yeux, bien qu'abîmés, n'étaient pas aussi inutiles qu'à présent. Tu les avais bien présents à l'esprit, avec leurs formes, leurs nuances, leurs couleurs. Quel était ton préféré, Koké? Sans doute, *La sœur de charité*. Une nonne de la mission catholique opposait sa silhouette affublée de coiffe, de longue robe et de voile, symbole de la terreur envers le corps, la liberté, la nudité, l'état de nature, à ce *mahu* à moitié nu qui exhibait devant tout le monde, avec aisance et conviction, sa condition d'être libre et artificiel, d'homme-femme, son sexe inventé, son imagination sans œillères. Un tableau qui montrait la totale incompatibilité de deux cultures, de leurs coutumes et de leurs religions, la supériorité esthétique et morale du peuple faible et asservi et l'infériorité décadente et répressive du peuple fort et asservissant. Si au lieu de Vaeoho tu t'étais mis en ménage avec un *mahu*, tu l'aurais très probablement encore à tes côtés pour s'occuper de toi : les femmes les plus fidèles et les plus loyales envers leur mari étaient les *mahus*, c'était bien connu. Tu n'avais pas été tout à fait un sauvage, Koké. Voilà ce qui t'avait manqué : t'accoupler avec un *mahu*. Il eut une pensée pour Jotépha, le bûcheron de Mataiea. Mais tu étais aussi attaché aux huiles et aux dessins consacrés aux petits chevaux sauvages qui proliféraient sur l'île de Hiva Oa et qui, parfois, s'approchaient soudain d'Atuona et traversaient le village en troupeau, au triple galop, farouches et beaux, les yeux hallucinés, emportant tout sur leur passage. Tu te rappelais, surtout, un de ces tableaux où tu avais peint des chevaux aux teintes roses, comme les reflets du ciel crépusculaire, caracolant joyeusement dans la baie des Traîtres, au milieu de Marquisiens nus dont l'un, juché sur un cheval, le montait à cru, au bord de l'eau. Que diraient les gandins de Paris ? Que peindre en rose un cheval était d'une folle excentricité. Ils ne pouvaient se douter qu'aux Marquises la boule de feu du soleil, avant de plonger dans la mer, rougissait les êtres animés et inanimés, irisant pour quelques instants miraculeux toute la face de cette terre.

À partir du 1er mai il n'eut presque pas la force de se lever de son lit. Il restait dans l'atelier, en haut, livré à une activité intemporelle, remarquant à peine les mouches qui, non contentes d'affectionner les pansements de ses mollets, se promenaient sur tout son corps et son visage sans qu'il daigne les chasser. Comme les brûlures et la douleur de ses jambes étaient reparties de plus belle, il demanda à Ben Varney de lui rendre la seringue des injections. Et, au pasteur Varnier, de lui fournir de la morphine, avec un argument que ce dernier ne put réfuter :

— Quel sens cela a-t-il, mon bon ami, que je souffre comme un chien, comme un écorché vif, si ma mort n'est plus qu'une question de jours ou de semaines ?

Il s'injectait la morphine lui-même, à tâtons, sans prendre la peine de désinfecter l'aiguille. La torpeur endormait ses muscles et apaisait la douleur et les brûlures, mais non son imagination. Elle l'enflammait, au contraire, la maintenait en ébullition. Il revivait, en images, ce qu'il avait écrit dans ses pittoresques et fantaisistes Mémoires inachevés, sur la vie idéale de l'artiste, le sauvage dans sa forêt et son environnement de fauves tendres et féroces, comme le tigre royal des bois de Malaisie et le cobra de l'Inde. L'artiste et sa femelle, deux bêtes sensuelles aussi, entourés de délicieuses et enivrantes pestilences félines, vivraient en se vouant à la création et à la jouissance, isolés et orgueilleux, indifférents à la foule stupide et lâche des villes. Dommage que les bois de Polynésie manquent de fauves, de crotales, qu'on n'y trouve, à foison, que des moustiques ! Il se voyait, parfois, non pas aux Marquises, mais au Japon. C'est là-bas que tu aurais dû aller chercher le Paradis, Koké, au lieu de venir habiter la médiocre Polynésie. Car dans ce pays raffiné du Soleil Levant toutes les familles étaient paysannes neuf mois par an et toutes artistes les trois autres. Peuple privilégié que le japonais. Il n'avait pas connu cette tragique séparation de l'artiste et de la foule, qui avait précipité la décadence de l'art occidental. Là-bas, au Japon, tous étaient tout : paysans et artistes à la fois. L'art ne consistait pas à imiter la nature, mais à dominer une technique et à créer des mondes différents du monde réel : personne n'avait mieux fait cela que les graveurs japonais.

— Chers amis : faites une collecte, achetez-moi un kimono et envoyez-moi au Japon, cria-t-il de toutes ses forces au vide qui l'entourait. Que mes cendres reposent parmi les Jaunes. C'est ma dernière volonté, messieurs ! Ce pays m'attend depuis toujours. Mon cœur est japonais !

Tu riais, mais tu étais convaincu de tout ce que tu clamais. À un des rares moments où il sortait de la semi-inconscience de la morphine, il reconnut au pied de son lit le pasteur Vernier et Tioka, son frère de nom. D'une voix impérieuse, il insista pour que le chef de la mission protestante accepte, en souvenir, l'exemplaire de la première édition de *L'après-midi d'un faune*, que le poète Mallarmé lui avait offert en personne. Paul Vernier l'en remercia, bien que préoccupé maintenant de tout autre chose :

— Les chats sauvages, Koké. Ils rôdent dans ta maison et mangent tout. On s'inquiète, car dans l'état d'inertie où te plonge la morphine, ils pourraient te mordre. Tioka te propose sa maison. Là sa famille et lui prendront soin de toi.

Il refusa. Les chats sauvages de Hiva Oa étaient pour lui d'aussi bons amis, depuis longtemps, que les coqs et les chevaux de l'île. Ils ne venaient pas seulement en quête de nourriture, mais également pour lui tenir compagnie et s'intéresser à sa santé. Et puis, les félins étaient trop intelligents pour dévorer un être putréfié dont la chair pouvait les empoisonner. Tu fus heureux de voir le pasteur Vernier et Tioka rire de tes propos.

Mais, quelques heures ou quelques jours après, ou était-ce avant? il vit Ben Varney (à quel moment l'épicier était-il arrivé à la Maison du Jouir?) assis au pied de son lit. Il le regardait avec tristesse et compassion, tout en racontant à ses autres amis :

— Il ne m'a pas reconnu. Il me confond avec quelqu'un d'autre et m'appelle Mette Gad.

— C'est sa femme, celle qui vit dans un pays scandinave, peut-être en Suède, murmura Ky Dong.

Il se trompait, bien sûr, parce que Mette Gad, ta femme en effet, n'était pas suédoise mais danoise, et si elle était encore vivante, elle devait vivre non pas à Stockholm mais à Copenhague, de traductions et de cours de français. Il voulut expliquer cela à l'ex-baleinier mais sa voix ne dut pas sortir, ou bien parla-t-il si bas qu'ils ne l'entendirent même pas. Ils continuaient à discuter de toi entre eux, comme si tu étais inconscient ou mort. Tu n'étais aucune de ces deux choses, puisque tu les entendais et les voyais, bien que de façon étrange, comme si un voile d'eau te séparait de tes amis d'Atuona. Pourquoi t'étais-tu souvenu de Mette Gad? Cela faisait si longtemps que tu n'en avais aucune nouvelle, et que tu ne lui écrivais pas non plus. Tu voyais là sa haute silhouette, son profil masculin, sa peur et sa frustration en découvrant que le jeune homme qu'elle avait épousé ne serait jamais un nouveau Gustave Arosa, triomphant dans la jungle des affaires, un bourgeois opulent, mais un artiste au destin incertain qui, après l'avoir rabaissée à l'état de prolétaire, la renverrait avec ses enfants à Copenhague, aux bons soins de sa famille, tandis que lui se lançait dans la vie de bohème. Était-elle toujours la même? Avait-elle vieilli, grossi, s'était-elle aigrie? Il voulut demander à ses amis si la Mette Gad d'il y avait dix ou quinze ans avait encore quelque chose à voir avec celle de maintenant. Mais il découvrit qu'il était seul. Tes amis s'en étaient allés, Koké. Bientôt tu entendrais miauler les chats, tu détecterais les pas aériens des coqs, leurs cocoricos vibreraient dans tes tympans, comme les hennissements des chevaux marquisiens. Ils revenaient tous à la Maison du Jouir dès qu'ils voyaient que tu étais resté sans compagnie. Tu verrais rôder autour de toi leurs silhouettes grisâtres, tu les verrais ausculter de leurs longues moustaches les bords de ton lit. Mais, contrairement à ce que redoutait l'ami Vernier, ces matous ne sauteraient pas sur toi, peut-être par indifférence, ou par pitié, ou repoussés par la puanteur de tes jambes.

L'image de Mette se mêlait par moments à celle de Teha'amana, ta première épouse maorie. Et de celle-ci, curieusement, plus que sa longue chevelure bleutée, ou ses beaux seins fermes, ou ses cuisses luisant de sueur, tu privilégiais dans ta mémoire, de façon obsédante, les sept doigts de son pied difforme, le gauche — cinq normaux et deux tout petits, infimes protubérances —, que tu avais représentés dévotement dans *Te nave nave fenua* (La belle terre), un tableau qui devait se trouver maintenant dans les mains de qui ? C'était seulement un bon tableau, pas un chef-d'œuvre. Dommage ! Tu étais encore vivant, Koké, même si tes amis, quand ils s'approchaient de ton lit, semblaient en douter. Ton esprit était une forge, un vortex incapable de retenir assez longtemps une idée, une image, un souvenir, pour les comprendre et en jouir. Non, tout ce qui pointait à ton esprit disparaissait sur-le-champ, remplacé par une nouvelle cascade de visages, de pensées, de figures, qui s'estompaient à leur tour sans avoir donné à ta conscience le temps de les identifier. Tu n'avais ni faim ni soif, tes jambes ne brûlaient plus, et le tumulte dans ta poitrine avait cessé. Tu avais la curieuse impression que ton corps avait disparu, rongé, pourri par la maladie imprononçable, comme un bois dévoré par les fourmis blanches de Panamá, qui venaient à bout de forêts entières. Tu étais maintenant un pur esprit. Un être immatériel, Koké. Inaccessible à la souffrance et à la corruption, immaculé comme un archange.

Cette sérénité avait été soudain altérée (quand, Koké ? avant, après ?) par ton effort pour te rappeler si c'était à Pont-Aven, au Pouldu, à Arles, à Paris ou en Martinique que tu t'étais mis à repasser tes tableaux pour qu'ils soient plus lisses, plus plats, et à les laver pour dégraisser la couleur et rabattre son éclat. Cette technique faisait sourire tes amis et disciples (lesquels, Paul ? Charles Laval ? Émile Bernard ?) et tu avais dû leur donner raison : cela ne servait à rien. Cet échec t'avait plongé dans un profond abattement. Est-ce la morphine qui t'avait tiré de ces nuées lugubres ? Avais-tu réussi à saisir la seringue, à introduire l'aiguille dans le flacon, à puiser quelques gouttes du liquide, à te piquer la jambe, le bras, l'estomac, n'importe où, et à te l'injecter ? Tu ne le savais pas. Mais tu avais l'impression d'avoir dormi longtemps, dans une nuit sans étoiles et sans bruit, dans une paix absolue. Maintenant c'était, semble-t-il, le jour. Tu te sentais soulagé et tranquille. « Chez toi, la foi est invincible, Koké », cria-t-il, en s'exaltant. Mais personne ne dut s'en apercevoir, car tes paroles n'eurent aucun écho. « Je suis un loup des bois, un loup sans collier », cria-t-il encore. Mais toi non plus n'entendis pas ta voix, parce que ta gorge n'émettait plus aucun son, ou parce que tu étais devenu sourd.

Plus tard, il eut la certitude qu'un de ses amis, sans doute le fidèle et loyal Tioka Timothée, son frère de nom, était là, assis à son chevet. Il voulut lui raconter bien des choses. Il voulut lui raconter qu'il y avait des siècles, après avoir fui Arles et le Hollandais fou, le jour même où il était arrivé à Paris, il avait assisté à l'exécution publique de l'assassin Prado, et que l'image de cette tête que la guillotine tranchait, dans l'aube livide et les rires de la foule, surgissait parfois dans ses cauchemars. Il voulut lui raconter que, douze ans plus tôt, en juin 1891, en arrivant à Tahiti pour la première fois, il avait vu mourir le dernier des rois maoris, le roi Pomaré, cet énorme monarque éléphantiasique dont le foie avait éclaté, enfin, après qu'il eut bu pendant des mois et des années, jour et nuit, un cocktail assassin de son invention, composé de rhum, de brandy, de whisky et de calvados, qui aurait anéanti en quelques heures tout être normal. Et que son enterrement, suivi et pleuré par des milliers de Tahitiens venus à Papeete de toute l'île et des îles voisines, avait été tout à la fois fastueux et grotesque. Mais il eut l'impression que l'incertain interlocuteur auquel il s'adressait ne pouvait l'entendre, ou le comprendre, car il se penchait vers lui, presque à le frôler, comme pour capter quelque chose de ce qu'il disait ou vérifier s'il respirait encore. Inutile d'essayer de parler, de dépenser tant d'efforts en paroles, si personne ne t'entendait, Paul. Tioka Timothée, qui était protestant et ne buvait pas, aurait condamné sévèrement les mœurs dissolues du roi Pomaré. Condamnait-il aussi les tiennes en silence, Koké?

Il sentit ensuite s'écouler un temps infini sans savoir qui il était, ni où il était. Mais il se tourmentait, encore plus, de ne pas savoir si c'était le jour ou si c'était la nuit. Alors il entendit, très clairement, la voix de Tioka :

— Koké, Koké, tu m'entends? Tu es là? Je cours appeler le pasteur Vernier.

Son voisin, habituellement impassible, parlait d'une voix méconnaissable.

— Je crois que je me suis évanoui, Tioka, dit-il, et cette fois sa voix sortit de sa gorge et son voisin l'entendit.

Peu après, Tioka et Vernier montaient l'escalier quatre à quatre, et il les vit entrer dans l'atelier, le visage alarmé.

— Comment vous sentez-vous, Paul ? demanda
ıe pasteur en s'asseyant près de lui et en lui tapotant l'épaule.

— Je crois que je me suis évanoui, une fois ou
deux, fit-il en s'agitant.

Il devina que ses amis acquiesçaient, avec un
sourire forcé. Il l'aidèrent à se redresser sur son
lit, lui firent boire quelques gorgées d'eau.
Était-ce le jour ou la nuit, mes amis ? Midi passé.
Mais il n'y avait pas de soleil. Le ciel s'était couvert de nuages noirâtres et l'orage allait éclater à
tout moment. Les arbres, les arbustes et les fleurs
de Hiva Oa dégageraient une fragrance enivrante
et le vert des feuilles et des branches serait intense
et liquide, et les bougainvillées flamberaient de
rouge. Tu te sentais immensément soulagé de voir
tes amis entendre ce que tu leur disais et de pouvoir les entendre. Après une éternité, tu bavardais
et percevais la beauté du monde, Koké.

Il leur demanda par signes d'approcher de lui le
tableau qui lui tenait compagnie depuis si longtemps : ce paysage de la Bretagne sous la neige. Il
les entendit se déplacer dans l'atelier ; ils traînaient un chevalet, le faisaient grincer, sans doute
en ajustant ses chevilles pour que ce paysage nei-
geux soit juste en face de son lit et qu'il puisse le
voir. Il ne le vit pas. Il ne distinguait que des
taches imprécises, dont certaines devaient être
cette Bretagne surprise sous une tempête de flo-
cons blancs. Mais, même sans le voir, savoir ce
paysage là le réconforta. Il avait des frissons,
comme s'il neigeait à l'intérieur de la Maison du
Jouir.

— Pasteur, avez-vous lu *Salammbô*, de Flaubert ? demanda-t-il.

Vernier dit oui, bien que, ajouta-t-il, il ne s'en souvînt guère. Une histoire païenne, avec des Carthaginois et des Barbares mercenaires, n'est-ce pas ? Koké lui assura que c'était un très beau roman. Flaubert y avait peint en couleurs flamboyantes toute la vigueur, la force vitale et la puissance créative d'un peuple barbare. Et il récita la première phrase dont la musicalité l'enchantait :

— « C'était à Mégara, faubourg de Carthage, dans les jardins d'Hamilcar. » L'exotisme c'est la vie, pas vrai, pasteur ?

— Je suis très heureux de voir que vous allez mieux, Paul, dit Vernier tout doucement. Je dois aller faire cours aux élèves de l'école. Me permettez-vous de partir, pas plus de deux heures ? Je reviendrai ce soir, de toute façon.

— Faites, faites, pasteur, et ne vous inquiétez pas. Je me sens bien maintenant.

Il voulut lui dire une blague (« En mourant, je l'emporterai sur Claverie, pasteur, car je ne lui paierai pas son amende et il ne pourra pas me mettre en prison »), mais il se trouvait déjà seul. Un moment après, les chats sauvages étaient revenus rôder dans son atelier. Mais les coqs sauvages étaient là aussi. Pourquoi les chats ne mangeaient-ils pas les coqs ? Étaient-ils revenus vraiment ou était-ce une hallucination, Koké ? Car, depuis quelque temps, cette frontière qui naguère séparait si strictement le rêve et la vie s'était évaporée. Ce que tu vivais maintenant, Paul, c'est ce que tu avais toujours voulu peindre.

Dans ce temps sans temps, il se répéta, comme un de ces refrains par lesquels priaient les bouddhistes chers au bon Schuff :

Tu es frit
Claverie
Je suis cuit
Tu es frit

Oui, tu l'avais eu : tu ne paierais pas ton amende et tu n'irais pas en prison. Tu avais gagné, Koké. Confusément, il lui sembla qu'un de ces domestiques oisifs qui ne mettaient plus jamais les pieds à la Maison du Jouir, peut-être Kahui, s'approchait pour le renifler et le toucher. Et il l'entendit s'écrier : « Le *popa'a* est mort », avant de disparaître. Mais tu ne devais pas être encore mort, parce que tu continuais à penser. Il était tranquille, bien qu'affligé de ne pas savoir si c'était le jour ou la nuit.

Il entendit enfin des cris au-dehors : « Koké ! Koké ! Tu vas bien ? » Tioka, sans le moindre doute. Il ne prit même pas la peine de tenter de lui répondre, car il était sûr que sa gorge n'émettrait aucun son. Il devina Tioka grimpant l'escalier de l'atelier et perçut le frottement de ses pieds nus sur le plancher. Tout près de son visage, il vit celui de son voisin, si affligé, si décomposé, qu'il fut pris d'une infinie pitié pour la douleur qu'il lui infligeait. Il essaya de lui dire : « Ne sois pas triste, je ne suis pas mort, Tioka. » Mais, bien sûr, aucun son ne sortit de ta bouche. Il s'efforça de bouger la tête, une main, un pied, et, bien sûr, tu n'y parvins pas. De façon très floue, à travers ses paupières mi-closes, il vit son frère de nom se mettre à le frapper à la tête, avec force, en rugissant à chaque coup porté. « Merci, mon ami. » Tentait-il de faire sortir la mort de ton corps, selon quelque obscur rite marquisien ? « C'est inutile, Tioka. » Tu aurais voulu pleurer tellement tu étais ému, mais, bien sûr, aucune larme ne sortit de tes yeux secs. Toujours de cette façon incertaine, lente, fantomatique dont il percevait encore le monde, il vit que Tioka, après l'avoir frappé à la tête et avoir tiré ses cheveux pour le ramener à la vie, renonçait à toute autre tentative. Maintenant il s'était mis à chanter, à ululer, avec une amère douceur, près de son lit, en même temps que, sans changer de place, il se balançait sur ses deux jambes, exécutant tout en chantant la danse par laquelle les Maoris des Marquises prenaient congé de leurs morts. N'étais-tu pas protestant, Tioka ? De voir que sous l'évangélisme professé en apparence par son voisin était toujours tapie la religion de ses ancêtres te remplit de joie. Tu ne devais pas être encore mort, puisque tu voyais Tioka te veiller et te dire adieu, n'est-ce pas, Koké ?

Dans ce temps sans temps qui était le sien maintenant, guidé par son domestique Kahui, entra dans l'atelier l'évêque de Hiva Oa, monseigneur Joseph Martin, escorté par deux des religieux de cette congrégation bretonne, les Frères de Ploërmel, qui dirigeaient l'école des garçons de la mission catholique. Il eut la sensation que les deux frères se signaient en le voyant, mais non l'évêque. Monseigneur Martin s'inclina et l'observa, un long moment, sans que l'expression aigrie de son visage s'adoucît en rien devant ce qu'il voyait.

— C'est une porcherie ici, l'entendit-il dire. Et quelle pestilence ! Il a dû mourir depuis des heures et des heures. Son cadavre pue. Il faut l'enterrer au plus vite, la pourriture peut provoquer une infection.

Il n'était pas encore mort. Mais, parce que l'un des présents lui avait fermé les paupières ou que la mort avait déjà commencé, il ne voyait plus par ses yeux de peintre. Mais il entendait, oui, assez clairement, ce qui se disait autour de lui. Il entendit Tioka expliquer à l'évêque que cette puanteur ne venait pas de la mort mais des jambes infectées de Koké, et que son décès était récent, car moins de deux heures plus tôt Paul parlait encore avec lui et avec le pasteur Paul Vernier. Peu après — ou longtemps après ? —, le chef de la mission protestante entrait lui aussi dans l'atelier. Tu fus conscient — ou était-ce une ultime imagination, Koké ? — de la froideur avec laquelle se saluèrent ces ennemis acharnés se disputant en permanence les âmes d'Atuona et, bien qu'il ne sentît rien, il sut que le pasteur essayait de lui faire la respiration artificielle. L'évêque Martin le reprit sarcastiquement :

— Mais que faites-vous, bonté divine ? Vous ne voyez pas qu'il est mort ? Croyez-vous qu'il va ressusciter ?

— C'est mon devoir de tout tenter pour lui conserver la vie, répondit Vernier.

Presque aussitôt après, cette hostilité tendue, retenue, entre l'évêque et le pasteur éclata en guerre verbale ouverte. Et, bien que de plus en plus loin, de plus en plus faiblement (ta conscience commençait à mourir aussi, Koké), il réussissait toujours à les entendre, mais ce qu'ils disaient ne l'intéressait presque plus. Et cependant c'était une dispute qui, en d'autres circonstances, t'aurait fort diverti. L'évêque, indigné, avait ordonné aux Frères de Ploërmel d'arracher de la cloison ces immondes images obscènes, pour les brûler. Le pasteur Vernier faisait valoir que ces photos pornographiques avaient beau constituer une offense à la pudeur et à la morale, elles appartenaient aux biens patrimoniaux du défunt, et que la loi était la loi : personne, pas même l'autorité religieuse, ne pouvait en disposer sans une décision judiciaire préalable. De façon inattendue, la désagréable voix du gendarme Jean-Pierre Claverie — à quel moment cet odieux individu était-il entré dans la Maison du Jouir ? — vola à l'aide du pasteur :

— Je crains qu'il en soit ainsi, Monseigneur. Mon devoir est de faire un inventaire de tous les biens du défunt, même de ces cochonneries sur le mur. Je ne peux vous autoriser à les brûler ou à les emporter. Je suis désolé, Monseigneur.

L'évêque ne dit rien, mais ces bruits devaient être un hoquet, un grognement, une protestation de ses viscères offensés, devant cet obstacle imprévu. Presque sans transition éclata une nouvelle dispute. Quand l'évêque commença à donner ses instructions pour l'enterrement, le pasteur

Vernier, avec une énergie inhabituelle chez cet homme naturellement discret et conciliant, s'opposa à ce que le défunt fût enterré au cimetière catholique de Hiva Oa. Il alléguait que les relations de Paul Gauguin avec l'Église catholique avaient été coupées, qu'elles étaient inexistantes, voire hostiles, depuis longtemps. L'évêque, haussant le ton jusqu'à crier, répondit que le défunt, certes, avait été un pécheur notoire et un fléau social, mais qu'il était catholique d'origine. Et que par conséquent il serait, qu'on le veuille ou non, inhumé en terre consacrée, et non au cimetière païen. Les éclats de voix se poursuivirent, jusqu'à l'intervention de Claverie qui déclara que, en tant qu'autorité politique et civile de l'île, c'est à lui qu'il revenait de choisir. Il ne le ferait pas immédiatement. Il préférait laisser les esprits s'apaiser, et peser calmement le pour et le contre de la situation. Il prendrait sa décision au cours de la nuit.

À partir de là, il ne vit, n'entendit ni ne sut plus rien, parce que tu venais de mourir tout à fait, Koké. Il ne sut ni ne vit la victoire de l'évêque Joseph Martin dans les deux controverses qui l'avaient opposé à Vernier, près du cadavre encore chaud de Paul Gauguin, grâce à des méthodes, il est vrai, assez peu conformes à la légalité et à la morale en vigueur. Car, cette nuit-là, quand dans la Maison du Jouir ne demeurait plus que le corps de Koké et, peut-être, quelques coqs et chats sauvages intrus, monseigneur Martin fit dérober les quarante-cinq photos pornographiques qui ornaient l'atelier, pour les brûler sur un bûcher inquisitorial, ou, qui sait ? pour les conserver en secret, et se prouver ainsi, de temps à autre, sa force d'âme et sa capacité de résistance à la tentation.

De même il ne vit, n'entendit ni ne sut l'envoi par ce même monseigneur, à l'aube du 9 mai 1903, et sans attendre la décision du gendarme Jean-Pierre Claverie, de quatre porteurs indigènes chargés, sous l'égide d'un petit curé de la mission catholique, de placer le corps du défunt dans un cercueil de planches grossières fourni par la mission elle-même, et de l'emporter prestement, à l'heure où les habitants d'Atuona commençaient à peine à se réveiller dans leurs farés et à se dégourdir à grand renfort de bâillements, sur la colline de Maké-Maké, pour l'ensevelir sans autre forme de procès dans une des tombes du cimetière catholique, gagnant ainsi un point — un cadavre ou une âme — dans son combat contre l'adversaire protestant. Si bien que, lorsque le pasteur Vernier, accompagné de Ky Dong, de Ben Varney et de Tioka Timothée, se présenta à sept heures du matin à la Maison du Jouir, pour inhumer Koké au cimetière laïque, il trouva l'atelier vide et apprit que les restes de Koké reposaient désormais sous terre au lieu décidé par monseigneur Martin.

Il ne vit, n'entendit ni ne sut qu'il n'aurait, pour toute épitaphe, qu'une lettre de l'évêque de Hiva Oa à ses supérieurs, lettre que, le temps passant et Koké devenu célèbre, encensé et étudié, et les collectionneurs et musées du monde entier se disputant ses tableaux, tous ses biographes devaient citer comme symbole du sort parfois si injuste des artistes qui rêvent de trouver le Paradis dans cette vallée de larmes : « Rien de bien saillant à signaler dernièrement, dans notre île, si ce n'est la mort subite d'un individu nommé Paul Gauguin, artiste de renom, mais ennemi de Dieu et de tout ce qui est honnête... »

Cette traduction est redevable de la science et de la constance amicale de Stéphane Michaud, grand serviteur, depuis tant d'années, de la figure de Flora Tristan. Qu'il en soit ici remercié.

DU MÊME AUTEUR

COLLECTION FOLIO

Composé et achevé d'imprimer
par la Société Nouvelle Firmin-Didot
à Mesnil-sur-l'Estrée, le 26 novembre 2007.
Dépôt légal : novembre 2007.
1ᵉʳ dépôt légal dans la collection : février 2005.
Numéro d'imprimeur : 87775.

ISBN 978-2-07-042929-5/Imprimé en France.

155974